MARY CALMES

TOUT VIENT À POINT :

INTÉGRALE, TOME 1

MARY CALMES

TOUT VIENT À POINT :

INTÉGRALE, TOME 1

Publié par
DREAMSPINNER PRESS

5032 Capital Circle SW, Suite 2, PMB# 279, Tallahassee, FL 32305-7886 USA
www.dreamspinnerpress.com

Tout vient à point : Intégrale, tome 1
Copyright de l'édition française © 2022 Dreamspinner Press.

Question de temps, tome 1
Titre original : A Matter of Time Vol. 1 © 2010 Mary Calmes
Traduit de l'anglais par Kieran Logan et Ingrid Lecouvez
Question de temps, tome 2
Titre original : A Matter of Time Vol. 2 © 2010 Mary Calmes
Traduit de l'anglais par Ingrid Lecouvez

Conception graphique :
© 2022 L.C. Chase.
http://www.lcchase.com
Les éléments de la couverture ne sont utilisés qu'à des fins d'illustration et toute personne qui y est représentée est un modèle

Édition e-book en français : 978-1-64108-334-8
Édition imprimée en français : 978-1-64108-335-5
Première édition française : mars 2022
v 1.0
Question de temps, tome 1 publié octobre 2015
Question de temps, tome 2 publié avril 2016

Édité aux États-Unis d'Amérique.

TABLE DES MATIÈRES

QUESTION DE TEMPS, TOME 1

Pour tous mes merveilleux fans
qui ont demandé quand ce livre serait imprimé
et pour Elizabeth qui a rendu cela possible.

LIVRE UN

I

APRÈS MÛRE réflexion, j'en suis venu à la conclusion que les choses m'arrivent pour deux raisons. Premièrement, j'ai la terrible habitude de me déconcentrer en plein milieu d'une conversation. Je vais entendre le début, commencer à penser à ce que je vais faire ensuite, et puis revenir à temps pour entendre la fin. Cela devient particulièrement risqué lorsqu'on me donne des indications, parce qu'il n'est jamais de bon ton de demander à quelqu'un de répéter ce qu'il vient déjà de vous énumérer en détail. C'est pourquoi je me retrouve souvent dans des quartiers louches après la tombée de la nuit. À improviser. Deuxièmement, je ne suis pas la personne la plus perspicace de la planète. Alors quand l'un de mes amis me demande de lui accorder une faveur, je me contente en général d'accepter, sans trop poser de questions. Ce n'est pas comme si j'écoutais toute l'explication de toute façon, puisque comme je l'ai dit, je suis probablement LA figure emblématique du TDAH, le trouble du déficit de l'attention avec hyperactivité. À moins que vous soyez mon patron ou un mec vraiment très sexy.

La nuit où mon amie Anna m'appela, en sanglotant à l'autre bout du fil, je passai immédiatement en mode 'protection' et sortis du club afin de mieux la comprendre. Il n'y avait pas moyen d'entendre quoi que ce soit par-dessus la musique et je dus donc attendre d'être dehors pour qu'elle vide ses tripes. Je fus agréablement surpris d'apprendre qu'elle quittait finalement son mari. Elle était souvent restée chez moi ou chez sa sœur après qu'il l'ait battue pour la millionième fois. C'est difficile de regarder une amie venir en classe avec des lunettes de soleil surdimensionnées et un maquillage si épais qu'il avait dû être appliqué à la truelle. Tout le monde savait que son mari la battait, simplement, je n'avais jamais su jusqu'à quel point le fait était constant et dangereux. J'avais perdu sa trace après l'obtention de nos diplômes, quand elle avait déménagé en banlieue, mais lorsqu'elle m'appela, je me retrouvais instantanément projeté à cette époque où j'étais prêt à l'aider de n'importe quelle façon. Je luis dis, bien entendu, que je ferais tout ce qu'elle voudrait.

Dans tous les films sur le canal 'Lifetime' que j'avais regardés à la maison, la dernière fois où j'étais malade – avec une gueule de bois ou autre – la femme devait toujours retourner dans la maison des horreurs où elle vivait pour aller chercher l'animal en peluche favori de ses enfants ; avant de pouvoir enfoncer à fond la pédale d'accélération d'un break d'un modèle récent avec un panneau en faux bois et partir vers le soleil couchant, elle devait revenir pour chercher Boo-Boo le lapin ou Monsieur Snuggles, ou un ours en peluche qui était aimé depuis longtemps et qui ne ressemblait plus qu'à une vague chose informe.

Anna n'avait pas d'enfant, mais elle avait son beagle, George. Elle ne pouvait pas retourner chez elle, mais elle ne pouvait pas non plus partir sans son complice de crime. Ils avaient apparemment commis tout un tas de petits forfaits et délits contre son mari au fil des ans. Cela allait d'uriner dans ses chaussures – la part de George – à cacher divers objets – la part d'Anna. Ils avaient fait de la vie quotidienne de Brian Minor une existence agaçante en échange des abus qu'il avait commis avec ses poings ou ses paroles. Cela lui avait donné un certain degré de satisfaction de savoir qu'un jour, la vengeance lui appartiendrait. Elle savait qu'elle avait été lâche de ne pas simplement le quitter, mais elle soupçonnait que son mari était bien plus dangereux qu'il le laissait paraître. Donc, Anna était enfin prête à en finir avec Brian, mais il se serait douté de quelque chose et l'aurait probablement tuée si elle avait essayé de prendre son chien. Elle avait besoin que j'aille récupérer son bébé pour que la rupture avec son ancien monde soit nette. Et parce que je voulais tellement la sortir de là, et que j'y serais retourné pour mon propre chien s'il était encore vivant, il n'y avait aucun moyen que je dise non.

Après avoir laissé mes amis danser dans un club sur Halsted, je pris un taxi et me dirigeai vers la banlieue. J'essayais de ne jamais quitter la ville et je m'étais aventuré hors du centre-ville de Chicago à seulement deux reprises. Sur la route, j'essayai de me rappeler où, dans la maison, elle m'avait dit que serait son chien, mais puisque je n'avais pas entendu cette partie de la conversation, il était inutile d'essayer de déterrer l'information de mon cerveau. J'imaginais que lorsque j'arriverais à la maison, où je n'étais allé qu'une seule fois, ce ne serait pas trop difficile de trouver un beagle.

Le problème s'avéra de retrouver la maison elle-même. J'avais oublié l'adresse et je ne voulais pas rappeler Anna pour qu'elle pense que je ne l'avais pas écoutée. Même si c'était vrai. Et si je l'appelais maintenant, assez de temps s'était écoulé pour qu'elle se demande pourquoi je ne l'avais pas fait plus tôt, donc… le taxi et moi fîmes le tour de La Grange jusqu'à ce que je me rappelle la rue grâce à une boisson énergisante que j'avais achetée – et bue – quand je lui avais demandé de s'arrêter dans une station essence. Cela ne nous avait pris que deux heures pour arriver jusqu'à l'énorme maison de deux étages. Je demandai au chauffeur de m'attendre et il me répondit qu'il préférait boire du Clorox [1]. Je comprenais. Je pouvais être épuisant parfois. Je le regardai s'éloigner avant de me diriger vers la maison.

La porte d'entrée n'avait apparemment pas été bien fermée : elle s'entrouvrit au moment où je m'apprêtais à sonner. J'appelai Brian et ne reçus aucune réponse. Lorsque j'appelai George, j'entendis un aboiement étouffé venant d'une pièce sur la gauche. C'était le bureau et dès que j'entrai, je réalisai que le bruit provenait de derrière le rideau. En allant vérifier, je découvris une autre porte derrière. Si vous ne la cherchiez pas, vous ne l'auriez jamais vue, mais on ne pouvait pas se méprendre

---

1 Clorox : Marque de produits d'entretien pour les professionnels (hôpitaux, écoles, etc.)

sur les pleurs aigus du chiot. Quand j'ouvris la porte, George se jeta sur moi en gémissant et en dansant, tout son petit corps remuant avec le balancement de sa queue. Il essayait comme un fou de percer mon jean de ses griffes. Je me penchai pour le caresser et lorsque je le fis, sans en avoir eu l'intention, sans même y penser, je fis un pas dans le bureau. La porte était ouverte, mais je me tenais derrière le rideau, donc même si je n'avais pas eu l'intention de me cacher, c'est exactement l'effet que cela donnait. Ce n'était que pour une seconde et je m'apprêtais à reculer lorsque j'entendis le fracas. George glapit et se cacha derrière ma jambe. Je jetai un œil derrière le drapé et vis un homme allongé sur ce qui restait de la table basse en verre à côté de laquelle j'étais passé quelques secondes plus tôt. Il était couvert de sang et marmonnait doucement.

Il y avait des moments comme celui-ci où une lumière stroboscopique semblait flasher dans votre tête. Vous distinguiez une partie des choses, mais pas l'image entière. Je vis le verre brisé, les chaussures en cuir noir verni des types debout sur le tapis persan d'un bleu royal ; je vis le sol en marbre poli et Brian qui pointait un revolver sur le mec. Le bruit n'a rien à voir à ce que l'on entend dans les films. Lorsque le coup part, il n'y a pas de 'boum', ça ressemble davantage à un gros pétard qui éclate. Je vis le gars sursauter, l'entendis crier 'non' et je regardai Brian décharger l'arme. Ce fut rapide, comme un faux raccord dans un film, et ce fut fini. Tous types lui crachèrent dessus tour à tour et c'est à ce moment-là que deux choses arrivèrent simultanément. D'abord, mon téléphone sonna et on entendit 'Karma Chameleon', et ensuite, George prit un départ précipité vers le rideau. Je plongeai pour l'attraper et le saisit par son collier, mais pas à temps pour stopper mon élan vers l'avant. Ce fut comme une pièce au théâtre. Je sortis de derrière le rideau. Comme dans *ta-da !*

Mes yeux balayèrent la pièce ; je vis chaque visage avant de me fixer sur celui que je connaissais le mieux, le mec qui tenait l'arme vide.

— Jory ! rugit Brian, et parce que je n'avais pas le moindre réflexe de combat, je pris immédiatement la fuite.

Je tirai sur le collier de George et le poussai dans l'autre pièce. Alors que je plongeai après lui, j'entendis des coups de feu et Brian crier mon nom. Il n'avait jamais été fou de moi, mais nous venions de dépasser un tout autre stade.

Je pris mes jambes à mon cou et m'enfuis. Je criai après George et il se mit à courir à mes côtés aussi vite que ses petites pattes pouvaient le porter. Je vis quelqu'un se dresser devant moi, mais au lieu de ralentir, j'accélérai. Quand il tira son arme, je me laissai tomber à genoux et glissai sur le plancher de bois verni. Cela aurait été amusant si je n'avais pas été en train de courir pour sauver ma peau à ce moment-là. Il tomba sur moi, mais je le repoussai et me précipitai vers la porte d'entrée. Lorsque je l'ouvris à la volée, je me retrouvai face à Darth Vador.

— Baissez-vous, m'ordonna-t-il, et ce qui ressemblait à une balle de baseball le frappa en pleine poitrine.

7

Je replongeai vers le sol et il me marcha dessus, puis quelqu'un d'autre me frappa et mon bras fut tiré si fort que je crus que mon épaule était déboîtée. À l'extérieur, quelqu'un me remit sur mes pieds avant de me tirer dans la rue où il semblait y avoir une centaine de voitures de police, leurs lumières clignotant à tout-va. Il faisait froid et c'est ce que je remarquai avant toute autre chose. Il y eut plus de coups de feu et je me retrouvai une fois de plus à genoux par terre. Je perdis l'équilibre parce que je fus poussé et heurté, puis quelqu'un me recouvrit d'une veste qui semblait peser une tonne. Je tombai à la renverse et George me piétina, me léchant le visage alors que j'essayais de respirer. J'étais essoufflé et lorsque je parvins enfin à attraper le chien et le serrai dans mes bras pour qu'il s'arrête, je me rendis compte que quatre hommes se tenaient au-dessus de moi. Aucun n'avait l'air content. Un en particulier semblait avoir envie de m'étrangler ici, en plein milieu de la rue.

— Deux ans de travail d'infiltration perdus en quelques secondes, me dit-il d'un ton glacial.

Quoi dire ?

— Désolé ?

— Qui diable êtes-vous ? grogna-t-il.

Son froncement de sourcil avait l'air permanent.

Je toussai deux fois. Mes côtes me faisaient mal.

— Jory Keyes.

— Que fais-tu ici, mec ? me demanda l'un des autres d'un ton sec.

J'essayai de prendre une bouffée d'air.

— Je suis venu chercher le chien, leur dis-je, ce qui était réellement la seule explication que j'avais.

Cela avait semblé une tâche facile sur le moment.

— Le chien ?

Leurs expressions étaient inestimables et là, même couché sur le trottoir, je ne pus m'empêcher de sourire.

S<small>I JE</small> ne regardais pas autant la télévision, la vie réelle ne serait pas aussi décevante. Telles qu'étaient les choses, je m'attendais à une salle d'interrogatoire digne de 'New York : police judiciaire' et la réalité ne ressemblait en rien à cela. Ce n'était pas sombre, c'était vraiment lumineux, et la table en métal était boulonnée au plancher. Les chaises – également en métal – étaient froides et sans rembourrage, en gros, cette pièce n'avait ni caractère ni atmosphère qui valaient la peine d'en parler. C'était tout simplement décevant et je m'ennuyais à mourir. J'avais un sac de glace à l'arrière de mon crâne, un Sprite pour mon estomac un peu nauséeux lorsque l'adrénaline était retombée, ainsi qu'un stylo et du papier pour pouvoir écrire tout ce dont je me souvenais. J'avais raconté ce que j'avais vu à un tas de personnes, de dix manières différentes. Quand Anna était venue chercher George, ils ne m'avaient pas laissés pas la voir. Elle était emmenée en sécurité quelque part à la seconde même. Je ne pouvais pas leur en vouloir. Moi non plus je ne voulais pas qu'on lui fasse de mal. Ma tête reposait sur mes bras croisés quand la porte s'ouvrit. Tant de gens étaient entrés et sortis que je ne levai même pas les yeux.

— Monsieur Keyes.

Je fis rouler ma tête sur le côté et me rendis compte que l'inspecteur Sam Kage était de retour. Il était, avais-je décidé, celui qui me haïssait le plus. J'avais foiré son opération d'infiltration avec mon besoin d'être secouru. Lui et ses collègues inspecteurs des mœurs avaient dû faire voler en éclat leurs couvertures et tourner leurs armes sur Brian Minor pour me sauver. La seule chance qu'ils avaient eue de toute la nuit était que Brian avait effectivement tué un homme de sang-froid et qu'ils avaient un témoin oculaire de la scène… moi. Il allait faire un tour en prison pour un bon moment. Il était aussi, m'avaient-ils dit, dans le racket, la corruption, le chantage et l'extorsion. Le meurtre au premier degré, c'était un niveau tout à fait différent, ce qui leur convenait.

— Redressez-vous et regardez-moi.

Je relevai la tête de mes bras et m'adossai à la chaise, les yeux fixés sur lui. Il avait retiré son gilet pare-balles en Kevlar et portait maintenant une chemise et une cravate. Il essayait de se faire passer pour un inspecteur de police affable, mais je n'y croyais pas une seconde. J'avais déjà vu sa bête intérieure. Les autres — son capitaine grand et chauve, son partenaire au visage sombre qui avait l'air de venir d'Europe de l'Est et les deux autres, qui avaient le profil typique de mecs appartenant au Corps des Marines — avaient tous l'air plus gentils que l'inspecteur Kage. Je voulais tout le monde sauf lui dans la pièce avec moi.

— Monsieur Keyes, vous…

— Quelle sorte d'arme est-ce là ? demandai-je en pointant son étui.

— Quoi ?

— Quel genre d'arme ?

— Pourquoi ?

Je haussai les épaules.

— Je me demandais.

— C'est un Glock 22.

— D'accord, dis-je en bâillant et en laissant échapper un profond soupir.

Cet échange avait peut-être tué une seconde et demie. Qu'était-il prévu ensuite ?

— Parlez-moi de vous, Monsieur Keyes.

Je le regardai de nouveau.

— Que voulez-vous savoir ?

— D'où venez-vous ?

— Kentucky, dis-je platement parce que je disais en général Los Angeles ou Miami juste pour faire plus glamour, mais j'imaginais qu'il s'attendait à ce que je lui dise la vérité, étant un officier de police et tout et tout.

9

— Depuis combien de temps vivez-vous à Chicago ?

— J'ai emménagé ici quand j'avais dix-sept ans.

— Vous vous êtes enfui de chez vous ?

— Nan. J'ai eu mon diplôme du secondaire quand j'avais dix-sept ans. Vous voyez, mon anniversaire est en janvier alors j'ai commencé l'école quand j'avais quatre ans au lieu de…

— Pouvons-nous avancer ?

Grossier, non ?

— Eh bien ?

— Grossier, non ? dis-je à voix haute au lieu de simplement le penser.

— Désolé, continuez.

— Peu importe, répondis-je sèchement.

Je détestai être pris en train de divaguer par des gens qui se foutaient de ce que je disais. C'était horriblement gênant.

— Continuez de parler, désolé pour l'interruption.

Il n'était pas désolé, mais je compris que si j'attendais une réelle sincérité de sa part, je risquais de rester assis là pendant un bon moment. Il était préférable de simplement laisser courir. Qu'est-ce que cela pouvait bien me faire qu'il s'en soucie ou pas ?

— D'accord, donc je suis arrivé, j'ai trouvé un travail et je suis ici depuis.

— Mm-mm. Alors quoi, votre famille est toujours au Kentucky ?

— Non, soupirai-je. Il n'y avait que ma grand-mère et elle est morte quand j'avais dix ans.

— Où sont vos parents ?

— Je n'en ai aucune idée.

— Vous n'avez aucune idée de l'endroit où se trouve votre père ?

Il disait ça comme s'il n'y croyait pas.

— Non, je ne sais même pas qui il est. Ce n'est même pas noté sur mon acte de naissance et ma mère est partie quand j'avais trois mois ou quelque chose comme ça. Elle s'appelait… s'appelle Mandy, mais c'est tout ce que je peux vous dire. Elle n'est jamais revenue et je ne l'ai jamais rencontrée.

— Je vois. Donc, vous avez été élevé par votre grand-mère et lorsqu'elle est morte, quoi ?

— Je suis allé en famille d'accueil.

Il me regarda droit dans les yeux.

— Des histoires d'horreur ?

— Non, j'ai eu de la chance. J'ai vécu dans un foyer à partir de l'âge de dix ans jusqu'au moment où j'ai obtenu mon diplôme d'études secondaires.

— Vous étiez proche de ces gens ?

— Non. Pourquoi ?

— Pourquoi pas ?

— Je ne sais pas. Vous agissez comme si j'avais un trouble de la personnalité ou quelque chose dans ce goût-là.

— Vraiment ?

— C'était implicite, lui assurai-je.

Il grogna.

— C'était un foyer, Inspecteur. Ce n'était pas une relation mère/père à proprement parler. C'était comme un dortoir. Je n'étais proche de personne. Ils se foutaient de savoir si j'étais là ou non.

— Est-ce que cela vous dérangeait ?

— Je n'ai pas besoin d'une putain d'évaluation psychologique, d'accord ? C'était ce que c'était et ça n'a pas d'importance.

Il hocha la tête.

— Alors, vous avez passé votre diplôme et quoi ?

— J'ai acheté un ticket de bus de Lexington, Kentucky pour Chicago, Illinois.

— Et donc vous êtes arrivé ici et ensuite, que s'est-il passé ?

— Pourquoi est-ce important ?

— J'ai simplement besoin de connaître vos antécédents, Monsieur Keyes, si cela ne vous dérange pas.

Est-ce que cela me dérangeait ?

— D'accord, donc je suis arrivé ici et j'ai obtenu le poste que j'occupe actuellement. J'ai travaillé pendant mes années à l'université et quand j'ai eu fini, j'ai décidé de rester au lieu de faire autre chose.

— Et où travaillez-vous ?

— Je travaille chez Harcourt, Brown et Cogan, dis-je fièrement.

— À votre ton, je suppose que je suis censé savoir ce que c'est.

Je me sentis froncer les sourcils.

— Qu'est-ce que c'est que ce regard ? demanda-t-il.

— Est-ce que vous plaisantez ?

— Non, je ne plaisante pas.

— Vous êtes sérieux ?

— J'ai dit que je l'étais.

— Hein ?

— Ce que vous avez dit, qu'est-ce que c'est ?

— Harcourt, Brown et Cogan… C'est l'un des plus gros cabinets d'architectes de la ville.

— Mm-mm.

— Mon patron, Dane Harcourt, est le principal architecte. Miles Brown s'occupe de décoration d'intérieur et Sherman Cogan est un architecte paysagiste.

— Qu'est-ce qu'architecte principal veut dire ?

— Il conçoit des maisons.

Il m'observa une longue minute.

— Vraiment ?

— Oui. Il est très célèbre.

— S'il est si célèbre, pourquoi n'ai-je pas entendu parler de lui ?

Je me moquai de lui.

— Je parie que les gens dont vous n'avez pas entendu parler pourraient remplir un livre, inspecteur.

— Vous êtes un emmerdeur, vous savez ça ?

Je lui souris.

— Une répartie particulièrement agréable, inspecteur.

— Donc c'est tout, aucune famille, juste vous ?

— Juste moi.

— Ce sera donc plus facile.

— Quoi donc ?

— De vous faire disparaître.

— Je vous demande pardon ?

— Détention préventive... Protection des témoins... Vous commencez à comprendre ?

Je secouai la tête.

— Dites-moi simplement quand je peux rentrer chez moi.

Il plissa les yeux, plus qu'ils ne l'étaient déjà.

— Êtes-vous stupide ?

Je me contentai d'attendre, les yeux fixés sur lui.

— Monsieur Keyes, vous ne rentrerez jamais chez vous. Vous allez entrer dans le programme de protection des témoins. La police fédérale sera ici dans la matinée pour vous emmener à...

— Ouais, c'est ça, dis-je en me levant.

J'étais fatigué d'être traité comme si j'avais fait quelque chose de mal.

— Je m'en vais maintenant. Je suis épuisé et je dois aller travailler demain.

— Monsieur Keyes, des gens veulent vous tuer. Vous comprenez ça ? Brian Minor a de très bonnes connexions et...

— Je dois y aller, dis-je en me dirigeant vers la porte.

— Monsieur Keyes, vous allez en détention préventive.

— Hum-hum, dis-je en me moquant de lui, m'arrêtant à la porte juste le temps nécessaire pour l'ouvrir et sortir.

Au bout du couloir, Brian était dirigé quelque part, quel que soit l'endroit où il était emmené par deux policiers en uniforme.

— Jory ! me cria-t-il. Tu es un homme mort ! Tu m'as bien compris ? Mort !

Je lui souris et lui fit un doigt d'honneur. Il se libéra et me chargea du bout du couloir. Je ne savais pas ce qu'il pensait pouvoir me faire, menotté comme il l'était, mais il courut quand même. Il avait toujours été costaud et bourrin, genre malabar dans un magasin de porcelaine. Beaucoup d'hommes comme lui étaient souples lorsqu'ils bougeaient, comme si leur taille était parfaite pour eux, mais Brian avait toujours semblé ignorer sa force ou les limites de ses propres épaules et jambes.

Charger comme un animal était toujours ce qui lui venait à l'esprit. Alors, lorsqu'il arriva jusqu'à moi, je l'esquivai en m'accroupissant et balayai ma jambe sous lui. Il tomba durement à mes pieds, face la première sur le carrelage. Je restai là pendant une seconde, puis je l'enjambai de façon vraiment théâtrale.

— Sale fils de pute ! hurla-t-il.

— Ferme ta grande gueule ! lui dis-je avec humeur.

— Jory ! cria-t-il alors que je sautais par-dessus ses jambes, juste avant qu'il soit enterré sous cinq policiers. Putain ! Je vais te tuer… sale pédé ! Tu m'entends ! Jory ! Sale suceur de bites !

— Oh, va en enfer, Brian, grognai-je en me tournant pour m'éloigner de lui. Et toute cette merde de pédé, c'est si vieux. Qui utilise encore ce terme de toute façon ?

— Jory ! hurla-t-il.

— Des gens avec des camionnettes et des râteliers à fusils, voilà qui.

Je gloussai, mon propre rire sonnant un peu déséquilibré. J'étais prêt à m'évanouir.

— Jory !

Sa voix avait perdu de son intensité, mais il criait toujours.

Je me dirigeai vers l'escalier.

— Monsieur Keyes !

Je pivotai et vit l'inspecteur Kage avec son charmant capitaine que j'avais rencontré plus tôt, ainsi qu'un autre de ces hommes – mâchoire carrée/cheveux coupés au carré – qui s'était trouvé avec lui dans la rue. Il posa deux doigts sur ma clavicule comme s'il essayait de percer ma peau.

— Où diable pensez-vous…

— Sam, le mit en garde le capitaine en lui retirant la main. Ne soyons pas…

— C'est un idiot, dit-il en me désignant d'un geste de la main. Et il sera mort demain à cette heure.

— Et qui ferait ça ? Brian ?

Je lui souris d'un air narquois.

— Fichez-moi la paix.

Il fit de nouveau un geste vers moi, mais ne dit rien.

— Monsieur Keyes, commença l'autre inspecteur d'une voix douce et apaisante. Même si vous pensez à Monsieur Minor simplement comme au fils de pute de mari d'une de vos petites amies, vous devez nous croire quand nous vous disons que cet homme n'est pas n'importe qui. Il s'agit d'un trafiquant de drogue, d'un assassin et de quelqu'un à qui vous ne voulez pas vous frotter. Il y a beaucoup de gens qui ne veulent pas le voir en mesure de choisir entre la prison ou parler d'eux. Vous seul avez le pouvoir de le mettre derrière les barreaux. Sans vous, il s'en sort. Comprenez-vous cela ?

— Je comprends, dis-je. Vraiment. Je vais témoigner. Je ferai tout ce que vous voudrez pour qu'il ne revoie jamais Anna tant qu'il vivra. Je vous le promets, mais sérieusement… j'ai une vie. Je veux dire, je suis ici depuis cinq heures et j'ai bien compris que vous ne pensez pas qu'être l'assistant de quelqu'un est important. Mais je vous assure que pour mon patron, je compte vraiment. Vous n'avez pas idée de la quantité de trucs que j'ai à faire.

Je poussai un rapide soupir, secouant finalement la tête.

— Appelez-moi et dites-moi quel jour je dois comparaître devant le tribunal, dis-je en descendant l'escalier menant à la sortie.

— Monsieur Keyes.

Je soupirai et me retournai, regardant le capitaine.

— Ils s'en prendront aux gens que vous aimez.

Je haussai les épaules.

— Bonne chance pour en trouver, dis-je avant de m'éloigner.

Dehors, l'air était froid. J'avais oublié que je portais toujours mes vêtements pour aller danser, qui consistaient cette nuit-là en un tee-shirt noir en spandex, un jean marron serré et des bottes de motard. Et comme nous étions en novembre, je me gelais. L'odeur dans l'air me faisait penser qu'il allait pleuvoir et le vent était glacial. Mes dents commencèrent à claquer tandis que je cherchais un taxi.

Une voiture ralentit à côté de moi et j'entendis le bruit d'une fenêtre automatique qui descendait. Lorsque je me retournai, un gars me souriait depuis le côté conducteur.

J'attendis l'inévitable 'rentre-dedans'.

— Hé, mec, je peux te déposer quelque part ?

L'ensemble d'éléments écœurants d'un homme d'âge moyen dans un van, essayant de m'embarquer dans le même véhicule dont il se servait pour emmener ses enfants à l'école, me fit frissonner.

— Je te parle, mon mignon.

— Non merci, dis-je rapidement en espérant qu'il passe son chemin. Je n'ai pas besoin qu'on me dépose.

— Allez… insista-t-il. Combien ?

— Je ne fais pas le trottoir, mec, je suis juste en train de marcher, dis-je en me déplaçant plus rapidement.

— Bien sûr que si, dit-il en me lorgnant. Monte !

Et puis je compris : c'était à cause des vêtements que j'avais mis pour aller au club et que je portais maintenant en dehors du club, en centre-ville, marchant seul dans les rues à deux heures du matin. Je n'avais rien à reprocher à sa logique. J'avais littéralement écrit 'garçon à louer' sur moi.

— Je…

Le klaxon nous fit peur à tous les deux. Je sursautai et le type fut tellement surpris qu'il appuya sur la pédale d'accélérateur et partit. J'aurai trouvé ça drôle si mon cœur ne battait pas si fort. Je frissonnai malgré moi et levai les yeux quand j'entendis quelqu'un crier mon nom.

14

Je vis l'énorme SUV – nommé d'après quelque chose en rapport avec les bateaux, noir et brillant – et, par la vitre baissée, l'inspecteur Kage. Il me faisait signe d'approcher. Je fourrai les mains dans mes poches et me dirigeai vers lui pour voir ce qu'il voulait.

— Montez ! dit-il sèchement dès que j'arrivai à hauteur de la fenêtre.

— Je...

— Monsieur Keyes, dit-il brusquement et son exaspération était évidente. Je suis à un cheveu de vous faire monter de force dans ce véhicule que vous le vouliez ou non.

La façon dont il prononça le mot 'véhicule', si cliniquement, ressemblait tellement au flic qu'il était. '*Éloignez-vous du véhicule, placez vos mains sur le toit du véhicule, montez dans le véhicule*'... c'était drôle.

— Ah ouais ? le défiai-je parce que je pensais pouvoir m'enfuir avant qu'il puisse mettre la main sur moi. Vous croyez ?

— Ouais, m'avertit-il, le regard braqué et sombre. Je le pense.

Et ce ne fut pas tant le ton sinistre ou la façon dont il me regarda que le muscle qui se crispa sur sa mâchoire qui me fit comprendre que j'étais plus proche d'un compromis que je le croyais. Il était plus grand que moi, et les chances qu'il puisse me blesser étaient par conséquent plutôt élevées.

J'ouvris la portière et m'installai sur le siège, claquant la lourde portière plus fort que nécessaire.

Il me grogna dessus.

— Attachez votre foutue ceinture de sécurité.

— Savez-vous où j'habite ? lui demandai-je.

— Oui, grogna-t-il presque.

Il avait une de ces voix basse et rauque, le genre que j'aurais trouvé sexy comme l'enfer dans toute autre circonstance.

— Je n'habite pas en ville.

Je voulais m'assurer qu'il savait où il allait.

— J'habite juste de l'autre côté d'Austin Avenue à Oak Park.

Il ne répondit pas alors je laissai tomber. Il y avait une musique country quelconque à la radio, mais c'était faible, donc je ne me plaignis pas.

— M'avez-vous entendu ? lui demandai-je pour vérifier.

— Je sais où vous habitez, dit-il rapidement, clairement exaspéré. C'était l'une des nombreuses questions à laquelle vous avez répondu, comme vous vous le rappelez peut-être.

Je levai les yeux au ciel alors que mon téléphone se mettait à sonner.

— Allô ? répondis-je.

— Où diable es-tu parti ? me demanda Taylor Grant avec irritation.

— Sortir une amie du pétrin, dis-je en souriant et en m'affalant sur le siège.

— Allais-tu revenir ou appeler ?

Je rigolai.

15

— Je ne pense pas que c'était notre marché. Toi et moi nous pouvons partir n'importe quand. C'est ta règle, lui rappelai-je joyeusement.

Long silence.

— Pas vrai ? insistai-je.

— Ouais, c'est vrai, dit-il, l'agacement évident dans sa voix. Alors, où es-tu ?

— Je rentre chez moi.

— Ah ouais ?

— Ouais. Pourquoi ?

— Dis-moi où c'est.

— Nan. Je t'appellerai, lui dis-je.

— Jory, dit-il doucement. S'il te plaît, laisse-moi…

— À plus.

Je bâillai et raccrochai. Je n'étais pas d'humeur à avoir de la compagnie. Je voulais seulement rentrer à la maison, me glisser sous la douche pour me laver de cette nuit et m'écrouler dans mon lit.

— Un de vos amis ?

— Pas vraiment, lui répondis-je, juste un mec.

— Vous avez beaucoup de mecs ?

Je me tournai lentement vers lui.

— Quoi ? demanda-t-il d'un ton bourru.

— Quel genre de question est-ce là ?

— Légitime, je dirais.

Je détournai la tête pour regarder à nouveau par la fenêtre.

— Quel âge avez-vous ? demanda-t-il.

— Vingt-deux ans.

J'abrégeai ma réponse en essayant de ne pas être cassant.

— Vingt-deux ans, répéta-t-il.

— Ouais.

— Comment pouvez-vous vous permettre de vivre seul ?

C'était une question étrange.

— Je vous l'ai déjà dit, j'ai un bon travail.

— Et quoi d'autre ?

Je me retournai à nouveau vers lui.

— Qu'est-ce que c'est supposé vouloir dire ?

— Je pense que vous le savez.

— Je ne crois pas, inspecteur. Vous allez devoir me l'expliquer.

— Très bien. Est-ce qu'un mec vous aide à payer le loyer et en échange, vous le laissez vous baiser ?

Voilà qui était parfaitement clair.

— Non, réussis-je à dire en desserrant à peine la mâchoire.

— Non ?

— Et d'abord comment savez-vous que je suis gay, inspecteur ?

16

Il me regarda d'un air ironique.

— Habillé comme ça ?

— Vous savez quoi ? Laissez-moi descendre !

— Laissez tomber. Ne soyez pas si dramatique.

Il était contrarié et sa voix le laissait parfaitement entendre.

— Vous tous êtes si foutrement dramatiques.

Vous tous ?

— Vous voulez dire les gays ?

— Laissez tomber, d'accord ? Je suis fatigué et je n'ai pas envie d'entrer dans un concours avec vous pour savoir qui pissera le plus loin. Je vous ramène parce que si je ne le fais pas, vous allez mourir de froid. Vous n'avez même pas de veste.

— Je vais tenter ma chance.

— Restez assis là et fermez-la.

Et j'obéis bien sagement à sa demande, ne disant plus un seul mot de tout le trajet. Quand il me largua en face de la vieille maison victorienne qui avait été transformée en quatre appartements, je sortis. Je claquai la portière et traversai la pelouse en courant sans un regard en arrière. Je ne vérifiai pas pour voir s'il attendait.

Lorsque j'entrai chez moi, je tombai immédiatement sur mon lit, tout habillé avec mes chaussures. J'étais épuisé. Se faire tirer dessus alors que vous couriez pour sauver votre peau était vraiment éreintant.

17

II

AU MOMENT où je partais travailler en ce mercredi matin, il était près de dix heures et j'avais envie de faire demi-tour pour rentrer à la maison. Traverser la ville en métro était généralement assez amusant. J'aimais bien voir les mêmes visages tous les matins et parler à des gens que je connaissais à peine. Le problème était que nous avions eu droit à une pluie glaciale ce matin qui avait trempé tout le monde, mettant les gens de mauvaise humeur et les rendant intolérants face au désagrément quotidien d'être entassés comme des sardines. Une fois que j'arrivai au centre-ville, je dus remonter deux pâtés de maisons jusqu'à Cullen pour aller chercher la voiture de mon patron. Il m'avait appelé à six heures du matin pour me dire que le mécanicien avait oublié de la déposer chez lui et que par conséquent, je devais m'en occuper. Je dus ramener la voiture au bureau. Pour la milliardième fois, je me remémorai de la raison pour laquelle je ne possédais pas de véhicule. Conduire en ville était un véritable enfer. Entre les voitures à esquiver, les coups de klaxon intempestifs à mon attention et les piétons suicidaires, j'étais prêt à hurler. Je dus faire attention à ne pas heurter les voitures garées dans les rues étroites, me souvenir dans quel sens prendre certaines rues et essayer de ne pas rouler sur un nid de poule dans lequel je pourrais y laisser une roue. Je remerciais Dieu que la BMW de Dane soit une automatique ; je serais mort sans ça. Les gens touchaient presque toujours votre pare-chocs arrière lors d'un arrêt, et quand vous étiez au volant d'un véhicule munit d'un levier de vitesse, il est vraiment difficile de ne pas à reculer même un tout petit peu et heurter quelqu'un. Quand un coup de klaxon me fit sursauter, je passai le feu juste à temps. J'eus l'impression d'avoir mis un an pour faire dix pâtés de maisons.

Je me trouvais dans le hall et m'ébrouais comme un chien tout en enlevant mon manteau et en secouant mes pieds. Piper Dowling, notre réceptionniste, m'observa en riant pendant tout ce temps-là.

— Quoi ? demandai-je, en la regardant.

C'était une véritable vision, comme chaque matin, avec ses grandes boucles de la couleur du miel et ses doux yeux bleus. Et parfaite, avec un maquillage impeccable qui accentuait sa beauté.

— Tu as l'air vraiment craquant tout mouillé, mon ange.

Je lui lançai un regard qui la fit éclater de rire. Quand elle se reprit, elle me fit savoir que le café était encore chaud dans la salle de pause.

— Bonjour, me dit Sonja Lawson de son bureau alors que je passais devant elle.

— Hé, la saluai-je en souriant. Comment vas-tu ce matin ?

18

Elle haussa les épaules et je m'arrêtai avant d'accrocher mon manteau sur le portemanteau vintage.

— Quoi ? demandai-je avant de pouvoir m'arrêter.

Je me moquais de savoir ce qui n'allait pas, je la trouvais tout à fait ennuyeuse. Elle n'avait jamais de rendez-vous galant, ne s'achetait jamais de vêtements ni de chaussures de marque et ne regardait pas les mêmes émissions que moi. Nous n'avions absolument rien en commun.

— Eh bien, nous arrivons à la fin de mes trois mois, J, et je ne sais toujours pas si je vais rester ici de façon permanente ou non.

Je n'en avais aucune idée non plus.

— Je veux dire, la seule raison pour laquelle je suis ici, c'est parce que son bureau est dix fois plus actif que celui de n'importe lequel des autres partenaires. Tout le monde veut qu'il fasse leurs maisons, pas Monsieur Cogan ou Monsieur Brown.

— Sherman Cogan est un architecte paysagiste, Sonja, soupirai-je.

Je le lui avais déjà expliqué environ un million de fois.

— Et Miles Brown est un architecte d'intérieur. Ils ne font pas du tout la même chose.

— Non, je sais, mais le bureau de Dane reçoit plus de visites parce qu'il est le meilleur.

Comme d'habitude, elle ne comprenait pas pourquoi, mais je laissai tomber.

— Jory, je veux rester ici.

— Ouais, je sais.

Elle me le disait tous les jours depuis qu'elle avait commencé. Depuis le jour où Dane était entré dans le bureau et qu'elle avait levé les yeux pour les plonger dans son regard gris ardoise. À partir de ce moment-là, elle avait voulu rester.

Elle poussa un profond soupir.

— J'aime tout le monde ici.

Je savais exactement qui elle aimait et de qui elle espérait être aimée en retour.

— Jory, s'il te plaît.

— La décision n'a rien à voir avec moi, dis-je en secouant autant d'eau de mon manteau que je pouvais avant de me diriger vers mon bureau, mes pieds faisant des bruits de succion au passage.

— Qu'est-ce que tu as fait ? Tu es venu travailler à la nage ? demanda-t-elle en gloussant, momentanément distraite de sa campagne pour rester travailler pour Dane.

Je grognai.

— Ouais, c'est exactement ce que je ressens.

— Tu sais ce que je voudrais vraiment ?

— Je n'en ai aucune idée, dis-je en la regardant par-dessus mon épaule.

— Ton travail, dit-elle avec un large sourire.

— Et qu'est-ce que je ferais ?

— Mon travail.

19

— Ouais, c'est ça. Est-ce que tu m'imagines gentil et guilleret toute une journée ?

Elle se moqua de moi alors que je haussai un sourcil interrogateur. Je l'admirais beaucoup pour le sourire qu'elle plaquait sur son visage huit heures par jour. Impossible pour moi d'être capable d'un tel charme forcé. Mon travail me laissait une marge de manœuvre plus importante pour être vache.

J'avais la chance d'être en relation avec les clients, d'assister aux réunions préliminaires, d'aller en rendez-vous avec mon patron au domicile de ses clients et de m'assurer que personne ne voit jamais Dane Harcourt en chair et en os sans rendez-vous. Je faisais aussi beaucoup d'allers-retours au pressing et commandais des fleurs pour la personne du moment avec laquelle il sortait. Trouver des cadeaux d'anniversaire et acheter des présents pour Noël semblaient également faire partie de ma description de poste. Cela ne me dérangeait pas vraiment, cependant – c'était amusant. D'ailleurs, j'aimais quand les gens complimentaient Dane sur son goût et qu'il n'avait aucune idée de ce dont ils parlaient parce qu'il avait oublié de me demander ce que j'avais acheté. Depuis que j'avais reçu une carte American Express Platinum avec mon nom écrit dessus et que j'étais celui qui réconciliait ses relevés, neuf fois sur dix, il n'avait aucune idée de ce qu'il avait dépensé ou pour qui. C'était agréable qu'il me fasse implicitement confiance et il se trouvait que j'y étais quelque peu accro. Lorsque l'interphone de Sonja résonna tout à coup et qu'une voix agacée lui demanda si j'étais enfin arrivé, je fus étonné de la rapidité avec laquelle tous mes bons sentiments s'enfuirent.

— Oui, je suis là, répondis-je d'une voix forte en laissant échapper un profond soupir et en passant mes doigts dans mes boucles humides avant de me laisser tomber sur ma chaise.

— Viens ici, maintenant, dit Dane d'un ton sec et l'interphone fut coupé.

Je gémis bruyamment.

— Chuuuut, m'avertit Sonja.

— Pourquoi ?

— Il va t'entendre.

— Et alors ?

— Je pense simplement que tu devrais être plus gentil avec lui.

Je fus instantanément méfiant.

— Pourquoi ?

— Parce qu'il se peut qu'il ait eu une longue matinée.

— Pourquoi ? demandai-je à nouveau, sentant mes sourcils se froncer.

— Eh bien… dit-elle en hésitant, Thérèse Warner a appelé il y a une heure environ et elle m'a dit qu'elle allait venir.

— Ça n'arrivera pas, dis-je en me levant, lissant mon pull et mon pantalon puis m'assurant d'avoir l'air présentable avant de me diriger vers son bureau, vérifiant mes chaussures au passage. Sauf si tu la laisses lui parler.

Silence. Je levai donc les yeux vers elle. Elle avait l'air affreusement coupable.

— Oh, merde ! gémis-je. Tu te moques de moi ?

— Quel est le problème ?

— Sonja, geignis-je. Allez !

— J'ai oublié que tu m'avais dit qu'elle ne devait pas être mise en relation avec lui.

Elle prit une profonde inspiration tremblante.

— Alors, quand elle m'a dit qu'elle venait, je lui ai demandé si elle voulait parler à Monsieur Harcourt.

— Parfait ! grommelai-je.

Décidément, cette journée se déroulait de mieux en mieux.

— As-tu autre chose à me dire avant que j'aille le voir ?

— Je lui ai passé Monsieur Reid aussi.

Je me frottai l'arête du nez et comptai jusqu'à dix. Mon ami Evan disait toujours que tout était question de visualisation. Je devais imaginer un endroit où je me sentais heureux et m'y projeter plutôt que d'être ici. Malheureusement, cela ne semblait pas fonctionner. Ce n'était vraiment pas une grosse affaire qu'il soit irrité : il était irrité avec moi quatre-vingt-dix pour cent du temps. Le problème venait de la leçon qui suivait toujours. Cet homme vivait pour me rappeler mes erreurs.

— Mort. Je suis mort.

— Pourquoi ? C'est de ma faute, pas de la tienne.

— Mais je suis responsable de tout ce qui lui arrive lorsqu'il est au bureau.

Elle émit un petit rire.

— Allez, J. Tu te prends un peu trop au sérieux maintenant.

Je secouai la tête.

— Non, je veux dire que tout ce qui touche l'entreprise, c'est mon bébé. Je suis censé faire en sorte que les choses ici se passent en douceur.

— Je ne pense pas que ce soit réellement un si gros problème.

— Si tu le connaissais mieux, tu saurais exactement de quoi il retourne.

— Et de quoi s'agit-il ?

— De suivre ses directives, lui dis-je au moment même où la porte du bureau de Dane s'ouvrait et que celui-ci se montra.

Je ne pus étouffer mon gémissement à temps.

— Est-ce que le sens du mot '*maintenant*' t'a complètement échappé ?

— Non, monsieur, dis-je en me levant de nouveau pour le suivre dans son bureau.

Je pris soin de fermer doucement la porte derrière moi.

— Je veux que tu t'occupes des arrangements avec l'agence d'intérim pour que Mademoiselle Lawson soit transférée hors de ce bureau dès que possible. Il me semble que notre contact là-bas est Darcy 'quelque chose'. Appelle-la.

— Pardon ?

Ça, je ne l'avais pas vu venir.

— Je veux qu'elle quitte mon bureau. De préférence aujourd'hui.

Il détacha bien ses mots. Il était trop tôt pour ça.

— Mais elle fait un si bon…

— Je me moque de savoir où elle va, dit-il avec humeur en me coupant la parole. Je veux juste qu'elle parte d'ici. Elle ne peut pas suivre de simples instructions.

— Pourquoi ? Il s'agissait d'une simple erreur d'avoir laissé Mademoiselle Warner et Monsieur Reid vous parler ce matin, dis-je pour la défendre en m'asseyant dans le fauteuil en face de son bureau. Cela ne se reproduira pas. Je lui expliquerai que…

— Est-ce que tu vois ça ? demanda-t-il brusquement en me coupant à nouveau la parole.

Il indiqua des fleurs sur son bureau que je n'avais pas remarquées. C'était des roses rouges à longues tiges, arrangées avec art et elles étaient absolument magnifiques. Le vase était très beau lui aussi et manifestement très cher.

— Ouais.

— Oui, me corrigea-t-il.

Il détestait le mot '*ouais*'.

— Oui, répétai-je.

— Et ?

— Et ? répétai-je d'un ton un peu plus coupant que je l'aurai voulu.

Il arqua un sourcil comme s'il attendait que je dise quelque chose. Je le regardai et attendis. Il entrecroisa lentement ses doigts et continua de me fixer. Je plongeai dans ses yeux gris et remarquai pour la millionième foi combien ils étaient beaux avec les touches argentées et combien ils s'obscurcissaient quand il était contrarié. Et puis cela me frappa.

Il put voir que je venais d'avoir une révélation, et il sourit avec suffisance.

— Est-ce que Sonja vous a encore envoyé des fleurs ?

— Oui.

Il sourit, mais son sourire n'atteignit pas ses yeux. Ils ne brillaient pas comme ils le faisaient lorsqu'il était vraiment heureux. Quand il était réellement heureux, ils avaient une lueur chaude qui était irrésistible.

— Elle a un énorme béguin pour vous, vous le savez.

Je souris parce que c'était mignon.

— Oui, je sais.

— Mais, ce n'est pas…

— Je t'ai dit – et je lui ai dit – que je n'appréciais pas ses avances, peu importe qu'elles soient innocentes. J'ai donné des instructions spécifiques : ce comportement devait s'arrêter.

Il parlait très lentement, très poliment, espaçant chacun de ses mots pour que je sois sûr de les comprendre.

— Ce n'est pas le protocole approprié de cette société et cela ne sera plus toléré. Entre les fleurs, les petites notes et les chocolats pour la Saint Valentin, j'en ai assez.

— Et si je lui fais promettre ?

— Non, dit-il sèchement.

— Mais, patron, ce n'est pas simplement…

— Appelle Darcy et dis-lui que je veux qu'elle parte aujourd'hui et qu'une nouvelle réceptionniste arrive ici, demain. Je veux que ce soit fait avant le déjeuner.

— Sérieusement ?

— Oui, m'assura-t-il.

— Et si Darcy n'a personne d'autre à nous envoyer ? Vous êtes en train de dire que vous préféreriez répondre vous-même au téléphone plutôt que de l'avoir ici ?

— Tu réponds à mon téléphone, pas elle.

C'était un excellent point.

— Je veux qu'elle s'en aille, répéta-t-il.

— Mais s'ils n'ont nulle part où l'envoyer ? Peut-être qu'alors elle ne pourra plus payer son loyer ou…

— Je m'en fiche.

— Waouh. C'est un peu dur, vous ne croyez pas ?

— Non, dit-il avec irritation, et je pus voir que sa patience était à bout.

Je sus immédiatement qu'il devait y avoir autre chose qui le tracassait. Il détestait être irrité, détestait se répéter, mais les petits désagréments ne l'atteignaient jamais. C'était un roc.

— Elle s'en va aujourd'hui. J'en ai assez. Je ne serai pas ennuyé chaque jour sans aucune raison.

— Mais…

— Elle part. Je lui ai donné toutes ses chances.

— Pourquoi devrait-elle être punie parce qu'elle vous trouve irrésistible ?

Je pensais que je pouvais peut-être en appeler à sa vanité.

— J'aurais pensé qu'il était agréable d'arriver au bureau chaque matin et de savoir que quelqu'un pense que vous êtes l'incarnation absolue de tout ce qui est parfait dans ce monde. Je sais que ça me plairait. Ce serait très flatteur.

— Contrairement à d'autres…

Il voulait dire moi, bien sûr. Et je le compris avant même qu'il laisse planer le sous-entendu entre nous.

— … je n'ai pas besoin que mon ego soit perpétuellement caressé. Elle doit s'en aller et le faire maintenant. Et en plus, je ne pense pas que tu trouverais ça flatteur, je pense que tu prendrais ça davantage comme du harcèlement. Du moins, j'espère que tu aurais ce minimum d'intégrité.

Une demi-seconde passa avant qu'il demande :

— En as-tu ?

Je baissai les yeux et comptai jusqu'à dix afin de ne pas l'envoyer promener. Il pouvait être tellement arrogant parfois que l'idée de l'envoyer balader rendait presque impossible le fait de ne pas le faire. Quand je le relevai les yeux, il me fixait toujours avec la mine sombre et renfrognée dont il détenait le brevet. Au bout d'une minute, je plissai les yeux, l'imaginant avec une petite tête, pensant combien

23

il serait facile de l'écraser. Quelle satisfaction si ses yeux sortaient de leurs orbites alors que sa tête explosait.

— Tu fais ce truc avec tes yeux.

— Quel truc ?

— Celui que tu fais quand tu imagines que j'ai une petite tête et combien il serait facile de l'écraser.

Je grognai. Il me connaissait trop bien.

— Écoute, dis simplement à Mademoiselle Lawson que je suis sûr qu'elle sera plus heureuse ailleurs. En outre, ajouta-t-il en tirant une enveloppe du tiroir du haut de son bureau, donne ceci à Mademoiselle Warner lorsqu'elle viendra. Je n'ai pas le temps de lui parler.

Je la pris et me levai pour sortir.

— Ne veux-tu pas savoir ce que c'est ? me demanda-t-il lentement. Tu es habituellement plus curieux.

Il voulait dire 'indiscret'.

— Jory ?

— Vous voulez dire indiscret, dis-je platement.

— Est-ce ce que j'ai dit ?

Voilà, il recommençait à appuyer ses mots.

— Non.

— Alors, prévois-tu d'être de mauvaise humeur toute la journée ?

— Non.

— Je vois, dit-il en hochant la tête.

Il prit une grande inspiration avant de se lever pour aller à la fenêtre de son bureau.

— Dis à Mademoiselle Warner qu'au lieu de ma présence aux Enchères de Célibataires de la semaine prochaine, je lui ai fait un chèque de dix mille dollars. C'est beaucoup plus que ce qu'elle aurait obtenu si j'y avais participé, alors elle devrait être satisfaite.

C'était au profit de la lutte contre le Sida et, à mon avis, il ne s'estimait pas à sa juste valeur. J'imaginais très facilement Mademoiselle Thérèse Warner et Mademoiselle Lacey Collins mener la bataille des portefeuilles pour celle qui aurait mon patron comme compagnon pour le dîner ce soir-là. J'étais sûr que le montant dépasserait largement la barre des dix mille dollars. Thérèse verrait cela comme sa chance de lui parler et de le convaincre qu'il avait eu tort de rompre avec elle. Lacey serait en mode défense, essayant d'éloigner toutes les autres femmes loin de son homme. Elle était la femme du mois et elle avait les faveurs de Dane Harcourt après tout, pour le moment.

— À quoi penses-tu ?

Je regardai dans sa direction et remarquai qu'il m'observait à nouveau.

— À rien.

— Dis-moi, ordonna-t-il en retournant à son bureau pour me donner les roses. Tu penses que ce n'est pas assez ? Que je ne fais pas tout ce que je peux ? Que je devrais faire plus pour la recherche sur le Sida ?

— Tout le monde devrait, mais ce n'est pas ça.

— Eh bien, quoi alors ?

Il patienta, ses yeux gris posés sur les miens.

— Je pense simplement que vous auriez récolté plus d'argent si vous y étiez allé.

— Pourquoi ?

Je souris malgré moi. Il semblait aller à la pêche aux compliments.

— N'est-ce pas évident ?

— Pas pour moi.

— D'accord, à mon avis tout le monde va commencer à enchérir et cela finira entre Mademoiselle Warner et Mademoiselle Lawson qui se battront pour le privilège de votre compagnie.

— Que tu crois, dit-il avec lassitude.

— Tout à fait, lui répondis-je.

Bon sang, il avait demandé !

— Et peut-être même que Mademoiselle Palmer et Mademoiselle Smythe voudront également faire une offre. Ce sera une véritable frénésie.

— Je vois.

— Ne pensez-vous pas ?

— Eh bien, nous ne le saurons jamais, n'est-ce pas ?

— Je suppose que non, dis-je en haussant les épaules et en déposant ses clés de voiture que j'avais encore dans la main sur son bureau.

— En outre, si Monsieur Reid vient ici, il doit être immédiatement refoulé. Je lui ai déjà clairement fait part de ce que je pensais au sujet des visites non sollicitées en ces lieux. Donc, s'il arrive, il sait à quel accueil s'attendre. Tu devrais alerter la sécurité du bâtiment par la même occasion. Suis-je assez clair ?

— Comme du cristal.

— Très bien.

— Il m'a appelé hier soir, lançai-je, me souvenant d'avoir vu son numéro familier s'afficher sur mon portable après que l'inspecteur Kage m'ait déposé.

Je ne l'avais même pas entendu sonner pendant que je prenais ma longue douche d'une heure. Je devais laver toutes les traces de la nuit avec l'eau la plus chaude possible. Ça m'avait fait un bien fou.

— Qui ?

— Monsieur Reid, dis-je en atteignant la porte.

— Attends ! m'ordonna-t-il avant que je puisse l'ouvrir. Quand a-t-il appelé ? Après le travail ?

— Ouais.

— Oui.

— Oui, répétai-je en levant les yeux au ciel.

25

— Il a appelé sur ton téléphone portable ?

— Oui, mais je ne lui ai pas parlé en fait. J'étais supposé le rappeler, il a laissé un numéro.

— Et allais-tu le rappeler ?

— Oui, répliquai-je, le rabrouant presque. Je dois lui dire de ne pas me rappeler parce que si vous ne lui parlez pas, alors je ne vais certainement pas le faire non plus. Ce dont il veut parler ne sont pas mes affaires.

— Tu meurs d'envie de savoir de quoi il s'agit, pas vrai ?

Il pouvait être si vaniteux. J'avais cet énorme événement qui se produisait dans ma vie – et dont je n'allais pas lui parler – mais il pensait que je brûlais du besoin de savoir pourquoi Monsieur Caleb Reid l'avait pratiquement harcelé ces trois dernières semaines.

— Jory.

Je le regardai à nouveau.

— Vous avez raison, il fut un temps où je voulais savoir.

— Mais plus maintenant.

— Maintenant, cela n'a plus autant d'importance.

Et, alors même que je réalisais à quel point j'étais irrationnel, j'étais toujours agacé. Logiquement, être en colère contre lui parce qu'il ne se souciait pas de quelque chose que je ne lui avais pas dit, était ridicule. Malheureusement, j'avais eu un D en logique au lycée. J'étais seulement passé en classe supérieure parce j'avais travaillé d'arrache-pied et que ma professeure le savait. Je la voyais encore secouer la tête, me demandant comment il était possible que je n'arrive pas à saisir les bases après avoir passé tant de temps dessus avec elle et l'étudiant diplômé qui l'assistait en classe. La moitié du problème avait été que son soi-disant assistant avait été bien plus intéressé par coucher avec moi qu'à m'aider à apprendre quoi que ce soit. Mais j'étais réellement si sérieusement enclin à utiliser mon cerveau droit que c'était un miracle que je puisse marcher en ligne droite. Le temps n'avait rien fait pour changer ça.

— Jory.

— Humm ?

— Tu es à un million de kilomètres d'ici. Qu'est-ce qui t'arrive ?

C'était mon ouverture pour dire la vérité.

— Rien.

— Pourquoi ne te soucies-tu plus de Monsieur Reid ?

Je haussai les épaules.

Il chercha mes yeux.

— Ta curiosité est limite compulsive et tu es infatigable avec tes questions. Qu'est-ce qui a changé ?

— Ce ne sont pas mes affaires.

— Ce que je t'ai fait remarquer un million de fois. Cela ne t'a jamais arrêté une seule fois.

— Eh bien, c'est le cas à partir de maintenant.

Il m'adressa le plus léger des sourires.

— Alors, tu mûris. C'est ce que tu es en train de me dire ?

Je laissai transparaître mon irritation avec un profond soupir et me tournai vers la porte.

Il traversa le bureau pour se tenir devant moi.

— Est-ce qu'il t'a déjà appelé avant ?

— Non.

— Et comment a-t-il eu ton numéro ?

— Quelqu'un lui a donné.

— Qui ?

— Je n'en ai aucune idée.

Je bâillai involontairement.

— Mademoiselle Lawson ?

— Sais pas.

— Tu le sais, dit-il en refermant la porte alors que je venais de l'ouvrir. Et cela m'importe, c'est pourquoi nous allons nous débarrasser de ce petit problème.

— Vous faites une montagne de pas grand-chose.

— Vraiment ? Mon numéro est-il également distribué ?

— Personne à part moi ne possède votre numéro au travail, lui assurai-je. Et je ne veux pas mourir jeune – trop jeune – alors ne vous inquiétez pas. Vous êtes en sécurité.

— Ce serait bien que tu saches que quelqu'un se soucie de ta vie privée autant que tu sembles te soucier de la mienne.

— Je ne semble pas m'en soucier, patron, dis-je sèchement en insistant sur le mot 'semble' comme il venait de le faire. Je m'en soucie *vraiment*.

— Eh bien, nous verrons, n'est-ce pas ?

Il utilisait son ton sarcastique. Je fermai les yeux une seconde pour ne pas crier. À la place, après avoir pris une grande inspiration, je lui demandai si c'était tout. Il ne répondit pas et j'inclinai la tête en arrière afin de pouvoir voir son visage.

— Est-ce tout ? répétai-je.

— C'est tout, dit-il en retournant à son bureau.

Je quittai son antre et me dirigeai vers le hall d'accueil avec les roses.

— Pour moi, mon chou ? demanda Piper.

Je grognai et m'en retournai.

Plus tard ce matin-là, je cherchais mon surligneur vert lorsque Thérèse Warner entra dans mon bureau qui donnait accès à celui de mon patron. Alors qu'elle se dirigeait vers la porte de Dane, elle remercia Sonja de l'avoir mise en communication avec lui plus tôt dans la matinée.

— Mademoiselle Warner, l'appelai-je avant qu'elle puisse tourner la poignée.

Elle me regarda par-dessus son épaule alors que je contournai mon poste de travail.

— J'ai des affaires à discuter avec Monsieur Harcourt.

Son ton était tranchant.

— Non, je crains que ce ne soit pas possible, répondis-je en lui tendant l'enveloppe. Monsieur Harcourt regrette de ne pas pouvoir assister à la soirée caritative de la semaine prochaine, mais il vous offre un chèque de dix mille dollars pour compenser son absence au gala de charité.

— Vous êtes-vous entraîné à dire ça toute la matinée ? demanda-t-elle d'un air pincé.

C'était drôle, mais quand elle sortait avec mon patron, elle pensait que la façon dont j'éloignais ses anciennes flammes était merveilleuse et nous nous entendions bien. Je l'aimais bien parce qu'elle était si bavarde. La plupart des autres ne prenaient pas la peine de me parler du tout, sauf pour m'ordonner de faire quelque chose pour elles. *Oh, Jory, soyez un amour et faites ça et ça et encore ça pour moi. Dane sera ravi que vous me fassiez cette petite faveur.* Thérèse avait été différente. Elle s'asseyait dans un fauteuil à l'extérieur de son bureau et me tenait compagnie, me demandant si je sortais avec des garçons mignons, me disant qu'elle aurait souhaité avoir des cils aussi longs que les miens, des yeux aussi grands et sombres.

— Je jure, Jory, disait-elle alors en s'appuyant sur le bureau, vos yeux ressemblent à du chocolat fondu, un beau brun avec des paillettes d'or. Je vous déteste tout simplement. Et ces cheveux blonds et épais que vous avez, mon Dieu, c'est un miracle que ne soyez pas harcelé. Vous ressemblez davantage à un mannequin qu'à un assistant.

Et je me mettais à rire parce qu'elle était drôle, mais maintenant, nos jours de bonne entente étaient révolus.

— Non, lui dis-je. Je vous répète simplement ce qu'il a dit.

Elle prit l'enveloppe.

— Pourquoi n'y va-t-il pas ?

— Il ne l'a pas dit.

— Je suis sûre que vous le savez, il vous dit tout.

Quel mensonge !

— Pas du tout.

— Il m'a dit qu'il vous disait tout.

C'était bien dommage que Thérèse ne sache pas reconnaître le moment où elle était menée en bateau. Il lui avait probablement dit qu'il me disait tout pour voir quelle serait sa réaction. Je savais comment il fonctionnait. C'était malheureux que cela ne soit pas son cas.

— Il ne le pensait pas.

— Dane pense toujours ce qu'il dit.

— Vous croyez ?

— Je dois lui parler, dit-elle, quittant mon poste de travail pour se diriger à nouveau vers la porte de son bureau. C'est très important.

— Vraiment ?

28

— Je dois lui parler, marmonna-t-elle encore alors que je marchais à ses côtés. Il ne prend pas mes appels, ni ici ni au club... et il ne répond pas sur son portable...

— Oh.

J'avais besoin de la rassurer.

— Cela n'a rien à voir avec vous. Il a d'autres dossiers en cours.

— Alors, je suis quoi au juste pour lui ? Un autre sujet d'irritation ? me lança-t-elle.

— Ce n'est pas ce que j'ai voulu dire, lui dis-je sérieusement.

Il n'y avait rien qui m'énervait plus que de voir les gens mal interpréter mes paroles ou mes motivations. Je détestais les gens qui supposaient des choses.

— J'ai besoin de le voir, Jory, dit-elle doucement, essayant de faire appel à moi comme si nous étions des amis.

— Prenez le chèque et partez, Mademoiselle Warner, lui dis-je en enlevant doucement sa main de la poignée de la porte. Il ne veut pas vous voir. Ne provoquez pas une scène que vous regretterez tous les deux.

— Je voulais l'épouser.

— Je n'ai aucun doute à ce sujet.

— Un jour, tout est parfait et le lendemain, il dit qu'il pense que ce serait mieux de commencer à voir d'autres personnes.

Je hochai la tête. Je savais déjà tout cela. Il tenait le même discours à toutes, le 'tu es trop bien pour moi' quand il avait besoin d'air et devait s'éloigner. La clé de cet homme, comme pour la plupart d'entre eux, était de lui donner des tonnes d'espace et d'agir comme s'il n'avait pas vraiment d'importance. Être là quand il en avait besoin et se faire discrète quand il voulait rester seul. Mais aucune d'elles n'avait été capable de jouer le jeu. Elles commençaient outrageuses et distantes, puis tombaient brutalement de haut et voulaient l'étouffer et le garder sous clé. Elles l'avaient si vite dans la peau ; le désir de le mettre en cage s'accompagnait d'une obsession paniquée presque du jour au lendemain. Et je le voyais alors reculer, puis se retrancher derrière son emploi du temps plus que surchargé et moi. Il adorait se servir de moi comme d'un bouclier, parfois même physiquement. Il me traînait alors derrière lui, juste pour enfoncer le clou. Chaque fois qu'il voulait mettre un peu de distance entre elles et lui, des dîners romantiques se transformaient en réunion de travail, des week-ends en amoureux se transformaient en week-ends studieux... il se servait de moi comme d'un tampon. Chaque fois qu'il voulait éloigner la personne avec laquelle il était.

— Je suis tellement amoureuse de lui que je n'y vois plus clair.

Je fus brusquement ramené au présent.

— Je suis désolé, Mademoiselle Warner. Que voulez-vous que je dise ?

Elle laissa échapper un petit soupir.

Qu'étais-je censé faire ? Cela devait être un supplice pour elle. Tout ce qu'elle avait à faire était d'ouvrir un journal à la rubrique 'faits de société' pour voir une photo d'une autre femme au bras de son ex-amant. Cela devait être douloureux, surtout parce qu'il lui avait appartenu si peu de temps auparavant.

29

— Comment peut-il simplement tourner la page et m'oublier aussi rapidement ?

Elle posait la question en l'air, ne s'adressant à personne en particulier. Je doutais même qu'elle se souvienne que j'étais encore là. Je restai simplement à côté d'elle, l'air stupide, parce que je ne savais pas quoi faire d'autre. Si nous avions été des amis, j'aurais pu la consoler, m'asseoir des nuits durant avec elle, la faire sortir et l'amener à des rendez-vous arrangés pour qu'elle sorte et ne reste pas cloîtrée dans sa maison, puis rester avec elle tard dans la nuit pour la laisser pleurer sur mon épaule pendant des heures. Si elle avait été mon amie, je l'aurais divertie sans cesse, jusqu'à ce que Dane Harcourt sorte de son esprit. Le problème était que Thérèse Warner n'était pas mon amie, donc je me sentais maladroit et embarrassé, désespéré de la voir quitter le bureau.

— Bonjour, Madame Bradley, déclara Sonja derrière nous.

Nous nous retournâmes tous les deux et je tendis la main à la dame qui nous avait rejoints devant le bureau de Dane.

Madame Miriam Bradley prit ma main et la serra avec force. Elle avait l'air sincèrement heureuse de me voir et j'avais l'impression de la connaître, vu le nombre de fois où nous avions parlé au téléphone.

— Comment allez-vous Jory ?

— Très bien, merci. Êtes-vous prête pour votre première rencontre avec Monsieur Harcourt ?

— J'attends ça depuis des mois. Je suis plus que prête.

— Parfait, dis-je avec enthousiasme.

Je m'écartai pour pouvoir lui ouvrir la porte et m'assurer que Thérèse n'entre pas en même temps. Non pas qu'elle essayât.

Madame Bradley n'entra pas dans la pièce, mais s'immobilisa pour regarder Thérèse.

— Nous sommes-nous déjà rencontrées ? Vous me semblez familière.

Thérèse sourit automatiquement.

— Je pense que nous sommes adhérentes au même club à Highland Park. Je crois me souvenir vous y avoir vue. Mon père est Simon Warner.

— Oui, c'est ça, dit-elle en souriant et en offrant sa main à Thérèse.

Elle était si belle et si gracieuse. Je connaissais des femmes qui n'avaient pas l'air si belles à trente ans et encore moins à soixante. Je ne comprenais pas les hommes dans la cinquantaine ou la soixantaine qui exhibaient des épouses trophée alors qu'il existait des femmes superbes de leur âge. Mais je ne comprenais pas non plus les hommes gays qui se pavanaient avec des gars ayant la moitié de leur âge. Je supposais que la crise de la quarantaine était la même pour tout le monde, peu importait qui vous vouliez dans votre lit avec vous.

— Vous êtes Thérèse Warner. Eh bien, ma chère, je suis ravie d'avoir enfin pu vous rencontrer en personne.

Thérèse la remercia du bout des lèvres, essayant de ne pas pleurer.

— Entrez, Madame Bradley, appela Dane depuis son bureau.

Je refermai la porte derrière elle après qu'elle ait dit à Thérèse qu'elle espérait qu'elles pourraient bientôt disputer un match de tennis ensemble. Je me retournai vers Thérèse et la suppliai de partir.

— Je veux qu'il me voie.

— Il ne veut pas vous voir.

— Pourquoi ? Qu'ai-je fait de mal ?

— Je suis sûr que vous n'avez rien fait de mal.

— A-t-il dit quelque chose ? demanda-t-elle avec espoir.

Seigneur, elle l'espérait tellement fort que j'étais désolé d'avoir ouvert la bouche.

— Non, marmonnai-je. Il n'a pas dit un mot. Mais il va sortir de son bureau dans une minute et je pense que vous devriez partir avant cela et essayer de lui parler une autre fois.

— Comment suis-je censée faire ça ? Je ne peux pas l'appeler ici et je ne peux pas appeler chez lui. Il ne répond pas à son téléphone portable et il refuse de me parler en public... J'ai essayé de... de lui parler et il n'a simplement pas... il n'a pas voulu...

Elle se tut, commençant à pleurer.

Je secouai la tête.

— Il y a quelque chose qui le tracasse vraiment, Mademoiselle Warner. Je lui donnerai juste un peu de temps, si j'étais vous, pour qu'il résolve...

— Alors vous pensez que tout va s'arranger ?

— Je ne sais pas si je suis en position de...

— Mais vous le connaissez si bien, Jory, dit-elle en me coupant la parole. S'il vous plaît, dites-moi ce que vous en pensez.

Elle voulait si désespérément une sorte d'encouragement. Je poussai un profond soupir.

— Mademoiselle Warner, je ne sais pas quoi...

La porte du bureau s'ouvrit brusquement et Dane sortit. Il regarda Thérèse, les sourcils froncés, et elle commença à pleurer. Il prit une profonde inspiration et se frotta le front. Je connaissais très bien ce geste particulier. J'en faisais souvent les frais. Comme lorsqu'il voulait me parler et que je lui posais des questions au lieu de répondre. Je ne pouvais pas m'en empêcher ; j'aimais fouiller dans sa vie. Non pas qu'il me laissât faire, mais cela ne m'empêchait jamais d'essayer.

Il poussa un profond soupir et posa une main sur l'épaule de Thérèse.

— Je tiens à m'excuser pour ce qui s'est passé samedi, je n'étais pas moi-même. J'ai beaucoup de choses en tête ces derniers temps et je suis désolé que cela me soit revenu à l'esprit pendant que je te parlais. Je regrette profondément d'avoir élevé la voix contre toi. S'il te plaît, accepte mes excuses.

— Bien sûr, dit-elle dans un souffle.

Je la vis fondre simplement en le regardant. Elle se pencha vers lui alors même qu'il reculait d'un pas.

— Je devrais être plus prudent.

Il se tourna alors vers moi, sur le point de me dire quelque chose, et s'arrêta. Il se contenta de me fixer et je lui rendis son regard pendant une minute avant d'être mal à l'aise.

— Quoi ? demandai-je, me sentant bizarre tout à coup.

— Qu'as-tu fait à propos de Mademoiselle Lawson ?

— Je n'ai pas encore eu la chance de...

— Fais-le maintenant, grommela-t-il en se retournant vers Thérèse et en lui donnant une petite tape sur le bras avant de laisser retomber sa main. Je suis désolé.

Elle le fixa avec cette expression douloureuse sur le visage.

Il regarda le sol puis ses yeux revinrent sur moi comme s'il cherchait quelque chose à dire, mais était incapable de trouver les mots.

— Quoi ? répétai-je, tout à fait conscient que Thérèse m'observait au lieu de lui.

— J'ai faim.

Je souris tout à coup. Je ne pouvais pas m'en empêcher.

— Que voulez-vous ?

— Qu'est-ce que *tu* veux ?

Je secouai la tête.

— Je vais juste vous apporter quelque chose.

— Quelque chose de bon, murmura-t-il.

— Comme si je ne savais pas quoi prendre, l'appâtai-je en essayant d'obtenir une réaction.

Il passa les doigts dans ses cheveux épais, m'adressa un sourire en coin, puis se retira de nouveau dans son bureau, fermant la porte derrière lui.

— Il panique, dis-je fermement, réalisant que j'avais sans doute raison.

Si Dane paniquait, alors ma santé mentale était sûre d'en prendre un coup. Il était la personne le plus stable que je connaissais.

— Quel est son problème ? me demanda Thérèse en me suivant à mon bureau.

— Il panique, répétai-je avant de soupirer lourdement. Peut-être que vous pourriez l'appeler plus tard, hein ?

Elle hocha la tête et sortit sans un mot.

— Que voulait-il dire lorsqu'il t'a parlé de moi ? demanda Sonja en me regardant pitoyablement.

Je laissai échapper un profond soupir avant de lui parler des roses que j'avais apportées à l'accueil.

— Oh, mon Dieu, dit-elle, ses yeux se remplissant de larmes. Est-il vraiment fâché à ce sujet ?

— Pas vraiment fâché, dis-je doucement. Simplement, je pense que cela répond à la question de savoir si tu vas rester ici de façon permanente ou pas.

— Vraiment ?

— Oh, oui, répondis-je d'une voix traînante.

— Mais je ne veux pas...

— Je suis désolé, Sonja, la coupai-je rapidement. Il n'y a rien que toi ou moi puissions faire maintenant. Il a pris sa décision et quand il le fait, nous savons tous les deux qu'il ne reviendra pas dessus.

— Tout ça à cause des fleurs ?

— Et de toutes les autres choses, soupirai-je. Tu as le béguin pour lui.

— Il le sait ? demanda-t-elle avec incrédulité.

— Tout le monde le sait.

— Sérieusement ?

— Ouais. Tu as été très claire sur le fait que tu voulais avoir plus qu'une relation professionnelle avec lui.

— Qui ne le voudrait pas ?

J'y pensai pendant une minute.

— Eh bien, moi pour commencer, lui dis-je honnêtement.

— Tu es un homme, Jory, et Dane n'est pas gay.

Il y avait de ça.

— Mais je jure devant Dieu que tu es le seul que je connaisse qui ne veut pas de lui. Celia et Jill sont toutes les deux folles de lui, elles aussi.

— Peut-être, mais c'est peut-être aussi ce qui fait de moi la seule personne qui peut travailler pour lui. Tu ne peux manifestement pas.

Je savais très bien que Celia Johnson et Jill Kincaid étaient toutes les deux folles de mon patron, mais elles ne travaillaient pas pour lui, donc il ne savait pas qu'elles voulaient lui sauter dessus. Celia travaillait pour Miles Brown et Jill travaillait pour le troisième partenaire au sein du cabinet, Sherman Cogan.

— Mais…

Sa voix n'était plus qu'un murmure.

— Je pensais qu'il commençait à m'aimer.

Tu l'énerves plus qu'autre chose, pensais-je en m'asseyant sur le bord de son bureau.

— Il t'apprécie, Sonja, nous allons simplement nous assurer que tu ne sois plus ici avant qu'il commence à ne plus t'apprécier.

— Tu ne sais pas ce que c'est que d'être près de lui tous les jours et de ne pas être en mesure de le toucher.

Oh mon Dieu, toutes ces femmes en mal d'amour dans ce bureau.

La porte du bureau de Dane s'ouvrit et Madame Bradley et lui sortirent. Il se dirigea vers moi alors que je me levais, dépassant le bureau de Sonja.

— Je serai absent du bureau jusqu'à midi, donc va nous chercher à manger et sois de retour afin que nous puissions passer en revue le planning de la maison Mamon. Je m'attends à ne trouver que toi ici, dit-il, appuyant ses dires en me regardant droit dans les yeux. Nous avons beaucoup de choses à faire.

— Oui, m'sieur.

— Ne sois pas en retard.

— Non.

33

— Et n'oublie pas mon déjeuner.

Je me sentis froncer les sourcils d'un coup.

— Bien, grommela-t-il.

— Dois-je également vous prendre une boisson ? demandai-je d'un ton sarcastique.

J'avais apparemment besoin qu'on me précise tout en grosses lettres de néon. Puisque j'étais apparemment un idiot.

Il m'adressa un sourire, puis se retourna et suivit Madame Bradley hors du bureau. Madame Bradley faisait *elle-aussi* partie de ses admiratrices ; elle m'avait demandé au téléphone, sans même avoir posé les yeux sur lui – leurs seules conversations créant une étincelle qui n'avait aucun rapport avec l'intérêt professionnel – si Dane fréquentait ses clientes. Je lui avais répondu que je ne savais pas. Elle m'avait avoué qu'elle le trouvait irrésistible et qu'il lui était impossible de le sortir de son esprit. Ayant entendu tant d'autres aveux, je m'étais contenté de sourire et lui avais donné l'heure de son rendez-vous.

— Oh, Jory, soupira Sonja. Tu ne peux pas lui dire que je suis désolée et que cela ne se reproduira plus ?

Je secouai la tête et allai lui dire quelque chose de réconfortant quand mon téléphone sonna. Je contournai mon bureau et répondis.

— Alors, Thanksgiving est dans deux semaines. Tu sais ça, non ?

— Nick !

Je souriais au bout du fil parce que je n'oubliais jamais une voix. Parfois, c'était une mauvaise chose, car cela donnait aux gens que je connaissais à peine l'impression que je me souciais d'eux plus que je le faisais vraiment, ce qui était le cas ici.

— De quoi parles-tu ?

— Je te rappelle simplement ce que tu as promis.

— Je suis désolé, qu'est-ce que j'ai promis ?

J'entendis le soupir du gars avec lequel j'étais sorti deux fois. Il était très gentil, un interne à l'hôpital du comté.

— Tu vas passer quatre jours avec moi. Mes parents ont un chalet au lac Tahoe, je veux dire à Incline Village, mais c'est la même chose. Nous pourrons skier tous les jours. Tu vas adorer ça.

J'en doutais puisque le ski n'était pas vraiment mon truc.

— Hein ?

— Et je sais que tu n'es pas vraiment enthousiaste à ce sujet, mais je veux vraiment que tu viennes. Tu pourrais simplement traîner et te détendre en buvant tout le week-end avec mes amis et moi.

— Je vois, dis-je en me mettant à rire.

— J'ai déjà acheté ton billet.

— Je peux te rembourser.

Il se racla la gorge.

34

— Allez, Jory. Je ne veux pas être remboursé. Ce n'est pas comme si je ne pouvais pas utiliser le billet si tu ne le prends pas…

— Ah, tant mieux.

— Non, pas 'tant mieux'.

Il rit.

— Je veux que tu viennes avec moi. J'ai un fantasme récurrent où je nous vois sous une montagne de couettes alors que la neige tombe à l'extérieur.

Je souris au téléphone.

— C'est très romantique.

— Je sais !

Je me moquai de lui.

— Je vais y penser, d'accord ?

— D'accord, c'est honnête. En attendant, est-ce que je peux t'emmener dîner demain soir ?

— En fait, j'ai un…

— Jory, me coupa-t-il, sa voix à peine plus forte qu'un murmure.

Il était apparemment quelque part parmi d'autres personnes et ne voulait pas qu'elles entendent.

— Bébé, tu ne peux pas coucher avec moi une fois et me jeter après.

— Non ? La plupart des gars aiment ça.

— Je ne suis pas la plupart des gars. Je veux te voir, je veux passer du temps avec toi. Il y a cette petite alcôve pour prendre le petit-déjeuner dans ma grande maison où tu aurais fière allure aux premières lueurs du jour.

Ce qui était agréable. Le problème étant qu'il n'y avait aucune étincelle entre nous. Pas même une once d'alchimie. J'avais couché avec lui parce que j'avais senti que si je ne le faisais pas, je serais passé pour un allumeur. J'avais une règle personnelle : si vous arriviez jusqu'à mon appartement, alors on baisait. Il était venu lors de notre deuxième rendez-vous, et même si je n'en avais pas vraiment eu envie à ce moment-là, j'avais quand même couché avec lui. J'avais su que j'avais des problèmes quand, une fois terminé, il avait voulu rester pour la nuit. Je lui avais menti pour le faire sortir de mon lit parce que je ne dormais avec personne. Baiser, oui ; faire des câlins, non. Je n'avais jamais assez aimé ou fait confiance à quelqu'un pour le laisser passer la nuit.

— Écoute, dis-je gentiment. Pourquoi ne t'appellerais-je pas plus tard, quand j'aurai vu avec mon patron s'il aura besoin de moi demain soir ou pas ?

— Oh, tu dois travailler. Je suis désolé, je croyais que tu étais en train de me jeter.

C'était le cas, mais c'était plus sympa de cette manière.

— Non.

— D'accord. Bien. Appelle-moi plus tard.

— Je le ferai, mentis-je.

— Peut-être que je devrais venir te voir et noter le numéro sur ta main pour que tu ne l'oublies pas.

— Non, non, non, dis-je en riant. Ne fais pas ça. Je dois aller chercher le déjeuner de mon patron. Je ne serai même plus là dans cinq minutes.

— Alors, je le laisserai sur la messagerie vocale.

— Tu es persistant, Nicky, je te l'accorde.

— Tu n'as pas idée.

Je raccrochai, puis réfléchis à ce qu'il venait de dire. J'étais sur le point de le rappeler pour être simplement honnête envers lui lorsque Sonja se laissa tomber sur mon bureau.

— Parles-en à Dane une fois de plus, s'il te plaît, J.

C'était amusant qu'elle appelle mon patron par son prénom. Je ne pourrais jamais faire ça. Ce n'était pas assez respectueux.

— Jory, chéri, s'il te plaît.

Je fermai les yeux et m'adossai contre ma chaise. Ne savait-elle pas qu'essayer de faire revenir Dane Harcourt sur sa décision une fois qu'il l'avait prise revenait à essayer de raisonner un grizzli affamé ?

— Si quelqu'un peut le faire changer d'avis, c'est toi, Jory.

Pourquoi tout le monde disait-il toujours ça ? Pourquoi, quand Sherman voulait quelque chose, venait-il me trouver pour que je brise la glace pour lui d'abord ? Sherman Cogan et Miles Brown étaient dans ce cabinet avec Dane Harcourt depuis le premier jour et pourtant ils marchaient toujours sur des œufs avec lui. L'un des hommes était lui-même un grand architecte d'intérieur, avec plusieurs années de projets réussis valant des millions de dollars à son actif, l'autre, un des meilleurs architectes paysagistes du pays. Pourtant, ils vénéraient tous les deux mon patron parce qu'il travaillait exclusivement sur des maisons résidentielles. Apparemment, c'était là que se trouvaient vraiment les gros sous. J'avais toujours pensé que c'était les bâtiments commerciaux qui généraient le plus d'argent, et j'avais raison, mais les gros contrats de société étaient plus difficiles à obtenir que ceux des complexes d'habitations. Et je devais admettre que c'était le nom *Harcourt* qui amenait la plupart des gens à franchir notre porte, après avoir vu son travail dans *Architectural Digest* ou *Sunset* ou d'autres magasines. La reconnaissance du cabinet s'appuyait sur le nom de mon patron.

Quand j'étais venu travailler pour lui, cinq ans plus tôt, je n'avais aucune idée de qui était Dane Harcourt. Tout ce que je savais, c'était que sa société avait passé une annonce pour un assistant et que j'avais besoin d'un emploi. Je venais d'arriver en ville et je devais quitter l'auberge de jeunesse dans laquelle je logeais et commencer à payer un loyer. J'avais trois jours pour trouver quelque chose avant de me retrouver à la rue. J'avais mis des annonces pratiquement partout et la panique commençait à s'installer.

Je m'étais présenté, avec au moins une centaine d'autres, pour postuler à deux offres au sein du cabinet d'architectes Harcourt, Brown et Cogan. Debbie Towney était la responsable et la comptable du cabinet et elle travaillait avec Jill Kincaid, mais la charge de travail était trop lourde pour elles deux, elle en avait assez. On ne pouvait pas attendre de Jill qu'elle réponde aux différents téléphones, fasse toute la dactylographie, le classement, les photocopies, la prise de centaines et de centaines de rendez-vous d'affaires et reste saine d'esprit. Il avait été décidé que chaque partenaire aurait son assistant personnel qui serait uniquement responsable de son travail. J'avais pensé, puisque la vitesse de frappe n'était pas une condition prérequise pour l'emploi, que je pouvais postuler à ce travail sans me ridiculiser. J'avais tort.

Ils nous avaient fait passer des tests de dactylographie. J'avais lamentablement échoué. On m'avait permis de revenir le lendemain parce que j'avais eu un score parfait sur les parties vocabulaire et orthographe du test, et que j'avais tiré mon épingle du jeu dans le domaine du design graphique. Non que j'étais un pro ou quoi que ce soit, mais les programmes Adobe et moi étions des amis intimes. Le problème était que le matin suivant, j'avais trouvé un chiot – un croisé husky sibérien comme me l'avait appris plus tard le vétérinaire – qui se promenait dans la rue alors que j'étais en chemin. J'avais bien essayé de me débarrasser de lui, mais le petit bâtard m'avait suivi sur huit pâtés de maisons. Il était tenace, et quand il avait failli se faire écraser en s'élançant dans la rue Michigan après moi, j'avais craqué et l'avais ramassé. Ses gémissements de joie m'avaient fait fondre en un instant. Ce chien et moi avions un lien. Je lui avais dit qu'il était chanceux d'avoir une épaisse fourrure parce que nous allions vivre dans la rue dans un avenir très proche. Il avait incliné la tête comme seuls les chiens sont capables de le faire lorsqu'ils ne sont pas sûrs de ce qui se passe avec vous.

Comme je pensais ne plus avoir la moindre chance d'obtenir le poste d'assistant de toute façon, j'avais pris mon nouveau chiot avec moi lors du deuxième entretien. Inutile de dire que j'étais le seul à arriver avec un chien qui aboyait dans sa boîte en carton. Jill Kincaid m'avait demandé de partir juste au moment où Dane Harcourt sortait de son bureau. Tout le monde avait souri, j'avais grimacé, et il avait froncé les sourcils.

J'avais été invité à entrer dans son bureau et m'étais assis en face de son énorme table de travail en bois antique. La pièce était sombre, avec un plancher de bois poli qui donnait l'impression qu'un érudit anglais vivait là plutôt qu'un architecte. Des bibliothèques prenaient la quasi-totalité de l'espace disponible et quelques très belles peintures à l'huile étaient accrochées aux murs. Dans un coin, il y avait plusieurs grandes plantes et dans l'autre, à côté de la baie vitrée, deux énormes fauteuils à oreilles et une petite table basse incrustée de mosaïque. J'appris par la suite que chaque carreau était peint à la main et que chaque pièce s'assemblait pour représenter l'image d'un paon. C'était une table qui avait appartenu à sa grand-mère et il se sentait bien de l'avoir dans son bureau, près de lui. Il avait ainsi l'impression d'avoir un petit morceau d'elle avec lui. Au bout que quelques minutes, il avait cessé de parler et m'avait regardé. Comme s'il était surpris de m'avoir expliqué tout ça. Mais tout le monde partageait tout avec moi. C'était un don.

Il avait commencé à me poser des questions sur mes qualifications et mon tout nouveau chiot s'était mis à faire le loup. J'avais répondu du mieux que j'avais pu et il avait semblé sincèrement impressionné de savoir que j'avais l'intention de poursuivre mes études aux Beaux-arts, jusqu'au moment où il avait commencé à me passer au gril en me demandant ce que j'allais faire une fois que j'aurais mon diplôme. Je lui avais dit que je ne savais pas. Je lui avais expliqué que je voulais me spécialiser là-dedans parce que j'aimais ça et que cela suffisait comme raison. Je n'étais pas certain de ce que je voulais vraiment faire de ma vie. Il m'avait répondu qu'il voulait quelqu'un qui était sûr de son choix de carrière, pas d'une personne qui faisait des expérimentations, qui pouvait être là un jour et partir le lendemain. Je lui avais assuré que ce ne serait pas mon cas lorsque mon chiot avait poussé un cri à glacer le sang.

— Qu'est-ce qui ne va pas avec ça ?

— *Lui*, soulignai-je. Il a juste peur. Il ne sait pas où il est et je suis sûr que c'est effrayant.

— Puis-je poser une question stupide ?

— Bien sûr.

— Pourquoi ?

— Pourquoi quoi ?

— Vous savez très bien quoi, dit-il en souriant et j'avais su alors que j'allais apprécier cet homme. Pourquoi avez-vous amené votre chien pour cet entretien ?

— Parce que je viens juste de le trouver ce matin et que je n'avais pas assez de temps pour le ramener à l'auberge de jeunesse, sinon j'aurais été en retard pour vous voir, et je ne peux pas vraiment le laisser seul dans ma chambre non plus, je veux dire… je vais devoir le faire entrer en douce ce soir.

— Vous l'avez trouvé aujourd'hui ?

— Ouais.

— Oui.

— Excusez-moi ?

— Je déteste le mot '*ouais*'. Dites 'oui' à la place.

— D'accord, dis-je lentement, parce que, franchement, qui détestait le mot '*ouais*' ? Oui.

— Quand ?

— En venant ici.

— Vous l'avez trouvé à l'instant.

J'avais haussé les épaules.

— Au moins, je me suis arrêté pour trouver quelque chose dans quoi le transporter. Je ne voulais pas qu'il se soulage dans votre bureau.

— Très attentionné de votre part.

J'avais poussé un profond soupir. C'était un désastre.

— Vous avez trouvé un chien en venant à cet entretien, avait-il dit comme s'il essayait de tout assimiler.

— Peut-être que c'est un bon présage, avais-je déclaré avec un grand sourire.

Il m'avait fixé intensément.

— Vous croyez aux signes du destin, n'est-ce pas ?

— Oui, monsieur, en effet, avais-je répondu en utilisant cette fois le mot qu'il préférait.

— Pourquoi ne pas l'avoir amené à la fourrière ?

J'avais plissé les yeux.

— Et quelles auraient été ses chances ?

Ses yeux s'étaient verrouillés sur les miens avant qu'il se racle la gorge.

— Vous savez que votre chien est bruyant, bonne chance pour le faire entrer quelque part en douce.

— Il est juste bruyant parce qu'il est coincé dans un carton.

— Vraiment ?

— Bien sûr.

— Testons votre théorie.

— Je vous demande pardon ?

— Montrez-le-moi.

— Vraiment ?

— Absolument, avait déclaré Dane en se levant et en faisant le tour de son bureau pour s'asseoir sur le bord de celui-ci. On dirait qu'il va mourir si vous ne le laissez pas sortir…

Je m'étais penché et avais ouvert la partie supérieure de la boîte en carton et Shiloh avait arrêté de faire le loup et s'était assis. Il avait levé les yeux sur nous et avait commencé à remuer la queue. J'étais sur le point de le prendre dans mes bras lorsque Dane s'était penché et m'avait devancé. Mon petit chiot avait tout de suite commencé à lécher son visage et avait poussé sa truffe humide dans son œil.

— Désolé, avais-je dit en riant à moitié, il est juste heureux de vous rencontrer.

— Il est vraiment mignon.

— Je sais. Je peux déjà dire qu'il sera une véritable épine dans mon pied.

Dane l'avait reposé et Shiloh avait commencé à explorer le bureau.

— Dites-moi, Monsieur…

Il s'était arrêté et avait levé les yeux sur moi.

— Keyes, c'est bien ça ?

— En effet, avais-je répondu, cherchant en vain à attraper mon chien qui s'était faufilé sous mes pieds. Mais vous pouvez m'appeler Jory ou J ou… peu importe. C'est comme vous voulez.

— Dites-moi, Monsieur Keyes, qu'y a-t-il de plus important, à votre avis ? Votre loyauté envers moi ou votre fidélité envers Harcourt, Brown et Cogan ? Êtes-vous un joueur en équipe ou plus enclin à soutenir un individu ?

J'y avais réfléchi une minute, calculant ce que je pensais qu'il voulait entendre, mais j'avais décidé d'y aller simplement avec mes tripes. Que pouvait-il m'arriver ?

— Si je travaille directement pour vous, Monsieur Harcourt, alors c'est à vous qu'ira ma loyauté. Je serais votre assistant personnel, pas celui de quelqu'un d'autre.

Il avait hoché la tête.

— Merci, Monsieur Keyes, je vous contacterai.

Je l'avais remercié et serais parti à ce moment-là, mais il avait fallu nous associer pour attraper Shiloh et le remettre dans son carton. Une fois cette mission avait été remplie, des gémissements et des hurlements avaient rapidement suivi.

— Quel comédien ! avait dit Dane avec un large sourire. Il ne sera vraiment pas un cadeau.

J'avais hoché la tête.

— Je sais, mais imaginez le plaisir.

— Imaginez le plaisir, avait-il repris en écho de sa voix chaude.

J'avais levé les yeux et lui avais souri.

— Vous avez vraiment était sympa avec tout ça.

Il avait hoché la tête.

— Comment allez-vous l'appeler ?

— Shiloh.

— Vous êtes un fan de la Guerre civile ?

— Non, avais-je répondu platement. Neil Diamond.

— Oh !

Il s'était retrouvé à court de mots et j'avais ri. C'était un homme bien.

Le jour suivant, le dernier que j'avais avant de devoir déménager, Jill Kincaid m'avait appelé pour m'offrir le poste d'assistant personnel de Miles Brown. J'avais immédiatement accepté et avais été capable de dire oui à l'homme que j'avais rencontré dans un club la semaine précédente. Lui et quatre autres emménageaient dans un appartement et il m'avait demandé si je voulais m'installer avec eux. J'avais juste assez pour le premier mois de loyer si je ne dépensais pas un sou. Après avoir reçu l'appel, je m'étais dirigé vers l'appartement du propriétaire de mon nouveau toit, un appartement minuscule en centre-ville, à côté de la voie ferrée, qui avait ressemblé au paradis alors que j'avais failli me retrouver à la rue. Ce soir-là, je conclus un accord avec mes nouveaux colocataires, s'ils acceptaient de nous nourrir, mon chien et moi, pendant deux semaines jusqu'à ce que je reçoive mon premier chèque de salaire, je ferais les courses et préparerais à manger pendant un mois. J'avais été choqué lorsqu'ils avaient tous accepté. Il s'était avéré que j'étais unanimement apprécié, qu'ils pensaient que mon chien était sympa et que l'idée d'avoir un repas fait maison cuisiné tous les soirs pendant un mois avait plu à tout le monde. Quand Shiloh et moi avions quitté l'auberge de jeunesse, j'avais eu l'impression que tout allait enfin bien se passer pour moi. Et j'étais vraiment reconnaissant à la société Harcourt, Brown et Cogan.

Lorsque je m'étais présenté au travail, Jill m'avait informé qu'elle s'était trompée et que je serais l'assistant de Monsieur Harcourt et non celui de Monsieur Brown. *Elle* était censée être son assistante, mais apparemment, il avait d'autres plans. Elle avait voulu savoir exactement ce que je lui avais dit lors de l'entretien et j'avais eu envie de la frapper. Cependant, Dane m'en avait épargné la peine lorsqu'il était sorti et avait dit à tout le monde que j'étais la personne la plus honnête qu'il avait interrogée. Et que le chien l'avait aidé. Jill avait levé les yeux au ciel et la nouvelle assistante de Miles, Celia Johnson, avait été déconcertée. Chien ? Avait-il dit chien ?

J'avais bientôt découvert, suite au flux constant de candidats qui étaient venus vérifier si le poste avait été pourvu, la vraie raison pour laquelle il m'avait choisi comme assistant. J'étais, et de loin, le seul à ne pas être complètement entiché de lui. Les femmes s'évanouissaient quand il passait. Jill et Célia désiraient toutes les deux ardemment mon poste et nous ne pouvions pas garder une réceptionniste très longtemps. La rotation dans le bureau était d'environ une tous les deux mois. C'était à peu près le temps qu'il leur fallait pour l'énerver royalement. Les filles tombaient toutes pour son charme décontracté et ce sourire qui illuminait ses yeux. Je les avais vues se pencher au-dessus de son bureau pour lui parler et j'avais observé leurs mains planer au-dessus de son épaule quand il ne regardait pas, voulant le toucher, mais n'osant pas. Elles voulaient toutes être proches de lui – toutes, sauf moi. Je n'aurais pas pu en avoir moins à faire, alors bien sûr, j'étais le seul qu'il laissait s'approcher de lui. Il était lui-même avec moi parce que, gay ou non, j'étais un mec et il n'avait pas besoin d'être prudent dans ses contacts physiques ou avec ce qui sortait de sa bouche. Il était douloureusement, brutalement honnête, franc au point où j'avais grimacé pendant un certain temps à chaque fois qu'il parlait. Mais après plusieurs mois, je m'étais rendu compte que je l'aimais beaucoup, tout simplement, et que mes sentiments venaient d'une toute autre source qu'un engouement passager ou un désir lancinant. J'avais compris que sous cette façade polie et ce style, la chose la plus étonnante chez lui était en fait son cœur. Il cachait bien sa chaleur et sa gentillesse, mais je le connaissais mieux que quiconque. Je savais qu'il avait été ému lorsqu'il m'avait reconduit chez moi après m'avoir emmené chez le vétérinaire pour faire piquer Shiloh. Mon petit chien avait succombé à un cancer à un an et demi et je ne pouvais plus supporter de le voir souffrir. Il m'avait serré l'épaule lorsque j'étais sorti de la voiture. C'était tout ce qu'il m'avait laissé voir, mais c'était tellement plus que ce qu'il donnait à n'importe qui d'autre.

— Jory.

Mon esprit avait dérivé et lorsque je levai les yeux, je vis l'air peiné de Sonja Lawson.

— S'il te plaît, Jory, parle-lui, plaida-t-elle. Je jure que je ne partirai pas avant qu'il revienne. Je veux lui parler. Je pense que je peux arranger les choses avec lui.

41

— Si tu le penses, lui concédai-je en sachant très bien que tout cela était sans espoir. Reste si tu veux, mais je vais te dire ce que je pense que tu devrais faire.

— Qu'est-ce que c'est ?

— Partir en courant, dis-je en la taquinant.

— Ce n'est pas très mature.

— Je te le dis comme je le pense. Il veut que tu partes et tu fais tout le contraire. Ne t'attends pas à ce qu'il soit heureux lorsqu'il reviendra pour déjeuner.

Elle se retourna pour rejoindre son bureau. Je me sentais désolé pour elle, mais il n'y avait rien que je pouvais faire. Je lui avais déjà demandé de reconsidérer sa décision, sans succès. Je savais qu'elle l'irriterait en restant jusqu'à son retour et que je serais celui qui récolterait les problèmes. Le téléphone me sauva de mes pensées.

— Veux-tu le numéro du cabinet du médecin maintenant ? me demanda-t-il sans un salut.

— Nick, tu es sérieusement atteint, lui dis-je avant de noter le numéro qu'il me donna.

Lorsque j'eus raccroché, je partis chercher de la nourriture méditerranéenne, parce que cela mettait généralement mon patron de bonne humeur.

J'entendis à peine Sonja lorsque je revins au bureau. Elle pleurait et se plaignait, rabâchant à quel point elle ne voulait pas partir. Je l'occultai complètement au bout de quelques minutes pendant que répondais aux e-mails, vérifiais son agenda et commandais des fleurs pour Samantha Palmer – qu'il emmenait apparemment à l'opéra la nuit suivante. Son nom avait surgi sur l'agenda de mon ordinateur pendant le déjeuner. Au temps pour Lacey Collins ; il semblait que la soirée au profit de la recherche contre le Sida serait leur dernier rendez-vous.

— Jory !

Je relevai la tête d'un coup et me rendis compte qu'elle sanglotait.

— Mon Dieu ! Qu'est-ce qui t'arrive ?

— Il est en train de ruiner ma vie !

— Quoi ?

J'étais confus.

— Jory, il…

— Oh, allez, Sonja.

Je ris à moitié parce que cela devenait ridicule.

— Il ne veut pas de toi et tu en es blessée pour une raison quelconque. Tu dois t'en remettre maintenant. Rentre chez toi et demain tu pourras commencer un nouvel emploi, avec un nouveau patron, et tu oublieras Dane Harcourt.

— Mais, je suis vraiment folle de lui.

Alors, je la regardai et compris. C'était une de ces jolies filles qui avaient l'habitude d'avoir tous les hommes à leurs pieds. Ce qu'elle ne comprenait pas, c'est qu'elle ne jouait même pas dans sa catégorie. Même pour un rendez-vous galant.

— Oh, pour l'amour de Dieu, arrête ça.

Je soupirai, fatigué du sujet.

— Tu n'as aucune chance avec lui.

— Jory, je…

— S'il te plaît, me moquai-je. C'est un fantasme. Personne n'attrape un homme comme ça.

Bien sûr, Dane fit son entrée dans notre bureau commun au moment où je disais ça. Nous réalisâmes tous les deux qu'il se tenait près de la porte depuis plusieurs minutes. Qu'il avait tout entendu. Je me recroquevillai sur ma chaise ; Sonja se précipita hors du bureau, marmonnant qu'elle devait aller voir notre chef de bureau, Debbie.

— Excellent, lui dit-il.

Je levai finalement les yeux et constatai qu'il était encore planté devant mon bureau. Je dus me tordre le cou pour voir son visage. Il m'observait attentivement, ses yeux cherchant les miens. Je vis les muscles de sa mâchoire se contracter, mais il ne dit pas un mot, se contentant de m'observer. Il était déconcertant d'avoir son attention pleine et entière, et je n'étais pas du tout sûr d'aimer ça. Je commençai à me tortiller.

— Vous êtes revenu de bonne heure, murmurai-je.

— Qui aurait cru que tu avais une si haute opinion de moi.

— Quoi ? demandai-je, faisant celui qui n'avait pas entendu, espérant qu'il laisserait tomber.

— Tu m'as bien entendu.

Pas de chance. Je pris une profonde inspiration.

— Ouais, eh bien, dis-je, ne détournant pas les yeux de son regard scrutateur. Ça va, ça vient.

— Alors, dit-il, ses yeux s'écartant finalement de moi. Vais-je pouvoir manger ?

Je soupirai bruyamment afin qu'il ne manque rien de mon irritation. Je pris son repas de humus et de couscous, de falafels et de tout ce qu'il aimait. Le sourire que j'obtins fut son vrai sourire ; celui que l'on voyait rarement, celui qui rendait ses yeux si chaleureux et faisait tomber les filles en pâmoison.

— Profitez de votre déjeuner, monsieur.

Il me regarda et je ne sus pas quoi faire, alors je plongeai la main dans le tiroir du haut de mon bureau et en sortis mon dernier paquet de Pop-Tarts. Je le lui tendis.

— Sont-ils à la fraise givrée ?

— Ne le sont-ils pas toujours ?

Il me le prit et entra dans son bureau sans un mot. Je restai assis là pendant une minute, repensant à ce que j'avais dit à Sonja et à la façon dont cela pouvait être interprété. Comme peut-être au fait d'être moi-même en train de m'enticher de lui.

— Hé, m'appela Jill depuis l'entrée du bureau.

Quand je levai les yeux vers elle, je vis un grand sourire sur son visage.

— Encore une qui mord la poussière, hein, chéri ?

Je levai les mains et elle éclata de rire. Et alors que je la regardais s'éloigner, je compris que même si Sonja n'avait pas été acceptée, moi je l'étais. Les filles et moi étions faits du même moule.

Jill, Celia et moi étions devenus proches au bout de six mois, Debbie ayant une carapace plus dure à percer. Cela m'avait pris une année entière. En fin de compte, cependant, c'était comme ça. Toutes les trois convoitaient toujours mon travail, mais personne ne voulait que je m'en aille non plus. Lorsque Piper avait commencé et avait semblé immunisée contre les charmes de mon patron, c'était comme si nous avions enfin réussi à construire une équipe forte qui allait former le noyau dur. Alors que je jetais un œil vers le bureau vide de Sonja, je compris que j'allais rencontrer quelqu'un de nouveau dans le courant de la semaine. J'aurais probablement dû suggérer à Debbie qu'elle demande à l'agence d'intérim de nous envoyer un mec.

III

JE VENAIS juste de sortir de la douche lorsque mon portable sonna. Mon ami Evan était à l'autre bout du fil. Il me rappela que c'était son anniversaire et que je ferais mieux d'être au club pour vingt et une heures. Comme si j'allais être en retard à une fête.

L'Amnesia était une discothèque sur Halsted que j'appréciais vraiment. Elle était vraiment au top avec des gogos-dancers dans des cages, des néons pourpres partout et un bar qui courait tout le long d'un mur. Je repérai Evan avec son groupe d'amis et traversai la piste pour aller le rejoindre.

— Salut, mon pote ! dit-il avec un grand sourire en me serrant dans ses bras. Tu es venu.

— Ai-je déjà manqué ton anniversaire ?

— Non, dit-il en m'étudiant. Tu es la personne la plus fiable que je connaisse.

— Très bien.

Je lui serrai l'épaule.

— Alors, quel est ton plan pour ce soir ?

— D'abord, je dois te dire… Je viens de voir Kevin.

Je hochai lentement la tête.

— Ce n'est pas grave. Je savais qu'il devait revenir ce mois-ci.

— Mais tu n'es pas fâché qu'il soit dans un club ?

Je haussai les épaules.

— Ce n'est plus mon affaire, E.

Il hocha la tête, puis sourit tout à coup.

— Qu'est-ce que tu m'as acheté ?

Je tirai une enveloppe de ma poche arrière et lui remis deux billets pour le ballet.

— Oh, bébé… dit-il avant de me serrer de nouveau dans ses bras. Quand y allons-nous ?

— Non non, dis-je en secouant la tête. Emmène ta mère.

Il me jeta un coup d'œil.

— Tu sais que tu devrais. Tu ne vas jamais la voir alors qu'elle vit à dix minutes de chez toi.

— Elle veut toujours savoir avec qui je sors. Que suis-je supposé lui dire ? Je ne 'sors' avec personne, Jory… J'ai des relations sexuelles dans les arrière-salles des clubs. Je ne cherche pas quelque chose de sérieux.

— Un de ces jours, Ev… l'amour va t'attraper.

— C'est peu probable.

45

— Peu importe, dis-je en haussant les épaules. Emmène ta maman. J'ai acheté les billets pour elle et toi.

— Elle me rend fou.

— C'est une femme adorable.

Il grogna et glissa un bras autour de mon cou pour me rapprocher de lui.

— Viens dire bonjour aux filles.

Les collègues d'Evan – des hôtesses de l'air et stewards – étaient malicieux et affectueux et buvaient plus que je le croyais possible. Trois des femmes et deux des hommes me firent des avances et lorsque minuit arriva, je m'aperçus que j'étais affamé. Je revenais des toilettes lorsque Kevin Wu se plaça devant moi.

— Salut, dis-je en reculant pour ne pas le toucher.

— Jory.

Il sourit et tendit le bras vers moi.

Je fis un autre pas en arrière.

— Que se passe-t-il ?

Son sourire s'estompa et je vis sa mâchoire se contracter.

— Tu es toujours en colère.

— Je ne suis pas en colère, lui assurai-je, parce que c'était vrai.

Qu'il soit là ou pas n'aurait réellement pas fait de différence. Cela ne me faisait ni chaud ni froid.

— Content de t'avoir revu, dis-je en le dépassant.

L'année dernière, Kevin Wu m'avait dit qu'il m'aimait. Il m'avait emmené à un dîner très romantique et après bien des détours, il avait laissé échapper qu'il ne pensait pas pouvoir supporter que je couche avec quelqu'un d'autre que lui pour le reste de ma vie. À ce point de notre relation, je n'étais pas sur la même longueur d'onde, mais avec le temps j'étais à peu près certain que je l'aurais été. Nous avions une relation solide depuis six mois et c'était pour moi ce qui se rapprochait le plus d'une relation adulte. Son seul reproche avait été qu'il voulait dormir toute la nuit avec moi. Je n'étais pas prêt pour cette étape et au final, j'avais eu raison.

Lorsqu'il m'avait dit qu'il allait faire son coming-out auprès de sa famille, je m'étais empressé de l'accompagner pour lui offrir mon soutien et pour les rencontrer pour la première fois. Cela avait été un désastre. Non seulement il s'était dégonflé, mais il leur avait également dit que je n'étais qu'un ami. Il avait fini par danser toute la nuit avec une fille que ses parents avaient invitée. J'étais resté seul à table, et lorsque je l'avais confronté plus tard cette nuit-là, il m'avait dit que je ne pouvais pas comprendre puisque, en gros, j'étais orphelin. Je n'avais pas d'obligations familiales. Et lorsqu'il avait voulu se mettre au lit avec moi, je lui avais demandé jusqu'à quel point il me croyait stupide. J'avais compris ce qu'il voulait dire. Je n'avais pas l'étoffe d'un partenaire acceptable. Il était d'accord avec moi, mais avait poursuivi en disant qu'une fois qu'il aurait pris sa place dans l'entreprise familiale, il serait capable de m'entretenir : appartement, voiture, argent de poche… il s'occuperait très bien de moi. J'étais tellement content que nous soyons chez lui –

pour pouvoir partir – et ravi que nous n'ayons jamais échangé nos clés de maison comme il l'avait souhaité. Nous en avions fini. J'avais à l'évidence flotté sur un petit nuage durant tout le temps de notre relation. Et j'étais très heureux que la drogue, la transe ou le lavage de cerveau extraterrestre se soit enfin dissous afin que je puisse reprendre ma vie et prétendre que Kevin Wu n'avait jamais existé.

— Jory.

Je me retournai et attendis le temps qu'il me rattrape.

— Où vas-tu ?

— Je retourne près d'Evan. C'est son anniversaire.

Il eut l'air confus.

— Jory.

— Quoi ?

— Je veux te voir.

— Je suis là.

— Ce n'est pas ce que je veux dire et tu le sais.

Je haussai les épaules et me retournai pour partir.

Il attrapa mon bras.

— Qu'est-ce qui ne va pas avec toi ?

— Rien.

— Jory, je…

Je retirai ses doigts de mon bras un à un et reculai de quelques mètres avant qu'il me rattrape et me retienne, se positionnant en face de moi, bloquant tout espoir d'évasion.

— Ne joue pas les abrutis simplement parce que tu le peux. S'il te plaît, laisse-moi te voir.

— Non.

Il fronça les sourcils.

— Jory, plaida-t-il. Allez, s'il te plaît, ne…

— Laisse-moi partir, Kevin.

— Écoute, je suis désolé de ne pas avoir rappelé dès que…

— Ça n'a pas d'importance.

Je repoussai sa main.

— Pourquoi ça n'est pas important ?

Il avait fait une erreur de jugement et je vis les prémices d'une lueur d'inquiétude dans ses yeux.

— Parce que ça ne l'est pas, tout simplement.

Il attrapa mon bras d'un mouvement rapide, et le serra pour la deuxième fois.

— Jory, calme-toi, d'accord ?

— Je suis calme, c'est toi qui deviens bizarre.

— Allez, J. Je n'ai fait que penser à toi pendant mon absence.

Il commençait à monter le ton.

— C'est des conneries. La seule chose à laquelle tu as pensé c'est ce que je te faisais au lit.

Il sourit d'un air narquois et se rapprocha de moi.

— Il y a de ça.

N'ayant pas eu beaucoup de partenaires, Kevin avait bien moins d'expérience que moi. Mes amants se comptaient en nombres et non en chiffres, et j'ai appris quelque chose que j'aimais – ou qu'un autre aimerait – de chacun d'eux. Ce que j'avais appris avec Kevin, c'était que je ne voulais plus me tromper. Les orphelins voulaient un foyer et je ne faisais pas exception. Je voulais appartenir à un seul homme, comme toutes les femmes dans tous les films romantiques hollywoodiens qui faisaient sortir les mouchoirs que j'avais vus. Je n'avais plus envie de baiser à droite et à gauche.

La main sur ma joue me fit sursauter et je levai les yeux vers Kevin.

— Où étais-tu ?

Il sourit, se rapprochant de moi, prenant mon visage entre ses deux mains.

— Tu penses manifestement à quelque chose.

Je relevai le menton et reculai.

— Rien. Content de t'avoir revu.

— Allez, J, dit-il doucement, plongeant ses yeux dans les miens. Je veux seulement te parler.

Je me retournai pour m'en aller, mais il empoigna le devant de ma chemise et me tira en avant, me faisant perdre l'équilibre et pratiquement tomber contre lui.

— Jory, murmura-t-il. Que dois-je faire pour…

Je reculai avant de le repousser.

— Lâche-moi, mec, l'avertis-je, plus ennuyé que j'aurais dû l'être.

Je me rendis soudain compte que je n'étais d'humeur à rien, sauf à rentrer pour m'installer dans mon canapé. Je n'avais vraiment pas envie d'être ici. J'avais besoin de temps pour assimiler tout ce qui m'était arrivé depuis la veille au soir.

— Écoute, dit Kevin en s'accrochant à mon bras. Je suis désolé, d'accord. Je ne voulais pas… J'ai vraiment pensé à toi sans arrêt depuis…

— Tu es en train de jouer les connards, le coupai-je en me libérant.

Il s'empara à nouveau de moi, cette fois en tirant violemment sur mon bras.

— Arrête de jouer à l'inaccessible. Nous savons tous les deux que tu vas me donner ce que…

— Lâchez-le.

Nous nous figeâmes tous les deux et nous retournâmes pour voir l'inspecteur Kage. Il se tenait là, en train de me regarder avec son visage renfrogné permanent, les sourcils froncés, des lignes profondes se creusant entre eux, ses yeux bleus froids, son regard affichant une lueur de pure irritation. Je fus étonné que Kevin soit toujours accroché à moi.

— Que faites-vous ici ? lui demandai-je carrément, parce ce que ça plus qu'autre chose était tout bonnement incroyable.

Franchement, j'étais ébahi.

— Je pourrais vous poser la même question, grogna-t-il. Est-ce votre idée de faire profil bas ?

— Oh !

J'étais encore plus confus.

— Est-ce que c'est ce que je suis supposé faire ?

— Vous le savez bien.

Je haussai les sourcils.

— Vraiment ?

— Ouais, vraiment.

— Hein.

Il tourna son regard vers Kevin.

— Lâchez-le. Je le demande gentiment.

Ce n'était pas tant ses mots que son attitude qui était intimidante. Il se tenait là, ne faisant rien, et pourtant il semblait menaçant. Comme un assassin ou un guerrier samouraï... comme si l'immobilité pouvait être rompue à tout moment par un geste violent. Kevin me relâcha et je pris une profonde inspiration.

L'inspecteur Kage posa une main sur mon épaule.

— Allons-y.

— Attendez, dit Kevin en tendant le bras vers moi.

— S'il vous plaît, l'avertit Kage. Je ne veux pas vous faire mal.

Mais on pouvait entendre à son ton qu'il espérait que Kevin allait essayer.

— Me faire mal ?

L'inspecteur arqua lentement un sourcil.

La mâchoire de Kevin se contracta.

— Vous pensez pouvoir me faire mal ?

Cela ressemblait à un défi.

— Oh par l'enfer, ouais, dit l'inspecteur avec un air suffisant, narquois sur le dernier mot.

Dans ses vêtements de ville, Sam Kage avait l'air encore plus grand que la veille lorsqu'il portait sa chemise et sa cravate. Le jean mettait en valeur ses longues jambes musclées et sa taille fine, tandis que le tee-shirt collait à son torse large et ses épaules, soulignant des biceps et des triceps saillants, les veines de ses bras et de ses mains étant visibles. Il était taillé en 'V', les muscles ondulants, solides et durs, et je réalisai que debout comme ça dans une discothèque gay, il y avait certainement plus que Kevin et moi qui le regardions. Les yeux bleu ardoise, les courts cheveux dorés, les sourcils épais, les lèvres pleines, la mâchoire ciselée... Je n'avais pas remarqué la nuit précédente que cet homme était un véritable fantasme ambulant. Probablement à cause de la façon dont il m'avait regardé. Comme s'il me détestait.

— Qui êtes-vous ? lui demanda Kevin d'un ton sec.

49

L'inspecteur Kage se contenta de lui décocher un regard avant de me tirer par le bras. C'était différent de la manière dont Kevin m'avait tiré ; mes pieds décolèrent presque du sol. Cet homme n'avait manifestement aucune idée de sa force.

Il voulut me traîner hors du club, mais je m'élançai vers Evan pour lui dire au revoir. Lorsque je posai la main sur l'épaule de mon ami, il se retourna pour me regarder. Je vis ses yeux détailler l'inspecteur Kage. Il ne me vit même pas. Je n'existais plus.

— Seigneur, Jory, qui est-ce ?

Il semblait presque à court de souffle.

Je fis un pas de côté pour pouvoir les présenter.

— Evan Rheems, voici l'inspecteur Sam Kage. Inspecteur Kage, voici mon pote, Evan.

Il hocha la tête, mais ne tendit pas la main.

— D'accord. Pouvons-nous y aller ?

— Oh non, vous ne pouvez pas y aller, dit Evan en posant la main sur mon poignet. C'est mon anniversaire. Jory et moi n'avons même pas eu notre…

— Il vient avec moi, déclara catégoriquement l'inspecteur Kage, et je sentis sa main sur ma nuque. Alors vous allez devoir faire ce que les gens comme vous font une autre fois.

— Les gens comme nous ?

Evan me regarda, les sourcils levés, une question dans son regard.

J'avais l'impression que mon œil droit tressautait.

— Ce n'est pas… Il n'est pas avec moi, Ev. Il est…

— Ça suffit, grommela-t-il et je sentis sa main se resserrer sur ma nuque. Dehors, maintenant.

Je me penchai et embrassai Evan sur la joue, lui promettant de le rappeler le lendemain, avant de demander à l'inspecteur de me relâcher.

— Seulement si vous marchez vers cette putain de porte, aboya-t-il.

Je me dirigeai vers la sortie, mais un mec se plaça devant moi.

— Salut, me dit-il en souriant. Tu te souviens de…

De lourdes mains s'abattirent sur mes épaules et les serrèrent.

— Excusez-nous, dit-il derrière moi.

Le gars détourna les yeux de mon visage et vit l'inspecteur Kage derrière moi. Il s'écarta de notre route et je fus poussé durement vers l'avant.

Dehors, dans la rue, je pivotai pour lui faire face.

— C'était quoi ça ?

— Pourquoi ne vous peignez-vous pas une putain de cible sur la poitrine, espèce d'imbécile !

Je commençai à m'éloigner de lui, mais il saisit mon bras et me fit me retourner face à lui.

— Seigneur ! Pouvez-vous arrêter de me malmener ? lui criai-je, tordant mon bras pour me libérer, agacé.

— Désolé, dit-il automatiquement sans aucune sincérité avant d'enfoncer les mains dans ses poches. Mais vous n'écoutez pas ce que je vous dis. Je ne vous comprends pas.

— Peu importe, soupirai-je. Écoutez, j'ai faim, je dois manger, d'accord. Après je vous promets de rentrer à la maison.

Il hocha la tête.

— Très bien.

Je lui accordai un dernier regard puis me retournai pour m'éloigner.

— Attendez.

— Seigneur ! Quoi encore ?

— Vous voulez bien vous arrêter, s'il vous plaît ?

Je m'immobilisai, mais ne me retournai pas.

— Je dois manger aussi.

Je le regardai par-dessus mon épaule.

— Je vais prendre un petit-déjeuner. Vous en voulez ?

Il hocha la tête.

— Ouais.

— D'accord.

Je souris en me tournant vers lui.

— Où est le tank que vous conduisez ?

J'eus à peine droit à un sourire, une courbure minime de sa lèvre.

JE POUVAIS beaucoup parler quand je m'y mettais, et c'est ce qui se passa au restaurant. Je maintins une conversation constante, passant des *Experts* au fait que je pensais devenir catholique parce que j'aimais tous les différents saints. Je lui fis goûter mes pancakes à la banane et souris en grand lorsqu'il admit que ce n'était pas mauvais.

— Seigneur ! Vous parlez beaucoup, dit-il entre ses dents.

Je devins silencieux et bus mon jus d'orange.

— Hé.

Je levai mon regard dans ses yeux bleu argenté.

— Je ne voulais pas dire par là que vous deviez arrêter. Vous me rappelez juste mes sœurs, c'est tout.

— Ça ne peut pas être bon signe, dis-je en m'écartant de la table.

— Non, dit-il rapidement. En fait, cela ne me dérange pas.

Je hochai la tête et vidai mon verre.

— Alors, voulez-vous quelque chose d'autre ou c'est bon ?

— Je veux quelque chose, dit-il en me regardant vraiment.

Et j'eus l'étrange sensation – ce qui j'en étais sûr n'était qu'un vœu pieux de ma part – que peut-être, il parlait de moi. Parce que même si cet homme me détestait de toute évidence, il était vraiment magnifique. Impossible de ne pas remarquer les

51

rides profondes de rire autour de ses yeux, la cicatrice au-dessus de son sourcil gauche, ou la façon dont ses vêtements collaient à lui comme une seconde peau. Et même si je m'étais plaint plus tôt, l'idée qu'il soit brutal avec moi était très excitante. Avec tous les mecs qui avaient essayé de me jeter contre un mur ou sur un lit, j'avais été en mesure de me dégager. La plupart d'entre eux ne voulaient pas vraiment de ce côté aussi physique de toute façon, ne voulaient pas lutter pour me soumettre, tout n'était que spectacle. Mais l'inspecteur Kage pourrait me faire faire ce qu'il voulait. Ses muscles définis, sa taille, la lueur dans son regard sombre me le disaient clairement.

— Froid ? demanda-t-il en voyant que je frissonnais.

Je secouai la tête et pris une inspiration.

— Non, je vais bien, dis-je en me levant, tirant mon portefeuille.

— Je m'en occupe, dit-il sèchement en se levant pour se tenir à côté de moi.

— Oh, bon sang, non, lui dis-je en déposant vingt-cinq dollars sur la table.

Je devais couvrir le pourboire aussi.

— Je préférerais me faire tirer dessus plutôt que vous devoir quelque chose.

Il me jeta un regard mauvais et je ris avant de lui donner une petite tape sur le bras.

— À plus.

Sa main agrippa fermement mon épaule pour me retenir là où j'étais.

— Je vous ramène chez vous. Restez là.

Donc, j'attendis à côté de lui alors qu'il déposait sa part de l'addition sur la table, puis sortis devant lui.

— Voulez-vous me menotter afin que les gens ne pensent pas que nous sortons ensemble ? lui demandai-je avec désinvolture.

— Aucune personne saine d'esprit ne penserait que nous sommes ensemble.

— Non ?

— Ouais, non.

— Pourquoi pas ?

— Parce que.

Mais il ne donna pas plus d'explication, alors je laissai tomber.

La ruelle était sombre, mais il était juste derrière moi, donc je ne m'inquiétai pas. Je vis sa voiture dès que nous sortîmes de l'autre côté et j'en fus heureux parce que je commençais à geler.

— Puis-je vous poser une question ?

Je grimaçai.

— C'est quoi ça ?

J'essayai de sourire.

— désolé ?

— Ne dites pas que vous êtes désolé quand vous ne l'êtes pas. C'est quoi cette grimace ? Que pensez-vous que je vais vous demander, pour l'amour de Dieu ?

— Quelque chose d'horrible.

Il plissa les yeux.

— Charmant.

— C'est comme traverser un champ de mines, murmurai-je alors que nous atteignions le SUV.

L'alarme de la voiture bipa lorsque la portière s'ouvrit et je montai à l'intérieur. Je me penchai pour lui ouvrir sa portière puis reculai pour boucler ma ceinture avant qu'il m'aboie dessus.

— Pourquoi n'avez-vous pas une putain de veste ? me demanda-t-il sèchement.

Je haussai les épaules.

— J'en ai une, c'est simplement qu'il ne fait pas encore super froid. C'est pénible d'en porter une jusqu'au club, de la déposer au vestiaire puis de se souvenir de la récupérer après.

— Donc, vous préférez attraper une pneumonie ?

— Inspecteur, savez-vous que cette maladie est en fait causée par des germes et non par le froid ?

— Très drôle, dit-il sèchement.

J'inclinai ma tête en arrière et me mis à l'aise. Mon téléphone sonna et c'était Kevin donc je laissai la messagerie vocale prendre le relais. Taylor appela, puis Nick, mais je n'avais pas envie de parler. Il faisait chaud dans la voiture et comme nous étions tous les deux silencieux, je commençai à somnoler. Quand mon téléphone sonna à nouveau, je le mis en mode vibreur.

— Cette chose n'arrête donc jamais de sonner ?

— Mmm, lui répondis-je, à moitié éveillé.

— Vous êtes populaire, hein ?

Je grognai alors qu'il engageait la voiture dans la rue. Il prit son téléphone et je l'écoutais distraitement parler de dates et d'heures. Il était difficile d'imaginer la vie d'un inspecteur de police. Je me demandais ce que c'était que d'avoir un travail qu'on ne quittait jamais complètement.

La voiture était chaude, la conduite sans à coup et le bruissement des pneus sur la route apaisant. Je perdis la notion du temps.

— Jory.

Je sentis le dos de ses doigts glisser sur ma gorge et je me rendis compte que la voiture s'était arrêtée.

— Merde, désolé.

Je pris une grande inspiration et me redressai. Difficile de savoir combien de temps j'avais dormi.

— Je suis une loque en voiture. Je m'endors toujours.

— Moi aussi, sauf si je conduis, dit-il doucement.

— Merci, dis-je d'une voix rauque alors que j'ouvrais la portière pour sortir.

— Hé.

Je le regardai à nouveau.

— Faites attention à vous, d'accord ?

Je hochai la tête.

— Vous êtes idiot de ne pas accepter le programme de protection des témoins.

— Je ne veux pas d'une nouvelle identité, Inspecteur. Je...

Il leva une main.

— Épargnez-moi vos raisons, d'accord ? Essayez juste d'être un peu moins visible.

Je lui promis que j'allais travailler là-dessus.

Il murmura quelque chose que je ne compris pas.

— Quoi ?

— Rien.

— Êtes-vous inquiet pour moi, Inspecteur ? demandai-je avec espoir.

— Non, grogna-t-il. Je ne veux pas vous retrouver la cervelle éclatée, c'est tout.

Ce qui, fondamentalement, referma la porte sur mon vœu pieux.

IV

LES GENS ne cessent de me surprendre. Je peux comprendre qu'être dragué soit la réponse recherchée lorsque vous êtes dans un club avec les vêtements les plus séduisants et les plus moulants que vous possédez. Mais, fraîchement sorti de la salle de gym, les cheveux encore mouillés de la douche, avec un iPod vissé aux oreilles, ce n'est pas le bon moment pour que quelqu'un essaie de vous faire du rentre-dedans. Alors quand un mec se pencha vers moi devant le rayon des salades le lendemain soir, mon visage était moins qu'amical lorsque je me retournai pour le dévisager. J'avais traversé ma journée au bureau dans une espèce de brouillard et j'étais allé faire du sport dans l'espoir de m'éclaircir la tête. Je n'arrivais pas tout à fait à reprendre le dessus. Être accosté par des étrangers ne faisait rien pour améliorer mon humeur.

— Jory.

J'attendis. Les personnes qui connaissaient mon nom ne me mettaient jamais plus à l'aise avec eux que ceux qui ne le connaissaient pas.

Il sourit rapidement.

— Trey Wyndham. Je t'ai rencontré à la fête de Richard samedi dernier.

Je n'avais aucune idée de qui il était.

Sa voix baissa d'un ton.

— Tu m'as raccompagné chez moi.

Ce genre d'information n'était pas conçu pour me rafraîchir la mémoire. Je raccompagnais beaucoup de gens chez eux.

Il se racla la gorge.

— Tu ne t'en souviens pas ?

C'était impoli de dire la vérité dans ce genre de situation.

— Non, je me souviens. Comment vas-tu ?

Sourire instantané.

— Tu étais parti au mat...

— Comment vas-tu ? répétai-je, lui coupant la parole.

— Oh... bien.

— Eh bien, c'était agréable de te revoir.

Je souris, pris ma salade d'épinards et me retournai pour partir. Après avoir fait toutes mes courses, je me rendis compte que je n'en voulais plus. C'était typique chez moi.

— Attends.

Je continuai à marcher, mais avant de pouvoir arriver à la caisse, il se plaça devant moi.

— Ne me rembarre pas comme ça, dit-il d'un ton cassant, irrité. Je veux te parler.

Je retirai mon autre écouteur et lui accordai toute mon attention.

— Tu sais quoi ?

Il s'écarta de mon chemin.

— Oublie ça. Ce regard agacé et exaspéré que tu me lances, c'est des conneries. Je ne mérite pas ça...

Je le contournai et commençai à manipuler mon iPod.

— Jory !

Je continuai à marcher, pas très rapidement, me déplaçant juste à mon allure habituelle.

— Bordel, attends ! cria-t-il, se retrouvant soudain en face de moi, me barrant la route.

Je m'arrêtai.

— Qu'est-ce que tu veux ?

— Je veux que tu n'aies pas l'air ennuyé à mourir.

— Désolé, dis-je automatiquement.

— Non, tu ne l'es pas.

Il lâcha un rire forcé.

— Je n'ai pas souvenir que tu aies été un tel trou du cul.

— D'accord.

Il laissa échapper un long soupir et passa les doigts dans ses cheveux.

— Richard m'a dit que tu venais souvent dans cette supérette, donc j'ai un peu traîné par ici et... il m'a donné ton numéro, mais tu n'as jamais répondu et tu ne retournes pas tes messages et... je veux juste savoir ce qui se passe.

Je plissai les yeux.

— Ce qui se passe, c'est que je ne rappelle jamais les numéros que je ne connais pas, et l'idée que tu me suives est tout à fait perturbante.

— Quoi ? Non... Je n'ai pas besoin de suivre qui que ce soit, je...

— Très bien, alors à plus.

Mais lorsque j'essayai de m'éloigner, il empoigna ma veste de survêtement.

— Jory, je veux te revoir.

Est-ce qu'il plaisantait ?

— Est-ce que tu plaisantes ?

Lentement, il me relâcha.

— Cette nuit a été incroyable. Tu... Je voudrais que...

— Je dois y aller.

Mais à nouveau, il se mit devant moi, s'assurant que je ne puisse pas partir.

— Bordel ! Qu'est-ce que tu veux ? grognai-je, affamé, agacé et fatigué.

C'était une mauvaise combinaison.

— Pourquoi es-tu parti ? Pourquoi n'es-tu pas resté ?

Puisque je ne me rappelais pas de lui, je m'en tins à ce qui me semblait logique.

— Nous avions fini.

Ce qui me semblait une parfaite explication en soi.

— Jory, tu…

— Écoute, mec, je dois y aller, alors…

— Attends un peu, dit-il en levant les mains pour m'empêcher de partir.

— Que faites-vous ?

Le son de la voix, le niveau d'irritation étaient sans équivoque. Je ne pus retenir mon sourire quand je me retournai et trouvai l'inspecteur Kage.

— Salut.

Il me jeta un regard noir, ce qui était la norme à chaque fois qu'il me voyait.

— Comment allez-vous ? ajoutai-je.

— Je vous ai posé une question.

— Excusez-moi, j'étais…

— Tire-toi, lança l'inspecteur à Trey avant d'attraper mon biceps pour me traîner après lui.

Je ne me débattis pas, ne cherchai pas à argumenter ou autre. Je le laissai me malmener, parce que, quelle que soit la raison, c'était bon d'être pris en charge. Je me sentais protégé et à ce moment-là, j'aimais ça.

Il s'arrêta brusquement et je dus incliner la tête en arrière pour voir son visage. Il était très grand.

— Je n'arrive pas à décider si vous êtes stupide, ou juste…

— Merci de m'avoir sauvé de ce mec, l'interrompis-je, le regard fixé sur ses yeux gris-bleu. Il agissait comme un con fini.

— Pourquoi ?

Je haussai les épaules.

— Il ne voulait pas accepter non comme réponse.

— On dirait bien que cela vous arrive souvent.

— On dirait bien, acquiesçai-je.

Il hocha lentement la tête.

— Qu'est-ce que c'est comme salade ?

Je gloussai.

— D'après votre rictus de mépris, je vais supposer que vous ne mangez pas beaucoup de salade.

— Et vous auriez raison.

Je jetai un regard dans le panier qu'il portait et ne pus retenir un hoquet de surprise.

— Quoi ?

— Seigneur ! m'exclamai-je.

Je regardai tous les aliments surgelés.

— Vous n'allez pas manger ça, quand même ?

— Si, pourquoi ?

Je pris un des plats surgelés.

— Avez-vous idée du genre de conservateurs qu'il y a là-dedans ?

— Et je devrais m'en soucier, pourquoi ?

Je relevai les yeux sur lui.

— Inspecteur, avez-vous une idée de ce que cette merde fait à vos artères ?

Il grogna.

— Et votre cholestérol et votre…

— Je ne mange pas de salade.

— Vous n'avez pas à manger de la salade, lui assurai-je. Mais vous pourriez manger…

Il leva une main.

— Je suis attendu chez un copain et il m'a dit d'amener des trucs.

— Alors vous avez l'intention de tuer tout le monde ?

Il leva les yeux au ciel.

— Vous savez quoi, pourquoi ne pas vous occuper de vos putains d'affaires, acheter votre nourriture de lapin et je vous déposerai chez vous en route.

Je haussai les épaules et tournai les talons pour me diriger vers la caisse.

— Attendez.

Je le regardai par-dessus mon épaule.

Il fronça les sourcils, m'étudiant pendant plusieurs minutes.

— Merde. Montrez-moi ce qu'il faut acheter.

— Quoi ?

— Ne jouez pas à l'imbécile, contentez-vous de me montrer.

Mais je ne cherche pas à être un imbécile, je suis juste surpris.

— Vous me laisseriez vous aider ?

— Ouais.

Je sentis tout à coup un poids tomber de mes épaules. Il y avait quelque chose dans le fait de passer du temps avec cet homme qui m'allégeait.

— Très bien, alors. Que voulez-vous amener là-bas ?

Son air s'assombrit.

— Comme si je le savais. Juste… je vous suis.

Je me rendis directement dans la zone des produits frais et commençai à mettre des choses dans son panier. J'achetais toujours bio, même si cela coûtait plus cher, parce que comme je le lui avais dit plus tôt, il n'y avait pas de conservateurs. Je mis des abricots dans le panier, des carottes, des haricots verts, des courgettes et des tomates-cerises. Il me suivit dans le magasin, écoutant quand je parlais, lui disant quoi faire avec les ingrédients que je prenais. Lorsque j'eus terminé, après avoir placé deux bouteilles de Chardonnay dans le panier, je levai les yeux vers son visage.

— Je n'ai aucune idée de ce dont vous parlez, dit-il d'un ton plat.

— À quel sujet ?

— C'est justement ça le problème ! Putain, qu'est-ce que c'est qu'un fritter machin ?

58

— Une frittata.

— Qu'est-ce que c'est ?

— C'est un peu comme une quiche.

— Alors, pourquoi ne pas dire quiche ?

— Parce que c'est différent, pas aussi lourd. Plus comme une tarte.

Il gémit.

— Peu importe… vous pouvez venir avec moi et le faire vous-même.

J'étais stupéfait.

— Bon Dieu ! Vos yeux peuvent-ils devenir plus grands ?

— Je suis désolé, qu'avez-vous dit ?

— Vous n'avez qu'à venir avec moi.

Il était exaspéré.

— De cette façon, je peux aller chez mes amis puisque je suis en retard, vous pourrez manger et puis je vous ramènerai chez vous.

— Vos amis voudront-ils de moi là-bas ?

— Ils n'en auront rien à foutre.

L'idée de renter seul à la maison n'était pas du tout attirante. L'idée d'aller dans un club et de coucher avec quelqu'un d'autre ne me tentait pas non plus. La seule chose que je voulais faire, c'était passer du temps avec l'inspecteur Kage. Il était nouveau et intéressant et le simple fait de le regarder me mettait la peau en feu.

— D'accord.

— Très bien.

Il soupira comme s'il était fatigué. Je remarquai alors les cernes sous ses yeux.

— Peut-être que vous devriez rentrer chez vous et aller au lit, non ?

— Contentez-vous de vous mettre dans la file, aboya-t-il en me poussant sur l'épaule pour me faire avancer.

Je passai devant lui à la caisse.

J'aimais bien regarder les gens et voir la femme recompter la monnaie de l'inspecteur était amusant. La façon dont ses mains tremblaient, dont elle retenait son souffle lorsque ses yeux croisèrent les siens, le sourire timide qu'elle lui adressa était très révélateur. Je n'étais pas le seul à être sensible à la présence de l'inspecteur Kage. Je me demandai à quoi ressembleraient ses amis.

C'ÉTAIT BRUYANT. Il y avait du football dans le salon, les hommes buvaient de la bière et criaient devant la télévision, il y avait de la musique dans la cuisine et les femmes qui parlaient dans la salle à manger. L'odeur qui provenait de la cuisine était incroyable et il y faisait chaud puisque plusieurs d'entre elles préparaient des amuse-gueules. Sam m'avait poussé dans la pièce avec les courses, leur avait dit que j'allais faire sa part et m'avait laissé là.

Je les observai.

Elles firent de même.

— Donc, me dit l'une des femmes, croisant les bras tout en me détaillant. Qu'est-ce que vous allez faire ?

Elle haussa un sourcil, me défiant de dire quelque chose... n'importe quoi. Je l'aimais instantanément.

— Une frittata aux légumes.

— Une quoi ?

— C'est comme une quiche.

Elle hocha la tête en me tendant sa main.

— Je suis Megan.

Je pris la main offerte dans la mienne.

— Jory.

Son visage s'adoucit et ses yeux se firent chaleureux.

— Alors, qu'y a-t-il dans une frittata ?

Je lui expliquai pour les œufs, les légumes et le fromage.

— Ça a l'air appétissant. D'habitude, je ne mange pas lorsque je suis ici.

— Moi non plus, dit une des autres femmes. C'est dégoûtant ce que les hommes appellent nourriture.

Apparemment, la soirée avait évolué au fil des ans, passant de la *Soirée Foot du Lundi* entre hommes à une soirée pour couples chez ceux qui recevaient à ce moment-là. Pizzas, ailes de poulet et bières s'étaient transformées en buffet pour tout le monde. D'après ce qu'il semblait, les hommes amenaient toujours de la nourriture 'fête de fraternité'.

— Je vais cuisiner, annonçai-je en souriant et en me dirigeant vers l'évier où je déposai les sacs. Qui veut m'aider à couper le brocoli ?

Tout le monde se porta volontaire.

Une heure plus tard, je m'avançai devant l'inspecteur Kage qui leva lentement la tête jusqu'à ce que ses yeux soient fixés sur mon visage.

— Et voilà, dis-je en lui offrant l'assiette que j'avais dans les mains.

Il la prit, ses yeux toujours rivés sur moi.

— C'est bon, essayez.

— Qu'est-ce que c'est ?

— C'est la frittata de légumes, une galette de pain garni de fromage de chèvre, de tomates et de haricots verts avec des noisettes.

Il hocha la tête.

— Bon sang ! Qu'est-ce que c'est ? demanda le gars assis à la droite de l'inspecteur Kage alors qu'il tendait la main vers l'assiette que je venais de lui donner. Ça sent super bon !

— Va t'en chercher ! lui dit-il en lui envoyant un coup de coude pour le tenir éloigné de sa nourriture.

Je souris à l'inspecteur Kage.

— Nous avons de la salade de fruits en dessert avec un glaçage à la framboise.

— D'accord.

Il poussa un soupir avant d'entamer son repas.

Je me retournai pour rejoindre la cuisine, mais Megan, ma nouvelle amie m'arrêta.

— Je vais ouvrir le vin.

— Parfait.

— Jory chéri, c'est si bon, lança Linda, qui m'avait aidé à cuisiner, depuis la table de la salle à manger.

Je reçus un florilège de félicitations de la part de tout le monde. Je mangeai dans la cuisine avec Megan et deux autres femmes, chacun de nous parlant de nourriture. Elles me regardèrent toutes couper les fruits rouges et ajouter des noix et des amandes à la salade que j'allais servir pour le dessert.

— Je ne savais pas qu'une salade de fruits pouvait ressembler à ça, dit Béthanie, une autre de mes nouvelles amies en me regardant. Je la fais toujours avec des bananes, des pommes et des oranges. C'est juste ennuyeux. Et toi, tu n'as rien mis de tout ça.

Je secouai la tête.

— Je n'aime pas ces fruits.

— Seigneur, Jory, tu vas rendre une fille très heureuse.

Je haussai un sourcil à son attention et elle rit.

— D'accord, un mec très heureux.

— Comment as-tu rencontré Sam ?

Je leur expliquai à toutes que j'étais quelque peu dans les ennuis et qu'il m'aidait. Elles acceptèrent mes paroles sans hésitation, parce qu'il était inspecteur de police et, de toute évidence, hétéro. Pas un instant, elles ne remirent mon histoire en question.

Même si j'avais cuisiné, j'aidai Darla, la maîtresse de maison, à nettoyer la cuisine puisqu'il s'agissait d'une zone sinistrée. Rien que la quantité de bouteilles de bière vides était stupéfiante. Je regardai le jardin d'herbes aromatiques de triste aspect sur le rebord de la fenêtre lorsque je sentis quelqu'un derrière moi.

— C'était bon.

Je regardai l'inspecteur Kage par-dessus mon épaule.

— Merci.

— Vous mangez comme ça tous les soirs ?

— Non, dis-je en secouant la tête. Je n'ai pas une cuisine assez grande ni un budget alimentaire assez conséquent.

Il hocha la tête.

— Eh bien, dites-moi quand vous serez prêt et nous pourrons y aller.

— Bien sûr. Je dois juste jeter un œil à l'album de mariage de Darla. J'ai promis que je le ferais.

Ses yeux étaient verrouillés aux miens, ce qui fit battre mon cœur plus fort dans ma poitrine. Cet homme me coupait le souffle et il n'en avait aucune idée.

— Alors, je vous dirai quand je serai prêt.

— Très bien, dit-il avant de s'éloigner.

En feuilletant l'album photos, plus tard, Darla avait passé ses bras autour de mes épaules, Linda s'appuyait contre moi à droite et Megan avec sa main posée sur ma cuisse se penchait vers moi à gauche. Deux autres étaient allongées en travers de la table pour m'offrir leurs souvenirs du plus beau jour de leur amie.

— Désolé de casser l'ambiance, les filles, dit l'inspecteur Kage derrière moi, mais je dois y aller.

— Alors, vas-y, dit Megan. Laisse Jory, l'une de nous le ramènera chez lui.

Ses mains furent tout à coup sur mes épaules.

— Non, il vient avec moi.

Elles étaient plus tristes de me voir partir que lui.

Alors que je leur souhaitais une bonne nuit, recevant des baisers de la part des femmes et des poignées de mains et des tapes sur l'épaule de la part des hommes, je fus surpris quand l'inspecteur Kage attrapa mon biceps pour me traîner hors de l'appartement. Alors que nous commencions à descendre l'escalier pour rejoindre la porte de l'immeuble, d'autres personnes montèrent. Au lieu de marcher devant moi, il passa derrière et me laissa ouvrir la voie. Dehors, dans la rue, je fus si distrait par la proximité de cet homme que je ne remarquai pas du tout la présence du coursier à vélo jusqu'à ce qu'il soit pratiquement sur moi. Un bras passé en travers de ma poitrine empêcha une rencontre douloureuse.

— Merci, dis-je en posant les mains sur l'avant-bras qui m'enserrait. Je ne l'avais pas vu.

— Parce que vous ne faites pas attention, grogna-t-il à mon oreille, ce qui envoya un frisson le long de la colonne vertébrale.

J'étais sûr que chaque centimètre de ma peau était recouvert de chair de poule. Je hochai la tête.

— Cela vous causera des ennuis un de ces jours.

— Oui, inspecteur.

— Vous devez être vraiment plus attentif et vigilant en ce moment.

— Bien sûr.

— Vous devez être plus prudent.

— Je sais.

— D'accord.

J'essayai de reprendre mon souffle.

— Vous avez froid ?

— Non, réussis-je à sortir d'une voix faible et rauque.

— Le coursier vous a surpris, dit-il en resserrant son bras, m'attirant un peu plus contre lui.

Je fermai les yeux et me laissai aller, m'appuyant contre lui pour voir ce qu'il allait faire. Je n'avais rien à perdre et je devais savoir jusqu'où il me permettrait d'aller.

— Vous tremblez.

Je respirais à peine.

— Venez, dit-il en tapotant doucement ma poitrine. Allons-y.

Sans la chaleur de son corps, j'étais en train de geler dans la rue. Je le regardai faire le tour du SUV et se glisser à l'intérieur. J'étais figé sur place, ne voulant aller nulle part ailleurs avec lui, sachant que j'étais le seul à être attiré. J'étais son témoin, rien de plus.

La fenêtre vrombit lorsqu'il l'abaissa et il se pencha en travers du siège passager.

— Montez dans la voiture, idiot, avant de vous geler le cul.

Charmant.

Je marchai péniblement jusque-là et m'installai sur le siège.

— Qu'est-ce que vous attendiez ?

— Une invitation écrite, de toute évidence, dis-je ironiquement.

— Seigneur ! Vous êtes vraiment un imbécile, grommela-t-il avant d'engager la voiture dans la rue.

Il n'en avait aucune idée.

V

LA NUIT suivante, je décidai d'accepter l'offre de mon ami Tony d'aller boire et danser. Rien d'autre ne fonctionnait. J'avais toujours l'impression d'être dans un rêve, comme si j'étais hors de mon corps et que je me regardais. Il était logique de penser que si je couchais avec quelqu'un avec qui je voulais m'engager et que je le faisais vraiment, je pourrais peut-être redevenir moi-même. C'était une théorie que j'essayai d'expliquer à Tony. Il n'avait aucune idée de ce dont je parlais, mais il était de bonne volonté quand il s'agissait d'écouter. Et ça, en soi, c'était incroyable, puisque, habituellement, sa capacité d'attention était pratiquement inexistante. Il garda même un contact visuel la plupart du temps.

Il devint immédiatement évident que danser n'était pas une bonne idée. Je ne voulais pas être touché, palpé ou tripoté. Je n'étais pas d'humeur à être plaqué contre le mur des toilettes. Boire, d'un autre côté, offrait de réelles possibilités. Ainsi, alors que mes amis dansaient comme des perdus, je m'assis au bar et je bus. Je les regardais tournoyer et se tordre, se cogner et se frotter les uns contre les autres, et chaque fois qu'ils m'appelaient, je leur faisais un signe de la main et souriais. Je renvoyai chaque verre qu'un mec voulait m'offrir. Chaque fois que quelqu'un se penchait vers moi, je le repoussais, quel qu'il soit. J'envoyai même un coup de coude dans les côtes d'un type qui n'acceptait pas 'non' pour réponse. Mais après quelques heures passées à boire, l'alcool finit par faire son effet et me détendit. Me sentant bien, je me glissai dans la foule pour rejoindre mes amis sur la piste de danse. Je vis que plusieurs personnes que je connaissais les avaient rejoints et que mon ami Ben en particulier était là. Je pouvais toujours compter sur lui pour être drôle et optimiste.

Comme d'habitude, dès que Ben me vit, il traversa la piste très vite pour me rejoindre. Ses mains furent partout sur moi alors qu'il me prenait dans ses bras pour m'étreindre.

— Jory… tu m'as manqué.

Je lui souris quand il recula pour me regarder.

— Allez, enlève-moi ça, dit-il en me débarrassant de mon tee-shirt, en le faisant passer par-dessus ma tête.

Je le lui repris pour en coincer un bout dans ma poche avant de me rapprocher et de presser mon entrejambe contre la sienne. Je ne faisais que jouer, mais c'était amusant, et en quelques minutes, ses mains étaient serrées sur mes hanches et son visage enfoui dans mon cou.

— Tu es un allumeur, Jory, gémit-il en remontant le long de ma gorge avec sa langue alors que ses mains pressaient mes fesses à travers mon jean.

— Je sais, dis-je en riant et en me frottant contre lui sous les huées et les sifflets de nos amis.

— Oh, bordel ! cria-t-il à moitié, saisissant tout à coup mes cheveux et me tirant hors de la piste de danse pour me ramener vers le bar.

Une fois-là, il me retourna de manière à lui faire face.

— Rentre chez toi, Jory, avant que je fasse une grosse erreur et ruine notre...

Je mis une main sur sa nuque, l'attirai vers moi et l'embrassai. Je ne faisais pas de mon mieux, n'y mettant vraiment pas beaucoup d'effort, mais mon objectif fut atteint. Sa bouche s'ouvrit et il poussa sa langue au fond de ma bouche. Une de ses mains se posa sur mon cou et l'autre sur les boutons de mon jean. Ses doigts travaillaient vite pour l'ouvrir suffisamment pour qu'il puisse fourrer sa main à l'intérieur.

— Viens chez moi.

— Allons à l'arrière.

Il recula subitement et me regarda droit dans les yeux.

— Qu'est-ce que tu racontes ?

Je souris lentement.

— Tu n'as jamais baisé dans la salle du fond ?

— Si, j'ai déjà baisé dans la salle du fond, me répondit-il sèchement. Mais je ne veux pas faire ça avec toi. Je veux te ramener à la maison avec moi.

Je secouai la tête et posai une main sur la boucle de sa ceinture.

— Allez, tu sais que tu le veux.

Il me repoussa loin de lui.

— Je le veux en effet et c'est là le problème. Je te veux, Jory, je t'ai toujours voulu, toi tout entier.

Je le fixai, la compréhension traversant finalement mon cerveau imbibé d'alcool.

— Donc, tu veux quoi ?

— Je veux que tu viennes avec moi chez moi.

— Pour quoi faire ?

Il eut l'air confus.

— Tu n'es pas juste un mec comme un autre, Jory, ni un coup d'un soir... Ce n'est pas ce que je veux de toi. Tu le sais.

Vraiment ? Et depuis quand ?

— Viens chez moi.

Il sourit, les yeux tendres.

C'était marrant que ce soit ce que je m'étais dit vouloir. J'avais cessé de voir Kevin parce qu'il ne voulait pas être avec moi, et voilà mon ami Ben qui m'avouait tout à coup qu'il me voulait, et le Docteur Nick, qui m'appelait en permanence et qui lui aussi me voulait. Des gens étaient prêts à prendre des engagements avec moi et j'hésitais.

— Mon Dieu, je suis foutu.

— Quoi ?

— Rien.

Je secouai la tête.

— Je dois y aller, mec. Je t'appellerai, d'accord ?

— Non, attends.

Il m'adressa un sourire forcé.

— Je vais t'accompagner dans l'arrière-salle. Qui peut dire non à ces yeux-là ? Laisse-moi juste… t'offrir un dernier verre d'abord.

Mais je me retournai déjà pour m'en aller. Il ne pouvait reprendre ce qu'il avait dit, pas plus que je pouvais prétendre ne pas l'avoir entendu. Je lui avais offert du sexe et il attendait un engagement et c'était tout ce qu'il y avait à dire à ce désastre.

— Jory, dit-il en me rattrapant, sa main sur mon épaule. S'il te plaît, reste… s'il te plaît.

Je me penchai et l'embrassai sur la joue avant de la tapoter doucement. Je le laissai près de la piste de danse.

Dehors, dans la rue, j'étais en train de remettre mon tee-shirt quand il me fut soudainement arraché puis enfoncé sur la tête, rapidement et sans ménagement. Je levai les yeux pour trouver l'inspecteur Kage.

— Oh… salut.

— Salut ? répéta-t-il d'un ton sarcastique comme si c'était la plus nulle des salutations qu'il ait entendue. Je suis impatient d'entendre vos explications.

Je montrai le club.

— J'étais en train de danser et je suis sorti parce que…

— Qu'est-ce que vous n'avez pas compris dans 'faire profil bas' ?

— Je voulais juste m'amuser un peu.

— Et c'est le cas ?

Il n'y avait pas grand-chose de percutant à répondre à cela.

— Avez-vous pris quelque chose ?

— Non, pourquoi ?

— Vos yeux sont vitreux.

— J'ai juste beaucoup bu.

— Beaucoup ? Combien de verres pouvez-vous boire avant d'être complètement saoul ?

— Vous seriez surpris.

Il me regarda de haut en bas.

— Combien pesez-vous ? Une cinquantaine de kilos tout mouillé ?

— Plutôt quatre-vingts.

— Je crois que soixante est plus près de la vérité.

Je haussai les épaules.

— Je suis plus lourd que j'en ai l'air, je suis tout en muscle.

Il rit et le son alla directement se répercuter jusque dans mon aine.

— C'est vrai.

Il se frotta l'arête du nez avant de m'accorder à nouveau toute son attention.

— Allez, je vais vous ramener chez vous avant que vous mouriez de froid ici.

— C'est bon.

Je secouai la tête.

— J'ai un peu faim. Je vais manger et je rentrerai à la maison après.

— Vous devriez me laisser vous ramener chez vous.

Je secouai la tête, fourrant mes mains dans mes poches et le contournant pour me diriger vers le premier fast-food du coin.

— Jory.

Je cessai de marcher, mais ne me retournai pas.

— Ne soyez pas idiot. Je vais vous emmener manger.

Ce qui me fit sourire malgré moi.

— Où est la voiture ?

Sa main se referma sur ma nuque et je fermai les yeux pour me concentrer sur la pression de ses doigts et la sensation de sa peau chaude sur ma propre chair glacée.

— Vous allez geler ici.

Le tremblement n'avait rien à voir avec autre chose que lui.

— Montez dans la voiture.

Il se contentait généralement d'aboyer après moi et faisait le tour de la voiture, n'attendant pas que je sois à l'intérieur. Je fus donc surpris quand il tendit le bras derrière moi et m'ouvrit la portière, la gardant entrouverte le temps que je m'installe sur le siège passager. Je me penchai vers le siège conducteur pour déverrouiller sa porte. Quand il se glissa derrière le volant, il mit immédiatement la voiture en marche et alluma le chauffage pour qu'il souffle à plein régime.

— Alors, que voulez-vous manger ?

— Italien ?

Il me sourit.

— D'accord. Je connais un endroit. Vous allez l'aimer.

Le simple fait qu'il se soucie que l'endroit me plaise fut suffisant pour moi.

— Avez-vous votre téléphone avec vous ?

— Ouais, pourquoi ?

— Je veux que vous ayez mon numéro et celui de mon partenaire, juste au cas où vous auriez besoin de nous appeler.

J'aurais largement préféré qu'il veuille que j'aie seulement son numéro, mais j'enregistrai les numéros quand il les énonça et ne prononçai pas un mot de plus.

Comme je m'asseyais pour manger, je me posai des questions sur mes réactions face à l'inspecteur Kage. En règle générale, les hommes hétéros ne m'intéressaient pas du tout. Je n'étais pas un de ces hommes gays qui pensaient que tout homme hétéro, dans des circonstances appropriées, comme trop d'alcool par exemple, pouvait être persuadé d'essayer de faire un tour du côté sombre. Je croyais sincèrement que vous naissiez soit hétérosexuel, soit homosexuel et qu'il n'y avait aucun moyen de le combattre, quel que soit le côté auquel vous apparteniez. Parfois, vous le réalisiez tard au cours de votre vie, mais tout le monde connaissait la vérité au fond de son cœur. Il était donc étrange que chaque seconde que je passais avec l'inspecteur Kage me donne à ce point envie de le débarrasser de tous ses vêtements. Mais rien de bon ne pouvait sortir de ma toquade, donc il était préférable d'y mettre un terme avant de me rendre ridicule.

— Avez-vous entendu ce que j'ai dit ?

— Non, désolé, répondis-je avec un sourire forcé.

— Je demandais si vous aimiez les lasagnes.

— Ouais.

Je soupirai, puis avalai une grande gorgée de mon eau.

— C'est parfait.

— Qu'est-ce qui ne va pas ? Vous êtes plus bruyant d'habitude.

Je n'étais pas amusant ou intéressant, juste bruyant. C'était de mieux en mieux.

— Pourquoi ne parlez-vous pas ?

Je haussai les épaules.

— Si vous êtes inquiet au sujet de l'affaire, je peux…

— Non, dis-je en lui coupant la parole avant de me lever. Je dois juste aller aux toilettes.

— Alors allez-y, personne ne vous en empêche.

— Où est-ce ?

Il indiqua une direction par-dessus son épaule.

Je décidai, en revenant vers la table, que j'allais le remercier pour le dîner et sortir d'ici. Il n'avait pas besoin de me ramener chez moi ; je pouvais y aller tout seul. Et il sembla que ce serait encore plus facile de me dérober lorsque je remarquai les quatre hommes entassés avec lui à la table que nous occupions. Je n'avais pas envie de les rejoindre alors je me dirigeai vers la sortie. Je l'appelai de la rue.

— Où êtes-vous ? me demanda-t-il.

— Je suis parti.

— Vous êtes parti ?

— J'ai vu vos amis, je ne voulais pas vous gêner, donc je suis parti.

— Attendez, vous…

— Merci pour le dîner. Ce sera à mon tour la prochaine fois.

— Peu importe, dit-il avant de raccrocher.

Et il n'y avait aucune raison que je me sente blessé ou frustré, puisque nous avions une relation professionnelle et rien de plus. Mais je ne pouvais m'en empêcher. Je pensais que le voir était plus qu'une coïncidence, comme s'il se montrait à dessein là où je me trouvais. Ce serait romantique si c'était le cas. Mais la romance et l'inspecteur Kage n'avaient jamais été présentés. J'étais le seul à vivre dans un monde imaginaire.

Mon téléphone sonna et c'était mon ami Wade qui m'appelait pour m'inviter à le rejoindre ainsi que quelques amis dans un club au centre-ville. Il était encore assez tôt, même pas minuit, alors je lui répondis que j'allais le retrouver là-bas et pris un taxi. Cela n'avait guère de sens de quitter un club gay pour aller dans un club hétéro puisque, après tout, j'étais gay, mais je m'en moquais et cela n'avait pas vraiment d'importance. J'avais besoin de mettre un peu d'espace entre Ben et moi, et entre l'inspecteur Kage et moi, et me retrouver de l'autre côté de la ville, loin d'eux, me semblait être la meilleure idée du moment.

Je n'avais pas envie de danser, je n'étais pas vraiment de bonne compagnie, mais je m'assis avec mes amis Eddie et Parker et nous regardâmes tous les trois Wade et Gretchen danser pendant que nous buvions. Et buvions. Mon seul intérêt était de mettre autant d'alcool qu'il était humainement possible dans mon organisme, et mes amis étaient complètement d'accord avec moi.

Une heure plus tard, j'avais dépassé le point où je pouvais marcher, parler, ou faire quoi que ce soit, à part poser la tête dans ma main et regarder passer les gens. Je plissai les yeux avec insistance quand je vis l'inspecteur Kage au milieu de la foule, derrière une ligne de corps. Je fermai un œil, l'ouvris et essayai ensuite avec l'autre, juste pour m'assurer que je n'imaginais pas des choses. Que diable faisait-il dans un club ?

Il me vit et se retourna. Il s'inclina pour parler aux femmes à côté de lui avant de traverser la salle pour venir à ma table. Il aurait dit qu'il criait quand il s'arrêta et me surplomba, mais je ne pouvais rien entendre par-dessus le remix battant d'une chanson que je connaissais, mais ne pouvais nommer. Je lui fis signe et son air renfrogné fut instantané. Qu'il puisse le maintenir à un tel niveau d'intensité était incroyable. Je ne pouvais concevoir l'énergie que cela demandait. Je posai la tête sur mes bras croisés.

— Qu'est-ce que vous faites ici, nom de Dieu ? demanda-t-il, son souffle chaud tout contre mon oreille, son genou cognant le mien, puis sa cuisse alors qu'il se glissait sur la banquette à côté de moi.

Je ne répondis pas.

— Levez la tête et regardez-moi.

Je la fis rouler sur le côté, mais ne la soulevai pas.

— Dites-moi ce que vous faites ici.

— Vous d'abord.

Il grogna, ce qui envoya un éclair de chaleur sur ma peau.

— Mes amis voulaient aller danser.

C'était de loin la plus grande révélation de la nuit.

— Savez-vous comment faire ?

Et moi qui pensais que son regard ne pouvait devenir plus sombre. Je gloussai.

— Désolé, vous feriez mieux d'y aller.

— Je veux que vous rentriez chez vous.

Je haussai les épaules.

— Quelqu'un me ramènera chez moi, inspecteur, ne vous inquiétez pas.

Il me fixa un long moment avant de se lever.

— Jory !

Je levai la tête pour pouvoir voir mon ami Eddie.

— Jory, viens, Wade est en train de se faire botter le cul dans les toilettes.

— Seulement dans un club hétéro, murmurai-je en me levant lentement pour le suivre. Ce genre de merde n'arrive jamais dans un club gay.

Je me traînai derrière Eddie, zigzaguant à travers la foule, gardant mes commentaires sur la façon dont cela se serait passé si nous nous étions trouvés dans un club gay : le mot 'salope' aurait volé et puis tout le monde aurait tourné les talons. Dans les clubs hétéros cependant, les poings volaient au lieu des insultes, à propos de ce que vous portiez.

Eddie passa la porte, mais avant que je puisse le suivre, une lourde main se posa sur mon épaule. Quand je tournai la tête, l'inspecteur Kage était là.

— Laissez-moi y aller, je dois…

— Et vous allez faire quoi ? me dit-il sèchement en me poussant sur le côté, me clouant au mur. Ne bougez pas.

— Attendez, je dois aider mon…

Il pressa sa main fortement contre ma poitrine au point que je sentis le ciment froid à travers le tissu fin de mon tee-shirt.

— Il va sortir dans une minute. Ne bougez pas d'un putain de millimètre !

Je hochai la tête et il ouvrit la porte à la volée avant de disparaître à l'intérieur. Moins d'une minute plus tard, Eddie sortit, suivi de Wade et enfin de l'inspecteur Kage.

— Merci, soupira Wade en appuyant des serviettes en papier contre sa lèvre inférieure alors qu'il regardait l'officier de police. Vraiment.

Il hocha la tête avant que ses yeux dévient sur moi.

— Jory, dit Eddie en se mettant à rire nerveusement. Tu ne m'avais pas dit que tu avais amené la cavalerie.

— Je ne savais pas que j'en avais.

— L'inspecteur Kage a foutu une trouille bleue à ces mecs !

— Ils le méritaient, râla Wade, roulant en boule la serviette ensanglantée dans sa main. Ce connard en a eu après Gretchen toute la nuit et pourtant il a bien vu qu'elle était avec moi. C'est quoi son problème ?

— Ne suivez jamais un gars dans les toilettes, l'avertit l'inspecteur Kage.

— À moins que tu ne sois dans un club gay, le contrai-je. Et que tu sois invité.

— Parce que, continua-t-il d'une voix plus forte, essayant de garder la conversation sérieuse, vous ne savez jamais où sont ses amis. Il y avait quatre autres gars là-bas.

Wade hocha la tête.

— Je vais garder ça en tête, inspecteur.

— Merci encore, déclara rapidement Eddie.

— Ouais, merci, mec, reprit Wade en s'emparant de l'avant de mon tee-shirt et en me tirant après lui. Allons chercher quelque chose à manger et…

Mais je fus tiré en arrière, hors de portée de mon ami. J'eus l'impression d'être une poupée de chiffon, tiré dans deux directions opposées en même temps.

— Jory a déjà mangé. Je vais le ramener chez lui et vous les gars, allez-y.

Ils auraient argumenté avec moi. Ils ne le firent pas avec l'inspecteur Kage. Ils m'embrassèrent tous les deux pour me souhaiter une bonne nuit, je les serrai tous les deux contre moi, puis ils partirent. Je restai immobile alors que l'inspecteur Kage se plantait devant moi.

— Merci d'avoir sauvé Wade.

Il ne dit pas un mot, se contentant de baisser les yeux sur moi et de m'observer.

— Vous n'avez pas à me ramener chez moi.

— Manifestement je dois le faire si je veux être certain que vous y arriviez en un seul morceau.

— De quoi parlez-vous ? Je n'ai pas été blessé.

— Mais vous l'auriez été.

Et peut-être que je l'aurais été, oui, mais je ne l'aurais jamais admis.

— Venez avec moi.

Je le suivis et nous retournâmes dans le club bondé pour rejoindre la table où se trouvait le reste de ses amis. Il y avait trois gars, en le comptant, et cinq femmes. Je ne savais pas du tout qu'elle était la dynamique du groupe, qui était avec qui ou s'ils venaient juste de se rencontrer ; je ne savais pas et je ne voulais certainement pas m'imposer.

— Asseyez-vous, m'ordonna l'inspecteur Kage après s'être lui-même installé sur la longue banquette.

Je pris docilement place à côté de lui. Il ne me présenta pas – cela aurait été impossible de toute façon vu le volume de la musique – et lorsque la tournée de verres arriva, j'eus droit à une eau minérale. C'était hilarant.

Assis là, je pus me remettre à observer les gens, ce que j'avais toujours aimé faire. Deux des femmes à table essayèrent de faire danser l'inspecteur Kage, mais sans succès. La femme à côté de lui fut plus subtile que les autres ; elle se pencha vers lui pour lui parler et fit glisser sa main sur la manche de sa chemise, le touchant pour souligner le commentaire quelconque qu'elle faisait. Mais quand il bougea pour faire de la place à ceux qui revenaient de la piste de danse, il finit collé à côté de moi de l'épaule au genou.

— Vous avez froid ?

Je secouai la tête. Je devais arrêter de trembler à chaque fois qu'il me touchait.

— Alors quoi ?

Je devais dire quelque chose rapidement.

— Rien, je pensais juste à… la façon dont nous sommes assis, cela ne vous rappelle pas un de ces bals horribles du secondaire ?

Il secoua la tête et s'affala dans le siège.

Nos yeux étaient au même niveau lorsque je me retournai pour le regarder.

— Jamais été de ceux qui faisaient tapisserie ? le taquinai-je en souriant.

— Non.

Je hochai la tête.

— Grand sportif, hein ?

— Comment avez-vous deviné ?

— Football ? Joueur de ligne, peut-être ?

— Arrière gauche.

— Peu importe ce que c'est.

Je rigolai puis croisai les bras.

— Vous étiez populaire alors vous n'avez pas eu besoin de travailler comme le reste d'entre nous.

— Et depuis combien de temps avez-vous quitté le lycée, Jory ?

Je plissai les yeux.

— J'ai vingt-deux ans... Je vous l'ai déjà dit.

Il grogna.

— Quel âge avez-vous ? demandai-je.

— Trente-quatre ans.

— Vous êtes jeune pour être inspecteur, non ?

— Pas vraiment.

— Ouais, mais n'avez-vous...

— Sammy, danse avec moi ! cria une femme en s'asseyant sur ses genoux.

Elle enroula ses bras autour de son cou et s'installa à califourchon sur ses hanches.

C'était astucieux étant donné qu'elle portait une robe.

— D'accodac.

Je me levai, ne voulant pas de ses genoux sur moi ou que le Mojito qu'elle tenait à la main se retrouve sur moi.

— Je pense que je vais y aller.

Il me regarda simplement. Même le peu de distance entre nous rendait impossible d'entendre quoi que ce soit.

Je le contournai pour accéder à l'oreille dans laquelle elle ne soufflait pas et me penchai près de lui.

— Je vais y aller. Je dois travailler demain matin.

Il tendit le bras et referma sa main sur ma nuque, sur l'encolure de mon tee-shirt.

— Je vais vous ramener.

— Mais...

Je montrai la femme sur ses genoux.

— Hellooo...

En fait, j'eus droit à un sourire avant qu'il me tire à côté de lui.

— Assis.

— Vous savez, je dois vraiment...

72

— Taisez-vous.

Je sentis mes sourcils se froncer alors qu'il relevait la femme de ses genoux pour l'installer sur le canapé à sa gauche. Il l'avait soulevée comme si elle ne pesait rien du tout. J'étais plus petit qu'elle ; il pouvait me porter là où il le voulait.

— Allons-y.

C'était de l'agonie de passer une minute de plus avec lui, mais il n'y avait pas moyen de partir sans faire une scène. Alors je m'autorisai à être escorté, encore une fois, hors d'un autre club jusque dans la rue. Avant même que je puisse frissonner, je fus enveloppé dans un cocon de chaleur.

— Gardez ça jusqu'à ce que nous arrivions à la voiture.

Son manteau m'engloutit, tombant au niveau de mes genoux, me couvrant largement les mains, mais comme il s'était appuyé dessus pendant plus d'une heure dans le club, il avait absorbé toute la chaleur de son corps. Il sentait comme lui aussi. Je soupirai profondément.

— Vous voyez ? grommela-t-il. Vous avez besoin d'avoir un foutu manteau.

Ou d'un accessoire encore meilleur, un homme qui avait un manteau.

— M'avez-vous entendu ?

— Oui, inspecteur, je vous ai entendu.

En face de mon appartement, une demi-heure plus tard, je me retrouvai dans la rue, frissonnant, parce que je lui avais rendu son manteau et les mains appuyées contre la porte côté conducteur.

— Merci beaucoup, lui dis-je, mes mains serrant à la fois le métal extérieur et l'intérieur en cuir. Vous avez été génial avec mes amis et j'ai vraiment apprécié le dîner.

Il hocha la tête.

Je lui souris.

— Peut-être que demain vous pourriez prendre une nuit de repos et éviter de venir me voir. Ce serait bien, hein ?

Il poussa un profond soupir, ses yeux verrouillés aux miens.

— Vous êtes épuisant.

— Ouais, je sais. C'est aussi ce que dit mon patron.

— En parlant de ça – il est quelque chose comme trois heures du matin – comment allez-vous bien pouvoir vous lever pour aller travailler ?

— Je le ferai simplement, parce que si je ne le fais pas, Dane Harcourt me tuera.

— Cela m'éviterait beaucoup de travail.

Je m'écartai de la voiture.

— J'en suis sûr, mais quand même… Je vous remercie.

Il bougea tellement vite que pendant une seconde je ne me rendis même pas compte qu'il m'avait attrapé le poignet.

— Vous avez besoin d'une laisse.

— Tout ce que vous voulez, inspecteur, lui assurai-je, le souffle court.

Il me repoussa et partit sans un mot. Je me demandai à quoi il pensait.

VI

Il y avait juste assez de caféine pour me permettre de traverser la journée. Le fait que Dane m'envoie faire des courses à la minute où j'arrivai jusqu'à ce qu'il soit l'heure de rentrer chez moi m'aida beaucoup. J'étais en mouvement perpétuel, courant à droite et à gauche, si bien que je ne restais pas assis suffisamment longtemps pour pouvoir m'endormir. Mais dans le train, je dérivai dans le sommeil et finis deux arrêts plus loin que mon arrêt habituel. J'avais laissé mon portefeuille à la maison ce matin-là – j'avais également mis deux chaussettes de couleurs différentes – je n'avais donc pas d'argent pour prendre un taxi. Mais marcher dans l'air frais de l'automne me convenait bien. J'aimais l'odeur de l'automne et le froid me réveilla. Remontant le col de mon trench-coat en cachemire, je m'élançai dans la rue pour rentrer chez moi. J'avais été invité à dîner par Nick, mais j'avais refusé. Kevin avait appelé trois fois, Ben cinq fois et Wade et Eddie voulaient m'inviter à dîner pour me remercier d'avoir sauvé leurs culs. Rien ne me semblait plus attirant que manger des céréales et tomber endormi devant ma télé. Mais ce n'était pas destiné à arriver.

À mi-chemin de la maison, je reçus un appel de mon amie Jenna, me rappelant que j'étais censé être à la fête d'anniversaire de son petit ami Tim dans une heure. Ils le célébraient dans une salle de billard, tout comme il le voulait et je ferais mieux de ne pas penser à lui faire faux bond puisque j'étais chargé d'amener le gâteau. Elle me rappela que je m'étais proposé de le faire un mois plus tôt. Et j'étais certain qu'un mois plus tôt, cela m'avait semblé la bonne chose à faire ; ce n'était pas une grosse affaire. Mais maintenant, c'était tout le contraire, c'était même une énorme affaire, presque terrifiante vu les détails. Les problèmes auxquels je devrais faire face à cette heure tardive semblaient dépasser l'imagination : comme me changer, attraper un taxi afin de transporter quelque chose qui serait fatalement en équilibre. C'était geignard et mesquin de ma part, mais j'étais fatigué. Je jurai sur tout le chemin du retour.

Heureusement, Dane avait des traiteurs partout en ville qui l'appréciaient et auraient fait n'importe quoi pour lui, de jour comme de nuit, chaque fois qu'il le demandait. Utiliser son nom était une tromperie, mais je me dis que ce n'était pas grave puisque c'était pour une bonne cause. Quand j'arrivai au 'Stick House' une heure plus tard, Jenna se mit en colère durant une seconde avant de voir le gâteau. Tout fut pardonné lorsqu'elle vit la façon dont il était finement décoré et les nombreuses couches qu'il recelait. Je reçus beaucoup d'éloges de tout le monde. Je les appréciai, même si je me réfugiai sur un tabouret contre un mur. Je refusai de nombreuses offres de jouer au billard d'un signe de la tête et restai simplement assis à regarder les gens à la place. Je croisai les bras et me détendis avec l'intention de ne fermer les yeux qu'une seconde.

La secousse me réveilla parce qu'elle n'était pas douce. J'ouvris un œil avant d'incliner la tête en arrière et me retrouvai à regarder la mâchoire de l'inspecteur Kage.

— Merde ! gémis-je, me redressant tellement vite que je perdis l'équilibre.

Je serais tombé en avant sur le sol s'il n'avait pas mis son bras devant moi pour me maintenir contre le mur. Il le fit comme l'aurait fait n'importe qui au volant d'une voiture qui aurait freiné brusquement : mettant son bras devant l'autre personne comme si cette action allait sauver sa vie, l'empêchant de voler à travers le pare-brise.

— Êtes-vous bien réveillé ? me demanda-t-il avec irritation.

— Oui, répondis-je d'un ton sec, énervé qu'il soit là.

Je m'étais dit que j'allais arrêter de fantasmer sur lui et donc, j'avais voulu mettre beaucoup de distance entre nous. Le fait qu'il se soit matérialisé juste devant moi était énervant.

— Pourquoi êtes-vous ici ?

— Je suis avec des amis.

— Alors, retournez avec eux.

Il m'ignora complètement.

— Vous étiez en train de glisser le long du mur lorsque je suis arrivé.

Je ne voulais pas lui parler.

— Vous étiez endormi juste à côté de moi.

Je sautai au bas du tabouret, manquant presque de tomber, lorsqu'il me stabilisa en posant sa main sur mon bras.

— Attention.

Je fis un mouvement d'épaule pour qu'il me lâche et m'éloignai.

Je retrouvai Jenna et l'embrassai pour lui dire au revoir, puis surpris Tim en l'embrassant également avant de sortir de la salle de billard. Je me demandai si j'allais prendre un taxi ou le train pour rentrer lorsque j'entendis quelqu'un m'appeler. Je me retournai alors que l'inspecteur Kage courait pour me rejoindre.

— Je devrais vous ramener chez vous.

— Non, vous ne devriez pas, dis-je avec humeur, en colère sans raison valable. Retournez à l'intérieur avec vos amis. Je ne suis pas un putain de cas de charité.

— D'accord, répondit-il comme si c'était le cadet de ses soucis avant de tourner les talons et de me planter là.

J'étais vraiment heureux et triste en même temps. Parce que même si logiquement je savais qu'il devait s'éloigner de moi, je désirais tout de même qu'il soit resté dans les parages.

Je restai devant la salle de billard, me passant nerveusement les doigts dans les cheveux et me contentant de respirer. J'étais agité, fatigué et affamé. Mes émotions étaient sens dessus dessous et la meilleure chose à faire en ce qui me concernait était de rester seul. Mais je ne voulais pas être seul. Je voulais de la compagnie. La compagnie de quelqu'un qui apaiserait ma tension. J'essayai de penser à quelqu'un que je pourrais appeler.

— Que faites-vous ?

Je tournai la tête pour regarder l'inspecteur Kage. Il était de retour.

— Je vous ai posé une question.

Je laissai échapper un long soupir.

— Je réfléchis.

— Seigneur ! Ne commencez pas maintenant.

— Très amusant. Vous devriez faire un one man show.

Il me sourit d'un air suffisant.

— Je pensais que vous rentriez.

— Je n'ai jamais dit que je rentrais à la maison.

— Alors qu'est-ce que vous faites ?

— Je vous l'ai déjà dit… Je réfléchis.

— À quoi ?

— À qui appeler.

— Qui appeler pour quoi ?

— De la compagnie.

Il plissa les yeux.

— Pourquoi appeler quelqu'un ? Je vous offre de vous ramener.

— Mais j'ai faim.

— Je vais vous nourrir.

Je le raillai en lui souriant.

— Pas étonnant que vous vouliez que j'entre dans le programme de protection des témoins. Nourrir tous ces gens doit revenir cher pour le salaire d'un policier.

— Vous êtes le seul témoin que j'aie jamais nourri.

Je l'observai.

— N'allez pas imaginer des choses.

— Je n'oserais jamais, inspecteur.

Ses sourcils se froncèrent alors que le muscle de sa mâchoire se contractait.

— Je vais vous laisser retourner à vos amis, soufflai-je en le dépassant pour traverser le parking avec l'intention de me diriger vers la rue.

Il m'attrapa rapidement, me faisant virevolter pour lui faire face.

— Vous êtes fatigué, donc vous êtes beaucoup trop sensible. Pourquoi n'irions-nous pas manger puis je vous reconduirai chez vous ?

— Non, je n'ai pas besoin de votre…

— Allez.

Il me sourit, m'attirant lentement plus près de lui.

— S'il vous plaît.

— Vous voulez juste vous assurer que personne ne me tire une balle dans la tête.

Il rigola.

— Il y a de ça.

Il attrapa le devant de mon pull en laine et je poussai un soupir profond.

— D'accord.

— Bien, dit-il doucement en me tirant derrière lui.

J'étais à l'aise dans sa voiture monstrueuse, les odeurs étaient familières ainsi que le tableau de bord et la vue depuis le toit du monde.

— Qu'en est-il de vos amis ?

— Le devoir m'appelle, ils comprennent ça.

J'étais donc un devoir ; vraiment très flatteur.

— Essayez de rester éveillé, d'accord ?

Je hochai la tête. J'allais vraiment essayer.

La nourriture chinoise semblait une bonne idée alors nous nous arrêtâmes dans un bon restaurant à Oak Park. Il parla de sa journée et je racontai tous les déplacements que j'avais faits pour Dane sur une période de huit heures. C'était agréable de simplement échanger des informations qui n'étaient pas vitales, juste pour plaisanter. Je commençais à m'habituer à lui, à l'avoir toujours dans les parages, et même si je savais que c'était une erreur de m'attacher, j'avais beaucoup de mal à ne pas le faire.

— À quoi pensez-vous maintenant ?

Je secouai la tête.

— À rien.

— Cela fait beaucoup de soupirs et de larmoiements pour quelqu'un qui ne pense à rien.

— Mes yeux sont embués parce que je bâille et que je suis fatigué. Rien d'autre.

— Vous êtes un sacré morceau, dit-il d'un ton exaspéré.

— Peu importe.

— Levez-vous, on y va.

De retour dans la voiture, j'étais bien éveillé, porté par mon second souffle. Je restai silencieux cependant, ne voulant pas me battre avec lui, craignant de le faire pour la seule raison de le garder près de moi. C'était enfantin, donc je la bouclai dans l'espoir qu'il me dépose très vite et s'en aille. Quand il s'arrêta devant mon appartement, je murmurai un merci et attrapai la poignée de la porte. Mais la main sur mon épaule m'arrêta et je tournai mon regard vers lui.

Il se racla la gorge.

— Vous savez quoi ? Je pense que je devrais vous accompagner et vérifier votre appartement pour m'assurer qu'il est bien sécurisé.

— Bien sûr, dis-je rapidement, mon cerveau s'emballant à nouveau.

Avait-il envie de venir simplement pour vérifier la sécurité ou voulait-il venir pour finir dans mon lit ?

— Vous allez bien ?

C'était juste un stupide vœu pieux… mais pourquoi alors n'était-il pas venu vérifier mon appartement une semaine plus tôt ?

— Ouais, je suis juste un peu fatigué.

Il hocha la tête comme pour approuver et je descendis de la voiture.

— Où allez-vous ? me demanda-t-il alors que nous traversions la pelouse ensemble.

— Quoi ?

— Quelque chose ne va pas avec la porte d'entrée ?

Je lui montrais le côté de la maison. Apparemment, il ne s'était jamais attardé pour me regarder rentrer chez moi. Je m'étais posé la question à ce sujet.

— Je ne peux pas accéder à mon appartement par ici.

Il me lança un drôle de regard.

— Quoi ? demandai-je.

— Vous plaisantez ?

Je contournai la maison, allai derrière et commençai à monter l'escalier en bois.

— Attendez, dit-il comme s'il était épuisé.

Je cessai de bouger.

— Laissez-moi récapituler, dit-il rapidement d'une voix tendue. Vous passez par-derrière, dans l'obscurité, grimpez ces marches jusqu'en haut d'où vous ne pouvez rien voir ?

Je me retournai en haut des marches pour le dévisager.

— Ouais.

— Poussez-vous, m'ordonna-t-il d'un ton bourru, se glissant devant moi afin de pouvoir passer en premier. Pour l'amour du ciel, Jory !

Il avait l'air plus exaspéré qu'en colère. Je ne voyais pas le problème.

— À quel point êtes-vous stupide ?

Quelle est la réponse correcte à cette question ?

Il me prit les clés et ouvrit la porte.

— Est-ce que vous vous foutez de moi ? me demanda-t-il quand la porte s'ouvrit pour révéler un mur et un escalier sur la gauche.

— Pourquoi ? Qu'y a-t-il maintenant ?

Il fit un pas de côté pour me regarder.

— On ne voit même pas le bout de cet escalier.

Le studio dans lequel je vivais depuis deux ans était, à l'origine, un grenier transformé en appartement. Pour faire une entrée séparée, le propriétaire avait littéralement fait un trou dans le côté du mur menant à l'étage le plus haut, sous le toit. Il n'y avait cependant pas de place pour qu'une porte puisse s'ouvrir vers l'*intérieur* alors elle s'ouvrait vers l'*extérieur*, comme une armoire géante. La première chose qu'on voyait, parce que c'était tout ce qu'on pouvait y mettre, c'était un portemanteau. Il y avait huit marches vers la gauche le long du mur pour arriver à mon salon minuscule.

C'était tout simplement un petit espace où ma télévision et une table basse longeaient un mur et l'évier de la cuisine l'autre. Je pouvais laver la vaisselle sous une petite fenêtre ronde qui donnait sur la cour, la cuisinière n'avait qu'un seul brûleur et il n'y avait pas de plateau à l'intérieur du four. Mon petit micro-ondes occupait le seul espace disponible sur le comptoir et l'unique placard était situé au-dessus. Ma table de cuisine était une table pliante et mon amie Ilise avait peint à l'éponge les deux chaises qui l'accompagnait, en noir rehaussé d'or. Ça avait l'air étrange, mais j'aimais bien. Mon lit, composé d'un matelas queen size et d'un sommier, reposait directement sur le sol plutôt que dans un cadre si bien que j'étais constamment obligé de les réaligner lorsqu'ils bougeaient. Un cadre de lit faisait partie de ma liste prioritaire de choses à acheter. À Noël, je m'étais offert la couette en duvet actuellement sur le matelas et rien qu'à la regarder, cela me donnait envie de me changer et de me glisser dessous.

— D'accord, je comprends, soupira l'inspecteur Kage. Vous vivez tout seul.

— Ouais, dis-je avec désinvolture. Quel a été votre premier indice ?

Et il recommença avec la façon dont je ne saurais jamais si quelqu'un montait l'escalier intérieur et encore moins celui de l'extérieur. Je fis l'erreur de lever les yeux au ciel et il attrapa mon pull et me tira vers lui afin que nous soyons face à face.

— Cet endroit est une blague, Jory. N'importe qui avec un trombone peut entrer ici.

— Je ne suis pas d'accord.

— Vous n'êtes pas d'accord ? répéta-t-il en haussant les sourcils. Parce que vous savez tout sur les entrées par effraction ?

— Calmez-vous, lui dis-je. Prenez un peu de thé.

— Je ne veux pas de votre putain de thé, je veux...

— Pourquoi m'avez-vous suivi tout ce temps ?

— Quoi ? aboya-t-il, mais je commençais déjà à espérer à nouveau.

Il était évident qu'il m'aimait bien, que ma compagnie ne le dérangeait pas, qu'il m'appâtait délibérément pour rester et argumenter.

— Vous m'avez entendu.

— Vous êtes mon putain de témoin, espèce d'idiot.

Je hochai la tête.

— Asseyez-vous et arrêtez de jurer.

— Je ne veux pas m'asseoir ! Je ne veux pas de thé...

Il laissa mourir sa phrase.

Je lui souris parce que je savais que j'avais raison. Il ne savait peut-être pas ce qu'il voulait, mais moi si.

— Asseyez-vous. Je vais faire du thé.

— Je ne veux pas de thé, répéta-t-il pour la troisième fois avant de s'asseoir.

Je remplis la bouilloire avec de l'eau, mais la laissai sur le micro-ondes avant de revenir sur mes pas pour me tenir devant lui. Il releva lentement les yeux et lorsque j'avançais entre ses jambes, il ne dit pas un mot. Je tombai à genoux devant lui et mes mains se posèrent sur la boucle de sa ceinture. Je lui jetai un œil pour m'assurer que j'avais raison et je le vis déglutir péniblement et prendre une inspiration tremblante. Quand je le tirai en avant, il me laissa le déplacer, glissant

79

plus bas sur la chaise, de sorte que ses cuisses musclées soient de chaque côté de moi. Puis je repoussai sa chemise, m'inclinai et embrassai ses abdominaux, mes lèvres effleurant son nombril. Il frissonna fortement et je souris, parce que s'il avait dû protester, ce moment était maintenant révolu.

Je débouclai sa ceinture et lorsque je fis descendre la fermeture zippée de son jean, je vis combien il était dur. Dès que j'eus abaissé son sous-vêtement, j'attrapai un préservatif dans ma poche. Il frissonna lorsqu'il m'entendit déchirer l'emballage en aluminium et je compris qu'il avait attendu cet instant. Il aurait pu faire marche arrière si je n'avais pas eu de protection, sa dernière excuse crédible pour s'esquiver. Ce n'était cependant plus possible alors qu'il était en sécurité sous le couvert du latex. Il regarda mes mains sur lui, douces, mais fermes et sans un soupçon d'hésitation. Quand ses yeux se relevèrent et se verrouillèrent aux miens, je vis qu'ils s'étaient obscurcis, chargés de désir. Je souris avant d'abaisser mes lèvres sur lui et il se glissa à l'intérieur de la chaleur humide de ma bouche. J'adorais ce que je faisais, j'aimais ça avec tout le monde, m'en délectai, le pouvoir que cela me procurait, l'expression qu'ils avaient lorsque je leur faisais ça. Mais c'était différent cette fois, à cause de l'homme devant moi. Ce devait être parfait pour lui, parfait pour l'inspecteur Kage qui – pour une raison quelconque – me faisait confiance avec ça, sa première fois avec un homme. Je me livrai donc entièrement à son plaisir, m'appliquant pendant de longues minutes alors que ses halètements commençaient. Il appréciait ; je le savais parce qu'on m'avait dit assez souvent que ma bouche était incroyable. Tandis que je le léchais et le caressais, j'entendis les sons que je lui arrachais.

La tête rejetée en arrière, les yeux fermés, sa lèvre inférieure tremblant ; je pris une seconde pour m'abreuver de sa vue, abandonné dans ce que je lui faisais. Il était gratifiant de savoir que je pouvais lui faire ressentir ça. Sa respiration se fit plus courte, ses hanches se balançant vers l'avant et après quelques secondes de plus, il gémit, ses doigts s'emmêlant dans mes cheveux. J'étais là, inébranlable, continuant mon rythme immuable jusqu'à ce qu'il jure, crie et cambre le dos pour s'enfoncer davantage dans ma gorge. J'attendis que sa respiration s'apaise avant de m'écarter lentement, faisant attention de ne pas lui faire peur quand je me relevai entre ses jambes.

— Laisse-moi t'aider, d'accord ? dis-je gentiment, attendant un léger signe de tête.

Il regarda chaque mouvement que je faisais alors que j'attrapais une boîte de Kleenex sur la table basse. Il avait l'air drogué avec ses paupières lourdes et sa pause alanguie.

Quand toutes les preuves disparurent, je posai les mains sur mes hanches et attendis.

— Je ne suis pas malade, dit-il d'une voix traînante.

Il y avait plusieurs façons de prendre ça. Je décidai de clarifier.

— Qu'est-ce que ça veut dire ?

— Cela signifie que le préservatif était une perte de temps.

80

Oh !

— J'en utilise toujours un.

— De quoi as-tu besoin pour ne pas en utiliser ? Un courrier ?

Conversation bizarre.

— Ouais.

Il hocha la tête, et puis il se rendit brusquement compte qu'il était assis là, nu à partir de la taille jusqu'en bas. Il se leva très vite et remit son sous-vêtement et son jean en place, lutta avec sa ceinture tout en remuant, ce qui fit tinter sa boucle.

Je décidai d'avoir pitié de lui et lui permis une échappatoire facile.

— Je vais faire le thé, annonçai-je dans le silence étouffant. Tu ferais mieux de rentrer chez toi, inspecteur.

Il resta debout à l'endroit où il se trouvait, me regardant.

Je n'avais aucune idée de ce qu'il voulait et il semblait ne pas le savoir non plus. Je me retournai pour aller vers la gazinière.

Il bougea tellement vite, saisissant une poignée de mes cheveux et me tirant en arrière contre lui. Son bras s'enroula autour de mon cou pour que je ne puisse plus bouger.

— D'ac-cord, soufflai-je, parce que je pouvais faire quelque chose à partir de ça.

— Je ne sais pas quoi… si tu étais une… je ne sais pas quoi faire !

Il avait la voix rauque et agressive.

— Tout ce que tu veux, dis-je doucement alors qu'il me tirait la tête en arrière, chaque centimètre de ma peau s'échauffant, prêt à être touché. C'est simplement que… c'est bon, quoi que tu fasses, tu ne me feras pas mal.

Sa main se faufila sous le col de ma chemise, glissant sur ma gorge, ma clavicule, le long de ma poitrine. Je ne pouvais plus respirer.

Je le sentis frissonner avant que son autre main remonte le long de mon abdomen, relevant d'abord mon pull avant de glisser sous ma chemise pour toucher ma peau.

— Que veux-tu ?

Mais je ne pouvais pas parler.

Il fit passer le pull sans ménagement par-dessus ma tête, puis me poussa sur le lit. Le désir de m'avoir nu le plus vite possible lui fit tirer et arracher mes vêtements jusqu'à ce qu'il y parvienne. Je fus poussé face dans le matelas et tiré vers le bord. J'entendis sa boucle s'ouvrir et une seconde plus tard, il était contre moi.

— Dis-moi ce qu'il faut faire, dit-il d'une voix profonde.

J'attrapai son bras et guidai sa main, l'enroulant autour de moi, pour le laisser sentir la longueur de mon sexe glisser entre ses doigts, combien j'étais dur, à quel point ma peau était soyeuse.

— Tu vois l'effet que tu me fais ?

Il se pencha sur moi et je sentis sa bouche sur mon épaule avant qu'il me morde. Cela me fit mal et me fit haleter en même temps.

— Oh, tu aimes ça, dit-il tout contre moi.

— En effet, dis-je en lui montrant comment me caresser. Maintenant, baise-moi.

— Mais je… et si…

— Je suis sain et tu essayais de me dire que tu l'étais aussi, n'est-ce pas ?

— Oui.

— Je ne l'ai jamais fait sans préservatif, inspecteur – crois-moi, tu es en sécurité.

Il n'aurait pas dû me croire pas, mais je disais la vérité. Personne ne s'approchait jamais de moi sans préservatif. Ce que je lui offrais était un cadeau précieux.

— Je… Seigneur ! Je ne…

— Nous sommes sains tous les deux, fais-le !

— Je ne veux pas te faire mal…

— Tu ne le feras pas, lui promis-je en lui indiquant ma table de chevet. Il y a du lubrifiant à l'intérieur. Prends-le.

Il fit ce que je lui dis et quand il eut la petite bouteille entre les mains, il me regarda.

— Viens ici.

J'étais doux, me déplaçant lentement, car il regardait intensément mes mains qui glissaient sur sa peau. Quand ses yeux se connectèrent enfin aux miens, ses paupières étaient à nouveau lourdes. Son sexe s'allongeait à nouveau dans ma main lubrifiée, son souffle tremblait. Je me retournai et me penchai sur le lit, puis je sentis ses mains glisser sur mes fesses, m'ouvrant avant de me pénétrer. Je ramenai sa main lubrifiée sur moi et il me caressa en même temps, aussi longtemps qu'il le put.

— Mon Dieu ! Tu es tellement serré !

— Je me sens bien.

— C'est si bon, gémit-il, ses mains enserrant mes hanches pour me maintenir en place.

Il ne fallut pas longtemps avant qu'il crie mon nom, ses hanches claquant une dernière fois avant qu'il me coince sous lui sur le lit.

— Putain de merde ! dit-il le souffle court, faisant attention lorsqu'il se retira, maintenant qu'il pouvait réfléchir à nouveau.

Je roulai sur le dos et étais prêt à prendre soin de moi lorsqu'il m'arrêta. Je souris lentement.

— Tu dois me laisser faire ça, dis-je en haletant, avec un rire forcé. Je pourrais mourir de…

— Je vais le faire. Je le veux.

Je secouai la tête.

— Non, je…

Mais il insista pour me rendre la pareille, écartant mes mains, se déplaçant entre mes jambes et me prenant dans sa bouche. Il n'avait aucune idée de ce qu'il faisait, mais j'avais l'impression d'être au paradis. Et le fait qu'il le veuille, couplé à ses yeux rivés aux miens pour vérifier et s'assurer que c'était bon pour moi, m'amena au bord de l'orgasme. Je le prévins de s'arrêter et il se déplaça, me regardant finir. Quand mes yeux se rouvrirent, lentement, je fus surpris de le voir étudier mon visage.

— Quoi ?

— Je t'ai fait te sentir bien.

C'était une constatation.

— Oui.

Il hocha lentement la tête.

— Est-ce que tu vas bien ? lui demandai-je doucement en repoussant ses cheveux de son front.

La façon dont il me regardait me retournait l'estomac. Il était si confiant, si paisible.

— Oui, dit-il alors que je sortais du lit.

Je pris plus de temps que nécessaire dans la salle de bain pour lui laisser le temps de s'échapper, lui permettant de s'enfuir. Lorsque j'émergeai, je fus surpris de voir qu'il n'avait pas bougé : il était allongé sur le dos en train de regarder le plafond. J'étais à mi-chemin du canapé quand il me parla et m'arrêta.

— Reviens au lit.

J'allai du côté opposé du lit, près du mur, et me laissai tomber à plat ventre. J'essayai de comprendre ce qu'il fallait faire ensuite quand je sentis ses doigts glisser lentement le long de ma colonne vertébrale.

— Je n'avais jamais fait ça avant.

Et je m'apprêtai à le taquiner, mais le moment était précieux, même s'il ne devait y avoir que celui-là.

— Je sais.

— Comment le savais-tu ? Était-ce si mauvais ?

— Non.

— Je voulais que ça le soit.

— Mais ça ne l'a pas été.

Je m'en étais assuré.

— Non.

Long silence.

— Je n'ai pas... Je ne savais pas que ça serait comme ça.

— Comme quoi ?

Il ignora ma question.

— Nous étions bien, non ?

Comme s'il avait besoin d'être rassuré.

— Oui, lui assurai-je.

Il se racla la gorge avant d'appuyer ses mains au creux de mes reins.

— Est-ce que... est-ce que les mecs... peuvent faire ça en étant sur le dos ?

— Oui, dis-je en expirant lentement. J'ai simplement pensé que peut-être tu préférerais le faire comme ça afin de ne pas voir mon visage.

— Non, si on peut, quand tu pourras, je... quand tu seras prêt, je voudrais te voir.

— Lève-toi.

Il fit ce que je lui dis sans poser de question et il avait attrapé la bouteille de lubrifiant avant que je puisse dire un mot. Je le fis se déplacer sur le bord du lit, puis je levai les jambes et les posai sur ses épaules. Il passa ses mains sur mes cuisses jusqu'à mes mollets, puis sur mes chevilles ; doucement d'abord, puis plus fort, crispant ses doigts au point que ses jointures blanchirent. Il allait laisser des bleus sur ma peau.

— Je suis désolé de t'avoir mordu.

— Pas moi, dis-je en le dirigeant, en lui donnant la permission de faire ce qu'il voulait.

Il retint son souffle, les yeux rivés sur moi alors qu'il s'enfonçait à l'intérieur de mon corps.

La douleur fut intense le temps d'une seconde avant de disparaître. Je me sentis si bien que je criai.

— Je t'ai fait mal, murmura-t-il en tentant de s'éloigner.

— Non… et oui, soufflai-je en l'empêchant de bouger et en contractant mes muscles. Mais c'est toujours comme ça.

— Tu devrais voir tes yeux.

Je lui souris, lui disant comment bouger, lentement, puis plus vite, comment me pénétrer profondément pour que je puisse le sentir. Ses mains et sa bouche étaient dures et brutales sur mon corps et lorsque je laissai monter mon gémissement, il me souleva du lit et s'assit. Je plaçai mes genoux de chaque côté de ses cuisses et m'abaissai sur lui.

— Jory.

Mon nom sonnait comme une prière.

Comme le flux et le reflux d'une vague, j'étais fluide dans ses bras. Ses doigts traçaient les contours de ma colonne vertébrale, ses mains se déplaçaient sur mes hanches, mes fesses ; et sa bouche suçait et léchait ma poitrine. Il avait une façon de me regarder : comme si j'étais une révélation, un cadeau. Mais il y avait des limites folles qui, parfois, ne pouvaient pas être franchies. Comme : baiser, mais ne pas embrasser.

— Ouvre les yeux.

Je ne me souvenais pas les avoir fermés. Plongeant dans le bleu argenté de ses yeux, je me rendis compte qu'il ne me pressait pas et n'essayait pas de s'en aller. Il voulait que tout aille lentement.

— Jory… embrasse-moi, souffla-t-il, ses mains remontant sur ma gorge, prenant mon visage en coupe avant de se perdre dans mes cheveux.

Quand ma bouche couvrit la sienne, il entrouvrit les lèvres et je l'embrassai profondément, minutieusement, explorant sa bouche, glissant ma langue sur chaque centimètre de la sienne, le goûtant, le dévorant. Je l'entendis reprendre son souffle alors que je reculais.

— Inspecteur, commençais-je, je…

— Sam, me corrigea-t-il.

— Sam, dis-je lentement, aimant le son de son nom sur mes lèvres.

— Tu es nouveau, me dit-il et je compris ce qu'il voulait dire.

Pour lui, c'était un nouveau monde de découverte, mon corps qui n'attendait que lui.

— Viens ici, reprit-il.

Cet homme savait comment embrasser ; je sentais sa soif et sa chaleur. Il me revendiqua : j'étais meurtri, mes lèvres malmenées et mâchées. J'étais sans aucun doute plus désiré et essentiel que je l'avais jamais été. Je cambrai le dos et laissai retomber ma tête dans ses mains. Il me tenait ; je ne risquais pas de tomber, son bras autour de ma taille m'ancrant à lui.

JE ME réveillai parce que je ne pouvais pas bouger. Quand je soulevai la tête, j'en compris la raison. Sam avait une cuisse lourde comme du granit drapée sur mes jambes et son bras reposait autour de ma taille. J'attendis que la panique arrive. J'attendis. Et attendis. Quand elle n'arriva pas, quelques minutes plus tard, la vérité s'installa finalement en moi. Être coincé sous cet homme semblait juste et naturel et c'était une révélation à la fois terrifiante et écrasante. Qu'y avait-il à propos de l'inspecteur Kage qui amenait tous mes murs à s'écrouler ? Et, bien que je n'en aie pas la moindre idée, je savais pourtant que je devais être seul pour le découvrir. J'avais besoin que cet homme sorte de mon lit. Quand je le poussai, il roula sur le côté, mais le bras qui était sous ma joue s'enroula autour de mon épaule et me ramena au-dessus de lui. Il coinça ma tête sous son menton avant de faire glisser sa main le long de mon dos.

— Es-tu réveillé ?

— Non, grogna-t-il, d'une voix rocailleuse, flattant mes fesses une minute avant de ramener la couette sur nous.

Son bras autour moi m'empêchait de bouger alors qu'il frottait sa cuisse entre mes jambes.

— Sam, tu dois y aller. Je ne dors pas avec…

— Je ne vais nulle part, promit-il d'une voix douce et rauque, à moitié endormi.

— Tu ne peux pas…

Il embrassa mon front, puis mon nez.

— Ferme les yeux.

Et je pensai sincèrement en être incapable, mais son grand corps dur était si chaud, les battements de son cœur si forts et réguliers, et ses doigts glissant dans mes cheveux… c'était trop. Je n'aurais pas pu garder les yeux ouverts même si ma vie en avait dépendu.

— Tu es en sécurité avec moi, dit-il doucement. Je te le promets.

— Sam, je…

— Dors. Je suis là maintenant. Je vais prendre soin de toi.

Et même si je pensais que c'était la dernière chose que je voulais, c'était toujours agréable à entendre.

VII

IL Y avait de la lumière qui provenait des fenêtres de la chambre et je tournai la tête pour regarder le ciel couvert. Chicago allait connaître un autre jour de grisaille. J'adorais les jours ternes qui portaient l'odeur de la pluie dans l'air, et le ciel teinté d'un ocre réconfortant. Le soleil m'agressait toujours. J'aimais le rythme plus lent d'un ciel lavé par l'orage. Me tournant, je reposai la tête sur le torse de Sam et écoutai sa respiration lente, la pulsation régulière de son cœur. Je n'avais jamais été aussi proche de quelqu'un pendant une période de temps si longue. Ses bras s'enroulèrent autour de moi et me firent remonter vers lui, puis il frotta son menton dans mes cheveux. J'avais maintenant le visage enfoui au creux de son cou, ma bouche posée sur la peau chaude de sa gorge. Je ne voulais pas bouger parce que je ne voulais pas que la journée commence.

— Hé.

J'essayai de me redresser, mais la main posée sur ma nuque me retint, me gardant contre lui.

— Jory.

Je levai les yeux pour le regarder alors qu'il bâillait et s'étirait sous moi. Il m'adressa un sourire en coin avant de s'incliner vers moi et m'embrasser.

— Tu devrais voir ton visage.

Il sourit paresseusement, roulant sur moi, me clouant au lit.

— Tu devrais voir comment tu me regardes.

Je ne pouvais que le dévisager. C'était incroyable qu'il soit là. Je ne m'étais pas du tout attendu à qu'il soit là au matin. Je m'étais attendu à ce qu'il s'enfuie en courant.

— Tes yeux sont… quelque chose.

Il n'avait pas l'habitude de parler, de dire ce qu'il pensait.

— Oh merde ! Tu as vu l'heure ? cria-t-il tout à coup, après avoir jeté un œil au réveil sur ma table de chevet.

Il s'extirpa du lit, manquant s'étaler la tête la première quand il s'empêtra dans les draps. Il devint un tourbillon, courant dans l'appartement, attrapant sa ceinture sur le canapé, ses chaussures sous le lit, sa chemise quelque part sous la couette. Je m'assis et le regardai s'activer avant qu'il s'engouffre dans l'escalier et que j'entende la porte claquer lorsqu'il sortit. C'était bizarre de passer de tout ce bruit à un silence de mort. Quelques secondes plus tard, la porte s'ouvrit et il traversa l'appartement pour se planter devant moi.

— Tu n'as même pas fermé la porte, idiot. Qu'aurais-tu fait si j'avais essayé de te tuer ?

Je le regardai fixement.

— Ne me regarde pas comme si j'étais fou. Je ne suis pas fou.

Je hochai la tête et plissai les yeux

Il se pencha et m'embrassa fort et vite avant de se relever et de m'observer.

— À quelle heure finis-tu ton travail ce soir ?

— Pourquoi ?

— Je vais venir te chercher.

— Pourquoi ?

— Pourquoi quoi ?

— Pourquoi veux-tu venir me chercher ?

— Je vais te nourrir.

— Quoi ?

— Tu m'as entendu. Le dîner est pour moi.

— Pourquoi ?

— Parce que je veux m'assurer que tu es en sécurité. Est-ce que ça te va ?

— Ouais, ça me va.

— Très bien alors, dit-il en me regardant dans les yeux. Raccompagne-moi jusqu'à la porte et verrouille-la derrière moi.

Je me traînai après lui enroulé dans un drap. À la porte, il tendit la main, la posa sur ma nuque et se pencha pour m'embrasser, écartant mes lèvres avec sa langue. Le baiser était torride et me coupa le souffle.

— Quelle heure ?

— Quoi ?

Je n'avais aucune idée de ce dont il parlait.

Son sourire était malicieux et suffisant en même temps.

— À quelle heure finis-tu de travailler ?

— Dix-huit heures.

— Très bien. Je serai là. Attends-moi.

Je hochai la tête.

— Et verrouille cette foutue porte, grogna-t-il en sortant. Je ne veux personne ici avec toi.

Après son départ, je restai là un bon moment à essayer de comprendre ce que je ressentais avant de me bouger pour aller prendre une douche. Après mûre réflexion, je décidai que la seule chose dont j'étais sûr, c'était que j'avais vraiment hâte de le revoir. Et c'était un miracle en soi, puisque je ne pouvais même pas me rappeler la dernière fois où je m'en étais soucié.

À VINGT heures ce soir-là, alors que j'émergeais de l'ascenseur au rez-de-chaussée, je reçus un appel.

— Jory.

— Ouais.

— Salut, c'est Sam. Je suis vraiment désolé de ne pas m'être montré, mais j'ai été en quelque sorte retenu par quelque chose.

— Pas de problème.

— Tu ne m'as pas attendu, n'est-ce pas ?

— Non. J'étais parti à dix-huit heures quinze

— Oh ! Donc, tu m'as attendu pendant quinze minutes entières, hein ?

Il semblait irrité.

— Ouais.

— D'accord.

— D'accord.

Je raccrochai et m'arrêtai de marcher une minute. Quand étais-je devenu un de ces mecs pathétiques qui assimilaient le sexe torride à plus qu'un coup d'un soir ? Je n'étais pourtant pas dupe. Quand mon téléphone sonna à nouveau, je répondis en traversant la rue.

— Jory.

— Je quitte mon travail à l'instant, lui avouai-je, parce que cela n'avait pas vraiment d'importance qu'il pense que je sois un raté ou non.

Nous en avions fini de toute façon.

— Je t'ai attendu tout ce temps. Juste pour que tu saches.

— Oh ! dit Sam en se raclant la gorge. Je suis content.

— Tu es content ?

— Ouais.

— D'accord, peu importe, grognai-je. Salut.

Je m'assurai de mettre le mode vibreur avant de m'avancer vers le bord du trottoir pour héler un taxi et rentrer chez moi.

— Excusez-moi.

Lorsque je me retournais vers le gars à côté de moi, je réalisai qu'il me dévisageait.

— Ouais ?

— Êtes-vous Jory Keyes ?

Je bâillai.

— Ouais.

Il sourit soudain en grand.

— Je suis Caleb Reid.

Je gémis et me retournai pour partir.

— Non… non, attendez ! dit-il en riant et en saisissant mon épaule, me retenant pour que je ne puisse pas partir.

— Allez, je vous jure que même si votre patron pense que je suis fou, je ne le suis pas.

Je plissai les yeux.

— Laissez-moi vous inviter à dîner.

Il passa son bras autour de mes épaules et m'attira près de lui.

Je continuai de le fixer.

— Je veux juste vous parler pour que peut-être – seulement peut-être – vous acceptiez de lui parler.

J'acceptai en soupirant. J'étais tout simplement trop curieux de savoir ce que mon patron cachait pour le rembarrer. Et en plus, je n'avais rien d'autre à faire.

CALEB REID ressemblait à un garçon de ferme bien qu'il ait grandi dans la grande ville de Dallas, dans l'état encore plus grand du Texas. Entre la trace chaleureuse d'un accent et de ses grands yeux bleus, j'étais intrigué.

— Vous vous demandez ce que tout cela a à voir avec votre patron.

— Plutôt oui, dis-je en hochant la tête, enfournant le pain grillé dans ma bouche.

— Eh bien, voyez-vous, il s'avère que ses parents sont mes parents.

Je m'arrêtai à mi-bouchée pour le regarder.

— Je vous demande pardon ?

Rapide soupir de sa part.

— Ma mère est sa mère. Mon père est son père.

— Comment cela est-il possible ?

— Ma mère est tombée enceinte au lycée et l'a proposé à l'adoption. Elle n'a jamais pensé une seconde qu'elle finirait par retrouver son amour de lycée des années plus tard et qu'elle retomberait amoureuse de lui une nouvelle fois.

— Attendez. Quoi ?

— Ouais.

Il rit.

— Je veux dire, nous avons ces deux gamins qui se sont enfuis à toute jambe de leur ville natale et qui ont fini par se rencontrer à un monde de distance.

— Vous allez trop vite, lui dis-je. Imaginez que je suis ivre.

Il se moqua de moi.

— Vous êtes vraiment drôle.

Je lui adressai un rire qui sonnait faux.

— Revenez juste en arrière.

Alors, il expliqua lentement pour le déficient que j'étais. Suzie Pomeroy et Danny Reid avaient été amoureux durant leurs années lycée. Au milieu de leur dernière année, elle était tombée enceinte. Elle n'avait jamais rien dit à Daniel et avait tout simplement disparu. Sa mère, Lynn Pomeroy, qui n'était pas favorable à l'avortement, envoya Suzie vivre chez sa sœur à Atlanta le temps de la grossesse. Lorsque le bébé était né, il avait été proposé à l'adoption. Suzie avait terminé ses études secondaires là-bas et était allée à l'université. Daniel était également allé à l'université grâce à une bourse de football. Tous les deux voulaient sauver le monde et avaient rejoint le Corps pour la Paix. Ils s'étaient retrouvés en Somalie, creusant des fossés, travaillant dans l'humanitaire. Leur flamme s'était ravivée presque instantanément et ils s'étaient remis ensemble comme s'ils ne s'étaient jamais quittés.

Je hochai la tête après quelques minutes.

— C'est une bonne histoire.

— Je le sais, c'est une histoire digne d'un film original pour *Lifetime*.

Je souris. Il était drôle lui aussi.

— Comment finit-elle ?

— Ils sont revenus dans leur ville natale pour ouvrir une société qui vend des panneaux solaires.

— D'accord.

— Ils ont également mis en place des éoliennes et nous faisons pousser notre propre nourriture et... quoi ?

Je secouai la tête.

— Rien.

— On dirait que vous êtes prêt à vomir.

— Non.

Il me sourit.

— Donc quoi qu'il en soit... ma mère.

Il prit une profonde inspiration.

— Il y a de ça à peu près six mois, tout à coup, elle a demandé une réunion de famille. Elle a apporté tous ces papiers et a lâché la nouvelle à mon père et au reste d'entre nous : elle avait abandonné son enfant à l'adoption.

Je le fixai.

— Et mon père était désolé pour elle jusqu'à ce qu'elle lui dise que le bébé était le sien.

— Oh ! dis-je dans un souffle.

— Ouais. Il l'a vraiment mal pris. Et si vous le connaissiez, vous comprendriez. Je veux dire, sa famille... rien n'est plus important que nous, vous savez ? Il a... ça l'a presque tué de penser qu'il avait un fils quelque part dans ce monde qu'il ne connaissait pas. Il était malade de penser que peut-être Dane avait été blessé et qu'il n'y avait personne là dehors pour le protéger.

Je hochai la tête.

— Eh bien, ils doivent savoir que cela n'a pas été le cas. Ses parents... ils l'adoraient

— Bien sûr.

— Il s'en est très bien sorti. Tout s'est très bien passé pour lui.

— Ouais, mes parents le savent. Il s'avère que ma mère savait tout à propos de Dane. Il s'agissait d'une adoption ouverte, parce que c'était le seul moyen pour qu'elle consente à le faire adopter.

— Alors, elle devrait être heureuse.

— Oui, mais elle ne l'est pas, pas plus que mon père. Ils veulent le voir.

— Alors ils devraient juste venir le rencontrer.

— Je sais qu'ils le devraient, mais Jory, il ne veut même pas me voir et eux encore moins.

— Et vous lui avez dit tout ce que vous venez de me dire ?

— Oui.

— Et qu'a-t-il dit ?

— Il m'a remercié d'être venu et m'a souhaité le meilleur ainsi qu'à ma famille.

Aïe.

— Cela lui ressemble bien.

Je m'obligeai à sourire.

— Ce n'est pas vraiment quelqu'un de sentimental.

— Ouais, mais même s'il en veut à ma mère… mon père ne savait rien de lui. Il devrait au moins vouloir voir mon père.

— Encore une fois… vous ne connaissez pas Dane. Il n'est tout simplement pas…

Je cherchai le terme adéquat, y réfléchissant bien.

— Chaleureux. Il est très privé et ne fait confiance qu'à très peu de gens. Pour lui, c'est quelque chose qui appartient au passé et qui est terminé.

— Ce n'est pas normal. La plupart des gens voudraient les rencontrer et leur parler.

— Il n'est pas la plupart des gens.

— Mais cela me pose un problème.

Je hochai la tête.

— Parce que vos parents ont vraiment envie de le voir, hein ?

— Exactement. Je veux dire qu'ils finiront par en avoir assez que je temporise leur venue et ils sauteront probablement dans un avion pour le confronter.

— Ce serait mauvais.

— Je sais. Si sa manière de m'accueillir est une indication sur la réception qu'il pourrait leur réserver… ce serait très mauvais.

Je poussai un profond soupir.

— Alors, quel est votre plan ?

Il se pencha sur la table.

— Vous êtes mon plan.

— Je vous demande pardon ?

— Jory, j'ai passé les deux dernières semaines à observer Dane Harcourt et je peux dire avec certitude qu'au-delà d'un petit cercle d'amis proches, vous êtes la seule autre personne qu'il autorise à s'approcher de lui.

— Sa petite amie est…

— Je l'ai vu sortir avec beaucoup de femmes, mais je n'ai pas vu de petite amie.

Je haussai les épaules.

— Et comme je l'ai dit… il a un cercle de relations très fermé, mais essayer de parler au directeur de la banque, à l'avocat ou au PDG de… je veux dire, oubliez ça. Personne à part vous ne me donnera l'heure qu'il est.

J'observai ses yeux bleu pâle.

91

— Mais vous… je vois la façon dont il vous regarde, et il se soucie de ce que vous pensez.

— Vous vous méprenez. Il fait exactement ce qu'il veut.

— Je vous ai suivi tous les deux lorsque vous êtes allés au Miracle Mile la semaine dernière.

— Et alors ?

— Il ne faisait que vous suivre partout.

— C'est parce que le shopping c'est mon truc, pas le sien.

Il m'adressa un regard.

— Quoi ?

— Si vous pouviez voir comment il est avec vous… vraiment voir… je pense que vous seriez surpris. Il semble comme se détendre quand il hurle après vous.

Je grognai en signe d'agrément.

— Eh bien, ça je veux bien le croire.

— Il a l'air d'être vraiment lui-même.

Mais je savais de quoi il parlait. Les gens prenait ma capacité à finir les phrases de mon patron comme quelque chose de plus que ce que c'était. Le fait que j'aille chercher ses vêtements au pressing, que j'achète ses vitamines, que je prenne ses rendez-vous pour ses bilans de santé, que je sache exactement quoi lui commander dans tel ou tel restaurant, que je lui achète des cadeaux à distribuer pour lesquels il se contentait de signer les reçus de carte bancaire, n'était pas le signe d'une relation plus profonde. J'étais juste son homme à tout faire. Comme un majordome, mais pas à domicile. Caleb essayait de voir là-dedans plus qu'il y avait vraiment.

— Jory, s'il vous plaît…

— Stop ! dis-je en m'adossant à la banquette. Je lui parlerai demain, d'accord ?

Il poussa un profond soupir en me souriant.

— Ce serait super.

— Écoutez, ne vous excitez pas trop. Il ne va pas se soucier de ce que je…

— Il le fera, dit-il en hochant la tête. Vous verrez.

Mais je n'étais pas convaincu.

Après dîner, je m'approchai du bord du trottoir pour appeler un taxi lorsque Caleb m'interpella.

— Alors vous m'appellerez demain ?

Je lui souris.

— Si je n'ai pas été tué, je le ferai, mais ne vous…

— Jory !

Il se mit à courir vers moi et je me retournai pour voir ce qu'il y avait. Je vis un homme et je vis son poing, et lorsqu'il me frappa j'eus l'impression que mon œil droit explosait. Je vis un autre gars derrière lui et je vis l'arme. Je vacillai sur les jambes, mais je tombai en arrière lorsque tout bascula à gauche ; un bras autour de mon cou alors que j'étais tiré en arrière. Caleb était debout, ses mains tendues devant lui, demandant au gars de ne pas me frapper. Je vis des taches et tout devint vraiment sombre quand je compris que j'étais entraîné vers une voiture. Je me souvins instantanément de tout ce que mon amie Tiffany m'avait toujours dit pendant ses cours d'autodéfense. *Ne laisse jamais quelqu'un te forcer à monter dans une voiture. Si tu finis dans une voiture, sors aussi vite que tu peux.* Alors, je me débattis, je mordis et donnai des coups de pieds et les mains sur moi ne purent plus trouver d'emprise.

— Pour l'amour de Dieu, bordel ! Tire-lui donc dessus !

— Dans la voiture ? Tu veux que je lui tire dessus dans la voiture ?

— Combien pèse-t-il ? Quarante kilos ? Casse-lui le cou !

— J'essaie, mais je n'arrive pas à…

— Arrête-toi, dit une autre voix. Je vais descendre le tenir.

— M'arrêter où ? Nous sommes au milieu d'une putain d'autoroute !

— Merde ! Il saigne partout sur moi !

Je me libérerai en me tortillant et frappai sa tête avec mon genou alors que la voiture s'arrêtait. La porte s'ouvrit et je vis l'arme. Je donnais un coup de pied aussi fort que je pouvais et l'homme bougea juste un peu. Et pour la première fois de ma vie, je fus heureux d'être petit. Les épaules de l'inspecteur Kage n'auraient jamais pu franchir l'espace entre cet homme et la porte de la voiture. Je me ruai dans l'ouverture et heurtai sur le gravier. J'entendis le premier coup de feu et pris mes jambes à mon cou. J'avais l'impression de courir comme je le faisais dans mes rêves, comme si je traversais une nappe de caramel. J'avais la sensation qu'il me fallait une éternité pour bouger.

Le second coup de feu retentit et mon bras s'engourdit avant que je me retrouve à nouveau sur le gravier. Quand j'entendis la voiture, je me relevai et courus. Et mon choix était de m'élancer le long de la route, ou de prendre à gauche pour traverser l'autoroute. Mes chances de mourir étaient sensiblement les mêmes, et au moins, si j'étais heurté par une voiture, je ne souffrirais pas. Être tué était une chose… je passerai outre toutes les scènes de torture. Donc, je virai à gauche, dans la circulation, et m'élançai vers la ligne médiane au moment où il se mettait à pleuvoir.

Lorsque mes mains touchèrent le béton froid, je jetai un œil par-dessus mon épaule. Ce n'était pas des voyous de cinéma, ni de stupides laquais et il n'était donc pas étonnant qu'ils ne me suivent pas. Ils ne me tiraient pas dessus non plus ; tous les trois sortirent juste leurs téléphones portables en même temps. Je n'allais pas attendre que la circulation s'amenuise et qu'ils se lancent à mes trousses. Je sautai par-dessus la rambarde centrale de sécurité et commençai à courir vers l'autre côté de la voie. Dès que je vis une pause dans le trafic, je m'empressai de traverser l'autoroute et me retrouvai de l'autre côté. Je n'arrivais pas à reprendre mon souffle, alors je décidai de m'asseoir une minute. En fait, cela ressembla davantage à une chute. Et c'était bizarre parce que le gravier m'avait fait mal avant. Cette fois, le sol me sembla simplement dur, ce qui était bien puisque j'avais l'impression d'être allongé au milieu d'un jeu de roulette de casino. Ce fut ma dernière pensée avant que le tournis ne devienne trop rapide et que tout devienne noir.

VIII

Je commençai à m'agiter et à me réveiller.

— Ouah, ouah, ouah, dit une voix douce, une main sur ma poitrine. Arrêtez de bouger, vous allez bien. Nous vous avons récupéré. Ouvrez les yeux… regardez-moi.

Je pensais que mes yeux étaient ouverts.

— Est-ce que vous pouvez m'entendre, mon gars ?

Je laissai échapper un profond soupir et sa voix me sembla lointaine avant que je n'entende plus rien du tout.

Une lumière vive. Je clignai des yeux pour pouvoir voir quelque chose. Un hôpital. J'étais à l'hôpital et l'intraveineuse, le lit, les machines qui bipaient et les blouses blanches étaient une sacrée indication au cas où j'aurais manqué les infirmières.

— Merde ! gémis-je.

— Jory, est-ce que vous m'entendez ? me demanda quelqu'un.

— Ouais, grognai-je en essayant de m'asseoir. Merde !

— Non, non, non, dit gentiment l'un des médecins en posant une main sur mon épaule et en me regardant. Restez allongé jusqu'à ce que nous ayons fini de vérifier votre état, d'accord ?

Je poussai un profond soupir.

— D'accord.

— Y a-t-il quelqu'un que je devrais appeler, Jory ?

J'avais du mal à me concentrer.

— Il a une carte de visite au nom de Dane Harcourt ici, dit une voix.

— Il y en a une autre d'un inspecteur Kage également.

— Attendez, murmurai-je en haletant. N'appelez personne, s'il vous plaît.

— Jory, pouvez-vous…

Mais je n'entendis pas le reste parce que la chambre s'inclina brutalement vers la gauche et je glissai dans les ténèbres.

J'étais gelé et lorsque j'ouvris les yeux, un rideau était tendu autour du lit, donc même si je pouvais entendre beaucoup de bruit, personne ne pouvait me voir. J'étais relié à une intraveineuse, mais j'avais vu assez de films pour savoir que l'aiguille ressortirait de la même façon qu'elle était entrée. Cela fit plus mal que je le pensais, mais j'appuyai dessus et cela ne saigna qu'une seconde. Il me fallut plusieurs essais pour m'asseoir sans avoir trop la tête qui tourne, puis pour me lever, mais j'étais tenace, car je voulais sortir. Au début, la nausée fut comme une vague qui aspira tout l'air de mon corps, puis cela se calma et reflua et je fus capable de me tenir debout et de respirer normalement. Puis de marcher. Je détestais les hôpitaux... toutes les odeurs, la température polaire, ainsi que la couleur des murs et les éclairages aux néons... c'était tout simplement horrible. Je devais sortir rapidement.

Il est facile de sortir de la foule d'une salle d'urgence très occupée. Je me glissai parmi tous ceux qui entraient et sortaient. J'avais mon téléphone, mon portefeuille et mes clés, donc j'étais paré. Et, alors que je me mettais en route pour rentrer chez moi, je pensai que la prochaine fois que quelqu'un dirait que mon jean était trop serré, je lui raconterai ma nuit. Le fait majeur étant que si vous deviez lutter pour votre vie à l'arrière d'une Lincoln, il était alors bien pratique d'avoir un jean qui s'adaptait à vous comme une seconde peau. De cette façon, vous vous assuriez de ne rien laisser tomber.

Mon téléphone me fit sursauter lorsqu'il sonna. J'étais encore un peu sur les nerfs.

— Allô ?

— Bordel ! Où es-tu ?

— Qui est-ce ? demandai-je même si je savais exactement de qui il s'agissait.

— Tu sais très bien qui c'est, merde !

— Oh ! soupirai-je. Sam. Qu'est-ce que tu veux ?

— Qu'est-ce que je veux ? Je veux savoir où tu es, nom de Dieu !

— Je rentre à la maison. Je déteste les hôpitaux.

— Les hôpitaux ?

— Ouais.

— Qu'est-ce que ça veut dire ?

— J'étais à l'hôpital.

— Quand ?

— Je ne sais pas, quelque chose comme il y a cinq minutes, dis-je en tournant à gauche devant l'hôpital et en commençant à descendre la rue.

— Quoi ? Combien de temps es-tu resté là-bas ?

— Je n'en ai aucune idée. Je me suis évanoui.

— Évanoui ?

— Ouais.

— Jory, qu'est-ce qui s'est passé, bon Dieu ? me cria-t-il.

— Je ne sais pas, je pense que l'un de ces gars m'a peut-être frappé plus fort que je le pensais.

— Frappé ?

Sa voix se fit encore plus forte.

Ma tête ne pouvait pas supporter les cris. Je raccrochai et m'arrêtai de marcher pour pouvoir découvrir l'endroit où je me trouvais. Quand je vis l'escalier qui menait au métro, je l'empruntai. Je répondis au téléphone à la cinquième sonnerie.

— Quoi ? gémis-je.

Ma tête me faisait mal.

— Où es-tu ? me demanda-t-il d'une voix très contrôlée, mais je pouvais l'entendre parler entre ses dents serrées.

— Sur le chemin de chez moi.

— Dans quel hôpital étais-tu ?

— Je n'en ai aucune idée. Laisse-moi tranquille, d'accord ? murmurai-je en lui raccrochant au nez.

Alors que j'étais assis dans le métro, j'eus une vision de lui assis dans sa voiture monstrueuse, devant chez moi, à m'attendre pour pouvoir me hurler dessus. Cette idée me garda dans mon siège cinq arrêts au-delà de la station où je devais descendre. Assis sur les marches en essayant de ne pas geler, je réalisai que mon évasion de l'hôpital avait été mal planifiée. Je ne savais pas qui appeler puisqu'il était trois heures du matin. Quand mon téléphone sonna, je répondis parce que cela représentait la distraction dont j'avais besoin.

— Jory ?

— Oh, salut Ben.

Je soupirai parce qu'il n'était pas celui dont j'avais besoin.

— Où es-tu ?

— Je suis à la salle de sport, mentis-je parce que c'était facile.

— Oh, bien, je voulais juste m'assurer que tu allais bien après l'autre nuit.

— Bien sûr.

— Ouais ? Tu n'es pas paniqué ?

— Non, j'étais plutôt flatté.

— Bon, très bien.

— Mais je dois te laisser là, d'accord ? Je te téléphonerai.

— D'accord, fais-le surtout.

Je raccrochai et immédiatement mon téléphone se remit à sonner.

— Ouais ?

— Jory, bon Dieu, mais où es-tu ?

Je gémis.

— Je préfère mourir d'hypothermie plutôt que de te le dire.

— Très dramatique. Réponds à la question.

Je grognai.

— Tu étais au County, espèce d'idiot, gronda-t-il dans le téléphone. Ils m'ont dit que tu avais une légère commotion cérébrale et que tu avais été battu et…

— Je vais bien.

Je frissonnai si fort que mes dents claquèrent.

— C'est juste que je ne veux pas rentrer à la maison sauf si tu me promets que tu ne seras pas là.

— Je suis là.

Je soupirai profondément.

— Je le savais.

— Tu ne rentres pas chez toi exprès ?

— Ouais.

— Jory, tu comprends, n'est-ce pas, que tu as été kidnappé, agressé et...

— Ouais, je sais.

— Tu sais ? C'est tout ce que tu as à dire ?

— Oui, en fait.

— Seigneur, tu es un idiot ! Jory, ils ne vont pas arrêter d'essayer de te tuer !

Je poussai un lourd soupir.

— Je dois aller travailler. Quelle heure est-il ?

— Travailler ? Est-ce que tu te fous de moi ? Jory, ton cul va en détention préventive dès aujourd'hui !

— Ouais, ben non.

Je bâillai, frissonnant encore une fois, mes dents claquant, faisant un bruit que j'étais incapable d'arrêter.

— J'ai plein de trucs à faire et je dois parler à mon patron à propos de quelque chose d'important, parce que je pense qu'il fait une grosse...

— Jory ! Où es-tu ?

— Pourquoi tu m'as posé un lapin ? Tu étais de sortie ?

Il y eut un instant de silence.

— De quoi est-ce que tu parles ? me demanda-t-il d'une voix calme, mais emplie de force en même temps.

— C'est ça, n'est-ce pas ? Avec tes amis ou quelqu'un d'autre... Tu devais être en rendez-vous avec une femme et c'est pour ça que tu ne pouvais pas venir me voir.

— C'est de ça qu'il est question ? D'un rendez-vous ?

— Va te faire foutre.

— Es-tu sous médicament ? Est-ce qu'ils t'ont assommé de saletés à l'hôpital ?

— Tu sais quoi ? Je m'en fous complètement. Laisse-moi tranquille, dis-je en lui raccrochant au nez encore une fois.

Quand il sonna à nouveau, je vis que le numéro était différent.

— Allô ?

— Jory, bébé... où es-tu ?

— Salut, Nick, dis-je en soupirant.

Pour une raison quelconque, sa voix était apaisante.

— J'ai vu ton nom sur le tableau quand je suis arrivé, mais chéri, où es-tu ?

— Je suis parti.

— À l'évidence. Sais-tu que tu ne peux pas simplement retirer ton intraveineuse et sortir de l'hôpital ?

— Ah non ?

— Jory, bébé, tu es...

— Je vais bien.

— Jory, tu vas plus mal que tu le penses, chéri. Tu ne peux pas être seul en ce moment. Dis-moi où tu es ? Es-tu chez toi ?

Non, je n'étais pas à la maison, pensai-je et je voulais le lui hurler. Parce que, pour une raison quelconque, comme c'était toujours le cas, sa voix était passée de sensuelle et sexy à pleurnicheuse et émotionnellement exigeante en un battement de cœur. Et ce n'était pas Nick, je savais que ce n'était pas Nick... c'était moi. Je ne répondais pas bien aux prières et supplications ou à toute autre chose ressemblant à de la faiblesse ou un attachement collant. Je répondais à la puissance, à la domination et aux exigences de mon temps et de mon corps. Les hommes doux et sensibles ne me faisaient aucun effet. J'étais confus émotionnellement, mais m'en rendre compte ne faisait rien pour l'éviter.

— Jory... chéri... est-ce que je peux venir te chercher ?

— Non, dis-je en recommençant à trembler.

J'avais tellement froid.

— Je vais appeler quelqu'un Nicky, ne t'inquiète pas.

— Mais je dois m'inquiéter. Tu as une commotion cérébrale et une balle t'a effleuré l'épaule et je dois...

— Mais, je vais bien.

— Chéri, j'ai peur que tu t'évanouisses et...

— Ça ira, lui assurai-je. Je te rappelle plus tard.

— Non, non, non, Jory, bébé, dis-moi simplement où tu es, et je vais venir te chercher et tu pourras rentrer avec moi, et...

— Tu es d'accord si je t'appelle demain ?

— Jory, peu importe dans quoi tu t'es fourré, je peux le gérer. S'il te plaît, bébé, laisse-moi prendre soin de toi.

— Nick, je...

— Jory, dit-il en soupirant, je suis fou de toi. Je pense à toi tout le temps.

— Vraiment ?

— Oui ! Seigneur, oui. Je veux... tu dois me donner un peu de ton temps. Je sais que je ne suis pas aussi excitant que tout ce qui se passe dans ta vie, mais Jory, je suis bon pour toi. Je veux être avec toi.

Il m'était difficile de respirer tout à coup, en partie parce j'avais la tête qui tournait et parce que l'honnêteté brutale n'était habituellement pas mon truc. Je favorisai l'art de la disparition dans la plupart des cas.

— Tu sais, Nick, commençai-je rapidement, parce qu'il valait mieux le faire 'façon sparadrap' : tout arracher d'un coup rapide. Nous n'avons pas d'atomes crochus du tout. Tu sais que nous n'en avons pas.

— Vraiment ?

— Tu le sais.

Je grimaçai ; c'était aussi douloureux à dire qu'à entendre.

— Eh bien, je pense que tu dois me donner une autre chance de t'impressionner. Parce que si nous devons être honnêtes, coucher avec toi était incroyable.

— Merci.

— Je ne te flatte pas, c'est un fait. Je ne voulais pas que cela se termine.

— C'est gentil.

— Gentil ? Seigneur !

Il rit sèchement.

Je rigolai parce qu'il avait l'air si mortifié.

— Écoute, Jory, je commence ma vie, tu sais ? J'ai un bon poste maintenant à l'hôpital, j'ai acheté mon premier appartement et je suis prêt pour le gars, pour celui qui sera mon partenaire et qui voudra construire son avenir avec moi. Je ne veux pas te faire peur, mais quand je t'ai rencontré, j'ai eu le sentiment que tu étais cet homme.

Il confondait certainement du sexe moyen avec l'amour.

— Jory ?

— Nicky, tu ne penses pas que tu as juste besoin de t'envoyer en l'air ?

— Tu sais que je vais te pardonner d'être un connard total puisque tu es en état de choc en ce moment et probablement en train de te geler.

— Désolé, soufflai-je. C'était un vraiment petit de ma part de te dire ça.

— En effet, ça l'était.

— Nick, je…

— Non, tais-toi et écoute. Sais-tu que tu n'écoutes jamais ?

C'était vrai, je ne le faisais jamais.

— Jory, je peux m'envoyer en l'air tous les soirs de la semaine. Ce que je veux, c'est être au lit avec quelqu'un avec qui je peux construire un avenir et pas seulement un coup d'un soir. Je ne te baratine pas, J… Je veux être ton homme.

— Pourquoi t'en soucies-tu ? Pourquoi ne pas simplement en rester là avec moi ?

— Non. Nous n'allons pas faire ça.

— Pourquoi ?

— Parce que je suis fou de toi, je te l'ai déjà dit.

— Mais pourquoi ?

Il laissa échapper un petit rire.

— Tu essaies de me tirer les vers du nez.

— Je suis confus, lui assurai-je.

— Jory, tu es drôle, intelligent et ces grands yeux sombres sont… et tu m'as dit que mes lunettes de soleil étaient laides.

— Elles étaient laides.

Il poussa un long soupir.

— Sais-tu à quel point tu es magnifique ?

— Nick…

— Ce sont tes lèvres, elles me rendent dingues, dit-il et je pouvais entendre le sourire dans sa voix. Je voudrais ne jamais arrêter de les embrasser.

Il était tout simplement le plus gentil des mecs qui ne me faisait rien du tout.

— J'ai vraiment…

Sa voix était rauque.

— Hé, fais-moi une faveur. Regarde le panneau de la rue où tu te trouves et lis-le pour moi. Je me dirige vers ma voiture.

— Non, je t'appellerai demain, je te le jure.

— Jory, tu as besoin de dormir et tu as besoin que quelqu'un prenne soin de toi. Je veux être ce quelqu'un. D'ailleurs, qui de mieux qu'un médecin ?

Je souris au téléphone et promis de le rappeler le lendemain après le travail. Je raccrochai alors qu'il me suppliait de lui dire où je me trouvais.

Le téléphone sonna et je réalisai que j'avais manqué onze appels pendant que je parlais à Nick.

— Allô ?

— Où es-tu ?

— Sam, je…

— Que Dieu me vienne en aide, si tu ne me dis pas où tu es à la seconde, je te tirerai dessus moi-même dès que je trouverai ton cul maigrichon.

Je rigolai.

— Je croyais que tu aimais mon cul.

Pas de réponse.

— N'ai-je pas raison, inspecteur ?

— Sale petit con arrogant. Tu vas me le jeter au visage maintenant ?

— En fait, je ne vais rien faire du tout pour toi ou avec toi, ou… merde !

J'étais vraiment fatigué tout à coup. La dernière trace d'adrénaline avait disparu. Je voulais quelqu'un qui prenne soin de moi.

— Demande juste à l'autre officier de m'appeler, d'accord ? Je ne veux plus te voir. Je dois y aller. Je vais appeler quelqu'un qui…

— Ne t'avise pas de me raccrocher au nez encore une fois ou je vais… je… oh, regarde-moi ça, dit-il à l'instant même où j'entendis le crissement aigu de freins.

Ma tête se releva et je le vis se garer en double file dans la rue. Il claqua sa portière et fit le tour par l'avant de son SUV. Je n'essayai même pas de me remettre debout. J'appuyai ma tête contre le poteau à la place. J'avais mal partout et j'avais froid jusque dans mes os.

— Jory, je vais…

— Seigneur ! gémis-je. Que veux-tu ?

Quand il ne répondit pas, je levai les yeux vers son visage. Sa mâchoire était crispée et ses yeux sombres étaient verrouillés sur les miens.

— Je pense que je…

Il y eut un bourdonnement dans mes oreilles et j'eus l'impression que quelqu'un m'enfonçait un pic à glace dans le crâne, directement entre mes deux yeux.

— Oh merde !

Ses mains se posèrent sur mon visage alors que la douleur me traversait. Quand elle reflua, je le regardai dans les yeux alors qu'il s'agenouillait devant moi.

100

— Jory, tes lèvres sont bleues, gémit-il avant d'expirer rapidement. Seigneur ! Peux-tu marcher ?

Je secouai la tête.

Il m'écrasa entre ses bras et la chaleur fut instantanée et étonnante.

— Je te ramène à la maison avec moi, alors fourre-toi ça dans le crâne.

— D'accord.

Quand il se releva, ma tête rencontra son épaule et il frotta son menton dans mes cheveux. Mes pieds quittèrent le sol et alors que tout tournait autour de moi je fus installé sur le siège passager. Dans le SUV, il me caressa les cheveux et je fermai les yeux. Il mit le chauffage à fond et tout ce que j'entendis fut le bruit de la soufflerie. Je ne me souvins pas du reste du trajet.

J'AVAIS CHAUD et chaque partie de mon corps semblait lourde. Je roulai sur moi-même et compris que j'étais sous un drap et plusieurs couvertures dans un lit immense.

— Tu es réveillé ?

Je levai les yeux et Sam s'écarta de la fenêtre où il se trouvait.

— En quelque sorte.

Il inspira.

— Très bien.

— Merci.

— Tu veux quelque chose ?

Je secouai la tête.

— Alors, tu es chez moi, évidemment. Je vis seul ici, donc…

— Qu'est-ce que je fais ici ?

— Tu t'es évanoui dans ma voiture. Je devais faire quelque chose.

— Pourquoi ne m'as-tu pas ramené à l'hôpital ?

Sa mâchoire se crispa.

— Parce que tu n'as qu'une commotion cérébrale. Je sais tout ce qu'il y a à savoir là-dessus.

Je lui souris avant de jeter un coup d'œil dans la chambre.

— Cela ne te dérange pas si je prends une douche ?

— Pas du tout, dit-il en marchant vers le lit. As-tu besoin d'aide pour te lever ?

— Non, lui répondis-je, mais je ne bougeai pas.

Il hocha la tête, les yeux baissés sur moi.

Je haussai un sourcil.

— D'accord, bien, c'est juste là.

Il indiquait la droite.

— Je vais t'apporter une tenue de rechange, d'accord ?

— Bien sûr, merci.

101

Lorsqu'il partit, je rejetai les couvertures et me relevai par étape. D'abord, m'asseoir ; ensuite, passer mes jambes sur le côté du lit ; et enfin, poser mes pieds nus sur le sol. J'étais tellement content de ne pas être pris de vertige. Je ne voulais pas me retrouver à embrasser son tapis à motifs Navajo, et plus encore... je ne voulais pas avoir besoin de lui.

Je restai dans la douche, sous l'eau chaude jusqu'à ce qu'elle devienne froide. Quand je sortis, je passai en revue son armoire à pharmacie et ne trouvai que l'essentiel. Il n'y avait ni ma lotion au beurre de cacao, ni mes produits pour les cheveux, ni ma crème hydratante, ou mon baume pour les lèvres. J'étais complètement accro à mon baume pour les lèvres et l'appliquais toute la journée, tous les jours. On frappa doucement à la porte après quelques minutes. Je n'avais pas entendu les premières fois qu'il avait frappé parce que j'étais trop occupé à scruter mon œil au beurre noir et les ecchymoses sur ma gorge.

— Ouais ?

— J'ai mis un pantalon de survêtement sur le lit.

— Merci.

— Est-ce que tu vas bien ?

— Ouais.

— D'accord.

J'attendis quelques minutes pour lui laisser le temps de quitter la chambre avant de sortir. Je ne voulais pas lui parler, je voulais juste me reposer.

Le pantalon était soigneusement plié sur le lit et quand je l'enfilai, je dus remonter les bords de trente bons centimètres, tirer le cordon très serré, et rouler le haut par-dessus avant qu'il veuille bien rester sur mes hanches. Je n'emprunterais certainement pas les vêtements à Sam Kage. Je remontai dans le lit et m'allongeai. J'étais épuisé par l'effort d'avoir pris une douche.

— Hé, dit-il en entrant dans la chambre à coucher. Tu te sens mieux ?

Je mis un des oreillers derrière ma tête, me mettant à l'aise. Il pleuvait dehors, vraiment fort d'après ce que je pouvais entendre et je savais qu'il faisait froid. Mais j'étais au chaud et confortablement installé dans son lit.

— Tu as l'air très heureux.

— Parce que je le suis, dis-je en souriant et en regardant la chambre, laissant échapper un profond soupir.

— Je peux te poser une question ?

— Bien sûr.

— Qui est Nick Sullivan ?

— Un médecin avec qui je sors.

— Oh, d'accord.

— Il est très gentil.

— Oh ouais ? Très gentil ?

Je grognai parce que je n'écoutais pas vraiment.

— 'Très gentil' c'est le baiser de la mort, dit-il en riant et je sentis le lit s'affaisser alors qu'il s'asseyait à côté de moi. N'est-ce pas ?

— En effet.

— Il t'a dans la peau, hein ?

Je lui jetai un coup d'œil et lui adressai un demi-sourire.

— Il doit l'être parce qu'il a appelé une douzaine de fois. J'ai éteins ton téléphone parce que j'en avais marre de l'entendre sonner.

— Il aime mon cul maigrichon, le taquinai-je en souriant.

— Je l'aime aussi.

J'ouvris les yeux alors qu'il faisait courir ses doigts sur ma gorge.

— Au moins, tu n'es plus congelé.

Le bruit que je fis était à mi-chemin entre un gémissement et un soupir. J'étais content d'être sous tant de couvertures pour qu'il ne remarque pas à combien j'étais excité.

— On dirait que tu ronronnes.

Je souris et sa main fit le tour de ma gorge.

— Je voulais t'étrangler quand j'ai appelé et que tu m'as dit que tu étais à l'hôpital... je veux dire Jory... bon Dieu ! Tu t'es presque fait tuer ce soir.

Je refermai les yeux, m'éloignant de son toucher.

— Peux-tu m'apporter un peu d'eau ?

— Ouais, dit-il d'un ton bourru avant de sortir.

J'étais endormi lorsqu'il revint.

IX

LORSQUE J'OUVRIS les yeux, il pleuvait encore, mais il ne faisait pas sombre comme la nuit, plutôt comme un matin. Il était très tôt un jour qui s'annonçait gris et pluvieux. Le genre de journée qu'il faisait bon passer sous les couvertures à regarder la télévision.

— J'ai appelé ton patron et je lui ai dit que tu n'irais pas travailler, alors ne t'inquiète pas.

Je levai les yeux vers son visage alors qu'il sirotait du café dans une tasse complètement noire.

— Est-ce que je peux en avoir ? demandai-je en plissant les yeux.

J'entendis son long soupir.

— Bien sûr. Comment le prends-tu ?

— Avec de la crème, sans sucre. Il doit être blond comme moi.

— D'accord, dit-il gentiment, le coin de sa lèvre se relevant en un sourire. Je reviens.

Mais avant qu'il puisse aller plus loin, je l'arrêtai en l'appelant.

— La nuit dernière, tu étais inquiet pour moi, hein ? C'est ce que tu fais lorsque tu as peur... tu cries, dis-je doucement, commençant à comprendre les rouages de l'inspecteur Kage. Parce que tu étais terrifié que je sois blessé, n'est-ce pas ?

Il se contenta de me regarder fixement.

— Dis-moi.

— Tu m'as fait une peur de tous les diables.

— Étais-tu inquiet pour moi ou pour ton affaire ?

— Toi.

— Comment ça ?

Les sourcils froncés, et ses yeux... Je sentis mon estomac faire un nœud.

— Je ne sais pas, parce que la plupart du temps, je veux juste te tuer.

Je lui souris.

— Qu'est-ce que mon patron a dit ?

— Il a dit que tu devais l'appeler vers dix heures.

— D'accord.

— Quel est le truc avec lui ? Il ne te traite pas comme devrait le faire un patron.

— Non, acquiesçai-je. Il me traite comme si je faisais partie de sa famille.

Il me regarda, son regard ne vacillant jamais. Cela me mit mal à l'aise.

— Ai-je l'air en si piteux état ?

Il secoua la tête.

— Tu en es sûr ?

— Ouais. Tu ressembles à quelqu'un qui a été brutalisé.

Je souris paresseusement, mes yeux s'étrécissant alors que je les levais vers lui.

— Tu veux me brutaliser ?

Le muscle de sa mâchoire se crispa et il déglutit fortement, ses yeux fixés sur ma bouche.

— Oui.

Mon cœur bondit dans ma gorge. Ses yeux étaient si sombres, si intenses, fixés sur les miens.

— Viens m'embrasser, alors.

Il posa lentement, doucement, comme s'il se concentrait vraiment fort, sa tasse sur la table. Ses mains se retrouvèrent sur mon visage alors qu'il se penchait pour m'embrasser. Je relevai le menton, venant à sa rencontre, et sentis le bout de ses doigts glisser sur ma mâchoire.

— Jory, souffla-t-il contre ma bouche, ses lèvres planant au-dessus des miennes.

J'essayai de ne pas émettre le moindre son, mais le gémissement sortit de ma bouche et je sentis instantanément le changement en lui alors qu'une vague de désir le traversait. La tendresse fut remplacée par la poussée de sa langue entre mes lèvres entrouvertes. Il appuya sa bouche sur la mienne, m'embrassant durement et profondément. Je me cambrai contre lui, ses mains étaient chaudes sur ma peau.

— Je ne veux pas te faire de mal, dit-il d'une voix rauque, en haletant, sa bouche dévorant mes lèvres, les suçant et les léchant, sa langue mêlée à la mienne.

— Tu ne le feras pas.

— J'ai tellement envie de toi.

— Très bien.

Il se redressa et attrapa mes cuisses, me tirant au bord du lit. Mon pantalon disparut en quelques secondes à peine. Il tendit le bras vers le tiroir du haut de sa table de nuit en même temps qu'il repoussait mes genoux. Je vis le tube de lubrifiant et ne pus retenir mon rire. Il se figea, les yeux fixés sur moi.

— Quoi ?

— Tu as du lubrifiant ?

Je haussai les sourcils.

— Pour moi ?

Il eut l'air peiné et c'était à la fois attachant et adorable.

— Tu es incroyable, lui assurai-je doucement en lui faisant signe de s'approcher.

Il m'enveloppa dans ses bras et approfondit le baiser, se déplaçant pour peser sur moi, sa bouche s'inclinant au-dessus de la mienne, de façon si possessive, et avec tant d'urgence que je gémis un peu plus.

— Seigneur ! gémit-il, sa bouche sur ma gorge, m'embrassant. J'ai envie de te dévorer.

C'était un aveu qui venait du fond de son âme puisque son cerveau avait court-circuité, alors je posai mes mains sur son visage et lui rendis son baiser, le suçant, le

105

mordant, faisant en sorte que ma langue ne manque aucune partie de sa bouche. Je donnai autant que je recevais et sentis le frisson intense qui m'indiqua sa reddition.

Je tremblai entre ses bras et il émit un bruit, comme s'il mourait.

— Merde, quelque chose ne va pas avec moi.

— Non, l'apaisai-je en embrassant ses yeux, ses joues, ses sourcils et l'arête de son nez.

— Je suis complètement retourné, grommela-t-il entre ses dents. Je déteste ça, merde !

— C'est bon, lui dis-je en souriant lentement. Je vais prendre soin de toi.

Il recula légèrement et me regarda dans les yeux.

— Tu ne peux même pas prendre soin de toi.

J'eus l'impression de pouvoir voler.

— Mais je pourrais te rendre la vie si agréable.

— Comme si tu pouvais, cria-t-il presque avec brusquerie en me retournant sur le ventre, sa main dans mes cheveux, un genou entre mes jambes pour les écarter.

J'arquai le dos comme un chat, me frottant contre lui dans la manœuvre, et sa bouche effleura ma peau. Le son étouffé qu'il émit me fit sourire.

— Jory.

Je glissai hors de son étreinte et roulai à nouveau sur le dos, relevant mes genoux, tendant les bras vers lui.

— Tu te bats si fort, soupirai-je. Arrête, respire.

Il prit une inspiration tremblante avant de m'attirer à lui, me tenant serré, me pressant contre son corps tout entier. Ses mains glissèrent sur mon corps et lorsque sa bouche suivit, je le suppliai. Le changement qui s'était opéré en lui en une seule journée était sidérant, la compréhension de ce que je voulais et sa confiance dans ce qu'il pouvait faire… je n'avais plus besoin de lui offrir mes instructions. La mécanique n'était plus un mystère, ses mains, sa bouche, se déplaçaient avec habileté sur ma peau tandis qu'il scandait mon nom.

LA PLUIE me réveilla avec son tambourinement continu sur la fenêtre. Je souris lorsque je sentis des mains chaudes se déplacer sur ma cage thoracique, puis sur mon ventre, le pétrissant, le caressant, d'une manière douce et excitante à la fois.

— Ne dois-tu pas aller travailler ? le taquinai-je, surpris moi-même par le temps que je passais à dormir.

Le sexe ne m'avait jamais épuisé avant.

— Je ne peux pas te laisser seul.

Sa voix était rauque. Elle me traversa, provoquant un frisson.

Je m'étirai langoureusement puis roulai sur son torse sculpté et posai la tête sur son cœur.

— Merde, dit-il alors que je levai la tête pour le regarder dans les yeux. Quoi ? finit-il par demander d'un ton bourru.

106

— Je ne sais pas.

Je l'observai.

— C'est toi qui jures.

Il mit sa main dans mes cheveux et massa mon cuir chevelu, m'incitant à reposer la tête sur son torse.

— Dis-moi ce qui ne va pas.

— Il n'y a rien qui ne va pas. C'est bien là le putain de problème.

Cela n'avait pas de sens et je laissai tomber, jouissant trop de ses mains sur moi pour lui poser des questions.

— Merde.

Je glissai ma jambe entre les siennes et il souleva mon menton d'une main douce. Il posa sa bouche sur la mienne et je fus roulé sur le dos et embrassé tendrement, lentement. Il prit son temps, cette fois, pour me goûter. Il embrassa ma gorge puis descendit sur ma poitrine, suça mes mamelons l'un après l'autre avant que sa chaude bouche humide glisse sur mon ventre plat jusque sur mon sexe. Il me prit lentement, faisant durer l'instant puis battant en retraite, sa langue tournoyant sur ma peau avant de me reprendre plus profondément, me léchant avec de longs mouvements de sa langue, me suçant avidement, ses mains pétrissant mes cuisses et mes mollets. J'espérais qu'il laisserait des bleus parce que j'avais envie de sa marque sur moi. Lorsque je sentis la crispation à l'intérieur de mon corps, le picotement, je lui demandai d'arrêter. J'avais l'impression que mon cœur allait exploser. Ses yeux ne quittèrent jamais les miens et je criai son nom alors que je frissonnais sous ses mains et qu'il avalait tout ce que j'avais. Après coup, il se releva et me cloua sur le lit sous lui.

— J'adore les bruits que tu fais quand tu es heureux.

Je grognai parce que mon cerveau ne fonctionnait pas encore, mon corps était mou et liquéfié sous le sien... prêt à fondre en lui.

— Tes yeux deviennent si sombres et quand tu dis mon nom... je n'ai jamais désiré personne comme je te désire, Jory. Je ne pense même pas que les gens sont censés ressentir ça. Je pense que...

— Chut, dis-je en le poussant pour pouvoir le faire rouler sur le dos.

— Non, dit-il d'une voix brisée, remplie d'émotion, ses bras enroulés autour de moi, arrêtant mon mouvement. Je ne veux pas que tu... je n'ai pas besoin... reste seulement allongé là avec moi.

Je restai muet, me délectant de la différence entre les garçons avec lesquels j'avais couché et l'homme qui me tenait maintenant entre ses bras. Tous mes autres amants se seraient attendus à un retour rapide de n'importe quelle faveur accordée, mais le désir de Sam se bornait à me faire plaisir simplement parce que cela le rendait heureux de le faire.

— Sam, je...

— Écoute, je ne veux pas que tu revoies ce médecin et tu ne vas certainement pas quitter la ville avec lui.

107

— Comment sais-tu que…

— J'ai écouté tes messages.

— Oh !

Je me retournai sur le côté et il se mit immédiatement en cuillère derrière moi, ses cuisses contre mes fesses. Je ne voulais pas qu'il me voie sourire.

— Il m'a acheté un billet d'avion.

— Je me fous de savoir s'il t'a acheté un putain de poney, m'assura-t-il, l'ennui s'entendant clairement dans sa voix. Tu ne vas nulle part avec lui.

— Oui, monsieur l'inspecteur.

— Je suis déjà allé chez toi et j'ai emballé tous tes vêtements donc…

— Quoi ?

J'essayai de bouger, de me retourner pour pouvoir voir son visage, mais il ne me laissa pas faire. Il était tellement plus fort que moi ; s'il voulait me soumettre, alors j'étais soumis. S'il voulait que je sois immobile dans ses bras, c'est ainsi que je serais.

— Tu as emballé quoi ?

— Tu m'as entendu, dit-il d'un ton bourru, presque en grognant. J'ai emballé le moindre bout de tissu que tu possèdes. Tout est dans ma chambre d'amis. J'ai mis ton ordinateur portable dans le salon et j'ai pris ton iPod et quelques-uns de tes livres. Tu n'as pas beaucoup d'affaires.

— Non.

— J'ai pris ta couette aussi parce que je me suis dit que tu l'aimais.

— En effet, mais…

— Tu ne peux pas rester dans ton appartement… je veux dire, je suis allé là-bas sans clé et j'ai quand même pu l'ouvrir. Penses-y.

— Ouais, mais…

— Je veux que tu sois en sécurité, dit-il avant que sa bouche se referme sur mon épaule.

Cet homme ne pouvait pas garder ses mains ou sa bouche loin de moi.

— Je n'ai pas cinq ans, Sam.

— Non, mais… tu as besoin que quelqu'un s'occupe de toi.

— Mais qu'est-ce que tu vas…

— Pour l'instant, tu es ici parce que je dois te surveiller. C'est tout ce que les gens ont besoin de savoir.

— D'accord.

Je réfléchissais.

— Donc, dès que l'affaire sera terminée, je remballerai mes affaires et…

— Écoute-moi, dit-il lentement, embrassant ma nuque. Inquiétons-nous simplement de prendre les choses comme elles viennent.

— Facile à dire pour toi… j'ai mon loyer à payer et…

— Non, me coupa-t-il. J'ai parlé avec ton propriétaire et jusqu'à ce qu'il remplace la porte et installe une serrure décente, il ne recevra rien. Je lui ai dit qu'il était chanceux que tu ne lui aies jamais demandé de faire quoi que soit en termes d'aménagement dans cet endroit.

— Génial, murmurai-je. Maintenant, il va me détester.

— Je suis surpris que personne d'autre n'ait jamais rien dit à propos de tes serrures.

— Eh bien, Nick a dit que…

Il me mordit l'épaule avant de l'aspirer avec force.

— Je ne veux pas entendre parler du médecin.

Je rigolai.

— D'accord.

— Et tes sorties pour aller danser sont terminées.

Je souris plus largement, mais il ne pouvait pas le voir.

— Est-ce que je dois encore mentionner le médecin ?

Je me raclai la gorge.

— Ce n'est pas juste si tu sors et que je ne…

— Je ne le ferai pas.

— Mm-mm.

Je hochai la tête.

— Alors, où étais-tu hier soir, inspecteur, alors que tu étais censé venir me chercher pour aller dîner ?

Il poussa un profond soupir tout en resserrant son bras autour de moi, caressant ma hanche, enfouissant son visage dans mes cheveux.

— À un double rendez-vous.

— Je le savais.

— Il était planifié depuis des semaines. Pas moyen de me sortir de là, mais quand je suis avec toi, mon cerveau court-circuite et je l'avais complètement oublié jusqu'à ce que mon pote me le rappelle.

— D'accord, donc c'est bien ce que je dis. Tu es célibataire et hétéro, donc tous tes amis vont…

— Je vais m'en occuper.

Il frotta sa joue mal rasée contre la peau nue de mon épaule. Ce qui envoya un frisson me parcourir.

— Si tu baises une fille alors que je…

— Alors ce n'est que justice, dit-il de sa voix rauque, si sexy. Tu peux toi aussi coucher avec une fille, bébé.

— J'aime les femmes, lui assurai-je. C'est juste que je ne les *aime* pas, tu sais ?

Il rigola avant de se redresser au-dessus de moi, se mettant sur les coudes pour regarder mon visage.

— Est-ce que les gens te disent-ils tout le temps que tu es beau ?

— Non.

— Menteur.

Il sourit diaboliquement, ses yeux brillant.

109

— Regarde-toi, tu es magnifique.

Il pensait que j'étais beau, c'est tout ce que j'entendis. Je sentis une bouffée de chaleur déferler sur ma peau alors qu'il faisait courir son pouce sur ma lèvre inférieure et se penchait sur moi.

Je gémis, geignant presque, et sa bouche toucha la mienne. Je sentis sa main glisser sur ma hanche alors que sa langue glissait entre mes lèvres à peine entrouvertes. C'en était trop pour moi. Je fermai les yeux, juste une minute.

— Jory Keyes, dit-il doucement, traçant mes sourcils du bout des doigts. Et si je t'avais manqué ?

Mon corps était de nouveau lourd et je me sentis m'enfoncer dans le lit, la masse chaude de muscles et d'os me submergeant.

— Dors, bébé, m'apaisa-t-il en posant ses lèvres sur mes paupières. Je suis là.

Ce fut la dernière chose que j'entendis.

X

SAM ME laissa une heure plus tard avec l'ordre de rester à l'intérieur de son appartement et de ne sortir sous aucun prétexte. Je n'étais pas assez réveillé pour argumenter. Je m'étais rendormi en quelques secondes alors qu'il me caressait le dos en petits cercles. Quand mon téléphone sonna, je fus surpris parce que je pensais que je devais appeler Dane et non l'inverse.

— Tu as des problèmes, dit-il catégoriquement. J'ai parlé à l'inspecteur Kage et il m'a dit que tu étais en détention préventive. Est-ce exact ?

— Oui.

— Dis-moi ce qui t'arrive. Maintenant !

Et donc, même si je n'étais pas sûr de ce que je devais dire, je crachai le morceau.

— Je ne veux pas mettre qui que ce soit en danger en venant.

— Nous avons un garde de la sécurité dans notre immeuble qui vérifie chaque personne qui entre et qui sort, Jory. J'attends que tu sois de retour ici lundi matin.

— Vous êtes sûr ?

— Bien sûr que j'en suis sûr. Quand m'as-tu entendu dire quelque chose que je ne pensais pas ?

Jamais.

— Très bien dans ce cas. Je vous verrai lundi.

— En fait, je dîne à l'Adagio ce soir à dix-huit heures trente, dit-il vivement. Passe vite fait que je puisse voir comment tu vas, d'accord ?

— Pourquoi un dîner si tôt ?

— Cinéma après, si tu veux savoir, dit-il sèchement.

— Oh !

— Je t'attendrai.

Il voulait juste me voir de ses propres yeux et s'assurer que j'étais bien en une seule pièce.

— D'accord. Merci, patron.

Il raccrocha et je roulai sur le côté pour me rendormir.

Je fus réveillé de ma seconde sieste de la journée par un appel de Caleb Reid. Il me dit que c'était lui qui avait appelé la police après m'avoir vu me faire jeter dans la voiture la nuit précédente. Il était allé au poste et avait rempli une déposition avant de recevoir la visite de l'inspecteur Kage une heure plus tôt.

— Vous savez, je n'avais jamais parlé à un policier avant, mais c'était du genre... intense.

Je rigolai.

111

— Je n'en doute pas.

— Est-ce que vous allez bien ?

J'allais bien alors je le lui dis avant de le remercier d'avoir appelé la police. Il me demanda dans quoi j'étais mêlé, mais je détournai la conversation sur Dane. Immédiatement, il voulut savoir si j'allais assez bien pour lui parler. Je lui répondis que j'essaierais lorsque je verrais mon patron plus tard. Quand il raccrocha, je sortis du lit et fis du café avant de chercher quelque chose à me préparer pour le petit-déjeuner. Je trouvai seulement une boîte de céréales pour enfants et je me demandais comment un homme adulte pouvait avoir des Lucky Charms dans son placard. Quand j'entendis les clés tourner dans la serrure, je m'attendais à Sam, mais me retrouvai face à une femme âgée étonnante aux cheveux roux à la place. Quand elle leva les yeux de ses sacs d'épicerie, je restai bouche bée en la reconnaissant instantanément.

— Oh mon Dieu ! Vous êtes Regina Rappaport, soufflai-je en restant là à la dévisager, la bouche béante.

Son sourire était à couper le souffle.

— Oui, c'est moi. Et vous regardez bien trop de vieux films.

— Putain de merde !

Je souris largement.

— Vous êtes encore plus belle en personne.

— C'est si charmant, dit-elle en riant.

Elle déposa ses sacs et me tendit les bras.

— Venez là.

Je me précipitai pour la serrer dans mes bras et elle me tapota le dos et me caressa les cheveux. Elle sentait légèrement la vanille avec un soupçon de pluie. J'étais surpris par la force de son étreinte.

Quand elle me repoussa à bout de bras, elle souriait chaleureusement.

— Qui êtes-vous ?

— Jory Keyes. Sam me surveille depuis un petit moment. Je suis son témoin.

— Mm-mm.

Elle me dévisagea, m'examinant tandis que je me tenais là dans un tee-shirt, un pantalon de jogging et une paire de chaussettes blanches frisottantes de Sam.

— Eh bien, mon chéri, chaque semaine, j'apporte des courses pour mes deux fils célibataires afin de m'assurer qu'ils ne meurent pas de faim. Mon fils, Michael, l'architecte, mange un peu mieux que mon autre fils Samuel, le policier, mais pas de beaucoup. Par exemple, la dernière fois que j'ai mis les pieds ici, il n'y avait qu'un morceau de beurre fossilisé, une boîte de Lucky Charms et une très vieille bouteille de lait. Je ne serais pas surprise qu'il ait mangé tout ce que j'ai amené et que seules ces trois choses restent encore.

Je souris et hochai la tête.

— Aidez-moi avec ces sacs.

J'attrapai donc les quatre sacs d'épicerie et l'aidai à les porter jusqu'à la cuisine. Elle ne voulut pas que je l'aide à déballer, alors je m'assis sur l'un des tabourets de bar et la regardai.

— Jory, mon cœur, avez-vous faim ? me demanda-t-elle distraitement en continuant de ranger les choses.

— Oui, m'dame.

Elle se retourna et me regarda. Ses yeux brillaient.

— Vraiment ?

Je hochai la tête et elle me tapota la main avant d'attraper une poêle à frire qui était suspendue au-dessus de sa tête à un crochet. Elle mourrait d'envie de prendre soin de moi et j'étais plus que disposé à la laisser faire.

— Que diriez-vous d'une omelette ?

— Ce serait super.

Elle resta pendant trois heures et durant ce temps, elle me parla d'Hollywood dans les années soixante-dix, m'expliqua qu'être belle n'aidait pas autant que d'avoir du talent et comment elle avait rencontré et s'était éprise d'un pompier de Chicago. Il lui avait fait miroiter les joies de la maternité et de la banlieue et là, elle avait découvert ce qu'elle aimait encore plus que de jouer devant une caméra : être mère. Je l'écoutai en mangeant et lui racontai comment j'avais été élevé par ma grand-mère et la façon dont j'étais arrivé à Chicago et où je travaillais. Elle avait entendu parler de Dane Harcourt et elle était très impressionnée. Je lui parlais de Brian Minor et de mon amie Anna, et de la manière dont j'avais rencontré son fils.

— Vous savez Jory, vous êtes tout simplement magnifique.

— Merci.

— Je parie que les gens vous disent tout le temps que vous êtes tout simplement lumineux.

Je savais que je n'étais pas laid, mais lumineux était une exagération. Pourtant, c'était agréable à entendre.

— Pourquoi ne vous changez-vous pas et je vous emmènerai chez Del Vecchio pour manger une tarte ?

Je hochai la tête en souriant et elle retint son souffle.

— Vous êtes vraiment magnifique, Monsieur Keyes.

— Je vous retourne le compliment.

Son rire était profond et guttural lorsqu'elle me dit de me dépêcher.

Quand je ressortis dans mon jean moulant, une chemise blanche sous mon pull col en V en cachemire, elle sourit de toutes ses dents. J'étais content que Sam ait apporté toutes mes affaires de toilette ainsi que mes vêtements. Mon parfum était à nouveau le mien et je serais mort sans tous mes produits pour les cheveux.

— Les gens vont penser que je suis une femme-couguar qui sort avec son minet.

Je me figeai sur place et elle éclata de rire.

— Quoi ?

113

— Je ne pensais pas que vous sauriez ce qu'était une femme-couguar !

— Que pensez-vous donc que j'ai fait durant toutes ces années ? Que j'ai vécu dans une caverne ? Hello, chéri, j'ai des filles !

Je lui souris et elle prit mon bras pour me diriger hors de l'appartement. Alors que la porte se refermait, elle me donna sa clé de l'appartement de Sam.

— Gardez ce jeu, mon mignon, j'en ai un autre à la maison…

Je la mis dans ma poche et la suivis dans l'escalier, puis dehors jusqu'à sa voiture qui était garée en face de l'immeuble de sept étages. J'aimais infiniment plus sa Lexus argentée que le SUV de Sam et le lui dis.

— Je sais, acquiesça-t-elle. C'est un tank, pas une voiture.

La boulangerie était petite et intime, chaleureuse avec des rideaux à damier rouge et blanc assortis aux cantonnières des fenêtres. Il y avait une clochette sur la porte d'entrée qui teintait lorsque vous entriez et l'endroit sentait les biscuits fraîchement sortis du four. J'adorais ça et notai dans un coin de mon esprit de prendre des baklavas pour Dane la prochaine fois que je viendrais. C'était son dessert favori.

Elle prit une part de tarte au citron meringuée et moi une à la crème de potiron. Nous parlâmes de sa famille, de ses filles, de son fils Michael et du fait qu'elle avait du mal à trouver une fille pour Sam. Une fois que je récupérai d'avoir failli m'étouffer avec mon verre de lait, je lui dis de ne pas s'inquiéter à son sujet. Lorsque la bonne personne viendrait, il le saurait. Elle priait pour que j'aie raison.

Lorsqu'elle me ramena à l'appartement, après deux heures de courses, elle me fit promettre de venir dîner le dimanche soir. Elle m'attendrait pour dix-huit heures avec Sam. Elle l'invitait chaque semaine, mais il ne venait jamais – toujours trop occupé. Elle comptait sur moi pour l'amener là-bas. Je lui promis que je ne la laisserais pas tomber. Sa main reposa sur ma joue plusieurs minutes avant que je sorte de la voiture avec tous mes sacs, et elle repartit. Cela avait été une très belle journée.

CHAQUE VENDREDI soir, mon patron dînait dehors. Il invitait toujours au moins huit personnes ainsi que sa petite amie du moment. Cette semaine, comme il me l'avait dit, c'était à l'Adagio, un très bon restaurant italien, et la femme de la semaine était une cardiologue nommée Kensie Beckman. Lorsqu'on m'indiqua sa table, elle ne sembla pas heureuse de me voir. Au moins, elle était encore polie. Les autres – ses amis médecins et avocats – ne semblaient pas ennuyés du tout que je me retrouve parmi eux.

— Bonsoir, bonsoir, saluai-je tout le monde avant de laisser échapper un profond soupir et de me retourner pour regarder mon patron.

— Pourrais-je vous parler une minute s'il vous plaît ?

— As-tu mangé ?

— Non, pas encore, balbutiai-je. Mais écoutez, pourrais-je juste s'il vous plaît...

— Assieds-toi et mange, m'ordonna-t-il. Tu as la mine blafarde.

Il y eut une pause alors qu'il m'examinait comme s'il pensait à quelque chose.

— Ne devrais-tu pas toujours être à l'hôpital ?

— Nan, je vais bien.

— Donc, lundi matin, tu seras de retour au travail ?

— J'ai dit que j'y serais.

Il me lança un coup d'œil.

— Excusez-moi. Je serai là.

— Très bien. Rien n'est fait quand tu n'es pas là. Cette fille... Quel est son nom ?

— Qui ?

— La réceptionniste.

— Vous connaissez son nom, dis-je en lui faisant de gros yeux.

— Vraiment ?

— C'est Piper.

Il claqua des doigts.

— Piper. C'est ça.

— Eh bien ?

Il me sourit d'un air mauvais.

— Peu importe, elle me passe tous les appels téléphoniques. C'est un cauchemar.

— Je serai là lundi.

— Merci mon Dieu.

Je lui souris.

— Assieds-toi et mange, m'ordonna-t-il, levant la main pour attirer un serveur.

— Non, j'ai juste besoin de...

— Il ne va pas laisser tomber, Jory, me dit Jude Coughlin avec un grand sourire sur le visage alors qu'il prenait la chaise que le garçon apportait pour moi et l'installait à côté de Dane. Asseyez-vous.

Je m'assis et Dane se tourna vers moi pour m'observer, l'inquiétude se lisant dans ses yeux gris si chaleureux. Je détestais le mettre de mauvaise humeur quand il était manifestement de bonne humeur.

— Que veux-tu ?

— Je veux vous parler.

— Non, qu'est-ce que tu veux manger ?

— Manger ?

— Oui, manger.

— Je ne veux pas manger.

— Si, tu vas manger.

— Non, je ne veux pas, insistai-je, regardant nerveusement autour de la table. Tout le monde nous regardait.

115

— Peu importe.

Il secoua soudain la tête, se retourna et fit signe au garçon.

— Je sais quoi te prendre.

Je me débarrassai de mon caban et m'installai dans la chaise. Lorsque je levai les yeux, je vis que tous les yeux étaient encore braqués sur moi.

— Hé, désolé pour l'interruption tout le monde.

— Non, mon cher, c'est bon, dit Marilyn Castro en me tapotant le bras. Vous êtes toujours le bienvenu. Vous êtes plus son petit frère qu'autre chose.

Je me demandais si c'était vrai, même lorsque Jude hocha la tête en signe d'assentiment.

— Alors, parle-moi du flic.

Je regardai à nouveau Dane.

— Que voulez-vous savoir sur lui ?

Il plissa les yeux.

— Tu fais quoi avec lui ?

— En quoi est-ce vos affaires ?

— Tu *es* mes affaires.

Je lui lançai un regard noir.

— Je dois témoigner.

— Et donc tu vas rester avec lui jusque-là ?

— Ouais.

— Oui.

— Oui.

— Je vois. Alors tu peux travailler ?

— J'ai déjà dit que oui.

Il hocha la tête.

— Et si tu ne peux pas ? Tu vas démissionner ?

Il avait posé la question sur un ton nonchalant, mais je pouvais dire à ses yeux que ma réponse était importante.

— Voulez-vous que je démissionne ?

— Peut-être que l'inspecteur voudra que tu le fasses.

— Ce n'est pas ce que je vous ai demandé.

— Veux-tu le faire ?

— Voulez-vous que je le fasse ? répétai-je en m'inclinant légèrement vers lui.

— Tu es évasif.

— Vous encore plus.

— Veux-tu le faire ? me demanda-t-il encore, insistant pour recevoir une réponse.

— Je refuse de répondre avant vous.

Il sourit lentement, ses yeux pétillaient. Je l'amusais tellement en ce moment. Je dus lui retourner son sourire ; il était impossible de ne pas le faire quand il me taquinait.

116

— Non, répondit-il calmement, la voix basse. Je ne veux pas que tu partes.

— Alors je ne partirai pas.

Je souris avec suffisance, très heureux, me redressant sur mon siège.

Il s'écarta de moi et commença une conversation avec Kensie et une autre femme à la table. Je me mis à bavarder avec Rebecca Stoler et Marilyn. Ils étaient tous si gentils, même si aucun d'eux n'avait semblé capable de faire autre chose que nous regarder et nous écouter, Dane et moi, quand nous parlions.

Nos plats arrivèrent et j'attendis que Dane répartisse les aliments entre nos deux assiettes. Les oignons restèrent sur le côté, les champignons pour moi, les concombres pour lui, les carottes pour moi, les pommes de terre pour lui et il partagea son steak et mon poulet pour que nous ayons tous les deux la moitié de chaque plat.

— Waouh, dit Marilyn en me souriant. C'était toute une préparation.

— Eh bien, dis-je en haussant les épaules. Je veux dire, nous mangeons ensemble tous les jours. Il sait ce que je vais manger.

— Je sais ce qu'il va manger, reprit-il en écho, puis il regarda mon assiette. Et ça m'a l'air bien.

Je n'avais toujours pas beaucoup d'appétit, mais je piquai un bout de poulet.

— Tu as l'air plus en forme que je le pensais, dit Dane en me regardant dans les yeux, la main sur mon menton pour m'incliner la tête d'avant en arrière. L'œil au beurre noir est d'une jolie teinte, cependant.

— Merci, dis-je en repoussant l'assiette sur la table et en vidant mon verre de thé glacé.

— La nouvelle dactylo a cent vingt ans, murmura-t-il.

Je souris en grand.

— Eh bien, c'est logique.

— Je suppose, dit-il en passant son bras sur le dossier de ma chaise. Es-tu en sécurité chez l'inspecteur ?

— Oui.

— Es-tu sûr ?

— Positif.

— Très bien.

Après un moment, je lui tapotai doucement l'épaule.

— Quoi ?

— Puis-je vous parler une seconde ?

— À propos de quoi ?

— Caleb Reid.

— Qu'y a-t-il ? demanda-t-il négligemment, mais je pus dire à la lueur qui traversa ses yeux sombres que j'avais des problèmes.

— Je pense que vous devriez faire ce qu'il veut et aller la voir.

— Je pense que tu as choisi de parler de ça maintenant parce que tu savais que je ne pourrais pas te tuer en public, dit-il ostensiblement.

117

— Je pense que vous avez raison.

Il sourit et se tourna de façon à me faire face.

— Et quand as-tu été informé des détails de la situation ?

— La nuit dernière. J'ai dîné avec lui.

— Et tu lui as parlé alors que je t'avais dit de ne pas le faire ?

— Oui.

— Pourquoi ?

— Parce que cela vous concernait et vous savez que je devais savoir.

— D'accord.

— Et puis, j'irai avec vous.

— Aller où ? demanda Kensie à côté de Dane.

— Oh, comme ça tu viendras ? demanda-t-il, l'ignorant complètement.

— Vous savez que le ferai.

— C'est loin d'ici.

— Je sais, Texas. Je peux aller là-bas.

— Et que va penser l'inspecteur Kage de tout ça ?

— Il ne s'en fera pas.

— Non ?

— Non.

— Tu en es sûr ?

— Il sait que vous êtes mon patron. Il sait que je suis en sécurité avec vous.

— Vraiment ?

Je le regardai avec insistance.

— Ouais. Bien sûr.

— Très bien, décida-t-il. J'irai vendredi prochain.

— Vous voulez dire, nous.

— Je veux dire, je.

— Seul ?

— Oui.

— Pourquoi ?

— Parce que ce sont mes affaires et celles de personne d'autre.

— Je pensais que j'irais avec vous, dis-je rapidement, essayant de ne pas lui faire entendre ma déception.

Il sourit en jetant un coup d'œil au restaurant.

— Absolument pas.

— Pourquoi non ?

— Il n'y a aucune raison pour que tu m'accompagnes.

— Non ?

— Non, dit-il platement en se tournant pour me regarder.

— Vous n'avez pas besoin que je vienne ? demandai-je plein d'espoir.

— Non, dit-il sévèrement, essayant de me convaincre d'en rester là avec son ton.

— Vous en êtes sûr ?

— Tout à fait sûr. Maintenant, laisse tomber.

Je poussai un soupir à fendre l'âme.

— Je vais appeler Monsieur Reid.

— Je vais appeler Monsieur Reid. Tu en as fini avec ça.

J'étais sur le point de savourer mes compétences en matière de négociations, quand je me retournai soudain pour le dévisager. Le sourire était évident et ses yeux pétillaient.

— Vous m'avez joué. Vous aviez déjà décidé d'y aller.

— J'y pensais.

— Mais ?

— Mais maintenant, si c'est une horreur totale, je saurai qui blâmer.

Il sourit d'un air diabolique.

Merde !

— Alors, où prévoyez-vous d'aller ? demanda Kensie, le menton sur sa main, lui faisant tourner son regard vers elle.

Je m'excusai dix minutes plus tard et me levai avec l'intention de partir.

— Où vas-tu ? demanda Dane en se levant de sa chaise pour se tenir devant moi.

— À la maison.

Je bâillai en lui souriant.

— Je vous ai suffisamment interrompu pour ce soir.

Sa main me serra doucement l'épaule.

— Tu n'as rien fait.

Je soutins son regard.

— Viens ! dit-il d'un ton bourru, une main sur ma nuque pour me diriger dans le restaurant.

— Bonne nuit ! lançai-je par-dessus mon épaule.

Dane m'accompagna dehors pour attendre le taxi avec moi.

— Veux-tu venir au cinéma ? Je peux t'avoir un billet.

— Non merci, dis-je en boutonnant mon manteau. Je ne veux pas mourir.

— Qu'est-ce que tu racontes maintenant ?

— Votre rendez-vous me tuera. Elle est déjà royalement énervée.

— Mais non.

— Oh, croyez-moi. Elle l'est.

— Je ne m'en fais pas.

Il soupira profondément, puis respira l'air frais.

Je levai les yeux vers lui une minute, étudiant son profil classique.

— Pourquoi sortez-vous avec elle alors ?

Il me jeta un regard, comme si j'avais clairement perdu l'esprit.

— Quand je serai prêt à discuter de ma vie personnelle avec toi, je te le ferai savoir.

Il ouvrit la porte du taxi qui avait été appelé par le chasseur et je grimpai à l'intérieur.

119

— J'ai hâte ! dis-je gaiement en souriant largement alors qu'il claquait la portière.

Je lui fis un grand signe quand le taxi s'éloigna du trottoir, juste pour le titiller un peu plus.

JE REVINS à l'appartement une dizaine de minutes avant Sam qui put entendre hurler sa stéréo quand il franchit la porte.

— Hé ! me cria-t-il en entrant dans le salon. Qu'est-ce que tu fais ?

Il était parfaitement évident que je dansais. Sur son plancher en bois avec mes chaussettes, je glissais plutôt bien. Il resta debout à me regarder avec un grand sourire. Je chantai en rythme de toute la force de mes poumons et il me fit signe de venir le rejoindre après quelques minutes. Je glissai sur le sol jusqu'à lui et il attrapa le devant de mon pull pour m'attirer contre son corps.

— Je vais aller prendre une douche et nous pourrons aller chercher quelque chose à manger, d'accord ?

Encore de la nourriture.

— D'accord.

Il prit mon visage entre ses mains.

— Tu as l'air d'aller mieux aujourd'hui.

— Ouais ? demandai-je, m'approchant davantage pour appuyer ma joue dans sa main.

— Quelqu'un a besoin d'un peu d'attention.

Je levai le menton, étirant le cou vers lui. Ses mains se portèrent instantanément à ma gorge.

— Hein, J ? Tu as besoin de quelque chose ?

Je hochai la tête et il se pencha pour m'embrasser. C'était drôle qu'en l'espace de quatre jours il m'embrassait déjà comme s'il me possédait. Il était très possessif, qu'il s'en rende compte ou non.

— Continue de danser, J, me taquina-t-il en reculant avant de poser un baiser sur le bout de mon nez. Je reviens tout de suite.

Je levai les yeux au ciel et éteignis la musique alors qu'il quittait le salon au pas de course.

On frappa à la porte d'entrée et j'allai ouvrir pour voir qui c'était. L'homme en face de moi eut l'air étonné lorsque je répondis.

— Salut, dis-je joyeusement.

— Salut, répondit-il lentement, clairement confus. Est-ce que Sam est ici ?

— Ouais, répondis-je alors que deux femmes le rejoignaient dans l'entrée. Voulez-vous entrer ? leur demandai-je en faisant un pas de côté et en tenant la porte ouverte.

Je refermai derrière eux et remarquai que la blonde portait un grand plat qui devait sortir du four : il était recouvert de papier aluminium et elle le tenait avec des maniques.

— Oh, mon Dieu ! dis-je en lui souriant. Venez poser ça dans la cuisine. Je suis désolé, je n'avais pas vu que vous teniez quelque chose.

Elle m'adressa un petit sourit timide et me suivit à travers le salon jusque dans la cuisine. Je retirai la bouilloire qui se trouvait sur le brûleur pour qu'elle puisse poser son plat.

— Merci, dit-elle rapidement d'une belle voix.

Le ton avait de la rondeur comme si elle avait séjourné dans un pensionnat. Ou en tout cas, avait suivi beaucoup de cours de diction.

— Ce plat est chaud et commençait à devenir très lourd.

— Qu'est-ce que c'est ?

— Une piccata de veau.

— Humm, dis-je en hochant la tête.

Beurk, je n'étais vraiment pas un fan de veau du tout : j'essayais de ne rien manger qui soit encore à l'état de bébé.

— Ça à l'air bon, dis-je ne lui tendant la main. Bonjour, je suis Jory Keyes.

— Oh, eh bien, c'est agréable de vous rencontrer, Jory. Je suis Christine Montero et là-bas dans l'autre pièce, il y a mon frère Jeff et mon amie, Donna Norton.

— Super, dis-je en hochant la tête. Puis-je vous servir quelque chose à boire ?

— En fait, grimaça-t-elle, je pense que nous sommes censés dîner.

— Ah bon ?

— Oui, euh... mon frère a concocté ce rendez-vous avec Sam il y a une semaine. Je devais préparer ma spécialité dont mon frère s'est apparemment vanté et Sam devait fournir la salade et le vin, clarifia-t-elle. C'était le plan en tout cas.

— Oh, dis-je, ne sachant pas du tout de ce que j'étais censé faire à ce stade.

À quel point cette situation était-elle embarrassante ? Le pire étant que tout cela avait dû être si insignifiant pour Sam qu'il semblait ne même pas s'en être souvenu.

— Je vois. Eh bien, allons lui demander s'il est passé au magasin.

Elle me suivit dans le salon.

— Jeff, dit Christine en lui adressant un sourire gêné. Je pense que, peut-être, ce rendez-vous est sorti de l'esprit de Sam.

— Quoi ?

— Je t'avais dit de l'appeler pour confirmer, dit-elle vivement, d'un ton presque coupant.

— Non, dit Jeff en secouant la tête et en me jetant un rapide coup d'œil. Il n'est pas comme ça, il doit s'en souvenir.

Il fallut que je me retienne pour ne pas sourire. Il était évident que Sam ne s'en souvenait pas du tout.

121

— Salut, dit l'autre femme en se penchant pour me tendre sa main. Je suis Donna Norton, et vous êtes ?

— Jory, lui dis-je en souriant. Ravi de vous rencontrer, continuai-je en regardant Jeff.

— Hé, dit-il avec un sourire pincé. Jeffrey Montero. Je vis au bout du couloir, au 5G.

— Oh, des voisins, laissai-je échapper. Super.

— J ? appela Sam depuis la chambre à coucher. Pourquoi ne viens-tu pas ici pour…

— Je suis dans le salon, le coupai-je.

Et parce que je savais qu'il venait de sortir de la douche, je fus sympa au lieu d'être salaud comme j'en avais envie.

— Et tu as des invités.

— Quoi ?

Il apparut au coin de la porte, à moitié nu, ses muscles ondulants offerts à la vue de tous, le torse sculpté et la palette d'abdominaux à tomber. Le jean tombait bas sur ses hanches fines, le bouton du haut ouvert pour révéler le blanc de son sous-vêtement. Il aurait pu figurer sur un panneau d'affichage quelconque comme ça, tellement il était alléchant. Son sourire, dès qu'il vit tout le monde, s'accentua.

— Oh, salut, dit-il en rigolant et en indiquant la chambre, laissez-moi juste une minute.

Il lui fallut un temps atrocement long pour trouver un tee-shirt parce que le silence dans la pièce était oppressant. Jeff braquait un regard noir sur moi et Donna donnait l'impression qu'elle allait éclater de rire à tout moment. Christine avait les bras croisés sur sa poitrine. Son visage était indéchiffrable.

— Hé, désolé, s'excusa Sam en revenant dans la pièce.

Il vint se poster près de moi et posa une main sur mon épaule.

— Quoi de neuf ?

— Le dîner, lui dis-je en me tournant pour le regarder dans les yeux. Tu as dit à Christine…

— Non, il a dit à Jeff, me corrigea Christine en souriant à Sam, se déplaçant pour se tenir plus près de Sam.

— Oh, dis-je en m'éloignant de Sam pour que sa main lâche mon épaule. Désolé. Tu as dit à Jeff que ce soir serait une bonne idée pour un dîner. As-tu pensé à prendre du vin et de la salade avant de rentrer ?

Son sourire était incontrôlable, séducteur et démoniaque à la fois.

— Tu es fâché.

— Quoi ?

— Tu l'es.

Ses yeux pétillaient alors qu'il se détournait de moi pour regarder Jeff.

— Je suis désolé, mec, j'ai complètement oublié ce dîner. Avec toutes les mer… choses qui me sont tombées dessus au boulot, j'ai complètement zappé. Peut-on le remettre ?

— Christine a fait sa spécialité, l'informai-je. C'est sur le feu.

— Oh, dit-il en hochant la tête. Bon, eh bien, dans ce cas je peux aller chercher quelque chose maintenant, vite fait, si vous n'êtes pas trop pressés.

— Non, nous ne sommes pas pressés, dit Jeff en lui souriant. Je viens avec toi.

— Non, non. Il gèle dehors, mec. Reste ici et je vais juste me dépêcher jusque chez Ponti. Qu'est-ce que vous voulez, antipasti et un peu de Chianti ?

— Ça m'a l'air bien, dit doucement Christine. Je peux faire cette course avec vous. Je ne veux pas que vous y alliez seul.

Il se retourna et me regarda. Je haussai les épaules avant d'ajouter :

— C'est du veau.

Et j'inclinai la tête sur le côté avec un mouvement sec du menton. Je savais que mon agacement était visible, mais je m'en fichais.

— Du veau ?

Je vis les muscles de sa mâchoire se crisper. Apparemment, manger des bébés ne l'attirait pas non plus des masses.

— Mm, dis-je avec entrain.

— Hum, dit-il en riant, puis il se tourna vers Christine. D'accord, allons-y.

Je restai seul avec Jeff et Donna qui se rapprochèrent immédiatement l'un de l'autre et commencèrent à parler à voix basse. C'était vraiment très grossier, et même lorsque je leur offris quelque chose à boire, ils se contentèrent de décliner et retournèrent à leur conversation. Au lieu de rester là et me mettre en colère, je déambulai dans l'appartement que je n'avais pas encore vraiment exploré.

Sam vivait à Lincoln Park et son appartement se trouvait au quatrième étage d'un immeuble qui possédait un de ces ascenseurs super sympa à l'ancienne où vous deviez fermer les portes de la grille en métal pour monter. L'appartement en lui-même était très confortable, décoré dans les tons brun, beige, taupe et noir avec beaucoup de couleur rouille partout. Le canapé et les fauteuils en cuir noir, le tapis aux motifs indiens, la table basse en merisier et une table de cuisine robuste en bois massif avec de hautes chaises à dossier autour d'elle étaient tout ce que l'œil englobait immédiatement. C'était un espace propre et net, dépourvu de désordre.

Dans sa chambre, il y avait un grand lit bateau en merisier et une armoire assortie, un tapis en cuir tressé et une couette en duvet. Des peintures du désert ornaient les murs et il n'y avait rien d'autre – pas de bibelots ni de petits plats pour contenir des choses telles qu'une montre ou bague – dans la pièce. Sa maison exsudait la masculinité malgré les détails comme des bougies ou quelques œuvres d'art. Dans la deuxième chambre, je trouvai son ordinateur, des poids et un divan couvert de coussins colorés dans les tons brique et orangés. Dans le salon, la télévision, un lecteur de DVD, une Wii, une PlayStation et une stéréo étaient logés dans un énorme meuble en merisier qui était appuyé contre le mur. À côté, des étagères assorties complétaient la décoration et je m'y dirigeai pour regarder les photos encadrées avec des visages d'étrangers qui lui étaient apparemment tous très chers.

Je vis une photo de mariage, une autre avec des hommes dans une caserne de pompiers, une autre encore prise en studio, en noir et blanc, de ses parents – sa mère était une beauté, son père très fringant – d'autres photos de mariages et une de lui avec tous ses copains du temps de ses jours passés dans le Corps des Marines. Il y avait beaucoup de photos encadrées et je me surpris à aimer le fait que tant de gens dans sa vie l'aiment.

— Alors, Jory, comment connaissez-vous Sam ? demanda Jeff en se dirigeant vers moi.

Je levai les yeux vers lui.

— Nous nous connaissons depuis un bon moment, mentis-je.

— Cela ne peut pas faire si longtemps, me dit Donna en m'adressant un clin d'œil et en s'approchant de moi elle aussi pour se placer à côté de moi. Quel âge avez-vous ? Dix-huit ans ?

— Vingt-deux, la corrigeai-je.

— Oooh, c'est vieux, me taquina-t-elle.

Je la regardai.

— Pourquoi ? Quel âge avez-vous ?

— Sacrilège, dit-elle en riant.

Je l'aimais bien.

— Voulez-vous boire quelque chose maintenant que vous avez fini de parler dans mon dos ?

— J'apprécierais un verre, soupira-t-elle en m'examinant de haut en bas. Qu'est-il arrivé à votre œil ?

— Je suis entré dans une porte.

— Je vois, dit-elle en hochant la tête, ne croyant visiblement pas un mot de ce que je venais de dire. Que faites-vous dans la vie, Jory ?

— Je suis assistant de direction.

— Vraiment ? Vous n'êtes pas mannequin ?

J'eus un rire moqueur.

Elle m'adressa un sourire entendu.

— Chéri, avec votre peau, vos grands yeux sombres et ce corps, vous pourriez être mannequin. Je travaille pour le magasine Pulse. Croyez-moi, je sais que quoi je parle.

Je la regardai alors qu'elle s'avançait vers moi et repoussait les cheveux de mon visage.

— Comment pouvez-vous avoir les cheveux blonds et des yeux bruns comme ceux-là ? C'est incroyable.

— Hé, nous sommes de retour, annonça Sam en passant la porte.

Je me retournai et le regardai. J'étais si heureux qu'il soit de retour.

— Quoi ? demanda-t-il en regardant Jeff et en fronçant les sourcils.

Le regard laissait entendre qu'il était contrarié.

— Sam, vous devriez dire à votre ami ici présent de me laisser le présenter à quelques photographes que je connais. Je pense qu'il pourrait être mannequin s'il le voulait.

— Oh ouais ?

Le sourire revint instantanément sur son visage alors qu'il déposait le vin sur le canapé et se dirigeait vers moi. Ses doigts glissèrent sous mon menton alors qu'il le relevait pour me regarder dans les yeux.

— Tu veux faire ça, J ?

Je tremblai sous son contact et cessai de respirer.

— Non ?

Il parlait à Donna, mais ses yeux ne quittèrent jamais les miens.

— Il n'est pas vraiment fait pour être mannequin.

— Oh ? Pourquoi pas ?

— Parce que je le dis.

— Et vous êtes son patron, c'est ça ?

Il continuait de scruter mes yeux, faisant courir ses doigts le long de ma gorge jusqu'à ma mâchoire.

— Ouais. Il est à moi.

Ce qui en terme clair mit fin aux espoirs que Christine Montero avait pour elle et Sam Kage.

— Qu'est-ce qui t'a pris de dire ça ? lui demandai-je quinze minutes plus tard alors que nous nous tenions dans la cuisine avec la salade et le Chianti, le veau s'étant envolé avec Christine.

— Dire quoi ?

— Tu te fous de moi ? Tu es pratiquement sorti du placard tout seul devant ces gens.

— Pourquoi t'en soucies-tu ?

— Parce que tu m'as dit que tu n'étais pas gay et là tu viens pratiquement d'annoncer à ces gens que tu l'es et...

— Je n'ai pas dit à ces gens que j'étais gay.

— Ouais, pourtant c'est quasiment ce que tu as fait.

Il haussa ses larges épaules.

— Et alors ?

J'étais ébahi.

— Pourquoi est-ce que tu me regardes comme ça ?

— Tu es incroyable.

Son sourire était malicieux et il fit ressortir ses fossettes.

— Merci.

— Ce n'est pas un compliment, clarifiai-je.

Il se moqua de moi et je compris à quel point il appréciait notre échange.

J'espérais que mon froncement de sourcils était aussi dur que j'essayai de le faire paraître

— Et ce n'était vraiment pas très sympa à faire ça à Christine.

— Qu'est-ce que tu racontes ?

— Elle t'aimait bien, idiot !

Il secoua la tête, mettant les antipasti sur deux assiettes. J'étais assis sur le comptoir à le regarder, la bouteille de vin entre mes jambes pour essayer de l'ouvrir.

— Quoi ? dis-je.

— Tu es fou.

Il me sourit, ses yeux brillant et ses rides de sourire se creusant davantage.

— Allez, inspecteur, est-ce que tu as vu à quel point elle était en colère ? Elle était totalement furieuse, mon pauvre ami.

— Peu importe.

— Et Jeff ? J'espère qu'il n'est pas un de tes bons amis.

— Il ne l'est pas.

— Tant mieux.

— Pourquoi t'en soucies-tu ?

— Je ne m'en fais pas, c'était juste un peu rude, c'est tout.

— Quoi donc ?

— Pour une raison quelconque, Jeff croyait que tu voulais rencontrer sa sœur. Que lui as-tu dit ?

— Je n'en ai aucune idée.

— Quand avez-vous convenu ce rendez-vous pour dîner ?

— Encore une fois, aucune idée.

— Et manges-tu vraiment du veau régulièrement ? demandai-je, le dégoût s'entendant clairement dans ma voix.

— Non, jamais.

— Donc, Jeff est venu te trouver et...

— M'a parlé de sa sœur, je suppose.

— Et qu'est-ce que tu as dit ? Ouais, cool, ramène-la ?

Il éclata de rire.

— Sérieusement, je ne pourrais pas te raconter notre conversation même si ma vie en dépendait.

— Ah bon ?

Il me sourit malicieusement.

— Tu es jaloux et je trouve ça mignon.

— Je ne suis pas jaloux.

— Oh non ?

— Non.

— Je vois.

Il continua de sourire alors qu'il me prenait la bouteille des mains et retirait facilement le bouchon. Il s'avança entre mes jambes.

— Donc, tu n'étais pas complètement en colère qu'elle soit là ?

— Je pensais que tu n'avais pas compris qu'elle t'appréciait.

126

— En effet, mais toi, si. Et je pense que ça t'a secoué.

— Comme si.

Il posa les mains de part et d'autre de moi et m'observa intensément.

— Vraiment ?

J'étais perdu dans ses yeux bleu gris et je soupirai fortement avant de finir par avouer.

— Bien sûr que j'étais jaloux, crétin. Pourquoi ne le serais-je pas ?

— Pas besoin, m'assura-t-il avant de se pencher pour m'embrasser.

La nourriture fut instantanément oubliée, le vin aussi. J'étais trop occupé à l'embrasser alors qu'il posait ses mains sur mes cuisses et me tirait vers l'avant du comptoir jusque dans ses bras.

— Enroule tes jambes autour de moi, dit-il d'une voix rauque, profonde et basse.

Je fis ce qu'il demandait et il me porta dans la chambre, un bras autour de ma taille, sa main caressant mes fesses. Il titilla ma gorge alors que je tendais le cou pour lui.

— J'aime ton cul, murmura-t-il contre mon oreille.

— Il est tout à toi, lui promis-je.

Et lorsque j'entendis son hoquet de surprise, je ne pus m'empêcher de sourire. Il semblait que l'inspecteur Kage aimait m'avoir auprès de lui, autant que moi j'aimais être auprès de lui. C'était un petit miracle.

IL ÉTAIT tard lorsque je me réveillai dans son lit. J'avais les deux bras enroulés autour de lui et une jambe par-dessus sa hanche. J'étais étroitement pressé contre son torse.

— Désolé, dis-je doucement en remuant pour m'éloigner de lui.

Je savais que ça devait être dur pour lui de dormir avec moi comme ça.

— Je ne voulais pas…

— Stop.

Il passa un bras dans mon dos et me retint contre lui.

— Que faisais-tu ? demandai-je d'une voix encore endormie en comprenant qu'il n'avait pas dormi.

— Je te regardais dormir.

— C'est glauque. Ferme les yeux.

— J'ai juste de la difficulté à me convaincre de tout ça.

— Quoi ?

J'étais groggy, pas encore tout à fait réveillé.

— Que tu sois ici, dans mon lit.

— Veux-tu que j'en sorte ? Dois-je aller dormir dans la chambre d'amis ?

— Non. Ce n'est pas ce que je veux dire.

— Que veux-tu dire alors ?

127

— Même si je te l'expliquais, tu ne comprendrais pas.

— Pourquoi ?

— Tout simplement parce que cela n'aurait aucun sens pour toi, c'est tout.

— Parce que ?

— Parce que tu as toujours été gay.

Je m'éloignai de lui, regardant son profil dans l'obscurité.

— Tu es le premier et le seul homme avec lequel je me suis retrouvé au lit.

— Je sais

— Et c'est quelque chose, permets-moi de te le dire.

Je laissai échapper un long soupir.

— Es-tu sûr que c'est ce que tu veux ?

— Question idiote. C'est tout ce que je veux.

— Comment ça ?

— Parce qu'être au lit avec toi est différent.

— En quoi est-ce différent ?

— C'est comme je me suis toujours imaginé que cela était censé être, dit-il en plongeant son regard dans le mien.

Je sentis un tremblement me parcourir jusqu'au bout des orteils.

— Je ne savais pas que ce serait comme ça.

Je roulai sur moi-même et enfouis mon visage dans l'oreiller.

— Qu'est-ce que tu fais ?

— J'ai une confession à faire, dis-je avec un sourire, le son de ma voix étouffé.

— Ah ouais et c'est quoi ? demanda-t-il en arrachant l'oreiller pour pouvoir m'entendre.

— J'ai quitté l'appartement aujourd'hui.

— Tu as fait quoi ?

— Je suis sorti, répétai-je en tournant mon visage vers lui et en lui souriant paresseusement. Avec ta mère.

— Quoi ?

Il avait l'air confus.

Je le dévisageai jusqu'à ce qu'il comprenne.

— Oh merde ! grogna-t-il soudain, passant les mains dans ses cheveux et se rallongeant sur son oreiller. On est vendredi, j'ai complètement oublié... Oh ! Fais chier ! cria-t-il avant de tendre la main pour me tirer au-dessus de lui.

Il posa les mains sur mon visage, ses doigts traçant la courbe de mes sourcils et repoussant les cheveux de mes yeux.

— Je suis tellement désolé, J. Est-ce qu'elle t'a montré son caractère et...

— Elle a été un ange, lui dis-je, ma main glissant sur son torse parce que je voulais juste le toucher. Elle m'a fait le petit-déjeuner et nous avons parlé pendant des heures. Et puis elle m'a emmené manger une tarte.

Il tendit la main et alluma la lampe de sa table de chevet.

— Quoi ? demandai-je.

— Je veux voir ton visage.

Je lui souris.

— Ça va ?

— Elle t'a nourri ?

— Ouais.

— Ma mère t'a nourri ?

— Oui.

— Et elle t'a emmené manger une tarte ?

— Ouais, dis-je en hochant la tête. Et tu sais quoi ? Si Regina Rappaport était ma mère, j'en aurai fait des tee-shirts.

— Tu savais qui était ma mère ?

— Ouais, bien sûr. Tout le monde sait.

— Tu serais surpris par le nombre de gens qui ne savent pas.

— Elle est tellement belle, lui dis-je.

— Tu es magnifique toi aussi, m'assura-t-il, ses doigts suivant le contour de mon œil au beurre noir avec légèreté. Je connais des femmes qui ne sont pas aussi belles que toi, même alors que tu as été battu.

— Je ne pense pas...

Il rigola, ce qui me fit sourire malgré moi.

— Je sais que tu ne le crois pas, bébé.

Je repoussai ses mains et il rit quand j'essayai de l'étouffer avec mon oreiller.

— Nous avons passé un bon moment, lui dis-je avant de m'éloigner de lui vers la partie froide du lit. Elle m'a invité à dîner dimanche.

— Vraiment ?

— Oui, monsieur.

— Toi avec toute ma famille ? Je ne pense pas que ce soit une bonne idée, non.

— Pourquoi ?

— Eh bien, parce que je ne me sens pas d'expliquer à tout le monde que tu es gay pour l'instant.

— Et pourquoi le ferais-tu ? Je ne le lui ai pas dit. Je lui ai dit que tu devais prendre soin de moi parce que j'étais ton témoin. C'est tout ce que tu as à dire.

— Aussi simple.

— Bien sûr.

— Viens ici, dit-il doucement en m'attirant à nouveau tout contre lui, sa main se déplaçant au creux de mes reins. Ne bouge pas, sauf si je te le dis.

Sam aimait être aux commandes ; il était un amant très exigeant et être avec lui était le paradis pour moi à cause de ça.

— Regarde-moi.

Je levai le menton et il se pencha pour m'embrasser. C'était lent, sensuel et je sentis une vague de chaleur me traverser.

— Tu n'en as jamais assez de moi, dit-il avec une arrogance heureuse.

Je n'avais pas besoin de répondre.

129

— À quoi penses-tu ?

— Je pense que j'ai de la chance, répondis-je en remuant et en me hissant au-dessus de lui.

— Ouais, tu es chanceux. Tu, oh... oh. Bon Dieu !

Il renversa sa tête en arrière, le corps raidit, les mains enfouis dans mes cheveux alors qu'il criait mon nom ; je souris avant de le reprendre dans ma bouche. Le regard qu'il m'adressa lorsque nos yeux se rencontrèrent, pleins de confiance et d'abandon, fit battre mon cœur un peu plus vite.

XI

J'ÉTAIS ALLONGÉ sur le canapé, le soir suivant, à répondre aux e-mails de Dane et à organiser son emploi du temps pour la semaine suivante lorsque Sam s'assit sur le canapé derrière moi.

— J ?

Je regardai par-dessus mon épaule.

— Tu vas bien ? Tu es resté bien calme depuis que nous sommes rentrés du marché fermier cet après-midi.

Ça avait été bizarre. Il était bien dans la voiture sur le chemin pour y aller, mais une fois là-bas, il s'était lentement renfermé jusqu'à ce que, finalement, il devienne tout à fait silencieux. Je m'étais retourné la cervelle en pensant à ce que j'avais bien pu faire.

— Est-ce que j'ai fait quelque chose ?

— Non, désolé.

— Tu n'as pas besoin d'être désolé. Es-tu sûr d'aller bien ?

— Ouais, je dois juste rencontrer quelques copains dehors et il n'y a rien que je puisse faire à ce sujet. Nous le faisons chaque week-end.

— C'est bien, je peux me distraire par mes propres moyens, dis-je en bâillant avant de revenir à ma feuille de calcul d'Excel. D'ailleurs, j'ai une tonne de trucs à finir.

— Mais, je ne veux pas que tu sortes en boî…

— Non, le coupai-je. J'appellerai quelques amis et nous irons au cinéma ou autre chose d'autre si j'ai fini.

Je me penchai en arrière entre ses jambes et embrassai l'intérieur de sa cuisse.

— Je serai sage.

— D'accord, dit-il en se levant. Merci.

— Pas de problème.

Je bâillai à nouveau en me rendant compte que j'avais pris deux rendez-vous pour le même jour.

— Merde !

Aujourd'hui avait été un jour froid et humide et la nuit ne s'annonçait pas différente. Alors que j'étais assis là, sur le tapis épais avec ma tasse de thé chaud, un bon feu de cheminée, dans un très vieux jean, en chaussettes et tee-shirt, je me sentais vraiment très bien. Je finissais de passer ma commande de plats chinois lorsqu'il revint dans la pièce.

— Que se passe-t-il ? Je pensais que tu sortais ?

Je secouai la tête en raccrochant le téléphone.

131

— Nan. Je vais manger une soupe aigre-piquante et du porc Mu Shu à la place. Je n'ai pas du tout envie de sortir.

— Vraiment ? Tu ne veux pas sortir ?

Je levai les yeux vers lui.

— Non. Hé, tu es tout beau.

— Ah ouais ?

Le Levis 501 délavé lui collait aux jambes comme une seconde peau ; le pull à col roulé était épais, mais laissait tout de même entrevoir un torse et des épaules massives en dessous. Il enfila sa veste en cuir noir et l'ajusta en m'observant.

— Ouais. Tu es superbe.

— D'accord... alors, passe une bonne soirée, J. Ne m'attends pas.

— Non, dis-je en lui souriant avant de retourner mon attention sur l'ordinateur portable. À plus tard.

J'entendis la porte se refermer et je me levai pour la verrouiller avant d'aller me resservir une tasse de thé.

L'organisation de l'agenda de Dane me prit une éternité et quand ma commande arriva, je n'en avais même pas fait la moitié. L'e-mail qu'il m'avait envoyé la veille m'indiquait aussi qu'il voulait que je travaille sur le chiffre d'affaires prévisionnel du trimestre à venir. Je pouvais le faire, mais il me fallait toujours un petit peu plus de temps pour créer les formules de calcul.

LE COUP me réveilla et je sursautai et tombai, heurtant le sol si fort que j'en eus le souffle coupé. J'avais roulé du canapé et m'étais retrouvé plus en dessous de lui qu'à côté. La télévision n'était pas allumée, la chambre silencieuse, baignée par le clair de lune et les ombres bleutées. Le feu s'était éteint faute d'attentions et il faisait vraiment froid. Il y eut un grattement et un tintement de clés, et la porte s'ouvrit. Je me penchai sur le côté et vis le couple qui se découpait en silhouette dans la lumière provenant du couloir. Cela ne dura qu'un instant avant que la porte se referme et que j'entende la chaîne se mettre en place. Enveloppés dans les bras l'un de l'autre, s'embrassant férocement, aucun d'eux ne prenant le temps de respirer, ils ressemblaient à l'image même de la passion dévorante. Il y eut des grognements, des gémissements et des soupirs, puis un manteau toucha le sol, suivi d'un talon haut qui atterrit à quelques centimètres de l'endroit où je me trouvais.

— Tu m'as manqué.

La confession de la voix sensuelle était basse et rauque et je les regardai encore pendant un moment tandis que leurs ombres se déplaçaient à la lueur du réverbère de la rue qui filtrait à l'intérieur de l'appartement, un homme et une femme enchevêtrés dans leur étreinte torride. Ils se poussaient et se tiraient l'un l'autre, se fondant dans l'obscurité avant qu'il la jette soudain par-dessus son épaule, comme un pompier le ferait, et l'emmène dans sa chambre à coucher, leurs rires et leurs cris se répercutant en écho dans le petit couloir.

Je roulai hors de l'endroit où j'étais, me levai et attendis. J'attendis de voir si je m'étais trompé. J'attendis de me réveiller. J'attendis que quelque chose me dise que ce n'était pas la réalité et que je ne faisais que rêver. Rien ne se passa, hormis le claquement de la porte de la chambre. Quand je bougeai, je compris que, contrairement à chez moi, son plancher ne grinçait pas. Donc, je fus en mesure de marcher en chaussettes jusqu'à la porte sans faire de bruit. Là, comme un voyeur, j'écoutai de l'extérieur de sa chambre. J'entendis des gémissements et je restai là, figé, déchiré entre l'envie d'ouvrir sa porte en grand et d'exposer ses mensonges, et celle de l'entrouvrir juste un peu afin de m'assurer et de confirmer ce que je savais de toute façon, ou encore de simplement m'en aller. Je devais en être certain ; en même temps, l'envie de fuite hurlait dans ma tête. C'était stupide, mais je devais le voir, pour être sûr, de savoir sans l'ombre d'un doute que Sam Kage était en train de baiser une femme dans le lit même que j'occupais la nuit précédente. Je frissonnai fortement et tendis le bras pour ouvrir la porte lorsque les lumières s'allumèrent.

Je me retournai alors que Sam fermait la porte d'entrée, lançait ses clés sur la table à côté de la causeuse, et jetait sa veste sur le canapé.

— Hé, dit-il en bâillant avant de me sourire. Tu es là.

Je le fixai, puis la porte de sa chambre, avant de revenir à lui.

— Je ne suis jamais parti.

— Ouais, je sais que tu m'as dit ça… Viens-là.

J'étais cloué sur place. Je devais faire comprendre à mon cerveau qu'il n'était pas dans la chambre à coucher.

Il fronça les sourcils.

— Qu'est-ce qui ne va pas ?

Je pointai la porte de la chambre.

— Il y a deux personnes en train de baiser dans ton lit.

Ce qui n'était pas une explication aussi éloquente qu'elle aurait pu l'être, mais qui eut le mérite de faire valoir mon ressenti.

— Quoi ?

Je hochai la tête.

— Ouais. Je pensais que c'était toi.

— De quoi parles-tu ?

— J'ai pensé que tu avais ramené une femme et que tu l'avais emmené au lit.

Son regard était sombre, à moitié renfrogné, à moitié coléreux.

— Je t'ai donné ma parole à ce sujet.

— Je ne te connais pas. Que vaut ta parole pour moi ?

— Ma parole est vraie. Si je dis quelque chose, je m'y tiens.

Je haussai les épaules.

— D'accord. Je ne le savais pas, maintenant si.

— Si tu ne me crois pas ou si tu ne me fais pas confiance, tu devrais t'en aller.

— Peut-être que je devrais.

Nous nous observâmes un long moment avant qu'il se mette soudain à m'aboyer dessus.

— Je ne suis même pas dans cette putain de chambre et j'ai des problèmes. Ce n'est pas juste, merde !

Il s'était énervé en quelques minutes à peine. C'était drôle.

— Je ne sais pas, mais pourrais-tu arrêter de jurer, s'il te plaît ?

Il grogna en traversant la pièce pour venir me rejoindre, s'arrêtant suffisamment près pour que je doive reculer et lever la tête afin de croiser son regard. Il était tellement plus grand que moi, le haut de ma tête ne lui arrivant qu'à l'épaule.

— Je reste ou je pars ? lui demandai-je doucement en me mettant soudain à trembler.

— Cela ne marche pas, murmura-t-il d'un air misérable.

— Quoi ? Moi ? demandai-je en le regardant dans les yeux. Veux-tu que je m'en aille ?

— Non, moi. Je dois y aller.

Cela n'avait absolument aucun sens.

— Qu'est-ce que tu racontes ? Est-ce que tu le sais au moins ?

Ses yeux étaient rivés aux miens.

— Tu vis ici, J. Tu es à l'aise ici dans mon appartement, dans ta peau… je suis celui qui a un putain de problème mental.

Je souris tout à coup et me penchai vers lui, enroulant mes bras autour de sa taille, le serrant étroitement.

— C'est bon que tu sois à la maison, tu m'as manqué.

Ma voix était rauque et s'était fissurée sur la dernière partie.

— Et je suis content que tu ne sois pas au lit avec cette femme.

Il me caressa les cheveux et je l'entendis soupirer alors qu'il inclinait ma tête en arrière pour pouvoir voir mes yeux.

— Je ne voulais pas sortir. Je voulais m'asseoir sur le canapé et te regarder faire tes trucs sur ton ordinateur.

— Alors, tu aurais dû rester à la maison avec moi, dis-je en mouillant mes lèvres, attirant son attention sur elles. Parce que tu m'as manqué.

Lentement, il se pencha en avant… et nous entendîmes tous les deux les rires de l'autre côté de la porte.

— C'est quoi ça, bon Dieu ? dit-il avant d'attraper la poignée et d'ouvrir la porte en grand.

Il y eut un petit cri dans l'obscurité juste avant qu'il allume.

— Oh, bordel de merde ! gémit-il fortement.

Je jetai un coup d'œil et vis un homme qui ne ressemblait en rien à l'inspecteur Kage, assis sur le lit à côté d'une femme qui elle, semblait partager un air de famille avec lui. Elle serrait ma couette sur sa poitrine. Quand elle me vit, ses yeux s'écarquillèrent davantage.

— Qu'est-ce que c'est que ce bordel ? rugit Sam.

— Sammy, ce n'est pas ce que tu penses, dit la femme avec douceur.

— Oh non ? Eh bien, je pense que ma sœur mariée est en train de baiser avec le meilleur ami de son mari dans mon lit. Voilà ce que je pense, bordel ! Dis-moi si je me trompe quelque part, Jen.

Elle se mordit la lèvre inférieure et je passai de curieux et confus à protecteur et inquiet. Elle avait l'air si triste assise là avec des larmes dans les yeux, tremblante, que je me faufilai dans la pièce, attrapai des Kleenex dans un tiroir de la commode et allai jusqu'à elle pour lui donner la boîte. Ses yeux volèrent jusqu'aux miens.

— Merci.

Je lui souris doucement et elle frissonna fortement.

— Qui êtes-vous ?

— Je suis Jory, dis-je et lorsqu'elle tendit la main pour prendre la mienne, je la lui donnai et la pressai en retour. Je vais vous faire du thé.

— Pas de thé ! cria Sam à nouveau. Foutez le camp de mon lit ! Sortez de chez moi !

Je lui tapotai la main quand elle essaya de la reprendre.

— C'est bon, l'apaisai-je. Il est juste bruyant. Vous devriez le savoir maintenant.

— Je ne sais pas quoi…

— C'est bon, dis-je en lui serrant doucement la main.

— J, commença Sam et il y avait un avertissement contenu dans sa voix. Ne commence pas avec moi ou…

Je lui lançai un regard.

— Toi et ton putain de thé ! lâcha-t-il d'un ton sec. Tu sais que tu…

— Arrête de crier comme un idiot, nous pouvons tous t'entendre.

— Je veux qu'ils…

— Arrête, dis-je tranquillement en lui adressant un regard noir. Ce n'est pas ce dont nous avons besoin pour le moment.

— Jory, dit-elle dans un souffle.

Je reportai mon attention sur elle et la vit sa bouche s'ouvrir et ses yeux s'agrandir alors qu'elle les levait vers moi.

— Du thé vous conviendrait ?

Elle hocha lentement la tête, incertaine.

Je me retournai et quittai la chambre, lui adressant une mine sévère en le dépassant.

— Pourquoi me regardes-tu comme ça ?

J'allai dans la cuisine que j'avais réorganisée la veille et je remplis la bouilloire avec de l'eau en bouteille avant de la mettre sur le feu pour la faire chauffer.

— Qu'est-ce que tu fous ? rugit-il en entrant dans la cuisine.

— Je fais du thé.

— Je sais que tu fais ton putain de thé. Pourquoi ?

— Parce que ta sœur a besoin de parler, Sam. Elle est vraiment mal, ne le vois-tu pas ?

— Je n'en ai rien à foutre, J ! Elle se tape le meilleur ami de son mari dans mon de lit depuis je ne sais combien de temps. C'est une foutue salope, bordel !

— Arrête de me crier dessus.

Il me fusilla des yeux et je lui rendis son regard sans sourciller.

— Tu n'as pas le droit de...

— Tu es en train de jouer les connards.

— Jory...

— C'est ta sœur et en ce moment tu es un vrai salaud, au lieu de lui donner ce dont elle a besoin.

— Quoi ?

— Tu dois lui montrer un peu de compassion.

— De la compassion ? s'indigna-t-il.

— Oui. De la compassion. Passe-moi la boîte dans l'armoire de gauche.

Il se déplaça vers la droite.

— Ton autre gauche.

Il me jeta un regard incendiaire et ouvrit la porte suivante. Après m'avoir passé la boîte, il regarda à nouveau les étagères et leur contenu.

— Qu'est-ce que c'est que tout ça ?

— Je suis allé faire des courses avec ta mère.

— Quand ? demanda-t-il en m'observant.

— Après la boulangerie. Nous avions besoin de plus de choses.

— Tu as acheté tout ça ?

— Oui.

— Comment as-tu pu te permettre de pay...

— Je ne suis pas un étudiant affamé, inspecteur. J'ai un travail décent, tu sais.

Il se déplaça vers une autre armoire, puis vers le réfrigérateur.

— Il y a beaucoup de nourriture là-dedans.

— Comme si tu le savais.

— Qu'est-ce que c'est supposé vouloir dire, bordel ?

— Tu manges mal comme un étudiant. Je change ton régime alimentaire.

— Hors de question.

— Passe-moi la crème à la vanille qui est dans le réfrigérateur.

Il tira sèchement sur la porte et tout ce qui était en verre à l'intérieur, tinta.

— Essaie de ne rien casser.

— Je n'ai pas... oh, grogna-t-il avant de me passer la bouteille.

Je sortis des cuillères et un torchon d'un autre tiroir, un peu de cannelle et de citron. Je ne savais pas ce que sa sœur et son amant mettaient dans leur thé.

— Tu as déplacé toutes mes affaires.

— La façon dont tu avais arrangé la cuisine n'avait aucun sens, lui dis-je, avant de sortir une planche à découper que j'avais achetée chez Crate and Barrel et un économe.

— Je me fiche de la façon dont tu penses que je devrais...

136

— Poêles et casseroles vont à côté de la gazinière parce que tu cuisines avec, lui expliquai-je, pour l'éduquer. Les Tupperwares se rangent près du frigo, car une fois remplis c'est là qu'ils vont. Tout a une place, mais apparemment tu n'as jamais eu le mode d'emploi.

— Que fais-tu ?

Il était évident que j'étais en train de couper un citron.

— T'attends-tu vraiment à ce que je réponde à ça ?

Il fit un petit bruit et marmonna dans sa barbe que de toute façon, sa sœur ne restait pas.

— Oh non ?

— Non, m'assura-t-il en élevant à nouveau la voix.

Je souris paresseusement et terminai de couper le citron en quartiers avant de sortir la théière et de la remplir de quelques feuilles.

— Qu'est-ce que tu portes ? demanda-t-il tout à coup.

Je m'arrêtai et baissai les yeux sur mon jean avant de reporter mon regard sur lui.

— C'est ce que je portais lorsque tu es parti.

— Vraiment ?

— Ouais, dis-je en rigolant.

— Tu ne portes pas ces vêtements à l'extérieur, n'est-ce pas ?

Mon jean était vieux et usé jusqu'à la corde, presque blanc, avec plus de trous que de tissu, mais il s'ajustait comme une seconde peau.

— Bien sûr que si, mentis-je pour le taquiner.

— Tu sais que tu devrais faire un peu plus attention à moi. Je pourrais te faire mal quand elle sera partie.

— C'est une promesse ? demandai-je en souriant et en relevant un sourcil.

— Viens ici.

Et je l'aurais fait si la voix de sa sœur ne m'avait pas arrêté.

— Sammy.

Nous nous retournâmes tous les deux alors qu'elle se penchait sur le comptoir.

— Je veux juste…

— Dis-moi quelque chose, dit Sam en soupirant et en passant les mains dans ses cheveux. Dis-moi que c'est nouveau, dis-moi si c'est la putain de première fois et s'il te plaît dis-moi que je n'ai pas dormi dans les draps dans lesquels vous baisez depuis des mois peut-être.

Je vis le gars se tenir debout en arrière-plan. Il ne savait pas s'il devait rester ou partir.

— Sam, nous…

— Tu as des enfants, Jen, dit-il à sa sœur d'une voix creuse. Et toi aussi, Kurt…

Il regarda par-dessus elle vers son amant.

— Que se passe-t-il, bordel ?

— Sammy, nous… commença sa sœur.

— Seigneur Dieu ! Jen, tu dois…

137

— Peux-tu m'attraper ça ? l'interrompis-je.

Il me regarda et vit que je lui indiquais les nouvelles tasses à thé que j'avais achetées au Marché Fermier plus tôt dans la journée. Elles étaient peintes à la main, le genre que vous utilisiez dans un restaurant chinois, sans hanse, sauf qu'elles étaient plus grandes. Quand il ne bougea pas, je lui demandai de nouveau.

— S'il te plaît.

Il leva les yeux au ciel, mais attrapa les tasses.

— Je suis désolée, quel est votre nom déjà ?

Je regardai sa sœur et lui souris.

— Jory.

Elle hocha la tête.

— Jory. C'est un réel plaisir de vous rencontrer.

Je lui souris et fis signe à Kurt de s'approcher.

— Prenez un siège.

Il adressa un regard incertain à Sam avant d'avancer jusqu'au comptoir et de prendre place sur l'un des tabourets. Nous étions tous silencieux et lorsque la bouilloire siffla, le corps entier de Jen sursauta comme si elle était surprise. Je pris sa main brièvement avant de remplir la théière avec l'eau bouillante. Je jacassai sur le fait que tout le monde aimait des choses différentes. Je préférais moi-même le thé oolong à cette heure tardive de la nuit, mais j'avais choisi la camomille puisqu'elle était universellement aimée. Jen et Kurt hochèrent la tête à l'unisson.

— Que prenez-vous avec votre thé ? demandai-je.

Au bout de quelques instants passés à simplement m'observer, elle me demanda un peu de crème, et Kurt de la cannelle. Je me versai mon thé sans rien ajouter. Sam fronça les sourcils à mon attention lorsque je lui demandai s'il voulait quelque chose.

— Vous êtes l'homme que ma mère a amené à la boulangerie hier, dit Jen tout à coup, étudiant attentivement mon visage.

— Oui.

— Elle a passé un bon moment.

— Moi aussi.

Elle hocha lentement la tête et je pris sa main dans la mienne.

— Est-ce que vous allez bien ?

Un nouveau hochement de tête alors que ses yeux se remplissaient à nouveau de larmes.

Je fis rapidement le tour du comptoir et elle se précipita vers moi quand je lui ouvris les bras.

— Pour l'amour de Dieu, J, gémit Sam. Ne peuvent-ils pas juste ficher le camp ?

— Je pourrais… commença Kurt.

— Ne faites pas attention à lui, dis-je pour apaiser Kurt, serrant Jen étroitement alors qu'elle enfouissait son visage dans mon épaule et sanglotait. Vous avez tous les deux besoin de parler à quelqu'un. Garder ce secret a dû être horrible.

Jen recula et leva les yeux vers moi.

— Comment le savez-vous ?

— Parce que garder des secrets est terriblement difficile et la culpabilité est encore pire.

— Oui, c'est vrai.

— Alors dites-moi, l'invitai-je d'une voix douce en essuyant les larmes de ses joues avec des doigts aussi légers qu'une plume.

Son sourire à travers ses larmes était à couper le souffle.

— D'accord.

Jennifer Levine était follement amoureuse de Kurt Pratt et inversement. Ils se connaissaient depuis dix-sept ans, mais venaient de découvrir que leurs plaisanteries amicales et l'alchimie constante qui existait entre eux étaient plus profondes que le fait d'être la femme du meilleur ami de Kurt. Ils étaient plus que de simples extensions de Mitch Levine : ils étaient deux personnes folles l'une de l'autre. Entre eux, il y avait sept enfants et leurs conjoints respectifs qui les aimaient. Ils avaient décidé de s'en tenir à une simple aventure, de telle sorte que personne ne soit blessé, mais cela avait très vite pris une tournure différente passant de la passion à affection, puis à l'amour.

— Des gens vont souffrir, Jen, lui assura Sam alors qu'il faisait les cent pas dans le séjour. Mitch va être brisé et je connais Rita, dit-il à Kurt. Mec, elle va perdre l'esprit.

Kurt hocha la tête, buvant le thé que j'avais posé devant lui.

— Je sais.

— Quel est ton plan ? demanda-t-il à sa sœur, ramenant son attention sur elle.

— Je n'en ai aucune idée, dit-elle avec un rire qui sonnait faux. C'était le plan. Chaque samedi soir, mais…

Elle regarda Kurt.

— Je me retrouve à vivre pour ce jour-là, attendant toute la semaine. Je ne suis plus bonne à rien, sauf quand il s'agit de ça.

Je regardai Kurt dans les yeux et vis la même misère.

— Nous ne faisons que parler en général.

Son sourire était doux-amer tandis que ses doigts se nouaient à ceux de Jen.

— N'est-ce pas, bébé ?

Elle hocha la tête.

— Et parfois, nous ne parlons pas, ajouta-t-elle.

— As-tu utilisé les clés de maman pour entrer ici ? demanda Sam.

— Oui. Elle a deux jeux. Elle va se demander où est le deuxième puisque, je suppose, elle a donné l'autre à Jory hier.

Ses yeux étaient rivés sur Sam.

— Je lui rendrai un jeu de clés.

— Je vais les lui rendre.

— Je les ai laissées sur la table de nuit.

Il hocha la tête.

— Qu'est-ce que vous allez faire tous les deux ? lui demandai-je.

— Je n'en ai aucune idée, me répondit-elle en souriant à travers ses larmes.

Elle avait les mêmes beaux yeux que son frère, la même bouche avec la lèvre inférieure pleine et celle du dessus plus mince ; le nez de Sam était long et droit et son profil était de ceux dont on gravait les pièces de monnaie, celui de Jen était petit et légèrement retroussé. Ils avaient les mêmes cheveux brun doré – avec des touches de bronze, de cuivre et de blé lumineux – épais et ondulés. Elle était le genre de femme sur qui les hommes se retournaient dans la rue avec sa taille de guêpe, sa peau parfaite et ses grands yeux. J'appréciai sa beauté, même si Sam était celui qui me fascinait.

— Hé, dis-je doucement.

Sam me regarda.

— Peux-tu refaire du feu ? Il commence à faire froid ici.

— Le radiateur est allumé.

— C'est bien ce que je dis.

Je lui souris.

— Il fait froid. Fais le nécessaire, Kage.

Il poussa un soupir exaspéré et se dirigea vers la cheminée.

— Jory.

Je me tournai à nouveau vers Jennifer.

— Rappelez-moi qui vous êtes ?

— Juste un ami.

Elle hocha la tête, jeta un coup d'œil vers Sam puis reposa les yeux sur moi.

— Est-ce que je vous verrai demain pour le dîner du dimanche ?

Ses yeux étaient captivés et je ne savais pas pourquoi.

— Je ne sais pas.

— Vous devriez venir. Vous devriez vraiment.

— Nous verrons, dis-je en prenant sa main. Que puis-je faire pour vous tout de suite ?

Elle secoua la tête.

— Rien. Nous allons partir et Sam et vous allez garder notre secret.

Sam était occupé avec le feu et ne se retourna pas pour la regarder.

— D'accord, Sammy ?

— Puisque tu le dis.

Je la serrai contre moi puis elle se dirigea vers Sam et posa sa main sur son dos. Parce qu'il ne bougeait pas, je me raclai la gorge. Il poussa un profond soupir ; je l'entendis à travers la pièce, avant de se relever et de se tenir devant elle.

— Je suis désolée, Sammy.

Il hocha la tête, se contentant de la regarder dans les yeux. Je la vis trembler, sus ce dont elle avait besoin. Je toussai et il me jeta un coup d'œil.

J'écarquillai les yeux et vis les muscles de sa mâchoire se contracter avant qu'il attrape soudain sa sœur et la serre dans ses bras au point de lui broyer les os. Instantanément, elle lui retourna son étreinte, enfouissant son visage dans son épaule, et se mit à sangloter.

— Je suis tellement heureux que vous soyez ici, murmura Kurt.

Il posa sa main sur mon épaule, par-derrière, et la pressa doucement.

Je tournai la tête pour le regarder et il baissa le menton, une fois, en me souriant légèrement. Mon cœur se porta vers lui, vers elle, vers eux deux, car pour l'instant, ça devait être une situation tellement misérable vue de leur côté.

Lorsqu'ils partirent, Sam les raccompagna à la porte et la verrouilla après leur départ. Il se rendit aussitôt dans la chambre pendant que je nettoyai la cuisine. Tout devait être remis en place. Je le trouvai, quelques minutes plus tard, assis par terre, à côté de la machine à laver, les draps du lit entassés à côté de lui.

— Qu'est-ce qui ne va pas ?

— Il me semble que c'est assez évident.

Je me déplaçai à ses côtés, m'accroupissant, le regardant dans les yeux.

— Je suis désolé pour ta sœur, mais je suis sûr qu'elle et Kurt vont…

— Pas ça, me coupa-t-il. J'ai l'esprit complètement retourné et toi…

Je me penchai en avant, pris son visage en coupe entre mes mains et l'embrassai. Il essaya de s'écarter, mais dès que je fis courir ma langue sur le contour de ses lèvres, il les ouvrit pour moi. Je lui inclinai le visage vers le haut afin de pouvoir prendre appui sur lui, plongeant ma langue profondément dans sa bouche, le goûtant tout en m'installant sur ses cuisses, positionnant mes genoux de chaque côté, me retrouvant à cheval au-dessus de lui.

Le gémissement qu'il émit me fit sourire avant qu'il me repousse, rompant le baiser.

— Quoi ?

— Stop, je dois te dire quelque chose.

— Quoi ? demandai-je le souffle court, plongeant mon regard dans ses yeux, inquiet.

Il fit courir son pouce sur ma lèvre inférieure avant de baisser la tête pour un baiser qui me coupa le souffle. J'enroulai mes bras autour de son cou et le dévorai. Je l'embrassai comme s'il m'appartenait et que je disposai de tout le temps du monde. La main qui saisit mes cheveux et me tira la tête en arrière m'arracha un cri.

— Au marché aujourd'hui, je voulais te toucher, mais je ne pouvais pas. Les gens nous auraient dévisagés et… et les filles avec qui je suis sorti m'ont fait des remarques par le passé parce que je ne suis pas un gars qui aime être touché et je ne suis pas du genre à tenir la main, ni toutes ces conneries… mais aujourd'hui, avec toi… tu me rends fou et j'ai tout le temps envie de poser mes mains sur toi et ça me fout la trouille. Je ne… Je veux dire, j'étais là à mourir d'envie de te tenir, mais je ne pouvais pas. Je ne pouvais pas…

— C'est bon, dis-je en lui souriant, remuant sur ses genoux, sentant combien il était excité sous moi. Tu peux me toucher maintenant. Tu peux faire tout ce que tu veux de moi.

Son grognement me fit sourire.

— Lève-toi.

Je me redressai et il m'attrapa comme Kurt avait attrapé Jen plus tôt, en me jetant par-dessus son épaule pour me ramener au canapé. Il poussa la table basse du passage et jeta une des couvertures afghanes soigneusement pliées sur le divan au milieu du salon, en face du feu. Je l'ouvris et l'étalai là où il la voulait tandis qu'il se déshabillait dans la lumière des flammes tremblotantes. Il ressemblait à un dieu de bronze et je ne pus retenir le hoquet qui sortit de ma bouche.

— Va chercher le matériel. Dépêche-toi.

Je courus pour aller chercher le lubrifiant, sans m'inquiéter de savoir si ma hâte et mes mouvements frénétiques montraient mon impatience. Je me fichai également qu'il sache combien j'avais envie de lui et envie de le satisfaire. Lorsque je revins, il était allongé sur le sol, détendu et en attente. Je laissai mes yeux errer partout sur sa carrure puissante qui ne montrait pas un pouce de graisse, juste des muscles ondulants sur sa peau lisse.

— Viens ici.

Je me déplaçai lentement, le faisant attendre, retirant mon jean, ma chemise alors qu'il me regardait avec des yeux affamés. Son regard était intense et je frissonnai de voir à quel point il me désirait.

— Seigneur, J, on dirait que tu es fait d'or.

Ma voix me faisait défaut, tout ce que je pouvais faire était de le regarder.

Son souffle devint saccadé alors qu'il posait ses mains sur moi, me tirant à côté de lui, prenant mon visage dans ses mains pour poser sa bouche contre la mienne.

— Tu me tues.

Je souris contre ses lèvres et le laissai me rouler sur le ventre et me clouer au sol. Sa bouche était sur mon épaule, une main sous moi me caressait, l'autre agrippait ma hanche alors qu'il écartait mes jambes avec son genou. Je n'avais aucune idée de l'amant qu'était Sam Kage avant moi. Je ne pouvais pas parler de ses prouesses avec les femmes, mais avec moi, il était tout ce que je désirais ardemment : physiquement exigeant, brutal, possessif et totalement maître de la situation. J'étais là pour être malmené et ravagé, et j'étais plus que disposé à me soumettre à lui. C'était incroyable pour moi de penser que quelqu'un ayant couché avec lui avant veuille le laisser partir.

La seconde fois, nous l'avons fait dans son lit, après qu'il l'eut refait à la hâte, et il me regarda dans les yeux tout le temps. Cela ne m'était jamais arrivé auparavant. Je n'avais jamais connu physiquement quelqu'un qui se soucie assez de moi pour me regarder, pour s'assurer que j'étais aussi rassasié que lui. Il était un amant affamé et j'étais plus que prêt à être dévoré.

Plus tard, alors que je laissais traîner mes doigts le long des sillons de son dos, j'entendis sa respiration ralentir. Si je restais là, je serais incapable de m'empêcher de le toucher et de l'embrasser. Il avait besoin de repos, alors je me levai et allai dans le salon pour regarder la télévision. Je dus m'assoupir parce que la pièce était sombre lorsque je sentis une main chaude sur mon dos, puis des lèvres, juste derrière mon oreille.

— J'aime quand tu ronronnes, me dit-il d'une voix douce. Lève-toi et viens te mettre au lit.

— Pourquoi es-tu debout ? murmurai-je, pas vraiment réveillé, frissonnant dans le froid, à peine capable de le voir dans l'obscurité de la pièce.

— Parce que je ne te trouvais pas, dit-il, m'embrassant légèrement dans le cou. Je me suis réveillé et j'avais besoin de toi.

Je souris parce que j'aimais l'attention que je recevais, sa main sur mes fesses, les malaxant et les pressant avant de me les claquer doucement.

— Alors, c'est moi que tu veux ou mon cul ?

Il rit tout près de mon oreille, ce qui m'arracha un frisson et une chair de poule qui se répandit sur tout mon corps.

— Les deux. Viens au lit.

— Tu ne peux pas dormir sans moi, hein ? le taquinai-je, groggy quand je me relevai et vacillai jusqu'à la chambre, ses mains sur mes épaules, me dirigeant.

— Non, je ne peux pas, dit-il avant de me pousser sur le lit.

— Tu t'habitues à m'avoir à proximité.

— Tais-toi, grommela-t-il, couche-toi.

Mais j'avais raison, peu importe ce qu'il disait, j'étais une habitude en voie de formation.

— Seigneur ! Tu es gelé, murmura-t-il en s'allongeant près de moi et en nous recouvrant tous les deux du drap et de la couverture.

Je me blottis tout contre lui.

— Et tu es si chaud.

Il grogna bruyamment, orientant ma tête sous son menton alors que je passais mes bras autour de son torse, glissant une jambe entre les siennes.

— Tu as besoin de moi.

— Apparemment, grommela-t-il en frottant son visage dans mes cheveux. Maintenant, dors.

Et je m'en sentais l'envie alors j'obtempérai.

XII

NOUS NOUS garâmes un peu plus loin parce qu'il n'y avait pas de place dans la rue près de la maison de ses parents. Il posa une main sur mon épaule et me dirigea dans l'allée qui menait à une maison de briques rouges d'un étage, charpentée en A. Lorsque nous entrâmes par la porte de derrière, dans la cuisine, j'entendis mon nom.

— Jory !

Regina fut sur moi instantanément, les bras ouverts pour me recevoir, et, alors que nous nous embrassions l'un l'autre, j'entendis le grognement d'approbation de Sam derrière moi.

— J'ai amené Jory, maman, si cela ne te dérange pas, dit-il en riant doucement.

Elle recula pour me dévisager en souriant.

— Puisque je t'ai appelé ce matin pour te demander de l'amener avec toi… non, Sammy, ça ne me dérange pas. Comment allez-vous, mon chéri ?

— Je vais bien, dis-je en lui rendant son sourire.

Il se passa encore quelques minutes avant qu'elle me relâche et me prenne par la main pour m'emmener vers l'endroit où elle était en train de hacher des pommes de terre et des oignons.

— Je vais vous apprendre comment faire du goulasch hongrois.

Cela avait l'air effrayant, mais j'étais partant.

— D'accord.

Sam me laissa et j'entendis des voix criant son nom dès que la porte se referma sur lui.

Je restai dans la cuisine et aidai sa mère à préparer le dîner. J'alternais entre les préparations et le lavage de la vaisselle tout en écoutant sa conversation. Quand les sœurs de Sam se montrèrent avec leurs maris et leurs enfants, je fus présenté à toute la famille. Jen arriva avec son mari Mitch et elle m'étreignit chaleureusement lorsqu'elle fit semblant de me rencontrer pour la première fois.

— Mon Dieu, Jen, dit Mitch en rigolant avant de me serrer la main. N'écrase pas ce gamin.

— Ce n'est pas un gamin, dit-elle en me regardant dans les yeux. Il a une très vieille âme.

— Oh, vraiment ? la taquina dit Mitch en la poussant sur le côté pour embrasser sa tempe. Tu es adorable.

Je la vis tressaillir comme si chaque gentillesse était douloureuse. La culpabilité l'étouffait.

— Voulez-vous m'aider ? demandai-je, essayant de lui procurer un certain soulagement.

— Oui, souffla-t-elle en retirant son manteau et ses gants avant de les donner à son mari. J'adorerais.

Je fus présenté à ses filles, Ally et Carla et elles voulurent toutes les deux me prendre dans leurs bras. Carla toucha mes cheveux et me dit qu'elle aurait voulu des cheveux blonds au lieu de bruns. Je lui expliquai à quel point le brun valait mieux que le blond. Elle me dévisagea tout en enroulant ses doigts dans mes cheveux.

— Pourquoi ils sont si longs ?

— Parce que j'ai besoin d'une coupe ? répondis-je en réalisant que mes cheveux atteignaient maintenant mes épaules.

— Ils sont trop beaux pour les couper, Jory, me dit Jen. Je tuerais pour avoir leur éclat.

— Oui, renchérit Regina derrière sa fille. Vous avez de beaux cheveux épais, gardez-les comme ça.

Je haussai les épaules et posai Carla sur le comptoir pour pouvoir me remettre à cuisiner. Je lui dis qu'elle pouvait m'aider et me passer les ingrédients. C'était mignon de voir comment elle se déplaçait avec entrain, prenant de l'assurance puis me regardant avec espoir. Sa sœur, n'ayant que deux ans, trouva plus intéressant de se promener dans la cuisine, ouvrant et fouillant dans les tiroirs.

Sam revint dans la cuisine une demi-heure plus tard avec deux autres gars et son père. Il était étonnant de voir à quel point il ressemblait à Thomas Kage. Ils étaient grands et forts tous les deux, mais là où Sam était couvert de muscles saillants, épais et durs, les traits du visage de son père avaient perdu un peu de leur fermeté, de même que sa taille.

— Je pense seulement que nous devrions le vendre, papa, et récupérer notre argent. Qui se soucie de savoir ce que veulent ces connards ? Ils n'en ont rien à foutre de toi.

— Samuel Thomas Kage, l'interpella Regina d'un ton sec. C'est le jour du Seigneur.

— Maman…

— Que se passe-t-il ? demandai-je rapidement.

Il me jeta un coup d'œil et j'attendis.

— Mon père et moi sommes propriétaires d'une parcelle de terrain à Naperville que nous devons vendre.

— Et ?

Il désigna de la tête les deux autres hommes.

— Ces deux-là ont dit qu'ils l'achèteraient il y a trois mois, mais rien n'a bougé. J'en ai marre d'avoir ça sur le dos alors je veux la vendre.

— Je vois.

Je hochai la tête, lançant un regard vers Monsieur Kage.

— Qu'en pensez-vous, monsieur ?

— Je suis désolé, mais qui êtes-vous ? me demanda-t-il d'un ton jovial.

— C'est l'ami de Sam, Jory, expliqua Regina.

145

Il hocha la tête et me détailla de la tête aux pieds.

— Je vois. Eh bien, Jory, je pense que je veux attendre que mes neveux Levi et Joseph puissent l'acheter.

Je regardai Sam.

— Si ton père veut attendre, pourquoi te disputes-tu avec lui ?

— Parce que ce sont des conneries. La moitié est à moi et je veux m'en débarrasser. Nous pouvons attendre des années avant que ces deux-là réunissent assez d'argent pour...

— D'accord, dis-je en bâillant. Voilà ce que tu vas faire : laisse ton père gagner cette fois-ci et tu auras priorité pour la prochaine dispute. Mieux vaut ne pas jouer les sales types quand ta famille est concernée, pas vrai ?

— Je suis un sale type ?

Je fis un geste en direction de ses cousins.

— Eh bien, ouais. Je veux dire, on s'en fiche de savoir combien de temps ça leur prendra ? Ce sont tes cousins. Attends indéfiniment si tu peux les aider. Pourquoi as-tu besoin de cet argent de toute façon ?

Il me lança un regard noir et je haussai un sourcil tandis que nous échangions un long regard.

— Très bien, dit-il.

Il leva les mains au ciel avant de se diriger vers le réfrigérateur pour prendre une bière.

— Je m'en fous complètement, dit-il avant de quitter la cuisine.

Je haussai les épaules et regardai sa mère.

— Je pense qu'il aime se plaindre plus qu'autre chose.

— Je ne peux qu'être d'accord, dit-elle calmement en hochant la tête. Je pense que vous l'avez bien cerné.

Je retournai à la vaisselle jusqu'à ce que je sente une main se poser sur mon dos.

— Jory.

Son père se tenait à côté de moi, me dévisageant.

— Oui, m'sieur ?

— Depuis combien de temps connaissez-vous Sam ?

— Pas très longtemps, dis-je. En fait, j'ai eu quelques ennuis et il m'aide à en sortir.

— Je vois, dit-il avec chaleur. Eh bien, je vous remercie d'avoir pris la parole. En fait, il possède cinquante et un pour cent de la parcelle et moi quarante-neuf, donc s'il le voulait, il pourrait les vendre.

— Il ne le fera pas si vous ne voulez pas qu'il le fasse, lui assurai-je. Mais vous le savez.

— Vraiment ? dit-il pour me faire plaisir. Je n'en suis pas si sûr, Jory.

— Moi non plus.

L'un des hommes s'approcha et me tendit la main.

— Joe Kage, mec, c'est un plaisir de te rencontrer. Et voici mon frère, Levi.

Je lui serrai la main puis celle de son frère.

— Ravi de vous rencontrer tous les deux.

Levi me sourit en me regardant droit dans les yeux.

— Moi aussi, Jory.

La porte s'ouvrit soudain et Rachel, la sœur aînée de Sam entra.

— Oh maman, comment peux-tu laisser ton fils amener à nouveau cette femme après la dernière fois ?

Regina rit.

— Tu veux dire Alexandra ?

Son gémissement fit rire tout le monde.

— Oh, mon Dieu, oui. Pourrait-elle être plus condescendante ou vaniteuse ou… Oh mon Dieu, maman, c'est une vraie salope !

Regina éclata de rire.

— Rachel !

— Maman, dit Rachel brusquement en indiquant l'autre pièce. As-tu la moindre idée de ce qu'elle vient de me dire ?

— Non, gloussa-t-elle, incapable de s'en empêcher.

— Elle a dit que c'était merveilleux que j'aie pu jeter tous mes rêves par la fenêtre pour rester à la maison et élever mes enfants. Tu as de la chance que je ne l'aie pas giflée sur place !

— Elle est jeune, chérie, et…

— Rach, commença un gars en entrant dans la cuisine. Pourquoi es-tu une telle emmerdeuse envers Alex ?

— Oh, mon Dieu, Mike, as-tu entendu ce qu'elle m'a dit ?

Michael Kage ressemblait beaucoup à son frère, mais là où les traits de Sam étaient fins, ciselés à la perfection, ceux de Mike semblaient grossiers et inachevés. Il était quand même beau – autant que je pouvais en juger, tous les hommes de la maison Kage l'étaient – mais aucun d'eux n'était aussi mortellement sexy que l'inspecteur Sam Kage.

— Ouais, j'ai entendu, Rachel, et elle ne faisait que répondre à ta question de savoir si elle voulait des enfants. Je veux dire, tu ne pouvais vraiment pas t'en empêcher ? Ce n'est pas parce que je suis prêt à m'installer, à me marier et à fonder une famille que cela signifie qu'elle l'est aussi. Nous ne sortons ensemble que depuis trois mois. Pour l'amour de Dieu, peux-tu la laisser tranquille ?

— Je…

— Elle est différente de toi, de Jen et de tous tes amis. Laisse-la tranquille.

— Oh, et alors, quoi ? Je suis la méchante sorcière parce que j'ai choisi d'être une femme au foyer ?

— Ce n'est pas ce que j'ai dit. Tu dois juste…

— Allez, Mike, souffla-t-elle. C'est une petite prude prétentieuse, une…

Mais elle se tut instantanément alors que la porte s'ouvrait et qu'une femme entrait dans la cuisine. La femme en question était superbe, mais bien trop impeccablement vêtue – maquillage parfait, chaussures de marque – pour un simple dîner du dimanche en banlieue.

— Bonjour, dit-elle doucement en parcourant la pièce du regard. Je suis juste... Jory ?

Je m'obligeai à sourire.

— Bonjour, Mademoiselle Ralston.

Elle entra dans la cuisine, entièrement concentrée sur moi.

— Comment allez-vous ?

— Bien, merci. Et vous ?

— Je vais bien, dit-elle, ses talons hauts – à bride et au talon découvert – cliquetant sur le sol en linoléum alors qu'elle s'approchait de moi.

Elle écarta une mèche de cheveux de ses yeux, tout le reste étant tiré en un chignon à la française. Si Barbie pouvait prendre vie, elle ressemblerait à Alexandra Ralston. Mais pas comme une Barbie-Malibu ou quelque chose d'aussi simple que ça. Alexandra serait plutôt la Barbie-Coûteuse, celle que vous ne sortiriez jamais de sa boîte. Elle était un objet de collection, impeccable, parfaite, d'une beauté tout à fait inaccessible à moins que vous aussi, ne soyez enfermé dans une boîte en plastique.

— Vous avez l'air d'aller bien, dis-je pour faire la conversation.

Elle se mordit la lèvre inférieure et je la vis inspirer vivement.

— Comment va Dane ?

— Il va bien.

— J'espérais le voir au gala pour la lutte contre le sida.

En fait, elle avait certainement espéré être celle qui ferait l'offre la plus élevée lors de la vente aux enchères de célibataires, et ainsi gagner le privilège d'aller dîner avec lui. Je l'avais oubliée lorsque j'avais pensé aux femmes qui auraient payé pour être seules avec lui. Il avait complètement lésé le gala de charité en ne leur donnant qu'un chèque de dix mille dollars. Il aurait facilement pu leur faire doubler ce montant s'il s'était donné la peine de se montrer.

— Il a fait un don important, dis-je. Mais vous savez qu'il déteste ce genre de choses.

Elle hocha la tête, même si elle n'avait aucune idée de ce dont je parlais. C'était cette raison qui l'avait éloigné d'elle. Elle aimait être riche et tous les événements sociaux qui venaient avec. Dane n'allait qu'à ceux qui étaient nécessaires. Ils n'auraient pas pu être plus différents.

— Je ne l'ai pas vu depuis des mois.

Je souris en essayant de ne pas gigoter.

— Lui transmettrez-vous mon meilleur souvenir lorsque vous le verrez demain ?

— Oui, madame.

Elle se retourna et quitta la salle. Je sentis tous les yeux se fixer sur moi.

— Jory, c'est ça ? demanda Michael en s'approchant.

148

— Oui.

— Vous savez que j'ai rencontré Alexandra Ralston après son départ de Harcourt, Brown, et Cogan. Travaillez-vous pour Dane Harcourt ?

— Oui.

— Êtes-vous son assistant ?

— Oui. Êtes-vous architecte, vous aussi ?

— Oui, je le suis, bien que je ne sois pas du niveau de Dane Harcourt.

— Je suis sûr que vous êtes brillant.

Je lui adressai ma réponse automatique, parce que les gens complimentaient tout le temps mon patron.

— Eh bien, merci, mais votre patron est incroyable. En fait, j'ai essayé d'obtenir un poste chez eux, mais il a dit que mes dessins étaient rudimentaires et sans imagination.

Je plissai les yeux.

— Vous êtes-vous présenté avant le déjeuner ?

— Je vous demande pardon ?

Je l'avais surpris. Ce n'était pas la réponse à laquelle il s'était attendu.

— Déjeuner. Êtes-vous arrivé, disons, aux alentours de dix heures trente ?

— Je ne…

— Parce qu'il est du genre bon à rien avant le déjeuner. S'il a mangé et que son taux de glycémie est équilibré, il est beaucoup plus gentil, lui assurai-je en souriant.

— Je vais garder ça à l'esprit pour la prochaine fois.

— Bien, dis-je en hochant la tête.

— Peut-être que je vous demanderai de lui parler pour moi. Étant son assistant, vous devez avoir beaucoup de son attention.

— Ouais, c'est ça, dis-je en me moquant, et mon téléphone se mit à sonner. Quand on parle du loup… Excusez-moi, dis-je en m'éloignant des autres. Hé, patron.

— Est-ce que mon planning pour la semaine prochaine est fait ?

— Bien sûr. Je vous l'ai envoyé par e-mail ce matin. Vous ne l'avez pas vu ?

— Non.

— Avez-vous vérifié ?

— Non.

— Eh bien, le problème vient peut-être de là.

— Ne sois pas cynique.

— Non, monsieur.

— As-tu laissé la journée de vendredi libre pour mon voyage à Dallas ?

— Ouais.

— Oui, me corrigea-t-il.

— Oui.

— Je dois organiser un dîner festif pour un client demain soir. Tu dois coordonner ça pour moi.

149

— Bien sûr, dis-je rapidement. Combien de personnes pour le dîner, patron ?

— Quinze. Je veux un repas très intime, donc prends le meilleur, d'accord ?

— Bien sûr.

— Et je veux que tu sois présent, compris ?

— Ne le suis-je pas toujours ?

— Je te verrai demain matin.

— Oui, m'sieur.

— Jory.

— Quoi ?

— Ne dis pas quoi.

Je fis un petit bruit avant de reprendre.

— Oui ?

— C'est mieux.

Je gémis.

— Maintenant, j'ai oublié ce que j'étais en train de dire, dit-il avec humeur.

— Hé, devinez qui je viens de voir ?

— Je suis sûr de n'en avoir aucune idée.

— Alexandra Ralston, le taquinai-je. Elle vous transmet son bon souvenir.

— Mm-mm.

Il n'aurait pas pu avoir l'air plus ennuyé.

— Alors je vous revois demain matin.

— Très bien. Comment vas-tu ?

— Je vais bien.

— Très bien, bonne soirée.

Je refermai mon téléphone puis entrai le dîner dans le calendrier tactile de mon téléphone.

— Vous êtes l'homme de confiance, Jory, me taquina Michael. Mettez-moi dans vos petits papiers.

Je lui souris et une fois que j'en eus fini avec l'enregistrement de mes informations, je demandai à Regina ce qu'elle voulait que je fasse ensuite. Elle voulait me montrer sa maison, donc je la suivis.

Nous passâmes un bon moment à contempler de vieilles affiches de cinéma et je feuilletai de nombreux albums. Je ne me lassai jamais de regarder l'histoire des autres, car je n'en avais pas moi-même.

Le dîner fut une entreprise bruyante avec des enfants courant partout, beaucoup de discussions que j'estimai à la limite de la dispute, et de conversations à propos d'un millier de choses sur lesquelles je ne savais rien, comme élever des enfants ou le baseball. Je me concentrai sur la nourriture lorsque la sonnette retentit. Nous levâmes tous la tête quand Rachel revint, peu de temps après, avec un couple plus âgé et une jeune femme. Il y eut un grand cri lorsque Thomas et Regina se levèrent pour les saluer.

— Oh, mon Dieu, regardez qui est là, dit Michael avec un large sourire, se levant et contournant la table.

Je me penchai du côté de Jen.

— Qui sont-ils ?

Elle passa son bras autour de mes épaules pour murmurer.

— Les Gordon, ce sont de vieux amis de mes parents. Leur fille Nora et Sammy sortaient ensemble au lycée. Je ne savais pas qu'elle était de retour en Californie.

Je hochai la tête ; avec la sensation que tout l'air était aspiré hors de la pièce.

— Depuis combien de temps est-elle partie ?

— Je ne sais pas, des années.

— Pourquoi est-elle partie ?

— Elle est allée à l'université là-bas.

Je hochai la tête, m'adossant contre ma chaise.

Sam se leva et Nora vint rapidement à sa rencontre, faisant le tour de la table pour se jeter dans ses bras. Elle se serra contre lui, écrasant ses seins contre son torse alors qu'elle l'embrassait sur les joues et la mâchoire. Il me regarda droit dans les yeux et je reportai toute mon attention sur mon assiette. J'entendis le grondement de son rire et sentis mon visage s'empourprer.

Je fus le premier debout pour aider à débarrasser la table, mais je sortis par la porte arrière pour me tenir à côté de la maison plutôt que de commencer à faire la vaisselle. Il faisait froid dehors, surtout alors que je ne portai qu'une chemise et un pull, mais j'avais besoin de ce moment de solitude. C'était difficile de rester assis à la regarder poser ses mains sur lui sans pouvoir faire quoi que ce soit. Quand j'entendis le cri en provenance de la cuisine – puisque j'étais sous la fenêtre – je décidai de rentrer.

Sam était dans la cuisine en train de hurler tandis que Michael s'accrochait à lui. Nora le suppliait de se calmer pendant qu'un de ses cousins se tenait de l'autre côté de la pièce avec Levi le retenant. Regina se trouvait près de l'évier avec Jen qui appuyait une serviette en papier sur son nez. Elle saignait, et lorsque la porte s'ouvrit et que Mitch entra, suivi de Thomas, je le vis se précipiter vers le gars sur lequel Sam criait.

— Sale connard d'ivrogne ! hurla-t-il alors que Thomas l'attrapait, un bras autour de son cou et l'autre en travers de sa poitrine. Fous le camp d'ici !

— Oh, va te faire foutre, Mitchie, je pourrais te tuer, mec. Je ne voulais pas frapper Jen, bordel ! Je voulais baffer ce salaud de Michael, pas elle.

— Je t'avais dit de ne pas l'inviter, cria Michael à travers la pièce. Mais tu n'écoutes jamais maman. Mon Dieu ! Tu sais que c'est un bon à rien fini, et tu l'invites quand même.

Je vis ses yeux se remplir de larmes alors qu'elle tenait la tête de Jen en arrière.

— Ferme ta putain de gueule, hurla Sam à Michael, en se libérant de sa poigne et traversant la pièce vers le gars qui essayait d'échapper à la prise de Levi.

151

Maman veut aider… laisse-la donc aider. Mais nous allons régler cette affaire ici et maintenant. Cette connerie a assez…

— Sam ! lui cria Nora. Arrête de jouer les brutes sans cervelle. On ne frappe pas les gens comme ça.

— Regarde-moi bien, dit-il en poussant Levi avant de saisir l'autre gars à la gorge.

— Sam ! aboya Thomas.

— Sam ! hurla sa mère. C'est ton cousin, laisse-le tranquille !

— Hé, l'appelai-je.

Il s'arrêta et me regarda par-dessus son épaule.

— Tu vas en découdre avec un mec dans la cuisine de ta mère ?

Ses yeux étaient rivés aux miens.

— Peut-être qu'on pourrait juste le mettre dans un taxi, hein ? demandai-je en lui souriant.

On aurait pu entendre une mouche voler dans la cuisine. Je vis le regard sur le visage du gars, sa terreur en sachant combien il passait près de finir par terre.

— Bien, gronda Sam en repoussant durement le gars loin de lui avant d'aller vérifier l'état de sa sœur. Appelle un taxi, Mike.

Son frère sortit son téléphone portable une seconde plus tard. Je m'adossai contre la porte, alors que tout le monde se bousculait dans la cuisine. Lorsque Regina déplaça Jen vers la petite table de la cuisine pour la faire asseoir, je repris ma place devant l'évier pour commencer la vaisselle du dîner.

— Bonsoir.

Je tournai la tête pour me retrouver face à Nora.

— Salut.

— Je ne vous connais pas encore.

— Je suis Jory.

— Eh bien, Jory, c'est un plaisir de faire votre connaissance. Habituellement, quand Sam est aussi énervé, nous n'arrivons pas à le calmer. Je me souviens d'une fois où un gars nous a fait une queue de poisson et il l'a suivi jusque chez lui – et j'étais dans la voiture avec lui – pour lui faire comprendre sa façon de penser.

Je haussai les épaules.

— Depuis combien de temps êtes-vous ami avec Sam ?

— Pas longtemps, lui dis-je alors que quelqu'un montait le volume de la radio.

Puis, soudain, Jen se trouva à côté de moi.

— Hé vous, dis-je en lui souriant. Est-ce que vous allez bien ?

— Mieux maintenant que Sammy n'a pas tué ce pauvre Charlie. C'était un accident.

— Je pense qu'il n'aurait pas dû essayer de s'en prendre à Mike non plus.

Elle gloussa et le son fut nasal à cause du sang accumulé dans son nez.

— C'est vrai. Est-ce que je peux aider ?

— Seulement si vous chantez avec moi.

Elle entendit le début d'une chanson de Dionne Warwick.

— Jory, nous sommes tous les deux trop jeunes pour connaître cette chanson.

Je commençai à chanter *Then Came You* et elle se moqua avant de m'accompagner et de chanter en même temps que moi, à pleine voix. Quand je m'essuyai les mains sur mon jean et lui tendit la main, elle la prit et nous dansâmes ensemble dans la cuisine. Je vis Regina sourire et l'inspiration profonde de Thomas alors qu'il se calmait. Je la remis aux bras de Mitch lorsque la chanson se termina et retournai à ma vaisselle. Rachel et Regina chantèrent avec Aretha Franklin et moi tout en me donnant un coup de main.

— Oooh, Jory, regardez-vous bouger, chéri, roucoula Rachel en me regardant danser à côté de l'évier. Quelqu'un manque quelque chose.

Je haussai un sourcil et elle me donna une claque sur les fesses.

— Hé.

Je me retournai à cette voix : Sam se tenait dans l'embrasure de la porte extérieure de la cuisine.

— Peux-tu venir ici une seconde ?

— Ouais, dis-je rapidement. Excusez-moi, mesdames.

Quand j'arrivai à portée de main, il referma son poing sur le devant de mon pull et m'attira près de lui.

— Je veux y aller maintenant, d'accord ?

— Bien sûr. Pourquoi ?

— Pourquoi ?

— Ouais. Pourquoi ?

— Parce que je viens juste de réaliser quelque chose.

— Et qu'est-ce que c'est ?

Sa mâchoire se crispa.

— Je suis mieux à la maison.

— Tu es chez toi.

— Non, *notre* maison.

Notre maison ? Seigneur ! Les choses qui sortaient de la bouche de cet homme !

— D'accord.

Il posa sa main sur mon cou et appuya son front contre le mien.

— Merci de m'avoir permis de garder la tête froide aujourd'hui. J'ai du mal quand je suis ici. Ma famille s'attend à ce que je me comporte d'une certaine façon et donc c'est ce que je fais.

Je n'avais aucune idée de ce qu'il voulait dire. Sa famille voulait qu'il soit une tête brûlée ? Cela n'avait aucun sens.

— C'est parfois difficile d'être ici.

Je pris simplement une profonde inspiration, fermant les yeux, jouissant de sa proximité et du fait qu'il n'avait pas l'air de vouloir s'éloigner de moi.

Il heurta ma mâchoire de son nez, inclinant ma tête pour enfouir son visage dans mon cou et sentir mon odeur.

— Tu es vraiment bon pour moi.

Je tremblai parce que je ne pouvais pas m'en empêcher.

En reculant, il frotta sa joue contre la mienne.

— Je vais aller chercher ton manteau, d'accord ?

— Oui, m'sieur.

— Dis au revoir à ma mère.

— Oui, m'sieur.

— Arrête ça. À quelle heure dois-je te déposer au travail demain matin ?

Je secouai la tête.

— Je peux prendre le train, pas de soucis.

— Non, idiot. Je vais te conduire, ainsi personne ne te tuera en chemin pour aller travailler. À quelle heure arrive ton patron ?

— Huit heures.

Il grogna.

— Et demain soir, il a une soirée, alors tu vas devoir te débrouiller tout seul pour dîner.

— Peut-être que je t'apporterai à manger et que j'en profiterai avec toi.

— Ouais, c'est ça, me moquai-je.

Ses doigts s'emmêlèrent rapidement dans mes cheveux et il me rapprocha de lui en me tirant, son souffle chaud effleurant mon visage.

— Tu ne me crois pas ?

Je souris largement, en riant doucement.

— Non, monsieur l'inspecteur.

Il poussa un autre grognement avant de me repousser et quitta la pièce. Je jetai un œil aux deux femmes qui me fixaient la bouche ouverte.

— Quoi ?

— Jory, souffla Regina. Sam... il... oh... combien de temps allez-vous rester avec Sam ?

— Jusqu'à la fin de la procédure judiciaire, comme je vous l'ai dit. Pourquoi ?

Elle hocha lentement la tête, sa bouche formant un O alors qu'elle reprenait son souffle.

— Quelle affaire ? demanda Rachel à sa mère.

— Je te le dirai plus tard. Jory, chéri, nous vous aimons tous beaucoup, déclara Regina rapidement et je lui souris.

— Je vous remercie.

Elle me dévorait des yeux.

— Je vous promets que ce n'est généralement pas aussi mouvementé ici, me dit Rachel avec un grand et faux sourire, mentant de toutes ses dents.

Je haussai les épaules.

— C'est bon. Les familles se disputent parfois, non ? Ce n'est pas grave. Euh... je suis désolé, je ne peux pas finir la vaisselle, Sam est prêt à y aller.

154

— Chéri, vous nous avez déjà assez aidés, dit calmement Regina. J'allais vous dire d'aller vous asseoir et de regarder le football avec les hommes de toute façon.

— Comme si je n'avais pas apprécié chaque minute de ma venue ici, dis-je en souriant paresseusement. J'ai passé un excellent moment.

— Eh bien, vous avez été tout simplement parfait, m'assura-t-elle. Donc, ne vous conduisez pas comme un étranger.

Je m'élançai à travers la cuisine et serrai Regina dans mes bras la première, puis sa fille.

— Merci, les filles.

Sam revint dans la cuisine et elles le dévisagèrent toutes deux.

— Quoi ? demanda-t-il avec humeur.

Sa mère secoua juste la tête.

— Bien alors, dit-il en se penchant pour l'embrasser sur la joue, puis Rachel. À bientôt.

Je pris mon manteau qu'il me tendait et lui rappelai que nous devions de nous arrêter au magasin, sur le chemin du retour, car nous avions besoin de céréales pour le petit-déjeuner et de produits pour que je puisse terminer la lessive.

— Comme tu veux, dit-il en bâillant, alors que je notais son exaspération.

Je lui jetai un regard noir et le sourire que j'obtins en retour fut énorme.

— Mon Dieu ! Tu es vraiment chiant, grommela-t-il en me poussant hors de la cuisine par la porte de derrière.

Tandis que nous contournions la maison, il drapa un bras autour de mon cou et m'attira contre lui.

— Qu'est-ce que tu fais ? lui demandai-je sèchement en essayant de le repousser.

— Tu étais si jaloux.

— Quoi ?

— Quoi ? répéta-t-il. Ne joue pas l'hypocrite. J'ai vu la façon dont tu nous regardais, Nora et moi.

— Si tu as eu l'impression que je te regardais d'une façon différente, je t'assure que c'était tout à fait…

Son rire grondant me coupa la parole.

— Va te faire foutre, râlai-je en essayant de m'écarter.

Il enroula ses deux bras autour de mon cou et se pencha pour me parler à l'oreille, m'effleurant de son souffle chaud et de sa voix rauque avant de me mordre doucement le lobe de l'oreille.

— J, c'est tellement sexy de te voir te mettre dans tous tes états. Je te promets de te baiser dès que nous serons à la maison pour effacer toutes tes inquiétudes.

Je frissonnai très fort et m'appuyai dos à lui, laissant ses mains se déplacer partout sur moi.

— Ouais, c'est ce que je pensais, dit-il en m'embrassant dans le cou alors que j'inclinais la tête pour lui donner un meilleur accès. Viens avec moi.

155

Nous entendîmes tous deux l'appel provenant de la porte d'entrée alors que nous arrivions sur le trottoir.

— Sam ! cria son père depuis le porche. Nora a besoin que tu la ramènes chez elle. Elle habite près de chez toi.

— Évidemment bordel ! dis-je tout bas, ce qui fit sourire Sam en grand. Laisse ses parents la ramener.

— En fait, j'ai plusieurs arrêts à faire, cria-t-il à Nora qui rejoignait son père à l'extérieur.

— Ça ne me dérange pas, dit Nora en souriant. Allez, Sammy !

— Tu sais quoi… commençai-je, mais Sam m'attrapa soudain comme il l'avait fait la nuit précédente.

Il me jeta sur son épaule et me frappa les fesses avec force.

Mon cri de surprise indigné sortit avant que je puisse l'arrêter.

— Repose-moi par terre. Tu vas faire peur à ton père.

— Désolé, cria-t-il en retour. Je dois y aller !

Quand il se retourna, je vis son père rire et la vague de soulagement que je ressentis faillit m'abattre. L'homme ne savait rien du tout et cela m'allait très bien. L'expression de Nora s'était assombrie.

Nous restâmes tous deux silencieux dans la voiture jusqu'à ce que je pose ma main sur sa cuisse. Je sentis ses muscles se contracter sous ma paume et je regardai son profil.

— C'était plus difficile que je le pensais d'être là-bas.

— Pourquoi ?

— Je ne veux pas aller dans des endroits où je ne peux pas te toucher si j'en ai envie.

— Tu peux faire ce que tu veux, Sam, tu dois juste avertir les gens d'abord pour qu'ils sachent à quoi s'attendre.

— Dire à mes parents que je veux te toucher tout le temps ? Ouais, je voudrais bien voir ça.

— Cela pourrait ne pas être aussi terrible que tu le penses.

— Non, ce serait pire.

— Tu devras le faire un jour ou l'autre.

— Faire quoi ?

— Dire à ta famille que tu es gay.

— Pourquoi ferais-je ça ?

Le signal d'alarme explosa dans ma tête, mais je l'ignorai et plongeai tête baissée malgré tout.

— Parce que lorsque je serai toujours là dans deux ou trois ans, ils commenceront à se poser des questions.

Il rigola.

— Qui a dit que tu serais encore là ?

J'allais retirer ma main, mais il la couvrit de la sienne, la maintenant en place, ses doigts glissant entre les miens.

— Ne te mets pas si vite sur la défensive, écoute-moi seulement. Je suis flic, pour commencer. Si je fais mon coming-out, je peux tout aussi bien démissionner tout de suite. Il est même impossible que les gars que je connais puissent passer outre cette nouvelle. Et mes parents, ma famille... est-ce que tu plaisantes ? Il n'est pas question que je leur dise. As-tu vu à quel point ma mère était excitée quand Nora est arrivée ? Elle veut me voir marié avec des enfants, pas que je déconne avec toi.

— Alors c'est bien ça. Exactement comme je l'avais dit.

Je me libérai d'un coup sec de sa poigne et me plaquai contre la porte.

— Une fois que l'affaire sera terminée, je sors de chez toi et de ta vie.

— Eh bien, oui... à quoi avais-tu pensé ?

J'avais pensé à toutes sortes de choses ridicules. J'avais pensé au 'pour toujours' parce que j'étais tombé amoureux de lui si vite. J'étais prêt à faire tourner ma vie autour de la sienne.

— J ?

Je pouvais rester et essayer de le convaincre, essayer de faire qu'il m'aime tellement qu'il ne pourrait jamais me laisser partir. Il trouverait un nouvel emploi, bien meilleur, ses parents changeraient complètement leur point de vue et m'accepteraient comme leur fils, et tous ses amis seraient fous de moi. Nous vivrions heureux pour toujours. Et dès que j'eus pensé à ça, je compris à quel point c'était fou. C'était moi idiot, pas lui. Il ne pouvait pas changer ; j'étais le seul qui le pouvait.

— Hé, dit-il doucement et je le regardai. Tu ne pensais pas que j'allais...

— Non.

Je m'éclaircis la gorge, fixant le tableau de bord à travers mes yeux embués de larmes. *C'est juste moi qui me faisais des idées stupides.*

— Parce que je ne t'ai jamais dit que ce serait pour toujours, J.

— Non, tu ne l'as pas dit.

— Je veux des enfants. Je veux exactement ce que mes parents ont. Je dois juste trouver la bonne fille.

Une fille avec une queue, pensai-je. Mais je ne le dis pas.

— Bien sûr.

Il se moqua de moi.

— Mais tu t'en fiches. Tu n'es pas sérieux non plus. J'ai vu ton téléphone – il y a plus de gars dans ton répertoire que mes sœurs en auront jamais à elles deux réunies.

— C'est vrai.

— Tu veux juste t'amuser.

— Bien sûr.

157

— Comme je l'ai dit, cependant, tant que tu es chez moi, je suis le seul, tu comprends ?

Je l'entendais fort et clair. Quand l'expérience se terminerait, je reprendrais ma route et il retournerait coucher avec des filles, auditionnant la mère de ses enfants. J'étais un intermède, un entracte, une distraction. Même si je me rendais indispensable, même si je pensais qu'il ne pouvait pas vivre sans moi – au final, il *vivrait* sans moi parce que ce n'était pas ce qu'il voulait. Son cœur n'était pas connecté à son sexe. Il pouvait coucher avec moi dès maintenant jusqu'à sa mort sans jamais m'aimer, parce qu'il n'était pas câblé de cette façon. Les hommes aimaient les femmes, pas d'autres hommes. C'était une vérité comme une autre pour lui. La pluie tombait, le soleil brillait, les hommes aimaient les femmes. Point final. Je perdais mon temps en pensant qu'il pouvait en être autrement...

Lorsque son téléphone sonna, il y répondit et resta en ligne tout le temps que dura le trajet jusqu'à l'épicerie. Il me laissa y entrer seul. Je m'en moquai complètement, mais je pris ce dont nous avions besoin et ressortis. Il me dit combien il était désolé, mais qu'il devait retourner travailler. Il devait s'occuper de certaines choses et il n'avait pas moyen de les éviter. Il me déposerait à la maison et serait de retour dès que possible.

— Je te prendrai contre le mur quand je rentrerai à la maison, J.

Il me sourit, sa main posée sur ma gorge.

Et je frissonnai, parce que soudain ce n'était plus que du sexe, sans rien autour. Je me sentis vide à l'intérieur, et lorsqu'il repartit, je regardai le SUV aussi longtemps que je le pus, le laissant devenir de plus en plus petit jusqu'à ce qu'il tourne au coin de la rue et disparaisse. Quand je fus prêt, je pris une profonde inspiration et allai à l'étage pour emballer mes affaires. J'appelai mon patron en chemin.

XIII

Un an auparavant, quand mon patron avait dû me déposer chez moi un soir, je l'avais invité à entrer. Il avait fait le tour de mon appartement et durant la minute et demie que cela lui avait pris, il avait hoché la tête à plusieurs reprises. Quand il avait terminé, il m'avait fait face et m'avait demandé quand je déménageais. J'avais froncé les sourcils alors qu'il m'expliquait qu'il possédait un appartement au centre-ville près de Rush Street, très petit de quarante-six mètres carrés, dans un vieux bâtiment en briques avec moulures d'origine.

C'était un appartement minuscule, mais propre et meublé avec beaucoup de goût. Les fenêtres pouvaient s'ouvrir en grand et, sans les moustiquaires, on pouvait se pencher au-dehors et écouter la musique jazz du piano-bar de l'autre côté de la rue. En été, il n'y avait que la brise moite passant par la fenêtre pour rafraîchir la pièce ; et en hiver, un seul radiateur pour tout l'appartement. Il m'avait dit de porter des chaussettes et que j'irais bien.

Le bâtiment possédait une porte extérieure qui nécessitait une clé pour les résidents ou une sonnette pour les visiteurs. La porte intérieure se verrouillait automatiquement et vous pouviez soit vous rendre directement à l'appartement de droite, ou monter les cinq marches jusqu'au deuxième étage. Je serais au quatrième et quand j'appelai mon patron depuis le taxi après avoir rassemblé toutes mes possessions chez Sam, je lui demandai s'il en était toujours propriétaire. C'était le cas. Je lui demandai alors si quelqu'un vivait dedans. Il n'y avait personne. Je lui demandai si je pouvais et il me dit oui, très rapidement. Il me dit qu'il enverrait des déménageurs à mon ancien logement à Oak Park à la première heure le lendemain matin pour récupérer mon matelas et mon sommier. Je devrais dormir sur le canapé la première nuit. Il me retrouverait sur place d'ici une demi-heure pour me donner les clés.

— Vous ne voulez même pas savoir pourquoi j'accepte enfin votre offre ?

— Je m'en moque. Je veux juste que tu sortes de la masure qui te sert actuellement d'appartement.

— Vous n'avez jamais dit que vous le détestiez à ce point.

— Ce n'était pas mon rôle de te faire connaître mes sentiments là-dessus... jusqu'à maintenant.

Je soupirai.

— Écoutez, je ne veux pas la charité, patron. Je peux payer mes propres déménageurs.

— Non, tu ne peux pas, m'assura-t-il. Mes déménageurs nettoieront ton appartement afin que tu puisses récupérer ta caution après qu'ils auront apporté ton lit. As-tu autre chose à ramener de là-bas ?

— Un peu de fromage blanc qui devait être du lait à l'origine dans le frigo et quelques barres de Granola.

— Ce n'est pas ce que je voulais dire.

— J'ai une lampe à lave.

Il ignora mon commentaire.

— As-tu ton ordinateur et tous tes vêtements ?

— Oui.

— Bien. Je te vois dans quelques minutes. Attends-moi sur le perron.

Il était dans sa tenue de dimanche après-midi : trench-coat en cachemire sur un costume anthracite avec un polo bleu marine, ses bottes retentissant sur le trottoir alors qu'il s'approchait de moi.

— Désolé, l'interpellai-je en le voyant arriver.

J'eus juste droit à un soupçon de sourire, le coin de sa lèvre se soulevant.

— Tu m'épuises, dit-il doucement, la voix rauque et profonde. Mais je semble aimer ça.

Je lui souris et mon téléphone sonna. Je vis le numéro de Sam s'afficher sur l'écran.

— Puis-je ? me demanda-t-il en tendant la main.

Je troquai mon téléphone contre les clés.

— Inspecteur Kage, dit-il sèchement. Ici Dane Harcourt, le patron de Jory. Oui, très bien, merci. Mm-mm, oui… oui, il est là. Non, je ne pense pas que ce sera nécessaire. J'ai décidé que je ne pouvais pas, en bonne conscience, laisser Jory rester avec vous plus longtemps. Il serait un fardeau trop lourd pour vous, vu que vos modes de vie n'ont rien en commun. Donc, je l'ai fait emménager dans un appartement qui m'appartient et qui, je peux vous l'assurer, est un endroit très sûr et plutôt bien protégé. Il y sera en sécurité ainsi qu'au travail, alors appelez-nous lorsque vous aurez besoin qu'il se présente devant la cour.

Il écouta pendant un moment.

— Pardon ? Oh non, non, il n'y a aucun problème. Je veux dire, soyons francs, une fois le procès terminé, vous l'auriez renvoyé chez lui de toute façon. Maintenant, il peut avancer et se construire une nouvelle vie, une nouvelle routine. Vous ne vouliez pas vraiment qu'il s'installe chez vous de toute façon, n'est-ce pas ?

J'attendais, tentant en vain d'entendre quelque chose.

— Là, vous voyez, je ne le pensais pas, dit-il nonchalamment. S'il vous plaît, inspecteur, appelez-moi lorsque vous aurez besoin de lui.

Il arqua un sourcil parfaitement dessiné de façon très élégante.

— Parce que, contrairement à vous, je porte un intérêt personnel à son bien-être. Je ne peux pas me passer de lui.

Il termina avec un rire grondant et profond.

160

— Je vous remercie, inspecteur, vous aussi, dit-il avant de raccrocher et de me sourire.

— Quoi ?

— Rien, grogna-t-il. Maintenant, écoute-moi bien. Il y a une épicerie espagnole au bout de la rue sur ta droite et un bar cubain en face de la rue. Sur ta gauche se trouvent un assez bon restaurant chinois et un magasin de disques exceptionnel bon, lui, qui vend encore des vinyles.

— Merci patron, je suis sûr que me promener le soir dans ce quartier sera amusant.

— En effet.

— Nous n'avons même pas encore parlé du loyer.

— Je ne suis pas inquiet à ce sujet, Jory. Je sais où tu travailles.

Je lui souris et il posa la main sur mon épaule avant de la serrer.

— Repose-toi. Regarde la télévision et mange de la nourriture cubaine… détends-toi. Assieds-toi devant la fenêtre et ne fais rien. Fais ce qui te plaît.

Je hochai la tête et il souleva sa main pour la reposer sur mon épaule.

— Nous allons déménager toutes tes affaires dans la matinée.

— Oui, m'sieur.

— Va te reposer sinon tu seras en retard au travail demain matin.

Je hochai la tête et il me serra doucement l'épaule une dernière fois avant de se retourner et de quitter l'appartement. Je verrouillai la porte derrière lui et me trouvai à aimer instantanément l'atmosphère de l'endroit. C'était impeccable de propreté et je ne ressentis pas la sensation d'étroitesse comme dans mon vieil appartement simplement à cause de la disposition des meubles, et lorsque j'ouvris les fenêtres, une brise fraîche souffla dans la pièce. J'aimai le plancher en bois, la toile rembourrée du canapé et la cuisine minuscule. Mes plats arriveraient le lendemain, mais en attendant, je pouvais utiliser l'ensemble d'ustensiles de 1972 que mon patron m'avait laissé. Cela suivait en quelque sorte avec tout le reste.

À l'extérieur, on entendait les bruits de la nuit, les gens dans la rue, les voitures qui passaient, la trompette qui jouait du jazz et mes voisins qui allaient et venaient. C'était très réconfortant, alors que j'étais assis là et que je pleurais sur Sam Kage. Mon cœur était brisé et le fait qu'il ne rappelle pas m'indiquait que ma réaction avait été de trop pour lui et qu'en partant, j'avais pris une décision finale pour lui. Logiquement, c'était pour le mieux, mais sa présence me manquerait, ainsi que sa force et sa domination. J'allai m'allonger sur le canapé. Je ne me relevai pas.

À L'UNIVERSITÉ, j'avais dû suivre un cours sur le conditionnement physique ; c'était l'une de mes matières obligatoires, et l'une des choses que nous avions apprises était que notre corps ne savait pas faire la différence entre une douleur physique et une douleur émotionnelle. C'est pourquoi le chagrin, si on n'y remédiait pas, pouvait finir par nous tuer. Les gens en deuil se plaignent souvent que leur corps leur fait mal. Je ne l'avais jamais mis en doute, j'avais toujours pris ça pour une vérité et fait ce que je pouvais pour leur apporter à manger ou les aider à nettoyer leur maison. Vu la façon dont je me traînais toute la semaine, Jill et Celia finirent par me dire d'organiser des funérailles pour enterrer ma vie amoureuse et de passer à autre chose. Je leur demandai si nous pouvions aller boire un verre à la place. Elles étaient partantes et nous amenâmes Piper avec nous au *Pink Cadillac* après le travail, vendredi. Après ça, j'invitai tout le monde dans ma nouvelle piaule où j'eus droit à un concert de 'oh' et de 'ah' tellement mon intérieur était mignon. Nous allions aller dîner au bar cubain, mais nous décidâmes de prendre quelques verres à la maison avant de partir. Je n'avais que de la vodka, alors je la mélangeai avec du jus de canneberge et du Sprite.

— Comment s'est passé le dîner de Dane lundi dernier ? me demanda Piper en gloussant, les lèvres sur le bord son verre.

— Oh, va te faire foutre, gémis-je en prenant place entre Jill et Celia, toutes deux me touchant instantanément, posant leurs mains sur mes épaules, l'autre sur mes cuisses.

— J'ai entendu dire que c'était génial, renchérit Jill. Tu étais là-bas jusqu'à deux heures du matin, n'est-ce pas ?

— Ouais, dis-je rapidement en hochant la tête, ce qui les fit toutes éclater de rire.

Mon patron avait reçu une quinzaine de personnes pour le dîner et j'avais dû faire appel à un traiteur à la dernière minute. Tout s'était déroulé sans faille, mais seulement parce que j'étais resté dans la cuisine, faisant des allers-retours, vérifiant tout, m'assurant que les boissons étaient servies ainsi que les amuse-gueules, puis le repas, le dessert, le café et finalement les digestifs. J'avais connecté mon iPod sur la chaîne stéréo qui avait diffusé du jazz toute la soirée. J'avais fait décorer toutes les tables avec des roses qui venaient de chez mon fleuriste préféré, qui faisait toujours le nécessaire pour moi. Les e-mails et les notes de remerciements s'étaient épanchés au sujet de la soirée intime et élégante qui avait été appréciée de tous. J'avais reçu mon habituel 'bien joué' d'un bref signe de tête. Il ne dit jamais merci, il embaucha des déménageurs et s'assura que j'ai un endroit sûr où vivre. Je n'avais jamais eu de cadeau d'anniversaire, mais tout à coup, sans aucune raison, il me donna un iPhone et en une autre occasion, me dit de prendre la carte de la société et d'aller m'acheter de nouveaux vêtements. C'était sa façon de faire.

Dane fixa mon nouveau loyer à sept cent cinquante dollars par mois et même lorsque je lui soutins qu'un tel montant était de la folie, il m'adressa seulement un regard qui me fit comprendre que j'avais dépassé le stade de l'agacement des jours plus tôt. Puisqu'on m'offrait un cadeau, je me tus et acceptai sa générosité. J'avais fait le trajet avec lui jusqu'à l'aéroport et il avait promis de m'appeler lorsqu'il rentrerait le dimanche. J'avais hoché la tête et lorsqu'il avait été prêt à sortir de la voiture, il avait fait ce qu'il faisait toujours : il avait posé sa main sur ma nuque et l'avait serrée.

— Je reviens, ne te fais pas de soucis.

162

J'avais plissé les yeux et le rire que j'avais reçu en retour avait été profond.

— Jory, la musique est géniale, dit Celia tout à coup, me ramenant au présent. As-tu droit à des sérénades comme ça tous les soirs ?

Je lui souris et hochai la tête.

— Quel chanceux !

— Allons manger, dit Jill en bâillant bruyamment. J'ai faim et je veux jouer au billard après.

Descendre la rue dans l'air frais du soir était très apaisant et le bras de Piper sur le mien était agréable et confortable. Chacune de ces trois femmes se souciait sincèrement de moi et c'était très reposant d'être près d'elles. Plus tard, alors que nous jouions au billard, Celia termina son Bloody Mary et me regarda intensément.

— Quoi ?

— Jeudi prochain c'est Thanksgiving. Que fais-tu cette année ?

Je me penchai sur la table pour jouer mon coup.

— J'sais pas.

— Pourquoi ne viendrais-tu pas chez ma mère avec nous ? Angel serait heureux d'avoir du renfort.

Sa mère et le mari de Célia se disputaient chaque année.

— J'sais pas… elle lui en fait vraiment baver.

— C'est parce qu'elle ne croit pas que le poker en ligne soit un vrai métier.

J'étais d'accord, mais jamais je ne le lui dirais.

— Je sais ma chérie, mais je crois que je vais passer.

Elle haussa les épaules.

— Très bien, alors Jilly aura droit à ta compagnie puisque l'année dernière c'était Piper.

— Je n'ai plus cinq ans, tu sais, lui dis-je en souriant alors que je finissais mon troisième Mojito.

— Tu ferais mieux de ralentir, gloussa Piper en me massant les épaules. Ou nous allons devoir te porter hors d'ici.

— Ce qui ne me dérangerait pas, dit Jill avec un sourire suggestif. Tu connais mes sentiments, J. Tu n'as pas encore couché avec la bonne femme.

Je soupirai et lui ouvris les bras.

— Viens me faire un câlin.

— Oh ouais, je veux bien, roucoula-t-elle en se déplaçant rapidement pour m'étreindre.

C'était drôle, mais toutes les trois n'en avaient que pour moi, se penchant sur moi, me touchant, m'étreignant, flattant me fesses, passant leurs doigts dans mes cheveux, lissant mes sourcils, mes joues, mon nez. C'était toujours comme ça, l'attention physique était flatteuse et, quelque part, douce. Elles m'adoraient et c'était évident pour tous ceux qui nous regardaient. J'étais appuyé sur le bar, ayant été envoyé pour la cinquième tournée puisque la serveuse était 'bien trop lente',

163

lorsque je vis Nick de l'autre côté de la salle. Je devais être un peu pompette, sinon je ne serais jamais allé le trouver.

Il jouait au baby-foot avec une femme et deux autres gars. J'étais sûr qu'il m'avait vu, mais il n'en montra aucun signe, même quand je fus juste à côté de la table.

— Salut, Nick, dis-je en souriant largement, heureux de le revoir.

Pas de réponse.

Je jetai un œil aux autres, mais seuls les yeux de la femme rencontrèrent les miens.

— Salut.

— Salut, me répondit-elle avec à peine un sourire.

Je reportai mon regard sur le visage de Nick en me rendant compte que, si j'avais été sobre, j'aurais compris plus vite. J'étais volontairement ignoré. Il était apparemment absorbé par la boule sur la table et n'avait pas de temps à gaspiller pour me saluer.

— Vas-tu au moins me dire bonjour ?

— Bien sûr.

Il leva les yeux. Ils étaient vides et froids, et son ton était glacial.

— Que puis-je faire pour toi ?

C'était de ma faute. Il avait été ouvert et honnête la dernière fois que nous avions parlé et je l'avais rembarré, submergé par la vague qu'était l'inspecteur Kage. En gros, je recevais une petite vengeance karmique. Je m'étais comporté comme un salaud avec lui, Sam m'avait largué et donc, je devais récolter ce que j'avais semé. Une grande relation de cause à effet que je méritais.

— Rien, dis-je doucement, enfonçant les mains dans mes poches. Désolé.

Lorsque je retournai auprès des filles, je leur demandai si elles voulaient m'accompagner au cinéma. Elles me dévisagèrent jusqu'à ce que je me porte volontaire pour acheter du pop-corn et des M & M's. Cela mit tout le monde en mouvement.

Sur le chemin de la sortie, j'eus droit à ma deuxième dose de plaisir lorsqu'une main me saisit par l'arrière de ma chemise et que je me retrouvai soudain face à face avec l'inspecteur Kage. Je restai là, figé, même s'il m'avait relâché, et je le regardai s'éloigner avec ses copains vers un groupe bruyant, main dans la main avec une belle blonde.

— Tu ressembles à un gigolo, habillé comme ça, m'avait-il dit tout bas quand il m'avait dépassé.

Je n'étais pas d'accord. Je ne pensais pas que mon jean, mes derbies en cuir et ma chemise marron ouverte au col indiquaient que j'étais un 'garçon à louer'. Mais peut-être y avait-il quelque chose chez moi qui donnait cette impression ? Alors que je le regardais se diriger vers le bar, le voyais empoigner et serrer les mains des hommes qu'il rencontrait, je sentis mon cœur remonter dans ma gorge. Je pouvais à peine respirer de le voir faire des gestes grossiers avec les autres à l'égard de son

164

rendez-vous. Comme si elle était chaude et qu'il allait s'en occuper sérieusement plus tard. J'allais être malade.

Jill attrapa ma main et me tira dehors pour que je m'aère. Elles voulaient toutes savoir qui était Sam et ce qu'il avait dit. Je leur expliquai que c'était une histoire bien trop longue à raconter avant d'aller voir un film. Quand je croisai le regard de Celia, je compris qu'elles se fichaient royalement de tout le reste à cet instant : elles voulaient entendre mes potins salaces.

Nous finîmes par nous rendre au club de jazz en face de mon appartement et je leur expliquai tout à propos de l'inspecteur Kage, laissant de côté la partie où des gens essayaient de me tuer. Seul Dane connaissait cette pièce du puzzle. Elles s'assirent et m'écoutèrent jusqu'à deux heures du matin, heure à laquelle nous migrâmes dans un café-restaurant familial non loin de là où nous prîmes un petit-déjeuner. Piper nous dit qu'elle n'avait jamais veillé aussi tard depuis l'université. Quand Celia lui demanda comment était la fac dans les années soixante-dix, elle reçut une claque vraiment forte sur le bras. Je ris tellement que le lait sortit par mon nez.

Après les avoir toutes mises dans un taxi, je titubai dans l'escalier jusqu'à mon appartement et m'écroulai de fatigue sur le canapé. Je ne ressortis pas jusqu'au dimanche soir. Entre la pluie glacée, le marathon de *Real World* et le décompte de *VH1* sur tout et n'importe quoi allant des Pires Chansons d'Amour jusqu'à la Meilleure Coiffure de Rocker, je n'avais pas de raison d'aller où que ce soit. J'avais assez de nourriture ; j'avais du thé, glacé et chaud, et beaucoup d'eau. Comme je me sentais sans énergie et lent, j'allai à la salle de gym le dimanche soir et courus huit kilomètres jusqu'à ce que je sois épuisé. Sous l'eau chaude, je sentis le cafard commencer à reculer. Le temps que je sorte, j'étais plus moi-même que je l'avais été depuis une semaine. C'était stupide de donner à quelqu'un d'autre le pouvoir de me faire ressentir une chose ou une autre – à part mon patron. Seul Dane Harcourt pouvait tirer sur ma chaîne.

XIV

J'ÉTAIS ASSIS sur une chaise en face de Dane et j'attendais. J'espérais que mon regard convoyait clairement mon agacement.

— Quoi ? demanda-t-il finalement, et je pus entendre son irritation.

— Allez-vous me le dire ou dois-je vous supplier ?

— Supplie.

— Je ne veux pas, déclarai-je d'un ton sec en repoussant ma chaise et en jetant les dossiers que j'avais sur mes genoux sur son bureau.

Depuis qu'il avait passé la porte, il se comportait comme un emmerdeur. Je l'avais salué et n'avais eu droit qu'à un grognement en retour. J'avais été sur le point d'exploser tellement je voulais tout savoir de son voyage et il me répondait par le silence pour une raison quelconque. Je n'allais pas rester assis là et le supporter une seconde de plus alors que je pouvais à peine me retenir de crier.

— Ne t'avise pas de te lever ! m'ordonna-t-il sèchement.

— Sinon quoi ? le narguai-je.

— Ou ce n'est plus la peine de revenir.

J'étais stupéfait.

— Vous allez me virer ?

— Oui, dit-il avec un grognement sourd dans la voix.

— Hein ?

Je réfléchis à ce qu'il venait de dire. Je restai assis là, sans bouger, passant mes options en revue, et bien que l'envoyer se faire voir soit tentant, je m'adossai de nouveau à ma chaise à la place. Un instant de bravade tuerait définitivement notre amitié. Cela n'en valait pas la peine. Le fait qu'il compte sur moi pour faire marche arrière afin qu'il puisse sauver la face était agaçant au-delà des mots, mais c'était mon rôle. J'étais celui qui abandonnait, il était celui qui poussait. Je replaçai donc les dossiers sur mes genoux et le regardai. Ses yeux ressemblaient à des morceaux de glace ; froids et clairs.

— D'accord, alors je vais attendre jusqu'à ce que vous soyez prêt.

— Et si ça n'arrive jamais ?

Seigneur ! Il espérait vraiment une dispute violente et interminable entre nous et je ne savais pas du tout pourquoi.

— Alors ça n'arrivera jamais, dis-je simplement en haussant les épaules pour ajouter de l'emphase. Comme vous voulez.

Des yeux sombres me dévisagèrent.

Il avait tant de failles.

— Que s'est-il passé ?

— J'ai besoin que tu appelles Glenn Upton pour moi.

Mon soupir put s'entendre jusque dans le hall et après ça il me lança un regard noir.

— Tu as un problème ?

Je levai les yeux au ciel d'un air dramatique.

— Non, monsieur. Que dois-je demander à Monsieur Upton ?

Il m'observa un long moment.

— Eh bien ? l'encourageai-je.

— Rien. Retourne à ton bureau.

Je fis ce qu'il me dit et m'assis là en face de Joanna Belian, notre nouvelle dactylo. Elle était très gentille, avait la soixantaine bien sonnée et avait apporté quelques photos adorables de ses petits-enfants.

— Jordan, c'est ça ? me demanda-t-elle au bout d'un moment.

— C'est Jory.

Je lui souris en retour en la corrigeant gentiment.

— Votre patron a plutôt fière allure, même s'il est glacial sur les bords.

— Vraiment ?

— Oh oui, mon cher, dit-elle en me souriant. Glacial est le mot que j'emploierais.

— Je pense qu'il est juste... commençai-je, mais lorsque la porte du bureau s'ouvrit et qu'il se pencha dans l'encadrement, je devins muet.

— Tu veux savoir ce qui s'est passé ou non ? demanda-t-il avec humeur.

Je levai les mains au ciel.

— Je n'ai absolument aucune idée de ce que vous voulez que je dise à ce point.

Il me fit un geste et je me levai pour le rejoindre dans son bureau. Lorsque je me retournai, il se dirigea vers le canapé en cuir et se laissa tomber dedans. Je ne pus m'empêcher de froncer les sourcils.

— Quoi ?

— Vous agissez si bizarrement.

— Vraiment ?

— Ouais.

— Oui.

— Peu importe, dis-je avec dédain.

Il m'observa pendant une longue minute.

— Terriblement confiant aujourd'hui.

— Étiez-vous sérieux tout à l'heure ? Vous voulez vraiment que je vous supplie ?

Il soupira avant de se pencher en avant, la tête entre ses mains.

— Très bien, alors j'ai pris un taxi de l'aéroport jusque chez eux à Mesquite et leur maison est immense. Je ne sais pas à quoi je pensais, mais pour une raison quelconque, je les imaginais pauvres.

Il sourit tout à coup.

— Vas-y.

— Quoi ?

— Tu as déjà des questions.

— Non, non, non.

J'agitai la main dédaigneusement, saisissant la chaise sur laquelle je m'étais assis plus tôt, la posant devant lui pour pouvoir m'installer.

— Continuez.

Il hocha la tête.

— Eh bien, je me suis dirigé vers la porte et voilà Caleb Reid qui est là et qui m'invite à entrer. J'ai lâché toutes mes affaires dans le vestibule et... quoi ? grommela-t-il.

— Eh bien quoi ? dis-je en le regardant intensément.

— Tu as souri.

— J'ai souri ?

— Tu as souri. Pourquoi ?

— Quoi ?

— Pourquoi as-tu souri ?

— Je ne peux pas sourire ?

— Eh bien juste, quoi... pourquoi as-tu souri ?

Je lui souris à nouveau.

— Vous avez dit vestibule. Vous êtes la seule personne que je connaisse qui utilise le mot vestibule lorsqu'il raconte une histoire.

— Oh, pour l'amour du ciel, gémit-il. Essaie de te concentrer pour une fois.

— Ouais... désolé, continuez, continuez.

Il prit une grande inspiration.

— Très bien, alors j'ai laissé tomber mes affaires, puis je suis entré dans le salon et elle était juste là, assise sur le canapé. Il n'y a pas eu d'annonce ou un moment pour me préparer : Je me suis juste brusquement retrouvé face à ma mère biologique.

— Oh merde !

— Bien dit.

— Qu'a-t-elle dit ?

— Elle a dit bonjour.

— Et ? Continuez ! Vous me tuez là.

— Elle a voulu que je m'assoie à côté d'elle sur le canapé et je l'ai fait. Je ne voulais pas lui tenir la main, mais je sentais qu'elle le voulait, alors je l'ai prise. En fait, j'ai pensé, que ferait Jory s'il était ici ?

Il sourit brusquement et ses yeux s'adoucirent.

Et à ce moment-là, sous le poids de son regard, je compris. Dans ma vie, il était constant. Tout changeait, mais Dane Harcourt était toujours là. Lorsque j'avais été désinvolte cette nuit-là, au poste de police, leur souhaitant bonne chance pour trouver quelqu'un que j'aimais, ils n'avaient pas besoin de chercher plus loin que mon patron. J'admirais cet homme, je lui étais dévoué, ainsi qu'à son bien-être, et je l'aimais purement et simplement. Pas d'un désir sexuel – je ne voulais pas coucher avec lui. Il était le grand frère que je n'avais jamais eu et que j'avais toujours voulu. Il était ma famille.

— Qu'est-ce que tu as ?

Je secouai la tête.

— Alors, puis-je continuer ?

— Ouais, ouais, allez-y.

— D'accord.

Il soupira profondément.

— Eh bien, je lui ai tenu la main et elle a commencé à me dire qu'elle n'avait pas voulu renoncer à moi et bla-bla-bla.

— Patron !

— Quoi ? C'est la vérité. J'ai en quelque sorte déconnecté. Je veux dire, je ne l'ai pas fait intentionnellement, mais j'ai arrêté d'écouter parce que j'ai compris que je m'en fichais vraiment, sincèrement.

— Que voulez-vous dire ?

— Eh bien, qu'allait-elle dire ? Que voulais-je qu'elle dise ? Quelle importance ? Mes parents sont mes parents. Elle m'a mis au monde, mais cela ne fait pas d'elle ma mère.

Je hochai la tête.

— C'est vrai.

— J'ai été poli, j'ai écouté ce qu'elle disait et j'ai fait la bonne chose en lui disant que rien de tout cela n'importait et que tout avait finalement bien tourné.

— Avez-vous aussi rencontré votre père ?

— Oui. Il avait l'air dans un sale état.

— Je me sens vraiment désolé pour lui. Il n'a même pas eu son mot à dire quant au fait de vous garder ou non.

— C'est vrai.

— Qu'a-t-il dit ?

— Quelque chose de très similaire à ce que tu viens de dire en fait.

— Hein ?

— Il veut venir ici pour me rendre visite.

— Oh. C'est intéressant. Qu'avez-vous dit ?

— J'ai dit que nous verrions.

— Est-ce que vous lui ressemblez ?

— Oui.

— Il doit être superbe.

Je compris après l'avoir dit que cela ressemblait à du rentre-dedans.

Il me regarda intensément.

— Je n'ai pas remarqué.

— Et quoi d'autre ?

Il sourit alors de toutes ses dents, ses yeux étincelants quand il parla.

— Es-tu gêné ?

169

— Pouvez-vous simplement continuer avant que je vous tue ?

— Pas très amical.

— Continuez, dis-je d'un ton sec.

— Nous avons un peu parlé et je leur ai dit à tous les deux que si je pouvais faire quelque chose pour eux, ils ne devaient pas hésiter à m'appeler.

— C'est tout ?

— C'est tout.

— Êtes-vous resté pour dîner ?

— Non, je ne suis pas resté.

— Puis-je vous poser une question ?

— Depuis quand me le demandes-tu ?

— D'accord, je le mérite, dis-je en hochant la tête. Pourquoi n'avez-vous pas demandé à votre mère pourquoi elle vous avait abandonné ?

— Cela n'a vraiment plus aucune importance maintenant.

— Je pense que c'est important pour vous.

— Je pense que c'est important pour toi, dit-il ironiquement. Tu sembles toujours croire que tu sais ce qui sera le mieux pour moi dans tous les cas.

— Mieux que vous, murmurai-je.

— Je te demande pardon ?

— Rien.

— Jory.

Je croisai les bras et l'examinai avec ce que j'espérai être du mépris.

— Quoi ? Parle, m'ordonna-t-il.

— Je pense savoir ce que vous devriez faire.

— Quand ?

— Maintenant.

— Et qu'est-ce que c'est ?

— Vous devez y retourner et poser toutes vos questions au cas où vous finiriez par ne plus les revoir.

— Je ne les reverrai pas.

— Merde.

— Donc, tu vois, je ne leur poserai plus de questions.

— Nous pourrions y retourner.

— Pourquoi, pour que tu prennes des notes ?

Ce n'était pas une mauvaise idée.

— Pas besoin d'être sarcastique.

Nous gardâmes le silence quelques minutes.

— Regarde-moi, dit-il finalement.

— Je vous regarde.

— Non, regarde-moi.

Je regardai dans les yeux gris foncé de mon patron, vis les taches argentées comme toujours.

170

— Qu'est-ce que je dois chercher ?

— Crois-tu sincèrement que cela peut signifier quelque chose de plus ?

— Peut-être.

— Jory, sommes-nous amis ?

Je le regardai vraiment intensément, ce visage que je connaissais si bien, et je vis ce que j'y avais toujours vu : une résolution absolue. Sa force, sur laquelle je pouvais toujours compter, la raison pour laquelle les autres personnes étaient toujours tellement attirées par lui, à cause de cette force. Il était inébranlable. Il pouvait être malmené, mais jamais brisé. Ce n'était pas souvent que vous rencontriez des gens qui étaient incassables. C'était presque une allure royale comme s'il aurait dû être roi. Quelqu'un à qui vous pouviez confier votre vie, une qualité presque héroïque. Et à cause de ça, parce que je ne voulais pas qu'il pense que j'étais faible, je retrouvai ma voix et lui répondis.

— Oui, nous sommes amis.

— Bien.

Il me sourit chaleureusement.

— J'en suis heureux.

Je l'étudiai.

— Vous voulez que je travaille pour vous pour toujours, n'est-ce pas ?

Son sourire fit briller ses yeux.

— Pour toujours. Quelle longue période tu choisis !

— J'ai besoin de prendre soin de vous, dis-je parce que je me sentais soudain courageux, et aussi vulnérable, et parce que je le pouvais.

Il était la seule chose que je pouvais pointer dans ma vie et dire qu'elle m'appartenait. Mon patron. J'étais possessif à l'excès. S'il devait m'appartenir, alors je devais dire les mots.

— Puis-je ?

Il hocha la tête.

Ce n'était pas assez.

— Est-ce que c'est un oui ? le poussai-je, voulant être sûr.

Voulant qu'il rende enfin cela solide entre nous. Nous tournions autour d'un engagement de réelle amitié depuis si longtemps. Il devait faire un choix, ici et maintenant. Soit il me laissait l'amplitude dont j'avais besoin pour manœuvrer dans sa vie, soit il reculait. En tant que véritable ami, je pourrais dire ce que je pensais chaque fois que je le voulais sur n'importe quel sujet, de sa vie amoureuse à l'endroit où il travaillait, à sa famille, à ses amis, à la cravate qu'il avait choisie au réveil. Il était sur le point d'accepter de me donner une voix dans sa vie et je serais en mesure d'intervenir et d'être pris en compte. Et que Dieu lui vienne en aide s'il acceptait, parce que chaque femme qui le voulait à partir de cet instant allait avoir affaire à moi, de près et de façon très personnelle. L'examen serait très difficile.

— Dites-le.

— Quel âge as-tu ? Douze ans ?

— Dites-le, dis-je d'un ton menaçant. Dites-le.

— Tu me menaces ?

— Je le ferai bientôt.

— Jory, tu…

— Dites-le ! exigeai-je.

J'allais le tuer d'une seconde à l'autre

— C'est un oui.

Je retins une inspiration. J'étais absolument stupéfait.

— Vraiment ?

Je ne pouvais pas y croire.

— Oui.

— Vous êtes sûr ?

— Je suis sûr.

— Pourquoi ?

— Juste parce que.

— Et donc, je peux…

— Tu peux, me coupa-t-il en poussant un lourd soupir.

Il avait l'air épuisé.

— Je suis si heureux !

— Je sais, dit-il en rigolant avec lassitude. Je peux le voir.

Je ne pouvais pas me contenir. Je souriais si fort

— Je ne peux plus me faire virer ?

— Non.

— Non que j'aurais pu l'être avant, clarifiai-je en le regardant intensément, le défiant de me contredire.

— Non que tu aurais pu l'être avant, acquiesça-t-il, souriant devant sa défaite en secouant la tête. Mon Dieu !

— Tu sais que je t'aime, laissai-je échapper avant même d'y penser.

Il m'adresse un regard dur.

Je retins mon souffle. J'avais fait fort, le poussant dans ses retranchements, comme je savais le faire.

— Je sais, dit-il au bout d'une minute.

Je reçus un regard de pur agacement et, alors que je l'observais froncer les sourcils, j'eus une révélation. Un grand mot pour une chose simple, mais il me fallait plus de temps que les autres pour atteindre le même but.

— Tu…

Je ne pouvais me résoudre à dire le mot alors je le substituai par un autre plus facile.

— Tu m'apprécies, hein ?

— Oui.

— Tu ne te forces pas à prendre soin de moi malgré toi.

— Non.

172

Comme si j'étais son frère.

— J'ai beaucoup de chance.

— En effet.

Une pensée me traversa l'esprit.

— Pouvons-nous aller déjeuner à Boca ? J'ai envie de célébrer ça.

— Très bien.

— Super.

Je rayonnai littéralement, j'étais si content.

— Allons-y maintenant.

Il bâilla bruyamment.

— Attends, l'interrompis-je en pensant à autre chose. Vas-tu retourner au Texas ?

— Je ne sais pas.

— Veulent-ils que tu y retournes ?

— Bien sûr.

— Le veux-tu ?

— Non.

— Mais tu devrais.

— Pourquoi le devrais-je ?

— Tout va bien entre nous ? lui demandai-je tout à coup, vérifiant pour m'assurer.

— Oui. Tout va bien.

— Et alors, au sujet de ta nouvelle famille ?

Je soupirai, tellement soulagé de tourner la page et en même temps d'être au commencement d'une autre.

— Tu as de nouveaux frères et sœurs.

— C'était pour elle, dit-il en se levant et en traversant la pièce jusqu'à son bureau, vers son fauteuil, pour récupérer sa veste de costume. Après cette visite, il n'y a rien de plus que je peux offrir. Il est futile de poursuivre.

— Mais...

— Réfléchis, Jory... ils mènent des vies différentes, cela se résumerait à quoi ? Des cartes pour Noël ? J'ai au moins fait ça, si jamais je ne faisais rien d'autre. Pour combien de personnes veux-tu aller faire les magasins ?

Il me sourit, arquant un sourcil sombre pour appuyer sa question.

— Mais ils sont ta famille.

— J'avais une famille avant que mes parents meurent. Je n'en ai pas besoin d'une autre.

— Le regretteras-tu plus tard ?

— Je ne pense pas.

— Peut-être que nous y retournerons.

— Non.

— Non ?

173

— Tu fais partie de ma vie, comme mes autres amis que je ne partage pas avec n'importe qui.

Oooh, j'étais mis dans le même groupe que les gens importants !

— Donc c'est pour ça que je n'y suis pas allé.

— C'est pour ça.

Je hochai la tête.

— C'était une gentille chose à dire.

— J'ai mes moments.

DANE ET moi avions mangé un si bon repas qu'après ça, il me déposa chez moi et me dit qu'il me reverrait le lendemain matin. Quand il me poussa hors du taxi, je restai sur le trottoir en agitant la main comme un idiot pendant plusieurs minutes. Toujours plein d'entrain quatre heures plus tard, j'acceptai l'invitation de mon ami Andy à aller en boîte avec lui et tout un groupe de ses amis. Et je souhaitais presque que je tomberais sur Sam Kage habillé comme ça parce que de cette façon il pourrait voir ce que s'habiller pour s'envoyer en l'air signifiait vraiment.

Le jean noir couvrait mes jambes et mes fesses comme une seconde peau, tombant bas sur mes hanches, et ma chemise de soie était ouverte sur mes abdos. Je décidai en franchissant la porte de chez moi que tous ceux qui voudraient poser leurs mains sur moi seraient libres de le faire. Lorsqu'un des amis d'Andy me pelota dans la voiture, je le laissai faire. Il sourit et se pressa contre moi.

— Andy, Jory est ouvert aux propositions.

— S'il l'est, dit-il en croisant mes yeux dans le rétroviseur. Alors, j'ai la priorité.

Mais lorsque la voiture s'arrêta en face du club, je me faufilai dehors et entrai dans la boîte avec cris, cajoleries et en les appelant derrière moi. Je ne perdis pas de temps à m'enfoncer dans la foule et me perdre moi-même. Je pouvais entendre le battement lancinant de la musique à l'intérieur de mon corps alors que je dansais. Ils jouaient de vieux airs et je fermai les yeux et bougeai en rythme. C'était comme se noyer dans le bruit.

J'eus beaucoup de partenaires, mais personne ne put me faire quitter la piste de danse, alors ils laissèrent tomber. Aussi prêt pour un coup que je l'étais, il n'y avait pas d'action dans les toilettes pour moi. Baiser dans une stalle pendant que d'autres pissaient n'avait jamais été mon idée d'un bon moment. Je restai donc sur la piste et dansai jusqu'à ce qu'Andy arrive pour m'entraîner hors de la foule, ses bras forts enroulés autour de mon torse. Je descendis de copieuses quantités d'eau glacée bien qu'il essayât de me faire avaler plus d'alcool. Toujours sur mon petit nuage suite à ma discussion avec Dane, quand je vis Nick assis à une table près du fond en compagnie de plusieurs de ses amis, je décidai de tenter une nouvelle approche. C'était bientôt Thanksgiving après tout.

Tous les yeux de la table se levèrent sur moi jusqu'à ce que Nick remarque que l'attention se trouvait derrière lui et se retourne. Son regard me balaya très lentement depuis le sol jusqu'à mon visage. Je lui souris en grand et je l'observai carrer sa mâchoire.

— Hé. Je peux te parler ?

Il se leva et posa une main à plat sur ma poitrine avant de me pousser en arrière.

— Va-t'en, Jory.

— Nick, dis-je en levant un bras vers lui. S'il te plaît, viens juste par ici un inst…

— Quoi ? Tu veux t'excuser pour la façon dont tu m'as traité ?

Il haussa les épaules.

— Comme si ça avait de l'importance ? Comme si tu ne m'avais pas fait une faveur énorme. Je veux dire, merde, Jory, à quoi je pensais, je te le demande ? Je vais être médecin et tu n'es qu'un type que j'ai ramassé dans un club. Tu es le genre de mec à baiser et à oublier, pas le genre intéressé par le 'pour toujours'.

— Nick…

— Il y a 'coup d'un soir' écrit partout sur toi.

Je fis une dernière tentative parce que je le lui devais. Pour mon karma, je le lui devais.

— Nicky, s'il te plaît, laisse-moi juste…

— Quoi ? Tu veux que je te baise ?

Toute la table éclata de rire en même temps et je compris que tout le monde savait que je l'avais méchamment blessé. Ils s'amusaient de me voir le supplier, essayer de m'excuser et recevoir juste ce que je méritais à la place. La vengeance était une salope et il me la renvoyait avec les intérêts. J'étais bon pour être embarrassé et humilié à foison.

— Allons dans les toilettes, Jory, je vais arranger ça maintenant pour toi.

Je le dévisageai.

— Non ? Tu veux me ramener chez toi, Jory ?

Je restai silencieux.

— C'est un trou à rats, mais vu que tu ne vaux pas plus, c'est logique. Combien de gars ramènes-tu là-bas en une seule nuit ? Cinq ? Dix ?

Je hochai la tête.

— D'accord.

— D'accord pour quoi ? Tu veux aller chez toi ?

Je secouai la tête.

— Eh bien, tu ne viens certainement pas chez moi. Je devrais brûler les draps après.

Je pris une inspiration pour me calmer, fis quelques pas en arrière, puis pivotai et m'en allai. Et c'était étrange, mais je me sentis presque mieux. Je l'avais laissé me blesser, sortir tout le venin qu'il avait, sans rien dire, et puis j'étais parti. Quelque part, on repartait de zéro. Ma dette était payée. Mais je ne pouvais pas rester. Se faire remettre à sa place de la sorte cassait l'ambiance, quoi qu'on dise.

Après m'être esquivé du club, je me rendis compte à quel point il faisait froid. J'avais besoin d'une veste ou d'un taxi tout de suite. J'enfonçai mes mains dans mes poches et commençai à descendre la rue. Au bout de quelques minutes, je

175

m'aperçus du coin de l'œil que quelque chose bougeait. Je ne suis pas formé à l'art de la traque, ni dans la façon de procéder, ou dans celle de feindre qu'on est traqué quand quelqu'un vous le fait subir. Alors je m'arrêtai et me retournai pour regarder la rue. La fourgonnette fit de même, elle s'arrêta. Et, alors que la porte latérale s'ouvrait d'un coup, je détalai comme un lapin. J'entendis comme un pétard éclater près de moi et je m'engouffrai aussitôt dans l'allée sur ma droite ; le moteur de la fourgonnette s'emballa et je me retrouvai à franchir une clôture métallique en maille en quelques secondes chrono. Applaudissements pour mes séances de sport !

Je courus sans jamais regarder en arrière une seule fois, ayant vu bien trop de films d'horreur où le héros se faisait attraper à cause de ça. La benne à ordures que je contournai fut touchée et la réverbération du métal frappant du métal me fit paniquer. Lorsque j'arrivai dans la rue voisine, j'entendis un crissement des pneus tandis que je sautais par-dessus le capot des voitures arrêtées au feu, manquant de peu de me faire renverser par une autre voiture qui passa au rouge, et courant complètement quand j'atteignis l'autre côté. La seule pensée qui me traversa l'esprit fut que je devais mener mes poursuivants aussi loin que possible de mon appartement.

Les escaliers menant à la station de métro aérien apparurent tout à coup et, alors que je m'y précipitai, j'entendis le moteur. Trop près pour monter sur le quai, mais j'étais dangereusement porche de mon quartier. Je fis une brusque embardée et entendis cette fois le crissement du métal. Je fis rapidement demi-tour et me dirigeai vers le club. Je pouvais sentir mes poumons commencer à brûler alors que je poussais ma course et sentais les effets de la vitesse. Nouvelle ovation pour le Step et les centaines de longueurs dans la piscine ! C'était drôle les choses qui vous passaient par la tête quand vous couriez pour sauver votre vie.

C'était hilarant, ou ça l'aurait été, mais lorsque je tournai au coin de la rue, je vis Nick et ses amis sortir du club. Je contournai les voitures garées dans la rue pour ne pas avoir à le dépasser, lui et son groupe, en courant. Je m'arrêtai tout à coup et la fourgonnette surgit devant moi alors que je balayai les alentours des yeux.

— Jory ! me cria Nick, et lorsque nos yeux se croisèrent j'enregistrai sa peur avant de vérifier où se trouvait la fourgonnette.

Je déportai mon poids d'un côté et traversai la rue avec précipitation. J'entendis les pneus crisser et d'autres coups éclater avant de me ruer dans une autre ruelle. Je vis une benne à ordures et, au-dessus, une échelle qui montait sur le toit.

L'adrénaline est incroyable. J'avais la sensation d'être Spiderman. Je grimpai sur la benne fermée, sautai pour attraper le premier barreau et fis une traction pour atteindre le second. Une fois que mes jambes eurent une prise, je montai rapidement alors que la camionnette s'arrêtait avec un crissement de peu brutal en dessous de moi. Je n'avais pas baissé les yeux, je l'avais seulement entendu. Il y eut des cris puis des étincelles près de mon visage, de tous les côtés, alors que je montais. Une chance incroyable, mais il n'y avait que dans les films que l'on pouvait toucher une cible mouvante. Je me laissai tomber sur le toit de l'immeuble et restai allongé là quelques minutes à essayer de reprendre ma respiration, à essayer de faire en sorte que mon cœur et mes poumons n'explosent pas. Je sortis mon téléphone et composai le numéro du poste de police. Je ne demandai pas Sam, mais son partenaire, Dominic Kairov. Je m'assis quand on me le passa.

— Monsieur Keyes ?

— Inspecteur Kairov ?

— Oui, que…

Mais je le coupai, lui disant où j'étais, ce qui s'était passé et lui demandai si peut être il pouvait envoyer toute une escouade ou quelque chose pour effrayer la camionnette et la faire s'en aller.

— Où êtes-vous, là tout de…

— Jory !

Je gémis lorsque la voix de Sam se fit entendre au bout du fil. Je raccrochai et jetai un coup d'œil par-dessus le rebord vers la rue. Aucune camionnette. J'allais me diriger vers la porte du toit pour m'en aller quand elle s'ouvrit brutalement et que deux types en émergèrent. Ils avaient tous les deux des armes à la main. Merde. Je passai par-dessus le rebord et heureusement pour moi, ils étaient à environ cinquante mètres de distance. Je me retrouvai en bas de l'échelle plus vite que je l'avais montée, sautant les quelques mètres qui me séparaient du couvercle d'une autre benne avant de rouler sur le bitume. J'étais de nouveau sur mes pieds lorsque le mur à côté de moi explosa avant que je tourne au coin de la rue. Je courus sur le trottoir aussi vite que je le pus, traversai deux rues et hélai un taxi. Une fois à l'intérieur, je demandai au chauffeur de me ramener à mon appartement. Je me baissai sur la banquette et vis la camionnette faire irruption dans la rue et nous passer devant à toute allure dans la direction opposée. Je me rassis, appuyai ma tête en arrière et fermai les yeux. J'essayai de reprendre mon souffle.

— Tout va bien, mec ?

Je poussai un long soupir.

— Parfaitement.

Peut-être que je pouvais manquer ma séance de gym demain.

Une fois que je fus à l'abri derrière la porte extérieure de mon nouveau chez moi, je me sentis complètement en sécurité. Personne ne savait que j'avais déménagé et je fus sous l'eau brûlante dix minutes plus tard, me concentrant pour ne pas m'évanouir. Lorsque l'adrénaline refluait, c'est comme si elle vous désertait d'un coup. Je réussis à enfiler mon pantalon de pyjama en flanelle et me laissai tomber le lit plutôt que sur sol lorsque je m'évanouis.

LE MARTÈLEMENT contre ma porte me réveilla et lorsque je regardai l'horloge de la cuisine en me dirigeant vers la porte d'entrée, je vis qu'il était deux heures et demie du matin.

— Jory !

Je grimaçai. Même sa voix à travers la porte résonnait comme un marteau. Lorsque j'entrouvris la porte, je laissai la chaîne de sécurité avant de jeter un coup d'œil à l'extérieur.

— Oui, inspecteur ? dis-je en bâillant bruyamment. Que puis-je faire pour toi ?

— Ouvre cette putain de porte maintenant !

Le volume de sa voix était sérieusement trop fort pour l'heure qu'il était.

— J'ai des voisins, lui rappelai-je alors que je fermais la porte pour enlever la chaîne. Pourrais-tu faire moins de bruit, s'il te plaît ?

Quand je la rouvris, il entra en trombe, claquant la porte derrière lui et me saisissant en un mouvement rapide. Il avait un poing ancré dans mes cheveux, l'autre sur ma gorge et ses yeux plongés dans les miens. J'étais encore à moitié endormi alors mon corps était beaucoup plus souple qu'il l'aurait été normalement. J'étais sans force et malléable.

— Stupide connard, gronda-t-il, sa bouche à quelques centimètres de la mienne.

Je me tortillai pour me libérer de son emprise et traversai la pièce, mettant le canapé entre nous.

— Qu'est-ce que tu veux ?

— Tu vas en détention préventive tout de suite, bordel !

Sa voix était dure et froide.

— Non, dis-je en secouant la tête. Je n'y vais pas.

— Si j'ai pu te trouver, crois-moi, ils le pourront aussi.

— S'il te plaît, tu sais qui est mon patron – pas eux. Je ne m'inquiète pas. D'ailleurs, s'ils me tuent, peut-être pourras-tu les prendre sur le fait. Cela te ferait certainement plaisir.

— Jory...

— Va-t-en, le suppliai-je. S'il te plaît. Je ferai n'importe quoi pour que tu partes.

Il m'observa une longue minute avant de tourner les talons et de se diriger vers la porte, l'ouvrant si fortement qu'elle vibra, et sortit. J'étais sur le point applaudir parce que c'était tellement dramatique, mais j'y réfléchis à deux fois. Et s'il m'entendait ? Le chercher de la sorte était stupide après tout. Tandis que je replaçai la chaîne et verrouillai la serrure, j'espérais en avoir fini avec les drames pour cette nuit.

Livre deux

I

JE RENTRAIS de mon déjeuner avec mon ami Tran, qui travaillait au quatrième étage dans le même bâtiment que moi, lorsque mon téléphone sonna. Je ne reconnus pas le numéro, mais je répondis en pensant que peut-être c'était Dane Harcourt, mon patron et la seule personne constante de ma vie.

— Allô ?

— Jory ?

C'était Nick Sullivan, le médecin qui ne pouvait décider s'il m'aimait ou me détestait.

— Salut.

Il s'éclaircit la gorge.

— Est-ce que tu vas bien ? Je t'ai vu t'enfuir la nuit dernière et je…

— Et tu n'appelles que maintenant ? rigolai-je. J'aurais pu me faire tuer.

Et je faisais le malin, gardant les choses légères, mais la veille, j'avais fui des hommes qui me voulaient mort. La veille, cela avait été tout sauf drôle.

— Je… non, j'ai appelé la police la nuit dernière, mais tu avais déjà disparu lorsqu'ils sont arrivés et…

Je souris dans le téléphone.

— C'est bon. Je vais bien.

Il y eut un bref silence.

— J'ai été un vrai connard la nuit dernière, et aussi la dernière fois où je t'ai vu, et je suis tellement désolé.

Hier soir, avant de courir pour sauver ma vie, j'avais permis à Nick Sullivan me sortir tout ce qu'il avait sur le cœur. Des semaines auparavant, il m'avait avoué être fou de moi, mais c'était juste avant que je devienne un témoin involontaire à assassiner. Ma vie était partie en vrille, ce qui avait moins à voir avec le contrat mis sur ma tête qu'avec l'un des inspecteurs chargés de l'affaire, Sam Kage. J'étais tombé amoureux si vite et si fort pour l'inspecteur Kage, que tout le reste dans ma vie avait été oublié, en particulier le Docteur Nick Sullivan qui n'avait jamais été quelqu'un de spécial pour moi, pour commencer. Il ferait un excellent partenaire pour quelqu'un un jour, mais il ne serait jamais le mien. Lorsque nos routes s'étaient croisées dans un club, j'avais ressenti le besoin d'essayer de m'excuser pour avoir disparu après qu'il m'ait avoué son intérêt. Le venin que j'avais reçu avait été surprenant.

— Jory ?

— Désolé, dis-je rapidement.

— Je suis vraiment désolé.

— C'est bon, je le méritais amplement, donc c'est bon.

J'étais sorti avec lui et l'avais oublié, c'était salaud de ma part. Pour ma défense, il n'y avait jamais eu la moindre attraction entre nous, ni même une étincelle.

— Vraiment ?

— Ouais.

Il toussa légèrement.

— D'accord.

— D'accord, dis-je doucement. À plus tard.

Et je ne lui donnais pas l'occasion de dire quelque chose de plus. Je raccrochai.

— Excusez-moi.

Lorsque je levai les yeux, l'homme qui se tenait debout devant moi me sourit en grand avant de me tendre sa main.

— Bonjour, fils. Truman Ward, j'ai rendez-vous à treize heures avec votre patron, Monsieur Harcourt.

En tant qu'assistant de Dane Harcourt et effectivement bon dans mon travail, je savais que l'homme souriant n'était pas au bon endroit au bon moment. Je plissai les yeux.

— Il me semble que vous êtes deux jours en avance, monsieur.

Je souris lentement, serrant la main tendue.

— Votre rendez-vous est prévu pour le lendemain de Thanksgiving, non la veille.

Il fronça les sourcils.

— Merde ! Était-ce ce que ma secrétaire essayait de me dire ce matin avant que je parte ?

— Monica ? dis-je, puisant le nom de ma mémoire.

— Oui.

Son visage s'éclaira.

— C'est ça.

— Ouais, nous avons parlé hier, l'informai-je. C'est vendredi, monsieur, à la même heure.

— Par l'enfer, grogna-t-il en prenant un siège dans la chaise la plus proche de mon bureau. Eh bien, vendredi, cela ne va pas aller, je serai à Washington. Pouvez-vous appeler le grand homme et voir si peut-être il peut m'accorder un peu de son temps aujourd'hui ? J'ai juste quelques petites choses à lui dire, des changements que ma femme veut faire à la maison.

Dane Harcourt détestait faire des changements, mais je ne le lui dis pas. Au lieu de cela, je hochai la tête et téléphonai à mon patron. Il me demanda si cela *était* possible et je lui répondis que je pouvais réorganiser son agenda pour quinze heures, mais pas avant. Il me donna le feu vert et raccrocha. Monsieur Ward en fut très heureux et alors que nous attendions, nous parlâmes. Ou plutôt il parla et j'écoutai.

Il commença avec sa femme parce que c'était la raison pour laquelle il était là. Ils étaient mariés depuis quarante ans et il lui faisait construire une nouvelle maison à Highland Park pour fêter l'occasion. Je lui posai toutes sortes de questions et il me montra des photos de sa famille, dont il me raconta tout. Il avait deux fils ; le plus âgé était dans les affaires avec lui en tant qu'avocat fiscaliste/avocat d'entreprise et son plus jeune fils était chirurgien plastique.

— Il y a plus de femmes qui rôdent autour de lui que je n'en ai jamais vues ailleurs, dit-il en riant. Mais c'est juste histoire de s'amuser en attendant que la bonne se présente.

Je hochai la tête et lui demandai si l'avocat était marié.

— Fiancé à une pédiatre. La plus gentille fille que vous pourriez rencontrer. Nous la recevons avec sa famille demain, pour Thanksgiving. Cela va être quelque chose... genre une vingtaine de personnes.

— Ce doit être agréable.

Nous parlâmes d'architecture, d'art et, pour une raison quelconque, de musique parce qu'il ne comprenait pas ce qui se passait avec ces gens qui chantaient 'de nos jours'. Je lui fis écouter quelques remix de jazz sur mon iPod. Il prit plaisir à utiliser les oreillettes et fut impressionné de voir que je connaissais mon histoire du monde. Il avait été au Vietnam, rempilant trois fois avant de rentrer à la maison pour finir ses études de droit, tout en suivant en même temps des études d'expert-comptable. Je lui posai des millions de questions au sujet de la guerre et lui demandai s'il était déçu qu'aucun de ses fils ne se soit enrôlé.

Il hocha la tête.

— Question très perspicace, fils.

Mais il ne répondit pas alors je me dis que c'était privé.

Il était intrigué par l'assortiment de stylos sur mon bureau et je lui expliquai que chacun avait sa propre fonction spéciale. Je l'emmenai avec moi prendre mon café de l'après-midi chez Starbucks et sur le chemin du retour, lorsque j'hésitai, il me demanda ce que je faisais. Je lui expliquai que je manquais de certaines huiles essentielles et que je devais aller en acheter. Je ris quand il offrit de venir avec moi.

Monsieur Ward, en train de regarder les pipes à eau, les bougies et observant des gens fumer le narguilé, était hystérique. Je le laissai sentir le patchouli, le santal et l'huile d'ambre que je portais et il inclina la tête d'avant en arrière, m'adressant un regard disant que c'était parfait. Je ne pouvais m'empêcher de sourire. Lorsque nous revînmes, Dane était là et me remercia de m'être occupé de notre invité. Je hochai la tête et Monsieur Ward drapa un bras autour de mes épaules, me disant qu'il n'avait pas passé d'après-midi aussi agréable d'aussi loin qu'il s'en souvenait.

Après le travail, Dane m'envoya chercher du vin pour pouvoir l'emporter au dîner de Thanksgiving du lendemain, chez son ami Jude. Il m'invita pour la cinquième fois et je déclinai pour la dernière fois. Je lui assurai que tout irait bien pour moi. Même s'il n'était pas convaincu, il ne me poussa pas non plus. Il me connaissait assez bien pour savoir que plus j'étais pressé, plus je résistais.

En chemin pour attraper mon train, je reçus un appel.

— Jory ?

— Oui ?

— Jory, c'est Truman Ward de cet après-midi.

— Oh, dis-je en souriant. Comment allez-vous, monsieur ?

— Je vais bien, merci. J'appelai pour savoir si vous vouliez peut-être vous joindre à ma famille pour le dîner de demain soir, disons vers dix-sept heures ?

— Monsieur, demain, c'est Thanksgiving.

— Oui, je sais, dit-il en riant. C'est pourquoi j'appelle.

— Mais, monsieur, vous m'avez dit que vous alliez recevoir une vingtaine de personnes, et...

— Et une de plus ne fera pas une grande différence. Je dois dire que j'ai eu tant de plaisir à vous rencontrer et à discuter avec vous que j'adorerai que vous puissiez venir nous voir.

— Mais...

— C'est très décontracté, fils, pas de costume ni ce genre de conneries, que du football et de la bonne nourriture, de la famille et des amis. Vous passerez un bon moment. S'il vous plaît, dites-moi que vous allez venir.

Comment pouvais-je dire non ?

— Oui, m'sieur.

— Oh, excellent. Je suis vraiment heureux.

— Vous êtes bizarre, lui assurai-je.

Il se mit à rire plus fort avant de me donner son adresse.

LE TRAIN pour Highland Park me déposa sur un quai en plein centre-ville. Je vis le traiteur que Monsieur Ward m'avait dit de chercher et pris donc à droite comme il me l'avait indiqué. Je passai devant des petits commerces et constatai que l'air vif, les feuilles tournoyant au sol et le ciel gris étaient très apaisants. J'aimais être dehors en automne ; les odeurs de cheminée, ce mélange de froid, de légère humidité et de terre me faisant me sentir bien. Comme si cela annonçait l'arrivée de l'hiver, saison que j'affectionnais le plus.

Je me retrouvai bientôt devant une maison énorme de style colonial géorgien, sur trois étages, avec une de ces allées en forme de croissant faite en pavés rouges. Il y avait des parterres de fleurs de chaque côté du porche qui allaient d'une extrémité de la façade à l'autre. La couronne en forme de corne d'abondance sur la porte d'entrée était très festive, sinon un poil exagérée. J'utilisai le marteau parce que je ne trouvai pas la sonnette et attendis.

Je fus ignoré pendant une minute lorsque la porte s'ouvrit. Le gars qui répondit parlait à quelqu'un derrière lui et il était toujours plongé dans sa conversation, ne se tournant vers moi qu'après plusieurs minutes. Quand il le fit, je me sentis mieux. Son sourire était chaleureux et semblait sincère.

184

— Oh !

Il sembla pris de court.

— Salut. Qui êtes-vous ?

Je souris largement.

— Je suis Jory.

— Vous êtes Jory ?

Il me dévisageait, scrutant mes yeux.

— Jory, l'ami de mon père ?

Je rigolai.

— Ouais.

— Oh, pour l'amour de Dieu, Colt, laisse-le entrer.

Il fit un pas de côté et je le dépassai, me retournant pour attendre qu'il referme la porte.

— Salut, dit une femme en arrivant près de moi en m'offrant sa main. Je suis Cretia Ward, la fille de Truman.

Je m'approchai et l'embrassai sur la joue avant de reculer.

— Jory Keyes.

— Eh bien, Jory, dit-elle en hochant la tête, me balayant des yeux. Vous ne correspondez pas du tout à la personne que nous attendions.

— Non ?

— Non.

Elle gloussa.

— Donnez-moi votre manteau.

— Vous pensiez que je serais plus grand ? la taquinai-je en retirant mon manteau en cachemire pour le lui tendre.

— Il a parlé d'un collègue de travail. Je ne m'attendais pas à un modèle de chez Abercrombie & Fitch.

Je ris franchement et lui offris la bouteille de vin que Dane m'avait fait prendre quand je lui avais dit où j'allais.

— Oh merci. Allons la donner à ma mère.

— Attendez.

Nous nous retournâmes tous les deux vers l'homme qui me tendait la main.

— Nous n'avons pas été présentés.

Je lui souris chaleureusement et pris la main qu'il m'offrait, la recouvrant de mon autre main.

— Jory.

— Colton.

Il hocha la tête et ses yeux ne quittèrent pas les miens.

— C'est un plaisir.

— Pour moi aussi, Jory.

J'inspirai vivement et laissai Cretia me prendre la main et me tirer derrière elle.

185

Mon appartement entier aurait pu tenir dans la cuisine et lorsque je fis cette observation à haute voix, Cretia sourit et enroula ses bras autour du mien. J'entendis presque crier mon nom et ne pus retenir mon sourire tandis que Monsieur Ward s'approchait et me serrait dans une étreinte d'ours.

— Vous êtes venu. J'en suis si content.

Quand il me repoussa à longueur de bras, je lui adressai un grand sourire.

— Venez rencontrer ma femme.

Madame Ward voulut que je l'appelle Bette et sembla elle aussi incapable de se retenir de poser ses mains sur moi, me prenant par la main pour me faire visiter sa maison. Elle fut impressionnée que je sache que la porcelaine dans sa vitrine vienne en fait de Limoges en France et non de Chine.

— Jory, dit-elle en me regardant dans les yeux. Vous êtes plein d'informations précieuses, n'est-ce pas ?

Je ris avec elle.

— Plutôt, oui.

J'étais assis sur le comptoir de la cuisine, jambes croisées, en train de lui parler lorsque Cretia entra et m'assura que pas un seul de ses enfants n'était autorisé à faire ça.

— C'est parce qu'il est si beau, dit Bette à sa fille.

— Vous *êtes* beau, me taquina Cretia. J'adorerais avoir vos cheveux et vos longs cils.

— Je n'ai jamais fait grand cas des yeux bruns, dit Bette en me souriant chaleureusement. Mais les vôtres sont tout simplement superbes, Jory. Comme du chocolat fondu.

— Oooh, Jory, vous avez droit à sa poésie de cuisine.

Cretia eut un petit rire.

— Mieux vaut faire attention, sinon elle va vouloir vous adopter.

— Cela ne me dérangerait pas, dis-je.

— Pourquoi ?

Bette fut soudain inquiète.

— Où est votre mère, mon ange ?

— Oh, je ne sais pas, dis-je en me forçant à sourire. Je ne l'ai jamais rencontrée.

Son hoquet de surprise fut suivi par sa main me serrant le genou.

— Que s'est-il passé ?

Alors je lui racontai comment j'avais été abandonné, laissé à ma grand-mère pour qu'elle m'élève, et Cretia resta au lieu de partir. Lorsque les gens entraient dans la cuisine pour dire bonjour, alors que de plus en plus d'invités arrivaient, elle les faisait taire et les renvoyait d'un geste dédaigneux. J'observais les regards penauds sur leurs visages, mais j'allais jusqu'au bout de mon histoire, parce qu'elle était captivée. Je parlai vite et de façon pragmatique, comme je l'avais fait quand j'avais expliqué les circonstances à Sam. Avant lui, et maintenant avec Madame Ward, je n'avais jamais autant parlé de ma mère depuis une éternité. Et tout à coup, je compris que tout pincement qui avait persisté de l'époque de mon enfance avait disparu. C'était bizarre de penser que je m'étais un jour senti coupable de son abandon. Cela me semblait un détail si insignifiant maintenant. J'avais de bons souvenirs de moments chaleureux partagés avec ma grand-mère. J'aurais aimé avoir plus de temps avec elle. C'était mon seul regret à ce jour.

Bette Ward ne partageait pas ma réaction. Elle se pencha sur mes genoux et passa ses bras autour de ma taille. Cretia avait les larmes aux yeux alors que je tapotais le dos de sa mère et posai ma joue sur ses cheveux.

— Mon Dieu ! Que se passe-t-il ici ?

Nous nous retournâmes tous vers la porte et il y avait un homme magnifique qui nous regardait tous les trois.

— Salut, Trip, dit Cretia en reniflant et en souriant à travers ses larmes. Nous ne faisons que parler.

— À propos de quoi ? L'Holocauste ?

Je rigolai et inclina le visage de Bette pour pouvoir l'embrasser sur le front.

— Vous allez bien ?

Elle hocha la tête avant de laisser échapper un souffle tremblant.

— Descendez de là et venez rencontrer mon fils.

Je me laissai glisser du comptoir et l'homme vint à ma rencontre. Il avait observé sa mère et sa sœur, mais finalement j'attirai son attention.

— Salut, dit-il doucement en me tendant sa main.

Je souris et pris sa main, aimant la sensation de sa peau chaude contre la mienne.

— Salut, je suis Jory.

Il hocha la tête et riva ses yeux aux miens.

— Trip.

— Vraiment ?

Il haussa les épaules, tenant toujours ma main.

— Que puis-je vous dire ? C'est un mauvais surnom qui me colle à la peau. C'est pour ça qu'il faut toujours être prudent avec ce genre de chose.

— Je m'en souviendrai, dis-je en essayant de relâcher sa main.

Il resserra son emprise alors je ne bougeai pas.

— Êtes-vous le chirurgien plasticien ou l'avocat fiscaliste ?

Son sourire s'élargit et il plissa les yeux.

— Vous avez parlé à mon père.

— Oui.

— Eh bien, je serai bientôt chirurgien, mais pour l'instant, je suis encore interne.

Je hochai la tête.

— Eh bien, il est très fier de vous.

— Je sais qu'il l'est, dit-il, me relâchant enfin la main pour aussitôt poser l'autre sur mon épaule. Avez-vous un verre ?

— Non.

— Non ?

Il regarda sa mère par-dessus moi.

— Comment, tu cherches à déshydrater l'invité du jour ? Tu as au moins huit autres personnes qui n'ont rien à boire là-bas, maman ! Je t'ai déjà dit que tu ne pouvais pas rester ici à cuisiner – tu dois te mêler aux invités. Tu es la maîtresse de maison.

Elle lui frappa le bras en le dépassant, me toucha la joue, et franchit la porte battante, Cretia sur ses talons.

— Alors, vous avez vraiment amené mon père dans un *Headshop* [2] ?

Je grimaçai légèrement et il me sourit en me conduisant au salon.

Colton nous accueillit et m'invita à rencontrer sa fiancée, Channing Sinclair. Truman avait raison, elle était très gentille et vu la façon dont elle regardait son fils, il avait de quoi être satisfait. Son père vint me saluer, puis sa mère, ses cousins et amis et très vite, tout devint un peu flou. Je fis ce que j'étais censé faire et demandai si je pouvais rendre service en cuisine. On me refoula et j'allai m'asseoir avec Truman. Pour une raison quelconque, j'étais à l'aise avec lui et nous commençâmes à parler d'aménagement paysager. Je lui dis que j'adorerais voir le jardin et il satisfit à ma demande.

Nous marchâmes jusqu'au belvédère, puis nous continuâmes jusqu'aux bords mêmes de sa propriété. Son voisin était dehors avec sa famille, en train de jouer au croquet, alors nous nous penchâmes l'un vers l'autre et discutâmes un moment. C'était vraiment sympa et je décidai sur l'instant qu'un jour j'aurais ma propre maison. Cela ne m'avait jamais traversé l'esprit avant.

Lorsque nous revînmes, il était temps de manger et je me retrouvais assis entre Cretia et Trip pour dîner. C'était amusant d'être témoins de tant de conversations entre des gens qui semblaient sincèrement s'apprécier les uns les autres. Je n'avais jamais fait l'expérience de repas en famille à l'exception d'une fois, dans la famille de Sam. Cette famille et leurs amis n'étaient pas bruyants et tout le monde était assis ensemble, sans enfants qui couraient partout, à manger, à boire, à parler et à rire beaucoup. J'étais à l'aise, et quand Bette se pencha vers moi, enroulant ses bras autour de mon cou, je laissai ma tête reposer contre la sienne.

— Maman ? demanda Trip.

— Ton père avait raison. Je veux garder celui-là.

— Désolé, mec, dit Trip en riant. Elle est folle.

— Je l'aime bien, dis-je en fermant les yeux, me laissant aller en arrière, la laissant me soutenir.

— Venez me tenir compagnie, dit-elle rapidement et je me levai pour la suivre dans la cuisine.

---

2 *Headshop* : magasin spécialisé dans la vente de pipes à eau, narguilés, vaporisateurs, *grinders*...

Elle lava et j'essuyai. Nous allumâmes la radio et je commençai à danser. Elle rit et je tournai autour d'elle. Cretia entra et me dit que toute cette effervescence était gâchée avec sa mère.

— Non, pas du tout, lui assura Bette. Mais vous savez Jory, je dois aller à une réception demain soir parce qu'ils veulent que je danse l'*Electronic Glide*.

— L'*Electric Slide*, la corrigeai-je en lui tendant la main. Là, venez ici et je vais vous montrer.

Son sourire était espiègle et Cretia nous regarda nous déplacer jusqu'au milieu de la pièce. En quinze minutes, je lui faisais remuer les fesses et faire des tours sur elle-même. Elle était à bout de souffle, et lorsque Channing et Colton nous rejoignirent, je leur dis que nous pourrions danser le Hustle maintenant.

J'allai chercher mon manteau dans le placard de l'entrée et lorsque je me retournai, Trip était là.

— Où allez-vous ?

— Je dois travailler demain et c'est bientôt l'heure du dernier train.

— Le train ? Vous ne conduisez pas ?

Je souris en secouant la tête.

— Non, je n'ai pas de voiture.

— Restez, dit-il sérieusement, la main sur mon épaule. Je vous ramènerai chez vous. Je vis en ville moi aussi.

— Oh non, je ne veux pas vous mettre dehors. Je peux juste…

Sa main se déplaça sur mon cou.

— Vous ne me mettez pas dehors, Jory.

Je hochai la tête et sa main glissa sur ma nuque, ses doigts s'emmêlant dans mes cheveux.

— En fait, dit-il en souriant doucement. Puis-je vous inviter à dîner demain soir ?

J'inclinai ma tête en arrière et le regardai.

— Votre père a dit que vous aviez un tas de femmes qui vous tournaient autour… que vous n'aviez pas encore rencontré la bonne.

— Mon père voit ce qu'il veut, et jusqu'à présent je n'ai pas été assez sérieux envers qui que ce soit pour ramener cette personne à la maison.

— Vous voulez dire un homme.

Il hocha lentement la tête.

— C'est ça.

Je fis un pas en arrière.

— Votre père m'apprécie vraiment… je ne serai pas celui qui lui apportera ne serait-ce qu'une seconde de déception.

Il me lança un drôle de regard.

— Bébé, tu vas un peu vite en besogne, non ? Ne devrions-nous pas nous fréquenter un minimum avant de décider si tu seras celui que je présenterai à mes parents ?

Il termina la dernière partie en rigolant tout en saisissant le revers de ma veste.

Je hochai la tête et repoussai sa main avant de retourner très vite au salon. J'allai embrasser Bette pour lui dire au revoir et ce fut gentil de sa part de me demander de rester plus longtemps. Truman se leva et m'attira dans une brève étreinte avant de me remercier d'être venu et en me faisant promettre de ne pas jouer les étrangers. Colton et Cretia me donnèrent tous deux leurs numéros et Channing me demanda de l'appeler le lendemain pour que je lui donne mon adresse et qu'elle puisse ainsi m'inviter à leur mariage. C'était chouette qu'ils veuillent tous m'inclure. Mon téléphone vibra et je m'excusai pour y répondre.

— Jory.

— Hé, patron.

Je souris au téléphone.

— Es-tu toujours à Highland Park ?

— Ouais, pourquoi ?

— Parce que je suis à Parkridge, donc si tu veux, je viens te chercher en passant.

Ce qui, traduit, donnait 'je passe te prendre'. Parce qu'il ne le proposait jamais à moins d'avoir déjà décidé de ce qu'il voulait faire. Il n'était pas câblé pour faire des propositions ; s'il faisait une suggestion, la réponse devait être oui, tout simplement.

— D'accord, dis-je rapidement. Laisse-moi te donner l'adresse.

— Je l'ai. Cet homme est mon client, après tout.

— Oui, m'sieur.

— Arrête ça.

Je souris en grand et me rendis compte, comme d'habitude, que le seul fait de lui parler ravivait cette sensation de pétillement en moi. J'avais une famille… c'était lui.

— Tu veux que je t'attende dehors ?

— Oui, Jory, reste dehors et gèle-toi les fesses !

Je ris et les gens me regardèrent alors que je raccrochais et me rasseyais sur le canapé à côté de Bette.

— Vous restez ?

— Mon patron va venir me chercher, donc je vais rester un peu plus longtemps.

— Oh, je suis impatiente de rencontrer l'architecte de Papa, s'écria Cretia. Il en dit tant de bien.

— Jory, puis-je vous parler ? me demanda Trip depuis la cuisine.

Je me levai et lorsque la porte se referma derrière moi, je le vis appuyé contre le comptoir, les chevilles et les bras croisés, en train de m'attendre.

— Oui ?

— C'était stupide ce que j'ai dit tout à l'heure, et votre inquiétude à propos de mon père est en fait très rafraîchissante.

Le coin de sa bouche se releva en une ébauche de sourire.

— Donc, je vous le demande à nouveau : puis-je vous emmener dîner, s'il vous plaît ?

190

Je le regardai, essayant de le cerner. Esthétiquement, je n'avais aucune raison de dire non. Il était très agréable à regarder. Avec ses yeux noisette, ses épais cheveux foncés et sa carrure athlétique, il était définitivement mon type. Le problème était que le mot 'coucheur' était écrit partout sur lui et je ne cherchais pas à être une nouvelle encoche sur la colonne de lit d'un autre homme.

— Je ne pense pas, dis-je lentement, parce que ce n'était pas vraiment ce que je voulais dire.

C'était la chose la plus intelligente à faire, cependant.

— Je pense que vous êtes hors de ma portée, Docteur Ward.

Il hocha la tête, se repoussa du comptoir et s'avança vers moi.

— Si je promets de seulement vous inviter à dîner, sans même chercher à vous embrasser ? Qu'en dites-vous dans ce cas ?

— Où serait le plaisir dans tout ça ? demandai-je en souriant paresseusement.

Il se mordit la lèvre inférieure.

— Écoutez, Jory... pourquoi ne m'emmèneriez-vous pas quelque part. Vous choisissez l'endroit et je viendrai. Vous pouvez payer et tout ça.

Je plissai les yeux et son sourire éclaira son visage.

— En quoi est-ce une bonne affaire pour moi ?

Il tendit la main et saisit le revers de mon manteau, comme il l'avait fait plus tôt, m'attirant près de lui.

— Allez, je suis désolé... Mon Dieu, je n'ai jamais fait autant d'efforts.

Je haussai un sourcil.

— Et vous savez que vous êtes superbe et que vous pouvez me traiter comme ça, dit-il, ses yeux rivés aux miens.

Je le fixai sans rien dire.

— Vous voulez que je vous supplie ?

Je plissai les yeux.

— Seigneur, tu es beau... dis oui.

— Retrouvons-nous à dix-neuf heures pour boire un verre à l'Arbor, près de Halsted.

Il hocha la tête et sourit. Il se mit à défaire les boutons de mon manteau, ses mains glissant à l'intérieur, jusqu'à mon pull alors qu'il se rapprochait de moi.

— Je pensais qu'on aurait pu sortir ce soir. Un de mes amis organise une fête... j'adorerais t'y emmener.

Il passa lentement le bout de ses doigts sur le devant de mon pull, au niveau de mon ventre.

— Demain, dis-je.

Nous entendîmes tous les deux la sonnette de la porte et je me demandai distraitement où se trouvait ce bouton. Bette m'appela et lorsque je me retournai pour y aller, Trip m'attrapa en passant son bras autour de mon cou.

— Ne me fais pas faux bond, d'accord ? Je veux te revoir.

191

Je souris et laissai tomber ma tête en avant alors que ses lèvres effleuraient ma nuque. C'était bon, je ne pouvais pas le nier.

— D'accord.

— Jory, tu es sûr que je ne peux pas te ramener chez toi ?

Mais la porte s'ouvrit et il s'éloigna instantanément de moi. Cretia passa la tête dans l'embrasure et me dit que mon patron m'attendait dans le salon. Je remarquai ses yeux écarquillés.

— Il est magnifique, pas vrai ? la taquinai-je.

— Oh mon Dieu, Jory, c'est le plus bel homme que j'aie jamais vu de ma vie.

Je ris et la suivis, Trip juste derrière moi.

Dane était avec Truman, jetant un regard autour de la pièce en réponse à ce que l'autre homme lui faisait remarquer. Je me rendis compte qu'il n'y avait pas une paire d'yeux dans la pièce qui n'était pas braquée sur eux, ou plus exactement, sur Dane. C'était facile de comprendre leur fascination : dans son costume noir de chez Versace avec une chemise noire, le tout sous un manteau de cachemire noir, on aurait dit qu'il venait juste de sortir de la couverture d'un magazine. Les cheveux courts d'un noir de jais et les yeux gris acier, les traits finement ciselés, sa taille, la largeur de ses épaules, son torse, et simplement la manière dont tout cadrait à la perfection… il était à couper le souffle. L'air de détachement décontracté, l'absence de sourire, la façon dont il suintait la confiance en lui… sa présence dans la pièce était palpable, il électrifiait l'air autour de lui. Et j'avais l'habitude de penser que je l'idéalisai trop, mais après avoir été son assistant cinq ans, après avoir été passé du temps avec lui lorsqu'il rencontrait des gens, voyant leurs réactions, je savais que c'était simplement la vérité. Cet homme était fascinant et il n'y avait pas moyen de ne pas le remarquer.

Je marchai vers lui et il me lança son appareil photo numérique.

— Qu'est-ce que je fais avec ça ?

— Regarde la femme sur la cinquième photo.

Je fis défiler les photos tandis qu'on lui offrait une boisson qu'il déclina poliment.

— Qui est-ce ? me demanda-t-il en se penchant et en pointant une personne sur l'écran.

Je relevai la tête et le regardai dans les yeux.

— C'est Sabine Raleigh.

Le regard complètement vide que je reçus en retour me fit rire.

— Qui ?

— Tu as eu quelque chose comme trois rendez-vous avec elle, l'informai-je.

— Quand ?

— Fin juillet.

Il fronça les sourcils.

— Quoi ?

— En es-tu sûr ?

— Sûr de quoi ? Que tu es sorti avec elle ?

— Oui.

Je n'étais pas certain de savoir s'il plaisantait en revanche. Je faillis rire.

— Jory, es-tu...

— Tu ne plaisantes pas.

J'étais sidéré.

— Putain de merde !

— Surveille ton langage, me reprit-il d'un ton sec en secouant la tête avant de m'indiquer Truman. Va le remercier pour son hospitalité pour que nous puissions partir.

Je fis ce qu'il me dit et étreignis Truman et Bette à nouveau avant de rattraper mon patron. Sa main alla se poser là où elle atterrissait toujours : à l'arrière de mon cou, alors qu'il me dirigeait hors de la maison. J'aurai heurté le côté de la voiture, puisque je regardais le reste des photos, s'il ne m'avait pas attrapé et tiré par le col de mon manteau pour me faire arrêter.

— Alors, que s'est-il passé ? lui demandai-je en levant les yeux sur son profil.

— Monte, dit-il platement, tenant la porte de sa Mercedes ouverte pour moi.

Je grimpai, me penchai au-dessus de son siège et ouvris sa porte avant de mettre ma ceinture de sécurité, tout en continuant de regarder les photos. Elles étaient vraiment sympas et, d'après ce que je voyais, l'intérieur de la maison de Jude était époustouflant.

— Qu'est-ce qu'il a ? Un loft ou quelque chose dans ce style ? demandai-je lorsqu'il s'installa.

— Ou quelque chose.

— C'est joli.

— Oui, ça l'est.

J'attendis jusqu'à ce que nous soyons en route pour lui demander encore une fois ce qui s'était passé.

— Attends, dit-il soudain, s'arrêtant pour sortir et enlever sa veste de costume et la poser à plat sur la banquette arrière. Lorsqu'il revint à l'intérieur et qu'il s'éloigna du trottoir, je lui demandai à nouveau ce qu'il avait fait. Il n'y eut pas de réponse.

— Patron ?

— Tu sais quoi ? soupira-t-il rapidement. Arrête de dire ça, d'accord ?

Je regardai son profil.

— Arrêter de dire quoi ?

— Patron.

— Patron ?

— Oui, arrête... Cela ne nous correspond plus maintenant.

Ça, c'était nouveau.

— Alors, comment dois-je...

— Tu n'as qu'à utiliser mon prénom. Juste Dane, d'accord ?

— D'accord.

— Excellent.

Il poussa un long et profond soupir.

— Alors… crache le morceau. Qu'as-tu dit à Sabine ?

Il se racla la gorge.

— J'attends.

— Je lui ai dit que c'était un plaisir de la rencontrer.

Mes yeux s'écarquillèrent alors même que je le regardais.

Il me jeta un coup d'œil avant de lever les yeux au ciel.

— Oh merde, soufflai-je. Qu'est-ce qu'elle a dit ?

— Elle m'a giflé et elle est partie.

Je faillis éclater de rire, mais je le masquai en toussant beaucoup.

— Ce n'est pas drôle.

— Non, ça ne l'est pas, acquiesçai-je en m'éclaircissant la gorge. Mon Dieu !

— Tu ne m'aides pas.

Je fis défiler les images une nouvelle fois.

— Dis quelque chose d'autre.

— Comme quoi ?

— Je ne sais pas.

— Devrais-je dire 'oh merde' ? Parce que c'est ce que je suis en train de penser, oh merde !

— Jory…

— Oh merde ! soufflai-je à nouveau. Mon Dieu, Dane, il est peut-être temps de ralentir un peu, non ? Putain de merde !

— Je n'avais vraiment aucune idée de qui elle était.

— Putain de merde !

— Arrête de dire ça.

— Je ne peux pas m'en empêcher. Elle a dû être tellement humiliée. Je veux dire… Je ne l'ai jamais beaucoup aimée, mais bon sang… au moins je me suis rappelé qui elle était.

Il fit un bruit de dégoût.

Je passai les doigts dans mes cheveux.

— Pauvre Sabine. Elle a dû être horrifiée.

— J'imagine que oui.

— Putain de merde !

Il grogna et me dit de me taire.

— Et elle possède tous ces grands restaurants, tu te souviens ?

Il était clair, à voir son regard vide, et même en le poussant un peu, qu'il n'en avait aucune idée.

— Eh bien, je peux te dire qu'elle a appelé pendant deux semaines après que tu aies rompu avec elle.

— Je ne me souviens pas de ça.

— Parce qu'une fois que tu romps avec elles, c'est à moi de faire barrage, dis-je en souriant. Je gère le nettoyage.

Il me regarda intensément.

— Eh bien quoi ?

— Tu fais beaucoup pour moi.

— Parce que tu me paies pour ça, le taquinai-je.

Il grogna et s'adossa dans son siège, se mettant plus à l'aise pour conduire.

— J'ai décliné l'offre de nourriture que m'a faite Madame Ward pour toi, elle voulait te préparer un sac avec des restes.

— Oh, ça aurait été sympa.

— Non, dit-il en plissant les yeux. Tu ne dois pas accepter que l'on te fasse la charité.

Ce qui n'avait aucun sens.

— C'est une forme courante de bonté ici sur Terre que d'offrir aux gens d'emporter de la nourriture avec eux lorsqu'ils partent. Il existe même des récipients spéciaux pour la conserver et la transporter. Cela s'appelle des Tupperwares.

Il grogna de nouveau et je me réinstallai dans mon siège, regardant les lampadaires défiler.

— Je déteste les restes.

Nous étions silencieux depuis plusieurs kilomètres alors sa voix, couplée au fait qu'il suive toujours la même ligne de pensée, me surprit.

— Quoi ?

— Les restes, répéta-t-il. Je les hais. Ce n'est jamais aussi bon que ce dans ton souvenir.

— Mm-mm.

Je souris lentement.

— Tu ne penses pas que tu analyses un peu trop le geste ?

Il s'éclaircit la gorge.

J'attendis, mais quand il resta silencieux j'allais me mettre à parler de quelque chose, de n'importe quoi, d'un sujet quelconque, et lorsque j'ouvris la bouche, il commença.

— Avant que mes parents soient tués, ma mère avait commandé un gâteau pour mon anniversaire. Dix-huit ans, c'était un âge important et la fête qu'elle avait prévue allait être un sacré spectacle. Les nouvelles du crash de leur avion sont arrivées le jour de la livraison du gâteau et je suppose que notre femme de ménage l'a juste déposé dans le frigo sans y penser.

Il ne parlait jamais de ses parents, donc je gardai le silence, m'assurant de ne pas le déranger.

— Je l'ai trouvé là environ une semaine après l'enterrement, cet énorme gâteau à l'effigie de Superman. Qu'est-ce qui lui avait pris de le commander, je ne le saurai jamais, mais il était là, prenant un niveau entier avec 'joyeux anniversaire à notre superhéros' écrit dessus ou quelque chose dans le même genre.

195

Il garda le silence pendant quelques minutes, regardant la route.

— Et je savais qu'elle aurait eu un grand plaisir à me voir souffler les bougies et faire une pose à la Superman et tout ça, alors je l'ai sorti et j'en ai coupé une tranche.

Je ne pouvais imaginer à quel point ses parents devaient lui manquer. Sa famille s'était toujours composée d'eux trois et de sa grand-mère. Elle était décédée deux ans avant ses parents. Et ils étaient morts à bord d'un avion privé alors qu'ils rentraient chez eux après l'un des nombreux voyages d'affaires de son père. Sa mère ne partait généralement pas avec lui, mais la réunion avait eu lieu à San Francisco et elle adorait la ville et sa baie.

— Le gâteau était très bon, je m'en souviens, mais il y avait tellement. Si j'avais eu ma fête… mais il était énorme et j'étais tout seul. Je te jure qu'il m'a semblé durer éternellement. Chaque soir, au dessert, j'en prenais. Mes amis passaient, des associés de mon père, des gens que je ne connaissais pas, j'offrais du gâteau à tout le monde et ils devaient probablement penser que c'était bizarre que j'aie ce gâteau avec un décor pour enfant, mais personne ne dit jamais quoi que ce soit à ce sujet.

Je regardai son profil et attendis.

— Je me souviens qu'il en restait encore la moitié et j'ai essayé d'en donner un peu à Jude pour qu'il le ramène chez lui. Il m'a dit qu'il détestait les restes, et j'ai compris que c'était tout ce que ce gâteau était : quelque chose qui restait. J'avais fait toute une histoire de quelque chose dont je suis certain que ma mère aurait jeté dès le lendemain matin, sinon la nuit même de la fête. Elle voulait toujours que je vive l'instant présent… et ce gâteau qui restait jour après jour dans le frigo, l'aurait irritée plus qu'autre chose.

Je hochai la tête alors qu'il se tournait pour me sourire.

— Je l'ai jeté le lendemain.

— Et donc quoi… maintenant tu ne crois plus aux restes sur un plan spirituel ?

— Je ne les aime simplement pas du tout.

— C'est pour ça que je ne pouvais pas avoir les restes proposés par Madame Ward ?

— Oui.

— Tu parles comme quelqu'un qui n'a jamais eu besoin de faire durer un repas deux ou trois jours. Quand tu grandis en étant pauvre, les restes font partie de la survie.

— Je les hais. Je ne veux jamais avoir à manger deux fois de suite la même chose. Cela ne sert à rien de prendre trop d'un bon plat.

Je secouai la tête.

— Tu es vraiment perturbé.

— Manifestement.

— Vas-tu envoyer à Sabine quelques fleurs et une carte d'excuses ?

Il leva les yeux au ciel comme si j'étais stupide.

— Bien sûr. Trouve-moi une carte pour 'je suis désolé de t'avoir oubliée'.

Je rigolai.

— Sérieusement... repris-je, tu devrais peut-être ralentir... hein, tombeur ?

— Tais-toi.

Je souris, assis là à regarder par la vitre.

— Tu veux me faire croire qu'il n'y a rien de bizarre dans ton enfance qui n'a aucune logique ? demanda Dane.

— Non, je ne dirais pas ça.

— Dis-moi.

Je haussai les épaules.

— Sacs poubelle.

— Je te demande pardon ?

— Sacs poubelle. Tu sais, le genre en plastique ? Handybag, Alfapac ou peu importe la marque.

— Oui, je sais ce qu'est un sac-poubelle, aide-moi juste à comprendre.

— D'accord. Tu vois, quand j'étais petit, c'était un produit de luxe. Nous utilisions les sacs en plastique qui servaient à emballer nos courses pour y mettre nos déchets parce que les vrais sacs-poubelle arrivaient tout en bas de notre liste de choses à acheter. Ma grand-mère vivait grâce à sa sécurité sociale et l'État l'aidait avec des coupons alimentaires pour moi. C'était tout ce qu'il y avait, donc... mais ces petits sacs se déchiraient tout le temps et parfois les seuls que nous avions étaient ceux en papier brun. C'était le bazar.

— Et alors ?

— Alors maintenant, je conserve au moins quatre sacs-poubelle de tailles différentes tout le temps. Je suis complètement paniqué si je viens à en manquer. J'ai l'impression de revenir à cette époque-là, dans la caravane.

— Mais tu aimais ta grand-mère.

— Bien sûr, mais je n'aimais pas être traité de 'pauvre poubelle blanche' à cause de l'endroit où je vivais. Je n'aimais pas nos voisins effrayants ou ne jamais avoir assez d'argent pour payer la facture d'électricité et manger en même temps. Parfois, à la fin du mois, nous n'avions que du riz et des haricots.

— Ce qui probablement la raison pour laquelle tu n'en manges pas non plus.

— Probablement.

— Des sacs-poubelle, hein.

— Ouais. J'ai toutes les tailles dont tu pourrais avoir besoin.

Je soupirai.

— Même ceux pour le gazon.

— Tu n'as pas de pelouse.

— Là n'est pas la question.

Il rit doucement, puis laissa échapper un profond soupir.

— Nous avons tous les deux de sacrées failles.

— Tu crois ?

— J'en suis sûr.

— Eh bien, si le fait de ne pas aimer les restes ou de posséder une grande variété de sacs-poubelle est l'indication de notre névrose, alors je suis bien comme ça.

— D'accord, acquiesça Dane.

— D'accord.

— Es-tu fatigué ?

— Non, pourquoi ?

— Je n'ai pas envie de rentrer à la maison.

— Tu veux sortir avec moi ?

Il haussa les épaules et je souris parce qu'il l'avait fait.

— As-tu eu mal lorsque Sabine t'a giflé ?

— Pourrions-nous arrêter de raviver ce sujet ?

Je faillis glousser.

— Tourne ta langue sept fois dans ta bouche…

— Tais-toi.

— Tes amis n'ont pas fini de se moquer de toi.

Il gémit bruyamment et je lui demandai ce qu'il voulait faire.

— Je m'en moque.

Nous allâmes au cinéma Varsity en centre-ville où passait *Breakfast at Tiffany's,* car ils avaient des fauteuils inclinables, des canapés et des chaises rembourrées au lieu de simples rangées de sièges. J'allai nous chercher deux tasses fumantes de thé oolong et obtint un regard bizarre lorsque je lui en tendis une avant de m'asseoir.

— Quoi ? Tu ne veux pas que je m'assois près de toi ?

Il continua juste à m'observer comme s'il m'avait poussé des ailes ou quelque chose d'aussi étrange.

— Tu veux que je mette un siège entre nous au cas où une femme sexy voudrait s'asseoir ?

Il sirota son thé.

— Non.

— Alors, ça veut dire quoi ce regard bizarre ?

— Pas bizarre, c'est intéressant, c'est tout.

— Quoi donc ?

Il tourna ses yeux foncés vers moi.

— Toi, Jory.

— Moi ?

— Oui.

— Pourquoi ?

Il sourit par-dessus sa tasse de thé.

— Eh bien, le fait que tu traînes ici avec moi, à vingt-deux ans, au lieu de sortir t'amuser… c'est intéressant.

Je grognai un rire.

— J'aurai vingt-trois ans en janvier.

— Qu'est-ce que cela a à voir avec ce que je viens de dire ?

— Je ne sais pas.

— Tu parles juste pour t'entendre parler, c'est ça ?

— Non, c'est juste que… Thanksgiving n'est-il pas un jour que tu es censé passer avec ta famille ?

— Oui, en effet.

Je le regardai dans les yeux.

— Alors, voilà.

Il me dévisagea et je lui renvoyai son regard, et entre les lignes et la façon dont je croisai ses yeux, il comprit ce que j'essayais de dire.

— D'accord, dit-il alors que le film commençait.

Et, à un moment, vers le milieu du film, il tapota légèrement ma jambe alors qu'il s'enfonçait dans son siège. Cet homme me traitait davantage comme son frère que comme son assistant. Je me demandai brièvement s'il s'en rendait compte.

II

Assis au bar le lendemain soir à l'Arbor, regardant Trip sur la piste de danse avec ses amis, je me demandai comment j'avais pu si mal interpréter une invitation à dîner. Je pensais que nous irions boire un verre avant d'aller dîner et enfin nous promener pour apprendre à nous connaître. J'avais imaginé que nous serions seuls. Apparemment, il avait imaginé aller danser dans un club avec des amis. Il avait invité une demi-douzaine de personnes à se joindre à nous et il était actuellement pris en sandwich entre deux très belles femmes, se frottant contre elles en souriant. Tandis que je les observais, je compris que ce que j'avais pris pour une sortie en couple avait été interprété de son côté comme l'occasion de faire la fête. Et j'aurais pu le rejoindre et me trémousser de mon côté, mais je n'en avais pas envie. À vingt-deux ans, j'étais fatigué des clubs. J'aurais préféré être à la maison en train de repasser mes vêtements. C'était ce qui arrivait lorsqu'on obtenait une fausse pièce d'identité à seize ans. Toute l'excitation disparaissant au moment où vous atteigniez l'âge légal pour faire toutes les choses que la loi vous autorisait.

Je refusai deux boissons que le barman essaya de poser devant moi, renvoyai ceux des hommes que je ne connaissais pas et à la place, je payai ma note et me dirigeai vers la porte. Je jetai un coup d'œil par-dessus mon épaule, mais Trip ne me remarqua même pas. J'allais pouvoir m'échapper ni vu ni connu.

Dehors, dans la rue, mon téléphone sonna et je m'adossai contre une vitrine pour y répondre.

— J'ai besoin de te parler, dit Sam Kage platement à l'autre bout du fil.

J'étais surpris d'être à nouveau en train de parler à l'inspecteur des mœurs. J'avais pensé que notre dernière rencontre avait clôturé le sujet. Lorsqu'il était venu à mon appartement au milieu de la nuit et m'avait crié dessus parce que je ne le laissais pas me protéger, je pensais que j'avais fini par le repousser. J'avais espéré m'être trompé, prié m'être trompé, mais crains d'avoir raison. Sam Kage avait une emprise sur moi qui était difficile à mettre en mot, et j'étais en général très bon pour parler.

— Jory.

— Désolé, pourquoi as-tu besoin de me parler ?

— Tu es mon témoin, idiot.

Le mari de mon amie avait assassiné un homme et j'avais été là pour le voir faire. Sam Kage était l'inspecteur chargé de l'enquête. Poussés à nous côtoyer par les circonstances, nous avions trouvé quelque chose de plus, quelque chose d'inattendu, et cela s'était développé jusqu'à ce que nous rencontrions un obstacle. En couchant avec moi et en m'ayant près de lui, Sam m'avait considéré comme un détour sur sa route toute tracée alors que moi j'avais pensé à quelque chose de permanent. J'étais parti au lieu d'essayer d'influencer ses sentiments. Et cela m'avait tué de le quitter, mais je savais qu'au final ce serait fatal. Je pensais encore souvent à lui, et chaque fois mon cœur se serrait. Même être au téléphone avec lui était dur. Mais une fois que je pus à nouveau respirer, je devinai pourquoi il m'appelait. J'avais été pris en chasse par des gars envoyés pour me faire taire – moi et mon témoignage – seulement quelques nuits auparavant et il faisait probablement suite à cela. J'avais appelé son partenaire, Dominic Kairov, ce qui, je le reconnaissais, avait été mesquin. Cela avait d'ailleurs été la raison de la présence de Sam à ma porte aux petites heures de la nuit. Il s'était montré pour me crier dessus.

— Tu es là ?

— Ouais, désolé. Je t'écoute.

Il se racla la gorge.

— Tu sais, les gars qui t'ont poursuivi l'autre nuit, nous les avons arrêtés et…

— Tu sais qui ils sont ?

— Ouais, nous savons très bien qui ils sont.

— Oh.

— Oh, répéta-t-il comme si j'étais décérébré. Seigneur.

— Peut-être que je vais juste raccroch…

— Attends, dit-il rapidement. Attends.

Je poussai un long soupir bruyant, mais ne dis rien.

— D'accord, donc comme je l'ai dit, nous les avons arrêtés pour diverses charges et leurs casiers judiciaires sont bons pour tentative d'assassinat, voies de fait aggravées et tentative de viol. Tu as eu de la chance… Tu as eu de la chance qu'ils n'aient pas mis la main sur toi.

— Ouais, acquiesçai-je.

— Ouais ? C'est tout ce que tu as à dire ?

— Que veux-tu que je dise ? demandai-je doucement, me frottant l'arête du nez, réalisant que je n'avais pas encore dîné et que j'avais beaucoup bu pendant que je regardais Trip danser.

— Pourquoi as-tu une drôle de voix ?

— Je suis ivre, répondis-je platement.

— Ah ouais ?

— Ouais.

— Où es-tu ?

— En route pour rentrer chez moi.

— Pourquoi ne pas nous voir pour dîner ?

— Non.

— Pourquoi pas ?

— Tu me détestes, dis-je d'un ton irrité, même pour moi.

— Pas du tout, dit-il et je pus presque entendre le sourire contenu dans sa voix.

201

L'heureuse agitation qui se fit sentir dans mon estomac était réellement agaçante.

— Eh bien, je te déteste.

Je recommençais à avoir l'air d'un gosse.

— Ce n'est pas vrai.

Et il avait raison. J'étais dingue de lui purement et simplement, et trop ivre pour ne pas le montrer. Je rigolai.

— Eh bien, quelqu'un déteste bien l'autre ou nous serions ensemble.

— Tu aimes les drames, c'est pour ça que nous ne sommes pas ensemble.

Je grognai.

— Allez. Dis-moi où tu es.

Alors je le lui dis et il me répondit de lui laisser cinq minutes. Je lui promis de les lui accorder. Je jouai avec mon téléphone, effaçant de vieux messages et téléchargeant une nouvelle sonnerie. C'était une diversion comme une autre. Je perdis la notion du temps.

— Jory.

Je levai les yeux alors que Trip se plantait devant moi.

— Hé, mec, lançai-je.

— Où vas-tu ?

— Je vais rentrer, dis-je en souriant. Je te verrai plus tard.

— Mais je pensais que nous allions traîner.

— Moi aussi, mais c'est cool.

— Non, dit-il en s'accroupissant à côté de moi, une main posée sur mon dos. Je veux que…

— J !

Je regardai la rue et vis Sam sortir de son tank qu'il avait garé le long du trottoir. Je devais vraiment lui demander pourquoi il ressentait le besoin de conduire un tel monstre. Il n'avait pas besoin de compenser quoi que ce soit.

— Qui est-ce ? me demanda Trip alors que Sam contournait le SUV par l'avant et se dirigeait vers nous.

J'eus un étrange moment de clarté en le regardant s'approcher de moi.

— C'est Sam.

Mes yeux dévièrent à nouveau vers Trip.

— Qui est Sam ?

— Hé.

Nous levâmes tous deux les yeux vers l'inspecteur Kage lorsqu'il me tendit la main.

— Ça a été rapide, dis-je.

Je lui souris. J'aimais la façon dont son pantalon en velours enveloppait ses longues jambes musclées, l'énorme boucle de ceinture, et les bottes à embout d'acier, il avait un look d'enfer. J'aperçus un tee-shirt blanc sous une chemise de travail en flanelle et une veste molletonnée en denim qui achevaient sa tenue.

— Qu'est-ce que tu as fait aujourd'hui inspecteur, de la construction ?

Son sourire apparut lentement, réchauffant ses yeux, les enflammant alors qu'il me dévisageait.

— J'ai beaucoup marché aujourd'hui. Je ne voulais pas me geler le cul.

— À faire du porte à porte électoral dans le quartier, proposai-je en prenant sa main pour qu'il me remette debout.

— C'est exact, dit-il doucement en posant sa main sur mon épaule. J'ai oublié que tu regardais la télévision, donc tu sais tout ce qui se passe.

Je hochai la tête, étant d'accord avec lui sur le fait que j'étais un gros geek lorsque Trip se plaça à mes côtés.

— Sam, voici mon ami, Trip Ward, Trip, voici Sam Kage.

Ils ne se serrèrent pas la main, ils se saluèrent d'un simple geste de tête tandis que la main de Sam se posait sur ma nuque et me tirait vers lui.

— Allons mettre un peu de nourriture dans ton ventre.

— D'accord, acquiesçai-je, offrant ma main à Trip. À bientôt, mec.

— Attends, non… Jory, je croyais que nous allions…

— Tu m'as laissé là-bas tout seul.

Je souris largement.

Au lieu de prendre ma main, il me prit dans ses bras et me tint serré, ses mains glissant sur mon dos.

— Nous aurions dû aller quelque part, juste nous deux.

— Ouais, nous aurions dû.

Je l'étreignis moi aussi parce qu'il était bien dans mes bras. J'avais besoin d'être étreint, je le désirais plus que tout.

— Il faut y aller, dit Sam et je sentis sa main s'emmêler dans mes cheveux, tirer doucement, mais avec insistance.

Je laissai partir Trip et Sam saisit le revers de ma veste de costume.

— Fais attention, dis-je.

— Jory, laisse-moi t'emmener quelque part demain. Je viendrai te chercher au travail, puis nous irons dîner et ensuite nous pourrons…

— Il sera occupé, dit Sam d'un ton bourru, me tirant si fort en avant que je faillis tomber. Monte dans la voiture avant que je t'y porte.

— Ah ouais ? le défiai-je en me libérant de sa main d'un haussement d'épaule et en marchant à reculons. Tu crois que tu peux faire ça ?

Il grogna puis bougea plus vite que je l'en pensais capable. J'avais cru à tort qu'un homme de sa taille n'était pas capable de rapidité, mais il empoigna mon bras avant même que je le réalise.

— Laisse-moi te montrer où se trouve la voiture.

Je souris, regardant mes pieds.

— Je peux marcher.

— Tu tiens à peine à la verticale. Combien de verres as-tu bus ?

— Je ne sais pas.

— Pourquoi as-tu bu de toute façon ?

— J'étais assis tout seul et je m'ennuyais.

— Pourquoi étais-tu assis tout seul ? demanda-t-il en ouvrant la portière de la voiture et en me la tenant.

Je grimpai et il claqua la porte derrière moi. Je jetai un regard en arrière, vers l'entrée du club et je vis que Trip était toujours là, debout à me regarder. Je lui fis signe et il me retourna mon geste.

— Tu étais supposé avoir rendez-vous avec ce gars ? demanda Sam quand il ouvrit sa porte et se glissa derrière le volant.

— Je le croyais.

Je me retournai et le regardai.

— N'est-ce pas ce qu'aller dîner implique généralement ?

Il tendit le bras et posa une main sur ma joue.

— Tu as l'air confus, bébé.

— Eh bien, il m'a invité à dîner, mais pas seul. Quel genre de rendez-vous est-ce là ?

— J'avais l'habitude d'inviter des amis si je voulais que l'autre personne pense que ce n'était pas vraiment un rendez-vous.

Je haussai les épaules et éloignai sa main.

— Alors je suppose que ce n'était pas vraiment un rendez-vous.

— Je suppose que non, acquiesça-t-il en démarrant la voiture.

— Mais la nuit dernière lorsqu'il m'a invité, il a dit…

— Tu as passé Thanksgiving avec lui ?

— Avec lui et sa famille, ouais.

J'étais plus que pompette où je n'aurais jamais commencé à discuter avec lui comme si nous étions potes ou quelque chose comme ça.

— Ils sont vraiment sympas, mais il est plus du genre à jouer, alors je lui ai dit que je ne voulais pas sortir avec lui, mais il s'est excusé d'avoir pensé qu'il allait tirer un coup et…

— Qu'est-ce qui lui a fait penser qu'il allait tirer un coup ?

— Est-ce que tu l'as vu ? Il est magnifique… je suis sûr qu'il s'envoie en l'air tout le temps.

Il hocha la tête.

Je souris en dépit de moi-même.

— Je suis peut-être plus saoul que je le pensais.

— Tu plaisantes.

— Même ivre, je sais reconnaître un sarcasme lorsque j'en entends un.

— Ferme-là.

— Tu sais, si tu prévois d'être…

— Quoi, J ? Qu'est-ce que tu vas faire ? Je peux faire ce qui me chante de toi dès maintenant et tu ne pourrais rien y faire. Alors, tu sais quoi… rien à foutre d'aller manger. Je te ramène à la maison avec moi.

— Attends… non, je dois travailler demain. Je…

— Demain, c'est samedi. Tu n'as pas à travailler.

— Si, je le dois. Je dois livrer quelque chose pour mon patron. Je dois être là pour…

— Tu viens avec moi.

— Je ne peux pas. Ne fais pas…

— Que je ne fasse pas quoi ? Que je ne fasse pas exactement ce que je veux parce que tu fais toujours exactement ce que tu veux ?

— Non, je…

— Tu ne peux pas toujours faire les choses à ta façon, alors reste assis là et tais-toi.

Je me promis qu'il gèlerait en enfer avant que je lui reparle un jour. Les bras croisés, regardant par la fenêtre, je ne lui accordai pas un seul regard. Quand il s'arrêta brusquement dans une rue que je ne connaissais pas, je me retournai et le regardai. Il serrait le volant si fort que ses jointures étaient blanches.

— Bordel ! Je déteste ça.

— Quoi ?

Bon d'accord, c'était un dégel précoce pour l'enfer.

Il se retourna et me regarda.

— Ça. Toi et moi, putain, je déteste ça.

— Alors, laisse-moi sortir et je vais prendre…

— Non, rugit-il, et dans le petit espace confiné, le son fut assourdissant. Il résonna dans tout mon corps.

— Je ne…

— Ça me dévore complètement.

Je le regardai déglutir, je vis ses yeux épuisés, son air abattu.

— Jory…

J'étais bon pour changer de sujet lorsque les gens étaient noyés sous un trop-plein d'émotion. J'avais besoin de l'aider pour éviter qu'il se fasse sombrer lui-même.

— La nuit où tu m'as vu, pensais-tu vraiment que je ressemblais à un gigolo ? demandai-je pour le taquiner en souriant paresseusement.

Nous nous étions croisés : j'étais sorti du bar avec trois de mes collègues féminines et lui était entré pour aller rejoindre ses amis, une belle blonde à son bras. Il avait alors délivré sa remarque blessante, que je ressemblais à un garçon à louer.

— Non.

Sa voix était rauque, troublée.

— Avais-je l'air bien ?

— Oui.

— Ai-je l'air bien maintenant ?

En guise de réponse, il se jeta sur moi, sa bouche scellant la mienne, sa langue insistant pour entrer, ce que je lui accordai immédiatement. Dès que mes lèvres s'entrouvrirent, il se faufila à l'intérieur et il me rapprocha de lui, m'écrasant

205

contre lui, m'embrassant si fort, si longtemps, se réappropriant chaque partie de ma bouche. Lorsque je reculai pour regarder son visage, il me mordit la lèvre inférieure pour me garder près de lui. Je souris et il finit par embrasser mon nez, mes yeux, me tenant toujours étroitement serré dans ses bras.

— As-tu couché avec la blonde ? lui demandai-je en retenant mon souffle.

Sa voix était basse et rauque.

— Non, Jory. Je ne couche avec personne d'autre que toi.

— Alors, pourquoi avoir dit les choses que tu as dites, pourquoi avoir dit que tu voulais te marier et…

— Parce que tu avais l'air si content de toi, m'aboya-t-il en me libérant tout à coup et en me repoussant dans mon siège. Après avoir quitté la maison de mes parents ce jour-là, tu as commencé à parler comme si j'allais faire ci ou ça, à parler comme si tu me possédais, comme si je t'appartenais… et pour toi c'est si facile, tu tombes juste amoureux et…

— Qui a dit que j'étais amoureux ? lui demandai-je.

Sa mine était sombre.

— Oh, va te faire foutre. Je sais que tu l'as eu mauvaise, alors n'essaie même pas de prétendre que ce n'est pas vrai. Vu la vitesse à laquelle tu t'es enfui… ce que tu as fait – appeler Dom plutôt que moi – tout ça n'est que toi créant un drame parce que tes sentiments ont été blessés. Eh bien, va te faire foutre, J. Tu n'as pas besoin de t'enfuir si je fais une connerie stupide. Tu viens me voir pour me dire que je suis un connard et m'envoyer balader. C'est ta façon de faire. Et tous ces trucs que j'ai dits ce dimanche-là… tu crois vraiment que je pensais tout ça ?

Je le dévisageai.

Son rire ressemblait davantage à un aboiement.

— Putain, tu l'as fait, tu es parti. C'est drôle. J'aurais pensé que tu me connaissais mieux que ça.

— Pourquoi le dire si tu ne le pensais pas ?

Je répétai ma question précédente.

— Parce que j'étais en colère ! rugit-il, sa main sur ma nuque pour me rapprocher de lui, plongeant ses yeux dans les miens. Tu peux être gay et avoir la vie que tu veux et tout ce qui va avec, mais moi, si je suis avec toi, il y aura des choses que je devrais abandonner.

— Alors peut-être que tu ne devrais pas les abandonner, dis-je honnêtement, le regardant droit dans ses beaux yeux. Je veux dire, si c'est pour m'en vouloir plus tard, ça ne semble pas être le bon moment.

Il prit mon visage en coupe entre ses mains, m'attirant pour m'embrasser à en perdre haleine ; m'embrassant si longtemps que je pus entendre mon cœur battre dans mes oreilles par manque d'oxygène.

Je libérai ma bouche et ses mains se posèrent sur mes fesses pour me soulever du siège, me faire passer par-dessus le frein à main et m'installer sur ses genoux, ses lèvres sur ma gorge mordant, léchant, suçant, embrassant la peau qu'il pouvait atteindre. Je tremblais entre ses mains. C'était si bon, je n'aurais jamais pensé, même en un million d'années, qu'il serait celui qui me tiendrait comme ça à nouveau.

— Je n'ai plus le choix, avoua-t-il, son nez remontant le long de mon cou alors que ses lèvres traînaient sur ma peau. J'ai besoin de toi. Je ne peux pas dormir sans toi et seulement toi. Je ne veux aucune femme... ni aucun autre homme... juste toi. Je suis complètement accro à toi.

Il l'était ?

— Tu l'es ?

— Ouais, répondit-il d'un ton misérable. Merde.

Je lui souris.

— Tu n'as pas l'air d'en être très heureux.

— Parce que ça aurait été sacrément plus facile si je ne me sentais pas comme ça. Je le regardai dans les yeux.

— Mais, tu vois, je suis fou de toi quand tu fais du thé chaque fois qu'il y a un problème, de ton odeur sur mes draps, de ton corps à côté de moi quand je me réveille la nuit... Je veux dire, je me suis habitué à tout ça si vite, putain !

Il était complètement retourné et j'aimais ça.

— Tu m'as obligé à faire face à tout ça lorsque tu es parti et j'étais tellement... en colère... après toi... et puis le soir où je t'ai vu sortir du bar, tu avais l'air d'aller bien, de bien t'en sortir sans moi, et... et je voulais juste te ramener à la maison et... et puis il y a eu l'autre nuit. Et si tu avais été blessé ou tué ou... Bordel ! Qu'est-ce que je suis censé faire, moi ? Et ce trou du cul ce soir, il pensait qu'il avait une chance avec toi... tout le monde pense qu'il a une chance parce que je ne suis pas là... et ça n'arrivera pas, bordel ! Je ne permettrai pas que ça arrive. Je te veux avec moi tout le temps... je ne peux laisser personne d'autre te toucher ou te... tu m'appartiens. Tu comprends ça ? Tu es à moi. Je pense que je vais te marquer – écrire mon nom sur toi pour que tout le monde sache que tu es...

C'était trop, donc je lui coupai la parole, me déplaçant sur ses genoux pour que mes fesses soient pressées contre son aine, enroulant mes bras autour de son cou et l'embrassant avec chaque parcelle d'amour, de haine et de tout le reste entre les deux, que j'avais en moi. J'avais faim de lui et la manière dont je l'embrassai lui arracha des gémissements et des grognements. Cela me fit sourire – ce grand homme fort qui frissonnait du besoin de son amant. C'était grisant d'être à ce point désiré, de se noyer dans la chaleur du baiser, dans l'étreinte.

— Jure sur ma vie, Sam, jure que tu vas parler de moi à tout le monde.

— Merde, gémit-il presque et je pouvais dire qu'il était à l'agonie. Je te déteste.

— Jure.

— Je le jure, cria-t-il pratiquement. Mais tu dois me croire sur parole quand je te dis que je le ferai. Tu dois me faire confiance.

Il était exaspéré, épuisé de se battre avec moi. Cela demandait tellement d'énergie.

207

— Je te crois.

— Je te déteste vraiment, gronda-t-il, ses mains caressant mes cuisses alors que je bougeais sur ses genoux, poussant mon bassin contre son abdomen.

— Je sais, dis-je en souriant devant ses yeux bleus troublés, glissant ma main entre nous pour atteindre le devant de son jean et le frotter doucement, mais fermement.

— Mon Dieu, lâcha-t-il d'un coup, sa tête retombant contre le siège. Jory, je le jure, bébé, je n'ai couché avec personne d'autre. S'il te plaît, s'il te plaît, s'il te plaît, laisse-moi t'emmener au lit…

— Oui, Sam, le coupai-je. Allons chez moi.

Il me souleva et me jeta sur mon siège et je ris devant la vitesse à laquelle il conduisit, faisant crisser ses pneus, emballant le moteur. Je lui dis de mettre son gyrophare sur le toit de la voiture et il me lança un regard brûlant qui me fit rire encore plus.

À ma porte, il me surplomba, ses lèvres sur mon cou et j'eus des problèmes à trouver la serrure. Il me prit les clés et ouvrit la porte puis la verrouilla derrière nous. Soulevé dans ses bras, j'enveloppai mes jambes autour de sa taille alors qu'il me transportait jusqu'à la chambre. Nos vêtements furent arrachés et laissés là où ils tombèrent lors que nous atteignions le lit en même temps. Je rampai en arrière jusqu'à la tête de lit et il s'abattit au-dessus de moi, posant sa bouche sur moi, m'avalant jusqu'au fond de sa gorge. Je me cambrai contre lui et l'entendis fouiller le tiroir de ma table de chevet. Quand ses doigts huilés glissèrent en moi, je criai son nom.

— Je pourrais te faire mal, avoua-t-il en retirant ses lèvres de mon corps.

— Essaie, soufflai-je.

Le bruit qui sortit du fond de sa gorge avant qu'il soulève mes hanches et s'enfonce en moi profondément et brutalement, était rauque, animal. Et la poussée m'aurait fait mal, mais sa main était de retour pour caresser mon sexe et garder mon excitation à son comble. Être rempli et étreint en même temps, c'était le paradis.

— Tu m'as manqué.

Il m'avait manqué plus encore. Je le dévorai des yeux, regardant ses muscles noueux alors qu'il bougeait au-dessus de moi, puis la façon dont il retint son souffle quand je le poussai et le fis rouler sur le dos. Ses mains agrippèrent mes cuisses tandis que je me levais au-dessus de lui, me ramenant contre lui pour me garder proche. Il était si doux alors qu'il caressait ma peau.

— Promets-moi que tu n'iras nulle part, dit-il en prenant mon visage dans ses mains, ses yeux rivés aux miens, le plaisir s'inscrivant sur son visage alors que je le prenais plus profondément.

— Je te le promets.

Je souris lentement.

— Ne me quitte pas. Je te ferai mal si tu essaies de me quitter.

Je souris en le fixant droit dans les yeux.

— Ouais ? Tu vas me faire du mal ?

— Jory, souffla-t-il d'une voix cassée. S'il te plaît, bébé, je...

Mais ma bouche sur la sienne lui coupa la parole alors que je balayais ses inquiétudes en l'embrassant. Lorsque je reculai, ses yeux étaient assombris, ses lèvres gonflées, il avait l'air totalement dévasté.

— Tu sais, cette femme avait raison.

Je plissai les yeux.

— De quoi parlons-nous ?

— Cette femme de l'autre jour, celle qui est venue avec mon voisin... tu pourrais être mannequin si tu voulais. Tu es tellement beau.

Je me moquai de lui, essayant de l'embrasser.

— Tu l'es. Ta bouche, ta peau et ton joli petit cul.

— Je ne pense pas qu'elle parlait de mon cul, dis-je en rigolant, aimant nos stupides confidences sur l'oreiller.

Il m'ignora.

— J'aime la façon dont tes yeux s'assombrissent quand nous faisons ça... Seigneur ! J, c'est si sexy !

Je passai ma langue sur ses lèvres avant d'aspirer sa lèvre inférieure dans ma bouche. Je sentis son corps frémir sous le mien et je bougeai, m'abaissant sur lui, le prenant tout entier en moi.

— Mon Dieu ! C'est si bon.

Sa voix était crue, rauque, ses pupilles dilatées alors qu'il relevait les yeux vers moi.

— Tu vas me tuer si tu continues.

Et je souris alors que je faisais l'amour à l'homme que j'aimais. J'étais un idiot et je créais des drames là où il n'y en avait pas, il avait raison. Il était aussi fou de moi que je l'étais de lui et j'ignorais complètement comment j'avais raté ça.

— S'il te plaît, reviens chez moi, J.

— Non.

Je souris paresseusement, serrant mes muscles pour qu'il en ait le souffle coupé.

— Je me plais ici.

Sa voix était rocailleuse quand il put enfin parler.

— Alors, puis-je rester ici avec toi ?

— Je vais y penser.

Il m'allongea sur le dos une seconde plus tard, mes jambes encore enroulées autour de sa taille.

— Je vais dormir ici avec toi, d'accord ? Est-ce que je peux faire ça, s'il te plaît ?

— Oui, dis-je rapidement alors qu'il poussait en moi. Reste.

— Je suis le seul que tu laisseras dormir avec toi, hein J ?

— Oui.

— Parce que tu me fais confiance.

— Oui.

— Tu t'en souviendras, d'accord ?

— Oui, chéri.

La façon dont il me regarda me serra le cœur. Je pleurai de joie et lorsqu'il essuya mes larmes et embrassa mes yeux, je lui dis qu'il pouvait rester éternellement s'il voulait.

— Je le veux, dit-il en enfouissant son visage dans mon épaule.

Je ne pouvais pas l'étreinte assez étroitement.

III

MON TÉLÉPHONE me réveilla à cinq heures du matin et mon patron, Dane Harcourt, était à l'autre bout de la ligne, me rappelant que je devais remettre l'enveloppe avec les informations concernant l'événement caritatif à l'hôpital avant neuf heures. J'étais mal réveillé, mais je lui dis que je m'en occupais. Il grogna comme s'il n'était pas sûr que je sois assez cohérent et je lui demandai pourquoi il ne pouvait pas s'en occuper lui-même. Il me répondit que ce serait assez difficile vu qu'il était à Cape Cod. C'était une autre escapade romantique et je lui fis promettre d'essayer de se souvenir du nom de sa partenaire cette fois. Il grogna un rire avant de raccrocher. Je restai là un moment, écoutant le silence de l'appartement et je compris que j'étais seul. Je me levai et allai d'une pièce à l'autre, juste pour m'en assurer avant d'appeler Sam. Il était sur une scène de crime quelque part et sa voix était bizarre lorsqu'il me répondit.

— Qu'est-ce qui ne va pas ? demandai-je doucement.

Pas de réponse.

— Je me suis réveillé et tu étais parti.

— Tu avais l'air si doux allongé comme ça, tout chaud et... comme un chaton.

— Un chaton, dis-je après une minute.

Sam rigola et je souris parce que j'avais causé cette réaction.

— Je suis vraiment content que tu appelles, soupira-t-il. Tu as l'air d'aller bien.

— J'ai l'air endormi.

— Exactement. J'aimerais être là... au lit avec toi. Je me gèle ici dehors.

— Est-ce que tu vas bien ?

— Non, fut tout ce qu'il dit.

— Que puis-je faire ?

— Je ne sais pas, chaton... que peux-tu faire ?

— D'accord, arrête avec cette connerie de chaton, l'avertis-je, souriant au téléphone. Dis-moi juste ce qu'il y a. S'il te plaît, Sam. Dis quelque chose... n'importe quoi.

Il se racla la gorge.

— D'accord... tu peux préparer un sac et aller à mon appartement et m'attendre là-bas. Peux-tu faire ça ?

— Je peux le faire.

— Parce que si je pouvais rentrer à la maison et te trouver là... ce serait bien.

J'entendis le tremblement dans sa voix. Quoi qu'il regarde là où il était, ce ne devait pas être très beau.

— D'accord.

211

— Je voulais rester avec toi.

Sa voix se brisa, devint très calme.

— Je ne voulais pas sortir.

— Parce que tu m'aimes tout chaud et tout nu au lit avec toi, le taquinai-je.

— Oui, fut tout ce qu'il put sortir et sa voix était rocailleuse.

Quelque chose était en train de le ronger.

— Je serai là. À quelle heure pars-tu ?

— Dix-huit heures. Retrouve-moi là-bas pour dix-huit heures. Je passerai prendre un peu de nourriture et…

— Je m'en occupe, lui dis-je. Toi, tu rentres à la maison.

— Juste de rentrer ?

— Ouais. Ton rôle est simple.

— D'accord. À plus tard.

— Au revoir.

Je souris.

— Attends…

— Quoi ?

Long silence.

— Rien.

Il voulait dire quelque chose ou il voulait que je dise quelque chose.

— Dis-moi.

— Fais attention à toi dehors, d'accord ? Appelle-moi si tu as besoin de moi.

— Je le ferai. Je te revois à dix-huit heures.

— J'ai laissé le double de mes clés sur ta table de nuit.

— Vraiment ?

— Oui.

— D'accord.

— Celles-là sont pour toi… pour que tu les gardes, d'accord ?

— Sam, dis-je le souffle coupé. Es-tu sûr que tu veux…

— J'en suis sûr. Je te vois tout à l'heure, chaton.

— Sam, tu dois arrêter avec ce…

Mais il me coupa en raccrochant. J'allai jusqu'à la table de nuit et trouvai les clés. Le porte-clés était neuf, visiblement, et je ne pus m'empêcher de sourire devant le J incrusté de strass. Ça allait devoir disparaître tout de suite. À quel point pensait-il que j'étais gay ?

C'ÉTAIT UNE enchère sous pli cacheté au profit de l'Unité Pédiatrique de l'hôpital. À l'origine, mon patron avait été contacté pour être l'un des célibataires mis aux enchères, mais il avait refusé et annonçait qu'il fournirait des services gratuits à la place. L'hôpital était intelligent et avait accepté. Une maison conçue par Dane

Harcourt valait son pesant d'or : c'était synonyme de statut social élevé et de luxe. Si vous aviez une maison Harcourt, vous faisiez partie de l'élite.

Alors que je marchais jusqu'au comptoir du service des urgences, je vis Nick Sullivan appuyer sur le bureau de l'autre côté de la vitre. Quand il se retourna pour regarder vers le hall où je me trouvais, je levai la main et lui fis signe. Il traversa les portes coulissantes quelques secondes plus tard.

— Salut, dit-il avec un grand sourire. Que fais-tu ici à l'aube ? À moins que tu ne te sois pas encore couché ?

— Ha, ha, dis-je en bâillant avec un petit sourire narquois.

Il s'approcha de moi et me saisit par le revers de mon caban.

— Tout va bien entre nous ?

— Ouais.

Je lui souris.

— N'est-ce pas ?

— Si je ne m'en préoccupais pas autant, je n'aurais pas été un tel con.

— Alors tu dois vraiment t'en préoccuper parce que tu as été un vrai connard, lui assurai-je.

Il passa un bras autour de mon cou et me fit passer les portes des urgences.

— Que fais-tu ici, J ?

— J'ai une enveloppe pour la personne qui s'occupe de la vente aux enchères de ce soir.

Il me lança un regard étrange.

— Tu sais qu'il y a un gros événement caritatif ce soir, Docteur, pour collecter des fonds pour le service de pédiatrie ?

— Oui, très drôle. Je le sais, je dois m'y rentre après tout.

— C'est pour ça que je suis ici. J'ai besoin de voir la personne qui s'en occupe.

— Oh.

Il me laissa partir.

— Phyllis Dwyer. Laisse-moi l'appeler pour toi.

— Je peux aller jusqu'à son bureau, si tu m'indiques où il se trouve.

— Non, non.

Il me sourit.

— Je vais l'appeler. Attends-moi ici.

Donc je l'attendis pendant qu'il passait derrière le bureau pour passer son coup de téléphone.

— Jory, c'est bien ça ?

Je levai les yeux vers un adorable regard bleu pâle. La femme me souriant avait le plus joli des visages.

— Ouais. Qui êtes-vous ? demandai-je en m'appuyant sur le bureau.

— Je suis Colby Saint James. Je viens d'être transférée de San Francisco.

— Pourquoi ? lui demandai-je.

Elle gloussa.

213

— Ma famille est ici.

Je hochai la tête.

— Alors, aimez-vous vivre ici ?

— J'aime ça, sauf que j'ai eu un réveil brutal la semaine dernière, quand j'ai découvert que l'homme sur lequel j'avais des vues avait en fait ses yeux sur vous.

— Oh, dis-je en souriant honteusement. Le Dr Nick.

— Mmmm. Cet homme est très attirant.

— Vraiment ? demandai-je pour la taquiner.

— Oui.

Elle releva un sourcil.

— C'est un grand médecin, gentil avec les enfants, drôle, intelligent, sarcastique et ai-je encore besoin d'ajouter magnifique ? N'avez-vous pas remarqué ses yeux émeraude ?

Je hochai la tête.

— Vous devriez faire sa promotion à sa place.

Elle sourit avec espièglerie.

— Vous êtes adorable. Je comprends pourquoi il est épris.

— Était épris, la corrigeai-je.

— Est épris, me corrigea-t-elle à son tour. Il m'a raconté qu'il s'était comporté comme un salaud au club. Vous savez qu'il est désolé.

— Je le sais.

Elle pencha la tête pour me dévisager.

— Et lui avez-vous pardonné, Jory ?

Je hochai la tête.

— Je l'ai fait.

Elle se pencha pour me regarder dans les yeux.

— Vous savez, je suis là à vous regarder et mon Dieu, vous êtes encore plus beau que le Dr Nick.

Je lui offris un grand sourire.

— Je tuerais pour vos cils.

— Jory.

Je relevai les yeux et vit que Nick était de retour. Son regard passa de moi à Colby, puis revint de nouveau sur moi.

— J'ai appelé Phyllis. Elle descend tout de suite. De quoi parliez-vous ?

— J'essaie juste de penser à un endroit sympa où emmener Colby pour une nuit en ville, lui dis-je en me redressant et en tendant la main pour remettre son col sous sa blouse blanche. Des suggestions ?

Il se figea sous mon contact, me laissant lisser son col et resserrer sa cravate.

— Je ne sais pas, J.

Il me dévisagea.

— Mais après avoir remis l'enveloppe à Phyllis, viendras-tu petit-déjeuner avec moi ? Je viens juste de terminer, alors… qu'en dis-tu ?

214

Je plissai les yeux.

— S'il te plaît, dit-il en me souriant. J'ai des choses à te dire.

Je haussai les épaules.

— Très bien.

— Super, dit-il.

Il rayonnait.

— Je reviens tout de suite.

Colby et moi l'observâmes s'éloigner avant de nous renvoyer nos regards à nouveau.

— Waouh, dit-elle en riant. Je n'avais aucune idée ce que cet homme était à ce point épris.

— Laissez tomber, la taquinai-je.

— Oh Jory, dit tout à coup Colby et sa voix avait cette intonation étouffée qu'elle n'avait pas avant. J'ai fait une recherche Google sur votre patron et... est-ce que c'est lui ?

Je me penchai sur le bureau et là, sur le site web de Harcourt, Brown et Cogan, se trouvait le seul et unique Dane Harcourt. C'était un portrait particulièrement bon. Le photographe s'était allongé par terre pour le prendre lors d'un jour nuageux, si bien que le ciel avait exactement la même couleur que ses yeux.

— C'est une bonne photo, n'est-ce pas ? dis-je en exagérant mon haussement de sourcils.

Elle plissa les yeux en me regardant.

— Vous avez pris ce cliché.

— En effet, dis-je en riant. Dane n'aimait pas le gars que Miles et Sherman avaient engagé – il pensait qu'il était arrogant – alors comme nous avions un délai à respecter pour le site web... j'ai été désigné.

— C'est une bonne photo, Jory, sans doute grâce à ses yeux qui semblent remplis de bonté en vous contemplant. Il vous aime beaucoup à l'évidence s'il vous regarde comme ça.

Elle me fixa d'un long regard.

— Est-ce qu'il est gay ?

J'éclatai de rire.

— Euh... non. Il est en fait à l'exact opposé de gay, il est le mec le plus hétéro que je connaisse.

— Vous voulez dire...

— Je veux dire qu'il est du genre tombeur en série.

Elle gloussa.

— Peut-être qu'il n'a pas trouvé la bonne fille pour le moment.

— Peut-être.

— Eh bien, dit-elle en déglutissant, je peux comprendre pourquoi il peut... avoir tant de rendez-vous.

215

— Ouais, acquiesçai-je. Et il est beaucoup plus mignon que le Docteur Nick ou moi.

— Rien n'est mignon chez cet homme, dit-elle et je vis son regard dérouté. Quelle taille fait-il ?

— Il mesure un mètre quatre-vingt-quinze.

— Oh.

— Ses yeux sont gris.

— Je vois ça.

Je ris et elle leva les yeux vers moi.

— Quoi ?

— Rien.

— Vous êtes juste démoniaque, dit-elle en me souriant.

— Pourquoi ne me donnez-vous pas votre numéro et nous pourrions déjeuner la semaine prochaine ? J'inviterai mon patron.

Elle l'écrivit sur un post-il sans aucune hésitation.

Phyllis Dwyer descendit et prit l'enveloppe que je lui tendis, me donna une accolade et me remercia avec effusion. Elle me dit qu'elle adorerait rencontrer mon patron un jour. Je lui dis que j'essaierais d'arranger ça. Elle me répondit qu'elle était certaine que les plans de construction atteindraient certainement un prix plus élevé que la Lexus qu'ils possédaient. Je lui répondis que je n'en serais pas surpris. Une maison conçue par Dane Harcourt était unique en son genre. Je regardais les yeux de Colby s'agrandirent rien qu'à m'écouter parler de lui.

— Il en vaut le coup, dit-elle lorsque Madame Dwyer partit.

— Vraiment le coup, acquiesçai-je alors que Nick revenait se placer à mes côtés.

— Viens, allons-y, me dit-il en souriant en posant une main dans mon dos. Je connais l'endroit parfait.

JE M'ÉTAIS esquivé aux toilettes quand nous étions arrivés au restaurant, laissant Nick attendre seul pour avoir une table. Lorsque j'en ressortis, il se tenait debout contre le mur le plus éloigné de la porte et je m'arrêtai un instant pour le regarder. Il était facile de voir pourquoi j'avais été attiré par lui : il avait d'épais cheveux bruns et ses yeux verts étaient très attirants. Il était grand et possédait de longs muscles de nageur, de larges épaules et dégageait une confiance manifeste. Pas sexy et dangereuse comme Sam, plus arrogante et pourtant douce à la fois, avec cette nature de garçon ordinaire. C'était bizarre, mais lorsque je l'avais rencontré pour la première fois, j'avais pensé qu'il était beau, mais pas vraiment spécial. Après avoir passé plus de temps avec lui cependant et après une inspection minutieuse, je compris qu'il était très beau et tout à coup, il m'avait coupé le souffle. Comme si plus je le voyais, plus il devenait beau. Et ce qui m'avait vraiment fait craquer, c'était la façon dont il me regardait : toujours droit dans les yeux comme si j'étais l'homme le plus extraordinaire qu'il ait jamais vu. Il me vit tout à coup et s'écarta du mur, se redressa, et se dirigea vers moi. Quand

216

il sourit, les traits de son visage se modifièrent comme j'aimais et ses yeux brillèrent. Il m'appréciait et ça se voyait.

— Hé, lui dis-je en souriant.

— La table est prête, allons-y.

Je le suivis jusqu'à l'hôtesse, puis à travers le restaurant. C'était agréable d'être au chaud par un matin froid et neigeux sans avoir rien d'autre à faire que s'asseoir. Lorsque nous arrivâmes dans le box, je m'y glissai le premier après avoir suspendu mon manteau sur le crochet. Il n'en choisit pas un autre, mais posa le sien par-dessus le mien. Drôle.

— Tu sais pourquoi je t'ai amené ici ? me demanda-t-il en levant les yeux sur moi et en souriant.

— Je n'en ai aucune idée.

— Parce que tu aimes les pancakes et qu'ils font les meilleurs. Prends ce que tu veux, c'est pour moi.

— On peut partager, dis-je en lui rendant son sourire.

— Non, insista-t-il. Je t'ai invité... Je meurs d'envie de faire quelque chose pour toi... s'il te plaît, J.

Je refermai le menu et le posai sur la table.

— Pourquoi as-tu besoin de faire quelque chose pour moi ? Tout va bien entre nous.

Il scruta mes yeux.

— En es-tu sûr ?

— Ouais, j'en suis sûr.

— Si c'est le cas, pourquoi es-tu assis si loin de moi ? me demanda-t-il.

— Je ne le suis pas. Je suis juste là.

— Pourquoi ne pas te rapprocher de moi ?

Je secouai la tête.

— Je suis bien ici.

— Viens un peu plus près.

— Nick.

— Jory, dit-il doucement en s'approchant de moi. Je suis tellement désolé de la façon dont j'ai agi la nuit où j'étais avec ma famille, puis au club avec mes amis. J'ai juste... J'ai complètement dépassé les bornes et la seule excuse que je peux te donner c'est que je ne m'étais jamais senti comme ça avant, et je ne le gère pas bien du tout. Je veux dire...

Il m'adressa un petit sourire et haussa légèrement les épaules.

— Je suis habituellement la personne qui est poursuivie. Je ne me suis jamais retrouvé en position inverse avant.

Il soupira, posant son bras sur le dossier de la banquette.

— Je dois dire que ça craint.

— Vraiment ?

— Ouais, dit-il en hochant la tête alors que le serveur déposait deux grands verres d'eau glacée devant nous.

Il passa sa commande, puis j'en fis autant et quand je le regardai à nouveau, il était renfrogné.

— Quoi ?

— Tu n'as rien à dire ?

— Je ne sais pas ce que tu veux que je dise.

— Si, tu le sais. Je veux que tu dises que je peux te voir.

Je le regardai dans les yeux.

— Je suis désolé de t'avoir embarrassé.

— C'est bon. Je le méritais

— Tu ne méritais pas tout ça. Peux-tu me pardonner ?

— C'est déjà fait, lui dis-je honnêtement en souriant au garçon qui déposait mon thé parfumé et le cappuccino de Nick. Dieu que j'aime l'oolong, dis-je en souriant.

— Ça pue comme une vieille chaussette, m'assura-t-il en posant sa main sur ma nuque.

Il massa la base de mon crâne, ses doigts glissant plus haut.

Je ris et il sourit plus largement. Ouais, ça sentait vraiment comme ça. Mais ça avait un goût de paradis.

— Et donc… parle. Tu étais poursuivi et…

— Je ne peux pas parler de ça.

— Non ?

Je secouai la tête.

— D'accord alors… Je ne sais pas ce que tu as fait pour Thanksgiving… raconte-moi, m'ordonna-t-il en prenant une gorgée de son cappuccino, la mousse se déposant sur sa lèvre supérieure.

Sans même y penser, je tendis la main et l'essuyai avec mes doigts.

— Je suis désolé de ne pas avoir utilisé le billet d'avion pour aller skier avec toi.

— C'est bon, j'ai pu voir ma famille à la place et c'était bien. Tout arrive pour une raison.

— Je suis d'accord.

Nous gardâmes le silence pendant quelques minutes.

— Tu es superbe.

— Merci, dis-je en lui souriant.

— Puis-je te demander quelque chose ?

Il me regarda intensément, sa main caressant toujours ma nuque, ses doigts passant dans mes cheveux.

— Bien sûr.

— Couches-tu avec cet inspecteur ?

— Oui, répondis-je sans même avoir besoin d'y réfléchir.

— Je vois. Et tu vis avec lui ?

— Non, mentis-je.

Cela ne le regardait pas.

Il s'illumina.

— Non ? Alors où habites-tu, parce que je suis allé à ton ancien appartement, mais ton propriétaire m'a dit que tu étais parti.

— J'habite près du centre-ville maintenant.

— Je peux venir voir ton nouvel appartement ?

— Oui, bien sûr.

— Quand ?

— Je ne sais pas. Bientôt, répondis-je en m'éloignant de sa main.

— Désolé, j'aime juste poser mes mains sur toi. Je sais que c'est un peu nul.

— Non.

Je souris.

— C'est merveilleux. Le gars que tu...

— Stop, me mit-il en garde. Je ne veux pas parler du gars d'après, je veux parler de toi. Est-ce que l'inspecteur veut que tu sois avec lui ?

Je pris une profonde inspiration.

— Il n'est pas sûr de ce qu'il veut.

— Il n'est pas sorti du placard ?

— Il est à peine gay, dis-je en poussant un long soupir.

— Oh, dit-il en hochant la tête, comprenant. Tu es son premier.

— Ouais.

Il inclina la tête.

— Eh bien, j'aurais aimé que tu sois mon premier.

— C'est très gentil de le dire.

Il fit courir ses doigts le long de ma gorge.

— Ta peau est incroyable.

Je le regardai dans les yeux.

— Puis-je te dire que lorsque je suis avec toi, je suis heureux ?

— Merci.

Il m'adressa un sourire en coin.

— Tu penses que je suis fou.

— Je pense que tu es quelqu'un de bien et que je suis un idiot de ne pas essayer de te garder.

Il grogna.

— Tu n'as pas besoin d'essayer de faire quoi que ce soit. Tu dis un mot et tu peux emménager demain.

— Pourquoi ? Tu ne sais rien de moi.

— Ouais, mais je sais que je suis fou de toi. Mes sentiments n'ont pas changé, dit-il en posant sa main sur ma joue. Je veux être avec toi tout le temps. Je veux me coucher avec toi et me réveiller avec toi, dîner avec toi chaque soir et faire l'amour avec toi... Dieu, ce que j'ai envie de coucher avec toi. C'est comme une douleur

219

dont je ne peux pas me débarrasser. Tu n'aurais jamais dû me mettre dans ton lit si ce n'était que l'affaire d'une seule fois.

— Nick...

— Stop. Je sais que tu ne ressens pas la même chose. Je ne suis pas stupide.

— Nick...

— Non, non. Je ne cherche pas à te forcer et tu n'as pas à te défendre. Ce n'est pas grave. Je pense que cela changera avec le temps.

Avec le temps ?

— Nick...

— Non, écoute, commença-t-il enfouissant sa main dans mes cheveux et repoussant une longue mèche derrière mon oreille. Je sais que coucher avec moi n'a pas chamboulé ton monde, ni quoi que ce soit d'autre, mais...

— Oh mon Dieu, tu es si honnête maintenant, gémis-je.

— Eh bien, je pense que c'est ma dernière chance et même si je parais calme et serein de l'extérieur, à l'intérieur, je suis complètement retourné.

Je cognai doucement son épaule avec la mienne et il se pencha vers moi, enfouissant son visage dans mes cheveux.

— Jory, bébé, je suis tellement désolé, murmura-t-il, son bras autour de mon cou, me clouant contre lui.

— Arrête de dire ça, lui ordonnai-je, fermant les yeux et prenant une grande inspiration. C'est bon. Je te le jure.

— D'accord.

Il laissa échapper un profond soupir alors que je m'écartai de lui en soulevant ma tasse.

— J'ai tout raconté à ma famille à propos de toi. Ma sœur, Sarah que tu as vue à la table de baby-foot ce soir-là, ne veut même plus me parler. Elle m'a dit que jusqu'à ce qu'elle te parle, les ponts sont coupés. Elle n'arrive pas à croire que j'aie pu te parler de cette façon.

— Elle a l'air adorable.

— Elle est psychotique.

Je ris, me moquant de lui.

— Ce n'est pas une chose très gentille à dire.

— Je veux juste que tu me promettes de rencontrer ma famille pour Noël. Tout le monde va revenir ici. Maman veut un Noël blanc cette année.

— D'accord.

— D'accord.

Il sourit, repoussant les cheveux de mon visage, ses doigts s'attardant sur mon front.

— Est-ce un engagement, Monsieur Keyes ?

— Oui.

— Bien, souffla-t-il. Maintenant, commence par le début et dis-moi pourquoi des gens sont à tes trousses.

Je rigolai.

— Je ne peux pas faire ça, je te l'ai dit.

— S'il te plaît.

— Non… je suis sérieux. C'est effrayant, et moins de gens sont au courant, mieux c'est.

— Mais l'inspecteur sait.

— Bien sûr.

Il hocha la tête.

— Bon, alors dis-moi ce que tu as fait pour Thanksgiving.

— Ça, je peux le faire.

Nous mangeâmes et parlâmes de choses sans importance. Je lui dis que j'allais présenter Cody à Dane et il trouva que cela allait nous faire un bon sujet de conversation à l'occasion.

— Bon alors et maintenant ? me demanda-t-il plus tard quand il repoussa son assiette.

— Que veux-tu dire ?

— Quels sont tes projets à court terme, Monsieur Keyes ?

— Eh bien, pour l'instant, j'ai besoin de passer du temps avec Sam.

— Qui ?

— L'inspecteur, lui dis-je en souriant.

— Oh. C'est son nom ? Sam ?

Je ris en hochant la tête.

— C'est tellement ennuyeux.

— Laisse tomber.

— Alors, tu veux être avec lui à cause de ce que je ressens pour toi… tu ressens ça pour lui.

— Ouais.

— D'accord.

— Nous pouvons toujours parler si tu veux. Mais je ne sais pas si c'est ce que tu veux.

— Est-ce tout ce que je peux avoir ?

— Pour l'instant, ouais.

— Alors c'est ce que je veux.

— Alors, nous parlerons.

— Bien.

Une heure plus tard, alors que nous nous tenions devant le restaurant, je lui dis que cela avait été une bonne idée de partager ce petit-déjeuner. Sa compagnie avait été agréable et la nourriture bonne.

— Mon Dieu, tu es magnifique, dit-il en souriant paresseusement, ses yeux brillants. Est-ce que je peux t'embrasser ?

— Peut-être que tu ne devrais pas, balbutiai-je alors qu'il se penchait.

221

— Peut-être que je devrais, dit-il doucement, ses doigts chauds posés sur mon cou alors qu'il s'inclinait vers moi.

Je fis un pas en arrière.

— Je ne couche pas avec une personne pour en embrasser une autre. Cela ne me ressemble pas.

Il me dévisagea avec intensité.

— Je me souviendrai de ça quand tu seras avec moi, et je ne m'inquiéterai pas que tu me trompes.

Je secouai la tête.

— Tu es incroyable.

— C'est ce que je n'ai pas cessé de dire.

Je l'attrapai, enroulant mes bras autour de lui, et l'étreignis étroitement.

— Merci pour ce que tu ressens, Nick. J'en suis très ému.

Il trembla entre mes bras et enfouit son visage dans mon épaule. Il s'accrocha à mon dos, mes cheveux, trouvant ma peau nue tandis qu'il blottissait son nez dans mon col. Je sentis ses lèvres dans mon cou.

— Tu sais que tout cela nous arrive parce que tu crois qu'il n'y a rien de spécial entre nous, dit-il doucement, séducteur. Mais je te promets qu'il y a bien quelque chose.

J'essayai de le relâcher, mais il me tenait trop serré.

— Je me sens bien quand tu es dans mes bras, c'est nouveau pour moi.

Je me libérai et croisai son regard.

Il me fixa pendant de longues minutes.

— D'accord, dis-je en enfouissant mes mains dans le fond de mes poches, marchant à reculons et me dirigeant vers le bord du trottoir pour appeler un taxi. À plus, Nicky.

— Si l'inspecteur fout tout en l'air, J… Tu sais qui appeler.

Je hochai la tête.

— Et je dois toujours voir où tu habites et tu as promis de rencontrer ma famille.

Je lui offris un grand sourire.

— Oui.

— Et tu ne me poseras pas de lapin.

— Non.

— Tu promets ?

— Je promets.

— C'était juste pour m'en assurer, dit-il en levant une main avant de se retourner et de descendre la rue.

Je me demandai pendant une seconde si je le reverrais un jour.

IL ÉTAIT plus de dix-neuf heures lorsque Sam revint à l'appartement et referma la porte avant de la verrouiller derrière lui.

— Salut, lui lançai-je du canapé où j'étais en train de lire.

Il enleva son manteau et le jeta sur la chaise. Il laissa tomber ses clés sur la table basse avant de venir me retrouver.

— Est-ce que tu vas bien ?

— Non, dit-il. Ça sent bon ici.

Je posai le magazine et levai les yeux vers lui.

— Comment était le travail, chéri ?

— Vraiment pourri, rigola-t-il en saisissant ma cuisse droite pour me tirer vers lui, me forçant à me mettre sur le dos pour pouvoir s'installer et se coucher sur moi, entre mes jambes.

— Je suis désolé, lui dis-je alors qu'il se penchait et m'embrassait.

Il était possessif, sexy et affamé. Ce qu'il manquait, c'était l'urgence qui était notre habitude. Il prit son temps, m'embrassant lentement, profondément, comme s'il avait tout le temps du monde. Quand je gémis, il sourit contre ma bouche.

— Je suis si heureux de te voir.

J'enveloppai mes jambes autour de sa taille et il se pressa contre moi en m'embrassant à nouveau longuement. Je fus pris de vertige tellement c'était bon.

— Pourquoi ne vas-tu pas prendre une douche ou un bain chaud pour te détendre ?

— Je vais aller prendre une douche, dit-il en reculant. Mais je veux te parler, donc je vais faire vite.

— Tu peux me parler depuis la baignoire, dis-je, haletant, essayant de reprendre mon souffle. Je vais faire couler le bain et tu pourras t'asseoir dedans.

— Non merci.

Il secoua la tête avant de poser ses doigts sous mon menton et d'incliner ma tête.

— Je veux juste m'asseoir et manger avec toi.

— D'accord.

— As-tu un peu d'alcool dans ton arsenal ?

— Oui m'sieur.

Ma bouche était sèche et je respirais à peine.

Il hocha la tête, se pencha et m'embrassa à nouveau. Sa langue se mêla à la mienne alors qu'il glissait une main sous ma chemise pour lentement me caresser le ventre.

— Je parie que tu as meilleur goût que la nourriture.

Je ne pouvais pas parler. Il m'annihilait ; ses doigts qui me massaient, me caressaient, mettaient mon cerveau en mode pause.

— Je vais prendre une douche. Je reviens tout de suite.

— D'accord, dis-je et il m'embrassa sur le front avant de s'éloigner.

Je m'assis et le regardai quitter la pièce, puis remonter vers sa chambre à coucher.

Après que je me sois un peu calmé, je me levai pour préparer son dîner. Quand il revint dans la cuisine un peu plus tard, il avait l'air mieux. Il portait un long

223

tee-shirt sous un autre plus court, un jean et de grosses chaussettes épaisses. Ses cheveux étaient encore humides et pointaient par endroit. Il n'aurait pas pu être plus adorable.

Je le nourris d'une bisque de homard, de linguines aux palourdes, de pain frais français, d'une salade d'épinards avec une vinaigrette et lui versai plusieurs verres de Chardonnay que le marchand de vin m'avait recommandé. Je lui racontai tout du petit-déjeuner avec Nick, de ma promenade à la librairie après ça, des achats de Noël que j'avais commencé à faire pour les amis de Dane et des millions de magasins que j'avais faits pour préparer le dîner.

— Tu as pris le petit-déjeuner avec le médecin ?

— Oui.

— Et qu'a-t-il dit lorsque tu lui as dit que tu allais rester avec moi ?

— Je lui ai juste dit que je devais voir où tout cela allait nous mener.

Il hocha la tête.

— Tu ne lui as pas dit que nous sortions ensemble ?

— Est-ce ce que nous faisons ?

— Je ne sais pas.

— Nous traînons juste ensemble en quelque sorte, n'est-ce pas ?

— Nous faisons plus que cela.

— Vraiment ?

Nous échangeâmes un long regard avant que je lui adresse un grand sourire.

— J...

— J'ai préparé un sac comme tu l'as demandé. Demain matin, je vais retourner chez moi afin que tu puisses avoir un peu de temps pour toi, mais pour l'instant, disons juste que nous...

Il tendit la main en travers de la table et la posa sur la mienne.

— Arrête de parler.

Je lui souris.

— D'accord.

Après quelques minutes, il prononça mon nom et quand je levai les yeux sur lui, il avait son menton appuyé sur sa main.

— Quoi ?

— Je ne peux pas te laisser rentrer chez toi.

Je rivai mon regard sur ses yeux bleus.

— Ah non ?

— Non.

— Mange ta salade, lui ordonnai-je.

— Oui, bébé.

Lorsque je me levai pour faire la vaisselle, il m'aida à débarrasser la table. Il essuya tout ce que j'avais lavé et rangea les plats. Alors que je remettais le vase plein de fleurs sauvages sur la table à manger, il rentrait d'avoir sorti les poubelles.

Il était au téléphone et autant que je puisse en juger, il était en train d'accepter quelque chose.

— Alors ? demandai-je dès qu'il raccrocha.

— J'ai complètement oublié que ce soir c'était l'anniversaire de Dom. Tout le monde est déjà chez lui.

— Oh, dis-je en hochant la tête. Alors, tu devrais y aller.

— Tu vas venir avec moi.

Mon estomac se retourna.

— Non.

— Si.

— Ce n'est pas une bonne idée.

— Si, c'en est une.

— Non, ça ne l'est pas.

— J...

— Sam...

— Enfile ton manteau, J, nous partons maintenant.

— Peut-être que tu devrais...

— Je peux te porter si tu préfères.

Et vu ses sourcils froncés, je compris qu'il était sérieux. C'était marrant, parce que j'avais voulu rencontrer ses amis, mais maintenant, j'étais terrifié. La réalité était toujours différente de ce que l'on imaginait.

JE RESTAI sur le trottoir à regarder la maison pendant une minute avant de me retourner et regarder Sam.

— Quoi ?

— Est-ce que tu plaisantes ?

— Quoi ?

— C'est la maison de ton ami ?

J'étais stupéfait.

— Ouais, je sais. C'est chic, non ?

Chic était un euphémisme.

— La femme de Dom est décédée, comme je te l'ai dit et ses parents l'ont aidé à l'acheter. Je pense que c'est quelque chose qu'elle leur avait demandé de faire dans la lettre qu'elle avait laissée, de prendre soin de lui, entre autres. Sa femme voulait qu'il ait une maison. Ses parents continuent de l'aider de temps en temps, en lui envoyant de l'argent, des cadeaux, et tout cela a un certain sens, tu sais ? Je veux dire, si tu y penses, il est tout ce qu'il leur reste de leur fille.

Sa logique semblait erronée.

— Ses parents doivent avoir beaucoup d'argent, Sam.

— Pas vraiment, mais entre leur aide et des investissements intelligents que Dom a fait, c'était assez pour la maison.

Il n'avait aucune idée de ce dont il parlait. Il ne savait pas combien coûtait une maison, moi si. Il n'y avait aucun moyen que n'importe quel bon investissement ou qu'une quelconque aide venant des bonnes intentions de ses beaux-parents lui permette d'acheter une maison comme celle dans laquelle j'étais introduit. Des escaliers qui menaient à un jardin pour l'instant en sommeil, à la porte d'entrée en verre, l'immense baie vitrée qui donnait sur la rue, le salon en contrebas, des pièces immenses, un bar intégral, la terrasse à l'arrière, c'était une maison de maître, pas celle qu'un homme avec un salaire d'inspecteur pouvait se permettre. J'avais fouiné et regardé les fiches de paie de Sam et je savais que Dominic Kairov et lui étaient des inspecteurs de même grade. Je me demandais de quelle manière Dominic faisait son beurre, là où les autres ne le faisaient pas, mais je n'étais pas à l'aise pour demander les réponses à Sam. Quand il voudrait partager des informations sur son partenaire, je serais plus qu'heureux de l'écouter, mais j'avais le sentiment que l'interroger plus avant était hors de question.

Dominic – ou Dom – Kairov était avec Sam depuis l'époque de l'académie de police. Ils avaient été assignés au même commissariat après l'obtention de leurs diplômes et avaient traversé ensemble des bons et des mauvais moments. Les bons étant ceux où ils étaient tous les deux passés inspecteurs à l'âge de trente et un ans, et les mauvais quand la femme de Dominic s'était suicidée deux ans plus tôt. Ses parents, m'avait confié Sam, l'avaient blâmé, pas pour l'acte en lui-même, mais pour la dépression qui l'y avait conduite. Entre ses longues absences, ses infidélités et la distance affective, il avait été le contraire d'un mari modèle. Alors je fus surpris d'entendre qu'ils avaient participé pour moitié au million de dollars du prêt immobilier. Cela n'avait aucun sens et Sam aurait dû s'en rendre compte, mais personne, y compris Sam, ne questionner la façon de vivre de Dominic parce que sa femme était morte. S'il disait que sa famille l'avait aidé, en lui faisant des cadeaux, alors ce devait être vrai. Je savais que Sam croyait Dominic ; c'était, après tout, son partenaire, son frère et son ami.

Alors que je suivais Sam à travers la maison, il fut arrêté à maintes reprises par des gens qui voulaient lui parler. Il échangea beaucoup de poignées de mains, étreignit des hommes et embrassa des femmes. J'étais simplement présenté comme étant Jory, mais il me gardait près de lui, sa main sur ma nuque, tandis qu'il me dirigeait dans la maison. Sur la terrasse de derrière, assis à côté du feu, se trouvaient les plus proches amis de Sam, les inspecteurs avec lesquels il travaillait jour après jour. Dominic fut le premier à se lever pour étreindre fermement Sam avant de le repousser.

— Oh, tu as amené le témoin.

Il me sourit avant de se tourner vers Sam.

— C'est à ça que sert une maison sécurisée, mon pote, taquina-t-il son ami. As-tu raté le mémo ?

Sam lui offrit un sourire narquois tout en grognant qu'il avait besoin d'un verre.

Dominic hocha la tête, drapa un bras autour de ses épaules et l'emmena. Il me lança, par-dessus son épaule, que je pouvais les suivre jusqu'au bar. On ne me demanda pas si je voulais quelque chose parce que je n'étais pas, toutes proportions gardées, le rendez-vous de Sam. Je pouvais me débrouiller comme n'importe lequel des autres gars. Je les regardai partir avant de me retourner pour étudier la pièce. Je ne connaissais personne, je n'avais pas été invité et je venais juste d'être abandonné. Cela promettait d'être une magnifique soirée.

J'errai dans la maison, regardant les coûteuses œuvres d'art, les verres en cristal de Baccarat sur le napperon de la table de la salle à manger et les meubles somptueux. Il y avait des tapis qui coûtaient plus cher que mon loyer et encore une fois, je me demandai comment faisait Dominic Kairov pour se les permettre. Alors que je m'asseyais sur l'escalier, à côté de femmes qui se prélassaient dans une petite zone de la salle de séjour, j'entendis le nom de Sam.

— Alors qui est cette fille avec Sam et Dom ? demanda l'une d'entre elles.

Une autre ricana.

— C'est la fille avec qui Dominic a arrangé un double rendez-vous pour Sam, vous vous souvenez ?

— Oh, c'est vrai, répondit la première femme. Elle était sympa. Elle s'appelait Maggie quelque chose.

— Ouais, ouais, Maggie, c'est ça. Maggie Dixon.

— Alors notre Sam est sorti deux fois avec elle ? demanda la première femme en arquant un sourcil parfaitement épilé. Eh bien, c'est une fois de plus que d'habitude.

— Elle est mignonne, renchérit une autre fille. Qu'est-ce qu'elle fait ?

— Je pense qu'elle enseigne. Pour les classes de sept à neuf ans, je crois.

— Ah, une institutrice pour Sammy ? N'est-ce pas mignon ?

— Regardez-les, ils sont adorables tous les deux.

Margaret Dixon était une sinueuse petite brune avec de profondes fossettes et de grands yeux bruns. Elle avait un rire magnifique, un comportement chaleureux et était, de toute évidence, très sympathique. Elle était une de ces personnes qui aimait toucher les gens, alors en gros, elle avait ses mains partout sur Sam, mais c'était charmant au lieu de coquet et effronté. Ses cheveux bouclaient jusqu'au milieu de son dos et elle avait ce réel teint de pêche dont vous aviez toujours entendu parler, mais que vous n'aviez jamais vu dans la vraie vie. Sa taille de guêpe était mise en valeur par un jean serré et un tee-shirt cintré au décolleté plongeant. Elle était le genre de fille pour lequel les hommes faisaient la queue. Elle était le type de Sam, assuraient les filles, et à les voir ensemble, il était difficile de dire le contraire.

Il semblait à l'aise avec Maggie. Ses yeux étaient doux lorsqu'il la regardait et quand il se pencha vers elle pour lui montrer comment tenir la queue de billard, les filles poussèrent toutes un soupir en harmonie. Je le regardai aller lui chercher à boire, la laisser lui mettre la cerise dans la bouche, puis lui tendre la queue qu'il avait nouée avec sa langue. Certains commentaires fusèrent parce que Maggie rougit, affichant une teinte très seyante de rose et Sam arqua un sourcil et sourit malicieusement. Les éclats de rire provenant de leur table attirèrent tous les regards. J'étais prêt à partir. Je m'éloignai furtivement vers la cuisine pour voir s'il y avait une bouteille d'eau quelque part.

La musique se fit plus bruyante alors que la nuit avançait, mais elle n'était pas du tout aussi forte au deuxième étage. Je trouvai un petit salon entre deux chambres qui était calme et rempli d'anciens numéros *d'Architectural Digest*. J'en trouvai un avec un cliché de Dane qui datait de dix ans plus tôt et éclatai de rire devant les vêtements qu'il portait et de sa coupe de l'époque. Je pris une photo avec mon téléphone et envoyai un texto à mon patron en lui demandant ce qui lui était arrivé dans les années quatre-vingt-dix. Quand mon téléphone sonna, je m'y attendais.

— N'as-tu pas rien de mieux à faire que de m'ennuyer ? demanda-t-il avec irritation.

— Non.

— Pourquoi non ?

Je lui expliquai ce que je faisais et où j'étais, et j'en fus instantanément désolé. Il n'était pas vraiment content de ma décision de passer du temps avec Sam et se demandait comment je pouvais rester assis dans la maison de quelqu'un à prétendre être quelque chose que je n'étais pas. Je lui répondis que c'était ma vie et il me corrigea promptement. Puisque c'était avec lui que je passai le plus d'heures, au travail, que n'importe où ailleurs, c'était techniquement sa vie et, en tant que tel, il avait son mot à dire sur l'endroit et les personnes avec qui je passais ce qui restait de mon temps.

— Je veux juste être avec lui, me défendis-je.

— Très bien. L'es-tu ?

Il n'y avait rien à rétorquer à cette question.

— Alors est-ce que la maison de cet inspecteur est belle ?

Il changeait de sujet. C'était vraiment gentil de sa part.

— Ouais.

— Oui.

— Oui, répétai-je en levant les yeux au ciel. En fait c'est un peu trop beau.

— Explique-moi ça.

— Je pense que ça pourrait être une des conceptions de Peter Armand.

Il renifla de dédain.

— Je doute fort que ton inspecteur connaisse quelqu'un qui vit dans une maison Armand.

— Exactement.

— Va à l'avant prendre une photo et je serai en mesure de te dire si c'est le cas où non.

— D'accord. Rappelle-moi.

— Je le ferai.

Il bâilla et raccrocha.

Je descendis l'escalier et sortis par la porte avant. Lorsque j'eus traversé la rue, je levai mon téléphone et pris une photo. J'entendis des crissements de pneus aussitôt que je l'eus envoyée à Dane. Je vis deux Hummer noirs qui déversaient des gens dans la rue. Je marchai à reculons tout en regardant les hommes monter le perron, enfoncer la porte, et pénétrer dans la maison. Les cris s'entendirent jusque dans la rue alors que la musique était brutalement coupée. J'entendis des coups de feu à l'intérieur de même que je vis les éclairs de lumière par la fenêtre. Je me laissai tomber derrière la Lexus à côté de moi et appelai le 911.

Je dis à l'opérateur que j'étais devant la maison d'un inspecteur de police et je fus clair et concis lorsque je donnai l'adresse et lui lisais les numéros des deux plaques d'immatriculation des Hummer. Ils n'avaient laissé personne dans les voitures, alors je me faufilai jusqu'à la plus proche et pris les clés. Quasiment à la seconde, j'entendis quelqu'un crier le nom de Dominic. Il n'y avait pas d'erreur possible quant à la personne qu'ils voulaient voir. Au moins, j'étais à l'extérieur où je pouvais aider.

Je ne pensais qu'à sauver Sam, même si je le détestais. J'appuyai sur le klaxon et lorsque trois des hommes se montrèrent à la baie vitrée, je leur fis signe de la main avant de grimper derrière le volant. Je fermai les portes à clé et démarrai la voiture, m'attendant à une féroce explosion de vitesse, mais n'avançant finalement qu'à l'allure d'un escargot. Du verre explosa partout autour de moi lorsque les vitres furent prises pour cible et la voiture criblée de balles. La règle d'un véhicule en mouvement s'appliqua cependant, et alors que je prenais de la vitesse en descendant la légère colline en pente, j'entendis le hurlement des sirènes. Je réussis à m'éloigner de la route principale alors qu'un mur de voitures de police me dépassait à vive allure ; j'en comptai dix en tout et continuai ma route, prenant chaque rue secondaire que je pouvais trouver. Non que quelqu'un soit après moi, mais une voiture criblée de balles se démarquerait. Et je me fis la remarque que j'étais plus en colère qu'effrayé. Voler ce véhicule aurait dû être terrifiant, mais tout ce que je continuais à voir, la chose qui ne cessait de me revenir à l'esprit, était la façon dont Sam avait regardé Maggie. Je voulais qu'il me regarde de la même manière.

Je conduis jusqu'à son appartement et pris mes affaires parce que je ne voulais pas m'interposer entre lui et la promesse de son 'heureux pour toujours'. Il trouvait manifestement Maggie Dixon tout à fait charmante et il méritait une chance de voir où cela le conduirait, sans avoir à se soucier de moi. Elle était probablement la raison pour laquelle il avait insisté pour aller à la fête de Dominic en premier lieu. Sam n'était pas du genre à faire quoi que ce soit qu'il ne voulait pas, alors y aller devait plus à voir affaire avec sa présence qu'autre chose. Perdu dans mes pensées comme je l'étais, quand je regardai enfin mon téléphone, je vis que j'avais manqué vingt appels en absence. Je n'avais même pas entendu l'insistante sonnerie.

229

— Jory ? dit Sam rapidement, répondant à la première sonnerie. Est-ce que tu vas bien ?

— Je vais bien.

Je frissonnai, mais pas de froid. Le Hummer avait des sièges chauffants.

— Est-ce que toi, tu vas bien ? Tu n'as pas été blessé ?

— Non, je n'ai pas été blessé ! Dieu Jory ! Qu'est-ce que tu foutais avec ce putain de tour ?

— Je les ai fait sortir de la maison, n'est-ce pas ?

— Jory ! Où es-tu, bon dieu ?

— Je n'en ai aucune idée, dis-je en me penchant en avant, essayant de lire le nom de la rue. Mais je pense que je suis près de Midway.

— Jory, nom de Dieu ! Arrête cette putain de voiture et attends-moi. Je...

— Tu sais, Sam, ce n'est pas une bonne idée. Je suis passé chez toi prendre mes affaires. Je...

— Tu as fait quoi ?

— Je crois que j'ai fait une erreur et nous savons tous les deux que tu le penses.

— Je n'ai aucune idée de ce dont tu...

— Te regarder flirter avec Maggie Dixon toute la nuit ne faisait pas partie de ma top liste des choses amusantes à faire.

— Jory ! Seigneur ! Personne ne me rend aussi dingue que toi ! Je ne sais pas du tout comment tu as pu survivre aussi longtemps !

Je grognai, faisant un signe à l'autre voiture à l'intersection que j'avais failli emboutir. Je ne faisais pas attention à ce que je faisais, ce qui était dangereux lorsque vous pilotiez l'*Enterprise*. Je me penchai par la fenêtre pour crier.

— Désolé, grosse voiture... je ne t'avais pas vue ! C'est de ma faute.

— Jory !

Merde. Sam. Je repris le téléphone et le déposai là où je pourrais mieux lui parler.

— Donc, je pense que peut-être je devrais juste te laisser reprendre le cours de ta vie et...

— Jory, Jory...

Nouvelle voix, plus calme, un peu plus profonde.

— Jory.

— Oui ?

— Jory, c'est Dominic. Où êtes-vous, mon pote ?

— Est-ce que vous allez bien ?

— Je vais bien. Où êtes-vous ?

— Ont-ils blessé quelqu'un ?

— Jory, vous...

— J'ai appelé la police pour vous.

— Je sais que vous l'avez fait, mon pote et je... nous apprécions tous votre geste, mais...

— Vous êtes sûr que vous allez bien ?

— Jory… mon pote… Vous êtes en état de choc, n'est-ce pas ?

— Quoi ? Pourquoi ?

Il poussa un profond soupir.

— Jory, vous nous avez tous sauvé la vie. Dieu sait ce qui se serait passé si vous n'aviez pas fait ce que vous avez fait. Mais vous les avez éloignés de tout le monde et… et merde ! D'abord, vous avez appelé de l'aide comme un putain de pro et chacun de ces enculés a été arrêté. C'était incroyable et vous… vous devez nous laisser, Sammy et moi venir vous chercher pour que nous puissions vous ramener chez lui.

— Je ne pense pas que cela va marcher.

— Pourquoi pas ?

— Ça ne marchera pas, c'est tout.

— Eh bien alors, nous allons vous mettre en sécurité dans une maison où…

— Peut-être que je devrais partir, hein ?

— Non, non, non, Jory, seulement…

— Je ne veux pas dire que je ne témoignerai pas. Je m'assurerai de… Oh merde ! Attendez, lui dis-je, appuyant sur le bouton pour recevoir le double appel de Dane. Hé !

— C'est une maison Armand. Comment est-ce possible que quelqu'un avec un salaire de fl…

— Je ne peux pas parler maintenant.

— Pourquoi pas ?

— J'ai quelques petits problèmes.

— Quelle sorte de petits problèmes ?

— Tu ne vas jamais me croire.

— Oh, je suis sûr que je vais te croire. Es-tu toujours chez l'ami de ton inspecteur ?

— Non.

— Alors où es-tu ?

— Je ne suis pas bien sûr, dis-je en cherchant à gagner du temps.

— Tu cherches à gagner du temps. Dis-moi.

Je lui expliquai donc tout, à propos du Hummer, des balles qu'il avait reçues et du fait que je le conduisais dans les environs. Quand je terminai, il n'y eut que du silence.

— Dane ?

— Est-ce que tu plaisantes ?

— Non.

Il se racla la gorge.

— Je suis au centre-ville, au Valentine Lounge. Je te veux ici dans vingt minutes.

— Non.

— Non ?

— Patron…

— Dane, me corrigea-t-il.

— Oh ouais, dis-je en hochant la tête pour moi-même. Désolé.

— Jory, je te veux ici.

— Mais qu'est-ce que je vais faire de ce Hummer ?

— Gare-le quelque part.

Il prit une profonde inspiration.

— N'importe où.

— Tu aurais dû voir ces armes et tout le matos. C'était cauchemardesque.

— Vraiment ? dit-il sans émotion. Cauchemardesque ?

— Ouais.

Je soupirai parce que j'étais en train de craquer, l'adrénaline quittait mon corps et sa voix à l'autre bout de la ligne me donnait une impression de sécurité. Je délirais.

— Écoute, Jory, dit-il, laissant échapper un profond soupir. Je dois te parler de quelque chose alors j'ai besoin que tu viennes ici me voir. Ne me fais pas attendre.

J'éteignis complètement mon téléphone, ainsi Sam ne pourrait pas me retrouver et conduisis jusqu'à Dane. Je me demandai vaguement quand ma vie allait reprendre son cours normal. À tout moment serait le bienvenu.

J'ABANDONNAI LE Hummer sur un terrain vague et mes vêtements et mes affaires dans une consigne de la gare – j'utilisai trois casiers – avant d'aller rejoindre Dane au Valentine Lounge. C'était un bar à cocktails très chic, qui jouait principalement de la bossa-nova, tout à fait le genre d'endroit à servir des martinis avec une olive. J'y étais allé une fois lors d'un rendez-vous avec Rafael Soto. Il aimait m'habiller et me sortir, me montrer et me ramener chez moi. Après le troisième rendez-vous où il ne voulait même pas me toucher parce qu'il ne voulait pas que j'aie un pli de travers, je l'avais envoyé bouler. Ce que j'avais trouvé charmant et lent, avait en fait était d'un ennui sans nom. Mais je savais où se trouvait le bar grâce à ça, donc tout arrivait pour une certaine raison. Parfois, il fallait du temps pour en découvrir le pourquoi.

Dane était assis presque au milieu de la salle, sur un canapé entouré de gens. Ils étaient ses amis, mais il y avait deux femmes que je ne connaissais pas, une de chaque côté de lui. Quand il me vit, il fit un geste de la main pour que je me dépêche et je me déplaçai aussi vite que je le pus. Je me sentis stupide de me tenir là avec mes mains enfoncées dans les poches de mon jean, ayant l'air complètement à l'ouest, j'en étais sûr. Il se leva et empoigna ma chemise pour me tirer vers l'avant, directement dans ses bras. Je me raidis parce qu'il ne m'étreignait jamais, mais la main dans mes cheveux me tenant contre lui, l'autre frottant des cercles dans mon dos... c'était trop. Je frissonnai et enroulai mes bras autour de sa taille. Il me donna une dernière pression et me repoussa à bout de bras pour m'observer.

— Dane ? demanda l'une des femmes. Qui est...

— C'est son frère, Jory, offrit Jude et je me retournai pour le regarder.

Il sourit et hocha la tête. Je levai les yeux pour scruter ceux de Dane.

— C'est ce dont nous allons parler, dit-il d'un ton bourru, la main sur ma nuque, alors qu'il me conduisait à l'écart des autres.

Quand il se tourna vers moi, il posa ses deux mains sur mes épaules.

— J'avais prévu une longue conversation avec toi au bureau, mais premièrement, tu pourrais très bien ne plus être là lundi au train où vont les choses, donc je dois faire ça maintenant, et deuxièmement, il n'y a plus de formalités entre nous donc je peux aussi bien te parler de mes plans ici, au Valentine Lounge.

J'étais silencieux. J'attendais.

— Jory, nous allons changer ton nom de famille de Keyes en Harcourt, je veux faire de toi l'héritier de mes biens et tu vas avoir accès à un tas de choses que tu n'as pas pour l'instant.

Je restais silencieux et il me dévisagea.

— Quoi ? dis-je finalement.

— Je ne t'adopte pas, je ne te prends pas en charge... tu devras toujours travailler et vivre ta propre vie et tout ça, mais tu n'as pas besoin du nom de Keyes et tu n'as pas besoin de me dire non.

— Je ne peux pas vivre avec toi ou de toi ou...

— Qui te demande de le faire ? Je ne vivrais pas avec toi même si je perdais un pari, dit-il sèchement. Tu serais vraiment mort en moins d'une semaine parce que je t'aurais jeté du balcon de chez moi.

— Mais...

— Et à propos, tu es viré.

J'étais stupéfait alors que je levai les yeux vers lui.

— Tes yeux sont énormes, rigola-t-il.

— Tu ne peux pas me virer.

— Oh non ?

— Mais...

— Tiens-toi tranquille une seconde.

Je fis silence et attendis.

Il prit une profonde inspiration.

— Tu as travaillé pour moi pendant cinq ans et durant cette période tu es passé du statut d'assistant à celui d'ami. Tu es la personne que j'imagine dans ma vie pour toujours. Et je peux te dire tout ça parce que le fait que tu sois gay n'a rien à voir avec moi. Je veux prendre soin de toi, mais être au lit avec toi n'est pas mon idée du plaisir. Tu es simplement le frère que je n'ai jamais eu et celui que je veux garder. Et pour cette raison, je ne peux plus travailler avec toi. Je t'ai obtenu un rendez-vous lundi matin à neuf heures chez Barrington, avec David O'Shea, pour

233

un poste dans leur département de design graphique. Tu commenceras au bas de l'échelle et tu gagneras moins que maintenant, donc si tu es à court d'argent, tu viendras me demander un prêt que tu devras rembourser. C'est à ça que sert la famille. Tu peux garder ton AMEX. Il y a déjà ton nom dessus.

— Dane, je…

— C'est ce qui m'a fait penser à tout cela. Ce jour-là, quand nous sommes allés chez Macy et que je sortais ma carte tandis que tu payais avec la tienne. Je pensais, il a une carte de crédit que j'approvisionne avec son nom dessus. Et je sais que c'était juste pour le travail, mais quand même, c'était comme si nous étions reliés en quelque sorte.

Il soupira et me regarda dans les yeux.

— J'ai pensé que c'était comme ça que je voulais que les choses soient entre nous. Je ne veux pas seulement contrôler ta vie au travail, je veux avoir mon mot à dire tout le temps. Et même en tant qu'ami, cela ne me donne pas assez de pouvoir… alors j'ai commencé à réfléchir et c'est ce à quoi j'ai abouti. Tu vas devenir mon frère.

— Tu ne peux pas juste…

— J'ai parlé à mon avocat, dit-il en hochant la tête. Je peux tout faire. Demain matin, tu signes les papiers avec moi durant le brunch, que nous aurons ensemble avec mon avocat, et tu laisseras partir Jory Keyes pour devenir Jory Harcourt. Tu auras besoin d'un nouveau permis de conduire et d'une nouvelle carte de Sécurité sociale, mais en dehors de ça, tout est fait. Jory Keyes cessera d'exister et Jory Harcourt naîtra.

— Je ne veux pas devenir un…

— Si, tu veux…

— Je ne veux pas dire que je ne veux pas devenir un Harcourt, je ne veux pas être un designer graph…

— Si, tu le deviendras.

— Non, je ne le ferai pas !

— Si… tu le deviendras. Je sais que tu veux le faire. Je t'ai regardé. Et être mon assistant n'est pas satisfaisant. Tu as besoin d'une carrière, pas d'un simple travail et de cette façon, tu peux continuer à t'occuper de moi et trouver le travail de tes rêves. Nous savons tous les deux que la seule raison pour laquelle tu n'es pas parti, c'est parce que tu t'inquiétais de me perdre. Plus d'inquiétude à avoir.

— Pourrais-tu être plus prétentieux ?

— Comment ça ?

— Tu penses que la seule raison pour laquelle je suis resté, c'est pour être près de toi ?

— Oui. Je sais que c'est pour ça. Tu penses que si tu pars, je disparaîtrai de ta vie. Je le regardai.

— Je ne disparaîtrai pas.

Je me raclai la gorge.

234

— Qui vas-tu prendre pour assistant ?

— J'ai embauché une femme merveilleuse, ce matin. Elle est plus âgée que moi et semble très chaleureuse et extrêmement professionnelle. Je l'ai aimée à la minute où je l'ai rencontrée.

Je le dévisageai.

— Tu m'as remplacé.

— J'ai embauché une nouvelle assistante, toi, je te garde.

J'essayai d'assimiler tout ce qu'il venait de dire.

— Pour commencer, cet endroit où tu vis… à partir de maintenant, tu feras les paiements pour toi-même. Tu me l'achèteras. Une fois que tu en seras propriétaire, tu pourras le revendre ou en faire ce que tu veux.

C'était un sacré coup. Je n'étais pas un mendiant.

— Je ne mérite pas tout cela.

— Tu en mérites chaque partie, dit-il solennellement. Et qui peut dire ce qu'une personne mérite ou ne mérite pas ? Nous allons de pair tous les deux et je veux que tu sois ma famille. Nous n'avons pas besoin d'en faire une histoire. Nous sommes toujours nous, tu es toujours toi… simplement, maintenant tu m'as pour veiller sur toi.

Je lui lançai un regard noir.

— Tu veux diriger ma vie.

— Je pensais que c'était ce que j'avais dit.

Mon esprit tournait à plein régime.

— Comment peux-tu me donner ton nom ?

— J'ai été adopté et j'ai obtenu mon nom. Mes parents sont morts, tu le sais, et il n'y avait que mon père, il n'avait ni frère ni sœur et ses deux parents sont décédés avant ma naissance. Il n'y a pas d'autre Harcourt auquel je sois lié, donc ce sera juste moi… et maintenant toi. Nous allons construire notre propre histoire.

Je regardai dans les yeux gris que je connaissais si bien. C'était marrant d'avoir pensé un peu plus tôt qu'il était mon chez-moi. Il s'avérait que maintenant il l'était vraiment.

— Et je me marierai un de ces jours et tu seras là, avec moi. Lorsque j'aurai des enfants, tu deviendras un oncle, tu viendras à chaque fête de Thanksgiving et de Noël, et tu dîneras à la maison avec ta famille les samedis soirs. Tu amèneras ton partenaire avec toi et un jour, j'en suis sûr… tu auras tes propres enfants.

L'air venait d'être aspiré hors de la pièce et je sentis mon cœur battre plus fort dans ma poitrine.

— C'est ce que je veux, dit-il en me souriant, sa main posée sur mon cou. D'accord ?

Je ne pouvais pas parler.

Il laissa échapper un soupir rapide.

— Cette fois, murmura-t-il d'une voix rauque et je vis les muscles de sa mâchoire se crisper alors qu'il pinçait les lèvres. Je veux que tu sois mon frère. Je… tu sais. Je veux que tu restes. Accepte.

Tout à coup je compris, et la simplicité de la chose était sidérante. Il m'aimait. Il ne pouvait pas le dire parce que les mots étaient trop pour lui, ils pèseraient trop lourd entre nous, mais je le vis dans son regard fixe, le sentis dans la chaleur de sa main sur ma joue, et l'entendis dans la façon dont il retenait son souffle. Il m'attendait. Il m'attendrait pour toujours si je lui demandais. Je hochai la tête parce que je ne pouvais pas parler.

Son bras glissa autour de mon cou alors qu'il m'attirait près de lui, me tenant serré, appuyant son menton sur le haut de ma tête tandis qu'il me remerciait.

— Je devrais te remercier, coassai-je.

— Non, dit-il en me repoussant. Allons-y.

— Où allons…

— Je te ramène à la maison, chez moi. Je ne te fais pas confiance pour être en sécurité n'importe où ailleurs.

— Mais tu n'as pas à laisser tous tes…

— Où sont toutes tes affaires ?

Je lui expliquai à propos des consignes de la gare.

Il posa à nouveau sa main sur ma nuque.

— Allons chercher tes affaires. Tu dois être épuisé, tu tiens à peine debout.

— Ce n'est pas… commençai-je alors même que je faillis trébucher sur mes propres pieds. Merde !

Il rigola alors qu'il me dirigeait vers les autres. Quand il annonça qu'il devait partir – une urgence familiale – le plaisir contenu dans sa voix fut immanquable. Son ami Jude me sourit et je fus félicité pour avoir fait le bon choix.

DANE HABITAIT dans un immeuble très privé, en plein centre-ville, près du château d'eau. Il y avait un gardien assis derrière le bureau lorsque vous entriez et un autre qui se tenait près des ascenseurs. C'étaient des hommes de taille moyenne, vraiment sympas. Il n'y avait rien de menaçant dans leur apparence, ce qui fichait en quelque sorte plus la trouille que s'ils avaient été baraqués et effrayants. J'avais dans l'idée qu'ils pouvaient devenir menaçants très rapidement. Le fait qu'ils soient tous deux armés ne faisait que renforcer cette impression. Si vous essayiez de vous en prendre à quelqu'un dans l'immeuble de Dane, vous pouviez vous faire tirer dessus. Cela devait être réconfortant pour les résidents, même si cela fichait les chocottes aux visiteurs. C'était probablement le but recherché.

L'appartement de Dane tenait sur deux niveaux. Le bas était une pièce immense où la salle de séjour, la salle à manger et la cuisine ne faisaient qu'une en quelque sorte. L'escalier en acier partait du premier niveau jusqu'au second où se trouvaient son bureau, sa chambre avec salle de bain, deux chambres d'amis et une autre salle

236

de bain. Il possédait une véranda, sous laquelle il y avait une piscine et le sauna, et qui menait à un balcon avec vue directe sur le lac Michigan. Au premier étage, il y avait un autre balcon qui offrait une vue sur l'autre côté, vers la ville. C'était un endroit éblouissant pour vivre et il était encore plus excitant qu'il puisse prendre l'ascenseur et se retrouver au cœur du centre-ville où toute la vie nocturne et les magasins se trouvaient. J'avais toujours aimé son appartement et j'étais vraiment excité lorsqu'il quittait la ville et que je devais le garder. Alors que je me tenais dans le séjour, regardant par le balcon, il vint vers moi et me donna un jeu de clés et une carte pour l'ascenseur.

— J'ai un jeu de clés de ton appartement, m'assura-t-il en bâillant tout en montant l'escalier du niveau supérieur. Je vais aller te préparer l'autre chambre. Laisse-moi juste une minute.

Il me faisait peur à agir comme si tout était normal. Et pour lui, c'était probablement le cas. Parce que mon nouveau statut était sa décision et qu'il avait eu le temps d'y penser. J'étais celui qui s'était réveillé dans la quatrième dimension. Quand mon téléphone sonna, je répondis sans même vérifier le numéro.

— Jory.

— Hé, soupirai-je. Tu vas bien, Sam ?

— Dis-moi où tu es.

Je me laissai tomber sur le canapé en cuir.

— Je suis en sécurité, ne t'inquiète pas.

— Comment ne pas m'inquiéter ? Je…

— Sam, dis-je doucement, as-tu remarqué que nous avons eu autre une chance et que nous nous séparons à nouveau ?

— Qu'est-ce que tu racontes ?

— Je veux dire que nous avons ces moments de bonheur suivis par des catastrophes totales.

J'étais épuisé et je pouvais l'entendre dans ma voix.

— C'est épuisant, n'est-ce pas ?

— Qu'essaies-tu de dire ?

— Je n'*essaie* pas de dire quoi que ce soit, je te le dis clairement. Tu n'es pas prêt pour moi, Sam.

— De quoi parles-tu nom de Dieu ?

— Je t'ai vu avec cette fille, Sam. J'ai vu comment tu la regardais. Tu ne peux pas me mentir maintenant et me dire que tu n'étais pas intéressé par elle. Je t'ai regardé. Maggie Dixon t'intéresse.

— Et alors ?

Il n'y avait pas de déni, seulement une riposte défensive. J'avais touché un nerf.

— Alors, vas-y… vois où cela te mène.

— Tu crois que j'ai besoin de ton autorisation, petit con arrogant ?

237

— Je pense que tout ce que tu m'as dit ce soir-là dans la voiture était vrai. Tu veux ce que tes parents ont, mais tu veux coucher avec moi. Tu ne peux pas avoir les deux.

— Tu n'as pas à me dire ce que je peux ou ne peux pas avoir.

— Je sais, mais nous continuons à faire ça et le résultat ne change jamais. Nous nous séparerons au premier signe de difficulté.

— Nous ne nous séparons pas, tu t'enfuis. Tu t'enfuis toujours.

— Je ne cadre pas dans ta vie, Sam. Tu m'as laissé seul ce soir à la fête parce que cela aurait eu l'air bizarre si tu m'avais gardé près de toi. Maggie s'intègre à merveille. Pas moi.

— Tu ne sais rien.

— Nie m'avoir abandonné.

— Jory, c'était l'anniversaire de Dom… c'était à propos de lui, pas de toi.

— Alors vouloir que tu sois avec moi ou vouloir que tu m'inclues dans ta vie fait de moi quelqu'un d'égoïste ?

— Pourquoi ne pouvais-tu pas te mêler à mes amis ?

— Pourquoi ne pouvais-tu me garder près de toi ?

— Je suis censé faire quoi ? Te tenir la main toute la nuit ?

— Je ne m'attendais pas à ça… je m'attendais juste à être inclus.

— Tu es incapable de penser à quelqu'un d'autre que toi-même.

— Vraiment ?

— Ouais, vraiment.

Nous tournions en rond. Je pensais qu'il avait tort, il pensait que j'avais tort, il n'y avait pas de terrain neutre, pas de compréhension que nous puissions atteindre.

— Vas-tu parler de moi à Dom, Sam ?

— Tu as dit que tu attendrais que je sois…

— Allez, sois honnête, tu ne peux pas et tu le sais. Ta vie n'inclut pas un partenaire, elle fonctionne seulement avec une femme. Pourquoi le combattre ?

J'attendis quelques secondes qu'il me réponde.

— Tes parents vont adorer Maggie.

— Tu sais, Jory, c'est marrant que tu penses que toi, parmi tous, saches ce qui est bon pour moi. Tu ne peux même pas prendre soin de toi, mais tu penses savoir ce qui est mieux pour moi.

— Ose dire le contraire.

— Je pense que peut-être, c'est une bonne chose que tu sois parti. Tu ne sais manifestement rien sur la façon de traverser des moments difficiles. Tu t'enfuis aux premiers signes de difficulté. Tu es un lâche et tu devrais savoir ça à propos de toi-même.

— Seulement s'il n'y a vraiment aucun moyen de gagner.

Je soupirai profondément.

— Tu ne peux pas te leurrer en pensant que les choses vont marcher quand les faits sont juste devant de toi.

238

— Tu es vraiment stupide.

— D'accord.

— Ce sera vraiment fini cette fois, tu sais ? Je ne peux pas continuer à te courir après.

— Bien sûr, dis-je alors que mes yeux se remplissaient de larmes. Je sais.

— Est-ce que ça te fait quelque chose au moins ?

Ça me touchait plus que j'aurais pu l'exprimer. Je n'avais jamais, jamais été aussi dingue de quelqu'un. Sam Kage était l'homme de mes rêves ; c'était vraiment dommage qu'être avec lui soit toujours un cauchemar en devenir.

— Prends soin de toi, dit-il et il raccrocha.

Je me laissai tomber sur le flanc dans le canapé. Je le pleurerai, et notre histoire également, au petit-déjeuner. J'étais simplement trop fatigué pour le moment. Je ne pouvais pas garder mes yeux ouverts. Je ne me rappelai pas être allé me coucher.

IV

J'APPUYAI SUR le bouton pour parler, mais avant que je puisse dire qui j'étais, une sonnerie retentit. Je passai la porte de l'immeuble et avançai dans l'entrée.

— Jory ! couina-t-elle bruyamment.

Je levai les yeux et là, à quatre pas, se trouvait mon amie et partenaire de travail, Dylan Greer, qui me faisait de grands gestes.

— Dépêche-toi, je veux te présenter à tout le monde !

Je montai l'escalier aussi vite que je pus, retirant mon écharpe tout en marchant. Lorsque j'atteignis son niveau, elle courut à ma rencontre et je l'attrapai quand elle se jeta sur moi pour la ramener jusqu'à sa porte, ses bras et ses jambes enroulés autour de mon corps.

— Tu es venu, dit-elle en souriant, passant ses doigts sur mes sourcils.

— Je t'avais dit que je viendrais.

— Je sais.

Elle soupira alors que je lui faisais passer la porte de son appartement pour la déposer dans le couloir.

— Mais je t'ai invité un million de fois avant.

— Et cette fois, je pouvais venir, lui assurai-je.

Elle hocha la tête.

— Donne-moi ton manteau. Que veux-tu boire ?

— Qu'est-ce que tu as ? demandai-je en lui donnant d'abord mon manteau puis la bouteille de vin que j'avais achetée pour elle.

— Oh, merci, monsieur.

Elle me sourit, prenant ma main, me tirant vers le salon.

— Pourquoi pas une Margarita bien corsée ?

— D'accord.

Je lui souris, repoussant les cheveux de ses yeux.

— J'aime ton visage.

Je la regardai trembler sous mon toucher, comme toujours, une démonstration reconnaissante de mon attention. Elle aimait me montrer son adoration, comme j'aimais lui montrer la mienne.

— Eh bien, j'aime aussi beaucoup le tien, tu sais ?

Nous échangeâmes tous les deux un long regard avant d'entendre un raclement de gorge à proximité. Nous nous retournâmes tous deux vers l'homme qui nous souriait.

— Tu dois être Jory.

Son sourire s'élargit tandis qu'il me tendait la main.

— Je suis Chris, son mari.

Je pris sa main et lui rendis son sourire.

— C'est super de pouvoir enfin te rencontrer.

— Toi aussi, dit-il en hochant la tête et en tendant le bras pour me serrer l'épaule. Elle parle de toi tous les jours.

— Désolé, dis-je en lui lançant un regard.

— Quoi ?

Son air renfrogné était adorable.

— Non, dit-il en rigolant. C'est bon, vraiment. Elle adore travailler avec toi.

J'enroulai mes bras autour de son cou et me pressai contre son dos.

— Eh bien, cela va dans les deux sens.

Ils écoutaient de vieilles chansons et quand une nouvelle commença, elle m'attira loin de son mari, vers l'espace situé derrière le canapé. Je la pris dans mes bras et elle posa sa tête sur mon épaule et se pencha. Alors que je bougeai, je l'entendis soupirer et elle fondit contre moi. Quand la chanson prit fin et que je faisais basculer en arrière, un tonnerre d'applaudissements retentit.

Je relevai brusquement la tête et je me rendis compte qu'il y avait sept autres personnes dans la pièce.

— Tout le monde, dit-elle en gloussant tandis qu'elle les regardait tous la tête à l'envers. Voici mon partenaire de crime, mon mari au travail, Jory.

Je souris et elle éclata de rire. Quand je baissai à nouveau les yeux sur elle, son regard était rivé sur mon visage.

— Redresse-moi que je puisse te présenter à mes amis.

Dès qu'elle fut debout, elle attrapa le devant de mon pull et me tira vers le centre du groupe, à côté de la table basse. Un jeu de société était déployé. Je réussis à ne pas gémir tout haut, ce dont je fus très fier.

Ses amis étaient très gentils et lorsqu'ils me demandèrent ce que cela faisait d'avoir Dylan Greer comme partenaire, je me penchai vers elle et dit que depuis le moment où nous avions été présentés, cela avait été idyllique. Quand elle se retourna pour me regarder, je souriais de toutes mes dents. Elle posa sa main sur ma joue et j'entendis des rires autour de nous.

Mon entrevue, d'abord avec David O'Shea puis avec son patron, Philip Torres, chez Barrington s'était déroulée mieux que bien. Il avait besoin d'un nouveau designer graphique, et celui-ci devrait pouvoir travailler avec un partenaire pour développer l'image de marque de leurs nouveaux clients. Nous devions créer des logos, développer des illustrations et créer du matériel d'impression. J'avais été affecté au département de production après avoir été embauché, démarrant au bas de l'échelle avec quelqu'un du service de conception graphique. Nous avions travaillé ensemble après avoir assisté à une réunion client et présenté quelque chose d'extraordinaire. C'était généralement une réunion de groupe où le client était présenté à tout le monde. Il y avait quatre équipes qui travaillaient sur ce processus de relation publique chez Barrington et nous étions l'une d'entre elles.

241

C'était lorsqu'on m'avait fait faire le tour du département le mardi suivant mon embauche que j'avais eu mon premier aperçu de Dylan Greer.

Elle était assise seule à son bureau et tout le monde dans la salle de production était regroupé autour d'un autre bureau en train de parler les uns aux autres. Miguel Ortiz, qui avait été mon guide, m'avait conduit à son bureau. Il avait toqué dessus pour attirer son attention alors qu'elle avait la tête posée sur sa table à dessin. Elle avait roulé la tête au lieu de se redresser et personne ne put manquer son soupir d'exaspération.

— Greer, voici Harcourt, lui avait-il grommelé. Votre nouveau partenaire. Essayez de ne pas le faire fuir.

Et avec ça, il m'avait serré l'épaule et était parti. Il m'avait déroulé le discours 'bonne chance avec elle' en me menant jusqu'à son bureau. Apparemment, Dylan était extrêmement douée, extrêmement lunatique et parfois violente. Elle avait lancé une agrafeuse à la tête de son dernier partenaire. Il n'avait pas démissionné, cependant, jusqu'à ce qu'elle se moque de lui, longtemps, bruyamment et intensément, au milieu d'une réunion avec un client. La seule raison pour laquelle elle était toujours là et n'avait pas été instantanément virée, c'était parce que le client avait trouvé, comme elle, l'idée tout aussi ridicule. Quand elle s'était approchée avec ses propres croquis jusqu'à la table et qu'elle avait expliqué ses intentions, le client avait adhéré au concept sur le champ. Elle était, après tout, brillante, mais maniaque. Je l'appréciai instantanément.

Lorsqu'elle avait levé la tête de sa table et m'avait regardé dans les yeux, j'avais haussé un sourcil. Son sourire était adorable. Sa toute petite bouche en forme de cœur et ses immenses yeux noirs la faisaient ressembler à un personnage de bande dessinée – une jolie illustration de manga. Sa peau de porcelaine et ses cheveux de jais, avec des reflets bleutés, ajoutaient à cette impression.

— Vous ne ressemblez pas à un Greer, lui avais-je dit.

— Ai-je l'air d'un Okamoto ? avait-elle demandé sèchement.

— Oui.

— Vous ne ressemblez pas à un Harcourt, m'avait-elle renvoyé. C'est un peu prétentieux.

J'avais haussé les épaules. Aucune des nouvelles personnes que j'avais rencontrées ne saurait jamais que j'avais porté un autre nom que Harcourt. Jory Keyes était mort et ne reviendrait pas, même pour une explication.

— Eh bien, je suis un peu snob moi-même. Vous connaissez ce genre-là : connard prétentieux.

Elle m'avait fixé avec intensité.

— Vous avez l'air bien en ce qui me concerne.

J'avais souri en grand.

— Vous avez l'air bien en ce qui me concerne aussi.

Elle m'avait offert sa main.

— Appelle-moi Dy.

Je m'étais penché et l'avais pris dans mes bras pour une étreinte serrée
— Appelle-moi J.

Ses bras s'étaient instantanément enroulés autour de moi et elle avait posé sa tête sur mon épaule. Nous étions allés nous cacher dans un placard pour que personne ne puisse la voir pleurer. Elle ne voulait pas être une mégère, mais elle aimait que les choses soient faites d'une certaine manière, de la bonne façon, et c'était la raison pour laquelle tout le département la détestait : parce qu'elle insistait sur la qualité plutôt que la quantité. Je lui avais assuré que ce n'était pas mon cas, que je ne pourrais jamais la détester pour ça, et nous étions partis de là. Le temps que nous revenions à son bureau, nous étions une équipe, et plutôt redoutable au fil des semaines.

Nous avions déclenché quelque chose d'invisible qui m'avait appris à faire confiance à mes instincts et, elle, à explorer ses limites. Elle n'avait pas à s'inquiéter que je rattrape son niveau et que je sois jaloux d'elle ou même que je la poignarde dans le dos – sa seule préoccupation était le travail. Et moi, qui ne savais pas si je pouvais faire ce travail, j'en étais venu à réaliser que j'en avais la capacité alors qu'elle nourrissait mon talent, le faisant progresser du stade potentiel à possible et enfin à l'accomplissement.

Nos idées rebondissaient entre nous et parfois sur les murs. Elle dessinait sur toutes les surfaces à portée de main et quand les autres s'étaient plaints, Gloria Todd, la chef de notre département, nous avait déplacés de l'étage principal jusque dans un cagibi minuscule dans un coin de bureau. Dylan avait tapissé un côté de la pièce, arrachant et recollant les papiers tous les matins. Là où elle était enfiévrée, emportée et frénétique, j'étais calme, apaisant et conciliant. Elle disait que j'étais comme l'eau de sa flamme, mais qu'au lieu de la noyer, je la tempérais. Nous nous complétions comme les pièces d'un puzzle et nous étions tous les deux remarqués et félicités. Cela ne m'agaçait même pas que Dane ait eu raison. J'aimais mon nouveau travail, ma nouvelle vie. J'aimais être Jory Harcourt.

Dylan avait fait pression sur moi pendant deux mois pour que je rencontre son mari et elle voulait rencontrer la *personne spéciale* de ma vie. Puisqu'il n'y en avait pas – parce que je prenais une longue pause dans ma vie sentimentale – je lui avais demandé si mon frère pouvait suffire. Elle avait été encore plus heureuse avec ça et avait donc arrangé un petit dîner avec deux autres couples : ses meilleurs amis qu'elle voulait que je rencontre, son mari et un de ses collègues dont elle était folle. Je savais, avant même que les mots sortent de sa bouche, qu'elle jouait les entremetteuses, mais elle était mon amie et voulait ce qu'il y avait de mieux pour moi, donc j'acceptai de rencontrer Raymond Alvarez et tous les autres, chez elle un samedi soir.

Lorsqu'à neuf heures moins le quart, ni Dane ni Ray ne se montrèrent, Dylan, fidèle à elle-même, alla de l'avant et servit le dîner. Elle n'avait pas la moindre patience et elle n'allait pas commencer avec le service du repas. Elle avait préparé un buffet disposé sur le comptoir et nous nous servîmes avant de nous asseoir dans

243

le séjour. Lorsque la sonnette retentit, alors que nous étions tous installés, Chris se leva pour aller ouvrir, posant une main caressante sur le genou de sa femme pour lui indiquer de ne pas bouger. Je ne fus pas surpris que ce soit Dane. C'était amusant de le voir ici dans son costume Armani, ayant l'air tout droit sorti d'un magazine de mode. Il était époustouflant.

— Oh mon Dieu ! souffla Dylan, ses yeux parcourant lentement l'homme, de haut en bas, avant d'opter définitivement pour son visage, ses yeux gris pâle sous d'épais sourcils noirs parfaitement dessinés. Êtes-vous Dane ?

— C'est moi, dit-il en lui souriant, lui offrant une bouteille de Dom Pérignon. Je suis désolé d'être en retard. J'ai oublié que je devais faire une apparition à un gala de charité ce soir, mais je ne voulais pas que vous pensiez un seul instant que rencontrer la collègue de Jory n'était pas d'une importance capitale pour moi. Donc, je vous ai apporté un cadeau et j'espérai que peut-être nous pourrions dîner ensemble, avec votre mari, un jour de la semaine prochaine si cela vous convient.

Elle ne put que hocher la tête. Il lui accordait toute son attention et son cerveau court-circuitait.

— Cela nous irait. Ce serait formidable.

— Excellent.

Il lui sourit avant d'offrir sa main à Chris.

— C'est un plaisir de vous rencontrer.

Il était tout aussi fasciné.

— Également, dit-il en serrant la main de Dane.

Je vis Dane se présenter aux autres, leur serrer la main, leur sourire jusqu'à ce que la pièce devienne silencieuse, l'observant, attendant son geste suivant. Je me levai et il vint à ma rencontre, posant sa main sur mon épaule.

— Comment vas-tu ?

Je lui souris.

— Je vais bien. On se voit toujours pour le brunch de demain ?

C'était devenu notre rituel du dimanche matin depuis notre première rencontre avec son avocat.

— Bien sûr. Nous irons faire du sport d'abord. Je dois battre Jude au squash cette semaine ou je lui devrais une voiture ou quelque chose comme ça, et même si t'anéantir n'est pas un entraînement en soi, au moins cela me remuera le sang.

Je rigolai.

— Très drôle. Tu es absolument hilarant.

Il sourit avant de tapoter ma joue gentiment, se retournant pour partir.

— N'oublie pas que nous devons passer des curriculum vitae en revue demain. Je dois commencer les entretiens la semaine prochaine.

— À combien d'assistants en es-tu depuis les deux mois que je suis parti ?

Il me sourit d'un air narquois.

— Tais-toi.

244

— Carina, puis Debbie et vendredi dernier, tu as viré Shannon, non ? le taquinai-je.

— Vas-y, continue.

Je hochai la tête, baissant les yeux avant de brusquement les relever et le fixer.

— Dis-le.

— Quoi ?

Je plissai les yeux.

— Allez, dis-le.

Il me jeta un long coup d'œil avant de finalement soupirer.

— Très bien, tu avais raison. Tu étais le meilleur assistant que j'ai eu. Tu prenais soin de moi au travail et à la maison, tu étais phénoménal. Est-ce là ce que tu voulais entendre ?

— Oui.

— Tu sais que tu es incroyable. Je devrais te le dire plus souvent.

C'était tout ce que j'avais besoin d'entendre.

— Tiens, dit-il en me donnant quelque chose.

Lorsque je baissai les yeux sur ce qu'il y avait dans ma main, je réalisai que je regardais le porte-monnaie en cuir bleu royal que je voulais lorsque nous étions allés à Vail pour Noël. J'avais décidé qu'il était trop cher. Je n'avais pas vraiment *besoin* d'un nouveau portefeuille. Je redressai la tête d'un coup. Il souriait.

— Ton portefeuille est une parodie, sourit-il malicieusement. Utilise celui-ci à la place.

— Merci, répondis-je en lui rendant son sourire. Cette chose m'a obsédée, j'ai désiré l'avoir vraiment acheté.

Je faisais ça souvent et devais toujours juger un achat que je n'avais pas fait sur la somme des pensées que je lui accordais après coup. Parfois, j'étais juste en quête de shopping thérapeutique, pour me remonter le moral, mais d'autres fois, je voulais vraiment quelque chose et quand je ne finissais pas par l'obtenir, ça me rongeait l'esprit comme le bruit de l'eau gouttant d'un robinet mal fermé.

— Je te connais, dit-il avant de me donner une dernière tape sur la joue.

À la seconde où la porte se referma derrière lui, Dylan cria mon nom.

— Jory !

Je me retournai pour lui faire face.

— Dane Harcourt est ton frère ? L'architecte ?

— Ouais.

Je souris parce que lorsqu'il était mon patron, j'étais fier de le revendiquer, mais maintenant que nous étions une famille, je brillais pratiquement quand quelqu'un mentionnait que nous étions liés. Dane m'avait donné son nom et avait fait de moi son frère lorsqu'il avait décidé qu'il ne voulait pas seulement se mêler de ma vie professionnelle, mais de toute ma vie. Il était né pour être un grand frère et j'étais réellement très heureux qu'il ait choisi d'être le mien.

— Putain de merde ! s'exclama Chris et tout le monde se moqua de lui. Jory, mon pote, tu aurais pu me prévenir, je suis un grand fan de son travail.

Je haussai les épaules.

— Désolé.

— Alors, où êtes-vous allés pour Noël ? me demanda Dylan en allant ranger le champagne dans son réfrigérateur. Je sais que vous avez quitté la ville, mais tu ne m'as jamais dit votre destination.

— Nous sommes allés à Vail, lui dis-je. C'était sympa. Il a skié et j'ai fait du shopping et nous avons mangé et bu et c'était génial. L'année prochaine, nous irons dans un endroit chaud comme Maui ou Cancún peut-être.

— Il n'y a que vous deux ? me demanda-t-elle. Vos parents sont morts ?

Je hochai la tête.

— Seulement nous.

— Tu ne veux pas devenir architecte, Jory ? me demanda Chris.

Je secouai la tête.

— Nan. C'est lui le génie, je me laisse porter.

— Tu es un génie aussi, renchérit Dylan, prenant mon visage entre ses mains. Je te le promets.

Je me penchai en avant et l'embrassai sur le nez.

— Mais je pourrais te tuer pour avoir laissé cet homme entrer dans ma maison. Mon Dieu, ce qu'il a dû penser !

— Il a pensé que c'était charmant, crois-moi.

— Il est incroyable, souffla-t-elle, étrécissant les yeux en me regardant. Et vous deux, vous ne vous ressemblez pas du tout, en dehors du fait que vous soyez tous les deux magnifiques.

Je lui tapotai la joue.

— Lui et moi jouons dans des ligues différentes, bébé.

— Jory, viens ici et crache le morceau, m'appela une des femmes sur le canapé. Assieds-toi près de moi.

C'était amusant de parler de Dane et de me rendre compte qu'ils étaient tous stupéfaits. J'aurais réagi de la même façon. Cela n'arrivait pas souvent qu'un homme tel que lui entrât dans votre salon.

Vers vingt-trois heures, il était clair que Ray avait oublié la soirée alors je partis pour rejoindre Evan au club. Avant que j'entre cependant, mon téléphone sonna.

— Jory ?

— Hé, Nick.

Je souris dans le téléphone.

— Comment vas-tu ?

— Bien.

Je sortis du chemin de plusieurs personnes et je me retrouvai devant le club.

— Qu'est-ce qui ne va pas ? lui demandai-je.

— Je suis désolé de ne pas avoir retourné tes appels à Noël, mais…

246

— Je ne voulais pas que tu penses que je ne tenais pas ma promesse. Je t'avais dit que je rencontrerais ta famille, mais tu ne m'as jamais rappelé.

— Ouais, je le sais et j'en suis désolé. Je venais juste de rencontrer quelqu'un et ça semblait être sérieux alors en gros, je t'ai oublié. C'était vraiment con de ma part.

Je ris doucement.

— Tout le monde oublie ses amis au profit d'un amant, Nicky, ne te culpabilise pas. Qui s'en soucie… nous sommes amis, ça va. Dis-moi ce qui s'est passé ?

— Il m'a dit après le Nouvel An qu'il ne voulait pas rompre avec moi pendant les vacances, mais que c'était fini avant Noël. Il a dit que j'étais nul au lit et que je devrais penser à prendre des leçons de quelqu'un. C'est en train de devenir l'histoire de ma vie, J.

Je grimaçai.

— Je n'ai jamais dit que tu étais nul au lit. J'ai dit que nous – et j'insiste sur le 'nous' – n'avions pas d'alchimie. Ce qui a autant à voir avec moi qu'avec toi.

— Non, ce n'est pas vrai, parce que nous savons tous les deux que tu es doué au lit.

Je restai silencieux parce que je ne savais pas encore s'il essayait d'être offensant ou non.

— Je parie que tous les gars avec qui tu as couché te disent tout le temps à quel point tu es torride et bon au lit et…

— Au revoir, Nick, dis-je avant d'éteindre mon téléphone et d'entrer dans le club.

Je passai un bon moment à traîner avec Evan, mais ramenai des numéros de téléphone à la maison plutôt que des hommes. Il me demanda au moment où je repartais si je me transformais en moine.

Sur la route du retour, je bifurquai dans une ruelle et lorsque j'arrivai sur le trottoir, je me souvins que j'avais besoin de thé. La boutique, à trois pâtés de maison de là, vendait un mélange parfumé de différentes saveurs que j'aimais alors j'allais voir si le vieil homme travaillait. Si le père travaillé, le magasin serait encore ouvert ; si c'était le tour de son fils, il aurait fermé pour aller en boîte. Alors que j'arrivais en haut de la rue, je vérifiai des deux côtés – c'était une nouvelle habitude – et là, sur le trottoir d'en face, sortant d'un restaurant, je vis Sam. Il tenait la main de Maggie Dixon. Dominic, un autre gars et deux femmes étaient avec eux. Je ralentis, mais ne m'arrêtai pas, voulant me cacher, mais continuant d'avancer à la place.

La dernière fois que je l'avais vu, c'était lors de ma comparution devant le grand jury. Il m'avait ignoré devant la cour et s'était éloigné sans me parler après mon tour dans le box des témoins. J'avais donné mon témoignage et deux autres avaient donné le leur et après ça, Brian avait décidé de faire appel. Son choix était de témoigner contre son patron et ils l'avaient mis en détention préventive. Ils n'avaient plus besoin de moi et il avait été sous-entendu que les menaces qui pesaient sur ma vie cesseraient. Le procureur adjoint m'avait appelé pour me dire que j'étais libéré de tout service supplémentaire. Je pouvais redevenir un simple citoyen. Rien ne s'était passé durant les deux mois que j'avais passés à mon nouveau travail et je n'avais jamais plus entendu parler de Sam.

J'avais pensé à l'appeler pour Noël, mais cela m'avait semblé futile, et puis Dane avait éclipsé tout le reste avec ses plans, le voyage et la formation de notre famille. J'avais voulu l'appeler pour le Nouvel An et lui dire que c'était mon anniversaire et que j'avais eu vingt-trois ans. Je ne savais pas du tout pourquoi cela m'avait semblé important à l'époque. Mais les jours passaient avec de plus en plus d'absences et de silences. Trop de temps avait passé sans qu'aucun de nous ne contacte l'autre. Dans la rue, passant à côté de lui comme un étranger, je ressentis la finalité de ce qui avait pu exister entre nous et l'énormité de l'abîme entre nous. Mieux valait ne pas chercher les ennuis, ce que je fis. J'enfonçai mes mains gantées profondément dans mes poches tandis que je le dépassais, rentrant le menton vers ma poitrine, prenant une bonne bouffée de l'air froid de janvier.

Le magasin était ouvert et j'eus droit à un petit geste de la part du vieil homme alors que j'allais à l'arrière où se trouvaient les boîtes de conserve où sa femme mettait ses feuilles de thé privées. Mon téléphone sonna et je lus le numéro de Nick sur l'écran.

— Est-ce que je veux vraiment te parler ? demandai-je avec irritation.

— Désolé, désolé, je suis désolé. Je me sens vraiment nul et c'est toi qui as tout pris parce que tu étais au bout du fil. Je suis désolé.

Je grognai.

— S'il te plaît, Jory, je suis tellement…

— Ne dis pas encore une fois que tu es désolé.

— D'accord… Désolé.

Je grondai cette fois.

— Merde, je… Seigneur, Jory, j'ai été un tel con. J'aurai dû t'appeler et… parce que tu étais celui que je voulais présenter à mes parents, pas Ray Alvarez.

Attendez.

— Quoi ?

— J'ai dit que…

— Ray Alvarez ?

— Ouais, Raymond Alvarez. C'est le nom du gars.

— Merde.

— C'est drôle, tu sais, poursuivit-il, sans vraiment m'entendre. Je suis allé chez lui ce soir et il a essayé de se débarrasser de moi pendant une heure. Il m'a dit qu'il devait aller quelque part. Je lui ai dit que je m'en foutais, que je voulais arranger les choses avec lui. Et il a finalement craqué et m'a crié dessus. Il m'a dit que nous avions déjà rompu et que c'était pour ça qu'il avait accepté un rendez-vous. Quelqu'un à son boulot l'avait arrangé et il était plus intéressé de rencontrer ce nouveau mec que de discuter avec moi.

— Quand a-t-il rompu avec toi ?

— Il y a quelques semaines.

Je hochai la tête.

— Je vois.

— Et il m'a dit que ce n'était même pas vraiment une rupture puisque, en gros, nous n'étions sortis que quelques fois ensemble. Il ne m'a jamais demandé que notre relation soit exclusive ou quoi que ce soit, je n'ai fait que le présumer, tu vois ?

— Bien sûr.

— Alors, j'ai essayé une dernière fois ce soir… je voulais juste être sûr avant de complètement tourner la page.

— Tu voulais t'assurer de quoi ? Qu'il ne voulait pas de toi même après te l'avoir dit ?

— Ouais.

— Et pourquoi faire bon sang ? Aie un peu de fierté, Nicky. Si un gars te dit d'aller voir ailleurs, c'est ce que tu fais.

— Facile à dire pour toi, Jory. As-tu déjà été amoureux ?

— Et toi ?

— Ouais, de toi.

— Et ça a pris fin sacrément vite quand ce Ray est entré dans le décor, lui rappelai-je. Tu étais très convaincant lorsque tu m'as dit que tu étais fou de moi, mais ça s'est envolé.

— Ce n'est pas fini, c'est juste…

— C'était une toquade, et elle est morte, lui assurai-je. Tu es tellement pressé de partager ta vie avec quelqu'un que tu prends à peine le temps de te soucier de qui est cette personne.

— Ce n'est pas vrai.

— Je pense que si, lui dis-je, comprenant enfin que Nick était prêt à s'installer et que le partenaire n'était pas aussi important en fait.

Il avait besoin de quelqu'un à ses côtés sur la carte de Noël. Il n'était pas difficile.

— Prends soin de toi, Nicky.

— Jory, s'il te plaît ne…

— À plus tard, dis-je en raccrochant.

Je me sentais désolé pour lui et en même temps je savais que je n'étais le prix de consolation de personne. Lorsque mon téléphone sonna de nouveau, je répondis avant de tourner les talons pour rentrer immédiatement.

— Jory, chéri, Ray vient d'appeler et…

Je coupai Dylan et lui racontai tout au sujet du collègue de Chris et de mon médecin. Elle écouta un long moment avant de laisser échapper un profond soupir.

— C'est hilarant, non ?

Comme il n'y avait qu'un rire au bout de la ligne, j'eus dans l'idée qu'elle était d'accord avec moi. Je ris avec elle. Le monde était en fait un endroit minuscule et j'étais le comique de service, je détendais l'atmosphère. Je l'avais toujours soupçonné.

V

LE VENDREDI soir suivant, Dylan et moi décidâmes d'aller passer notre happy hour dans un nouveau bar. Il s'appelait le Molly's Cool Dive Bar et nous passions un bon moment à lancer des fléchettes. Nous avions déjà été prévenus une fois que nous allions devoir nous arrêter si davantage d'entre elles continuaient à manquer la cible. Elles volaient partout : au-dessus des tables de billard et dans les murs, dans les boissons des autres clients. C'était une mauvaise idée, alors nous arrêtâmes et nous nous contentèrent de boire nos vodkas-orange. Ce n'était pas le genre d'endroit qui servait des Cosmos ou des Mojitos. C'était soit une vodka-orange ou un Tom Collins pour les alcools qui n'étaient pas de la bière ou un shot. Dylan me défia de prendre un verre de tequila avec elle et donc, bien sûr, lorsque son mari se montra, nous étions tous deux très contents de le voir.

— Génial, gémit-il. Vous êtes ivres tous les deux ?

— Non, lui assurai-je en secouant la tête et en essayant très fort de ne pas sourire. Nous allons bien. Nous pouvons aller dîner.

— Toutes les preuves sont contre vous.

Il leva les yeux au ciel à mon attention en remettant sa femme debout.

— D'accord, mais aucun de vous ne chante, compris ?

— Je chante bien, l'informa Dylan d'un ton solennel.

— Non, chérie, vraiment pas du tout, lui assura-t-il, me saisissant par le biceps pour me faire descende du tabouret sur lequel j'étais assis et passant son bras autour de mon cou pour me stabiliser avant d'attraper sa femme. Mais Jory non plus, comme nous avons tous pu nous en rendre compte mercredi lorsque nous sommes sortis avec Dane.

Cela avait été une soirée amusante. Dylan et moi nous étions retrouvés pompettes avec le vin maison de chez Tulio et, malgré les lasagnes et le poulet Tetrazzini qui avait été servi dans un style familial, nous avions chanté un recueil de chansons de Mariah Carey. Chris avait été mortifié jusqu'à ce qu'il voie le sourire de Dane. Il nous avait fait taire pendant que nous mangions, mais sur le chemin pour rejoindre la voiture, il nous avait encouragés, Dylan et moi, à laisser s'exprimer nos divas intérieures. C'était drôle et Chris comprenait maintenant que Dane avait un penchant pour le ridicule et qu'il m'aimait réellement. Quoi que je fasse, c'était bon pour lui.

— Tu sais, Jory, malgré le personnage qu'est Dane Harcourt... c'est un mec vraiment cool.

— Je sais, dis-je avant de roter.

— Dégueu, gémit-il en me poussant vers la porte d'entrée, devant Dylan et lui.

Le Dinner Date était un petit restaurant intime du centre-ville qui servait des amuse-gueules à base de fromage fondu à la bière et d'énormes verres de Long Island. J'en pris un et Dylan aussi, et Chris nous avertit tous les deux de ne pas les renverser. Quand un homme s'approcha de notre table, nous levâmes tous les yeux vers lui.

— Je vous présente Ray Alvarez, celui qui nous a fait faux bond samedi dernier, dit Chris.

— Ce n'est pas juste, dit-il rapidement et je relevai brusquement la tête au son de la voix si profonde, réchauffée d'un accent très mélodieux.

— Vous devez être Jory, me dit-il en souriant et en me tendant la main. C'est bon de pouvoir enfin mettre un visage sur un nom.

Je hochai la tête tout en lui serrant la main.

— Pareillement.

— J'ai cru comprendre que nous connaissions tous les deux Nick Sullivan.

— Oui, dis-je, réalisant qu'il tenait toujours ma main.

Il indiqua la banquette près de nous.

— Puis-je m'asseoir ?

— Bien sûr, lui répondis-je alors qu'il libérait ma main et se glissait sur le siège à côté de moi.

Il se tourna vers moi pour me dévisageai.

— Alors, depuis quand connaissez-vous Nick ?

— Près d'un an.

— Oh, donc depuis plus longtemps que moi.

— Ouais, mais vous avez expérimenté tout ce qui fait une relation avec lui.

Il rigola et je compris d'où était née l'obsession de Nick. Si vous attiriez l'attention de Ray Alvarez, vous vouliez la garder. Et pas parce qu'il était absolument canon, mais ses yeux étaient sombres, son sourire avait ce soupçon de Bad-boy et sa voix résonnait tout simplement en vous. Ses cheveux étaient presque noirs, épais et raides, coupés courts à l'arrière, mais plus longs sur le dessus. Ils avaient l'air doux et j'avais très envie de les toucher pour voir.

— Nous sommes sortis ensemble plusieurs fois, me dit-il. Cela n'en fait pas une relation.

Je n'écoutais pas.

— Quoi ?

Son sourire était large et sous la table, son genou heurta le mien.

— Nous parlons de Nick.

— Ah ouais.

Il appuya son menton sur sa main, étudia mon visage avant que ses yeux s'immobilisent sur mes lèvres. Je déglutis, réalisant tout à coup le temps qui s'était écoulé depuis que j'avais couché avec quelqu'un pour la dernière fois. Je sentis mon sang se précipiter vers mon aine alors qu'il se penchait plus près de moi.

251

— Que buvez-vous ? demanda-t-il en regardant mon verre vide et en souriant à Dylan, parce que c'est un sacré verre, quoi qu'il contienne.

— Un Long Island, gloussa-t-elle en lui tendant la main à travers la table.

Il la serra et lui sourit.

— J'étais en colère contre toi pour avoir laissé tomber Jory.

— Dy… la grondai-je.

— Non, c'est bon, me dit-il, son sourire à nouveau là. J'étais coincé pour expliquer les choses à Nick et je ne pouvais pas m'échapper. Je voulais vraiment vous rencontrer ce soir-là et j'espère que vous ne m'en tiendrez pas rigueur.

— Bien sûr que non, dis-je en hochant la tête alors que Chris se levait.

— Je dois déplacer la voiture, je reviens tout de suite.

— J'ai besoin de faire pipi, annonça Dylan alors que je lui jetai un regard noir. Quoi ?

— C'est trop d'info, lui rappelai-je. 'Les mecs, je reviens tout de suite', c'était suffisant.

— Oh, ne fais pas ta sainte nitouche, dit-elle sèchement en s'extirpant de la banquette.

— Vous êtes mignons tous les deux, me dit Ray alors que je m'adossais à la banquette.

— Je suis fou de cette femme, dis-je en faisant rouler ma tête pour le regarder.

— Jory, puis-je vous inviter à dîner demain ?

— C'est rapide, répondis-je en plissant les yeux.

— J'aime ce que je vois, dit-il doucement. Et je devrais vous emmener manger avant de vous ramener chez moi.

— Je vais chez vous ?

— Après avoir dîné demain soir, oui, en effet.

— Je vois.

— J'ai appelé Nick et il m'a tout raconté de vous. Il a dit que vous étiez incroyable au lit.

— Et vous lui faites confiance alors que vous lui avez dit qu'il était un mauvais coup ?

— C'est juste, dit-il en souriant en grand. Mais ce n'est pas parce que Nick est mauvais au lit qu'il ne sait pas reconnaître un bon partenaire lorsqu'il en voit un.

Il rit avec indulgence.

— D'ailleurs, vous êtes magnifique et je parie que le reste de votre personne l'est tout autant. L'esthétique ne peut pas mentir.

Je hochai la tête, m'écartai de lui et me redressai.

— Quel âge avez-vous ?

Il n'avait pas remarqué mon esquive discrète, ce qui me convenait parfaitement.

— J'ai vingt-trois ans et vous ?

— J'ai trente ans, dit-il en hochant la tête.

Il me jaugeait comme si j'étais quelque chose qu'il pensait acheter.

— Et sans vouloir casser l'ambiance agréable qui règne ici, puis-je vous poser une question ?

Quelle ambiance ?

— Allez-y.

Ce n'était pas sa faute s'il était si prétentieux. Il était sexy et j'étais sûr que tous ceux à qui il accordait son attention l'avaient probablement pris comme un cadeau.

Il prit une rapide inspiration.

— Nous avons tous les deux couché avec Nicky et je sais qu'il aime donner et recevoir, donc…

L'inévitable question en suspens résonnait dans le silence alors qu'il me fixait.

— Quoi ?

— Êtes-vous les deux aussi ou avez-vous une préférence ?

Je n'avais toujours connu qu'un seul sens, mais je n'avais aucune envie de partager cette information.

— Ray, je suis vraiment flatté que vous vouliez m'inviter à sortir avec vous, mais malheureusement, je suis occupé demain.

Son sourire s'estompa juste un peu.

— Dimanche alors.

— Pourquoi je ne vous appellerais pas ?

Il lui fallut une seconde pour comprendre ce que je disais.

— Êtes-vous sérieux ? Vous me repoussez ?

Je haussai les épaules.

Il fronça les sourcils.

— Êtes-vous ivre ?

— Un peu, dis-je en souriant. Mais tout cet échange pour un coup d'un soir n'est pas du tout tentant.

Il me regarda dans les yeux.

— Vous me repoussez.

— Ouais.

— Moi ?

Je souris largement.

— Ouais.

Il me regarda une minute avant de se lever et de s'en aller. Quand Dylan et Chris revinrent à la table, j'étais seul.

— Jory, où est…

— Parti, dis-je en coupant mon amie et en lui souriant.

— Mais…

— Écoutez tous les deux, dis-je en leur souriant, je vous interdis d'essayer de me faire rencontrer quelqu'un à nouveau.

Chris montra sa femme.

— C'était son idée.

Je ris devant la rapidité avec laquelle il l'avait dénoncée.

— Jory.

Elle rit, attrapant ma main en travers de la table.

— Excusez-moi.

Je relevai brusquement la tête et me retrouvai à regarder Sam Kage.

— J'ai besoin de te parler maintenant.

— D'accord.

J'essayai de respirer tout en me glissant hors de la banquette, sa présence, et non l'alcool, me rendant instable.

— Viens ici, grogna-t-il presque à mon encontre.

— Jory, dit rapidement Dylan avant que je puisse m'éloigner de la table. Qui est-ce ?

— Oh... euh... C'est l'inspecteur Kage. Inspecteur, voici mes amis, Dylan et Chris Greer.

Il hocha la tête, fronçant les sourcils, les muscles de sa mâchoire se contractant.

— Bonjour, dit-il très vite en reportant ses yeux sur les miens.

— Je reviens tout de suite, leur assurai-je avant de me diriger directement vers la porte d'entrée pour l'attendre dans la rue.

Je me retournai pour lui faire face et il était plus proche que je m'y attendais. Je reculai d'un autre pas pour mettre plus d'espace entre nous.

Il me regarda une longue minute avant de me demander comment j'allais.

— Je vais bien et toi ?

Il hocha la tête.

— Je vais bien.

J'enfouis les mains dans mes poches.

— Que fais-tu ici ?

Ses propres mains étaient enfoncées dans les poches de son manteau de laine.

— Nous avons un problème.

— Qui ça 'nous' ?

— 'Nous' veut dire le département, clarifia-t-il.

— D'accord.

— Tu te souviens de la nuit où tu as vu Brian Minor tuer ce gars ?

— Bien sûr.

Je frissonnai. En partie à cause du froid, en partie à cause de mes souvenirs.

— Eh bien, tu te rappelles des visages de tous les autres gars ?

— Bien sûr.

— Ouais, eh bien, commença-t-il en poussant un profond soupir. Il apparaît que l'un de ces gars-là est un peu plus impliqué que nous le pensions.

— Je ne te suis pas.

— Tu te souviens du dernier jour que tu as passé à mon appartement... tu te souviens de ce matin où tu m'as appelé et que j'étais déjà parti travailler ?

— Oui.

— D'accord, eh bien ce matin-là, j'étais en fait à ton ancien appartement. Il s'avère que ton propriétaire avait reloué tout de suite après que tu sois parti à un jeune homme qui te ressemblait beaucoup.

— Qui me ressemblait à quel point ?

— Jeune, blond… Je l'ai tout de suite remarqué.

Je me forçai à sourire.

— Tu me fais un peu peur. Dis-moi juste ce que tu…

— Jory, quelqu'un a découpé le gars qui te ressemblait dans ton ancien appartement et ce quelqu'un a été clair sur le fait qu'il pensait que c'était toi.

— Comment ?

— Il a écrit quelque chose sur le mur.

— Sur le mur ?

Je tremblai et déglutis péniblement.

— Avec quoi ?

— C'était… juste là, d'accord ? Ce n'était pas fait pour ressembler à un accident. C'était un message pour nous qui nous indiquait qu'il était arrivé jusqu'à toi et c'était conçu comme un avertissement pour quiconque pourrait avoir envie de parler.

Je hochai la tête.

— Mais ce n'était pas moi.

— Non.

— Et tout le monde m'a vu au tribunal.

— Exact.

— Brian est devenu un témoin à charge, n'est-ce pas ?

— Oui, en effet.

— D'accord, donc qu'est-ce que cela…

— Il s'avère que cela n'a jamais été au sujet de Brian.

— Je suis perdu.

— Il y avait un autre gars là-bas la nuit où Brian a tué Saul Grant.

— Il y avait beaucoup de gars.

— Ouais, mais un en particulier était important. Le protégé de Brian, Roman Ivanovich Michaelev.

— Protégé ?

— Ouais. Roman était supposé tout apprendre du business de Brian.

— Pourquoi ?

— Le père de Roman est en fait le patron de Brian.

— Et alors ?

— Alors, Brian n'a jamais été censé tuer quelqu'un et mettre Roman dans une situation à risque.

— Mais il l'a fait.

— Oui, il l'a fait.

— Pourquoi ?

— Parce que Brian est un animal.

— D'accord.

Je haussai les épaules.

— Je n'ai aucune idée de qui...

— Mais il te connaît, Jory, et maintenant tu es la seule personne qui peut le rattacher à cette scène de crime.

— Il y a Brian.

— Non, plus maintenant.

— De quoi parles-tu ?

— Le fait est que tous ceux qui étaient présents dans la maison cette nuit-là, y compris Brian, sont maintenant morts.

— Oh merde, soufflai-je. Brian est mort ?

— Ouais. Il a été poignardé à mort, il y a deux semaines.

— Je pensais qu'il était dans le programme de protection des témoins ou quelque chose comme ça ?

— Il l'était.

— Il l'était ? Alors... quoi ? Comment a-t-il pu se faire tuer alors qu'il y avait soi-disant des gens chargés de sa sécurité ?

— Il semble que nous ayons une fuite.

— Tu veux dire que quelqu'un a révélé où se trouvait Brian ?

— Oui.

— Qui ?

— Si nous le savions, nous n'aurions pas de fuite et je serais capable de te dire de qui il s'agit.

Je hochai la tête.

— D'accord, et maintenant quoi ?

— Eh bien, il faut que tu saches que tu es la seule personne qui était dans la maison lorsque Brian Minor a tué Saul Grant qui respire encore, en dehors de Roman.

— Et il veut me tuer.

— En effet.

— Pourquoi ?

— Parce que tu l'as vu là-bas, tu peux le placer sur la scène et...

— Mais la seule personne qui a tué Saul était Brian. Tous les autres n'ont fait que regarder.

— Regarder fait de toi un complice, Jory, cela ne fait pas de toi un innocent.

Je hochai la tête.

— Donc Roman va encore essayer de me tuer, même si Brian est mort.

— Oui, parce qu'il est toujours accusé de complicité de meurtre aussi longtemps que tu seras en vie.

— Vais-je devoir témoigner contre lui ?

— Non, tu as déjà fait ta déposition. Ils s'attendent à ce qu'il fasse appel.

— Mais pendant ce temps-là, si je venais à mourir, il serait libre.

— Exact.

Il me fallut une minute pour tout digérer.

— Donc, et maintenant ?

— Eh bien, la nuit dernière, il y a eu une certaine activité à ton sujet. Personne ne sait où tu es, tu sembles avoir disparu de la circulation.

— Et ?

— Et ils te cherchent.

— Pour me tuer.

— Oui.

Je me concentrai sur ma respiration pour éviter d'hyper ventiler.

Il m'étudiait, les bras croisés sur sa poitrine.

— C'était un joli coup de changer Keyes pour Harcourt. Est-ce toi qui as pensé à ça ou ton patron ?

— Eh bien, il n'est plus mon patron. J'ai changé de travail.

— Oh. Tu habites toujours au même endroit ?

— Ouais.

Il hocha la tête.

— D'accord. Et je suppose que tu ne me laisseras pas plus te placer en détention préventive cette fois ?

— Il me semble que cela n'a pas beaucoup aidé Brian.

— Non, en effet, concéda-t-il.

— Donc… non.

— D'accord.

Nous restâmes silencieux pendant de longues minutes.

— Si Brian et Roman étaient amis, pourquoi a-t-il tué Brian ?

— Premièrement, comme je l'ai dit, Brian a mis Roman en péril en tuant Saul alors qu'il était là et deuxièmement…

Il soupira, repoussant violemment les cheveux de ses yeux.

— Quand il a retourné sa veste, Brian est devenu un témoin à charge. Il aurait dénoncé Roman et son père.

Je hochai la tête.

— Tu comprends, hein ?

— Ouais, dis-je en regardant mes chaussures.

— Donc, tu devrais…

— Ne pas me faire tirer dessus, dis-je, les yeux rivés le sol.

— Oui. Essaie vraiment très fort.

— D'accord.

Il y eut un long silence.

— Je t'ai vu la semaine dernière, avec Dominic et ta copine Maggie, dis-je pour changer de sujet, levant les yeux vers lui.

— Vraiment ?

257

— Ouais.

Je lui souris.

— Pourquoi ne t'es-tu pas arrêté ?

— Dans quel but ?

Il haussa les épaules.

— Oui, tu as raison je suppose.

Je me raclai la gorge.

— Bon, écoute, je suis gelé donc je vais y retourner. C'était bien de te revoir et j'apprécie vraiment que tu sois venu me dire tout ça. Je ferai attention.

— Bien.

Je pinçai les lèvres et le contournai, nerveux pour une raison quelconque.

— Qui était ce gars avec lequel je t'ai vu parler dans le box ?

Je me retournai pour le regarder.

— Jory ?

— Quel type ?

— Plus tôt. Il y avait un mec… qui était-ce ?

— Oh… personne.

— Personne ? Il était assis terriblement près de toi.

Je fis la grimace.

— Juste un gars qui cherchait à s'envoyer en l'air. Je l'ai envoyé balader.

Je me demandai combien de temps il était resté à m'observer avant de venir me parler.

— Prendre ton pied ne t'intéresse pas ?

— Je ne suis pas intéressé par les coups d'une nuit, lui répondis-je. Ce n'est pas moi.

— Non ?

Je souris doucement.

— Il fut un temps où cela m'aurait intéressé, c'est vrai. Mais plus maintenant.

Il hocha la tête.

— D'accord.

— As-tu passé de bonnes vacances ? demandai-je, marchant à reculons, toujours en lui faisant face.

— Oui. Mes parents sont fous de Maggie et sa famille est super.

— Génial, dis-je maladroitement en me retournant.

— Jory.

Je ne m'arrêtai pas de marcher, mais le regardai par-dessus mon épaule.

— Fais attention à toi.

— Oui, m'sieur l'inspecteur Kage, dis-je doucement en ouvrant la porte, sentant la chaleur de l'air m'envelopper alors que j'entrais dans le restaurant.

J'étais si fier de moi de ne pas m'être effondré, mais j'étais épuisé de l'énergie que cela m'avait demandée. Qui savait que faire semblant d'être nonchalant pouvait être à ce point éreintant ?

J'insistai pour que Dylan et Chris restent pour manger et boire. Ils pouvaient transformer cette soirée en rendez-vous. Pour moi, c'était un fiasco ; entre Ray qui avait joué les salauds et Sam qui était devenu un étranger. Et bien qu'il gèle dehors, je décidai de rentrer à pied à la maison pour me vider la tête. Je fus surpris lorsque mon téléphone sonna.

— Quoi ? demandai-je avec irritation en regardant le numéro s'afficher avant de répondre.

— Je viens de parler au téléphone avec Ray, commença Nick. Il m'a accusé du fait que tu l'aies repoussé pour le faire revenir vers moi. Je lui ai dit que je n'avais pas ce genre de pouvoir sur toi.

— Et tu ne l'as pas.

— Je sais, dit-il rapidement. Comme je l'ai dit, c'est ce que je lui ai répondu.

Je restai silencieux.

— Alors, juste pour savoir, pourquoi l'as-tu repoussé ?

— Parce que ce mec est un connard, Nicky, lui répondis-je. Pourquoi voudrais-tu, avec tout ce que tu as pour toi, laisser un gars comme lui t'approcher ? C'est un connard prétentieux.

— Je sais.

— Alors ? Pourquoi ?

— Il m'a dragué comme jamais, J. Il agissait comme s'il était vraiment dingue de moi et je…

Je grognai.

— C'est un crétin fini. Je préférerais être lobotomisé plutôt que de le laisser s'approcher de moi.

Il rigola.

— Tu sais, je t'adore et je le pense vraiment. Veux-tu venir me rejoindre et aller manger un morceau de tarte avec moi ?

— Une tarte ?

Je souris au téléphone.

— Je n'ai pas encore décidé si je t'aimais encore.

— Tu m'aimes bien. Je suis sympathique. Je suis un idiot, mais je suis sympathique.

— Et alors, quoi ? Nous allons être amis maintenant ?

— Est-ce qu'on pourrait, s'il te plaît ?

Il avait merdé, j'avais merdé… nous étions vraiment tout à fait compatibles.

— Très bien. Est-ce que je dois venir maintenant ?

— Ce serait bien.

Donc, à une heure du matin, je me rendis à l'hôpital du comté, chercher mon ami avant que nous allions manger une tarte aux pêches et boire un café. Il me raconta tout au sujet de Ray Alvarez et nous rîmes comme des idiots. Il finit même par cracher son lait par son nez. On ne pouvait jamais avoir assez d'amis.

259

VI

PARFOIS, IL n'y avait rien de mieux à faire que de buller sur une tâche. Faire quelque chose de complètement ennuyeux pouvait être plus relaxant que n'importe quoi d'autre. Donc, cela ne me fit rien d'avoir été désigné pour faire la vaisselle après le dîner pendant que tous les autres restaient assis à végéter. D'ailleurs, mon ami Richard me dit que sa cuisine n'avait jamais eu l'air aussi étincelante qu'après que je l'eus nettoyée. Il venait de partir, me disant de me dépêcher parce qu'ils étaient sur le point de commencer à jouer à des jeux de société. Je ne fus pas surpris lorsque mon téléphone bipa et que je vis le numéro de Dane s'afficher. C'était inévitable.

— Rappelle-moi de te tuer, dit-il en guise de bonjour.

— Salut.

J'essayai de ne pas sourire.

— Comment vas-tu ?

— Tu l'as fait exprès.

— Que veux-tu dire ? dis-je en gloussant.

— La vengeance est un plat qui se mange froid.

— Comment se passe le rendez-vous ?

— Tu es un imbécile, m'assura Dane.

— Quoi ? La balade n'est pas bien ?

Long silence.

— Tu savais que c'était une sortie romantique.

J'étais si heureux qu'il ne puisse pas me voir.

— Vraiment ?

Il était en rendez-vous arrangé avec l'une de mes collègues et je lui avais assuré que je prendrais soin de tout. Tout ce qu'il avait à faire était de se présenter. Fidèle à ma parole, j'avais organisé le rendez-vous le plus romantique possible. J'avais voulu lui montrer quelque chose qui sortait un peu des sentiers battus puisqu'il devenait de plus en plus blasé par ses rendez-vous, et je m'étais vraiment surpassé.

Ils faisaient une marche à la découverte de l'art à Oak Park, visitant des maisons de Frank Lloyd Wright, mais aussi d'autres résidences privées où ils admiraient des collections privées. Sur leur chemin, il y avait des musiciens ambulants, des ventes de succession sous pli cacheté où des coffres fermés pouvaient être achetés avec la possibilité qu'ils soient remplis de véritables trésors, ou du moins, de très vieux livres qui orneraient parfaitement une bibliothèque. Il y avait différentes étapes de repas organisés dans chaque demeure, commençant par du vin et des fromages et se terminant avec du champagne ou du cidre épicé. Cela m'avait semblé merveilleux et j'avais deviné, mais pas demandé, la composante romantique de la sortie.

— Je peux entendre ton sourire, m'accusa-t-il d'une voix égale.

— Tu ne peux pas entendre un sourire, dis-je en riant. D'ailleurs, ne sois pas un tel rabat-joie. Ça avait l'air super sur leur site web.

— Oh, vraiment ?

— J'ai prévu un vol en montgolfière pour la prochaine fois.

Il me raccrocha au nez et je riais encore lorsque j'entendis une petite toux derrière moi. Je me retournai et je vis qu'un gars s'était glissé dans la cuisine, les mains dans les poches de son jean, et qu'il me regardait.

— Hé, lui dis-je en souriant.

Il eut un léger sourire, comme s'il était incertain.

— Rich m'a dit de venir ici et que tu pourrais me trouver quelque chose à manger même si je suis super en retard et que c'était vraiment impoli de ma part de ne pas avoir appelé.

Je ris.

— Ce sont les mots de Rich.

Son sourire en coin révéla des fossettes.

— Ouais, les mots de Rich.

— Ne le laisse pas te mettre mal à l'aise. Ce n'est pas comme s'il était lui-même un modèle de l'étiquette.

Il avança dans la pièce, se rapprochant de moi.

— Je sais, oui. Et ce n'est pas comme si j'avais pu appeler de toute façon. Je veux dire que j'étais dans la salle des insectes et…

Je fronçai les sourcils.

— Salle des insectes ?

Il rit en se penchant sur le comptoir.

— Tu devrais voir ta tête.

— Désolé.

Le sourire qu'il m'adressa fit briller ses yeux sombres. Je n'avais encore jamais vu d'yeux bruns de la couleur du chocolat avant, j'en étais certain maintenant que je l'avais face à moi. Ses cheveux raides mi-longs, ses longs cils et ses sourcils étaient de la même teinte, aussi noirs que les ailes d'un corbeau.

— Donc, est-ce que je peux manger quelque chose ? demanda-t-il alors que je le dévisageais sans bouger.

— Ah ouais, désolé.

— Non, non, dit-il doucement, tendant la main pour toucher mon épaule, m'empêchant d'ouvrir le réfrigérateur. Tu peux rester là à me regarder toute la nuit si tu veux.

Je hochai la tête, arquant un sourcil alors que je me retournais pour sortir la nourriture que je venais de ranger.

Il rit doucement derrière moi.

261

— Quel est ton nom ?

— Jory, dis-je en déposant les bols sur le comptoir. Et toi ?

— Kai.

— Et qu'est-ce que tu fais, Kai, pour fréquenter une salle remplie d'insectes ?

Son sourire était large quand il me tendit une assiette qu'il sortit de l'armoire à côté de sa tête. Il connaissait visiblement très bien la cuisine de Richard. Ils devaient être des amis proches.

— Je travaille au Field Museum et j'étais dans la salle des insectes où nous conservons ces coléoptères qui mangent essentiellement de la chair en décomposition.

— Et tu es sûr que tu peux manger ? demandai-je en plissant les yeux.

Il éclata d'un rire profond.

— Ouais. Peut-être que tu voudrais venir avec moi un jour pour les voir ?

Mes yeux s'écarquillèrent.

— Aller avec toi dans une salle pleine d'insectes ?

— Ouais. Qu'en dis-tu ?

— D'accord.

Je lui souris.

— Bien sûr.

— Quand ?

— Je ne sais pas. Quand veux-tu que je vienne ?

— Demain ?

— Demain, c'est dimanche.

— Je sais.

Je haussai les épaules.

— À quelle heure ?

— Pourquoi ne pas me rejoindre pour le déjeuner ? Je connais ce super petit restaurant italien, où nous pourrions…

— En fait, je brunche avec mon frère, alors je pourrai te retrouver plus tard.

— Tu brunches le dimanche avec ton frère ? demanda-t-il en haussant un sourcil sceptique.

— Ouais. Pourquoi ?

— Aucune raison. C'est génial.

— Pourquoi ça ?

Je rigolai à cause de la façon dont il souriait.

— C'est juste sympa. J'aime ça.

— Comme tu veux, mec, dis-je en souriant, alors nous pouvons y aller un autre…

— Retrouvons-nous après le déjeuner, dit-il rapidement, esquivant ma tentative de repousser le rendez-vous. Sais-tu où se trouve le Field Museum ?

— Ouais, j'y suis allé des tas de fois. Le dinosaure est vraiment sympa.

— Euh… gémit-il. Tu ne veux vraiment pas me brancher sur cette histoire de dinosaure. Tout cet argent aurait pu servir à un autre programme de recherches qui…

Je levai les mains au ciel.

— Je te retrouve dans le magasin à l'intérieur ?

Ses yeux pétillèrent.

— Tu ne veux pas entendre un de mes coups de gueule habituels ?

— Non merci.

— D'accord, alors… au magasin, disons, à treize heures ?

— Treize heures, c'est parfait.

Il soupira.

— Très bien. Puis-je avoir ton numéro de téléphone au cas où je me ferais heurter par un autobus ou quelque chose ?

— Et comment appellerais-tu si tu es heurté par un autobus ?

— Je murmurerai que quelqu'un doit t'appeler avant que je meure.

Il sourit, ses yeux se verrouillant sur ma bouche.

— Est-ce que ça te convient ?

Je scrutai son regard sombre.

— C'est bon.

Il se pencha sur le comptoir, tirant son téléphone portable.

— Donne-le-moi.

Nous restâmes dans la cuisine, moi appuyé contre l'évier pendant qu'il mangeait debout. Je lui dis d'aller s'asseoir dans le salon, mais il préféra rester là où il était et me parler. Je lui posai d'autres questions sur le musée et il m'expliqua que, avec son doctorat en biologie, il travaillait à la Division des Mammifères au département de Zoologie. Il me fit rire en me racontant les appels téléphoniques venant des habitants de la ville.

— Cette dame a appelé l'autre jour et m'a décrit l'animal qu'elle avait vu et quand je lui ai demandé ce qu'elle pensait que c'était, elle m'a répondu qu'elle pensait qu'il s'agissait d'un yéti.

— Comme dans *le* yéti, l'abominable homme des neiges ?

— Ouais.

Je lui souris.

— Et que lui as-tu dit ?

— Je lui ai expliqué que ce n'était probablement pas le cas, mais qu'elle devrait sans doute appeler le service de la fourrière.

— Pourquoi ?

— Je ne sais pas. Elle a peut-être vu un samoyède enragé dans son jardin pour ce que j'en sais.

Je hochai la tête.

— Je vois.

— Tu as un beau sourire, Jory.

Je relevai les yeux pour le regarder.

— Merci. Toi aussi.

Il prit une inspiration tremblante.

— Alors, dis-m'en plus sur le fait de travailler dans une boîte de design ?

Je haussai les épaules.

— Il n'y a rien d'excitant.

— D'accord. Dis-moi quel âge tu as ?

— Vingt-trois et toi ?

— Trente et un.

J'inclinai la tête en le regardant.

— Je suis trop vieux pour toi, c'est ça ? Tu aimes les jeunes de dix-huit ans ?

Sa mâchoire se crispa.

— Non, l'âge ne veut rien dire. Je suis sorti avec des gars dans la quarantaine et dans la cinquantaine et des gars plus jeunes que moi. Je vais là où se porte mon intérêt.

Je hochai la tête.

— Et toi ?

— Pareil.

— Super.

Je toussai doucement.

— Alors ces coléoptères qui mangent de la chair… quel genre est-ce ? Ce ne sont pas des coccinelles, non ?

Il me sourit.

— Non, on les appelle dermestes.

— D'accord.

— Comme si ça t'intéressait.

— Je n'aurais pas demandé si je n'étais pas intéressé. J'ai tout un tas de connaissances étranges dans les tiroirs de mon cerveau.

Il tendit la main et toucha le bord de ma chemise.

— Si tu as le temps demain, peut-être après t'avoir montré le musée, nous pourrions faire une promenade.

— C'est une bonne idée.

Ses yeux volèrent jusqu'aux miens et restèrent bloqués là.

— J'aimerais qu'on soit demain.

— Ouais, moi aussi.

— J !

Nous nous retournâmes tous les deux lorsque Richard entra dans la cuisine.

— Carey est ici et il veut aller danser au lieu de rester assis à jouer à des jeux de société. Tout le monde est d'accord. Qu'en dis-tu ?

Je regardai Kai.

— Veux-tu y aller ?

— Je m'en moque tant que je peux traîner avec toi, dit-il en souriant rapidement.

264

— Ahhh, c'est trop mignon, dit Richard en me jetant un coup d'œil avant de sortir.

— C'était très gentil, lui assurai-je.

— Eh bien, merci, mais il faut que tu saches… je suis un piètre danseur. Tu vas pleurer.

— Tu crois ?

— Oh ouais, dit-il en riant. Ma sœur Grace n'a pas voulu me laisser danser à son mariage parce qu'elle était terrifiée à l'idée que je fasse fuir tout le monde.

Je me moquai de lui alors qu'il soupirait profondément et touchait le col de ma chemise.

— Tu es vraiment beau. Peut-être que tu pourrais jeter un coup d'œil à ma garde-robe et me donner quelques conseils.

— Tu es très bien à mon avis, dis-je, mes yeux glissant le long de son grand corps athlétique.

Il avait l'air bien dans son tee-shirt qui moulait les muscles noueux de ses biceps, son torse et son abdomen. Son jean 501 délavé lui allait bien, ses chaussures montantes, usées, avaient connu des jours meilleurs – le tout donnait l'impression d'un homme à la fois solide et fort. Il n'était pas d'une beauté frappante ou le genre de gars que vous remarquiez instantanément, il était le genre de gars qui s'imposait à vous petit à petit, parce que durant les deux heures que nous avions passées à parler dans la cuisine, j'étais devenu un grand admirateur de ses yeux, de ses épaules, des veines de ses mains, de la façon dont il souriait et de sa voix douce. Il émanait de lui une sorte de calme apaisant qui était réconfortant, comme s'il était à l'aise dans sa propre peau.

— Ouais ? J'ai l'air bien ?

— Vraiment, dis-je en souriant. Quel genre de musique aimes-tu ?

— Pourquoi ?

— Il y a un club de jazz près de mon appartement qui est vraiment bon si peut-être tu préfères y aller plutôt que d'aller danser.

— Je vais être honnête, je ne connais pas grand-chose au jazz, mais je préfère de loin aller en écouter avec toi que de te montrer à quel point mon corps bouge misérablement

— Je suis sûr que ton corps bouge parfaitement.

Il me regarda intensément.

— Pourquoi ne pas y aller maintenant ?

Il m'aida à nettoyer la cuisine de Richard et lorsque nous partîmes ensemble, il y eut beaucoup de sifflets et de commentaires, et le 'attention vous deux !' de Carey fut probablement le plus évident. Dans la rue, il désigna une vieille camionnette Volkswagen

— Elle est à toi ?

— Ouais, je sais, c'est…

265

— C'est génial, m'écriai-je en me dirigeant vers elle et en regardant à travers les fenêtres. Elle date de quand ? 1965 ? 1967 ?

Il rigola et je me retournai pour le regarder.

— Tu un grand amateur des camionnettes de chez Volkswagen, pas vrai ?

— J'adore juste les trucs un peu anciens.

Il me sourit.

— Tu sais, tu n'es pas du tout ce à quoi je m'attendais.

— Qu'est-ce que tu veux dire ?

— Jory, tu dois savoir... je veux dire, j'entre dans la cuisine et tu es là et tu es si... magnifique... et ton sourire et... et tu es juste... et tu aimes mon vieux van tout laid. C'est incroyable.

— Pourquoi ?

— On dirait plutôt que tu ressembles au genre qui aurait besoin d'un mec friqué.

J'éclatai d'un rire suffisant.

— J'ai mon propre argent et ce que je n'ai pas, mon frère l'a.

Il me regarda dans les yeux.

— Aimerais-tu conduire mon tas de ferraille ?

— Vraiment ?

J'étais si excité.

Il éclata de rire.

— Seigneur ! Tu sembles tellement excité. Bon Dieu, ouais ! Tiens, voilà les clés.

Je nous conduisis au club de jazz en face de mon appartement. Nous parlâmes, rîmes et écoutâmes la musique et il me fit un signe de tête pour me faire savoir qu'il appréciait la musique et la compagnie. Je lui offris une tasse de thé après le dernier passage des musiciens et il drapa son bras autour de mon cou alors que nous traversions la rue.

Il aima mon appartement, les fenêtres encadrées de bois, les poutres apparentes et les ventilateurs du plafond qui avaient l'air aussi vieux que le bâtiment lui-même. Heureux de s'asseoir sur le comptoir et de me regarder préparer du thé, je lui demandai à quand remontait sa dernière relation long terme. Il me raconta son histoire d'amour qui avait duré deux ans avec un vétérinaire et qui avait pris fin six mois auparavant.

— Que s'est-il passé ? demandai-je en remplissant la théière d'eau chaude pour qu'elle puisse infuser.

— Il ne voulait pas emménager avec moi.

Il soupira profondément.

— Je le lui avais proposé après trois mois, mais il m'a répondu que c'était trop tôt. Quand nous avons atteint les deux ans et qu'il m'a encore dit non... Il est devenu douloureusement évident qu'il attendait que quelqu'un de mieux se présente.

— Désolé.

Il haussa les épaules.

— C'est bon. Il n'a pas compris que mon amour était un cadeau et si quelqu'un ne peut apprécier la valeur de mon amour… il n'y a pas grand-chose que tu puisses faire.

— Je suis d'accord.

— Et ta dernière relation amoureuse, comme tu dis ?

— C'était il y a trois mois, mais ça n'avait rien du long-terme comme toi. Je pensais que ça le serait, mais le gars… il s'est avéré qu'il n'était pas aussi amoureux de moi que je le pensais.

— Non ?

— Non.

— Comment ça ?

— Je pense que c'était dur pour lui parce qu'il n'était pas sorti du placard, tu vois ?

— Oh, ouais. Je comprends, en effet. Je suis passé par là.

— Raconte-moi.

— Je suis sorti avec un gars pendant six mois et sa famille ne savait pas qu'il était gay. Ses amis pensaient tous qu'il était un grand coureur de jupons et… merde ! Quel gâchis !

— Mauvais, non ?

Il se moqua de moi.

— Tellement pire que mauvais. Je veux dire, il m'appelle encore parfois et me demande s'il peut me voir et si je peux lui accorder un peu de temps et… ça ne changera jamais, mais il me semble qu'il se fait des illusions en pensant qu'un de ces jours il va sortir du placard.

— Mon mec est flic.

— Oh merde ! Tu sais alors que ça n'arrivera jamais, pas vrai ?

— Je sais.

Je hochai la tête en soupirant lentement.

— C'était juste si dur de le laisser partir.

— Je suis désolé, dit-il en tendant la main pour me serrer l'épaule.

Je haussai les épaules.

— Qu'est-ce que tu vas faire ? lui demandai-je.

— Tout ce que je veux, c'est rencontrer quelqu'un et m'installer. J'en ai assez de tous ces rendez-vous sans suite.

Il me sourit.

Et pour une raison quelconque, ma libido s'éteignit et mon cerveau se mit en route.

— Jory ?

Je reculai et le regardai.

— Quoi ?

267

— Ça va paraître vraiment bizarre, complètement fou même, mais il faudra faire avec, et ne te fâche pas, ouvre simplement ton esprit à la possibilité que je ne sois pas la fin de ton voyage, mais simplement un panneau sur ton chemin.

Il fronça les sourcils.

— Je savais que tu étais trop beau pour être sain d'esprit.

— Je crois très fort aux signes du destin.

— Je parie que tu as une planche Ouija et des cartes de tarot aussi, n'est-ce pas ?

— Rigole si tu veux, mais je crois que je connais le gars parfait pour toi.

Il sourit largement.

— En fait, Jory, je crois que tu es ce gars-là.

Mais je ne l'étais pas. Nous étions à des croisements différents de nos vies, ce qui n'avait absolument rien à voir avec nos âges. Je n'étais pas prêt à m'installer avec quelqu'un d'autre que Sam Kage et comme cela n'arriverait pas… mais je connaissais quelqu'un qui l'était. Je savais exactement qui était l'homme qu'il devait rencontrer.

— Me feras-tu une faveur en me laissant t'organiser un rendez-vous ?

— Tu es gravement perturbé.

— S'il te plaît. Tu ne seras pas déçu et je pense que je…

— Tu veux te débarrasser de moi, dis-moi juste…

— Non, non, non, ce n'est pas ça. Allez, Kai. Si ça ne marche pas, j'irai où tu voudras… je ferai tout ce que tu voudras… seulement…

— Marché conclu, me dit-il en souriant et en me tendant sa main. Scellons ça. Tu es à moi si ça ne se passe pas bien.

Je lui serrai la main fermement parce qu'il était impossible que je n'aie pas les plus grandes qualités d'entremetteur de tous les temps. J'aurais parié ma vie là-dessus. J'étais Cupidon réincarné.

VII

J'ÉTAIS AU Navy Pier avec des jumelles et un imperméable la nuit suivante. Je boitais parce que je m'étais tordu la cheville en jouant au squash avec Dane le matin, mais je n'allais pas laisser une petite douleur se mettre en travers de ma mission d'espionnage. J'avais organisé un rendez-vous entre le Docteur Kai Akita, Docteur en biologie, et le Docteur Nick Sullivan, futur chirurgien, et vu la tournure des choses – le langage corporel, les regards, et les contacts hésitants – tout se déroulait vraiment bien. La main de Nick sur son épaule fut autorisée à rester, les doigts de Kai glissant sur le col de Nick furent récompensés d'un grand sourire et la proximité qu'ils gardèrent entre eux pendant leur promenade, étaient tous de très bons signes. J'étais tellement content de moi que j'avais l'impression de briller. Alors que je me penchais par-dessus la balustrade pour essayer de les voir alors qu'ils se dirigeaient vers l'arcade, quelqu'un se racla la gorge.

— Salut.

Je souris à Sam Kage qui me regardait en fronçant les sourcils.

— Qu'est-ce que tu fous ici ?

— Je...

— Des gens essaient de te tuer et tu es juste...

Ils se déplaçaient et je devais voir. Je levai un doigt pour lui dire de se taire et boitillai vers le côté opposé de la jetée, pour m'appuyer contre la rambarde. J'utilisai les jumelles pour m'assurer que je ne les avais pas perdus.

— Qu'est-ce que tu fabriques, bordel ? demanda-t-il à nouveau, plus fort, plus fermement, sa voix résonnant à côté de mon oreille.

— Pourquoi ne peux-tu pas poser une question sans jurer ?

— Jory... j'essaie de ne pas...

— Ça devrait être parfaitement évident. Je suis en train d'espionner, dis-je en le coupant tandis que je regardais la main de Nick se poser entre les omoplates de Kai. Seigneur, je devrais faire ça pour vivre !

— Qu'est-ce que tu regardes ?

— Te souviens-tu du médecin qui m'aimait bien ? demandai-je alors que je les regardais acheter des hot dog.

— Ouais.

— D'accord, donc je lui ai organisé un rendez-vous avec un gars que j'ai rencontré hier soir chez mon ami Richard.

Il y eut un long silence et je pensais qu'il s'en était allé jusqu'à ce que je l'entende inspirer.

269

— Attends une minute. Tu as rencontré un gars hier soir et il te laisse lui organiser un rendez-vous ?

— Ouais.

— Pourquoi ?

— Pourquoi quoi ?

— Pourquoi un gars que tu as rencontré hier soir te laisserait mettre en place un rendez-vous pour lui avec un autre gars ?

Je baissai mes jumelles et lui lançai un regard noir.

— Pourquoi est-ce important ? Le truc excitant de ce moment, c'est que je suis un dieu de l'amour.

— Vraiment ? demanda-t-il avec un sourire narquois.

— Tu plaisantes ? marmonnai-je en reprenant mes jumelles. Je suis Cupidon, mec.

— D'accord, Cupidon, dit-il d'un ton amusé. Qu'est-il arrivé à ta cheville ?

— Oh… Je me suis fait mal en jouant au squash avec Dane. Il faut que je lui explique qu'il doit choisir quelqu'un de sa taille à partir de maintenant.

— Je vois. Puis-je te poser une autre question ?

— Puis-je t'en empêcher ?

— Que représente Dane pour toi maintenant ?

— Que veux-tu dire ?

— Eh bien, je suis curieux. Tu avais l'habitude de l'appeler 'patron' et maintenant, c'est Dane. Explique-moi ça.

— Dane est mon frère maintenant.

— Vraiment ?

— Ouais. Il aime régenter ma vie.

— Je parie, dit-il avant de soupirer profondément. C'est un mec bien.

— Oui, il l'est, acquiesçai-je en baissant les jumelles pendant que je traversais la foule pour repasser de l'autre côté de la jetée.

Je ne pouvais pas les voir, alors quand j'aperçus un seau retourné derrière un stand de barbe à papa, je montai dessus. Je les retrouvai juste à temps pour les voir s'arrêter à un stand de glaces ; Kai venait d'essuyer une trace sur le nez de Nick. C'était trop mignon.

— Tu vas tomber et te casser la cheville, idiot.

Je grognai.

— Sérieusement, pourquoi un gars que tu viens juste de rencontrer te laisserait lui organiser un rendez-vous avec quelqu'un d'autre ?

— Parce que c'est un bon juge du caractère des gens et qu'il a pu tout de suite voir que j'avais le don.

— Conneries.

Je haussai les épaules.

— Crois ce que tu veux.

— Dis-moi.

— Je lui ai dit que si ça ne marchait pas, il pourrait m'avoir.

270

— Pardon ?

— Tu m'as entendu.

— Sans blague ?

— Ouais.

— Définis-moi ça.

— Je pense que c'est assez explicite en soi.

— Tu crois ?

— Ouais, dis-je en les observant se sourire en se dévorant des yeux. Oooh !

— Donc, tu es en train de dire si le rendez-vous se passe mal, ce gars… quel est son nom ?

— Kai, dis-je en abaissant mes jumelles, ne sachant pas trop pendant une minute quel était le meilleur plan d'action.

Devais-je laisser ma cheville supporter mon poids pendant la seconde qu'il me fallait pour descendre ou descendre sur elle dessus et la laisser me soutenir durant cette seconde ?

— Que fais-tu ?

Je baissai les yeux alors qu'il levait les siens et je fus soudain happé par son air sombre. Il avait l'air vraiment contrarié.

— Peux-tu bouger un peu ? Je dois descendre.

Il tendit les bras vers moi.

— Laisse-moi t'aider.

— Non merci, dis-je en le repoussant. Décale-toi, c'est tout.

— Bien, dit-il en enfonçant les mains dans ses poches et en reculant d'un pas. Alors sérieusement, ce mec, Kai, il obtient quoi, le droit de te baiser et faire ce qui lui chante de toi ?

— Ouais.

Je grimaçai, laissant ma cheville me supporter une seconde le temps de descendre sur ma bonne jambe.

— Merde !

— Et tu vas le laisser faire ?

J'esquissai un sourire.

— C'est mon cul, mec. J'ai fait pire pour moins que ça, lui assurai-je avant de m'éloigner en boitillant, me faufilant entre les étals, passant devant le pop-corn au caramel et les pommes d'amour avant de me pencher par-dessous le surplomb pour les chercher alors qu'ils s'arrêtaient pour acheter des bouteilles d'eau.

J'espérai que je le sèmerais.

— Pour l'amour de Dieu, Jory, tu…

— Bon sang… pourquoi es-tu là ? gémis-je presque en me retournant pour le regarder dans les yeux.

Ses yeux s'étrécirent.

— Je suis ici avec Dom et sa copine Lily, et Maggie.

271

— Eh bien, je suis sûr qu'ils doivent t'attendre quelque part, lui dis-je fermement en espérant que mon ton dédaigneux l'encouragerait à partir.

Je vis sa mâchoire se crisper.

— Tu sais que tu…

Je levai une main pour le couper. Je pris mon téléphone dans la poche avant de mon manteau et composai un numéro. Je lui tournai le dos pour revenir à ma surveillance. Elle répondit à la deuxième sonnerie.

— Maman oie.

— Quoi ?

— Je pensais que nous devrions avoir des noms de code, gloussa Dylan. Puisque nous sommes en mission.

Mes amis étaient tous fous.

— Où es-tu ?

— Je suis près d'un stand de pain frit indien. Où es-tu ?

— Tu manges encore ?

— Je suis sur la jetée. Que veux-tu faire d'autre ici ?

— Arrête de manger, nous sommes en planque.

— Tais-toi. Où es-tu ?

— À côté de la petite piste de danse, celle avec des lumières noires.

Sa voix était étouffée parce qu'elle mangeait en parlant.

— J'arrive. Ne bouge plus, tu vas être incapable de bouger demain.

— D'accord, dépêche-toi, dis-je avant de raccrocher et de replacer le téléphone dans ma poche.

— Qui était-ce ?

J'avais espéré qu'il avait compris l'allusion, mais il était toujours là.

— Je t'ai posé une question.

— Ma copine Dylan, lui dis-je.

— Qui ?

— Au revoir, inspecteur, dis-je pour le congédier, soulevant les jumelles et souriant en grand lorsque je les vis s'asseoir sur un banc de la jetée, face à face.

— Tu sais, tu devrais me montrer plus de respect.

Je grognai et m'éloignai de lui. J'allais de nouveau lever mes jumelles quand il se mit devant moi.

— Peut-être que je devrais juste te ramener.

— Tu as déjà Maggie à ramener, lâchai-je avec plus de véhémence que je le voulais.

— Attends… quoi ?

Je secouai la tête.

— Peu importe. Pourrais-tu, s'il te plaît, me laisser seul ?

Mais il ne bougea pas.

— Que veux-tu ? lui demandai-je d'une voix fatiguée.

— Tu es blessé, laisse-moi t'aider.

— Non, dis-je avec irritation avant de le contourner, cherchant les tourtereaux. Je n'ai pas besoin de ton aide.

— Tu en as clairement besoin.

Je gémis bruyamment.

— Jory, tu…

— Te voilà ! s'exclama Dylan en reniflant.

Elle vint se placer à côté de moi, souleva mon bras et se pencha.

— Appuie-toi sur moi, m'ordonna-t-elle gentiment. Je ne veux pas que ta cheville explose.

Je drapai mon bras autour de son cou et l'embrassai sur la tempe.

Son soupir de satisfaction me fit sourire.

— Alors, comment ça se passe ? Es-tu libéré de cet accord ?

Je lui passai les jumelles et indiquai le bas de la jetée.

Elle les porta à ses yeux et sourit en grand.

— Oh ouais, tu es sauvé. Bien joué, dieu de l'amour.

Je jetai un œil à Sam.

— Merci.

Son froncement de sourcils n'aurait pas pu lui donner un air plus sombre.

— Salut, lui dit soudain Dylan. Vous êtes l'inspecteur, non ? Je vous ai rencontré vendredi soir.

Il la regarda directement et je l'entendis inspirer brusquement avant de frissonner. Je comprenais. C'était difficile de prévoir la réaction que vous auriez en présence de Sam Kage. Cet homme était menaçant et séduisant à la fois. Il irradiait le danger et un sex-appeal à l'état brut. La combinaison était enivrante.

— Vous êtes sa nouvelle collègue, c'est ça ? demanda Sam d'un ton bourru.

— Hein ?

— N'êtes-vous pas la collègue de Jory ?

— Quoi ?

Je lui donnai un coup d'épaule pour briser le sort.

— Oh… oui, dit-elle en retrouvant ses esprits et en lui offrant sa main. C'est agréable de vous rencontrer à nouveau.

Il lui serra rapidement la main.

— Pareillement.

— Nous sommes en mission d'espionnage, dit-elle sans honte. Est-ce qu'il vous l'a dit ?

— Oui, en effet.

— Êtes-vous seul ici ? Voulez-vous partager un taxi pour rentrer avec nous ?

— Non, j'ai des amis et…

— Sa copine l'attend, dis-je à Dylan. Il doit s'en aller.

— Oh… d'accord !

Elle hocha la tête, son bras se resserrant dans mon dos.

— Dans ce cas, à plus tard, inspecteur. Je vous souhaite une bonne nuit.

Il hocha la tête.

— Pourrais-tu t'appuyer un peu plus contre moi, dit-elle d'un ton sec et gentil à la fois.

— Je vais t'écraser.

— Je pense que je pèse plus lourd que toi, dit-elle en soupirant. Laisse-moi prendre soin de toi. Je meurs d'envie de te materner.

Je levai les yeux au ciel et nous commençâmes à nous éloigner.

— Pourquoi ne me laissez-vous pas vous reconduire chez vous ?

Dylan s'arrêta, mais je continuai.

Elle planta ses pieds dans le sol.

Je la déséquilibrai, la forçant à faire un pas en avant.

— Qu'est-ce que tu fais ? demanda-t-elle, confuse. Arrête de me pousser du coude.

— Allons-y, c'est tout.

Mais elle m'ignora, se tournant plutôt vers Sam.

— Je croyais que vous étiez avec des amis ?

— Je le suis, mais nous sommes sur le point de rentrer de toute façon. Ça ne me dérange pas, et si sa cheville est en si mauvais état comme vous le dites, alors je serais heureux de pouvoir vous aider.

— Elle ne me fait pas si mal que ça, grommelai-je rapidement.

— Tu plaisantes ?

Dylan était sidérée.

— Ton boitement s'est largement aggravé.

Je soupirai profondément.

— Nous pouvons prendre un taxi. Ce n'est pas un problème. Merci quand même.

— Jory… commença Dylan, ne sois pas stupide.

Elle regarda Sam.

— Nous apprécierions que vous nous déposiez, inspecteur, merci beaucoup.

— Bien sûr, dit-il doucement en marchant vers nous. Peut-être que tu devrais t'appuyer sur…

— C'est bon, dis-je rapidement en m'éloignant de lui.

— Jory, haleta Dylan en me rattrapant.

— Je vais bien, lui dis-je en serrant les dents alors que je remontais la jetée à grandes enjambées.

J'étais à ce point entêté.

Dylan finit par me prendre la main alors que nous suivions Sam à l'endroit où Maggie se tenait appuyée contre une balustrade à regarder Dominic et Lily jouer dans des auto-tamponneuses.

— Ah, te voilà.

Elle lui sourit, lui adressant un regard doux.

— Où étais-tu passé ?

— J'ai rencontré des amis, murmura-t-il en inclinant la tête vers Dylan et moi. Ils ont besoin d'être déposés. Êtes-vous prêts à y aller ?

274

— Oh oui.

Elle lui sourit.

— Je suis prête depuis une heure. Je dois travailler demain.

— D'accord, allons-y.

— Vas-tu rester chez moi ce soir ?

Mon estomac se retourna.

— Pas ce soir, dit-il froidement.

— Oh…

Elle était déçue.

— D'accord.

— Puis-je voir le témoin ? cria Dominic en s'approchant de nous.

Je lui souris et lorsqu'il arriva à ma hauteur, sa main s'abattit lourdement sur mon épaule.

— Je suis vraiment très heureux de te voir.

Il me broya l'épaule.

— Je jure devant Dieu, gamin, que tu es un fils de pute chanceux.

— Jory ? demanda Dylan en levant les yeux vers moi.

— Je te raconterai plus tard, lui assurai-je. Dominic Kairov, voici Dylan Greer, ma partenaire chez Barrington.

Il prit sa main et la serra lorsqu'une grande femme blonde époustouflante le rejoint. C'était Lily Beck et il nous la présenta à Dylan et moi. Ce fut seulement à cet instant que Maggie se plaignit de ne pas nous avoir été présentée.

— Maggie Dixon, dit-elle en me souriant et en prenant ma main. Vous êtes *le* Jory ?

— Je suis juste Jory, lui dis-je.

— Non, vous êtes celui qui est resté chez Sam pendant un moment, n'est-ce pas ? Les tasses à thé sont les vôtres ?

— Oui

Elle hocha la tête.

— Il ne veut pas me laisser y toucher.

— Vous devriez les jeter.

Elle gloussa.

— Cela ne risque pas d'arriver.

— Allons-y, grogna Sam, donnant le signal du départ à tout le monde.

Arrivés aux voitures, Dominic se porta volontaire pour nous emmener Dylan et moi puisqu'il habitait le plus près de chez moi, mais Sam refusa catégoriquement. J'eus droit à une grande claque dans le dos avant qu'il parte et me fasse promettre de l'appeler si j'avais besoin de lui. J'étais surpris parce que je n'avais jamais pensé que Dominic pouvait m'apprécier et encore moins qu'il se souciait que je sois vivant ou mort. Je me demandai ce qui l'avait fait changer d'avis.

Sam tint la porte ouverte pour Maggie et Dylan pendant que je montais de l'autre côté. Une fois que tout le monde fut installé, Maggie commença à poser des questions. Elle voulait tout savoir de ce que nous faisions chez Barrington. Mon téléphone sonna et je laissai Dylan lui répondre.

— Allô ?

— Jory, t'ai-je dit dernièrement que tu étais incroyable ?

— Hé, Nicky, dis-je en souriant. Comment ça va ?

— Tellement mieux que bien.

— J'en suis heureux.

— Il pense que nous avons une véritable connexion. Il a dit qu'il n'arrivait pas à croire que nous avions les mêmes attentes dans la vie.

— Je vois, soupirai-je. Je suis doué.

— Il pense que je suis formidable, Jory.

— Tu l'es, Nicky. Dis-moi encore que j'avais raison.

— Tu avais raison, complètement raison. Je suis désolé de t'avoir dit toutes ces horreurs.

— Appelle-moi demain.

— Je le ferai. Bonne nuit, mon ami.

Je raccrochai et me tournai pour sourire à Dylan.

— Eh bien ?

— Je suis le dieu de l'amour.

Elle me sourit.

— D'accord, dieu de l'amour, tu as fait ta bonne action pour l'année. Nous devons te trouver un chouette gars maintenant.

— D'accord.

Je pris sa main qui reposait sur le siège et levai sa paume à mes lèvres.

— Tout ce que tu veux, amour.

— Je t'adore.

— Moi aussi.

— Oh mon Dieu, roucoula Maggie, pourriez-vous être plus mignons ?

Je rigolai et Sam me demanda où vivait Dylan.

Il s'avéra que Dylan fut la première à descendre. Nous nous enlaçâmes et nous embrassâmes et je promis de lui téléphoner au matin pour lui dire si elle devait venir me chercher. Sur le chemin de mon appartement, Maggie suggéra que nous nous arrêtions pour manger un morceau. Elle mourrait de faim. On ne me demanda pas mon avis ; Sam se gara et arrêta la voiture avant que j'aie mon mot à dire.

À l'intérieur du restaurant, il nous quitta pour passer un appel avant que nous soyons installés. Lorsque le serveur vint pour nous conduire à notre table, il était de retour. J'allai faire un pas en avant, mais une crampe se réveilla dans ma jambe droite. Elle avait supporté une grande partie de mon poids durant toute la journée et elle était fatiguée.

— Qu'est-ce qui ne va pas ? me demanda-t-il, une main sur mon épaule et scrutant mon visage.

— Je crois que je vais sauter le repas et rentrer à la maison. J'ai besoin de soulager mes jambes.

— Tu as besoin de t'asseoir et d'envelopper ta cheville dans de la glace. Elle n'est pas cassée ou tu n'aurais pas été capable de t'appuyer dessus du tout, mais je parie qu'elle est méchamment foulée. Tu as besoin de béquilles aussi.

— Je n'ai pas...

— C'est facile à obtenir. J'ai cette chose que j'utilisais quand je me suis déchiré le tendon du genou et le ménisque. Tu mets de la glace et de l'eau et tu enveloppes l'autre partie autour de ton genou ou ailleurs et ça...

— Je pense que j'ai une poche de glace, dis-je en souriant pour couper son flot de paroles et en me penchant sur le côté pour regarder Maggie. Je dois y aller, c'était vraiment très agréable de vous rencontrer. À plus tard, d'accord ?

— Jory, pourquoi ne pas...

Je me retournai pour partir, mais le bras autour de mon cou m'arrêta.

— Arrête de me combattre, dit-il brusquement d'une voix bourrue, me clouant contre son corps, triturant le col de mon manteau. Tu luttes toujours contre moi.

Je fermai les yeux, relâchai un profond soupir et me penchai en arrière contre lui.

— Mangeons quelque chose, puis je te ramènerai à la maison pour soigner ta cheville.

Son souffle était chaud contre mon cou, les mots prononcés doucement, destinés à me calmer.

— Je...

— Je parie que j'ai même une paire de béquilles supplémentaires chez moi.

Ses lèvres effleurèrent ma peau ; il était à ce point proche de moi.

— Je ne peux pas aller chez toi.

— Pourquoi pas ?

Sa voix était si rauque, si profonde.

— Je ne peux pas, c'est tout.

— Ça n'a pas de sens.

— Laisse tomber.

— Tu trembles, grogna-t-il presque.

— Sam, que se passe-t-il ? demanda tout à coup Maggie.

— Rien, soupira-t-il avant de me serrer plus fort. Appuie-toi sur moi, J.

Je dus le laisser m'aider jusqu'à la banquette. Je lui fis supporter mon poids et il passa un bras autour de ma taille. Il était attentif, se déplaçant lentement, et j'entendis le soupir profond qu'il poussa.

— Sam, peut-être que nous devrions conduire Jory à l'hôpital, offrit Maggie, ses yeux passant alternativement de l'un à l'autre.

— Non, dit-il sèchement.

Il n'y avait pas matière à discussion.

À table, il se glissa sur la banquette à côté de moi après avoir accroché son manteau et prit son menu.

277

— Que vas-tu manger ?

— Je n'ai pas vraiment faim, lui dis-je en m'adossant à la banquette.

— Tu vas devoir prendre des médicaments contre la douleur donc tu dois mettre de la nourriture dans ton estomac.

— Je peux juste…

— Retire ton manteau.

Je levai les yeux au ciel, mais retirai mon manteau, le posant entre nous.

— Pose-le de l'autre côté, je n'ai pas de place.

Je le déplaçai contre le mur et pris une gorgée d'eau que la serveuse nous avait amenée. Après quelques minutes, il comprit que je l'observais et il se retourna pour me regarder.

— Quoi ?

— Y a-t-il autre chose ?

— Que veux-tu dire ?

— Vu que tu n'arrêtes pas de m'aboyer des ordres… Y a-t-il autre chose ?

Son sourire s'étira et devint sexy.

— Non.

— Bien, dis-je en frottant l'arête de mon nez.

— Tu veux des pancakes ?

— Non.

— Une omelette ?

— Je n'ai pas vraiment faim.

Il cogna son genou contre le mien sous la table.

— Je m'en moque.

J'essayai de m'éloigner, mais il posa instantanément sa main sur ma cuisse pour me retenir.

— Je vais te nourrir, fin de l'histoire.

— Tu sais, Sam, tout ce truc de conneries macho que tu…

Son téléphone sonna.

— Attends, dit-il en levant sa main alors qu'il attrapait son téléphone dans son manteau. Allô ? Ouais, dit-il en se levant et en se penchant au-dessus de la table. Je… Attends, patiente un instant.

Il pressa son téléphone contre sa poitrine pour que la personne à l'autre bout du fil ne l'entende pas.

— Mange quelque chose.

— Je n'ai pas faim.

— Tu as toujours faim.

— Pas cette fois, m'écriai-je.

— Mange, m'ordonna-t-il, sa voix ne laissant aucune place à la discussion.

Sauf pour moi.

— Je n'ai pas cinq ans, Sam. Si je te dis que je n'ai pas…

— Si tu ne manges pas, tu vas être malade alors mange.

278

Je fronçai les sourcils en le regardant.

— Ne me regarde pas comme ça, J, bordel, mange !

— Ne jure pas.

— Mange et j'arrêterai.

— C'est stupide, lui dis-je.

— Alors, je suis stupide, mange ! m'aboya-t-il.

— Non.

— Si.

— Non.

— Mange !

— Non.

— Jory, si…

— Ne me dis pas quoi faire, le coupai-je.

— Bon Dieu ! rugit-il et je fus vaguement conscient que les tables autour de nous s'étaient tues. Tout est bon pour te battre contre moi ! Pour l'amour de Dieu, bébé, mange ! me cria-t-il avant de s'éloigner.

Il était exaspéré, mais je m'en fichais. J'ouvris le menu et commençai à le regarder, même si j'étais sûr que j'allais le tuer lorsqu'il reviendrait.

— Jory.

Il n'y avait personne d'autre sur la planète d'aussi agaçant que lui !

— Jory.

J'inclinai le menu pour regarder Maggie de l'autre côté de la table. Je fus surpris par l'expression sur son visage.

— Est-ce que vous allez bien ?

— Non, je ne crois pas, dit-elle d'une voix tremblante. Vient-il de vous appeler 'bébé' ?

— Quoi ? répondis-je automatiquement, ce qui donnait habituellement aux gens les secondes dont ils avaient besoin pour reprendre tout ce qu'ils n'avaient peut-être pas voulu dire.

— Vient-il de vous appeler 'bébé' ?

Les tremblements contenus dans sa voix étaient plus prononcés la deuxième fois qu'elle posa la question.

— Non, lui assurai-je.

— Je pense qu'il l'a fait.

— Non, répétai-je, avec plus de conviction.

— Si… il l'a fait.

Et mon cœur se serra parce qu'il l'avait fait. Je n'y avais même pas pensé parce que, entre nous, entre nous deux, c'était normal. Je n'étais jamais Jory avec lui. J'étais 'J', ou 'bébé' ou 'mon amour'. Cela lui avait échappé, sans qu'il y pense, et maintenant Maggie était assise en face de moi, complètement abasourdie.

— Je suis sûr que c'était un accident.

Elle me dévisagea.

279

— Vous savez, parfois vous regardez quelqu'un, mais vous prononcez le nom de quelqu'un d'autre parce que vous pensiez à elle ou vous parliez d'elle une seconde avant et...

— Il vous a appelé 'bébé'.

— Seulement parce qu'il vous regardait en me parlant.

— Il ne me regardait pas.

— Ouais, mais la minute d'avant, il...

— Ce serait une bonne théorie, excepté qu'il ne m'a jamais appelé autrement que Maggie. Pas Mag comme le fait Dominic, ni Maggie May comme le fait Lily ou même 'poupée' comme son frère Michael. Il n'a pas de petit nom pour moi, mais vous... vous, il vous appelle 'bébé'.

Ses yeux étaient rivés aux miens.

— Pourquoi cela, Jory ?

— Ça lui a échappé. Cela ne veut rien dire.

— Je pense que cela veut tout dire et explique une sacrée quantité de choses.

— Je...

— J'ai eu des rapports sexuels avec cet homme une fois, Jory, une seule fois en quatre mois et...

Je levai une main pour l'arrêter.

— S'il vous plaît, ne me parlez pas de...

— Je le désire tellement que ça me dévore, me coupa-t-elle en ignorant ma supplique. Mais il veut juste me prendre dans ses bras et me câliner et...

— La plupart des femmes aiment ce genre de choses.

— Je veux que cet homme m'emmène au lit et me retourne la tête, Jory et il ne veut pas. Il ne veut tout simplement pas...

Elle se tut, ses yeux me détaillant.

— Et j'ai tout essayé pour... C'est embarrassant de penser à tout ce que j'ai pu essayer.

Je n'avais aucune idée de ce que je devais dire.

Elle toussa.

— Et maintenant que je le vois avec vous. Il vous regarde, il peut à peine retenir ses mains de vous toucher et toute cette scène... vous vous disputiez comme un vieux couple marié.

— Je ne pense pas...

— Et puis le petit nom...

Elle s'arrêta et étudia mon visage.

— Combien de fois avez-vous couché avec lui ?

— Vous vous trompez complètement.

— Je pense avoir mis dans le mille, en fait.

Ses yeux se rivèrent aux miens.

— Sam est gay ?

— Non.

Elle hocha la tête.

— Alors, c'était... par curiosité ?

— Vous faites fausse route, vous avez...

— Oh mon Dieu.

Elle se couvrit sa bouche d'une main.

— C'est pour ça que je ne peux rien déplacer ou jeter tout ce thé qu'aucun de nous ne boit... Il n'a pas simplement couché avec vous, il est amoureux de vous.

Je secouai la tête.

— Non.

— Jory... Je suis si jalouse et vous... si chanceux.

— Je n'ai pas à rester assis ici à vous écouter, dis-je en saisissant mon manteau et en me glissant hors de la banquette.

— Jory, vous devriez rester... Je vais partir.

Mais je ne regardai pas en arrière parce que les larmes étaient venues rapidement, remplissant mes yeux, glissant sur mes joues.

Je pris plusieurs inspirations profondes dehors, devant le restaurant, avant de clopiner vers la rue pour trouver un taxi.

— Que fais-tu ? grogna-t-il derrière moi.

Je m'assurai, quand il me rattrapa, de lui tourner le dos.

— Je rentre à la maison. Retourne à l'intérieur et occupe-toi de Maggie. Elle est toute...

— Parce que je t'ai appelé 'bébé'.

Je relevai brusquement la tête et croisai son regard.

Il avait l'air fatigué tout à coup.

— Je n'ai même pas réalisé que je l'avais dit avant de retourner à la table, quand j'ai vu qu'elle avait l'air d'avoir été giflée ou quelque chose comme ça.

— Je lui ai dit que tu...

— Je sais. Elle m'a répété ce que tu avais dit. J'apprécie.

— Je...

Il s'approcha d'un pas et prit mon menton dans sa main, inclinant ma tête vers le haut.

— Cela n'a plus d'importance. Je suis complètement épuisé.

— Sam, je...

— Allons-y.

Je restai là à le dévisager.

— Elle est rentrée chez elle.

Il indiqua le restaurant d'un geste.

— Pourquoi ?

Son sourire était triste.

— Parce que lorsqu'elle a demandé si j'étais amoureux de toi, j'ai dit oui.

Tout ce que je pouvais faire, c'était le regarder, droit dans les yeux.

— En fait, je pense que ce que j'ai dit, c'était 'Seigneur, Oui'.

281

— Sam, tu ne…

Sa main se referma doucement autour de ma gorge, son pouce glissant sur ma mâchoire.

— Ne sois pas idiot. Bien sûr que je t'aime. Comment ne le pourrais-je pas ?

J'arrêtai de respirer.

Ses yeux étaient si doux posés sur moi.

— Viens chez moi. Laisse-moi prendre soin de toi. S'il te plaît. Je t'en supplie.

Il n'y avait personne d'assez fort sur la planète capable de résister à ça.

— D'accord, dis-je en hochant la tête et il se pencha pour me jeter en travers de son épaule.

— Non… repose-moi !

— Ta cheville est blessée, grommela-t-il en m'administrant une claque sur les fesses avec force. Tais-toi, bon sang, la voiture est juste à côté.

Quand il me lâcha sur le siège et claqua la portière, je restai immobile un moment, le temps qu'il s'installe derrière le volant.

— Quoi ? Qu'y a-t-il maintenant ?

Je fis rouler ma tête pour le regarder.

— Cela va très mal finir. Comme d'habitude.

— Non, grogna-t-il en démarrant la voiture. Pas cette fois.

— Pourquoi non ? dis-je d'un ton las.

— Parce que tout le monde va savoir à propos de toi. Je l'ai déjà dit à mes parents, donc…

— Quoi ? demandai-je, le souffle coupé.

— Ah ! aboya-t-il. Tu ne l'as pas vu venir, hein ? Petit connard arrogant… toujours à penser tout savoir… et boucle-moi cette fichue ceinture !

Je la mis dans un état second sans quitter son profil des yeux.

Après quelques minutes de silence, je lui demandai de m'expliquer ce qu'il avait dit.

— À propos de l'avoir dit à mes parents, tu veux dire ?

— Arrête de faire l'imbécile. Raconte-moi.

— Ouais, donc j'ai tout dit à ma mère à propos de nous – à propos de toi – et elle m'a dit qu'elle était heureuse que je le lui aie dit, mais qu'elle le savait déjà.

Il poussa un rapide soupir.

— Alors je lui ai demandé comment elle le savait et elle m'a répondu que j'étais une tout autre personne lorsque tu étais dans les parages. Elle m'a dit que tu faisais ressortir ce qu'il y avait de meilleur en moi.

Il se tourna pour regarder mon visage.

— Que peux-tu demander de plus ?

J'étais stupéfait et muet. Sa mère m'acceptait, avec lui, nous ensemble ?

— Et mon père m'a dit que tant que tu étais celui que je voulais, il était heureux.

Il m'a dit qu'il t'aimait bien et qu'il m'aimait mieux lorsque tu étais dans le coin.

Il sourit tout à coup et me jeta un rapide coup d'œil avant de reporter son regard sur la route quelques secondes plus tard.

— Mec, je dois être un véritable emmerdeur lorsque tu n'es pas près de moi.

Je réussis finalement à respirer.

— Mon père m'a dit que Maggie était une gentille fille et qu'elle méritait mieux qu'un homme qui était amoureux de quelqu'un d'autre.

Il me regarda de nouveau, plus longtemps cette fois.

— Je ne peux qu'être d'accord.

Je pouvais à peine contrôler mon excitation.

— Alors, ma famille est d'accord, Rachel t'adore et tu sais que Jen est folle de toi aussi, alors… elles sont plus que d'accord et même Michael a été cool… Ce sont eux qui m'inquiétaient le plus, mais…

Il se tut une minute et je ne pouvais qu'imaginer ce qui passait dans sa tête.

— Je… tout ira bien.

— Mais Dominic et…

— Ouais, eh bien, il prendra probablement ses distances, mais je ne peux pas… je veux dire, j'ai essayé à leur façon. J'ai essayé de sortir avec une fille, d'être un de ces gars et de tout avoir comme je l'ai toujours voulu, mais… ça ne va pas.

Je tendis la main pour toucher la sienne et il la saisit instantanément, entrelaçant ses doigts aux miens, la tenant serrée. Nous roulâmes en silence, nous dirigeant vers son appartement et j'étais heureux d'être juste assis à côté de lui. Content d'être avec lui comme il le voudrait ou me permettrait de l'être.

— J'ai couché avec Maggie, mais c'était mal, dit-il d'une voix ébranlée après ces longues minutes de silence. Elle était tellement excitée et je le voyais bien, mais c'est juste que je… je n'étais pas là. Je pensais que je devais essayer… pour être sûr… j'en suis certain maintenant, finit-il en me serrant la main avant de la relâcher.

— Mais…

— Et je sais que j'avais tort, dit-il en s'arrêtant le long du trottoir, garant le SUV en face de son immeuble, à l'endroit où personne ne se garait jamais.

Il était agent de police après tout.

— Et je sais que je ne mérite pas une autre chance, me dit-il en débouclant sa ceinture de sécurité, se tournant dans son siège pour me faire face. Mais tu dois m'en donner une. Tu sais que tu es censé m'appartenir.

J'étudiai son visage et il n'y avait pas ni prise de conscience ni soudaine révélation. C'était tout simplement la vérité et je le savais parce que ça n'avait pas changé. J'étais épris de lui. Je ne pouvais pas passer à quelqu'un d'autre parce qu'il possédait mon cœur. Aucune logique, distance ou période de temps ne changerait le fait que j'étais follement amoureux de l'inspecteur Sam Kage.

— Si tu me renvoies, je reviendrai simplement. Je te veux avec moi tout le temps.

— Et quand comptais-tu me dire tout ça ? Quand t'aurais-je vu si je…

283

— Ce soir… demain… je ne sais pas, J. Je serais venu dès que j'aurais eu le courage de te parler. C'est effrayant de penser que tu vas t'entendre dire non parce que tu es si obstiné, si têtu, si…

Je passai les mains dans mes cheveux.

— Comment aurais-je pu dire non, Sam ? Je…

Il glissa sa main sur ma nuque et me tira vers l'avant pour m'embrasser. Mes lèvres s'entrouvrirent alors qu'il inclinait sa bouche sur la mienne. Il me tenait serré ; sa main fermée dans mes cheveux et il dévorait mes lèvres, les mordant, les suçant. Il avait faim de moi. Je tremblai dans ses bras et j'entendis son grondement de satisfaction lorsque ses mains coururent sur moi – mon dos, mes fesses, le long de mes jambes qu'il tira vers l'avant pour les enrouler autour de lui. Quand il toucha ma cheville, la douleur éclata et j'en perdis mon souffle.

— Oh. Oh, bébé, je suis désolé, m'apaisa-t-il, m'embrassant à nouveau, sa main posée sur ma gorge. Laisse-moi t'emmener à l'intérieur et nous te poserons cette poche de glace.

— Embrasse-moi encore, le suppliai-je en gémissant, me penchant en avant.

— Seigneur ! Tu devrais voir tes yeux. Et ta bouche…

Il s'interrompit pour me dévisager.

— Mon beau bébé… Seigneur ! Je pourrais te regarder toute la nuit.

— Pourquoi ne pas me mettre dans ton lit ?

— Ça aussi, promit-il. Et je ne te laisserai jamais partir.

Il se pencha sur le côté et m'embrassa à nouveau, doucement cette fois, lentement, comme s'il avait tout le temps du monde.

— Oh oui, tu es à moi.

Il sourit avant de me tirer vers l'avant pour me serrer dans ses bras.

— Tu m'as manqué.

Je ne pouvais pas parler à cause de la boule qui s'était formée dans ma gorge. Je posai ma tête sur son épaule, le serrai en retour et pleurai. Les larmes coulaient toutes seules de mes yeux.

— Ahhh, bébé, ne pleure pas.

Il soupira, recula, essuyant mes yeux avec ses doigts.

— Ne bouge pas.

Je le regardai sortir, faire le tour de la voiture par l'avant et ouvrir ma porte pour me regarder. Je ne pouvais pas détacher mes yeux de lui.

Il poussa un profond soupir.

— Je suis désolé d'avoir couché avec Maggie. Tellement désolé… s'il te plaît, pardonne-moi.

Je hochai la tête, lui tendant les bras et il me souleva pour me reposer devant lui.

— As-tu… est-ce qu'il y a eu quelqu'un…

— Non, le coupai-je, ma voix à peine audible.

— Personne dans ton lit depuis moi ?

— Non.

Le soulagement qui s'inscrivit sur son visage était tellement évident qu'il me fit sourire.

— Allez, allons à l'intérieur.

Il me tira purement et simplement contre lui et soutint mon poids, m'évitant d'appliquer toute pression sur ma cheville. Il m'embrassa dans l'ascenseur, devant sa porte et m'agrippa dès qu'il referma la porte de son appartement. Les mains posées sur mon visage, il me regardait en souriant.

— Tu es très heureux, dis-je parce que c'était évident.

— Je me sens bien, confessa-t-il, me prenant dans ses bras pour me poser doucement sur le canapé. Laisse-moi m'occuper de toi.

Je restai assis et le regardai sortir un objet qu'il remplit avec de la glace et de l'eau. Il y avait des tubes qui s'attachaient et qu'il fixa autour de ma cheville. Il parlait en se déplaçant, m'expliquant comment il s'était déchiré le tendon du ménisque et tordu le genou alors qu'il poursuivait un mec dans une ruelle. Le partenaire du gars l'avait poussé alors que son pied était déjà planté dans une clôture. Cela me parut douloureux et il acquiesça en souriant. Quand je fus adossé contre le canapé, mon pied relevé sur des coussins, les tubes d'attache envoyant de l'eau glacée autour de ma cheville, et en train de regarder le feu qu'il avait préparé, je me sentis vraiment heureux. Je l'avais dirigé dans le processus de préparation du thé et il était dans la cuisine quand des coups tambourinèrent sur la porte d'entrée. J'en eus la peur de ma vie.

— Calme-toi, tout va bien, m'apaisa-t-il en sortant de la cuisine pour poser ses deux mains sur mes épaules. C'est probablement Dom.

Et dès qu'il ouvrit la porte, Dominic entra en le bousculant et traversa la pièce jusqu'à moi. Il avait l'air furieux.

— Bordel de merde, Sam, que se passe-t-il ? rugit-il en me pointant du doigt.

— Que veux-tu dire ? demanda Sam en lui souriant et en refermant doucement la porte derrière lui.

— Ne te fous pas de moi !

Sam hocha la tête, vint vers moi et me prit la main. Je ne pouvais cesser de le dévisager.

— Je le garde, Dom. Je n'ai pas le choix.

— Pourquoi ?

— Je...

— Non, attends ! Ne me dis pas... juste... tu plaisantes avec ça ? Sammy.

Il était tout à coup désespéré et je l'entendis dans sa voix.

— Tu ne peux pas être un flic comme ça. Tu ne peux pas tout abandonner pour un putain de cul de pédé ?

Sam laissa tomber ma main et se rua vers son ami. Il empoigna sa veste si fortement que ses jointures blanchirent.

285

— Arrête tout de suite de sortir toutes ces conneries devant Jory. Tu veux partir, vas-y… mais je t'interdis de venir ici, chez moi, pour l'insulter ! Je ne te laisserai pas faire.

Ils se regardèrent en chiens de faïence avant que Sam le repousse.

— Tu n'es pas gay, Sam. Je l'aurais su sinon. Il est impossible que je ne l'aie pas su.

Il poussa un profond soupir, passant ses mains dans ses cheveux.

— Écoute… j'ai essayé avec toi, ma famille, les autres gars, Maggie et tous les autres sans Jory. C'était l'enfer et je me sentais mal absolument chaque jour. Je ne peux plus faire ça, Dom… Je ne peux pas le faire simplement parce que cela met tout le monde à l'aise. Je ne peux pas.

Il regarda Sam, puis moi avant de revenir sur Sam.

— Alors, je ne peux plus être ton partenaire, Sammy. Pas comme ça. Je ne peux pas te regarder foutre en l'air toute ta carrière pour une putain de tapette que tu as ramassée et…

— Fous le camp !

— Tu ferais mieux de demander un changement de partenaire dès demain, Sam ! Demain !

— Fous le camp !

Dominic sortit en trombe, ouvrant la porte d'entrée à la volée, la faisant claquer contre le mur et vibrer sur ses gonds. Je vis Sam aller la refermer doucement, la verrouiller puis éteindre la lumière afin que seul le feu de la cheminée illumine la pièce.

— Je suis tellement désolé, dis-je doucement. Je peux…

Il marcha vers moi, tomba à genoux à côté du canapé et me laissa le toucher, l'attirer plus près et poser mon menton dans ses cheveux.

— Sam, je devrais peut-être…

— C'est exactement comme je pensais que cela se passerait, J, dit-il en soupirant profondément, m'agrippant étroitement, levant la tête pour embrasser ma gorge. Il n'y a pas de surprise avec lui. Ma famille a été une surprise, ils ont été étonnants. Je ne peux pas attendre plus… c'est assez comme ça.

— Mais…

Il rigola, embrassa ma mâchoire, mon menton puis mes lèvres.

— Bébé, si ce que je fais dans mon lit est quelque chose dont il se soucie tellement… je ne sais pas ce que je peux faire. Aurais-je rejeté notre passé si les rôles avaient été inversés ?

Il réfléchit un instant.

— Je ne sais pas… j'espère que non, mais qui sait ? Je ne vais pas rester assis là et le juger, être un hypocrite, parce que c'est quelque chose que j'aurais pu faire. Je vais juste le laisser partir.

— Maggie a dû l'appeler à la seconde où tu es parti.

— Probablement.

— Tu n'es pas en colère contre elle ?

— Contre quoi le devrais-je ? Ce serait sorti à un moment ou un autre, c'est juste arrivé plus vite que je le pensais.

— Et demain ? Qu'arrivera-t-il quand Dominic aura parlé de nous à tout le monde ?

Il se pencha en arrière et me regarda comme si j'étais bête.

— Tu plaisantes ? Il ne va rien dire à personne. Il va juste me laisser demander un changement de partenaire et en rester là. Que je sois gay n'est pas pire que le fait qu'il ne l'ait pas su et qu'il ait été mon partenaire pendant tout ce temps. Les choses resteront calmes jusqu'à ce que je dise quelque chose. Il ne dira jamais que je suis gay. Les gens penseraient qu'il l'est aussi.

Mon soulagement me fit frissonner.

— Oh, merci mon Dieu. Je peux…

— J, dit-il, prenant mon visage entre ses mains et me souriant. Je dois le dire à mon capitaine et nous verrons ce qui se passera après ça. Pour le moment, je veux juste être ici avec toi et ne plus y penser.

Je hochai la tête.

— Je peux m'asseoir avec toi ?

Je craquai. Les larmes coulaient à flots.

— Oh bébé.

Sa voix était douce comme du miel alors qu'il me soulevait et m'installait sur ses genoux, me laissant m'appuyer contre son torse. Il drapa son bras par-dessus mon épaule pour faire de petits cercles sur mon ventre. Son autre main me caressait les cheveux, me rassurant. Ses mouvements étaient destinés à me calmer, à m'apaiser.

— Ne pleure pas, tout va bien se passer.

— Tu dois avoir perdu l'esprit.

— Pourquoi ?

— Un jour tu es hétéro et le lendemain, tu es gay… Seigneur ! Sam, la plupart des gars seraient en train de paniquer. Tu devrais sérieusement être en train de paniquer.

— J'ai eu le temps d'y réfléchir, rigola-t-il.

Et je sentis son rire plus que je l'entendis alors qu'il m'embrassait la tempe, faisant courir sa main sur ma gorge, sous le col de mon pull pour toucher ma peau nue.

— Nous nous sommes pris la tête assez souvent pour savoir qu'avec toi dans les parages, je vais bien.

Je frissonnai.

— Tu sais que je t'aime, hein ?

— Oui, J, je le sais.

Je pris une profonde inspiration et fermai les yeux.

— Je t'aime, Jory.

J'aurais pu mourir heureux ici et maintenant.

Nous décidâmes que, puisque nous étions chez lui, il ferait un sac et nous conduirait à mon appartement. Il partirait de là dans la matinée. Il avait offert de me porter sur son dos, mais j'étais déterminé à me débrouiller avec les béquilles qu'il m'avait prêtées. Elles étaient un peu grandes, même s'il les avait réduites au maximum, mais il m'assura que cela fonctionnerait. J'avançai donc vers mon immeuble avec lui à mes côtés, bâillant de façon spectaculaire.

— Pourrais-tu arrêter ça ? râlai-je.

— Quoi ? me taquina-t-il.

J'essayai de froncer les sourcils, mais il était si beau avec son sourire qui illuminait ses yeux, le coin de la lèvre légèrement recourbée, sa barbe de deux jours et ses cheveux ébouriffés. Il était ébouriffé d'avoir dormi avec moi, de m'avoir prouvé qu'il pouvait être prudent quand il me faisait l'amour. Il avait enveloppé mes jambes autour de sa taille et supporté mon poids sur ses genoux sans toucher une seule fois ma cheville. J'avais insisté pour que nous consommions nos retrouvailles, malgré ses objections.

— Je ne veux pas te blesser, avait-il dit lorsque je m'étais étendu sur le canapé pour poser ma tête sur ses genoux.

— Tu ne le feras pas, avais-je répondu en tendant une main pour toucher son visage et faire glisser mes doigts sur sa mâchoire. Mais j'ai envie de toi.

— Oh ouais ?

— S'il te plaît.

— D'accord, bébé, avait-il dit de sa voix basse et rauque.

Je l'avais laissé m'écarter de ses genoux et l'avais regardé dénouer ma cheville et me libérer de l'appareil. Il avait un bandage élastique et travailla de façon méthodique quand il me le mit, s'assurant qu'il n'était pas trop serré, massant la crampe de mon autre mollet, faisant travailler ses mains puissantes le long de mes jambes jusqu'à mes cuisses. Lorsque je m'étais redressé, j'avais courbé le dos pour lui, il m'avait soulevé et porté dans son lit. J'étais coincé sous lui et lorsqu'il m'avait embrassé, j'avais gémi bruyamment.

— Je portais un préservatif avec Maggie, J, je te le jure.

J'avais souri devant ses yeux assombris par la passion.

— Et alors ?

— Je suis allé me faire tester après et je sais que cela ne se montre pas aussi vite, mais je suis sain et…

— Et alors ? répétai-je. Tu veux juste que je te laisse…

— Oui, s'il te plaît… Laisse-moi.

Je l'avais regardé dans les yeux et j'avais vu sa mâchoire crispée et la façon dont il avait dégluti, entendu son souffle court.

— Bébé, je te jure que je…

— Je te fais confiance plus qu'en personne d'autre, Sam.

Il m'avait lancé un regard comme je n'en avais jamais vu avant chez lui, un regard d'amour – de capitulation, de désir douloureux et de bonheur tout à la fois. J'étais si heureux d'être avec lui, avec l'homme avec qui je passerais le reste de ma vie.

— Je vais être si doux, bébé.

— Tu n'as pas besoin d'être doux *à ce point*, l'avais-je taquiné.

Et le baiser que j'avais reçu m'avait fait frissonner, il m'avait transpercé si vite et fort qu'il avait provoqué une vague de chaleur qui m'avait fait crier.

— Les sons que tu fais lorsque tu es heureux… avait-il grondé contre ma bouche. Tu me tues.

Mon désir m'avait consumé et le sien également. Il était impossible de renier la connexion qui existait entre nous, aussi tangible qu'elle soit. Sa peau contre la mienne était brûlante.

— Bonjour !

Je relevai brusquement la tête et je compris que j'étais perdu dans ma rêverie.

— Je vais te porter si tu ne te dépêches pas, me menaça-t-il en fronçant les sourcils. On se gèle ici, J.

J'essayai de ne pas sourire lorsque je le dépassai en boitillant.

— J'espère que tu as quelque chose à manger là-haut parce que je meurs de faim.

— Je n'ai rien, en fait. Pourquoi n'irais-tu pas chercher quelques plats à emporter chez le Cubain d'à côté, le temps que je monte l'escalier ? Donne-moi le sac.

Il éclata de rire.

— Ouais, c'est vrai, comme si tu pouvais utiliser des béquilles et porter un sac. Je te retrouve là-haut. Qu'est-ce que tu veux ?

— Juste un peu de poulet avec du riz.

— D'accord, dit-il en se penchant en avant, m'embrassant sur le front avant de s'en aller.

Devant l'escalier, je compris que Sam me portant était probablement le meilleur des scénarios. J'avais l'impression de me trouver devant l'Everest au lieu des deux volées de marches que cela représentait vraiment. J'étais en train de souffler au sommet de la première partie lorsque j'entendis Sam siffler derrière moi.

— Besoin d'aide ?

— Va te faire foutre, Kage.

Il me dépassa pour venir se tenir devant moi, baissa son épaule et me bascula sur elle.

— Sam ! me plaignis-je alors qu'il faisait ce qu'il faisait toujours et me donnait une claque bien sentie sur les fesses. Repose-moi, le sang afflue à…

— Non, me coupa-t-il en me faisant rebondir sur son épaule pour me prouver sa domination, me portant moi et mes béquilles en haut de la deuxième volée de marches.

Quand il me déposa devant ma porte, je levai immédiatement les bras autour de son cou pour l'attirer vers moi.

Il approfondit le baiser, prenant tout ce qu'il voulait de moi, complètement en contrôle. Je savais qu'il aimait que je sois soumis. Exercer son pouvoir sur moi l'intoxiquait. C'était un rôle qu'il comprenait et la raison pour laquelle nous allions si bien ensemble. La composante qui faisait de lui l'homme qu'il était et que je

289

ne lui demanderais pas de changer. Il était le partenaire dominant, le mâle alpha ; j'étais son compagnon, c'était aussi simple que ça.

— À quoi es-tu en train de penser ?

— Où est ma nourriture ? le taquinai-je en l'étreignant plus fort.

Il m'agrippa, une main dans mes cheveux, me tenant contre lui, l'autre courant dans mon dos. Il poussa un long soupir de satisfaction, comme s'il pouvait enfin respirer.

— C'est fermé le dimanche. Nous allons grappiller et faire avec ce qu'il y a. Je vais cuisiner quelque chose.

Je grognai et il me pinça les fesses.

— Ouvre la porte.

Lorsque la porte s'ouvrit, il me fallut une minute pour réaliser ce que je regardais. Je n'avais vu un appartement aussi saccagé que dans des films. Je n'avais jamais imaginé à quoi cela pourrait ressembler dans la vie réelle.

— Oh merde, souffla Sam et son arme se retrouva dans sa main avant même que je sois conscient qu'il en portait une. Reste ici pendant que je vérifie les lieux, J.

— Non, attends…

Je tendis la main vers lui, mais il se faufila dans l'appartement sombre, et le petit couloir qui menait à ma chambre. Je me penchai à l'intérieur et allumai les lumières, inondant la salle de séjour et la cuisine alors qu'il revenait dans la pièce principale, rangeant son arme dans l'étui sous sa veste en cuir. C'était marrant qu'il lui ait fallu seulement quelques secondes pour vérifier tout l'appartement ; il était impossible de passer au-dessus du fait qu'il était minuscule.

— La voie est libre, me dit-il. Celui qui était là est reparti depuis longtemps.

Je hochai la tête en frissonnant.

Il m'enveloppa dans ses bras et me serra contre son grand corps dur.

— C'est bon, bébé, tu ne peux pas rester ici. Allons emballer tes affaires, d'accord ?

— Non, Sam, je ne peux pas juste laisser quelqu'un me faire peur et me chasser de…

— Si, tu peux, me dit-il en inclinant mon menton pour pouvoir me regarder dans les yeux. Je ne te permettrai pas de rester ici. Ce n'est pas une option. D'ailleurs, je t'aurais fait emménager chez moi demain, de toute façon. Je n'ai pas l'intention de dormir sans toi, plus jamais.

— Mais, Sam, c'est trop tôt. Nous avons besoin de temps pour…

— Non, nous n'en avons pas besoin, J. Tu n'as pas besoin de temps, alors mets tes idées au clair parce que tu vivre avec moi à partir de maintenant.

— Mais…

— Je vais aller emballer tes affaires et ensuite on s'en va. Assieds-toi pendant que je fais ça.

— Sam…

— Ici, dit-il en indiquant le canapé. Assieds-toi et ne bouge pas.

— Sam…

— C'est un appartement meublé, J. Qu'est-ce que tu as ici que tu aimerais emporter de toute façon ?

— Ce n'est pas le sujet. Je…

— Je peux te coller sur une chaise si tu préfères.

Je me dirigeai vers le canapé et m'assis alors qu'il se dirigeait vers ma chambre.

— Quelle chance que tu m'aies trouvé sur la jetée, hein ? demandai-je à la pièce vide en élevant la voix pour qu'il puisse m'entendre. Et si j'avais été à la maison ?

— Ouais, eh bien tu ne l'étais pas, cria-t-il de l'autre chambre.

— Ouais, mais si je l'avais été ? répondis-je en criant aussi.

— Mais tu ne l'étais pas ! répliqua-t-il à la limite du rugissement.

Je compris d'où venait sa colère. Il était terrifié à l'idée de me perdre.

J'étais heureux alors même que j'étais assis au milieu de mon appartement dévasté. Il m'aimait. J'allais bien.

IL FINIT par m'emmener manger un steak parce qu'il m'avait dit que j'avais besoin de fer. J'avais l'air pâle, me dit-il, et il me commanda donc un filet de bœuf avec une pomme de terre cuite au four, accompagné d'une salade grecque. Je pris une tarte au citron en dessert avec un cappuccino et il me promit toutes sortes de plaisirs charnels quand il rentrerait à la maison. Je n'étais pas d'accord avec la fin de sa phrase, *quand il rentrerait à la maison*, mais je ne fus pas autorisé à discuter avec lui quand il me borda dans son lit avec la télécommande de la télé et une tasse de thé à la camomille. Il devait aller superviser la scène de crime et expliquer pourquoi mes vêtements avaient disparu ainsi que mon ordinateur portable et mes livres. Aucune pleurnicherie, cajolerie ou prière ne l'empêcherait de se rendre à mon appartement alors que les gars de la scientifique se baladeraient chez moi. Je voulais qu'il reste à la maison avec moi et il voulait savoir qui était venu dans mon appartement. Il changea de sujet en me disant à quel point j'avais été intelligent de ne pas avoir acheté un vrai lit : je n'avais rien à mettre en dépôt ou à vendre ou encore à donner. Je n'avais pas réalisé, jusqu'à ce que toutes mes affaires soient de retour chez Sam, que je n'avais jamais rien dépensé pour l'appartement. C'était un endroit où vivre et même si je l'avais aimé et avais été heureux de l'avoir habité, il n'avait été qu'une étape dans ma vie. Ma place était avec Sam et son appartement me donnait l'impression de rentrer à la maison. Il avait raison… j'appartenais à cet endroit.

J'eus droit à un long baiser brûlant avant qu'il relève ma cheville et vérifie la machine qui y était accrochée. Il me montra comment l'éteindre au bout d'une heure et libérer ma cheville. Il me remettrait le bandage élastique quand il rentrerait. Je fis valoir qu'il devrait rester avec moi et il m'ordonna de n'ouvrir la porte à personne. Point final.

— Et si c'est ta mère ?

— Quoi ?

Il s'arrêta à la porte pour me regarder, clairement agacé.

— Est-ce que je peux ouvrir la porte à ta mère ?

— Oui, dit-il rapidement, se tournant pour partir.

— Et Dane ?

— Oh, pour l'amour de Dieu, Jory, tu sais très bien ce que je veux dire !

Je rigolai et il me lança un regard noir avant de s'engouffrer dans le couloir.

— Au revoir ! lui criai-je.

Il revint sur ses pas et m'embrassa, tendrement cette fois, lentement.

Quand il recula, je suivis son mouvement aussi loin que je le pus.

— Reste ici et repose-toi. Arrête de jouer les gamins.

Je fronçai les sourcils et il partit. J'entendis la porte d'entrée se refermer, puis le cliquetis de plusieurs verrous. Il ne prenait aucun risque. Mon téléphone sonna quelques secondes plus tard.

— Salut, soupirai-je, niché au fond du lit.

— Je te conduirai au travail demain matin et je te ramènerai le soir. À partir de maintenant, tu ne vas nulle part sans moi. Tu as compris ?

— J'ai compris, soupirai-je.

J'adorais ça quand il était possessif et me disait quoi faire. Personne d'autre ne s'en préoccupait, à part Dane. Les deux hommes de ma vie qui…

— Oh, merde !

— Oh, merde, quoi ?

— Je dois parler à Dane à propos de toi.

— Et c'est mauvais ?

— C'est plutôt mauvais, oui.

— Pourquoi ?

— Il pense que je perds mon temps avec toi.

— Je vais lui parler. Donne-moi son numéro.

— Est-ce que tu plaisantes ?

Il rit doucement.

— Bébé, je sais que tu as peur de Dane Harcourt, mais crois-moi… pas moi.

Je n'étais pas convaincu de sa bonne santé mentale. Ne pas avoir peur de Dane ?

— D'accord.

Il répéta le numéro et me dit de regarder la télévision ou de commencer mon roman.

— Tu es hystérique, grommelai-je. Dépêche-toi de rentrer.

— Je le ferai, bébé. Je t'aime.

Les mots étaient dits avec tellement de désinvolture qu'ils me déchirèrent littéralement.

— Je t'aime aussi.

Et lorsqu'il raccrocha, je fermai les yeux et attrapai son oreiller. Il sentait comme lui et j'étais heureux d'être allongé là, dans l'appartement douillet à attendre que mon homme rentre à la maison.

JE ME réveillai et me rendis compte que la chambre était sombre. J'étais enfoui sous les couvertures et quand je bougeai, je touchai une masse solide et chaude. Sam était à côté de moi, profondément endormi sur le ventre. Je roulai vers lui, drapant ma bonne jambe sur ses cuisses et lu l'heure sur le réveil de son côté de la table de nuit. Il était un peu plus de quatre heures du matin. Je ne savais pas depuis combien de temps il s'était couché, mais vu la fraîcheur de ses jambes, cela ne devait pas faire bien longtemps. Il devait être épuisé. Il dormait habituellement avec un pantalon de pyjama, mais il était nu. Je ne pus me retenir de le toucher.

— Je suis content que tu sois à la maison, murmurai-je avant de déposer un baiser entre ses omoplates.

Il grogna, mais ne bougea pas.

Je m'éloignai de lui, me remettant sur le dos et fixai le plafond dans l'obscurité, essayant de calmer mon corps. J'avais envie de lui, mais il était fatigué et je devais réprimer mon désir. Quand il se remua, se tournant vers moi, sa main se posant sur mon ventre, je me figeai sous son contact. J'avais des papillons dans l'estomac ainsi qu'une tension familière. Une bouffée de chaleur me traversa. C'était de sa faute. J'avais envie de lui.

— Pourquoi es-tu réveillé ? demanda-t-il doucement, sa main glissant sur ma peau nue, puis sous la ceinture de mon pantalon, puis de mon sous-vêtement pour me toucher, enroulant ses doigts autour de moi.

Je gémis en me cambrant sous sa caresse.

— Ta peau est si chaude, J.

— S'il te plaît, le suppliai-je, bougeant, glissant dans son poing. S'il te plaît, bébé.

Il roula hors du lit et je l'entendis tâtonner pendant que j'arrachais mes vêtements, me déshabillant aussi vite que je le pouvais. Un tiroir s'ouvrit. Je perçus le bruit d'un bouchon, puis il posa sa main sur ma cuisse, me tirant vers l'avant, mes jambes pliées reposant sur ses bras. Ses doigts lubrifiés glissèrent en moi doucement alors que son autre main se refermait sur mon sexe.

— Tu m'as manqué.

Je gémis son nom et je le sentis se tendre avant qu'il glisse profondément à l'intérieur de mon corps. Je n'étais pas préparé au rire qui vint instantanément.

— Pourquoi es-tu…

— C'est simplement que c'est si bon. Je suis un tel idiot.

— Sam ?

Il poussa à nouveau, s'enfonçant en moi et je criai, m'accrochant à lui, désirant qu'il aille plus loin, plus fort. Les sensations étaient exquises et désirées.

293

— Seigneur ! J, pourquoi ai-je été aussi stupide ? Pourquoi t'ai-je laissé partir alors que je t'aime tellement et que je ressens tout ça quand je t'ai dans mon lit ? Seigneur, je suis vraiment idiot.

Je l'attirai vers moi pour l'embrasser alors que mon orgasme se rapprochait.

— Tu es amoureux de l'idiot du village, souffla-t-il contre ma bouche.

— Tu n'es plus un idiot, lui assurai-je en cambrant le dos, pouvant à peine respirer alors que je frémissais et ruais sous lui.

Je sentis sa main glisser sur mon ventre et caresser les muscles tendus.

— Non, je ne le suis plus, acquiesça-t-il, instaurant un rythme qui me m'arracha des halètements au lieu de mots. Tout le monde va savoir que tu m'appartiens.

Ce qui était tout ce que j'avais toujours voulu.

— Tu m'as tellement manqué.

Quand je gémis, il me serra contre lui et je pensai, juste une seconde, que j'étais mort. Ce n'était certainement pas possible de se sentir aussi bien et d'être toujours en vie. Il me dit que j'avais besoin de m'habituer à cette sensation. Il n'allait nulle part et faire l'amour avec lui allait être épuisant.

J'étais prêt à relever le défi.

VIII

IL M'AVAIT appelé pour me dire de l'attendre au travail, alors j'étais toujours là à dix-neuf heures trente lorsqu'il entra et s'écroula sur le canapé rembourré qui se trouvait dans un coin de mon bureau. Je restai là à le contempler. Il passa ses mains dans ses cheveux et lentement laissa rouler sa tête sur le côté pour me regarder.

— Parle-moi, dis-je doucement, contournant mon bureau pour m'asseoir sur le bord de celui-ci.

— Mon Dieu, quelle journée bizarre.

Je restai respectueux parce que je savais ce qu'il venait d'affronter, la fin à son partenariat.

— C'était dur, hein ?

— On peut dire ça, souffla-t-il. Et tu peux même dire surréaliste si tu veux.

Je le dévisageai.

— Tu peux m'expliquer ça ?

Il poussa un profond soupir alors qu'il étirait son grand corps, laçait ses doigts derrière sa tête et croisait les chevilles, jambes tendues devant lui.

— Eh bien, pour commencer, ce matin, je suis directement allé voir mon capitaine pour lui parler et lui demander un nouvel coéquipier, mais avant même que je puisse lui expliquer pourquoi, avant même que je puisse sortir un mot à ton sujet, il a passé un appel et j'ai dû aller me présenter à la DAI.

— Qu'est-ce…

— Division des Affaires Internes, ils surveillent les flics. C'est leur boulot.

— D'accord. Alors qu'est-ce qu'ils te voulaient ? Dom n'a pas dû leur parler de…

Il secoua la tête.

— Non, bébé. Ils n'étaient pas intéressés par moi. Ils voulaient des renseignements sur Dom.

Je le dévisageai.

— Tu te souviens lorsque je t'ai dit que sa maison était vraiment sympa… eh bien, je suppose que je ne savais pas à quel point, mais elle l'est vraiment. Il s'avère qu'il touchait des pots-de-vin depuis le premier jour. Il est la taupe de notre service. C'est lui qui a dit à Roman où trouver Brian. C'est lui qui leur a dit où te trouver.

— Oh merde !

— Oh ouais.

Il esquissa un sourire.

— La petite invasion à son domicile, tu te rappelles, tu étais là ? Eh bien, il s'avère que c'était l'œuvre d'un des gars qui payait Dom pour ses renseignements et qui voulait lui envoyer un message.

— En faisant quoi ? En le tuant ?

— Je n'en ai aucune idée. Je viens d'apprendre maintenant, après ma rencontre avec la DAI, qui ils étaient.

— Dom travaille-t-il toujours ?

— Non, ils l'ont mis en congé en attendant les résultats d'une enquête approfondie.

— Qu'a dit ton capitaine ?

Il poussa un profond soupir, ferma les yeux pendant une longue minute avant de les rouvrir, seulement pour regarder le plafond.

— C'était tellement bizarre... Je veux dire, il était tellement heureux lorsque j'ai demandé un nouvel coéquipier aujourd'hui. Je suppose qu'il a dû dire à la DAI que j'étais clean, mais à cause de Dom, ils auraient aussi enquêté sur moi, mais comme j'ai... c'est comme si cela m'innocentait et...

— Mais tu l'es !

— Ouais, mais cela aurait pu tellement mal se passer. Et c'est le cas parce que, en gros, je suis à l'écart et je ne peux pas parler à Dom... il fait l'objet d'une enquête et ils l'ont arrêté donc il est au courant, et seigneur, quelle journée !

— Est-ce que les autres te regardent comme si tu étais un trafiquant ?

— Non. J'étais son partenaire, tout le monde me regarde comme si je savais qu'il était pourri, mais que je lui étais loyal. Ils s'imaginent que finalement c'est allé trop loin et que j'ai demandé un changement de coéquipier, rien d'autre. Tout le monde pense que j'ai bien fait en gardant son secret, que je voulais juste arrêter les frais, tu vois ? Je reçois le traitement d'un héros.

— Alors où tout cela te laisse-t-il ?

— Eh bien, ça me laisse plutôt tranquille. Tout ce que Dominic dira sur moi, personne ne voudra le croire, et demain j'aurai un nouveau partenaire, Ricky da Silva. Il vient du service des homicides.

— Tu le connais ?

— J'ai entendu parler de lui et c'est un bon flic. Nous avons parlé aujourd'hui et il m'a dit qu'il était excité de travailler avec moi. Je l'amènerai ici demain pour te le présenter.

— Pourquoi ?

— Parce que s'il a un problème avec nous, j'ai besoin de le savoir tout de suite, parce que tu dois être cent pour cent honnête avec ton partenaire. J'ai fait l'erreur de ne pas dire à Dom ce qui m'arrivait. Je ne la répéterai pas.

Je traversai la pièce et m'avançai entre ses jambes. Il attrapa ma main, inclinant la tête pour pouvoir me regarder dans les yeux. Je voulais le réconforter.

— Je suis désolé que tu...

— Et j'ai pu déjeuner avec Dane.

Le temps s'arrêta.

Il me sourit.

— Est-ce que tu m'as entendu ?

Manifestement, non.
— Excuse-moi, quoi ?
Il rigola sèchement.
— Tu m'as bien entendu. J'ai déjeuné avec le grand homme.
— Vraiment ? coassai-je alors qu'il m'attirait sur ses genoux.
Je passai les jambes de chaque côté de ses cuisses, chevauchant ses hanches.
Il caressa mes fesses avant d'installer ses mains sur mes hanches.
— Oui, bébé, je l'ai fait et ça a été éreintant, permets-moi de te le dire. Il n'y a que pour toi que j'affronterais tout ça.
— Pourquoi ? Quoi ?
— Il est bon, tu sais ? Je dois bien lui reconnaître ça. Je pourrais lui demander de m'accompagner la prochaine fois que j'interrogerai un témoin.
— Oh, compatis-je en prenant son visage entre mes mains et en lui relevant le menton pour pouvoir me pencher et l'embrasser.
Il écarta les lèvres et je glissai ma langue dans sa bouche pour le goûter.
— Mon Dieu, oui, gémit-il. Je le mérite tellement après cette putain de journée.
Je souris contre sa bouche et il recula pour me regarder.
— Nous dînons avec lui demain soir.
— Avec Dane ?
— Ouais.
— Je suis tellement désolé, dis-je en riant, embrassant ses yeux, l'arête de son nez, ses sourcils, ses joues et ses lèvres tandis qu'il souriait malicieusement.
— Ça ira, bébé.
Il soupira lourdement.
— C'est une formule 'tout compris'. Je ne peux pas t'avoir sans lui, et comme j'ai l'intention de te garder, je dois traiter avec Dane Harcourt.
— Tu as l'air ravi.
— C'est un fils de pute arrogant, dit-il fermement. Et il est foutrement possessif et protecteur envers toi et aujourd'hui il était juste... il était tellement inquiet que je te fasse du mal que... il m'a menacé et je n'ai eu qu'une envie...
— Tu voulais le tuer ?
— Je voulais le remercier.
Il me regarda en souriant.
— Parce qu'il prend tellement bien soin de toi.
— Ahhh, Sam.
Je l'embrassai à nouveau.
— C'est gentil.
— Il va vendre l'appartement pour toi, J et te donner l'argent. Il a dit qu'il était à toi.
— Nous verrons. Je lui parlerai de...
— Tu pourras tirer tout ça au clair demain.
— Pourquoi ne pas aller le voir ce soir ?

297

— Ce soir, il va voir Carmen. Elle est sexy ?

— C'est un opéra, lui répondis-je en souriant.

Il me pinça les fesses avec force.

— Je le sais, crétin. Je ne suis pas idiot à ce point.

Je me penchai en avant et enroulai mes bras autour de son cou, enfouissant mon visage dans son épaule.

— Je t'aime.

— Je sais, dit-il en me serrant, ses mains caressant mon dos. C'est la seule chose qui m'a fait tenir toute la journée…

Je reculai pour le regarder dans les yeux.

— … savoir que je te reverrais à la fin de celle-ci.

Les mots qui sortaient de sa bouche étaient incroyables.

— Tu vibres.

Il me sourit de ce sourire en coin que j'aimais, celui qui court-circuitait mon cerveau.

— Quoi ?

— Ton téléphone, idiot.

Je grognai et me relevai.

— Sympa.

— Reviens, dit-il en me tendant la main.

Je me détournai et répondis.

— Allô ?

— Froussard.

— Quoi ?

— M'envoyer ce pauvre homme ici tout seul pour déjeuner avec moi et discuter de son avenir avec toi. Tss, tss.

— Je n'ai envoyé personne nulle part, dis-je à Dane. Je l'aurais accompagné.

— Cela n'aurait pas été souhaitable. Il m'aurait été impossible de garder mon objectivité si tu étais venu.

— Comme si tu étais objectif.

— Je l'étais.

Je souris au téléphone.

— Il a dit que ça avait été brutal.

— J'ai été poli.

— Je sais ce que tu penses… cela veut tout dire et il… je…

— Tu l'aimes, je sais.

— Est-ce que c'est là que tu me dis que si ça va mal la prochaine fois, tu ne seras pas là pour m'aider à m'en sortir ?

— Je me moque de savoir combien de fois les choses tournent mal, je serai là.

Tous ceux qui comptaient dans ma vie étaient incroyables aujourd'hui.

— Ouais ?

— J'aimerais cependant que tu considères la possibilité que ton cœur se lasse. Tu n'as pas à agir comme un idiot sous prétexte que tu en es un.

— Cela n'a aucun sens et tu joues les sales types là tout de suite.

Il grogna.

— Dane, je…

— Écoute, soupira-t-il. Demain, les Reid arrivent en ville, du Texas. Je t'attends, avec ou sans l'inspecteur, à mon appartement à dix-neuf heures précises. Nous prendrons un verre puis nous irons dîner au Dancing Bull à vingt heures.

— D'accord.

— Répète ce que j'ai dit.

— Oh, pour l'amour de Dieu, j'ai entendu ce que…

— Vraiment ?

— Je n'ai pas cinq ans, Dane. Je t'ai entendu et j'ai réellement écouté ce que tu as dit.

Il grogna comme s'il ne me croyait pas.

— J'ai écouté, un verre à dix-neuf heures, dîner à vingt heures. Compris. Dancing Bull, donc je sais quoi porter.

— Porte un des costumes que je t'ai acheté à Noël.

— Je ne suis pas une poupée Ken, tu sais.

Il se moqua de moi.

— Bien sûr que tu l'es. Assure-toi que l'inspecteur porte un costume lui aussi.

— Je le ferai.

— Possède-t-il un costume ?

— Mon Dieu, tu es tellement snob.

— Non, je veux juste savoir à quoi m'attendre.

— Nous serons tous les deux correctement vêtus, lui assurai-je.

— Excellent.

— Est-ce que c'est tout ?

— C'est tout.

— Hé, as-tu été chanceux l'autre soir après la balade 'artistique' ?

— Cette question est à la fois grossière et odieuse.

Je souris au téléphone.

— Bonne nuit, dit-il rapidement.

— Bonne nuit.

— Eh bien ? demanda Sam lorsque je le regardai par-dessus mon épaule. Qu'avait à dire le grand homme ?

— Nous devons aller dîner avec lui demain soir.

— Je te l'ai déjà dit.

— Ce ne sera pas que nous trois.

— Je sais, ses parents biologiques. Je te l'ai déjà dit aussi.

Je lui souris.

— Ça va être un choc, dit-il en me souriant d'un air narquois.

299

— Tu seras présenté à quelqu'un comme mon partenaire pour la première fois. Es-tu prêt pour ça ? lui demandai-je en le regardant droit dans les yeux.

J'attendis sa réponse.

— Je suis prêt, dit-il en se levant, me faisant signe d'approcher. Prends tes affaires, je veux rentrer.

Lorsque mon sac fut prêt et que je le retrouvai à la porte, il le prit et le mit sous son bras avant de passer l'autre autour de mon cou, m'attirant près de lui.

— Je suis ton homme, J. Tu m'appelles comme tu veux.

Il savait définitivement ce qu'il fallait dire.

ALORS QUE nous traversions le centre-ville, je regardais les gens marcher dans la rue à travers ma vitre et je me demandais, comme je le faisais toujours, quelle était leur vie.

— Puis-je te poser une question ?

— Bien sûr, dis-je en bâillant et en me tournant vers lui.

— Qu'est-ce qui te donnerait envie de rester à la maison avec moi au lieu de sortir et de te trouver un mec différent chaque soir ?

Je me sentis froncer les sourcils.

— Ne me regarde pas comme ça, réponds juste à la question. Parce que quand j'avais vingt-deux ans, J…

— J'ai vingt-trois ans.

— Peu importe. Lorsque j'avais vingt-trois ans, j'étais du genre continuellement en rut. J'avais l'habitude de sortir tous les soirs, en boîte ou dans des bars et je ne ramenais jamais deux fois la même personne.

— Tu étais un grand joueur, constatai-je.

— Ouais, je l'étais. J'avais vingt-trois ans. Tu es censé profiter de ta jeunesse à cet âge-là afin de ne pas essayer de la retrouver lorsque tu atteins la quarantaine ou la cinquantaine.

— Je vois.

— J'ai pour théorie que les gars qui passent par une crise de la quarantaine le font parce qu'ils n'ont tout simplement pas assez profité de leur jeunesse quand ils le pouvaient, tu vois ? Comme mon père, c'était un vrai coureur avant de rencontrer ma mère, mais il en avait profité et il n'a jamais fait de crise de la quarantaine. Il n'a jamais ressenti le besoin de s'acheter une Porsche ou de divorcer pour une blonde de l'âge de ses filles. Je pense que cela vient du fait d'en profiter quand tu es supposé le faire.

— D'accord.

— Donc ma question pour toi est celle-ci : est-ce que cela va te manquer de ne plus sortir avec tes amis ou…

— Je peux encore sortir avec mes amis, lui assurai-je. Si tu veux venir danser avec moi, aller au cinéma, sortir dîner, ou m'accompagner à des soirées jeux, tu peux – tu es cordialement invité. Si tu ne veux pas, je ne vais pas te supplier. Tu as tes amis et j'ai les miens. Ils pourraient même ne pas s'entendre.

— Tu continueras à sortir ?

— Pourquoi pas ?

— Dans des clubs pour...

— Je peux avoir envie d'aller danser, Sam. J'aime ça. Si je veux y aller et que toi tu ne veux pas venir avec moi, j'irai tout seul. Mais j'ai quelques très bons amis qui me comprennent. Ils me connaissent et si je leur dis que je suis avec toi, ils le respecteront. Lorsque tu les rencontreras, tu comprendras.

Il laissa échapper un profond soupir.

— Je ne veux pas que tu m'en veuilles dans quelques années parce que je t'aurais empêché de faire tout ce que tu aurais voulu.

Je posai une main sur sa cuisse et il la recouvrit immédiatement de la sienne, glissant ses doigts entre les miens.

— J'ai été seul longtemps, Sam et j'ai couché avec ma juste part d'étrangers. Je ne veux plus faire ça. Je n'ai pas besoin d'un nouveau tour, j'ai besoin d'un foyer.

— Un nouveau tour ?

— Tu sais, comme un coup d'un soir.

— D'accord et je suis un top, c'est ça ?

Je lui lançai un coup d'œil.

— Tu plaisantes ?

— Non, pourquoi ?

— Sam, qu'est-ce qui te prend avec tes questions genre 'Gay pour les Nuls' ?

— Je demande parce que je ne sais pas.

— D'accord, pour ton information, tu es un top.

— Et qu'est-ce que cela fait de toi ?

— Un passif, dis-je comme s'il était monté dans le minibus scolaire.

Il hocha la tête.

— Nous pourrions changer les rôles, si tu veux, dis-je en souriant malicieusement.

— Non, je ne crois pas. J'aime les choses telles qu'elles sont.

— Oh, j'en suis sûr, dis-je en regardant par la vitre.

— Pas toi ?

— Ne sois pas idiot, soupirai-je en me tournant pour regarder son profil. Tu sais que les choses telles qu'elles sont me conviennent parfaitement.

Il garda les yeux fixés sur la route.

— Je le sais, oui.

— Tu sais que j'ai beaucoup d'amis qui ont des relations ouvertes.

— Ce qui veut dire ?

— Ce qui veut dire qu'ils vivent avec quelqu'un, mais qu'ils ont encore des aventures chacun de leur côté.

— Et ?

301

— Et pour que tu le saches… je ne suis pas comme ça.

— Bien, parce que cela ne se passera pas de cette manière. Tu n'appartiens qu'à moi.

Je détournai les yeux pour qu'il ne me voie pas sourire.

— Regarde-moi.

Je me retournai pour voir qu'il me dévisageait. Je n'avais pas réalisé qu'il s'était arrêté.

— Je veux juste être sûr que c'est ce que tu veux, J, parce qu'après ça, nous allons rendre notre relation permanente. Je veux dire, j'ai pris ma décision, mais tu dois être d'accord aussi.

Je compris que c'était sa façon de fonctionner. Il avait lutté avec le problème, puis la solution, les 'oui' ou 'non' pour prendre une décision, suivis par l'acceptation de toutes les parties concernées. Il aimait instaurer des bases solides avant d'avancer. Après cela, il n'y avait aucun retour en arrière possible.

— Je suis d'accord, Sam.

Il posa sa main sur ma nuque et me tira en avant pour m'embrasser à en perde haleine. Je dus reculer pour reprendre mon souffle. Il afficha un sourire malicieux, très content de lui.

— Tu as l'air très heureux, dis-je d'une voix douce pour empêcher qu'elle se brise.

— Parce que je le suis, m'assura-t-il, passant le dos de ses doigts le long de ma gorge avant de reprendre soudain sa place derrière le volant et d'insérer le SUV dans la circulation. Allons manger, je meurs de faim.

NOUS FINÎMES dans une supérette où nous commandâmes deux sandwichs extrêmement bien garnis avant de repartir. Il me raconta combien il était frustrant, dans tout le désordre de mon appartement, qu'ils n'aient relevé aucune empreinte digitale, ni aucun cheveu, ni le plus petit des indices qui aurait pu servir de preuve qu'il y ait même eu un intrus. Dire que c'était l'œuvre d'un pro était un euphémisme et quand je le pressai pour savoir s'il avait des idées quant à la personne qui avait fait ça, il n'y eut rien qu'il voulut partager. J'étais assez sage, même en ayant passé peu de temps ensemble, pour ne pas insister. Je m'apprêtai à lui poser quelques questions supplémentaires à propos de son nouveau partenaire quand son téléphone sonna. Je fus surpris lorsque le mien sonna également une seconde plus tard.

— Allô ?

— Jory ?

— Ouais.

— Jory, c'est Jen.

— Oh.

Je jetai un coup d'œil à Sam qui était en train d'écouter très attentivement la personne qu'il avait en ligne.

— Hé, comment vas-tu ? Je ne savais pas que tu avais mon...

— Jory, j'ai besoin que Sam et toi veniez chez moi tout de suite.

— Es-tu...

— Je vais bien, j'ai juste besoin de soutien.

Elle était au bord des larmes ; je l'entendais dans sa voix.

— J'ai tout dit à Mitch et il est parti et... ensuite j'ai appelé Kurt et... pourriez-vous juste venir ?

— Bien sûr, dis-je pour l'apaiser. Nous arrivons tout de suite.

— Merci, à tout de suite.

— D'accord, promis-je avant qu'elle me raccroche au nez.

— C'était qui ? me demanda-t-il en bâillant.

— Jen, dis-je rapidement. Et toi ?

— Ma mère, soupira-t-il profondément. Elle veut que j'aille chez Jen.

— Parfait, dis-je en lui souriant. C'est là que Jen veut que nous allions aussi.

— Nous n'y allons pas, dit-il en me lançant un regard noir.

— Oh que si nous y allons, rétorquai-je en pensant qu'il plaisantait. Jen a besoin de nous. Donc nous y allons.

— Nous n'y allons pas, point final, m'assura-t-il.

Je hochai lentement la tête.

TANDIS QUE nous nous garions devant la maison de Jen à La Grange, j'ouvris immédiatement ma portière.

— Attends ! gronda-t-il.

Je tournai la tête et lui adressai le regard le plus exaspéré dont j'étais capable.

— Tu sais quoi, dit-il en me pointant du doigt. Tu as de la chance que j'aie cédé et amené ton cul jusqu'ici.

— Cédé ? dis-je d'un ton sec avant de descendre et de claquer la porte aussi fort que je le pus.

Je me retournai pour me diriger vers la maison.

— Veux-tu bien m'attendre ? rugit-il en faisant le tour de la voiture.

Je boitai jusqu'à la clôture et me penchai lorsqu'il arriva à côté de moi sous le poids de sa lourde main se posant sur mon dos.

— Mon Dieu, tu es tellement têtu !

Je grognai en me rendant compte que j'aurais dû utiliser les béquilles. Ma cheville était encore très douloureuse.

— Laisse-moi t'aider, s'il te plaît ?

Je haussai les épaules. Il passa mon bras par-dessus son épaule et m'attira contre lui. Je fus surpris lorsqu'il se pencha pour m'embrasser sur la tempe.

— C'était pour quoi ça ?

— Tu es un véritable emmerdeur, J, mais ton cœur est à la bonne place. Et te voir en rogne est très mignon.

303

Je fronçai les sourcils.

— Je ne suis pas mignon.

— Si, tu l'es.

Il embrassa le bout de mon nez.

— Ton visage devient tout rouge et tu fronces le nez. C'est adorable.

Je levai les yeux au ciel et décidai de l'ignorer.

— Je t'aime.

Ce qui me fit fondre. Mon indignation outragée n'avait aucune chance face à la chaleur dans ses yeux et son sourire en coin, ses fossettes qu'on ne voyait que lorsqu'il souriait et la façon dont il me regardait. Et ses mots, il me tuait littéralement avec ses mots.

— Le chat a mangé ta langue, bébé ?

Il se pencha et m'embrassa, s'abreuvant de mon souffle et me tenant serré.

Je m'accrochai à lui et quand il recula, je ne pus détourner mes yeux des siens.

— Je me sens si bien, soupira-t-il avant de m'attraper et de me jeter sur son épaule.

— Tu sais que ça commence à être vu et revu, rouspétai-je en lui claquant les fesses.

— J'aime ça, dit-il en haussant les épaules, et je n'en eus aucun doute.

Quand nous atteignîmes le porche, la porte s'ouvrit. Regina Kage se tenait dans l'encadrement avec la lumière l'éclairant de derrière. Au lieu de tendre les bras vers Sam, elle me les tendit, me prenant par la main pour me faire entrer.

— Jory, c'est si bon de vous revoir.

Je lui souris alors qu'elle ouvrait les bras. C'était tellement mieux que ce que j'avais imaginé. Je l'étreignis si fort qu'elle couina, puis elle m'embrassa à son tour, lissant mes cheveux et imprimant de cercles entre mes omoplates.

— Merci d'être venu. Jen a vraiment besoin de soutien.

Elle me laissa entrer et s'occupa de Sam, enroulant ses bras autour de lui alors que je boitillais vers le salon.

Jen était assise sur le canapé avec Rachel à ses côtés. Michael était installé dans le fauteuil opposé, regardant du football avec son père. Il y avait des sandwiches sur un plateau posé sur la table basse, avec des frites et des sauces dans des assiettes en carton. Tous les yeux étaient fixés sur moi alors que j'entrais dans la pièce.

— Viens ici à côté de moi, dit Jen rapidement en tapotant l'espace près d'elle.

Je retirai ma veste et j'avais presque atteint la table basse lorsque Thomas se leva pour me faire face.

— Jory.

— Monsieur.

— Écoutez, commença-t-il lentement, d'une voix basse. Vous comprenez que ce n'est pas le choix que j'aurais fait pour mon fils… mais je ne l'avais jamais vu non plus se comporter de la façon dont il le fait quand vous êtes avec lui. Je veux être son ami, Jory, et pas simplement son père. Je ne peux pas avoir ce que je veux sans rien lui donner en retour.

Je ne pouvais détourner mes yeux de lui. Les parents de Sam étaient incroyables. Je compris à cet instant à quoi ressemblait l'amour inconditionnel.

— Le fait que vous soyez venu lorsque Jen vous a appelé... cela en dit long aussi. La famille est importante, Jory, elle doit vous aimer quoiqu'il arrive.

Je hochai la tête.

— Oui ?

— Oui, m'sieur.

Il me tapota l'épaule.

— Brave garçon. Allez-y, dit-il en m'indiquant le canapé.

Je jetai un coup d'œil vers Michael et il me fit un signe de la tête.

— Jory.

— Michael.

— C'est bon de vous revoir. Vous nous avez manqué pendant les vacances.

Il soupira et reporta son attention vers le téléviseur.

— Pas vrai les filles.

— Oh oui, dit Rachel en me souriant.

Elle attrapa ma main en se levant pour me m'étreindre.

— Sammy a été tellement bête... je me sentais si désolée pour cette pauvre fille, Maggie.

— Ouais, renifla Jen, souriant à travers ses larmes. C'était si évident qu'il n'était pas attiré par elle.

— Elle était collante et demandeuse d'attention, dit Rachel en frissonnant et en me serrant une dernière fois avant de me libérer. Je lui ai offert un Valium.

Jen se mit à rire avant d'enfouir sa tête dans ses mains. Lorsque je m'assis à côté d'elle, elle se tourna vers moi et je l'enveloppai dans mes bras, la tenant serrée pendant qu'elle sanglotait.

— Que s'est-il passé ?

— Elle a tout dit à Mitch à propos de Kurt et elle, soupira Rachel en tapotant doucement le dos de sa sœur. Et devine quoi ?

Elle me regarda droit dans les yeux.

— Il se tapait sa comptable depuis les six derniers mois.

— Non sérieusement ?

J'étais stupéfait.

— Oh, ouais, sérieusement.

Elle secoua la tête.

— Il était tellement soulagé qu'il lui a tout laissé dans sa demande de divorce : la maison, la voiture, leurs biens... il veut juste partir.

— Et les filles ?

— Il veut la garde conjointe, mais cela ne devrait pas être un problème.

— Alors...

Je laissai traîner le mot, en faisant une question, regardant Rachel.

— Pourquoi tout ça ?

— Kurt, dit Rachel à voix basse. Il va rester avec Rita. Elle lui a pardonné et ils vont se donner une deuxième chance.

— Mais je pensais que Kurt aimait Jen ?

— Apparemment il aime encore plus son statut social.

— Je ne comprends pas.

Jen s'écarta pour me regarder dans les yeux.

— Jory, Kurt était pauvre lorsqu'il a épousé Rita. Il travaille dans la compagnie de son père. Il en est le vice-président, son beau-père est le président. Les voitures, le bateau et l'adhésion à ce fichu country club, il a tout ça grâce à elle. Il est à elle et j'avais oublié ça. Il aime voyager et les vêtements coûteux, les gadgets sophistiqués et tout ce que son argent à elle peut acheter.

— Oh, ma chérie, dis-je avec sympathie, l'embrassant sur le front et la reprenant dans mes bras. Je suis vraiment désolé.

— Quand le moment est venu, il a préféré être riche plutôt qu'amoureux.

— Il pensait sans doute à ses enfants, lui assurai-je. Si elle est riche à ce point, je suis sûr qu'elle pouvait se permettre de…

— S'il te plaît, Jory, renifla-t-elle. Ses enfants sont tous en pensionnat. Il ne les voit même pas, dit-elle en hoquetant, ses larmes l'étouffant presque. Non, c'est seulement pour l'argent. Il aime son statut. Il ne veut pas revenir en arrière pour être comme le reste d'entre nous.

— Je suis vraiment désolé, ma chérie.

Elle me serra fort.

— Jennifer.

Nous levâmes tous deux la tête vers Sam.

— Qu'ils aillent tous se faire foutre. Tu trouveras un gars bien. Pour l'instant, concentre-toi sur tes enfants et nous serons tous là pour toi.

Il lui fit signe de s'approcher de lui.

— Viens ici.

Et j'étais si fier de lui alors que je le regardais étreindre sa sœur. Le soupir qu'elle poussa souligna l'important de ses mots : pour une raison quelconque, ce qu'il pensait et disait était le miroir dans lequel elle se reflétait. Le fait qu'il l'aime et croie en elle l'aidait plus que n'importe quelle autre tentative de réconfort.

— Merci d'être venu, Jory, murmura Rachel en se penchant dans le petit espace qui nous séparait. Ça signifie tellement.

— C'est de Sam dont elle avait besoin, lui répondis-je en montrant le frère et la sœur enlacés.

— Ouais, dit-elle en hochant la tête en me regardant dans les yeux. Mais quand tu n'es pas là, il n'est pas comme ça. Ma mère dit que c'est ce qui arrive quand on est amoureux ; l'autre personne fait ressortir le meilleur de ce qu'il y a en nous.

Je la dévisageai.

— Quand tu es avec lui, Sammy est incroyable. Je n'avais jamais eu besoin de lui jusqu'à ce que tu viennes avec lui ce dimanche-là. J'ai finalement compris quel était le problème... et puis tu as disparu. Ne disparais plus, Jory.

— Non, je n'en ai pas l'intention.

Elle hocha la tête et se pencha en arrière.

— Très bien.

Ce furent des heures très agréables, la famille de Sam me traitant comme l'un des leurs. Michael et lui parlèrent football et Thomas se joignit à eux, à l'aise avec ses fils. Je promis à Jen qu'un de ces week-ends où les filles seraient chez leur père, elle pourrait venir et dormir chez moi. Rachel me dit qu'elle avait de grands projets pour sa sœur et je lui répondis que nous pourrions aller danser. Je voulais lui faire rencontrer Dylan et Chris. Elle me répondit qu'elle avait hâte de faire leur connaissance.

Sam reçut un coup de fil et me dit ensuite que nous devions y aller. Toutes les femmes m'étreignirent et les hommes m'ignorèrent, ce que je pris comme un bon signe puisqu'ils étaient complètement absorbés par le match entre les Packers et les Broncos. Ils grognèrent un vague au revoir à Sam et il promit à sa mère que nous serions là pour le dîner de dimanche.

— J'amènerai mon frère, lui dis-je.

— Oh !

Elle était ravie.

— J'adorerais ça, Jory. S'il te plaît, amène-le.

Je jurai que je le ferais alors même que je me demandais comment je réussirais cet exploit.

— Qui était-ce au téléphone ? demandai-je à Sam quand nous fûmes assis dans le SUV.

— Bon Dieu ! Nous avons laissé ces sandwiches ici, grommela-t-il en ouvrant la fenêtre.

— Sam, qui...

— Ça sent la choucroute. Comment peux-tu encore...

— Qui était au téléphone ?

Il poussa un profond soupir.

— Maggie.

— D'accord. Que veut-elle ?

— Elle veut me parler.

— Et donc, vas-tu aller lui parler ?

— Je lui dois bien ça, Jory.

— Vraiment ?

— Je crois, ouais.

Je hochai la tête, me retournant pour regarder la rue défiler.

— Tu ne crois pas ?

— Non.

— Ne sois pas salaud.

— Je ne le suis pas.

— Je vais te déposer à la maison.

— Très bien.

Nous ne parlâmes plus sur tout le trajet jusqu'à son appartement et je sortis de la voiture à la seconde où il s'arrêta. Je ne pris même pas la peine de fermer la porte. Je me déplaçai aussi vite que je le pouvais vers l'entrée de l'immeuble lorsqu'une main lourde s'abattit sur mon épaule.

— Laisse-moi, vas-y.

Il me fit me retourner.

— Écoute, Maggie cherche juste à tourner la page et, j'en suis sûr, une explication. Elle la mérite, J.

— Bien sûr.

Sa main se posa sous mon menton, le relevant pour qu'il puisse me regarder dans les yeux.

— Je vais rentrer à la maison pour toi.

Je hochai la tête.

— Laisse tomber, arrête de faire le sale gamin.

Je poussai un profond soupir alors qu'il me souriait.

— Embrasse-moi.

J'enroulai mes bras autour de son cou et l'attirai vers moi pour un baiser dont je voulais qu'il se souvienne alors qu'il parlerait à son ex-petite amie.

— Peut-être que je devrais monter en premier, dit-il lorsque je reculai enfin, sa voix rauque dans mes cheveux.

La manière dont ses doigts s'enfonçaient dans mon dos, la façon dont ses lèvres glissaient le long de mon cou me firent savoir que j'avais obtenu la réaction que j'avais recherchée.

— Non, dis-je en levant les yeux vers lui. Va voir Maggie. Reviens juste dès que tu le pourras.

Il hocha la tête, regardant ma bouche.

— Je reviens bientôt. Ne va pas te coucher.

Je rigolai.

— D'accord.

Il me donna un dernier baiser sur le front avant de se précipiter vers la voiture. Je souris lorsqu'il démarra en trombe. J'étais presque à la porte lorsque j'entendis mon nom. Dominic Kairov était la dernière personne que je m'attendais à voir, mais il était là, sortant de l'ombre, à côté de l'immeuble.

— Dom ? Que fais-tu ici ? demandai-je en marchant vers lui.

Il sourit honteusement.

— Je voulais parler à Sam et lui dire que j'étais désolé pour tout. Je voulais voir s'il pouvait me pardonner.

— Bien sûr qu'il peut, lui assurai-je en lui faisant signe de me suivre à l'intérieur. Viens, il gèle dehors. Nous pouvons l'attendre ensemble.

— Que t'es-tu fait à la cheville ?

Je ris.

— Squash avec Dane.

Il grogna derrière moi.

— Je suppose que tu n'es pas si chanceux après tout, hein, Jory ?

— Non, je pense que ma chance ne marche que lorsque je dois échapper à des tueurs, dis-je en souriant.

— Peut-être pas.

Alors, je ressentis un frisson soudain au moment où je comprenais que, peut-être, rester seul avec Dominic Kairov était vraiment stupide.

— Je pense que ta chance a tourné, Jory.

Lorsque je regardai par-dessus mon épaule, il attrapa le dos de mon manteau et sa main couvrit mon visage. Je ne pouvais plus respirer et l'odeur fut horrible. Puis, il n'y eut plus que les ténèbres quand je sentis mon corps s'engourdir.

IX

LE MOUVEMENT de bascule me réveilla. L'endroit était lumineux, puis sombre et la troisième fois qu'il s'illumina, je compris que j'étais dans une camionnette. Je dus faire un effort pour obliger mon cerveau à se concentrer pour pouvoir comprendre ce qui se passait. La dernière chose dont je me souvenais, c'était que le partenaire de mon petit ami Sam, Dominic Kairov, était sorti de l'ombre près de mon appartement pour me parler. Il avait commencé à me dire qu'il voulait s'excuser auprès de Sam pour la façon dont il avait agi. Lorsque Sam lui avait dit qu'il m'aimait, moi, Jory Harcourt, un autre homme, Dominic avait pété un plomb. Alors quand il était apparu et m'avait dit qu'il voulait arranger les choses avec Sam, j'avais été heureux. Je l'avais invité à me suivre à l'intérieur pour attendre Sam, mais lorsque j'avais tourné le dos, il m'avait attrapé et assommé. Maintenant, j'étais son prisonnier. Pourquoi m'avait-il enlevé ? Cela restait un mystère. Sam Kage était un inspecteur de la brigade des mœurs, tout comme Dominic Kairov. Et, pour autant que je sache, les flics ne kidnappaient pas des gens. Alors que se passait-il ?

Je pouvais juger d'après la vitesse de notre véhicule que nous étions sur l'autoroute, mais il était impossible de juger d'une direction. Le fait que j'étais gelé ne m'aida pas à conserver mon attention un seul instant. J'en compris la raison : mon manteau avait disparu. Tout ce que je portais, c'était mon pantalon en velours et un pull léger. Mes mains et mes pieds étaient attachés derrière moi et j'étais plié vers l'arrière en un arc. C'était inconfortable, mais pas douloureux. J'avais peur de découvrir à quoi ressemblerait ma cheville lorsque je serai libéré puisque je me l'étais foulée quelques jours plus tôt. Serais-je même capable de me tenir debout et de m'appuyer sur elle ? Et puis, je me demandai si je *serais* libéré. Comment fonctionnait un kidnapping ? À quoi pouvais-je m'attendre ? N'ayant jamais été enlevé auparavant, je n'en avais aucune idée. Pour une raison quelconque, je pensai à mon frère ; que dirait Dane s'il pouvait me voir maintenant ? Ce serait une situation stupide de plus dans laquelle Jory s'était fourrée. Et puis je pensai à Sam et à quel point je l'aimais. C'était drôle de voir toutes les choses qui me passaient par la tête.

La fourgonnette s'arrêta et je pus à peine respirer. La porte s'ouvrit d'un coup sec et je me retrouvai face à Dominic et un homme qui m'avait l'air familier, mais que je ne reconnus pas sur le champ. Il était bien habillé, dans un costume trois-pièces, un pardessus et une longue écharpe.

— Vous voyez ? dit Dominic en me montrant d'un geste. Vous m'envoyez et le travail est fait.

L'autre homme hocha la tête.

— Je vois, en effet. Très bien. Maintenant, je le veux mort et...

J'ouvris la bouche de surprise et il fronça les sourcils avant de se tourner sur le côté et voir ce que je voyais... Dominic pointant une arme sur sa tête. L'homme tendit la main vers elle au moment où le coup partit. Il y eut du sang partout et je hurlai.

— Ferme ta gueule, me cria Dominic alors que deux autres types venaient se placer près de lui. Foutez-moi ce trou du cul dans le fossé, mais n'oubliez pas de mettre le manteau de Jory à côté de lui.

Je le vis essuyer ma cuisse avec le manteau et c'est alors seulement que je vis que mon pantalon était déchiré et que je saignais.

— Ne t'inquiète pas, J, ce n'est qu'une blessure superficielle. Tu ne vas pas saigner à mort ni rien de tout ça.

C'était étrange qu'il me parle comme si nous étions potes. Il jeta mon manteau à un homme qui portait des gants, puis referma la porte du van après être monté à l'arrière avec moi. Il s'assit par terre alors que la camionnette se remette en route.

— Tu te demandes pourquoi tu n'es pas dans le fossé toi aussi, pas vrai ?

Je hochai la tête.

— Eh bien, parce que j'ai besoin de toi. Tu vas rencontrer le père de Roman. Une fois que je lui aurais dit que tu as tué son fils, il va t'étriper et je vais enfin pouvoir me sortir de toutes ces conneries.

Je le dévisageai.

— Sais-tu à quel point Maggie déteste Sam ?

C'était un enchaînement bizarre, mais je suivis le fil et secouai la tête.

— Elle le déteste tellement qu'elle a accepté de l'appeler pour moi afin de l'attirer chez elle.

Je gardai le silence, gardant mes yeux rivés sur lui.

— Tu sais, J, avec ta mort, Sammy redeviendra l'homme qu'il était. Et Roman disparu, toutes les preuves de ma participation se retrouvent envolées avec lui. Donc, tu vois, je récupère ma vie, mon partenaire – tout ça juste avec ta mort et celle de Roman.

Je grimaçai et il sourit.

— Ta cheville te fait mal, hein ?

Je hochai la tête.

— Désolé. Je te détacherai lorsque nous arriverons à l'entrepôt. J'irai aussi te chercher quelques couvertures. Je ne veux pas que tu gèles avant d'avoir vu le vieil homme.

Il m'étudia.

— Tu sais, juste pour que tu sois prêt... le vieil homme pourrait très bien prendre son temps pour te tuer. Il a des idées très vieux jeu lorsqu'il s'agit de vengeance. Et comme tu es celui qui a tué son enfant... tu pourrais être parti pour une très longue nuit.

311

Je sentis mon estomac se retourner.

— Je ne serai pas là pour voir ça, J. Ça va être bizarre cependant, de savoir ce qui te sera arrivé pour le reste de ma vie, sans jamais rien dire à Sam… Il va être si content de me retrouver quand tout ce qu'ils trouveront ce seront des petits bouts de ton corps.

Difficile de ne pas craquer, mais si je le faisais, j'avais peur de ce qui pourrait arriver. Il semblait du genre à prendre son pied à voir la souffrance des autres. Je n'allais pas lui donner cette satisfaction… du moins pas jusqu'à ce qu'il soit impossible de faire autrement.

— Sammy va être complètement dévasté et je serai là pour l'aider à surmonter cette épreuve. Je lui trouverai même une nouvelle fille.

Mes yeux se remplirent instantanément. Cela blessait mon cœur de simplement penser que Sam puisse aimer quelqu'un d'autre que moi.

— Sale pédé de merde ! grogna-t-il avant de se pencher en avant et de m'envoyer son poing dans la figure.

Je ne sentis jamais le coup.

MON CORPS entier me faisait mal. J'avais froid même à travers deux couvertures parce que le mur contre lequel j'étais allongé était semblable à un bloc de glace. Je pouvais entendre des choses courir dans l'obscurité et savais que cela ne pouvait être que des rats. J'essayai de me calmer afin de ne pas hyper ventiler. Je sentais la corde entre mes mains et vis qu'elle courait jusqu'au mur derrière moi. Elle était nouée au-dessus de ma tête à une poulie. En l'observant, je compris que je pouvais être suspendu par les poignets si quelqu'un le voulait ainsi. Remuant mes jambes, je sentis ma cheville pulser sous la douleur renouvelée, puis je tâtai mes poches à la recherche de mon téléphone. Cela ne me surprit pas qu'il soit manquant. Quel genre de flic serait Dominic s'il avait oublié mon téléphone portable ? Je me recouchai parce que ma tête bourdonnait et que j'étais pris de vertige. Je ne voulais pas vomir. Je fermai les yeux afin de ne pas m'évanouir. Cela ne marcha pas.

ON ME bouscula pour me réveiller et lorsque je levai les yeux, Dominic se tenait devant moi. Il avait un jerrican d'eau et un seau. Lorsque je relevai la tête du sol, il s'accroupit et les déposa près de moi.

— Bois ceci et utilise ça pour pisser.

Il sourit paresseusement.

— Ne te trompe pas.

Je le regardai.

— As-tu faim ?

Je secouai la tête.

— Tu le seras bientôt, déclara-t-il. Et j'ai quelque chose à te demander… est-ce que Sammy a rencontré la DAI ?

— C'est quoi le DOI ? demandai-je délibérément.

— DAI, me corrigea-t-il. D'accord, je suppose que non. La DAI, c'est la Division des Affaires Internes, J.

Encore une fois, c'était amusant qu'il m'appelle J, comme si nous étions amis, comme si nous étions simplement assis là en train de papoter, et pas du tout dans une situation de vie ou de mort comme c'était en fait le cas.

— Est-ce que tu m'as entendu ?

— Ouais.

Il rigola.

— Tu sais, mon pote Marco dit que si tu lui tailles une pipe, il te donnera des couvertures en plus. Je pense que tu devrais. Il doit faire au-dessous de zéro ici, J. Je veux dire, on est assis dans le bureau où il fait chaud. Ici, dans l'entrepôt, tu vas te geler les fesses ce soir.

Je secouai la tête.

— Allez, J, penses-y. Tu ne reverras jamais Sammy de toute façon. Il voudrait au moins que tu aies chaud, dit-il comme si c'était évident. Et qu'est-ce que c'est que de sucer une petite bite pour un mec comme toi ? Je suis sûr que tu as sucé des centaines de gars.

— Non.

— Allez, J, je parie que tu fais les meilleures pipes.

— On dirait que tu as envie de le savoir, lui dis-je pour le braquer.

J'avais peur, vu la tournure des événements, d'être forcé.

— Foutu suceur de bites ! dit-il d'un ton sec et glacial avant de se lever et de me frapper dans les côtes.

Je me roulai en boule et vis sa botte s'approcher de mon visage. Je sentis ma tête exploser et tout devint sombre à nouveau.

J'AVAIS SI froid. Je ne me rappelai pas avoir déjà eu aussi froid. Mes dents claquaient si fort que cela me réveilla. M'asseoir me fit presque vomir, mais je ravalai la nausée et quand je voulus bouger la main pour toucher mes cheveux, je me rendis compte qu'elle était coincée dans quelque chose. Je tirai et utilisai mon autre main pour la libérer. Comme un lourd bracelet métallique bien ajusté qui glissait douloureusement, m'irritant, mais la compréhension ne prenant que quelques secondes. Je sursautai soudain et levai ma main devant mon visage.

— Oh merde ! hoquetai-je, réalisant que la corde n'était plus autour mon poignet droit.

Avec le froid, mes mains avaient rapetissé et la corde qui avait été serrée ne l'était plus. Il ne me fallut que quelques secondes pour l'enlever de mon autre main.

C'était l'un des nombreux avantages d'être un mec petit : les cordes et les menottes avaient besoin d'être continuellement resserrées.

Je découvris que je ne pouvais pas me lever. Même le fait de m'asseoir faillit me faire tomber dans les pommes. Alors je rampai jusqu'au bord du mur et me déplaçai dans l'obscurité. Le sol était recouvert de gravier et de sable et ça sentait le fumier. De petits corps poilus bougeaient à quelques mètres de moi, mais je gardai mes nausées pour moi, résolu à ne pas vomir. Quand je sentis un souffle d'air sur mon visage, je regardai dehors et vis le clair de lune, de la neige et la voiture. Et je pensais que courir serait une bonne idée alors même que je savais que j'étais gelé et que dehors serait sûrement encore pire. Rester avec Dominic me ferait tuer, mais patauger dans la neige, seulement habillé de mon pantalon et de mon pull, en ferait tout autant.

Lorsque je frôlai une corde, plus lourde que celle avec laquelle j'avais été attaché, je la tâtai et sentis sa longueur et un gros nœud. Trente centimètres au-dessus, un autre... puis un autre. Je n'en voyais pas la fin dans l'obscurité, mais elle devait bien mener quelque part. Cependant c'était risqué. Je pouvais à peine me tenir debout, sans parler de grimper, et en fonction de la hauteur... je pouvais très bien tomber.

Tout ça constituait des décisions que je n'avais jamais été amené à prendre, même dans mes rêves les plus fous. Devais-je grimper à l'échelle de corde ou rester où j'étais ? La décision fut prise cependant, lorsque j'entendis une lourde porte s'ouvrir et qu'un rayon de lumière transperça l'obscurité. Lorsque je regardai, je ne vis personne dans l'embrasure, alors je me levai en position voûtée et courus à l'endroit où les couvertures étaient encore entassées à côté du mur. Je m'effondrai sur le sol dur et vis des étoiles danser devant mes yeux. Mon corps me semblait lourd et des vagues de nausées me traversaient.

— Hé.

Je roulai la tête et distinguai vaguement l'homme qui me surplombait.

— Je m'ennuie, dit-il avant de m'attraper.

J'essayai de bouger, mais c'était inutile. Il était bien plus lourd que moi d'une quarantaine de kilos au moins, et son poids sur mon torse, ses genoux sur mes bras me tenaient facilement immobile. Il ouvrit le bouton de mon pantalon de velours et me retourna violemment, me coupant le souffle.

Je fus poussé face contre terre et mon pull fut relevé alors que mon pantalon était tiré sous mes fesses. Je me tortillai, mais le genou qui se posa sur mon dos m'arrêta. Il saisit une poignée de cheveux et me tira fortement la tête en arrière avant de me montrer un long couteau de chasse dentelé.

— Il va dans ton cul ou c'est ma queue. Tu décides.

Je m'immobilisai complètement.

— Ouais, c'est bien ce que je pensais, dit-il, sa main glissant sur ma peau nue.

Je le sentis bouger et il me redressa sur mes mains et mes genoux. Je l'entendis cracher.

314

— Je vais déchirer ton joli petit cul.

Je le sentis, là, contre moi, prêt et dur. Je sentis le couteau dans sa main contre mes côtes. Je le sentis pousser en avant puis reculer et pousser de nouveau pour s'enfoncer en moi. Et cet instant fut un avantage. Il était plus costaud, mais même blessé j'étais sûr d'être plus rapide. Je baissai mon épaule gauche, ce qui lui fit perdre l'équilibre et avec ma main gauche, je saisis la lame de son couteau et la lui retirai de sa main. Je roulai sur le dos et il ne put arrêter sa chute ni ralentir son élan. J'allais le poignarder, le frapper à la gorge, mais à la dernière seconde, je me glissai sur le côté, hors du chemin. Il y eut un bruit sourd lorsque son visage heurta le sol et je vis la mare de sang se répandre autour de sa tête. Mon calvaire n'avait duré que quelques secondes, mais cela m'avait semblé une éternité. Tout était si calme, et dans ce silence je décidai de ne pas rester là à attendre.

Je remontai mon pantalon, saisis une des couvertures et m'élançai à travers la pièce. L'adrénaline est une chose étonnante. Vous passiez d'un état de fatigue et de faiblesse à Superman en quelques secondes. Avec la couverture nouée autour de mon cou, j'avais même une cape. C'était drôle, je n'avais jamais escaladé une échelle de corde de ma vie, mais cela semblait se passer d'explication. Vous mettiez vos pieds sur le nœud du bas, placiez vos mains au-dessus du nœud suivant et vous tiriez vers le haut. C'était une façon de ramper en hauteur, comme un ver. En haut, en bas, petit à petit. Lorsque j'entendis le gars qui avait essayé de me violer commencer à reprendre ses esprits, je montai plus vite. Je le vis se mettre à genoux, passer les mains sur son visage, jurer et comprendre que j'étais parti. Son rugissement fut bruyant ; il rebondit sur les murs, se répercutant en un écho dans l'immense bâtiment. Mais moi, il ne pouvait pas me voir parce que j'étais suffisamment haut pour être enveloppé dans l'obscurité. Je m'immobilisai jusqu'à ce qu'il s'en aille, ne voulant pas que la corde bouge, puis grimpai plus vite quand il quitta la pièce en courant. Je commençai à paniquer parce que je grimpai et il semblait ne pas y voir de fin, mais il y eut soudain une poutre devant moi et je vis la plate-forme. Je tendis la main vers elle, me rendis compte que je devais grimper encore un peu, puis l'enjambai et me laissai tomber dessus. Je tirai l'échelle de corde jusqu'à moi puis la coupai avec le couteau pour avoir toute la longueur en une pile à côté de moi. J'eus juste assez d'énergie pour draper la couverture autour de moi avant de m'évanouir d'épuisement. Je n'avais jamais été aussi fatigué.

C'ÉTAIT DE la lumière, le ciel gris visible à travers les fenêtres que je pouvais voir maintenant depuis mon perchoir. Apparemment, un feu ou une autre catastrophe avait emporté le plancher qui s'était trouvé entre le sol et l'endroit où je me tenais. Ce sur quoi j'étais allongé était ce qui restait d'un loft. Peut-être que cela avait été une grange autrefois ou une sorte d'usine, je ne savais pas. J'espérais juste que mon abri tiendrait ; C'était juste des planches de bois qui avaient l'air fragiles et craquaient dans le vent. Je pouvais voir jusqu'au sol à travers les lattes et je me

315

rendis compte que j'étais très haut. Une chute de cette hauteur pourrait facilement me tuer. Le vent qui venait de l'extérieur me tuerait aussi, et Dominic devait être persuadé que c'était ce qui était arrivé.

Je m'étais enfui lorsque Marco avait essayé de me violer, et le vent m'avait fait disparaître ainsi que toutes les traces de mes déplacements dans la neige. C'était logique. Le trou dans le mur était assez grand pour que je m'y faufile à travers et ils avaient cherché partout ailleurs. L'extérieur était la seule solution plausible.

Je les regardai entrer et sortir, entendis Dominic crier sur Marco avant qu'un coup de feu retentisse à l'extérieur, puis le silence, à l'exception du vent. Dans l'obscurité de la nuit, alors que je mettais la couverture entre mes dents pour les empêcher de claquer, je savais que j'allais mourir. Ma seule consolation était que je n'avais pas été violé. Je tomberais simplement endormi et je ne me réveillerai jamais. C'était presque réconfortant, parce que j'avais mal partout et je n'avais jamais eu aussi soif de toute ma vie.

— Jory !

Je me réveillai en sursaut et regardai à travers les lattes du plancher. Dominic se tenait debout au milieu de la pièce, les mains sur les hanches, les yeux fixés au plafond. Je savais qu'il ne pouvait pas me voir, mais j'étais quand même terrifié.

— Jory, sale bâtard, je sais que tu es là, quelque part. C'est impossible que tu aies parcouru plus de vingt kilomètres quelle que soit la direction et je n'ai pas trouvé de corps, donc je sais que tu es encore là !

Je frissonnai violemment.

— Quand je te trouverai, je te trancherai la gorge, fils de pute !

Je me figeai, convaincu qu'il pouvait m'entendre respirer. Je le traquai du regard jusqu'à son départ. Je reposai ma tête en arrière et fermai les yeux, laissant la panique me quitter. Dans la partie logique de mon cerveau, je compris que si ce que Dominic avait dit précédemment était vrai, il aurait encore besoin de moi pour me livrer au père de Roman. J'étais toujours précieux. Il voulait me trouver parce que, sans moi, il était dans la merde.

Je n'avais pas réalisé que je m'étais de nouveau évanoui jusqu'à ce que j'entende un bruit continu qui me réveilla. Je roulai la tête et vis Dominic un instant avant qu'il brise la vitre extérieure et me crie dessus. Pendant une seconde, je fus complètement pétrifié. Il ressemblait au diable tel que je me l'imaginais. Avec ses cheveux fouettés par le vent, ses yeux durs et son visage déformé quand il me hurlait dessus – je pensai que mon cœur s'était arrêté.

— Jory ! rugit-il et il passa la main à travers la fenêtre pour me tirer dessus.

Mais nous étions séparés par un espace d'une douzaine de mètres et il était en équilibre sur une échelle – soit elle était très grande, appuyée contre le côté du bâtiment ou elle était fixée au mur – et à laquelle il s'accrochait. Il ne pouvait rester suffisamment immobile pour tirer et je rampai pour me coller contre le mur du fond.

— Jory ! cria-t-il et je commençai à hyper ventiler.

316

Je ne pouvais plus respirer et même lorsqu'il disparut, je continuai à m'attendre le voir réapparaître au bord du loft. Ce fut le moment le plus effrayant de tous. Lorsqu'il n'y eut aucun mouvement pendant plusieurs minutes, je laissai retomber ma tête sur le sol. C'était difficile de rester tendu et anxieux indéfiniment.

LE BRUIT était constant, presque comme celui d'une sirène, et je devais le faire cesser. Je roulai et je sentis une lumière sur mon visage. Je criai, mais ne pouvais pas bouger ; mon corps en avait terminé et il n'y avait même plus de larmes à verser.

— Jory.

La voix était forte, proche et une main gantée glissa sur mon torse.

— Ne bougez pas, Jory. Restez tranquille. Cela pourrait s'effondrer à tout instant.

Je plissai les yeux à travers la lumière, vis la forme d'un casque, la couleur de la veste. Un pompier. Je commençai à trembler.

— C'est bon, Jory, nous allons vous faire descendre. Seulement, ne bougez pas.

Je restai là, écoutant le craquement du bois, le hurlement du vent, le bruit d'une tronçonneuse et le moteur hydraulique de quelque chose de gros. Lorsque je compris qu'ils se frayaient un chemin vers moi, je me mis à trembler.

— Jory !

Un cri que je connaissais. Une voix que je connaissais. Je roulai sur moi-même et tout le monde hurla en même temps pour me dire de ne pas bouger. À travers les lattes, je vis une foule de gens, le sol inondé de lumière et Dominic à genoux avec trois autres hommes, des officiers en uniforme, debout devant lui. Juste en dessous de moi, Sam faisait les cent pas. J'essayai de crier son nom, mais il n'y eut aucun bruit ; seul un vague gargouillis sortit de ma gorge.

— Jory ; ne bouge pas !

Je sentis le tangage, je sus que j'allais tomber avant même le craquement et la chute soudaine. Le fait que je sois attaché, soudain pris comme une mouche dans une toile d'araignée, fut à la fois merveilleux et effrayant. Je ne savais pas si la corde allait tenir et ce moment-là – si proche d'être sauvé, mais pas encore, l'attente – fut le plus effrayant moment de tous.

Lorsque je touchai le sol, mon dos sur les décombres de la plate-forme éclatée, je pus enfin prendre une grande inspiration. Tout à coup, il y eut tout un tas de visages autour de moi et je fus soulevé avec beaucoup de douceur pour être reposé sur la terre ferme.

— Jory.

Sam tomba à genoux à côté de moi, ses yeux étaient rougis et gonflés. Il avait l'air épuisé.

— Oh, bébé.

Je frissonnai intensément et tout le monde entendit le hurlement en même temps.

317

Tout arriva très vite. Dominic fut debout et il avait une arme. Quand il se retourna, ma seule pensée fut pour Sam. Parce qu'il n'avait plus rien à perdre ; Dominic avait été arrêté et il allait s'en prendre à la personne qui, selon lui, l'avait abandonné.

Dominic tourna la tête, faisant un grand mouvement vers la droite, puis tendit son bras armé. Il n'hésita pas, ne parla pas, ne menaça pas. Il fit ce que je savais qu'il ferait : il visa et tira sur son meilleur ami, celui qui avait été son partenaire pendant la moitié de sa vie. Le peu d'énergie qui me restait, je l'utilisai et finis dans les bras de Sam.

— Jory ! hurla Sam, mais il n'avait pas l'air en colère, il avait l'air terrifié.

Je relevai la tête d'un coup et me retrouvai à regarder dans ses yeux affolés.

— Sam.

— Oh, mon Dieu.

Sa voix se brisa et il passa ses bras autour de moi, serrés.

Une chaleur se répandit à travers moi, brûlante et douloureuse.

— Non ! cria Dominic derrière moi, et lorsque je me tournai, il y eut un *pop* et il tomba à genoux.

Des agents de police étaient derrière lui et le tenaient en joue.

— Ne le tuez pas ! criai-je, mais le son qui sortit ressembla davantage à un murmure.

Dominic me regarda, puis il se retourna et souleva son arme.

Je me tendis en prévision de l'impact, mais Dominic se retrouva enterré sous une pile de policiers. J'étais tellement soulagé que je commençai à trembler. Si les flics le maintenaient au sol, il devait être encore en vie. Je l'entendis jurer et laissai échapper un petit soupir avant de fermer les yeux. J'étais tellement fatigué.

— Jory... bébé, s'il te plaît, ouvre les yeux, me supplia Sam.

Sa voix se brisa et je pus le sentir trembler.

— Bébé, s'il te plaît.

J'essayai de faire ce qu'il me demandait, j'essayai vraiment.

— S'il te plaît, bébé... S'il te plaît...

Il pleurait et je ne l'avais jamais entendu faire ça avant.

J'allais lui assurer que tout irait bien, mais la chaleur fut remplacée par un engourdissement, qui fut suivi par un frisson. C'était comme tomber dans un puits sombre et glacé.

X

JE FRISSONNAI et ouvris les yeux. Il faisait sombre, mais je discernai assez de choses pour voir que j'étais dans un hôpital. Le truc où l'intraveineuse était accrochée, les lumières étranges, les infirmières... Je comprenais où j'étais. J'entendais le bip d'une machine à côté de mon lit. Je clignai des yeux plusieurs fois pour essayer d'éclaircir ma vision, et je fus récompensé lorsque je le vis.

Sam était là, sur ma droite, la tête reposant sur ses bras croisés, affalé dans le fauteuil, penché en avant et endormi sur le lit.

— Oh bonjour, mon doux... vous êtes réveillé.

Je me tournai vers la voix basse et douce et trouvai une infirmière souriante. Sa blouse était couverte de petits nuages.

— Eh bien, Monsieur Harcourt, je suis si contente de vous voir.

Je grimaçai, mais elle me renvoya un sourire rayonnant. Je remuai les doigts pour attirer son attention et montrai Sam.

— Que voulez-vous, mon cher ? Dois-je le réveiller ?

Je fermai les yeux pour lui dire non puis ouvris la main.

— Oh, dit-elle en hochant la tête et en me souriant en grand. J'ai compris. Je suis très bonne en charades, vous savez. Cela fait partie du boulot.

Elle souleva ma main et la posa délicatement sur les cheveux de Sam. Je bougeai mes doigts et regardai les mèches cuivrées se mêler autour d'eux.

Je poussai un profond soupir.

— Oh, je savais que j'avais raison.

J'étais perplexe et elle le vit sur mon visage.

— Celui-ci est votre partenaire, n'est-ce pas ?

Je hochai la tête.

— Et l'architecte est votre frère, ou est-ce le docteur ?

Je levai un doigt pour lui indiquer que le premier était la bonne réponse. Mon frère, Dane Harcourt, était l'un des meilleurs architectes de Chicago, où nous vivions. Il n'était pas juste *un* architecte, il était *l'*architecte.

— L'architecte... très bien alors, c'est logique en un sens. Il n'a pas arrêté de venir, de repartir, et de donner des ordres concernant les soins à vous apporter. Et le docteur... le médecin a été très attentif, si je puis dire, mais celui-là...

Elle soupira en regardant Sam.

— Celui-ci n'a pas voulu quitter vos côtés. Les autres sont tous venus et repartis, mais pas lui. Il n'a pas quitté l'hôpital depuis huit jours.

Mes yeux s'écarquillèrent.

— Oui, mon doux, cela fait huit jours que vous êtes ici aux soins intensifs.

Je regardai Sam à nouveau. Je voulais qu'il se réveille et me tienne dans ses bras.

— Et cet homme n'est pas en grande forme.

Je hochai la tête.

— Espérons que maintenant que vous êtes réveillé, il va pleurer... parce que je ne pense pas que je pourrais supporter de regarder son visage un jour de plus. Je n'ai jamais vu un regard aussi blessé.

Je hochai la tête à nouveau.

— Peut-être devrions-nous le réveiller pour qu'il puisse rentrer chez lui.

Elle me sourit, son visage était plein d'espoir.

— Il ne mange que lorsque sa mère l'y oblige et comme je l'ai dit, il n'a pas quitté l'hôpital une seule fois.

Je secouai la tête pour dire non.

— Vous deux, vous devez faire un beau couple.

J'essayai de sourire.

— Et vous êtes un gars très chanceux, car non seulement cet homme vous aime, mais il est aussi tout simplement magnifique à regarder.

Elle soupira.

— Tout comme votre frère, soit dit en passant. Il me fait penser à l'un de ces acteurs idolâtrés par les femmes des années quarante – pas que je sois aussi vieille d'ailleurs.

J'essayai de sourire.

— Et vous, mon doux, poursuivit-elle en retirant les cheveux de mon visage, vous devez être le plus beau garçon que j'ai jamais vu.

Je gémis.

— Homme, se corrigea-t-elle en souriant chaleureusement. Je veux dire homme.

Je levai les yeux au ciel et elle gloussa.

— Je vais appeler votre médecin maintenant que vous êtes réveillé pour qu'il puisse prendre le relais.

Seul avec Sam, j'essayai pendant une minute de prononcer son nom avant de laisser tomber et de me rendormir.

Je me réveillai à nouveau, et après m'être concentré une minute, vis Nick Sullivan. C'était drôle qu'il soit là, un homme avec qui j'étais sorti deux fois, un homme qui était à peine mon ami. Je lui avais organisé un rendez-vous qui s'était très bien passé. Il aurait dû se trouver avec son nouvel amour, pas ici à veiller sur moi. Il était debout à côté du lit en train de me regarder, les bras croisés sur la poitrine, ayant l'air curieusement mal à l'aise.

— Que fais-tu ici ? demandai-je, et ma voix était éraillée.

Il déglutit avec difficulté et continua de me dévisager.

— Nick ?

Il prit une profonde inspiration, me regarda de haut en bas. Il y avait des tubes et des câbles et un moniteur était attaché à mon doigt du milieu.

— Je veux te prendre dans mes bras, mais je ne suis pas sûr de savoir comment faire.

Me tenir ?

— Est-ce que tu vas bien ?

— Non, je ne pense pas. Je veux juste être près de toi.

J'essayai de sourire parce que ce n'était pas ce que je voulais. J'optai pour une diversion.

— Puis-je avoir un verre d'eau, s'il te plaît ?

Il se précipita pour me l'apporter.

— Jory.

Je tournai la tête et vis Sam se diriger vers le lit. J'essayai de bouger, de me redresser.

— Non, non, ne bouge pas, m'ordonna-t-il en atteignant le lit.

Il se pencha vers moi, leva ma main droite puis la posa sur son dos. Ses bras glissèrent autour de moi doucement, mais assez fermement pour que je puisse sentir la chaleur de son corps à travers son tee-shirt. Doucement, lentement, il manœuvra sous les tubes et appareils pour pouvoir poser sa tête sur ma poitrine et s'étendre à côté de moi. Je ne sais pas comment il fit, vu son mètre quatre-vingt-trois, mais il y parvint. C'était si bon de l'avoir à mes côtés et il sentait bon le savon et ses cheveux étaient humides. J'émis un bruit, à moitié gémissement, à moitié soupir. J'étais si satisfait. J'embrassai son front et caressai ses cheveux. Je ne me souvins pas d'avoir fermé les yeux.

LES VOIX étaient étouffées et basses, mais je les entendis.

— Je ne comprends pas, dit-une voix qui s'éleva brusquement.

— Maman, ne le réveille pas.

— Peut-être qu'il devrait se réveiller, Sam. Peut-être que si tu le regardais dans les yeux, tu ne pourrais pas le quitter.

— Je pars à cause de lui. Si je le regardais dans ses yeux, cela ne ferait aucune différence.

— Tu es un lâche.

— Maman.

— Parfaitement ! Tu t'enfuis parce que tu ne veux pas que les gens sachent que tu couches avec un homme ! C'est la seule raison pour laquelle tu fais ça.

— Non, ce n'est pas vrai. Tu n'as pas écouté.

— Sam.

Elle reprit son souffle.

— Tu me dis que tu l'aimes et tu me dis, en même temps, que tu vas le quitter. Comment pourrais-je interpréter ça autrement que comme un acte de lâcheté ?

— Tu ne comprends pas… ça ne peut pas marcher comme ça ! Je ne peux pas être comme ça.

— Comme quoi, Sam ? Tu ne me dis rien du tout.

— Maman.

J'entendis une chaise bouger, érafler le sol comme des ongles sur un tableau noir.

— Ma vie est sous un microscope. Si quelqu'un découvre que je voyais Jory alors qu'il y avait une enquête en cours… si la DAI enquête sur moi en fait, je suis mort. Est-ce que tu comprends même à quel point je suis mal barré ? En as-tu la moindre idée ?

— Sam…

— Cela ne s'arrêtera pas même si je suis mis à la porte des forces de police. Je pourrais être accusé d'interférence dans une enquête en cours. Je pourrais… il y a tellement de choses qui pourraient mal tourner. Ils pourraient même me jeter en prison.

— C'est ridicule !

— Seulement parce que tu n'es pas familière avec l'application de la loi. J'ai sacrément foiré… Tu n'en as pas idée.

— Sam…

— Mais maman… Si je pars, si je fais ce que mon capitaine veut que je fasse en rejoignant l'unité opérationnelle et en allant en mission d'infiltration…

Je l'entendis pousser un soupir tremblant, puis un autre.

— Tout le monde sait ce que j'ai fait et tout le monde l'ignore délibérément. Ils se concentrent tous sur Dominic à la place. J'ai tellement de chance… tu n'en as pas idée. Ils m'offrent une porte de sortie et je dois la prendre.

J'essayai de parler, de crier, de hurler, mais rien ne sortit ; je n'arrivais même pas à ouvrir les yeux. Il m'était impossible de bouger ou de me faire entendre. Je me sentais comme enveloppé dans du coton.

— Mais tu aimes Jory.

— Oui, j'aime Jory, mais quel bien cela pourrait-il lui faire si je me mettais à lui en vouloir de ne plus être flic ?

— Sam…

— Maman, gémit-il. Je dois aider à retrouver l'homme responsable d'avoir mis un contrat sur la tête de Jory. Si nous ne le trouvons pas…

— Tu te mens à toi-même, Sam, si tu crois que tu fais ça pour Jory. Le fait que tu restes avec lui le gardera largement en sécurité. Tu veux prendre tes distances pour faire croire à tout le monde que tu n'es pas amoureux de lui en ce moment.

Sa voix se brisa avant que j'entende le murmure de larmes imminentes.

— Tu…

— Maman, je dois y aller. Et ouais, une part de ça est due au fait que je suis trop proche et que je ne peux pas le protéger alors que je ressens ça. Je veux dire, tout ce à quoi je peux penser c'est de le perdre et ce que je ressentirais si cela arrivait. Quand il saignait et que je le tenais et… mon Dieu ! C'est impossible que je reste objectif après ça.

Je sentis les larmes glisser le long de mes joues, mais personne ne me vit. Ils parlaient de moi, mais personne ne me regardait en fait.

— Je ne peux pas laisser quoi que ce soit lui arriver, Maman. Je ne sais pas ce que je ferais.

— Il a pris une balle pour toi, Sam. Il t'aime tellement qu'il aurait donné sa vie pour la tienne. Je ne pourrais jamais rien demander de plus pour toi, pour aucun de mes enfants… ton père ressent la même chose.

— Maman, il s'agit de prendre les informations que Dominic nous donne et de les utiliser pour détruire un énorme cartel de la drogue. Je…

— C'est à propos de Jory et de toi qui ne veux pas que les gens sachent que tu couches avec lui depuis que vous vous êtes rencontrés.

— Ça ne l'est pas. Je t'ai déjà dit qu'il ne s'agissait pas de ça.

— Je ne te crois pas.

— Mon Dieu, maman, ne sois pas…

— Tais-toi ! cria-t-elle soudain. Dis-moi juste une chose… quand tu reviendras, est-ce que tu pourras être avec Jory ?

— Oui.

— Et combien de temps resteras-tu sous couverture ?

— Je ne sais pas.

— Tu ne le verras pas avant de partir ?

— Je suis là maintenant.

— Mais…

— Je m'en vais tout de suite.

— Sam.

Elle commença à pleurer.

— S'il te plaît, ne t'en va pas.

Si j'avais pu crier, je l'aurais fait. Comment pouvait-il me quitter ?

— Maman, si je pars, je peux garder mon travail et j'éloigne Jory du radar de tout le monde. Il ira bien mieux sans moi, juste pour quelques mois. Nous devons laisser tout ça retomber.

— Je veux que tu dises au revoir à Jory.

— Je l'ai fait. Je suis resté assis avec lui pendant une heure ce matin à le regarder dormir. C'est mieux qu'il dorme.

— Oh, Sam.

— Maman, dit-il pour l'apaiser.

— Et si cela dure plus longtemps, Sam ? Et si… et si Jory trouve quelqu'un d'autre à aimer ?

— Je ne peux faire que ce qui me semble juste, et je pense que c'est juste pour nous deux. Il m'aime pour celui que je suis et si je ne peux plus être ce gars… à quoi cela servira-t-il de toute façon ?

323

Je me sentis avoir la nausée. Comment pouvait-il me quitter ?

Soudain, ses lèvres furent sur mon front.

— Je t'aime, bébé.

Mais ce n'était pas vrai. Pas vraiment. Comment pouvait-il me quitter s'il m'aimait ?

— Je reviendrai pour toi.

J'essayai de me soulever, mais j'étais déjà en train de sombrer, les ténèbres m'attirant irrémédiablement.

— Je te reverrai bientôt.

Mais avant même d'être englouti par le sommeil, je savais que c'était un mensonge. Il n'y avait aucun moyen de savoir quand ni où je poserais à nouveau les yeux sur Sam Kage.

QUESTION DE TEMPS, TOME 2

Pour tous mes merveilleux fans
qui ont demandé quand ce livre serait imprimé,
et pour Elizabeth qui en a fait une réalité.

LIVRE TROIS

I

LA PIÈCE était envahie de roses. Des pétales pâles, couleur vieux rose, étaient éparpillés partout, la lumière, les couleurs, l'ensemble dégageant cette impression douce et romantique de féminité. C'était époustouflant. Le quatuor à cordes, le champagne, les serveurs vêtus d'un blanc éclatant, tout était si élégant... et complètement perdu pour les hommes présents autour de la table. Ils semblaient lessivés et je comprenais pourquoi. Un mariage s'étalant sur trois jours était sacrément ardu et nous n'en étions qu'au second.

Je ne savais pas qui avait un jour décidé que l'enterrement de vie de garçon devait avoir lieu la veille du dîner de répétition, mais j'étais certain que ce quelqu'un était un sadique. On attendait des garçons d'honneur de Dane qu'ils soient sobres et en pleine possession de leurs moyens à cinq heures de l'après-midi le jour suivant leur retour titubant à la maison au lever du soleil – et dont ils avaient à peine eu le temps de se remettre – pour assister à la répétition de l'entrée et de la sortie de l'église. Ils étaient également censés être impressionnés par la pièce adorable et le cadre intimiste, alors que tout ce qu'ils voulaient c'était évacuer les restes de leur cuite. J'étais heureux d'avoir pris un congé pour le mariage de mon frère ; si j'avais dû suivre mon planning habituel de rendez-vous, j'aurais instantanément été réduit à l'état de cendres. Lorsqu'ils m'avaient harcelé pour que je les accompagne pour une seconde nuit consécutive de débauche, je m'étais éclipsé, déclinant l'offre par mon absence, pour rentrer me coucher. C'était lâche, mais je n'aurais jamais été capable de suivre. Ils étaient tous de bien meilleurs buveurs que moi, ce qui en disait long étant donné que je savais tenir ma boisson en temps normal.

Le matin suivant, lorsque j'entrai dans la suite avec mon smoking drapé sur le bras, je ne fus pas surpris de les trouver portant toujours leurs vêtements de la veille. Il y en avait un sur le sol, un dans chaque canapé, un autre dans un fauteuil à oreilles et Jude, le témoin de Dane, seul dans le lit, en train de baver. Il offrait un véritable spectacle à lui tout seul. Lorsque la porte s'ouvrit, et qu'Aja Greene – la fiancée de Dane et non l'homme lui-même – entra pour déloger les garçons, je me sentis vraiment désolé pour eux. C'était le jour de son mariage et ils ressemblaient à des épaves. Ce n'était pas le meilleur moyen d'entrer dans ses bonnes grâces.

— Est-ce que vous vous moquez de moi ? couina-t-elle dans le silence de la pièce.

Des grognements et des gémissements me firent sourire alors que je commençais à verser du café et de l'eau. J'avais apporté une grande bouteille de Tylenol avec moi.

— Hé, dit doucement Rick Jenner en me faisant signe d'approcher. Quelle heure est-il ?

— Il est dix heures, lui répondis-je tout sourire. Il reste encore huit heures avant le mariage.

— Alors, pourquoi crie-t-elle ?

— En fait, elle ne crie pas.

— Ça y ressemble pour moi.

— OK, mais tu peux probablement entendre la peinture s'écailler, avançai-je. Il se contenta de gémir.

— Elle s'inquiète seulement que vous n'ayez pas fière allure sur les photos.

— Aïe.

Il grimaça en tapotant le canapé à côté de lui.

— Assieds-toi.

— C'est le dernier verre de téquila dans le nombril de la fille qui est responsable, le taquinai-je.

Je ne pouvais qu'imaginer à quel point cette seconde nuit de débauche s'était dégradée.

— Comment t'as su ça ?

Il essaya de sourire et posa sa tête sur ma jambe dès que je fus assis.

Je lui souris alors même que j'étais poussé de l'autre côté, et que des mains saisissaient mes épaules.

Lance Simmons et Alex Greene, le frère d'Aja, m'avaient rejoint.

— Salut, les gars, les taquinai-je, tournant la tête vers le profil de Lance. Vous avez fini de vomir ?

— Non, gémit-il en posant sa tête sur mon épaule. Dis-moi ce que nous avons à manger pour le dîner.

— Du foie et des oignons, gloussai-je diaboliquement.

— Oh, va te faire foutre !

Il eut un haut-le-cœur, et se pencha pour s'allonger sur le canapé. Le cuir devait être frais sur son visage brûlant.

— Du foie, mon cul !

— Alex, appelai-je doucement l'homme derrière moi.

— Mmmm.

Il fit à peine un bruit, son front appuyé contre ma nuque.

— As-tu mal à la tête ?

— Si je me redresse, je pense qu'elle va exploser.

— Ta sœur est arrivée.

Il gémit juste avant qu'elle crie.

— Les gars, vous devez vous lever !

Sa voix leur fit l'effet d'un coup de fouet – rapide et douloureux. Je le sentis descendre le long de mon dos.

— Oh, mon Dieu, gémit Alex derrière moi, et nous rîmes tous quand nous l'entendîmes tomber sur le sol avec un bruit sourd. Je pense que mes yeux saignent.

— Les gars ! se lamenta Jude depuis la chambre. Voulez-vous bien la fermer !

330

Elle virevolta sur ses talons et alla le voir, et à ce moment-là, je remerciai le ciel de ne pas être Jude Coughlin. Il allait passer un mauvais quart d'heure.

— Fais quelque chose, J, me supplia Rick. Tu es le seul qu'elle aime.

— J, tu dois la faire arrêter de crier, me supplia Alex depuis le sol, de l'autre côté du canapé. Je pense sérieusement que ça pourrait me tuer.

— Est-ce qu'il y aura vraiment du foie ? gémit Lance sur le canapé.

Nous entendîmes tous le cri aigu, semblable à celui d'une fille, que poussa Jude depuis la chambre.

Je ne pouvais m'empêcher de sourire.

— Je crois que je vais vomir, déclara Rick sur mes genoux en se couvrant le visage avec l'un des coussins.

— Je vais tous vous tuer si vous ne vous levez pas !

— J, pleura pratiquement Lance, fais-la s'arrêter.

— Fais-la s'arrêter, renchérit Rick.

— S'il te plaît, fais-la s'arrêter, me supplia Alex.

— C'est ta sœur, lui rappelai-je.

— Peut-être, mais elle t'aime plus que moi.

— Est-ce que vous m'entendez ? rugit-elle de l'autre pièce, torturant manifestement toujours Jude.

— *Oh mon Dieu*, que quelqu'un la tue ! murmura Lance, le visage maintenant caché dans le canapé. Pourquoi est-ce que vous m'avez laissé dormir plié comme un bretzel ? Je pense que ma colonne vertébrale est brisée.

Jude cria à nouveau, puis nous entendîmes un fracas suivi d'un bruit sourd.

— Je parie qu'elle l'a viré du lit, soupira Alex depuis le sol.

— Je vais bien, nous cria-t-il.

— Ce connard a eu le lit, gémit Rick. Il mérite ce qui lui arrive.

— Où est Rick ? cria-t-elle en entrant au pas de charge dans la pièce.

Il gémit.

— J, elle va me faire mal.

— C'est ce qui arrive quand on fait la fête comme des rocks-stars, dis-je en rigolant. Ce que tu n'es pas.

— Aïeee, gémit Alex.

— Où est le seau à glace ? cria-t-elle à travers la pièce.

— J… commença Rick.

J'appelai doucement Aja, mais assez fort pour qu'elle puisse m'entendre.

Elle traversa la pièce à grands pas pour me rejoindre.

— Quoi ? dit-elle d'un ton sec.

— Comment vas-tu ce matin, belle dame ?

Je souris en grand, levant les yeux vers la seule autre femme en dehors de ma partenaire de travail et meilleure amie, Dylan Greer, dont je pouvais dire que je l'aimais vraiment. Dans ma vie, il y avait eu ma grand-mère, Dylan, et la future femme de mon frère. Ces femmes signifiaient tout pour moi.

— Tu te sens bien ?

Elle poussa un profond soupir alors qu'elle dépassait Lance et lui donnait une claque sur le cul aussi fort qu'elle put. Il en glapit presque.

— Oui, bébé.

Elle s'arrêta devant moi, poussant Rick et le délogeant avant de se pencher pour m'embrasser.

— Je me sens très bien.

Je levai la tête et reçus son baiser sur les lèvres, aussi léger que la caresse d'une plume.

— Jory.

Elle sourit, sa main glissa sous mon menton, sur ma mâchoire.

— Viens dans ma chambre très vite. Je veux que tu rencontres mes parents, et les personnes qu'attendait Dane sont là.

Ce qui voulait dire que le clan Reid – Susan et Daniel Reid, les parents biologiques de Dane, ses deux frères et sa sœur – était arrivé pour assister au mariage.

— D'accord, dis-je en étouffant un bâillement avant de me lever.

— Et vous les gars, reprenez-vous et préparez-vous, grogna-t-elle. Maintenant !

Les gémissements étouffés me firent sourire tandis qu'elle me prenait la main et me tirait après elle, vers la porte. Je les entendis derrière nous, puis Rick demanda si quelqu'un savait où étaient ses lunettes de soleil. C'était amusant de penser qu'un PDG, un directeur financier, un partenaire d'un des plus grands cabinets d'avocats de la ville et un directeur de banque puissent tant ressembler à des étudiants de fraternité avec une gueule de bois.

— Regarde comme c'est beau, dit-elle en levant nos mains.

Sa peau caramel, douce et sans défaut contre mon bronzage doré permanent : nous étions beaux ensemble. Les gens nous le disaient tout le temps.

— Hé.

Je la regardai.

— Avais-tu un jour imaginé que ton frère épouserait une fille noire ?

— Es-tu noire ? lui demandai-je.

J'eus droit à un sourire éclatant et je vis apparaître les fossettes que j'aimais.

— En fait, soupirai-je, à la minute où je t'ai vue, j'ai su que tu étais la bonne.

— Tu mens.

— Non.

— Pourquoi ?

— Tu l'as invité à danser.

— Je ne suis pas la seule à l'avoir fait.

— Non, mais tu es la seule à l'avoir jamais rendu nerveux.

Elle soupira profondément.

— C'est la vérité, n'est-ce pas ?

— Oui, m'dame.

— Je pense que nous savions tous les deux ce que nous voulions.

— Oui. Et tu es parfaite pour lui.

— Pourquoi ?

Elle allait à la pêche aux compliments.

— Parce que tu es intelligente – les principales d'école se doivent de l'être – belle, perversement méchante...

— Méchante ? reprit-elle avec un ton moqueur faussement choqué.

— Tu sais que c'est vrai. Tu as pratiquement tué ces pauvres gars.

— Ils peuvent s'estimer heureux d'être encore en vie, grogna-t-elle en fronçant les sourcils.

— Tu es adorable, lui assurai-je en posant ma main sur sa joue. Et tu es complètement autonome et indépendante financièrement. Tu veux Dane, mais tu n'as pas besoin de lui.

Elle soupira profondément.

— Ne te méprends pas, Jory, j'ai désespérément besoin de cet homme.

— Je sais, mais tu restes toi-même. Tout ton monde ne tourne pas autour de lui.

Elle réfléchit un instant.

— Non, c'est vrai.

— Tu vois ? Tu aimes Dane, je le sais, mais tu vas devenir Aja Harcourt, pas Mme Dane Harcourt.

Elle hocha la tête.

— C'est également vrai.

Je haussai les épaules.

— C'est comme ça que je l'ai su. Toutes les autres femmes voulaient juste se fondre en lui. Toi, nous serons toujours capables de te voir.

Elle s'arrêta brusquement et me dévisagea.

— Tu as été incroyable depuis le moment où j'ai posé les yeux sur toi.

— C'est toi que je voulais pour mon frère, lui assurai-je.

— Et je suis si contente que tu deviennes le mien.

— Mais tu dois être gentille avec celui que tu as déjà.

Elle fronça de nouveau les sourcils.

— Il ferait mieux de se reprendre, parce que s'il ruine mon mariage... alors que Dieu me vienne en aide, je lui mènerai la vie dure, de façon permanente !

— D'accord, maintenant, tu es carrément effrayante, rigolai-je.

— Oh, Jory, soupira-t-elle. Je t'aime. Viens avec moi.

Et je la suivis.

AJA AVAIT les yeux écarquillés de surprise et la bouche grande ouverte. Sa mère avait une expression identique, de même que toutes les demoiselles d'honneur. C'était sans doute à cause de la danse. Son père, le Juge Greene, et moi dansions le twist sur la musique de Fats Domino et chantions en chœur. Pour l'heure, 'My Girl Josephine' retentissait dans les haut-parleurs.

— Mademoiselle Aja… entendis-je sa meilleure amie, Candace, éclater de rire, regarde un peu ton père, ma fille.

— Jory, m'appela-t-elle, et j'entendis son rire profond. Bébé, qu'est-ce…

— Laisse-le tranquille, la coupa le juge avec un air taquin. Nous sommes occupés.

— Kenneth Greene, au nom du ciel, qu'es-tu en train de faire ? demanda la mère d'Aja à son mari, son sourire faisant pétiller ses yeux.

Au lieu de répondre, il lui fit signe de le rejoindre. Immédiatement, elle marcha vers lui et quelques secondes plus tard, elle se trouvait dans ses bras à danser avec lui autour de la suite.

Dane apparut soudain dans l'encadrement de la porte, debout aux côtés de la femme qui serait son épouse d'ici la fin de la journée. C'était drôle de voir son expression alors qu'il faisait le tour de la pièce des yeux et s'arrêtait sur moi en train de danser au milieu d'un cercle de femmes magnifiques. Il me fit un petit signe de tête et je lui souris en retour. Je l'observai passer un bras autour des épaules d'Aja et l'attirer à lui avant qu'il l'embrasse sur la joue.

— Jory, m'appela-t-il.

Il y eut des mains dans mes cheveux, dans mon dos, glissant sur mes épaules, s'accrochant à ma chemise avant que je me libère pour traverser la pièce. Lorsque je m'arrêtais devant Dane, il posa une main sur le revers de ma chemise et m'attira dans ses bras.

— Merci, dit-il en appuyant sa tête contre mon épaule.

Mes yeux volèrent vers Aja quand il me libéra et quitta les lieux aussi soudainement qu'il était apparu.

— Que se passe-t-il ? demanda-t-elle rapidement.

Je toussai une fois.

— Monsieur Reid est venu ici pour poser des questions sur toi et ton père l'a mal pris.

— Je suis désolée, quoi ?

— Ce n'était pas une grosse affaire, mentis-je.

— Des questions ? Quelles sortes de questions ?

Je haussai les épaules.

— Il ne savait rien à ton sujet et Dane ne les avait même jamais invités avant le mariage et la réception, alors… je suppose qu'ils voulaient en apprendre un peu plus sur toi.

— Je vois.

— Eh bien, ton père n'a pas *vu*, lui. Tu ne peux pas vraiment l'en blâmer.

Elle me sourit.

— Ça ne ressemble pas à mon père de s'énerver pour quelques questions innocentes.

— Il y en a eu beaucoup, dis-je pour la défense de son père. Je me suis senti mal à l'aise, moi aussi.

Elle hocha la tête.

— Alors, que s'est-il passé ?

— Ton père a dit que j'étais la seule famille de Dane dont il se souciait.

Je lui souris.

— Oh, dit-elle en hochant la tête. Puisque Dane et toi êtes les seuls Harcourt ici.

— Exact.

Mon sourire s'élargit et je me penchai pour l'embrasser sur le front. Du moins, jusqu'à dix-huit heures.

Elle poussa un profond soupir.

— Tu seras la nouvelle Harcourt, la seule en robe, d'accord ?

En réponse, elle enroula ses bras autour de mon cou et m'étreignit étroitement.

— Qu'as-tu fait ?

— Je suis allé chercher mon iPod et j'ai demandé à ton père s'il avait toujours le rythme.

Je la sentis trembler dans mes bras.

— Comme tu peux le voir, cet homme a toujours du peps.

Elle me serra plus fort, puis jeta sa tête en arrière, ne pouvant plus retenir son éclat de rire.

Lorsque je lançai un coup d'œil derrière moi, en direction de ses parents, je fus récompensé par le sourire chaleureux de sa mère.

L'intermède avait été tendu. Les parents de Dane, en particulier son père, avaient interrogé le juge à propos de sa fille… cela avait commencé de manière tout à fait anodine, une simple conversation, avant de rapidement se détériorer en une inquisition tous azimuts. Ils ne savaient rien du tout sur Aja et voulaient tout savoir. C'était parti d'une bonne intention, mais les propos étaient sortis comme une critique, tendancieux, et presque racistes. Dane et moi revenions juste de notre partie de squash et avions entendu des éclats de voix depuis le couloir. Nous étions intervenus, les interrompant, et Dane avait insisté pour montrer leur suite aux Reid, à l'étage, loin de la salle commune utilisée comme lieu de rencontre des invités ou pour que chacun puisse trouver à se restaurer avant la cérémonie. Il avait emmené ses parents, ainsi que ses frères, Caleb et Jeremy et sa sœur, Gwen, afin que le juge puisse se remettre et recouvrer ses esprits. Le regard que Dane m'avait lancé en quittant les lieux avait été si douloureux que j'avais senti ma poitrine se serrer rien qu'en le regardant. Bouleverser son futur beau-père avec des personnes de minimale importance dans sa vie était la dernière chose qu'il voulait le jour de son mariage. La vérité était qu'il aimait tout simplement le juge bien plus que sa famille biologique. Je devais faire quelque chose. Je devais restaurer la sérénité qui avait vue débuter la journée ; c'était, à ce moment-là, ce qu'avait convoyé le regard de Dane avant de sortir. Et je l'avais fait en dansant dans la suite comme un idiot avec le père d'Aja.

— Jory, que ferait ton frère sans toi ? me demanda Aja en me serrant encore une fois contre elle.

335

— Je ne sais pas, mais nous n'aurons jamais à le découvrir.

— Non.

Elle secoua à peine sa tête.

— En effet.

— Jory ! m'appela le juge.

Je courus vers lui et il me montra qu'il pouvait encore faire des cabrioles. Je crus que la mère d'Aja allait s'évanouir. Le fait que tout le monde rit était une très bonne chose.

L'ÉGLISE ÉTAIT remplie d'une foule de gens qui se levèrent tous lorsque la mariée se montra au fond de l'allée centrale, au bras de son père. Elle était à couper le souffle, simple et chic, et la fierté sur le visage de son père fit sourire tout le monde. Les parents de Dane, ainsi que ses frères et sœurs, étaient installés au premier rang, à droite. La mère d'Aja et ses grands-parents, à gauche. Sa famille élargie remplissait les trois premiers bancs et après eux venaient les amis de la famille et les amis qui étaient comme sa famille. Dane et Aja partageaient beaucoup de personnes en commun, ceux qui passeraient leur vie avec eux. Les plus proches et les plus chers de tous étaient sur l'estrade avec le marié alors qu'ils attendaient que la mariée les rejoigne. Candace Jacobs, majestueuse et époustouflante, avait la tête haute tandis qu'elle regardait sa meilleure amie marcher vers l'homme qu'elle aimait. Toutes les demoiselles d'honneur d'Aja étaient parfaites dans leurs robes sirènes gris étain et sans bretelles – des silhouettes longues et gracieuses avec les cheveux relevés en chignon, leur peau lisse et sans défaut, ressemblant à des cygnes gracieux et délicats. Elles étaient lumineuses.

Jude était resplendissant dans son smoking Armani et se tenait fièrement à côté de Dane, qui paraissait tout droit sorti des pages d'un magazine de mode. Je ne l'avais jamais vu aussi bien qu'aujourd'hui. Les amis de Dane s'étaient réunis pour se tenir à ses côtés, chacun d'eux tirés à quatre épingles, tout simplement magnifiques, provoquant un émoi au moment de prendre leurs places sur les marches qui descendaient jusqu'à moi. Je m'étais inquiété d'être inclus, ne voulant pas ternir son moment puisque, en l'état actuel des choses, je n'avais pas la même taille ni la même carrure d'épaules ou de poitrine. Dane n'avait pas été inquiet du tout. Il se souciait moins de présenter une image parfaite que d'avoir son frère près de lui. Aja, ayant le même désir, avait rejeté toutes mes objections.

Et, alors que je les regardais, leurs mains enlacées, prononçant les paroles qui les uniraient à jamais, j'étais reconnaissant d'être là, de partager leur moment. C'était une leçon d'humilité d'être au commencement d'une nouvelle vie, celle qu'ils partageraient ensemble. Je fermai les yeux et respirai un grand coup lorsqu'ils furent présentés. Monsieur et Madame Harcourt, mari et femme. L'image d'Aja levant la tête pour recevoir son baiser, ses yeux pleins d'amour pour Dane, et les mains de mon frère sur son visage, l'approchant de lui alors qu'il se penchait pour sceller leurs lèvres, se grava dans ma mémoire à jamais. Aja passa ses bras autour de son cou et il la serra contre son torse. Ils étaient magnifiques ensemble, l'image même de ce qu'était l'amour. Une salve d'applaudissements retentit quand ils se séparèrent et furent à nouveau présentés en tant que mari et femme, un bruit de tonnerre consumant le silence qui régnait encore quelques secondes plus tôt. Je ne pouvais imaginer de moment plus parfait que celui-là.

LA RÉCEPTION fut somptueuse, une somme d'argent que je n'aurais jamais rêvé posséder ayant été dépensée pour offrir à Aja le jour dont elle rêvait depuis qu'elle avait dix ans. Il y eut six plats différents, accompagnés de vin, de champagne et de n'importe quelle boisson qu'un invité pouvait réclamer. Les gens furent émerveillés par l'orchestre, la piste de danse, et les milliers de bougies qui jetaient une lueur chaleureuse dans la salle. La première danse du marié et de la mariée avait été d'une fluidité extrême, et fascinante à regarder. Ils allaient naturellement ensemble, se mouvant en parfaite harmonie parce qu'ils étaient faits l'un pour l'autre. Lorsqu'Aja dansa avec son père, les gens ne purent qu'admirer l'homme élégant et sa fille. Dane avait glissé sur la piste avec la mère d'Aja, et l'inverse avait été également vrai. À la façon dont ils s'étreignirent tous après la danse, il fut évident que cette union avait à la fois leur approbation et leur soutien. Pas étonnant, car il était difficile d'imaginer que des parents ne veuillent pas de Dane comme gendre.

Je savais que Mme Reid, en tant que mère du marié, avait désiré la danse que Dane avait offerte à la mère d'Aja. En fin de compte, Dane avait invité ses parents biologiques, sa sœur et ses deux frères, à venir à son mariage, mais c'était moi qui n'avais pas de lien de sang avec lui, qui me tenait à ses côtés. J'étais celui qui portait le même nom ; j'étais celui qu'il avait étreint après la cérémonie. J'étais celui que sa femme appelait son nouveau frère et que ses parents considéraient comme le représentant de toute sa famille et qu'il avait amené au mariage.

Au moment des discours, je fus ému par les paroles de Candace à la mariée, ris à celui que Jude prononça pour Dane et, lorsque Dane et Aja se levèrent pour remercier la foule d'être venue célébrer ce jour avec eux, j'étais si heureux pour eux que je me levai pour les applaudir avec tous les autres. Quand tout le monde se rassit, je vis Dane inspirer vivement alors qu'Aja se blottissait contre lui. Je fis signe au photographe qui les immortalisa avant qu'ils se séparent. J'eus le sentiment que le cliché serait l'un des meilleurs de la soirée. Avant que quoi que ce soit d'autre n'arrive, Alex se leva et demanda que toute l'attention se dirige vers l'écran à côté de la piste de danse. Quand le rideau s'ouvrit, les images et la musique dévoilèrent un montage de la vie de Dane et d'Aja, de leurs familles, leurs amis et des moments avant et après leur rencontre. La dernière image montrait Dane à genoux devant Aja. Il lui tendait une rose. Ils me regardèrent tous les deux, se rappelant au même instant le voyage à Carmel et la photo que j'avais prise. J'étais heureux des larmes dans les yeux de la mariée et de la crispation de la mâchoire de Dane

337

alors que la chanson préférée d'Aja, une de Stevie Wonder, emplissait la salle. Les applaudissements devinrent tonitruants alors que les invités se déchaînaient. La mère d'Aja quitta sa chaise en un mouvement fluide et se précipita vers ma table pour me prendre dans ses bras. Elle comprenait enfin pourquoi j'avais eu besoin de fouiller dans ses albums photo avec elle. Quand elle me laissa aller, je me tournai vers la mariée et le marié et les invitai d'un geste de la main à prendre possession de la piste. Dane mena sa femme jusqu'à moi, sa main s'attardant sur ma joue un instant, avant qu'ils me dépassent.

Après minuit, l'orchestre se retira et le DJ prit sa place pour continuer à faire danser les invités jusqu'au petit matin. Les vestes et les nœuds papillon furent jetés sur le côté, les talons hauts abandonnés, et la danse sérieuse commença. J'aurais rejoint les foules, mais il y avait des petits détails qui requéraient mon attention. Je devais distribuer le 'butin' comme l'appelait Aja – passant de table en table pour m'assurer personnellement que chacun reçoive un souvenir du mariage. Puis, je devais me rapprocher du responsable de la restauration et m'arranger pour récupérer tous les appareils photo jetables qui traînaient sur les tables.

Lorsque je sentis des bras s'enrouler autour de ma taille, je me retournai pour découvrir la mariée.

— Viens danser avec moi, dit-elle en souriant.

Je lui retournai son sourire et la suivis sur la piste. Comme toujours quand nous étions ensemble, il nous fut impossible de rester sérieux ne serait-ce qu'une minute. Dans sa robe, et moi dans mon smoking, cela se traduisit par une valse acrobatique. Il y eut des tournoiements et des cabrioles, et tout le monde se mit à rire et applaudir, appelant un bis quand nous en eûmes finalement terminé. Elle me répéta à plusieurs reprises combien elle m'aimait et quand Dane vint nous séparer, au lieu de la prendre dans ses bras, il enroula son bras autour de mon cou et me ramena jusqu'à la table, me dirigeant à travers la foule.

Nous nous assîmes ensemble pour parler tranquillement, penchés l'un vers l'autre, les coudes sur les genoux.

— Donc, cela va sans dire, mais quand même… j'ai la femme que j'aime, le frère que j'aime, les amis que j'aime… il n'y a personne de plus heureux que moi.

Je regardai ses yeux gris et sombres, vis la chaleur en eux, et hochai la tête.

— Je suis désolé que Monsieur et Madame Harcourt ne puissent pas être là aujourd'hui avec toi.

Il hocha la tête.

— Ils sont là.

— Ils seraient si fiers de toi, Dane.

Ses yeux m'absorbèrent.

— Ma famille, les gens qui comptent plus que tout pour moi… sont Aja et toi.

Je lui souris.

— J'ai besoin de toi à mes côtés pour toujours.

Je hochai la tête.

338

— Pareil pour moi.

Posant sa main sur ma nuque, il la serra avant de me relâcher et de se lever.

— Je t'aime, dit-il en s'éloignant.

Il l'avait à peine murmuré.

Je me calai dans ma chaise pour le regarder s'en aller, et je ressentis soudain un sentiment de paix absolue. J'inclinai ma tête en arrière, fermai les yeux et me contentai de respirer.

— Prenez ça.

J'entendis le déclic de l'obturateur et ouvris les yeux pour trouver Aja de l'autre côté de la table avec Candace et une autre demoiselle d'honneur. Je jetai un coup d'œil au photographe avant de ramener mon regard vers la mariée.

— Que fais-tu ?

Elle poussa un soupir, mais ne dit rien.

— Jory, dit Candace, attirant mon attention. Bébé, je n'avais pas idée que tu étais aussi beau.

Je rigolai et regardai de nouveau Aja.

— Tu l'es, tu sais.

— Quoi ?

— Magnifique, me dit-elle, me faisant signe de la rejoindre. C'est amusant parce que tu t'inquiétais de te tenir près des autres, et la vérité dans tout ça, c'est que, Jory chéri, tu étais le plus beau du lot.

— Tu m'aimes, dis-je avec un grand sourire en la prenant dans mes bras. Tu n'es pas partiale.

— Je t'aime, en effet, mais cela ne te rend pas moins magnifique.

Je ris et la pressai contre moi alors qu'elle enfouissait son visage dans mon cou.

CANDACE DÉVIA le bouquet pour qu'il atterrisse dans les bras de la petite amie de Jude lorsqu'Aja le jeta délibérément vers elle une heure plus tard, et la grimace sur son visage quand il se rendit compte de ce qu'elle avait fait fut inestimable. L'élan de la foule vers la porte pour regarder Dane et Aja s'en aller en limousine Rolls Royce déplaça les invités qui étaient devant vers l'arrière. Il n'y avait aucun moyen que l'un d'entre nous puisse s'approcher. Dane leva une main vers moi et Aja me souffla un baiser. J'avais reçu mes ordres. Durant les trois semaines que durerait leur lune de miel, je devais coordonner les déménageurs. Toutes les affaires d'Aja et toutes celles de Dane devaient se trouver dans leur nouvelle maison de Highland Park avant qu'ils reviennent. Tout reposait sur moi. J'avais promis que ce serait fait, même avec mon emploi du temps surchargé. Mon frère comptait sur moi.

Les gens commencèrent à partir au compte-gouttes et la musique changea au profit de vieux airs sur lesquels tout le monde pouvait danser ou chanter en chœur. J'allai dire au revoir aux Reid, donnai une accolade à Caleb, et fus surpris lorsque le père de Dane mit un point d'honneur à me dire combien il était reconnaissant que j'aie glissé une photo de leur famille dans le montage.

— Je vous en prie, lui dis-je en souriant.

Il me tapota le dos alors que je m'accroupissais entre sa chaise et celle de sa femme.

— Jory, vous êtes un si bon garçon, soupira Mme Reid, les larmes aux yeux. Dane s'est sans aucun doute choisi un merveilleux frère.

Je me penchai et embrassai sa joue, et sa main resta pressée sur mon cou jusqu'à ce qu'elle puisse à nouveau respirer sans pleurer. Je les remerciai tous d'être venus et Caleb me dit combien Dane avait de la chance de m'avoir. Je lui répondis que c'était moi le chanceux.

Je traversai lentement la foule, faisant d'ultimes vérifications, passant de table en table avant de trouver le traiteur pour le remercier. Ayant finalement terminé, je troquai mes vêtements contre un jean, un tee-shirt à manches longues et mes Converses et me dirigeai vers la porte. Je slalomai dans la foule pour faire mes derniers adieux aux invités et j'embrassai rapidement et étreignis toutes les femmes. Je trouvai Rick, Lance et Alex assis ensemble et m'arrêtai à leur table.

— Tu veux attendre et partager un taxi, J ? me demanda Rick.

Je lui souris et secouai la tête.

— Qu'allons-nous faire sans lui ? demanda Jude en venant s'accouder au dossier d'une chaise vide. Il est le premier à tomber.

— Nous étions toujours ensemble, dit Rick doucement, ses yeux s'arrêtant sur chacun de nous. C'est bizarre. C'est comme la fin d'une époque.

— J'ai l'impression que je devrais pleurer la disparition de mon ami.

Je leur souris tout en mettant mon iPod en place.

— Tu crois que c'est drôle, J ? me demanda Rick.

— Non.

Je respirai un grand coup et m'éloignai de la table.

— Mais vous devez bien grandir un jour.

— Je ne suis pas prêt à me marier, insista Rick. Et je ne veux certainement pas être le père de qui que ce soit.

— D'accord, acquiesçai-je, mes yeux glissant sur chacun d'eux, tour à tour. Prenez soin de vous, les gars. Je vous verrai plus tard.

— Appelle-moi, J, insista Rick. Je te botterai les fesses au squash.

— Bien sûr, mentis-je avant de pivoter pour me diriger vers la porte.

Cela faisait du bien qu'il fasse frais et non pas froid dehors. C'était une belle nuit – ou un beau début de matinée maintenant – pour la première semaine d'octobre. C'était amusant, mais contrairement à ses amis, je ne ressentais rien d'autre que du contentement pour Dane et une sorte de quiétude pour moi. J'avais vu mon frère traverser une étape importante de sa vie. J'en étais très reconnaissant.

II

Iʟ ʏ avait tout un tas de choses pour lesquelles j'étais bon. Aller chercher des vis dans une quincaillerie le dimanche soir suivant n'était pas l'une d'entre elles. Au téléphone avec Chris, je lui expliquai pour la millionième fois pourquoi j'aurais dû rester à la maison avec Dylan et pourquoi il aurait dû être celui en train de regarder dans les bacs marqués de fractions. Ils se ressemblaient tous pour moi.

— Arrête de geindre, me dit-il sèchement.

Je grognai.

— Allez, mon garçon, utilise ce chromosome Y que tu possèdes pour quelque chose, me taquina-t-il.

— Tu es hilarant, grognai-je à nouveau. Qu'es-tu en train de faire de toute façon ?

— Je regarde la télé et te prépare à dîner.

Je rigolai.

— Très domestique.

— Dépêche-toi. Si je ne monte pas ce fichu berceau aujourd'hui, ma vie va être un enfer.

— Très bien, j'arrive.

— N'oublie pas les deux litres de peinture et le pistolet à agrafes.

— Pas de problème.

— Et ce truc bleu qui colle que tu utilises quand tu peins.

— Tu veux dire le ruban adhésif de peintre ?

— Va te faire foutre, petit con, grommela-t-il en raccrochant.

Je souriais au moment où je me retournai et heurtai quelqu'un.

— Pardon.

— Jory.

Je relevai brusquement la tête et je me retrouvai face à face avec Sam Kage. Il tendit instantanément les mains pour me stabiliser, mais je fus plus rapide et reculai d'un pas avant qu'il puisse me toucher.

Ses mains s'enfoncèrent profondément dans les poches de son jean.

— Salut.

Je le regardai dans les yeux.

Il inspira rapidement.

— Comment vas-tu ?

— Bien. Et toi ?

— Bien.

Il hocha la tête.

La façon dont il me regardait, incertain et curieux en même temps... Amusant.

— Ça fait quoi ? Trois ans ?

— Quelque chose comme ça, acquiesçai-je.

Nous restâmes silencieux plusieurs minutes, puis il plissa les yeux.

— Tu sais, ça peut te paraître bizarre, mais tu ne sembles pas vraiment surpris de me voir.

Je lui souris.

— Non, je t'ai vu il y a un an environ dans une fête de quartier au centre-ville.

— Vraiment ?

Je hochai la tête.

— Oui, et juste après ça, j'ai travaillé pour la boîte de ton frère et il m'a raconté les derniers événements de ta vie.

Je parlais rapidement.

— Ce n'est pas comme si j'avais demandé... il faisait juste la conversation.

— Il a fait ça ?

— Oui.

— Hum. Alors, dans ce cas, tu sais que je suis de retour depuis un moment ?

— Oui.

— Mais tu n'as jamais...

Je haussai les épaules.

— Non, mais toi non plus.

Il plissa les yeux.

— Non... en effet.

— D'accord, donc, à plus.

Je lui souris une nouvelle fois et le contournai.

D'une main sur mon bras, il m'arrêta, se remettant sur mon chemin.

— Que fais-tu maintenant ?

— Oh, dis-je. Eh bien, je ne sais pas si tu te souviens de ma partenaire, Dylan Greer, mais...

— Je me souviens d'elle, m'assura-t-il.

— Eh bien, elle et moi avons notre propre boîte maintenant. Ça s'appelle Harvest Design, et nous réalisons des logos, de l'image de marque, des concepts pour des sociétés, de l'identité visuelle, ce genre de choses.

— Ça a l'air pas mal. Tu aimes ça ?

— Beaucoup. Ce n'est pas comme si nous faisions des millions de dollars, mais nous nous en tirons bien.

— Dane vous a-t-il financé ?

La question m'irrita instantanément. Il pensait peut-être que j'avais emprunté de l'argent à mon frère pour lancer mon affaire parce que j'étais incapable de le faire tout seul ?

— En fait non, dis-je sèchement, réalisant qu'il tenait toujours mon bras. Dy et moi avons fait un emprunt que nous avons remboursé en seulement trois mois.

— C'est super.

Comme s'il s'en souciait. Je fis rouler mon épaule et sa main tomba.

— Désolé, dit-il dans un souffle.

Je levai le ruban adhésif et le sac en plastique rempli de vis.

— Eh bien, je dois filer. Je suis au milieu d'un projet, mais c'était…

— Qu'est-ce que tu fais ?

— J'aide Chris à construire un berceau.

— Chris ?

— Le mari de Dylan.

— Oh, dit-il en hochant la tête. Est-ce que c'est leur premier enfant ?

— Oui, confirmai-je en souriant. Nous finissons la chambre d'enfants aujourd'hui, donc je dois y aller.

— Bien sûr, acquiesça-t-il.

— À plus alors.

Je soupirai avant de me retourner et de m'éloigner en courant.

Je me moquais de donner l'impression de m'enfuir. Je voulais mettre de la distance entre nous. J'avais fermé et verrouillé la porte sur Sam Kage et le désordre qu'avait été ma vie longtemps auparavant. Je voulais que ça reste comme ça. Manifestement, lui aussi. S'il avait voulu qu'il en soit autrement, la première fois que je l'avais revu – après la fois où je l'avais vu à l'hôpital – il n'aurait pas été en train de se promener en riant avec des amis et une femme que je ne connaissais pas. Sa vie, j'en étais sûr, était telle qu'il le voulait.

— Jory.

Je me retournai et découvris un étranger.

— Salut.

Il sourit timidement.

— Brandon Rossi. Vous souvenez-vous de moi ?

Je secouai la tête.

— Non, désolé.

Il se racla la gorge.

— J'étais chez Bigelow et Stein lorsque votre partenaire et vous avez fait le logo pour leur nouveau programme de sensibilisation communautaire il y a quelques mois.

— Oh, c'est vrai, dis-je avec un grand sourire. Ils ont finalement choisi ce grand clown effrayant sur leur logo. Bigelow et Stein, la maison des clowns-tueurs.

— Vous n'aimez pas les clowns, hein ?

— Ils sont effrayants comme tout.

Le sourire fit scintiller ses yeux derrière ses lunettes à monture métallique.

— Eh bien, pour ma part, je ne comprenais pas ce que vous disiez à propos de l'arbre jusqu'à ce que je voie le résultat à l'impression.

Je hochai la tête.

343

— Vraiment, dit-il en riant et en me donnant une tape sur l'épaule. Je n'arrivais pas à saisir. Je ne pouvais le dépeindre dans mon esprit comme vous. Je ne suis pas un artiste.

— Moi non plus, dis-je catégoriquement, me moquant de lui. Mais comme je l'ai dit, les clowns me font peur.

Il fronça les sourcils avec sévérité en me regardant, mais un sourire étira le coin de ses lèvres.

— Ne vous moquez pas de moi. Je ne suis pas du tout créatif. C'est pour ça que je suis devenu avocat.

— Oh, je pense que l'interprétation de la loi est très créative.

— Un sarcasme, dit-il en hochant la tête. Super.

Il avait des yeux chaleureux et un grand sourire que je ne me souvenais pas lui avoir vu avant.

— Alors, qu'est-ce qui vous amène dans une quincaillerie un dimanche soir ?

Il s'éclaircit la gorge.

— Cette confession, je l'espère, ne vous effrayera pas.

— Oh, oh, le taquinai-je. De quoi s'agit-il ?

— J'étais de l'autre côté de la rue et je pensais vous avoir vu entrer ici. Vous conduisiez une jeep verte vraiment laide et…

— La jeep n'est pas laide, dis-je pour défendre la joie et la fierté de Chris. Et elle n'est pas verte. Elle est bronze. Simplement, c'est difficile à voir de nuit.

Il ravala un rire narquois.

— Elle est verte. On dirait un brun verdâtre et…

— Vous n'y connaissez rien en couleurs.

— Mais si.

— Ah bon ? Quelle est votre couleur préférée ?

— Le noir.

— Mmh-mmh.

— Oui, mais pas noir comme dénué de toute autre couleur, plutôt noir comme beaucoup d'autres couleurs mixées pour faire du noir.

— Je vois, dis-je comme s'il était fou.

— Vous n'êtes pas paniqué que je vous ai vu et que je vous ai suivi jusqu'ici ?

Je haussai les épaules.

— Vous vouliez juste me saluer et me titiller au sujet de la couleur de ma voiture. C'est tout à fait compréhensible et plutôt gentil.

Il hocha la tête et je vis ses yeux glisser sur moi.

— Pensez-vous que vous aimeriez peut-être dîner avec moi ?

— Je ne peux pas ce soir, dis-je rapidement. Je suis en train de monter une chambre d'enfants, mais je garde l'invitation pour une autre fois si ça vous convient ?

344

— D'accord, dit-il en souriant et en remontant ses lunettes sur son nez. Est-ce qu'un dîner demain vous conviendrait ? Parce que si ce n'est pas possible, nous pouvons...

— Demain soir, c'est parfait, le coupai-je. Pourquoi ne m'appelez-vous pas au travail et nous verrons où aller.

Son sourire était étincelant.

— C'est parfait.

Je hochai la tête.

— D'accord, j'attends donc votre appel.

— Sans faute. Merci.

Je plissai les yeux.

— Merci pour quoi ?

Il haussa les épaules.

— Pour avoir dit oui.

Je lui offris un sourire éclatant et je l'entendis retenir son souffle. Sa réaction était très flatteuse.

— À bientôt, alors.

— Oui, à bientôt, dit-il derrière moi alors que je m'éloignais.

Alors que je faisais marche arrière sur le parking, je vis Sam monter dans un SUV aux fenêtres teintées encore plus gros que l'ancien, il approchait la taille d'un Hummer. Je m'arrêtai et l'interpellai. Quand il se retourna, j'avais un grand sourire aux lèvres. Je ne pus tout simplement pas résister.

— Est-ce qu'il est assez gros, inspecteur ? le taquinai-je.

Le sourire en coin que je reçus était le même que dans mon souvenir.

— Non.

Je hochai la tête tout en allumant la radio et Fontella Bass se mit à chanter.

— Est-ce que ta mère t'a parlé de son travail ? criai-je par-dessus la musique.

— De son quoi ?

Je lui fis un signe de la main avant de m'engager dans la rue et de m'en aller.

Quelques heures plus tard, je racontais tout à Dylan de ma rencontre avec Sam et de mon rendez-vous pour le soir suivant avec Brandon Rossi. Elle feignit d'entrer en travail, ce qui m'effraya autant que son mari. C'était par pur diabolisme. J'étais encore sur son dos à cause de ça quand nous entrâmes ensemble à l'agence le lendemain matin.

— Je pourrais le refaire, dit-elle en agitant un doigt vers moi. Alors, ne me pousse pas, J.

— Refaire quoi ? me demanda Sadie Kincaid en entrant dans notre bureau avec deux tasses de café.

J'adorais notre joyeuse petite réceptionniste de Kenosha dans le Wisconsin. Elle était amusante et intelligente et avait un sens de l'humour cinglant qui correspondait parfaitement à celui de Dylan.

— Elle a encore fait semblant d'entrer en travail, lui dis-je.

345

— Pourquoi ? demanda-t-elle en regardant Dylan. Est-ce qu'il ne restait qu'un seul muffin au chocolat à la boulangerie ?

— Oh, pour l'amour du ciel, répliqua-t-elle sèchement. Faites semblant de perdre les eaux une fois et vous êtes cataloguée à vie.

Nous nous moquâmes d'elle tous les deux.

— Oh, non, gémit soudain Sadie en s'approchant de moi. Qu'as-tu fait à tes magnifiques cheveux ? me demanda-t-elle en passant ses doigts dans mes boucles.

— J'ai...

Je m'interrompis et regardai Dylan.

— De quelle couleur s'agit-il déjà ? Bleu layette ?

— Exact.

Je me retournai vers Sadie.

— J'ai de la peinture bleu layette dans les cheveux. J'ai dû faire le plafond de la chambre du bébé. Chris a foiré les coins.

— Je vois.

Elle me sourit et je remarquai quelque chose de différent dans son expression, presque aimante. Le soupir que poussa Dylan me ramena à elle.

— Quoi ? lui demandai-je.

— Rien, rigola-t-elle avant de pousser un autre soupir en me regardant toujours.

Elles se comportaient toutes les deux bizarrement.

— Quoi ?

— J'ai dit, rien, répliqua Dylan d'un ton sec. Regardons les épreuves que nous avons préparées pour Trotter.

Nous passâmes une bonne partie de la matinée à passer en revue les comptes courants, avant que notre éthique de travail nous abandonne au profit d'une course de chaises de bureau vers dix heures. Nous prîmes un taxi pour rencontrer un nouveau client autour d'un déjeuner, et sur le chemin de retour, Brandon m'appela. Je lui dis que j'avais craint qu'il m'ait posé un lapin.

— Non, Jory, murmura-t-il dans le téléphone. Cela n'arrivera jamais.

— Vous êtes très bon pour mon ego, Monsieur Rossi, ris-je.

— Je vais être bon pour vous, tout court, dit-il catégoriquement. Que diriez-vous du Brava à dix-neuf heures ?

— Cela me semble bien. Je vous retrouverai là-bas.

— D'accord, dit-il avec un long soupir. À tout à l'heure.

Quand je raccrochai, Dylan fronçait les sourcils avec sévérité.

— Quoi ?

— Qui est ce type ?

— Je pense que nous avons fait le logo de son ancien cabinet d'avocat. J'ai dans l'idée qu'il a démissionné depuis.

— De quel cabinet ? Tu n'as pas dit où il était en premier lieu.

— Il était chez Bigelow et Stein.

— Je ne me souviens de personne chez Bigelow et Stein, sauf Chelsea Connors.

346

— C'est parce que tu ne te souviens que des gens qui signent le chèque à la fin du travail.

— Et alors ?

— Ce n'est pas correct.

Elle se contenta de ricaner et son froncement de sourcils s'accentua.

— Tu dois me laisser rencontrer ce type.

— Oh, je ne pense pas, non. Tes hormones te rendent dingue, princesse.

Elle me grogna dessus.

— Tu vois, c'est exactement de ça que je parle.

Dylan, Sadie et moi revenions de notre pause yaourt de l'après-midi lorsque nous tournâmes à l'angle du couloir et trouvâmes Sam Kage appuyé contre la porte vitrée et verrouillée de notre bureau. Je fourrai mon bol à moitié mangé dans les mains de Dylan et courus vers lui.

— Hé, dis-je avec un rapide sourire. Qu'est-ce que tu fais ici ?

— J'ai parlé à ma mère et J'ai parlé à Michael.

Il hocha lentement la tête.

— C'était intéressant.

J'entendis Dylan et Sadie entrer dans le bureau derrière moi, mais je ne me retournai pas et n'invitai pas Sam non plus. Je ne voulais pas prolonger la visite.

— Jory ?

— Désolé. Tu as dit que la discussion était intéressante, comment ça ?

Et j'aurais tout aussi bien pu me filer des gifles pour lui avoir parlé sur le parking la veille. Il y avait des moments où je laissais échapper des choses parce que je brûlai d'envie de recevoir des louanges. J'étais vraiment trop motivé par les réactions de l'extérieur pour mon propre bien. J'aimais qu'on me dise à quel point j'étais fantastique. Pas tout le temps, mais suffisamment pour que ce soit un problème. Dans ce cas présent, si j'avais fermé ma grande gueule, je n'aurais pas reçu la contre-visite de Sam Kage aujourd'hui.

— Eh !

Je levai les yeux et réalisai, comme d'habitude, que mon esprit était parti à la dérive.

— Oui ?

— Tu as trouvé du travail à ma mère.

Il me dévisagea.

— Elle est la présentatrice de *Date Night Friday Night* sur Channel Dix.

Et j'avais eu besoin qu'il le sache, ce qui était complètement nul.

— Ils voulaient que Dy et moi leur trouvions un concept, et je la leur ai présentée.

Il hocha la tête.

— Elle adore ça, tu sais.

— Je sais.

Chaque vendredi soir, ils diffusaient un classique romantique, comme *Tant qu'il y aura des hommes*, et Regina donnait des conseils sur ce qu'il fallait cuisiner ou quel vin servir. C'était amusant et elle adorait ça. Les critiques étaient vraiment bonnes. Les gens l'aimaient et mettaient un point d'honneur à rester chez eux avec leurs proches pour regarder le film et la voir, elle.

— Je ne savais pas. Je veux dire, je suis revenu depuis un an et elle ne m'a jamais dit que tu étais la raison pour laquelle elle avait obtenu ce travail en premier lieu.

— Pourquoi l'aurait-elle fait ? Cela n'a rien à voir avec toi.

— Elle aurait au moins pu le mentionner.

Je haussai les épaules. Ce qu'il trouvait bizarre, moi je n'y voyais rien de mal.

— Tu lui manques. Elle m'a dit qu'elle ne t'avait pas vu depuis près de six mois.

— Nous sommes tous les deux occupés, expliquai-je. Je l'appellerai, cependant. Peut-être que nous pourrions déjeuner ensemble un de ces jours.

Il hocha la tête.

Je m'éloignai dans le couloir, loin du bureau. Lorsque je me retournai pour lui faire face, il était plus proche que je le pensais, m'ayant emboîté le pas. Avant que je puisse faire un pas en arrière, il m'empoigna par le devant de mon pull à col roulé.

— Quoi ?

Il se contenta de me regarder en laissant tomber sa main.

J'essayai de garder une conversation légère.

— Qu'est-ce que Michael a dit ?

— Il a dit que son cabinet t'avait embauché et que Dylan et toi aviez été phénoménaux. Il n'a pas vraiment eu la chance de pouvoir te parler seul à seul, et il en est désolé.

— Moi aussi.

Il prit une grande inspiration et se rapprocha de moi.

— Est-ce que je peux te parler ?

— Nous sommes en train de parler.

— Je veux dire que j'aimerais m'asseoir et... Je veux juste m'asseoir, si tu es d'accord.

Je reculai lentement.

— Je n'essaie pas d'être un connard ou quoi que ce soit, mais pourquoi ? Je veux dire, dans quel but ?

Il se racla la gorge.

— Tu dois avoir des questions à propos de ce qui s'est passé et...

— Non, je sais ce que j'ai besoin de savoir.

Je m'obligeai à sourire. Deux inspecteurs sont venus me voir quand je suis sorti de l'hôpital.

— Ah oui ? Dis-moi ce que tu sais.

Je fis un autre pas en arrière.

— Eh bien, je sais que tu es allé chez Maggie ce soir-là, à temps pour la sauver et à temps pour qu'elle te dise qu'elle était une diversion pour t'éloigner de moi.

Il hocha la tête.

— Sauf que les inspecteurs n'étaient pas au courant pour toi et moi, bien sûr, ils ont juste dit que Dominic s'était servi d'elle pour te retenir là-bas.

Ses yeux ne quittaient pas les miens.

— En fait, il n'a jamais été fait mention de notre relation dans aucun rapport officiel.

Il hocha la tête.

— Non, en effet. Si tel avait été le cas, j'aurais été viré des forces de police.

— Donc c'était tout bon.

— Ouais.

Je m'éclaircis la gorge.

— Alors, comment va Maggie ?

— Je n'en ai aucune idée. Je ne l'ai jamais revue après cette nuit-là.

— Elle n'a jamais appelé ?

— Aucune idée. Ma vie est devenue un peu dingue après ça.

— La tienne ? dis-je en haussant un sourcil.

Son sourire fut rapide.

— D'accord, tu gagnes.

Nous restâmes silencieux un moment, nos yeux verrouillés l'un à l'autre avant que je détourne le regard.

— Hé, dit-il d'une voix si douce que je l'entendis à peine. Regarde-moi.

J'étais nerveux et à cran et je ne savais pas pourquoi. Pourquoi avais-je cette réaction bizarre face à Sam Kage ?

— Alors, j'ai entendu dire que Dominic était en détention préventive, avant de rejoindre le programme de protection des témoins, comme mon amie Anna. Sais-tu où se trouve chacun d'eux maintenant ?

Il secoua la tête.

— Non. Mais j'ai quand même entendu dire qu'Anna s'était remariée, et qu'elle attendait un enfant. On me l'a appris quand Dom a intégré le programme. Tu devrais être content pour elle.

Je hochai la tête.

— Je le suis, vraiment.

— À quoi penses-tu ?

Mes yeux revinrent se poser sur les siens.

— Je peux toujours dire quand ton cerveau fait des heures supplémentaires.

Je lui souris.

— C'est juste bizarre… J'ai toujours pensé que je reverrais Anna, que je tomberais sur elle de temps à autre, tu vois ? C'est drôle comme les choses ne se déroulent jamais comme on le pense.

— En effet.

— Alors, tu es juste venu pour…

Il fit un pas qui le rapprocha de moi.

— Si tu m'as vu ce jour-là dans la rue, pourquoi n'es-tu pas venu me parler ? Cela me semble étrange que tu ne l'aies pas fait.

— Tu étais avec beaucoup de gens et je ne voulais pas jouer les intrus.

Il hocha la tête, faisant un autre pas en avant.

— Et tu as vu ma mère, tu as vu Michael… Pourquoi n'avoir rien demandé à mon sujet ?

— Ils m'ont parlé sans que j'aie besoin de le demander.

Je soupirai, m'appuyant contre le mur pour mettre de la distance entre nous.

— Je suppose qu'ils ont pensé que tu t'en souciais. Désolé pour ça.

— C'est le cas, dis-je doucement. Ça l'est toujours.

Ses yeux étaient rivés aux miens.

— Ils m'ont dit que tu travaillais aux homicides maintenant. Est-ce que tu préfères ça aux mœurs ?

Il acquiesça.

— Bien, je suis content que tu sois heureux. Je ne souhaite rien d'autre que le meilleur pour toi, Sam, tu le sais.

Il soupira lentement.

— Je le sais, oui.

— Alors, tu vois ?

Avec un sourire lumineux, je le dépassai pour rejoindre mon bureau.

— Tout va bien.

— Attends.

Je me retournai en atteignant la porte.

— Est-ce que ça te tuerait de manger avec moi ?

Je souris à son choix de mots.

— Non. Quand ?

— Pourquoi pas ce soir ?

— Désolé, j'ai un rendez-vous. Demain ?

— Un rendez-vous, hein ? Avec qui ? Ce gars de la quincaillerie, hier ?

— Exact. Comment le sais-tu ?

Il haussa les épaules.

— Je vous ai vu parler… je m'en suis douté vu la façon dont il te regardait.

— D'accord, dis-je en rigolant.

— Alors, tu as des rendez-vous en ce moment ? Rien de sérieux ? J'aurais pensé qu'il y aurait quelqu'un de sérieux comme maintenant.

— Je suis difficile, dis-je en souriant.

— Qu'en est-il d'Aaron Sutter ?

Je relevai brusquement la tête.

— Comment sais-tu à propos d'Aaron ?

— Je suis inspecteur, dit-il en m'adressant son sourire en coin.

350

— C'est vrai, dis-je le cœur battant.

— Alors que s'est-il passé ?

Je le dévisageai, sentant mes sourcils se froncer.

— Quoi ? rigola-t-il. Nous sommes juste en train de bavarder. Crache le morceau.

Je haussai les épaules.

— Il voulait que j'emménage et je pensais que c'était trop tôt.

— Vous êtes toujours amis ?

— Non.

Je secouai la tête.

— C'était une histoire du genre tout ou rien, et lorsque j'ai choisi le rien, tout était presque dit.

— Je trouve ça difficile à croire.

— Certaines personnes sont à jamais perdues, Sam, le taquinai-je en tournant les talons pour m'esquiver dans mon bureau.

— J.

Je me retournai à moitié.

— Est-ce que je peux avoir ton numéro pour te passer un coup de fil ?

— Ta mère l'a, lui dis-je. À bientôt.

— OK, dit-il alors que je refermais la porte derrière moi.

— Jory ! cria Dylan de l'autre bout de la pièce. Ramène ton cul ici et explique-moi pourquoi diable je viens de voir Sam Kage !

— Qui est Sam Kage ? demanda doucement Sadie. Le gars sexy du couloir ?

J'agitai mes mains devant Sadie pour la faire taire.

— Mon Dieu, Jory, cet homme peut faire de moi tout ce qu'il veut.

— Tu ne m'aides pas, là, murmurai-je.

— Jory ! hurla presque Dylan. Viens ici tout de suite !

Je gémis et m'en fus expliquer à ma meilleure amie pourquoi crier comme ça n'était bon ni pour elle ni pour son bébé. Je dus parler vraiment très vite pour la convaincre que me balancer son Rolodex à la figure n'était pas non plus une solution acceptable.

III

IL S'AVÉRA que l'endroit où Brandon m'avait invité à le retrouver était situé à un pâté d'immeubles de son bureau. Tous les avocats passaient là après leur travail, échangeant des histoires, se saoulant et dansant sans retenue. À notre table, où j'étais assis avec mon rendez-vous, ils parlaient d'un cas sur lequel ils travaillaient et je buvais. Il n'y eut aucune tentative pour m'inclure dans la conversation ou enchaîner avec une nouvelle. Lorsque plusieurs minutes supplémentaires furent écoulées, je sortis mon téléphone de ma veste en cuir et posai la question à Dylan, Evan, et ma copine Tracy : pourquoi participais-je à une happy-hour au lieu de profiter de la compagnie de mon rendez-vous ?

Lorsque je relevai les yeux, le serveur était de retour et je commandai un autre Mojito. Je lui glissai un billet de vingt et lui demandai de séparer ma note du reste de la table. Mon téléphone me siffla en guise de sonnerie pour m'avertir que j'avais reçu des messages et je découvris qu'Evan pensait qu'il m'exhibait parce que j'étais très beau. Dylan pensait qu'il était le genre de gars qui avait besoin de l'approbation de ses amis sur la personne qu'il pouvait ou non inviter, et ma copine Tracy me dit qu'il essayait de rendre ses amis jaloux parce que je n'étais pas seulement sexy, mais parce que j'avais aussi du talent et du succès. Je répondis à Evan que c'était des bêtises, envoyai la même chose à Tracy et acquiesçai au message de Dylan. L'homme fait pour moi ne se serait pas soucié de l'avis de ses amis, comme le faisait manifestement Brandon.

— Est-ce que vous allez bien ? demanda Brandon en se penchant vers moi et en posant une main sur ma jambe. Puis-je vous offrir un autre verre ?

Peut-être que ses amis devaient me voir d'abord, avant même qu'il décide s'il devait perdre son temps en m'emmenant dans un véritable restaurant ou non. J'envoyai ce message à Dylan.

— Jory ?

— Je vais bien.

Je soupirai et vis que j'avais reçu une photo de la part de Dane, le montrant Aja et lui sur une plage, en train de boire. Ils souriaient tous les deux au téléphone.

— Très bien.

C'était très grossier de ma part de rester assis avec mon téléphone à envoyer des messages, alors j'en envoyai un dernier à Evan en lui demandant si Loudon et lui voulaient aller au restaurant avec moi le vendredi suivant. Je reçus un oui avec l'assurance que Loudon avait un autre de ses amis à me faire rencontrer. Je ne pus étouffer mon gémissement. Le dernier mec que Loudon McKay, le partenaire d'Evan depuis ces deux dernières années, m'avait présenté s'était avéré posséder un chat avec une sorte de maladie de peau bizarre. Il devait lui appliquer une pommade toutes les quatre heures. Je m'étais enfui sans demander mon reste.

— Vous allez bien ? me demanda l'un des amis de Brandon.

— Super, marmonnai-je en rangeant mon téléphone dans ma veste pendue à ma chaise.

La musique changea pour un truc électro quelconque au tempo étrange qu'ils avaient dans leurs classiques des années soixante-dix. J'étais très heureux. Quand je commençai à chanter en rythme, je balayai la table des yeux et vis que la jeune femme à l'autre bout chantait en chœur avec moi. Son sourire timide était très attirant. Et ses fossettes également. Et elle connaissait toutes les paroles de *Rich Girl* de Hall & Oates, tout comme moi. Je lui fis un signe de la main et elle me le rendit.

Je me levai et marchai vers elle avant de m'accroupir à côté de sa chaise. Elle se tourna pour me regarder, haussant un sourcil cuivré interrogateur.

— Coucou.

Elle sourit doucement et ses doigts repoussèrent les cheveux de mon visage.

— Coucou à vous.

— Voudriez-vous danser avec moi ?

— J'aimerai beaucoup.

Elle prit la main que je lui tendais et je la conduisis sur la piste de danse.

— Je suis Jory.

— Aubrey.

— Joli prénom pour une jolie dame, dis-je en la faisant ployer très bas.

Elle ne gloussa pas, elle éclata d'un rire profond et guttural.

— Je vous retourne le compliment, joli garçon.

Je rigolai en la remettant sur ses pieds et nous commençâmes à danser. C'était amusant et elle me suivit alors que nous nous déhanchions l'un autour de l'autre comme des idiots. Vingt minutes plus tard, elle demanda une pause pour se désaltérer et je la suivis jusqu'au bar. Cela devint rapidement une routine : danser un peu, boire un peu, et recommencer. Nous en perdîmes tous les deux rapidement le compte. Je lui offrais une tournée, puis elle, puis de nouveau moi… et il y eut encore beaucoup de danses jusqu'à ce que nous fassions une longue pause le temps de nous asseoir et d'échanger nos numéros de téléphone.

La dance music revint nous marteler les tympans via les haut-parleurs et nous retournâmes sur la piste. C'était amusant et je ne me souciais plus de ce qui m'avait amené ici en premier lieu, j'étais juste impatient de faire plus ample connaissance avec ma nouvelle amie. Je nous imaginais faire du shopping et trouver des hauts à paillettes assortis sans bretelles ou quelque chose de tout aussi ridicule. Lorsque je la fis tournoyer avant de la faire plonger dans mes bras, elle rit si fort que je crus qu'elle allait faire pipi dans sa culotte.

Lorsque nous fûmes tous les deux épuisés et resservis en alcool, nous décidâmes de nous asseoir un moment. Elle était sur mes genoux lorsque son rendez-vous,

Adam Meyers, arriva et la saisit par le bras. Elle se dégagea d'un mouvement brusque et lorsqu'il réitéra son geste, plus fort, elle perdit l'équilibre et glissa de mes jambes jusque sur le sol.

— Mais qu'est-ce que vous faites ? lui criai-je en m'agenouillant pour m'assurer qu'elle allait bien.

— Elle m'embarrasse, et vous embarrassez Bran. Par le ciel, ne comprenez-vous pas que tout le monde au cabinet se réunit ici après le travail ? Jusqu'aux associés, c'est ici que nous venons tous.

Je regardai Aubray, et elle haussa les épaules.

Elle pointa le type par-dessus son épaule.

— J'ai finalement cédé parce que ça faisait un mois et demi que ce gars me demandait de sortir avec lui.

— Est-ce que ça va ? lui demandai-je en l'aidant à se remettre debout, vérifiant son état et réalisant qu'elle n'avait pas l'air trop mal.

Cela avait été davantage une glissade qu'une chute.

— Oui, mon chou, soupira-t-elle.

Elle se releva et redressa sa chemise chiffonnée.

Femme hétéro, homme gay... nous étions un couple fait pour nous entendre.

— Où travaillez-vous ? lui demandai-je.

— Dans une société appelée Barrington. Nous faisons...

— J'ai travaillé chez Barrington.

Mon sourire s'élargit.

— Mais je suis parti pour monter ma propre affaire. Je dirige Harvest Design maintenant. Je travaille avec...

— Oh merde !

Elle rit et se jeta dans mes bras.

— Jory, je suis Abe.

Je la repoussai pour pouvoir la regarder plus attentivement.

— *Vous êtes* Abe Flanagan ? Celle qui va venir m'aider lorsque Dylan sera en congé maternité ?

— Oui.

Elle hocha la tête en riant, me saisissant à nouveau pour me serrer dans ses bras.

— Putain de merde ! s'écria-t-elle. Le monde est vraiment petit !

Je hochai lentement la tête.

— Oui, en effet. Allez viens, allons manger quelque chose.

— Je vais chercher mon sac, dit-elle en s'écartant.

Mais alors qu'elle se retournait, Adam lui barra le chemin.

— Quoi ?

— L'un des partenaires du cabinet va arriver et tu dois attendre de le rencontrer.

— Tu rêves ! s'exclama-t-elle comme s'il avait fumé.

— Jory.

Brandon empoigna l'avant de ma chemise.

354

— Pourriez-vous essayer de ne pas m'embarrasser complètement ?

— Vous n'auriez pas dû m'inviter si vous ne vouliez pas être embarrassé, lui dis-je. Vous ne pouvez pas emmener les *blancs pauvres* que nous sommes, Abe et moi, n'importe où.

Aubrey gloussa pour finir avec un rire narquois, ce qui commença à me faire rire.

— Merde ! gémit-il en regardant Adam alors que Rick Jenner s'avançait vers nous.

Je compris immédiatement que Brandon Rossi et Adam Meyers travaillaient chez Riley, Jenner, Knox, et Pomeroy. Ils étaient pétrifiés et Rick ne les regardait même pas. Son regard vert pétillant m'était entièrement destiné.

— Salut, dis-je en lui souriant.

— Salut, me répondit-il en me renvoyant un sourire éclatant, tout à fait à l'aise. Qu'est-ce qui t'amène dans ce repère d'avocats, J ?

— J'ai amené mon amie, Abe.

Il porta son regard sur Aubrey Flanagan et son sourire s'élargit.

— Eh bien, bonjour Abe.

Elle lui adressa un grand sourire.

— Bonjour à vous, Monsieur…

— Richard Jenner, avocat, dit-il rapidement d'une voix profonde et sérieuse.

— Je déteste les avocats, lui lança-t-elle avec défi en haussant à nouveau ce superbe sourcil cuivré.

— Vraiment ?

Il sourit malicieusement tandis qu'il lui prenait la main pour la faire passer sous son bras.

— Oui, vraiment, souffla-t-elle alors qu'il la rapprochait de lui.

— Je peux arranger ça.

Elle plissa les yeux et je vis sa mâchoire se contracter.

— Appelez-moi, Rick.

— D'accord, dit-elle, ses yeux l'absorbant, prenant note de son épaisse chevelure noire, de sa fossette au menton, des lignes de rire au coin de ses yeux émeraude et pétillants.

— Comment connaissez-vous Jory, Rick ?

— C'est le petit frère de l'un de mes meilleurs amis au monde.

Adam et Brandon devinrent complètement livides, et je me mordis la lèvre pour ne pas sourire.

— Comment connaissez-vous Jory, Abe ? demanda-t-il, immensément amusé, la contemplant des yeux, fasciné.

— Nous travaillons ensemble, dit-elle, ses yeux recherchant les miens.

— C'est vrai, lui confirmai-je.

— Eh bien, ça vous dirait de m'accompagner tous les deux pour aller dîner ?

— En fait, dis-je rapidement, je dois y aller, mais Abe est libre.

— Eh bien, pas libre, me taquina-t-elle. Mais un dîner me semble le paradis.

Le sourire de Rick était chaleureux et il avait manifestement un coup de cœur pour elle... pour l'énergie qu'elle dégageait, que l'on pouvait ressentir, goûter même sur le bout la langue, pour la passion qui rayonnait d'elle et le sourire éclatant qui illuminait son visage. Cette fille possédait juste tout ça. Cette combinaison qui la rendait si animée, si présente dans l'instant, que vous saviez tout simplement que si vous la laissiez passer, ce serait une honte. J'étais déjà fou d'elle. J'adorais ses cheveux – longs et bouclés, leur couleur cuivrée, rouge et doré à la fois, complètement sauvages – sa peau couverte de taches de rousseur et sa bouche souriante en bouton de rose. Quand elle sortit des baguettes laquées de son sac et releva ses tresses, une mèche glissa, et des boucles vagabondes tombèrent sur sa longue nuque et devant ses beaux yeux bleu pâle. Rick tendit la main et ramena une mèche derrière son oreille. Il se noyait en elle après seulement quelques minutes.

— Je devrais couper tout ça, soupira-t-elle en baissant les yeux, avant de rapidement les relever pour plonger dans les siens.

Ses longs cils semblaient avoir été trempés dans l'or.

— Oh, non, lui assura-t-il, prenant à nouveau sa main, glissant cette fois ses doigts entre les siens, la gardant près de lui. Jamais.

Elle grimaça.

— Nous verrons, Monsieur Jenner.

— Oui, nous verrons, dit-il rapidement avant de pointer un doigt vers moi. Tu vas bien ?

— Oui, m'sieur, acquiesçai-je très vite, parce que je savais qu'il voulait s'en aller.

Il était impatient d'avoir la dame pour lui seul. De l'emmener dîner pour qu'elle voie le gentleman qu'il était. De lui faire faire un tour dans sa voiture pour qu'elle voie qu'il avait de l'argent. Avec un peu de chance, de lui montrer sa maison pour qu'elle voie la vie qu'il pouvait lui offrir. À vingt-six ans, je savais reconnaître l'amour au premier regard quand je le voyais. Cupidon venait juste de frapper Rick Jenner avec la force d'un semi-remorque. C'était amusant de voir que cela se passait généralement de cette façon. Un homme pouvait batifoler pendant des années, un bon parti – comme mon frère Dane, le célibataire le plus convoité du siècle – puis soudainement il rencontrait la fille, celle qui serait la mère de ses enfants, et généralement, moins de six mois plus tard, ils étaient mariés. Des types passaient de coureurs à pères en une année après avoir rencontré l'*élue*.

Alors que je regardais Rick sortir avec Aubrey Flanagan à son bras, lui parlant à une vitesse folle, je fus submergé par un sentiment d'accomplissement. Cela n'avait rien à voir avec moi, en réalité Adam avait été l'instrument de l'amour et non moi, mais quand même, je me sentais bien. Je les avais présentés après tout. C'était sur mes genoux qu'elle avait été assise.

— Jory.

Je levai les yeux sur Adam.

— Hé, je...

Il me donna une forte tape sur l'épaule.

— Merci, mec, vous m'avez sauvé la vie.

Marrant qu'il ne se rende absolument pas compte qu'il venait juste de laisser sortir de sa vie une femme extraordinaire.

— Pas de problème, dis-je doucement en enfilant ma veste et en me retournant pour partir.

— Jory.

Je laissai Brandon se placer devant moi.

— Quelle soirée merdique. Je suis désolé de…

Je secouai la tête, sortant mon téléphone de ma poche alors qu'il sonnait pour la seconde fois.

— Ne vous inquiétez pas pour ça.

Je lui souris.

— Merci de m'avoir invité. À la prochaine, terminai-je en m'éloignant de lui pour répondre au téléphone. Allô ?

— J ?

— Oh, salut, Sam, dis-je comme si je lui parlais tous les jours.

Même après trois ans de séparation, je connaissais la voix de l'homme aussi bien que la mienne.

— Désolé de te déranger pendant ton rendez-vous, mais…

— Non, c'est bon. J'en ai terminé.

— Tu en as terminé ? Qu'est-ce que tu veux dire par…

— C'est une longue histoire.

— Je serai ravi de l'entendre.

Je grognai à la place.

— Alors dans ce cas, que vas-tu faire maintenant ?

— Tu veux dire ce soir ?

— Ouais.

— Rien.

Rapide inspiration.

— D'accord, alors est-ce que je peux t'emmener manger ?

— Bien sûr, mais je paierai. Que veux-tu manger ?

— Où es-tu ?

— Je suis au centre-ville. Tu veux un sandwich ou quelque chose dans ce goût-là ?

— Ça me paraît bien. Je vais juste me changer et…

— Tu es chez toi ?

— Oui.

— Où est-ce maintenant ?

— Ne ris pas, mais c'est toujours exactement au même endroit.

— Oh, c'est vrai, Jen me l'avait dit.

— Jen ?

357

— Oui, dis-je en souriant. Tu sais… ta sœur, Jen.

— Tu parles toujours à Jen ?

— De temps en temps. À Rachel aussi.

— Seigneur Jésus. Personne ne me dit jamais rien sur rien.

— Pourquoi es-tu en colère ?

— Parce que… Je veux savoir quand quelqu'un de ma famille te voit.

— Pourquoi ?

— Parce que je le veux, c'est tout !

Cela n'avait aucun sens.

— Mais ça n'a rien à voir avec toi.

— Ça a tout à voir avec moi ! Toute ma famille est toujours dingue de toi.

— Je ne dirais pas qu'ils…

— Moi, je le dis. Merde. Personne…

— Sais-tu que Dane, ton père et Michael jouent au golf ensemble ?

Il y eut une longue pause.

— Excuse-moi ?

Je rigolai.

— Qu'est-ce que tu as dit ?

— J'ai dit que ton père, Michael et Dane jouent au golf ensemble. Le savais-tu ?

— Non, je…

—Tous les trois mois environ.

— Pour l'amour de Dieu, J, personne ne me dit rien !

— Pourquoi le devraient-ils ?

— Pourquoi devraient-ils quoi, J ? Mentionner qu'ils te voient tous et que je suis le seul à ne pas le faire ? Oh, je ne sais pas, laisse-moi y penser.

J'étais obligé de rire. Il était si indigné.

— Tu es parti longtemps, Sam, nous nous sommes tous habitués à ton absence.

— Mais je suis revenu depuis plus d'un an et personne ne m'a rien dit !

— Ils ne voulaient sans doute pas mettre ta nouvelle petite amie mal à l'aise en te parlant de moi.

Il y eut une courte pause.

— Quoi ?

— Oh, non, je suis désolé. Ta femme alors.

— De quoi diable est-ce que tu parles ?

— J'ai vu une femme avec toi ce jour-là à la fête de quartier. J'ai pensé que tu avais probablement rencontré quelqu'un quand tu étais sous couverture, et…

— Tu sais que tu regardes beaucoup trop la télé. Le travail sous couverture ne fonctionne pas comme ça.

— Si tu le dis.

Il rigola et ce fut un son réconfortant.

— Tu as l'air déçu.

— Je suis un romantique dans l'âme.

— Je sais, soupira-t-il lourdement. Laisse-moi venir te chercher.

— Alors qui était la fille ? demandai-je avant de pouvoir m'en empêcher.

— Je ne sais pas… probablement une amie de Jen ou de Rachel… pourquoi ?

— Sans raison.

— Tu en es sûr ?

Je ne me laisserais pas entraîner dans cette voie.

— Tu sais quoi, Sam, peut-être n'est-ce pas une si bonne id…

— Non, c'est bon. Allez.

— Tu n'as pas à décider ce qui est bon ou non, Sam, dis-je rapidement.

— Non, je sais, soupira-t-il. Mais, allez…

Je restai silencieux, pensant à ce que je devrais faire.

— S'il te plaît, J. Mange simplement avec moi.

En quoi cela pouvait-il me faire mal ?

— D'accord, très bien. Connais-tu le *Carmine* ?

— Bien sûr.

— Super. Je peux te retrouver là-bas dans quinze minutes ?

— Je pars maintenant, dit-il avant de raccrocher.

Je marchai le long du trottoir lorsque j'entendis mon nom. Brandon Rossi courait vers moi alors que j'ouvrais la porte du taxi.

— Jory, s'il vous plaît, ne…

— Merci encore de m'avoir invité, lui offris-je avant de m'installer dans la voiture et de refermer la porte derrière moi.

Je ne regardai pas en arrière.

J'ÉTAIS APPUYÉ contre le mur à côté du présentoir de l'hôtesse – où je nous avais enregistrés – lorsque je sentis une main au bas de mon dos. C'était un endroit très familier où me toucher, et lorsque je levai les yeux du message que j'envoyais à Dylan, je trouvai Sam.

— Hé.

— Salut, me répondit-il en me faisant signe de m'approcher.

— Quoi ?

— Je ne sais pas, que dois-je faire pour obtenir une salutation appropriée de la part d'un vieil ami ?

Il avait raison. Je rangeai mon téléphone dans ma poche et m'approchai de lui, levant les bras pour les enrouler autour de son cou. Je l'étreignis fortement et, instantanément, il me serra contre lui. Il enfouit son visage dans mon épaule, me pressa contre lui et inspira profondément avant de soupirer longuement.

— C'est bon de te revoir, J.

Je l'étreignis parce que je l'avais aimé et que cela faisait du bien de l'avoir dans mes bras.

— Tu m'as manqué, dit-il alors qu'un long frisson le secouait.

Plutôt avaler des morceaux de verre que de répondre.

Il s'écarta et me regarda droit dans les yeux.

— Comment vas-tu ?

— Je vais bien.

Je fis un pas en arrière pour me libérer de son étreinte.

— Tu en as l'air, dit-il en regardant le sol.

— Oui ?

J'étais surpris parce qu'il n'était pas du genre à faire des compliments.

— Oui, dit-il dans un souffle, levant les yeux dans les miens. Vraiment bien.

— Et tu as l'air fatigué, dis-je en le regardant attentivement. Peut-être devrions-nous remettre ça à une prochaine…

— Non, me coupa-t-il en fronçant ses sourcils.

— Est-ce que tu dors au moins ?

— Je veux dormir avec toi, dit-il lentement, sa voix profonde et rocailleuse. Rentre à la maison avec moi.

Il me fallut une seconde pour répondre, puisque j'avais le cœur dans la gorge, mais je forçai un petit rire sec.

— Juste comme ça ?

— Pouvons-nous avoir cette réunion au sommet demain ? Là tout de suite, je suis crevé, je veux que tu rentres avec moi et que tu t'allonges afin que je puisse m'allonger contre toi.

Je regardai ses yeux, ses paupières lourdes, alors qu'il m'observait.

— Je jure devant Dieu que je n'ai pas vraiment dormi depuis la dernière fois que je t'ai vu.

— Je pensais que tu serais… commençai-je avant de me reprendre parce que j'avais commencé à parler sans réfléchir.

Il poussa un profond soupir quand je fis un pas en arrière.

— Que je serais quoi ?

Je secouai la tête.

— Parle-moi.

— Je pensais juste que tu serais retourné à ta vie.

— Ce qui veut dire ?

Je me raclai la gorge.

— Viens, allons manger.

Je souris, faisant un signe à l'hôtesse qui essayait d'attirer mon attention.

— Je meurs de faim et j'ai déjà beaucoup bu.

— Ah oui ?

— Mon Dieu, oui.

— Raconte-moi ton rendez-vous.

Mon sourire s'élargit tandis que nous suivions l'hôtesse jusqu'à notre table. Nous étions dans un box vers le fond du restaurant, et je me demandais si Sam en

360

avait fait la demande ou si elle essayait juste de nous caser là parce que nous avions l'air d'agitateurs.

— Vas-y parle, m'ordonna-t-il, glissant sur la banquette jusqu'à ce que son genou heurte le mien.

Je rigolai tout en lui racontant mes aventures au Brava.

— Cette fille a l'air bien.

— C'est le genre de fille dont tu as besoin.

— J'ai tout ce qu'il me faut ici même, dit-il, laconique.

J'inclinai la tête pour le regarder.

— Ça fait longtemps, Sam.

— Et alors ? Tu m'as dit qu'il n'y avait personne de spécial.

— Peut-être que j'ai menti.

— Eh bien, je ne vois pas d'alliance à ton doigt.

Argument ridicule.

— Les hommes gay ne portent pas…

— Mon cul, s'exclama-t-il, rejetant l'argument. Qui a dit ce qu'ils pouvaient ou ne pouvaient pas faire ?

— Sam…

— Pour moi, tu porteras une bague.

Je levai les yeux au ciel et reportai mon attention sur le serveur. Je commandai un club sandwich et une soupe et Sam finit par prendre la même chose. Seuls à nouveau, Sam se glissa plus près de moi, passant un bras sur le dossier du siège.

— Écoute, J… commença-t-il, son profond soupir me faisant sourire. Quoi ?

— Rien.

— Quoi ? Allez…

— Je n'avais tout simplement jamais imaginé que je te reverrais un jour.

— C'est drôle, dit-il en plissant les yeux. Parce que je n'ai jamais douté que ce serait le cas.

Je gardai le silence avant de l'aborder sous un autre angle.

— Sam, la vie que tu mènes aujourd'hui te convient-elle ?

— Oui, c'est le cas.

— Tu vois, alors pourquoi veux-tu…

— Il n'y a que toi pour me donner tant de mal, me coupa-t-il. Tu es le seul à toujours te battre contre moi.

— Nous ne nous battons pas.

— Mais tu essaies, et tu es le seul que je connais qui le fait.

Je plissai les yeux.

Son rire ressemblait à un grondement sourd.

— Je ne te fais pas peur du tout, hein, J ?

— Est-ce que tu plaisantes ? ris-je.

J'eus alors droit à son sourire en coin, ses yeux pétillants tandis qu'il me dévisageait.

361

— J'effraie beaucoup de gens, J.

— D'accord, lui répondis-je pour lui faire plaisir.

— Hé.

— Quoi ?

— Tu as coupé tes cheveux.

— C'est exact.

Je lui souris.

— Ça fait un bon moment.

Mes cheveux, qui m'arrivaient à l'époque aux épaules, étaient maintenant aussi courts que ceux de n'importe qui. Ils étaient toujours plus longs sur le dessus, les mèches tombaient devant mes yeux, se prenant dans mes cils de temps en temps, mais ce n'était plus la crinière qu'elle avait été.

Il fit un petit bruit de gorge et je le regardai.

— Sam ?

— C'est juste si bon de te revoir, dit-il, d'une voix basse et profonde, ses yeux s'obscurcissant.

Je ne pouvais parler avec la boule qui s'était formée dans ma gorge.

Il rigola doucement.

— Rien à dire ?

— C'est bon de te revoir aussi.

Il tendit la main et fit courir le dos de ses doigts sur ma gorge, caressant très légèrement ma peau.

— Mange ton assiette afin que je puisse te ramener à la maison.

— Tu ne sais pas où j'habite, le taquinai-je en essayant de stabiliser mon cœur qui battait la chamade.

Ma réponse familière à Sam Kage avait fusé.

— Non, bébé expira-t-il. Tu rentres à la maison avec moi.

— Sam…

— J…

— Je ne suis pas ton bébé, l'assurai-je en écartant sa main. Je ne suis le bébé de…

— Tu m'appartiens, dit-il d'un ton sans équivoque. Ça l'a toujours été et ça le sera toujours. Fais avec.

Je restai silencieux. Il finit par reprendre.

— Parle… on dirait que tu as…

— Va te faire foutre, Sam. Tu m'as quitté. Tu es parti, point final. Et c'est bon, parce que je comprends pourquoi tu l'as fait, mais… ne te méprends pas, je ne remettrai jamais les pieds dans cette histoire avec toi. C'est fini.

— Est-ce que c'est vrai ?

— Oui, c'est vrai. En fait, j'ai un rendez-vous vendredi.

Il hocha la tête.

— Hum…

— Tu ne décides pas de ma vie pour moi, Sam.

— D'accord.

Il sourit rapidement.

Ne te retourne pas les sangs. Mange ton repas.

J'étais ébahi et cela devait probablement se voir sur mon visage. Il était si raisonnable et, si j'étais honnête, j'étais déçu qu'il ne se batte pas avec moi, pour moi. C'était pour le mieux, mais quand même, cela faisait mal qu'il abandonne aussi facilement.

Il fit la conversation – que je fournissais généralement – me parlant de sa famille et de ce qu'il avait ressenti en rentrant chez lui après deux années passées loin de son ancienne vie. Il avait des amis avec lesquels renouer et un travail à réapprendre, et tout cela avait pris du temps. Il avait voulu se concentrer sur toutes ses priorités extérieures avant de revenir pour moi.

— Je suis désolé, quoi ?

Mes pensées avaient dérivé, mais j'avais saisi la dernière partie.

— Tu m'as entendu, J.

— Tu es vraiment assis là à me dire que tu veux que nous nous remettions ensemble ?

— Oui. Je t'ai dit ce que je voulais avant que nous nous asseyions.

— D'accord, mais je pensais que tu ne faisais que plaisanter.

— Non, tu ne pensais pas ça, mais tu es en train de prétendre que si.

Il me connaissait toujours aussi bien.

— D'accord, mais il y a encore une seconde, tu… je pensais que tu avais laissé tombé ?

— Quand ai-je dit ça ?

— Mais…

— Je voulais attendre d'avoir retrouvé ma vie pour te revoir. Maintenant que c'est fait, je suis là.

Je plissai des yeux.

— La vie n'attend pas que tu sois prêt, Sam. Tu…

— Tu as fini ?

— Non, je n'ai pas fini. Tu penses que tu peux juste…

— De manger, idiot, me coupa-t-il.

— Oh…

Je me dégonflai d'un coup, portant la main à ma veste à la recherche de mon portefeuille.

— Je t'ai invité, je vais payer, dit-il en souriant.

— Non, j'ai dit que je paierais. Je ne fais pas la chari…

— Tout est bon pour te battre avec moi, me taquina-t-il, se penchant en avant pour m'embrasser dans le cou.

J'essayai de glisser loin de lui, mais sa main sous la table, comme un étau sur ma cuisse m'immobilisa à ma place. Ses lèvres sur ma peau étaient brûlantes.

Quand mes yeux remontèrent pour croiser les siens, il souriait langoureusement. C'était très sexy.

— Ces trois années t'ont profité, J.

Pour éviter de lui répondre, j'essayai de le provoquer.

— Tu ne veux pas de moi, Sam. Tu es juste comme tous ces autres hommes qui veulent seulement s'envoyer en l'air.

— Est-ce tout ce que je veux ?

— Oui.

— Hum, dit-il, tandis que je haussai les épaules. C'est heureux que tu sois beau parce que tu n'es pas vraiment intelligent.

Je me levai et sortis deux billets de vingt dollars que je laissai tomber sur la table.

— À plus.

Il toussa et je levai les yeux sur lui. Son sourire ne se reflétait plus dans ses yeux.

— Je peux rentrer chez moi par mes…

— Pour que tu le saches, dit-il d'une voix basse et neutre, si tu essaies l'une de tes habituelles sorties mélodramatiques, je te jette en travers de mon épaule et je t'emmène hors d'ici.

Je le dévisageai.

— Si tu ne veux pas être le spectacle dont ils parleront pendant des années, je te suggère de rester là et de m'attendre afin que nous puissions sortir d'ici comme des adultes.

Je croisai les bras et attendis.

Il me sourit.

— Tu es mignon quand tu boudes.

Je lui adressai un sourire narquois, et son rire étouffé me fit presque rire à mon tour.

Dehors, devant la porte, je réalisai que je faisais face à sa voiture monstrueuse, le SUV de l'enfer.

— D'accord, soupirai-je, fourrant mes mains au fond de mes poches. Eh bien, c'était bon de te revoir.

Sa mine renfrognée n'aurait pas pu être plus sombre.

— J'étais sérieux à l'intérieur. Je veux te ramener chez moi.

Je haussai les épaules.

— Eh bien, j'étais sérieux aussi, alors… non.

Nous restâmes là à nous regarder l'un l'autre, et quand finalement il fit un pas vers moi, je reculai d'un autre.

— Je peux t'y obliger si je le veux.

— C'est certain, acquiesçai-je.

Les muscles de sa mâchoire se contractèrent visiblement.

— Est-ce que je peux juste dire quelque chose avant que tu t'en ailles ?

Je plongeai dans ses yeux bleus ombrageux et il s'avança. Il leva sa main, qu'il porta à ma poitrine pour la poser sur mon cœur.

— Je te veux, rien que toi, et pas seulement pour ce soir.

Je restai silencieux.

— M'as-tu entendu ? demanda-t-il, sa main glissant sur ma nuque, son corps s'approchant de moi, ses yeux regardant au fond des miens. Je te veux.

— Mais…

— J'ai fait ce que j'ai dit que je ferais. Je me suis assuré que tu étais en sécurité et je suis revenu. J'ai compris ce que je peux faire, et ce que je ne peux pas faire, et cela m'a pris un peu plus longtemps que je le pensais.

— Sam, tu…

— Mais maintenant, j'en ai fini. J'ai tout ce que je veux, excepté le plus important… Je te veux.

— Mais tu es rentré, Sam, et tu n'es jamais venu…

— Je suis revenu aussi vite que j'ai pu.

— Conneries.

J'essayai de faire un pas en arrière, mais même si j'étais plus costaud que par le passé, plus musclé, je ne faisais toujours pas le poids face à sa force. Il me tenait d'une main de fer.

— C'est la vérité. Tout devait être réglé et maintenant ça l'est.

Je secouai la tête, tentant à nouveau de me libérer.

— Et j'ai de la chance, parce que ce type, Aaron, a voulu aller trop vite, trop fort, et tu t'es enfui.

Je relevai brusquement la tête.

— C'était juste parce que c'était…

— Ne dis pas que c'était trop tôt, J, parce que nous savons tous les deux que tu n'as aucun problème avec la rapidité quand tu sais que quelque chose est juste. Tu ne l'aimais pas, alors tu n'as pas emménagé. C'est aussi simple que ça.

Je le regardai dans les yeux.

— Tu sais qui est bon pour toi et qui ne l'est pas.

— Sam, tu ne peux pas simplement revenir après trois ans, me dire que tu es prêt à commencer ta vie, et me demander de revenir. Ça ne marche pas comme ça. Je suis différent, tu es différent… Laisse juste tomber.

Il leva son autre main, prenant mon visage en coupe pour me regarder droit dans les yeux.

— Je ne peux pas. Je veux que tu reviennes… j'ai besoin de toi.

Je me libérai de ses mains et m'éloignai de lui.

— Ce n'est pas possible. Tu as presque…

Et je faillis avouer qu'il m'avait presque tué en s'en allant. J'avais été si effondré d'avoir été abandonné. Seuls Dane, mes amis et mon travail m'avaient permis de traverser ma douleur, ma solitude, et mon chagrin. J'étais stupide, pas masochiste.

— J'ai presque quoi ? me pressa-t-il, tendant la main vers ma veste seulement pour me voir reculer davantage, hors de sa portée. Dis-moi.

— Rien, soupirai-je, faisant un gros effort pour sourire alors que mes yeux étaient embués de larmes. À bientôt.

Je me retournai et, alors que je me mettais à marcher dans la rue, je découvris que je pouvais à nouveau respirer

— J !

Je fis volte-face pour le regarder. Il se tenait là, les mains dans les poches, la mâchoire serrée, en train de m'observer.

— Est-ce que je peux t'appeler ?

Je hochai la tête, parce que les mots me faisaient défaut.

— OK, dit-il en souriant, et je tournai à nouveau les talons avant qu'il puisse prononcer un autre mot.

Il me fallut tout ce que j'avais pour ne pas me mettre à courir.

LORSQUE JE fus à mi-chemin de chez moi, mon téléphone sonna, et je souris quand je vis le numéro affiché sur l'écran.

— Salut.

J'étais heureux d'avoir de ses nouvelles parce que j'avais pensé ne plus jamais en recevoir. Cela faisait maintenant six mois et j'avais cru que c'était permanent.

— Jory, souffla-t-il.

— Quand es-tu revenu ? demandai-je sur un ton léger.

— Il y a deux ou trois jours.

— Et comment était Hong Kong ? demandai-je à Aaron Sutter. L'hôtel était-il prêt à temps ?

— Bien sûr, dit-il et je pus entendre le sourire dans sa voix. C'est de moi dont nous parlons.

— Désolé, rigolai-je. Alors, dis-moi tout.

— Et si je t'en parlais autour d'un dîner tardif ?

J'hésitai.

— Vraiment ?

— Oui.

— Mais je… Je pensais que tu ne voulais plus me voir.

Il toussa pour s'éclaircir la voix.

— Écoute, j'ai beaucoup réfléchi pendant que j'étais parti et j'ai réalisé que tu avais raison… il n'y a aucune raison que nous ne restions pas amis. Ce n'est pas parce que nous voulons des choses différentes que cela doit faire de nous des étrangers. Nous avons passé un an et demi ensemble, pourquoi devrions-nous jeter ça aux oubliettes ? Ça n'a pas de sens.

— C'était mon argument, lui rappelai-je.

— Je sais, et je suis désolé pour les choses que j'ai dites. C'est juste que… je n'avais jamais demandé à quelqu'un de vivre avec moi avant, et j'étais certain que tu dirais oui. Le 'non' ne m'avait même jamais effleuré l'esprit.

366

Je soupirai profondément.

— Je suis désolé moi aussi. J'aurais aimé pouvoir dire oui.

— Eh bien, tu sais, il n'y a pas de date limite à mon offre.

— Mais tu as dit...

— Je sais ce que j'ai dit. Et je te dis maintenant que si tu changes d'avis... dis-le-moi, s'il te plaît. J'aimerais beaucoup le savoir si c'était le cas.

— Tu en es sûr ?

— Absolument.

— D'accord.

Long soupir de sa part.

— Bien... maintenant, quand mangeras-tu avec moi ?

— Quand veux-tu que je vienne ?

— Ce soir. J'ai un nouveau chef qui fait un risotto merveilleux.

— Non, j'ai déjà mangé. Pourquoi pas demain ?

— Pourquoi pas maintenant ? dit-il en riant. Je mangerai et tu pourras tout me raconter sur le mariage de Dane. Je te retrouverai au Serenade à la place.

— C'est un bar à cocktails, Sutter. Que vas-tu manger ?

— Est-ce que tu plaisantes ? Ils font des steaks fantastiques là-bas, J. Ne t'inquiète pas, je mangerai.

Je poussai un rapide soupir.

— D'accord.

— Oui ? Tu viens me voir ?

— Bien sûr.

— C'est génial. J'ai cru que j'allais devoir me battre avec toi.

— Non, je n'ai plus de force pour ça.

— Pourquoi ? Que s'est-il passé ?

— Tu te souviens de l'inspecteur dont je t'ai parlé avec lequel j'étais impliqué il y a longtemps ?

— Celui dont tu étais amoureux ? Celui qui t'a quitté ?

J'étouffai un gémissement. Je n'aimais pas entendre 'Celui qui t'a quitté'

— Oui, c'est lui.

— Oui, je me souviens.

— Eh bien, il est de retour et je l'ai vu ce soir, et...

— Et il veut que tu reviennes.

— Voilà.

— Bien sûr qu'il le veut. C'est logique.

— Vraiment ?

— Oui, répondit-il. Donc, peux-tu être là-bas dans une demi-heure ?

— Probablement plus tôt, je suis toujours dans le centre-ville.

— Super, je te verrai dans vingt minutes.

— Bien, dis-je avant de raccrocher.

Je fus surpris lorsque mon téléphone se remit à sonner aussitôt.

367

— Allô ?

— Salut.

— Sam. Qu'est-ce…

— Est-ce que tu bois toujours du thé ?

Question bizarre.

— Bien sûr.

— Bien. Que dirais-tu si je t'en préparais un peu ?

— Quand ?

— Maintenant.

— Je ne peux pas. Je vais retrouver Aaron. Nous allons bavarder, prendre des nouvelles l'un de l'autre.

— Tu m'as laissé pour aller le voir ?

— Non. Je t'ai laissé parce qu'il n'y avait rien d'autre à dire. Aaron vient juste de rentrer de Hong Kong et il veut que nous passions du temps ensemble. Ce sera bien. Cette diversion me fera du bien.

— À cause de moi.

— C'est exact.

— Je vois.

— On se reparle plus…

— Ne raccroche pas…

Il s'éclaircit la gorge.

— Pourquoi ? Quel est le but de…

— Je ne veux pas que tu ailles t'asseoir quelque part et que tu parles avec Aaron Sutter. Si tu dois t'asseoir avec quelqu'un, fais-le avec moi. Je suis celui qui veut te parler.

— D'accord, mais Aaron veut juste…

— Qu'est-il arrivé aux personnes à jamais perdues ?

— Je suppose que, dans ma vie, tout le monde revient.

Il rigola et le son me traversa tout le corps.

— Alors je vais…

— Écoute, laisse-moi te voir demain, d'accord ?

— Non. Pourquoi pas samedi ou dimanche ?

— Que dirais-tu de jeudi à la place ?

— Sam.

— Allez.

— Sam, je suis en chemin pour rejoindre…

— Je sais. Appelle-moi quand tu auras fini de lui parler, d'accord ?

— Non, il sera certainement minuit ou…

— Ça m'importe. Contente-toi de m'appeler.

— Sam…

— Où vas-tu ? Chez lui ?

— Non, au Serenade, lui dis-je avant même d'y penser.

— Je sais où ça se trouve.

— Oui, mais ne…

— Appelle-moi bientôt pour que je ne m'y montre pas, d'accord ?

— Oh, pour l'amour de Dieu, Sam, tu ne peux pas juste…

Il me coupa la parole en raccrochant. C'était tout simplement grossier. J'essayai d'arrêter de froncer les sourcils avant d'arriver au bar.

Quand je tournai à l'angle de la rue où se trouvait le Serenade, je vis Aaron adossé à sa Mercedes noire dans son manteau en cachemire couleur charbon. On aurait dit une publicité sortie d'un magazine. Dès qu'il me vit, j'eus droit au sourire qui illuminait ses yeux. Comme toujours, je remarquai la chaleur qu'ils dégageaient. La beauté d'Aaron ne venait pas tant de son apparence physique que de ce qui irradiait de lui. Il était le genre de personne qu'on aimait instantanément, qu'on voulait toucher et dont on voulait être proche. Il faisait ressortir ça de chaque personne qu'il rencontrait, et c'était de là que mon attirance initiale avait germé.

J'avais rencontré Aaron Sutter lorsque Dylan et moi avions travaillé sur l'image de sa société. Ils voulaient créer un logo qui incarnait leur attachement à la culture de la zone où ils construisaient, leur engagement envers l'environnement, mais parlant également de l'idéal même de leur mission, qui était la recherche constante de l'excellence. Dylan et moi n'avions pas réussi à trouver quelque chose qui réunissait tous les concepts qu'ils visaient, mais Aaron avait quand même insisté pour nous emmener déjeuner. Plus tard ce même jour, il était passé au bureau, alors que j'étais seul, pour m'inviter à dîner. J'avais décliné sans autre forme de procès. Je ne mélangeais pas ma vie professionnelle et ma vie privée. Il m'avait dit que cela lui convenait puisque je ne travaillais pas pour lui, mais j'étais resté sur mes positions et lui avais opposé le deuxième refus de la soirée. Lorsqu'il était parti, j'avais été soulagé. Mon état d'esprit ne me permettait pas de sortir avec qui que ce soit. Je n'étais pas prêt à faire autre chose que ce que je faisais déjà – quitter la maison et y revenir avec un inconnu différent chaque soir. Je m'étais remis à fréquenter la scène nocturne six mois après le départ de Sam, et j'avais entamé un cycle sans fin de beuveries et de coups d'un soir. J'étais toxique, et il n'était pas juste de soumettre un type sympathique comme Aaron Sutter à cela.

Aaron avait peut-être été sympa, mais il était également implacable. Je recevais constamment des appels de sa part. Est-ce que j'aimerais aller voir un ballet avec lui ? Assister à un match de baseball ? Il y avait le lancement d'une exposition d'art, l'ouverture d'un nouveau club, d'un nouveau restaurant au centre-ville… aimerais-je m'y rendre avec lui ? La réponse était toujours non, mais il restait courtois, jamais en colère, jamais amer, seulement plein d'espoir à chaque fois qu'il me posait la question, me promettant que sûrement, la prochaine fois, je dirais oui. Je lui avais dit de concentrer ses attentions sur quelqu'un qui le valait, quelqu'un digne de lui, et il m'avait assuré que c'était ce qu'il faisait avec moi.

Je l'avais vu dans un club au moment d'Halloween, déguisé en gladiateur et j'étais complètement ivre. J'avais titubé jusqu'à lui pour le saluer et il avait

369

fini par me prendre la main pour me faire asseoir sur ses genoux. L'image que nous formions avait dû être drôle puisque j'étais déguisé en pirate, mais sa main emmêlée dans mes cheveux m'avait fait du bien, tout comme son bras autour de ma taille m'ancrant à lui.

— S'il te plaît, Jory, avait-il dit en frottant sa joue contre la mienne. Laisse-moi t'emmener quelque part, n'importe où. Nous irons au cinéma et je t'achèterai du pop-corn. Ça n'a pas d'importance, je veux juste passer du temps avec toi. S'il te plaît. Je ferai n'importe quoi.

Et j'avais cédé. Parce qu'il était si honnête et Sam ne revenait pas. Un an s'était écoulé sans que j'entende parler de lui. Je m'accrochais à un rêve et j'étais seul et déprimé, une épave. Dane ne cessait de me harceler afin que je me remette à sortir sérieusement au lieu de simplement coucher avec n'importe qui. Sa nouvelle petite amie, Aja, avait de nombreuses connaissances avec lesquelles elle mourrait d'envie de me caser. Il était temps, et je m'étais lancé. Cinq rendez-vous plus tard, quand j'avais réalisé que c'était moi qui allais devoir faire le premier pas pour que nous nous retrouvions au lit, je l'avais invité à manger des spaghettis – de grande surface – accompagnés de beaucoup de vin rouge. Il m'avait complimenté sur l'ensemble et j'avais levé les yeux au ciel. L'homme avait son propre chef et ma cuisine était bonne ? C'était ridicule, mais la manière dont il me regardait – ses yeux ne me quittant jamais – m'avait appris tout ce que j'avais besoin de savoir.

Quand nous nous étions installés sur le canapé pour regarder un film, je l'avais attiré contre moi de façon à avoir son dos appuyé contre mon torse. Son long soupir m'avait fait sourire. Lorsque j'avais glissé ma main sur son abdomen jusqu'à sa ceinture, j'avais senti un léger frisson le secouer. Quand j'avais d'abord défait sa ceinture, puis ouvert le bouton de son jean, il s'était légèrement redressé pour me faciliter l'accès. Et puis ma main avait glissé sous l'élastique de son sous-vêtement pour le trouver déjà dur. Il avait donné un coup de reins sous ma caresse et posé sa tête sur mon épaule.

— Jory, avait-il gémi en embrassant ma mâchoire alors que ma main se déplaçait sur lui. S'il te plaît, est-ce que je peux t'emmener au lit ?

— Plus tard, avais-je dit en le repoussant. D'abord, voyons ce que tu penses de ma pipe.

— Quoi ?

J'avais aimé son cri de surprise, et j'avais aimé le fait qu'il ne puisse me quitter du regard. Le halètement qui s'était ensuivi, la façon dont il s'était tordu, la manière dont il m'avait supplié… j'avais aimé tout ça aussi. Lorsqu'il avait crié mon nom et avait dû me prendre dans ses bras, tout cela avait été agréable et si bon… mais cela ne m'avait pas satisfait.

Quand je faisais l'amour à Aaron Sutter, je n'avais jamais à serrer les dents pour m'empêcher de crier son nom. J'essayais de ne pas faire de comparaison avec Sam Kage. C'était suffisamment agréable et Aaron était un amant très attentionné. J'avais beaucoup apprécié cet aspect et lorsqu'il m'avait dit qu'aucun de ses partenaires ne s'était jamais plaint, je l'avais cru. On ne pourrait jamais dire d'un homme si attentionné et compatissant qu'il était mauvais au lit. Le fait était que je me languissais de domination et de force. Je me languissais de Sam. Je n'étais pas prudent ou inhibé quand je couchais avec l'inspecteur Kage, j'étais moi-même, et il savait les choses qu'il pouvait me faire. Alors, là où Aaron s'inquiétait de savoir s'il était trop brutal, ne voulant pas me faire mal, Sam connaissait mes limites.

— Jory ?

Je levai les yeux et réalisai que mon esprit était parti à la dérive.

— Viens ici.

Je courus vers lui et ne m'arrêtai pas, m'élançant à la place pour le prendre dans mes bras.

— Oh.

Il rit doucement, son visage enfoui dans mon cou.

— J'ai manqué à quelqu'un.

Tournant la tête pour la poser sur son épaule, je laissai échapper un profond soupir. Je sentis sa main dans mes cheveux, sentis l'autre s'accrocher à mon dos, la façon dont il essayait de se presser contre moi, et je compris instantanément que c'était une énorme erreur. Je m'écartai de son étreinte.

— Quoi ?

Il m'observa, sa main sur mon bras.

— Pourquoi tu t'él...

— Allons-y, suggérai-je en me dirigeant vers l'entrée.

— Bien sûr.

Il s'obligea à sourire, sa main glissant le long de mon dos.

Le club n'était pas aussi bondé que d'habitude parce que nous étions lundi soir, mais cela n'aurait pas eu d'importance s'il l'avait été. Aaron Sutter bénéficiait du même traitement préférentiel que Dane ou Rick Jenner. L'argent avait force de loi, et si vous étiez client d'un endroit particulier, lorsqu'on vous voyait on se précipitait pour rapidement s'occuper de vous. Le responsable fut prompt à s'approcher et nous fûmes installés à une table privée, près de la cheminée, loin des bruits du bar. Je commandai un whisky-coca et regardais par la fenêtre pendant qu'Aaron parlait au serveur.

— Hé.

Je ramenai mon regard vers lui. Il avait posé son menton sur sa main et me dévorait des yeux.

— C'est une belle veste.

— Merci.

— Pourquoi ne pas la retirer et rester un peu ?

Je souris et l'enlevai, la suspendant au dos de ma chaise.

— Tu as l'air en forme, dit-il doucement.

— Toi aussi.

Il inspira profondément.

— Alors, raconte-moi tout à propos du grand jour de Dane, des histoires juteuses ? Aucune femme n'a descendu l'allée centrale au pas de charge en hurlant qu'elle ne voulait pas garder le silence ?

J'eus un grand sourire.

— Non, rien de tout cela.

— Je suis sûr qu'Aja était époustouflante.

— Oui, en effet.

— Très bien alors, parle.

Je lui racontai tout sur le mariage et la réception et il rit aux larmes quand je lui parlai du triste état des garçons d'honneur de Dane. Je bus et il écouta en mangeant. Je lui narrai mon rendez-vous avec Brandon Rossi plus tôt dans la soirée, et tout à propos d'Aubrey Flanagan et Rick Jenner. Je l'écoutai lorsqu'il me raconta ses péripéties à Hong Kong et à quel point il avait massacré le mandarin lorsqu'il était là-bas. Il avait étudié la langue pendant un an avant de s'y rendre, mais en pratique, il était nul. Je ris en l'écoutant me parler de la nourriture qu'il avait fini par manger parce qu'il avait mélangé les noms.

— Tu m'as vraiment manqué, dit-il, soudain sérieux, ses yeux rivés aux miens.

Je lui souris parce que c'était quelque chose de très gentil à dire.

— Est-ce qu'au moins je t'ai un peu manqué ?

— Oui, répondis-je, parce que c'était vrai – mais pas comme il le voulait.

— Rentre avec moi.

Mes yeux volèrent jusqu'à mon verre de whisky vide au lieu de son visage

— Jory.

Je regardai finalement de l'autre côté la table, dans ses yeux bleu turquoise.

— Tu es dans un sale état, dit-il en riant. Laisse-moi prendre soin de toi.

— Je vais bien, lui assurai-je.

— Tu bois beaucoup trop, Jory.

C'était une vieille dispute contre laquelle il ne gagnerait jamais. Je connaissais mes limites, même si personne ne semblait le croire. Au mariage de Dane, par exemple, j'avais pris une coupe de champagne avec le toast et c'était tout ce que j'avais bu de toute la soirée. Les gens me prenaient pour un alcoolique, et ce n'était pas le cas.

— Et je ne veux pas que tu finisses dans le lit d'un mec quelconque parce que tu t'es effondré.

C'était sur ce point que notre dernière conversation avait dégénéré quand nous avions rompu. Il était certain que, sans lui, je finirais dans le caniveau puisque, apparemment, c'était là que j'étais lorsqu'il m'avait trouvé. Il avait voulu savoir pourquoi je ne voulais pas que ma vie soit bonne, pourquoi je ne pouvais m'autoriser à avoir de jolies choses, et pourquoi je ne pouvais laisser le fêtard autodestructeur derrière moi. Il était temps de grandir et de commencer une nouvelle vie avec quelqu'un. Temps de s'engager pour devenir un petit-ami et un partenaire... Je ne resterais pas éternellement jeune. Boire jusqu'au petit matin, coucher avec des

372

hommes sans nom, en quoi cela était-il bon pour moi ? Il m'offrait une vie pour laquelle des gens tueraient, pourquoi diable la refusais-je ?

— Jory ?

Je gémis, attrapai ma veste de motard en cuir et me levai.

— C'était une erreur, Aaron. C'est trop récent. Peut-être que nous pourrons nous retrouver et passer du temps à nouveau un de ces jours, mais pas maintenant.

— Je ne t'ai pas vu depuis des mois.

— Peut-être que j'ai besoin d'une année, soupirai-je en sortant mon portefeuille, cherchant le billet dont j'avais besoin.

— Que fais-tu... Attends !

Il leva la main alors que je jetais un billet de vingt sur la table.

— Attends un peu. Je vais te ramener, laisse-moi juste une...

— Aaron !

Et j'en étais venu à détester la façon dont ses amis apparaissaient toujours soudainement et nous interrompaient, mais à cet instant précis, c'était une bénédiction.

— Jory.

Son ami Todd me prit par le bras.

— Je croyais que tu étais de l'histoire ancienne, mec. Je croyais qu'Aaron avait finalement sorti les poubelles.

Oh ! C'était exactement le signal qu'il me fallait pour partir.

— Il l'a fait, Todd.

Je frappai durement son bras, me retournai et quittai le club.

Veste sur le dos, je m'arrêtai un instant dehors pour respirer profondément. Quelle étrange nuit à répétition ! J'avais besoin de rentrer chez moi et d'aller me coucher pour entamer une nouvelle journée demain matin. Tout tourna pendant une seconde, puis mes pensées s'éclaircirent. Je sentis une main sur mon épaule avant qu'Aaron ne se dresse devant moi.

— Quoi ? soupirai-je, faisant rouler mon épaule pour me dégager de sa main.

— Jory, dit-il en prenant mon visage entre ses mains. Je veux te ramener avec moi. Laisse-moi faire.

— Après tout ça ? Après ce que tu as dit ?

— Qu'est-ce que j'ai dit ?

Et je réalisai qu'il n'avait pas dit grand-chose, c'était juste un disque qui tournait encore et encore dans ma tête. Il pensait à moi d'une façon, et c'était tout ce qu'il voyait et tout ce que j'entendais.

— Tu ne veux pas de moi, Aaron, soupirai-je profondément. Tu ne me vois même pas.

— Jory, dit-il, se penchant pour m'embrasser.

Je le repoussai et reculai.

— Faisons juste une pause, d'accord ? Tu as besoin de te trouver un gentil garçon qui a besoin d'une maison. J'en ai déjà une.

373

— Jory, je veux juste prendre soin de toi.

— Ce n'est pas ce dont j'ai besoin.

— Tu ne sais pas ce dont tu as besoin ! me cria-t-il. Tu es si obnubilé par le fait que j'ai de l'argent que tu ne vois pas ce que je t'offre vraiment.

Je le regardai droit dans les yeux.

— Oh, je sais exactement qu'elle est ton offre.

— Va te faire foutre, Jory, s'emporta-t-il avant de tourner les talons et de s'éloigner sans autre mot.

Je le regardai entrer dans le club.

— Jolis mots dans la bouche du riche garçon.

Je levai les yeux et, garé à trois voitures de là, je vis Sam Kage. Je courus vers lui avant même d'y penser.

— Tu provoques ce genre de langage chez tous ceux que tu connais, hein, J ?

Je lui souris et haussai les épaules.

— Qu'est-ce que je peux dire ? Les gens deviennent poétiques à mon contact.

Il soupira avant de saisir le col de ma veste et de me tirer brutalement contre lui. Je laissai tomber ma tête en arrière pour regarder dans ses yeux magnifiques.

— Il pense que je bois trop.

— Parce que c'est vrai, acquiesça-t-il.

Sa main était chaude sur ma peau, son pouce caressant ma joue.

— Mais t'emmener dans un putain de bar n'est pas la meilleure façon de te faire arrêter. Je te garderais au lit à la maison.

Je laissai échapper un rire de dérision et fermai les yeux, inclinant la tête dans sa main.

— Bébé, dit-il doucement, et ses lèvres effleurèrent mon cou. Monte dans la voiture.

— Pas ce soir, dis-je en faisant un pas en arrière et en ouvrant les yeux. Je dois travailler demain.

Il fit un pas en avant et je reculai d'un autre.

— J, m'avertit-il, tendant la main vers ma veste.

Je l'évitai en faisant un pas de côté et il ne put m'atteindre.

— Je dois vraiment y aller, dis-je en lui souriant, m'éloignant sur le trottoir pour héler un taxi. Mais fais attention à toi.

— Tu me laisses en plan ?

Il était abasourdi.

Je lui fis un signe de la main avant de monter dans le taxi, et je me retrouvai presque immédiatement au milieu de la rue. Je donnai mon adresse au chauffeur et m'avachis sur la banquette. Mon téléphone sonna quelques minutes plus tard.

— Que dirais-tu si je venais te chercher pour le petit-déjeuner demain matin ?

Cela me fit sourire.

— Non, Sam. Je ne prends pas de petit-déjeuner.

— Le déjeuner alors. Rejoins-moi pour déjeuner au Chop House. Je te prendrai un steak.

— J'ai déjà un déjeuner d'affaires demain.

— Le dîner. Laisse-moi te nourrir, s'il te plaît, J.

— Sam, je ne peux pas juste…

— Pourquoi dois-tu être si difficile ?

— Hé.

— Quoi ?

— C'est marrant, tu sais, de flirter avec toi, mais vraiment… Nous devrions arrêter.

— Pourquoi ?

— Parce que, quel est le but ?

— Le but est très simple. Tu m'appartiens.

— Non, pas du tout.

— Si, tu m'appartiens. Je suis le seul qui pourra supporter tes absurdités, parce que je t'aime.

Je pouvais à peine respirer.

— Et tu sais que tu es un véritable emmerdeur.

— Je…

— Jory, ne me la fais pas… tu piques des colères, tu remets tout en question, tu n'as aucune patience, tu veux que les choses soient instantanément parfaites sans faire d'efforts, tu n'écoutes jamais, tu sautes aux conclusions, tu crées plus de scènes que dix personnes réunies, tu bois trop, tu es inconscient de ce qui se passe autour de toi, et si les choses tournent mal, ton premier instinct est de t'enfuir aussi loin et aussi vite que tu peux.

Il soupira profondément.

— Tu es un véritable emmerdeur et tu ne peux le nier.

— Tu es parti longtemps, Sam. Je ne suis plus comme ça désormais.

— Mon cul, ouais.

— Je ne le suis pas, mais si tu penses que je suis un tel raté, alors…

— Je n'ai jamais dit ça. J'ai dit que tu étais un emmerdeur et tu l'es. Tu sais que tu l'es.

Il poussa à nouveau un très long soupir.

— Mais je le suis aussi. C'est la raison pour laquelle nous sommes faits l'un pour l'autre.

— Sam…

— S'il te plaît, laisse-moi te voir. J'ai besoin de te voir.

— Sam, je…

— Je suis fou de toi… tu sais ça.

— Sam…

— Nous irons juste faire un tour. Aucune pression, d'accord ?

— Sam…

375

— Allons dîner demain. Je serai là à dix-huit heures.

— Non, lui dis-je.

— Nous irons juste faire un tour, répéta-t-il, sa voix plus douce et plus rauque.

Je soupirai profondément.

— Ce n'est pas une bonne idée, Sam. Ça n'est jamais…

— Nous en parlerons demain.

— Très bien, dis-je en bâillant. Nous parlerons demain. Appelle-moi si tu veux.

— Je te retrouve à dix-huit heures, dit-il avant de raccrocher.

Mais je le connaissais, et je connaissais son travail. Il était impossible qu'il se montre à l'heure dite.

IV

MON PROBLÈME était que j'avais la mémoire d'un éléphant. Alors que j'étais allongé dans mon lit depuis des heures à penser à Sam Kage, je n'arrivais à me souvenir que de ce que j'avais ressenti quand il m'avait quitté. Donc, autant mon cœur faisait des bonds en pensant à lui... autant mon cerveau restait lucide. Il était hors de question que je le laisse à nouveau s'approcher de moi. Cela me briserait une seconde fois.

Lorsque je finis par m'endormir, je me sentais content de ma résolution et du fait que je ne le reverrais plus. Sam était très bon pour promettre des choses qu'il ne pouvait tenir, alors je l'avais écarté de mon esprit et m'étais concentré sur le travail. Cela avait été ma dernière pensée avant de sombrer dans le sommeil. Enfin, disons la seconde du moins. La voix de Sam me disant qu'il était fou de moi fut vraiment la dernière. Mon idiotie n'avait aucune limite.

Dylan était malade le matin suivant si bien qu'elle m'appela pour que je vienne chez elle et travaille de là-bas. Je pris des scones et du chocolat chaud pour elle, un café extra-fort pour moi. Nous avions fini de travailler à onze heures et passâmes le reste de la journée dehors à acheter des vêtements de bébé. Il fallait être vraiment discipliné pour être travailleur indépendant, et dernièrement nous n'y réussissions pas vraiment.

Je revins au bureau vers seize heures pour retourner les appels reçus, répondre aux e-mails et confirmer des rendez-vous pour la semaine suivante. J'étais au téléphone lorsque Sam franchit la porte d'entrée. Il n'avait pas été introduit puisque Sadie était déjà partie pour la soirée.

— Waouh, dis-je, essayant de ne pas sourire alors qu'il s'arrêtait devant mon bureau. Qu'est-ce que tu fais ici ?

— Tu as dit que nous pourrions aller manger.

— Je ne pensais pas réellement que tu viendrais.

— Pourquoi ?

— À cause de ce que tu fais.

— Je dois prendre du temps pour toi, J.

Je le dévisageai alors que le téléphone sonnait sur mon bureau.

— Tu vas le prendre ou simplement continuer de me dévisager ?

Je répondis au téléphone parce que je détestais le ton narquois dans sa voix.

— Jory, c'est T, dit nerveusement mon ami Tracy, à l'autre bout du fil. Écoute, je sais qu'il est un peu tard pour te prévenir, mais Wes vient de m'appeler et il vient de me lâcher. Il ne peut pas venir me retrouver.

— Où es-tu ?

— Je suis à la fête d'anniversaire de Shane, au Hyatt.

— Je ne suis pas habillé pour une fête.

— Tu es toujours parfait, J. J'ai juste besoin de quelqu'un pour m'épauler.

J'avais le choix entre passer du temps avec Sam, ou choisir la solution facile et ne pas rejoindre mon ami dans le besoin à une fête. C'était un choix facile à faire.

— Très bien, acceptai-je.

— Merci, mec, je t'en dois une sacrée. Quand peux-tu être ici ?

— Dans une quinzaine de minutes.

— T'ai-je dit récemment que je t'aimais ?

Je lui raccrochai au nez et regardai Sam.

— Je suis désolé, mais le devoir m'appelle.

Il hocha la tête.

— Lorsque tu auras fini, alors.

— Il pourrait être très tard. Essayons à nouveau demain.

Il secoua la tête.

— Allez, J. Je te retrouverai au Dundee pour le dîner, après le sport. Disons dix-neuf heures trente ?

— D'accord.

Je me levai, tout sourire

— Merci, Sam, je…

— Viens, je vais te conduire.

— Oh non, c'est bon. Je peux…

— Je vais te conduire.

— Ce n'est pas nécessaire.

Mais, à la pression de sa lourde main posée sur mon épaule, je sus que, pour lui, ça l'était.

TROIS HEURES plus tard, je me disais que je ne devrais pas m'en préoccuper. L'homme ne m'appartenait pas. Et pourtant, chaque femme qui allait vers Sam Kage et posait sa main sur son épaule m'agaçait. Chaque homme qui s'appuyait contre le bar et le détaillait de la tête aux pieds m'irritait encore plus. Le fait qu'il soit juste assis là – m'ayant dit que puisqu'il était au bar, il pouvait tout aussi bien boire quelque chose – s'occupant de ses propres affaires, me rendait lentement complètement fou. Pour tenter de noyer la douleur croissante dans le creux de mon estomac, je buvais.

Lorsque mon ami Tracy arriva derrière moi et posa ses mains sur mes épaules, je les fis rouler afin qu'il n'ait pas d'autre choix que de les retirer.

— Qu'est-ce qui te prend ? dit-il d'un ton sec.

— Rien, dis-je d'un air absent en me levant. Je pense que je vais y aller cependant. J'ai vu Scott et Jerry, tu n'as plus besoin de moi.

— Si, dit-il en me repoussant dans ma chaise. J'ai besoin de toi.

Mes yeux volèrent vers Sam et je le vis adossé au bar, ses longues jambes croisées au niveau des chevilles. Il était l'image même de l'homme détendu, et j'étais confus rien qu'à le regarder.

— Jory, chéri, viens danser.

— Je n'en ai pas envie.

Je m'obligeai à sourire, avalant mon troisième Chivas avec des glaçons. Je veux juste rester là.

— Vas-tu laisser quelqu'un s'asseoir avec toi ? demanda-t-il avec un petit signe de la tête vers la chaise à côté de moi où se trouvait ma veste en cuir. Il y a tout un tas de types qui meurent d'envie de venir par ici, mais tu n'es vraiment pas très accueillant là tout de suite.

— Ah non ? répondis-je avec un grand sourire, l'alcool s'infiltrant lentement dans mes veines. Je me sens plutôt bien.

— J'en suis sûr, dit-il avec un hochement la tête.

Il se pencha pour poser son front contre le mien.

— Mais tu ne te comportes pas de façon très amicale. Les vibrations que tu dégages à l'heure actuelle disent à tout le monde d'aller se faire foutre.

— Vraiment ?

— Oui, j'ai compté neuf gars qui ont essayé de s'asseoir et ils ont tous été méchamment rembarrés.

Je grognai et posai ma main sur sa nuque.

— Tu veux être le numéro dix, T ?

Je soupirai, laissant mes yeux se fermer.

— Tu veux me ramener chez moi et me baiser ?

— Jory, tu es un tel allumeur, me dit-il sèchement, s'écartant alors que je me mettais à rigoler. Nous savons tous les deux que tu ne me laisserais même pas t'embrasser.

J'entamai mon quatrième verre, que le serveur avait déposé devant moi.

— Il y a toujours une première fois.

— Jory…

— Excusez-moi.

Nous regardâmes tous les deux le grand brun qui se tenait devant nous.

Il pointa la chaise où se trouvait ma veste.

— Est-ce que je peux m'asseoir ici ?

— Bien sûr, dis-je en prenant mon verre.

J'attrapai ma veste sur la chaise et partis rapidement. Je marchai jusqu'à une table différente, plus haute, avec des tabourets tout autour, et m'assis.

— Jory, tu es un connard, me gronda Tracy en venant jusqu'à moi et en se penchant sur la table. Ce gars était vraiment sexy et voulait vraiment discuter avec toi.

— Peu importe, grognai-je

Je posai mon menton sur ma main pour le regarder.

— Alors tu veux aller manger quelque chose ? Je meurs de faim.

379

— Jory, je suis ici pour trouver quelqu'un. Contrairement à toi, ça marche pour moi. Je…

— Non, ce n'est pas vrai, lui assurai-je. Tu peux avoir tous les mecs que tu veux ici, dis-je en regardant autour de moi, mes yeux se posant sur Sam Kage. Excepté lui. Tu ne peux pas l'avoir.

Il rigola.

— Tu ne peux pas l'avoir non plus, J. Il est hétéro.

— Tu crois ça ?

— Regarde-le, dit-il comme si j'étais fou. J, il dégage toutes ces vibrations de gros *macho*.

Je détaillai Sam Kage des yeux et mon estomac se retourna lentement.

— Même toi, tu laisserais un gars comme ça s'asseoir avec toi, hein, J ?

— Peut-être, dis-je alors que Sam me surprenait à le mater et souriait.

— Oh merde, gémit Tracy en regardant Sam s'écarter du bar et traverser la pièce, ses yeux rivés sur moi tout le temps. Tu le connais ?

— Oui, en effet.

— Waouh, Jory, à quel point est-il torride ?

— Tu n'en as pas idée, assurai-je à mon ami.

Il frissonna lorsque Sam Kage s'arrêta à mes côtés et posa sa main sur ma nuque.

— Je veux que tu sortes et que tu montes dans ma voiture maintenant.

— Je ne peux pas faire ça, lui dis-je. Je suis ici avec des amis.

— Ce sont des mensonges. Tu avais pris rendez-vous avec moi en premier.

— Et quelque chose est survenu entre-temps.

— Ce n'est pas quelque chose. C'est toi qui m'as posé un lapin.

— Alors, va-t'en !

— Non.

— Sam, tu…

Il grogna.

— Viens juste parler avec moi dehors une seconde. Il fait chaud ici.

— Juste un peu, acquiesçai-je, levant les yeux dans son regard sombre.

— Allez, viens…

— Que fais-tu encore ici ?

Il sourit lentement et je vis l'éclat dans ses yeux.

— Parce que tu es encore là.

— Jory, présente-moi ton ami, demanda Tracy en nous interrompant.

— Je ne suis pas son ami, le corrigea Sam. Je suis bien plus que ça.

Je le vis écarquiller les yeux.

— Pardon ?

— Ce n'est pas vrai, dis-je à Tracy.

Sam tira brutalement ma tête en arrière et fouilla dans mon regard.

380

— Mon cul, ouais, dit-il en se penchant pour m'embrasser, sa main agrippée à mes cheveux.

Je le repoussai et perdis l'équilibre dans le processus, tombant presque de mon tabouret. C'était sûrement la chose la plus désordonnée et disgracieuse que je n'avais jamais faite, mais il me rattrapa, m'écrasant contre lui et tapotant mon cul avant de me remettre debout.

Je bafouillai alors qu'il se moquait de moi.

— Tu ne peux pas juste…

— J'adore quand tu te mets en colère comme ça, dit-il avec un sourire langoureux. Tu t'empourpres et tes yeux deviennent sombres et troubles… c'est réellement quelque chose.

Je perdis mon envie de lutter. Comment étais-je supposé rester indigné quand il me regardait comme ça ? Comme si j'étais la chose la plus incroyable sur laquelle il avait jamais posé les yeux ?

Avec douceur, il fit courir le dos de ses doigts sous mon menton.

— Mets ta veste. Je veux y aller.

— Je…

— Allez, bébé, dit-il doucement, suppliant.

Je me sentais comme drogué, et lorsque je regardai Tracy, je vis son sourire complètement extasié.

— T ?

— Mon Dieu, Jory, il est fou de toi.

— Oui, je le suis, acquiesça Sam en empoignant ma chemise. Viens parler dehors avec moi.

— Non, ça ne sert à rien, dis-je en prenant ma veste et mon verre, prêt à changer de place encore une fois.

— Hé, mon mignon.

Je jetai un coup d'œil à la table d'à côté. Il y avait un type assis là qui me souriait. Il était jeune, couvert de tatouages, et sa chemise révélait des pectoraux et des abdominaux fermes et bien définis. Le seul mot qui le définissait était torride et le regard qu'il m'adressait m'indiquait qu'il était plus qu'intéressé de faire ma connaissance.

— Viens là. Je veux te parler.

Mais il n'y avait aucun moyen que j'échappe à Sam Kage, même si je le voulais, même si j'essayai de prouver un point. C'était tout simplement impossible.

— Aucune chance, mec, dit Sam au gars d'une voix basse et menaçante.

Je soupirai et regardai Sam à nouveau.

— Que veux-tu ?

— Je te l'ai dit… je veux te parler dehors.

Vu la façon dont il me regardait, à quel point ses yeux étaient sombres… il ne prendrait pas non pour une réponse. Nous resterions ici toute la nuit si je me lançais dans un débat avec lui.

— Très bien.

Je le suivis dans la foule, me déplaçant lentement jusqu'à ce que nous atteignions la porte d'entrée. À l'extérieur, je me tins face à lui et attendis.

— Allons manger, je sais que tu meurs de faim.

— Je ne…

— J, tu as bu plus que ton comptant. Laisse-moi te nourrir.

Je le dévisageai.

— Viens, s'amusa-t-il, je te promets de me tenir tranquille.

J'étudiai son visage une seconde supplémentaire, hochai la tête avant de suggérer que nous essayâmes le restaurant au coin de la rue. Il m'adressa son sourire en coin et se mit en route. Ce fut agréable lorsqu'il se mit à parler de tout et de rien, faisant la conversation à propos du dernier film qu'il avait vu, comment il avait passé son dernier samedi à nettoyer les gouttières chez sa mère, et d'une affaire au travail où un gars avait tiré sur le pied de son meilleur ami à cause d'un club de golf.

— Je suis continuellement surpris par les choses que les gens font, lui dis-je.

— Moi aussi, dit-il en riant, me tenant la porte ouverte afin que je puisse entrer dans la salle du restaurant familial où le rôti était la spécialité du jour.

Le dîner fut très agréable. Nous rîmes et discutâmes et il entretint une conversation légère. Quand je pris une tasse de chocolat chaud avec des guimauves pour dessert, et lui, une part de tarte aux noix de pécan et un café, il me surprit une nouvelle fois en train de le fixer.

— Quoi ?

— Rien.

— Allez, J, dit-il doucement de sa voix câline, en se penchant vers moi, son genou cognant contre le mien sous la table, son bras posé derrière ma tête, drapé sur le dossier du canapé. Dis-moi.

Je haussai les épaules.

— C'est juste toi. Tu as l'air d'être exactement le même. Tu n'as pas changé du tout.

— J'ai beaucoup changé, m'assura-t-il. Je te le promets.

Je ne voulais pas creuser dans cette direction. Ça semblait être un sujet de conversation dangereux.

Alors que nous revenions vers le club, il me demanda s'il pouvait me ramener chez moi.

— Ce n'est probablement pas une bonne idée.

— Pourquoi pas ? demanda-t-il alors que nous atteignions son énorme SUV.

— Je pensais que nous allions dîner demain et…

— Je ne veux pas dîner encore une fois, me dit-il. Je veux que tu…

— Je pensais que tu avais dit que tu ne me pousserais pas ?

— Ras le bol, gronda-t-il. J'en ai assez que tu me dises toujours non.

Je m'éloignai de lui de quelques pas.

— Cela ne se passera pas comme tu voudras, alors peut-être que tu devrais juste laisser tomber.

Après une minute passée à m'étudier, il hocha la tête.

— Je ne peux tout simplement pas, Sam, dis-je, déglutissant péniblement, la boule qui m'obstruait la gorge presque douloureuse.

— D'accord.

Je poussai un profond soupir et me retournai pour m'en aller.

— Hé.

Je m'arrêtai et jetai un œil par-dessus mon épaule.

— Je te revois bientôt, d'accord ?

Je lui souris et continuai mon chemin. Je n'étais pas sûr de mes sentiments. Étais-je soulagé ? Triste ? Chargé de regret, vindicatif ou plein d'espoir ? Il était difficile d'imaginer que je puisse un jour tomber amoureux d'un autre homme de la façon dont je l'avais été de Sam Kage. Cependant, ce n'était pas nécessairement une mauvaise chose. L'être aussi intensément était réellement effrayant.

V

J'ARRIVAIS TÔT au bureau le matin suivant et, en travaillant durant l'heure du déjeuner et en restant après le départ de Sophie ce soir-là, je rattrapai trois jours de retard. Dylan en fut très impressionnée lorsque je l'appelai dans la soirée, mais s'inquiéta quand elle sut que je n'avais pas mangé.

— Tu deviens trop mince, Jory, soupira-t-elle au téléphone.

— D'accord, reconnus-je en croquant dans la barre de céréales que je dégotai dans un tiroir de mon bureau.

Elle me promit d'essayer de venir le lendemain si elle se sentait mieux, mais je lui dis de ne pas s'inquiéter, et que je l'appellerais si j'avais le moindre problème. Je la fis jouer à 'devine qui' pour qu'elle découvre qui j'avais accidentellement rencontré.

— Je déteste ce jeu et tu le sais, se plaignit-elle. Qui as-tu rencontré ?

— Abe… ton amie, Aubrey Flanagan.

— Vraiment ? Comme c'est drôle.

— Je sais, c'était totalement par hasard.

— Eh bien, c'est super. Ne l'as-tu pas aimée tout de suite, n'est-elle pas géniale ?

— Tout à fait.

— Mais ne l'aimes pas plus que moi, d'accord ?

— Pourrais-tu avoir une réaction plus hormonale ? lui demandai-je. Comme si c'était possible !

— Très bien.

— Cela me rappelle que je dois lui téléphoner.

— C'est mon signal pour raccrocher, dit-elle en bâillant avant de roter.

— Charmant.

— Désolée, soupira-t-elle. Mon estomac est complètement dérangé.

— Parce qu'il a été colonisé par un étranger.

— Tu es très amusant. Tu devrais faire un one man show.

Je souris.

— Seigneur, j'en ai tellement marre d'être malade. J'aimerais que ce bébé soit déjà là.

— C'est juste l'histoire de deux semaines de plus, Dy. Repose-toi.

Elle apprécia le fait que j'essaye de lui remonter le moral et me dit qu'elle m'aimait avant de raccrocher. J'appelai Aubrey immédiatement après. Ma petite suppléante me promit d'être au bureau le lundi matin suivant à huit heures précises. Je lui répondis que je ne faisais pas dans le 'précis', je pratiquais le 'vers', comme dans 'vers' neuf heures.

— Vers ? répéta-t-elle en riant.

— Absolument, lui assurai-je. Dylan et moi sommes peut-être un peu relâches, mais quand même… huit heures du matin, c'est juste obscène.

— D'accord, partenaire, soupira-t-elle au téléphone. 'Vers' neuf heures, alors.

Lorsque je lui demandai comment s'était déroulé son rendez-vous avec Rick Jenner, elle me répondit qu'ils n'en avaient pas encore terminé. Apparemment, ils étaient inséparables depuis qu'ils avaient dîné ensemble.

— Es-tu même rentré chez toi depuis ?

Elle ne fit aucun commentaire.

Je rigolai et elle gémit.

— C'est un type bien, dis-je pour soutenir l'ami de mon frère.

— C'est un type phénoménal, me corrigea-t-elle, et si sacrément sexy.

Je rivanai.

— Je te croirai sur parole sur ce coup-là.

— Et en parlant de gars sexy… qui était le type magnifique avec qui je t'ai vu quitter le Corner Diner la nuit dernière ?

— Je ne t'ai pas vue.

— Non, je sais. J'ai crié, mais tu étais trop loin, mais on s'en fiche ! Qui était ce type ?

— Sam.

— Oooh, ronronna-t-elle. Est-ce que tu réalises que tu as soupiré en prononçant son nom ?

— Je ne l'ai pas fait.

— Oh, je pense que si. Qui est-ce ?

— C'est un inspecteur de police.

— Eh bien, il est tout à fait à croquer. J'approuve.

— Stop.

— Et puis-je te dire quel couple magnifique vous formez tous les deux ? Enfin, je veux dire, à-tomber, impossible-de-ne-pas-mater-tellement-vous-étiez-beaux.

— Non, tu ne peux pas, mais Rick et toi d'un autre côté… vraiment splendides.

— Eh bien, merci beaucoup.

Elle couina soudain, et son rire de gorge emplit mes oreilles.

— Tu fais quoi, bébé ? la taquinai-je.

— Tais-toi.

Elle rit encore plus fort.

— Richard Jenner, va-t'en, j'essaie de parler à Jor…

Une seconde plus tard, elle était partie et j'arborai un sourire éclatant. Ce serait intéressant de savoir ce que Dane penserait de la nouvelle femme de son ami lorsqu'il reviendrait de sa lune de miel.

J'ÉTAIS DÉJÀ à la maison ce soir-là lorsque mon amie Sloan m'appela pour m'inviter à dîner avec elle et son petit ami Derek. Parce que j'avais décliné ses invitations les cinq dernières fois qu'elle m'avait appelé, j'acceptai et allai les retrouver dans un restaurant gril du centre-ville. Lorsque je les rejoignis devant celui-ci, je fus présenté à trois autres personnes, et parmi elles Parker Storm. Je compris alors que j'avais été 'maqué'. Je traînai Sloan jusqu'au bar où elle m'avoua que parce qu'elle nous aimait tous les deux, Parker et moi, elle espérait que nous pourrions sympathiser. J'étouffai un gémissement.

Lorsque nous rejoignîmes le groupe, Parker m'avait commandé un verre de vin blanc. Je le pris pour être poli, même si le vin me donnait des maux de tête. Il resta près de moi, me demanda ce que je faisais, et me complimenta sur ma veste de motard en cuir. Je l'écoutais répondre à toutes les questions de Sloan concernant son travail, sa maison, sa voiture et ses plans pour les vacances. Elle était à l'évidence en train de le passer au gril pour moi, me laissant entendre ses réponses, et me dire lui-même qu'il était un bon parti. Une main sur mon épaule me fit me retourner et je me retrouvai face à face avec Aaron Sutter.

— Salut, l'accueillis-je en souriant.

— Jory, s'exclama-t-il en me rendant mon sourire, sa main se refermant sur ma veste. Que fais-tu ici ?

— Je dîne avec des amis.

— Super.

Ses yeux étaient rivés aux miens.

— Mange avec nous.

— C'est que nous sommes six, Sutter, le taquinai-je, mon sourire s'élargissant. Comment peux-tu…

— J'ai un salon privé à l'étage, dit-il, la main sur mon biceps, me rapprochant de lui. Viens, je me sens mal au sujet de la dernière fois. Invite tes amis, mange avec moi.

Et ce serait une sacrée invitation, pour tout le monde. À moins de vivre dans un trou perdu, tout le monde connaissait Aaron Sutter. Les gens voyaient son nom étalé dans tous les journaux, lisaient des articles et voyaient sa photo dans des magazines, ils comprenaient qu'il était riche, puissant, et qu'il avait des relations. Faire la fête avec lui était synonyme de cristal et de caviar, rien que le meilleur. Il n'y avait donc aucune raison de dire non quand quelqu'un offrait de transformer un mercredi soir banal en un événement. Et il était à prévoir que le dîner ne serait que le commencement. Les expressions qu'il recevait étaient émerveillées tandis qu'il dirigeait tout mon entourage à travers le restaurant bondé, un bras drapé sur les épaules de Sloan, son autre main serrée autour de mon biceps.

En haut de l'escalier en marbre qui menait au deuxième étage, il y avait un salon privé qui possédait sa propre petite piste de danse et qui était aménagé comme une salle de séjour et non un restaurant.

— C'est incroyable, déclara Parker, regardant Aaron se mêler à ses amis.

— Oui, soupirai-je en faisant un signe au serveur.

Je lui rendis mon verre de vin et commandai un Chivas avec des glaçons à la place.

— Tout est de première classe avec Aaron.

— Il est encore plus beau en personne.

L'homme était beau, point. En vrai ou sur papier glacé, il était exactement le même.

— Tu ne crois pas ?

— Si, bien sûr.

Parker se rapprocha de moi.

— Alors, écoute, avant que cette soirée n'aille plus loin, j'aimerais avoir ton numéro de téléphone pour t'appeler et te proposer un véritable rendez-vous.

— Qui va à un rendez-vous ?

Nous nous retournâmes tous les deux pour trouver Aaron à côté de nous. Il porta sa main à ma nuque, ses doigts se glissant dans mes cheveux.

— Je… commença Parker avant de s'interrompre, et je le vis étudier la manifestation évidente de la possessivité d'Aaron. Je tenais à vous remercier de m'avoir invité, Monsieur Sutter.

— Aaron, le corrigea-t-il gentiment. Pardonnez-moi, mais, voulez-vous demander à Jory de sortir avec vous ?

Il déglutit nerveusement.

— Je le veux, oui.

Aaron hocha la tête avant de nous excuser tous les deux, me conduisant jusqu'à sa table.

— Assieds-toi avec moi.

Je me mis à rire.

— C'était un peu minable comme réaction, tu ne crois pas ?

— Non, dit-il. Il doit savoir que s'il te veut, la file commence derrière moi.

Je lui souris.

— Allez, Sutter, commande-nous donc à tous quelque chose à manger. Tout le monde meurt de faim.

— Oui, mon cher, dit-il en souriant, m'attirant plus près de lui.

C'était amusant, comme cela l'était toujours lorsqu'Aaron était l'hôte de sa propre fête. Il ne commanda pas le menu, il énuméra à la place une sélection de plats que le chef préparait uniquement pour lui. Et si en général, cela me froissait qu'il présume ce que je voulais, je n'étais pas d'humeur à me battre, alors je le laissai dire au serveur ce que je commanderais.

— Laisse-moi prendre ta veste.

Je la retirai et la lui tendis. Lorsqu'il me complimenta sur la chemise que je portais en dessous, je lui jetai un coup d'œil.

— Quoi ? demanda-t-il.

— Je suis toujours le même, Sutter, ne commence pas avec moi.

Sa mine se renfrogna.

— Toi, en revanche, tu as fière allure, lui assurai-je, ma main fixant le col de sa chemise sous le col en V de son pull. Comme toujours.

— Vraiment ?

— Arrête de chercher les compliments, grognai-je.

— C'est que j'aime quand tu le remarques.

Je le regardai dans les yeux et essayai de comprendre, une fois encore, ce qui manquait. Pourquoi ne changerais-je pas pour lui et ne serais-je pas celui qu'il voulait que je sois ? Toute personne saine d'esprit le ferait. L'homme était parfait et pourtant… pas pour moi. Il n'était pas parfait pour moi.

— Essaie le vin, J, me pressa-t-il, écartant une mèche de cheveux de mes yeux.

— Je pensais que je buvais trop ? lançai-je malicieusement, tout à coup ennuyé sans raison.

— S'il te plaît… je ne veux pas me battre.

Il soupira, ses doigts caressant ma mâchoire.

— Je veux juste te nourrir et peut-être, avec de la chance… te ramener à la maison avec moi.

Je laissai courir et essayai le vin rouge. Il me regardait avec espoir, et je sentis un nœud familier se nouer dans mon estomac. On pouvait toujours compter sur moi pour le laisser tomber dans ces circonstances. Il pensait que je m'y connaissais en vin et en nourriture, mais ce n'était pas le cas. Il s'imaginait que j'étais un connaisseur parce qu'il l'était et que tous ses amis l'étaient, mais la vérité était que j'avais des goûts simples, depuis toujours.

— Tu aimes ?

— C'est excellent.

— Qu'est-ce qui ne va pas ?

— Rien, dis-je, tournant mon regard vers Sloan, lui demandant de répéter sa question au sujet de Dane.

Elle voulait tout savoir sur le mariage et j'étais plus que disposé à lui donner des détails.

Plus tard, lorsqu'une assiette fut déposée en face de moi, Aaron attira mon attention en posant sa main sur mon genou.

— Essaie le steak, J. C'est du bœuf de Kobe, tu vas adorer ça.

Et, en effet, j'aimai ma bouchée lorsque j'y goûtai, mais je ne voulais pas qu'on me dise que je *devais* aimer ça. Comme d'habitude, je réalisai que j'étais pointilleux avec lui et j'essayai d'arrêter. Lorsque mon téléphone sonna, je m'excusai et me levai pour rejoindre l'autre côté de la pièce avant de répondre.

— Jory.

— Sam, soupirai-je parce que j'étais vraiment heureux d'entendre sa voix.

— Eh bien, dit-il doucement, c'est le meilleur accueil que j'ai reçu jusqu'à présent.

— Ah bon ?

— Oui. Tu sembles aller bien. Où es-tu ?

— Je suis en train de dîner.

— Dîner ? Il est quoi, quelque chose comme vingt-deux heures, non ?

Je me moquai de lui.

— Ne sois pas aussi rigide, inspecteur. Le dîner est à l'heure où tu en as envie.

388

— Si tu le dis, mais je dois t'informer que tu as de drôles d'horaires.

Ce qui me fit sourire.

— C'est tout à fait vrai. Pourquoi appelles-tu ?

— Tu as dit que je pouvais.

— Oui, mais…

— Tu sais, l'autre soir, quand tu as dit que tout ce que je voulais c'était te baiser, c'était n'importe quoi. Et tu savais que c'était des conneries alors même que tu les disais.

— Je ne veux pas parler de…

— Parce que la première chose que je veux, c'est ton cœur.

Seigneur Jésus.

— Je te veux, point barre.

— Écoute, peut-être que tu ne devrais pas m'ap…

— Où es-tu en train de dîner ?

— Ce n'est pas…

— Jory, viens t'asseoir, dit Aaron en s'approchant de moi. Ton plat commence à refroidir.

— Qui est-ce ? me demanda Sam.

— Je te parlerai plus tard, dis-je rapidement.

— Ne t'avise pas de raccrocher, m'avertit-il. Parce que je peux retrouver ton téléphone portable, J, ce n'est pas un problème.

— Ah oui ? le défiai-je. Bonne chance ! lançai-je avant de lui raccrocher au nez.

Lorsque je me retournai pour revenir à table, je m'arrêtai instantanément, parce qu'Aaron se tenait juste devant moi, me barrant le passage.

— Quoi ?

— Ton tempérament, Jory, soupira-t-il, ses doigts glissant le long de ma mâchoire. C'est vraiment quelque chose.

Je le dépassai pour retourner à table à l'instant où le serveur m'amenait enfin mon Chivas avec des glaçons. Je le remerciai, l'avalai avant qu'il s'en aille, et en commandai aussitôt un autre avant même d'être assis.

— Jory, ne ruine pas la soirée simplement parce que tu es en colère contre la personne qui était au téléphone avec toi.

— Je ne ruine rien du tout, dis-je en coupant à nouveau mon steak. Laisse tomber.

Mais Aaron n'avait jamais pu.

— Pourquoi ne partirions-nous pas ?

— Je suis en train de manger, lui dis-je, et tous mes amis sont ici, en train de passer un bon moment. Tu devrais toi aussi.

— Comment le pourrais-je alors que je sais que si tu continues à boire comme ça tu pourrais rentrer chez toi avec quelqu'un d'autre que moi ?

— Ne t'inquiète pas de ça. Je ne vais rentrer avec personne.

— S'il te plaît, dit-il en secouant sa tête, tu rentres toujours avec quelqu'un, Jory. Tu es tout à fait prévisible en un sens. J'avais l'habitude de t'observer quand

389

tu sortais, et tu ne partais jamais seul, chaque soir c'était un homme différent. Je suis certain que rien n'a changé.

Je me retournai pour le regarder alors que le serveur apportait mon deuxième verre.

— De quoi parles-tu maintenant ?

Il sonda mes yeux.

— Avant que nous commencions à sortir ensemble, je te voyais au club, ramassant un mec différent chaque soir. Tu partais avec lui, et puis la nuit suivante, si le même s'approchait de toi, tu l'ignorais complètement jusqu'à ce qu'il comprenne le message. Personne n'a jamais obtenu de répétition de tes performances. Tu es l'homme d'une seule nuit.

Je hochai la tête, sentant mon visage s'échauffer. Les gens nous écoutaient et faisaient semblant du contraire ; certains visages montraient de l'embarras, et d'autres simplement du dégoût. Parker avait l'air surpris. Il se demandait probablement pourquoi Sloan aurait voulu qu'il sorte avec moi puisque je cherchais si manifestement mon prochain coup.

— Allez, tu sais que j'ai raison. Tu ne couches jamais deux fois avec le même homme, ce n'est pas comme ça que tu opères. Tu couches avec eux et tu les oublies.

— Vraiment ?

— Oui, s'amusa-t-il. Et je parie que c'est encore pire depuis que nous avons rompu. Tu es la plus grande salope de Chicago, et tu le sais.

Il avait raison à un certain degré. Avant lui, après Sam, il y avait eu beaucoup d'hommes. Et avant Sam, ils étaient trop nombreux pour les compter. Alors, oui, j'avais beaucoup couché, mais lorsque *j'étais* avec quelqu'un, j'étais monogame. Mon premier instinct était la loyauté et le désir d'appartenir à quelqu'un. Si Sam voulait de moi, je…

Je sursautai violemment, effrayant Sloan qui était assise à côté de moi.

— Mon Dieu, Jory, dit-elle en riant, déplaçant sa chaise loin de moi, plus près de son petit ami Derek assis à côté d'elle. Ce n'est pas parce que tu es ivre que tu dois tout renverser sur moi.

Mais je n'étais pas ivre. Je n'avais même pas encore fini mon deuxième verre. Mais tout le monde pensait que je l'étais ou que je le serais bientôt.

— M'as-tu entendu ? demanda Aaron.

Qu'étais-je en train de faire, à penser à Sam ?

— Est-ce que tu vas bien ?

— Oui, je vais… bien.

— Regarde-moi.

J'obtempérai.

— Ça avait le don de sérieusement m'énerver de te voir rentrer avec tous ces types chaque fois que tu me rejetais. Il m'a fallu une éternité pour te faire dire oui.

J'entendais ses paroles, mais je n'étais pas vraiment en train de penser à ce qu'il disait. Je n'étais pas du tout connecté émotionnellement

— Lorsque nous sommes finalement sortis ensemble… Mon Dieu, Jory, c'était comme si j'avais gagné à la loterie.

J'étais un gros lot, alors.

— Jory…

Je regardai ses yeux et je vis combien ils étaient affamés, combien ils étaient sombres.

Il se pencha vers moi pour ne pas être entendu.

— Tu sais que les gens te regardent et pensent que tu es torride, mais ils ne savent pas à quel point ton corps est fantastique.

Cela avait toujours été le désir d'Aaron – que tout le monde admire ses biens, convoite ses possessions… et j'avais été l'une d'entre elles.

Lorsque nous sortions avec ses amis, il m'achetait une chemise ou un pull, un cadeau disait-il. Et lorsque je le mettais, c'était toujours pour découvrir que le vêtement était une taille trop petite.

— Ton corps est magnifique, me disait-il, tu devrais l'exhiber davantage.

Si nous nous relaxions au bord de la piscine, il passait sa main sur mon ventre devant ses amis, leur disaient qu'on pouvait jouer les lavandières sur mes abdos en baissant parfois un coin de mon caleçon de bain pour tracer le V de mes hanches jusqu'à l'aine. Je le repoussais alors et rejoignais la maison où il me rattrapait et me disait qu'il était désolé, qu'il n'avait jamais voulu m'embarrasser. J'étais juste trop beau, qu'était-il supposé faire ? Je lui disais que je voulais être traité avec respect. Et il me promettait de le faire, alors même que sa main glissait sur mon cul sous les sifflements et les huées de ses amis. Le résultat final était logique, les gens qui comptaient pour lui pensaient que notre relation était une blague. Ils étaient sûrs que tout ce que j'avais à offrir était ce qu'on voyait.

Nous allions dans des endroits chics et chers et les amis d'Aaron lui rappelaient de me payer mes consommations, ou mes repas, puisque je ne pouvais à l'évidence me le permettre. Mon âge était une source constante d'amusement, mon manque de portefeuille financier et immobilier était source d'inquiétude. Il était sous-entendu qu'il s'encanaillait avec moi parce que j'avais un corps à tomber et que j'étais bon au lit. Lorsque nous avons rompu, laisser tout ça derrière moi avait été un énorme soulagement. C'était d'autant plus drôle que les amis de Dane ne m'avaient jamais fait me sentir mal dans ma peau. Peut-être était-ce parce qu'ils étaient tous des hommes qui s'étaient construit leurs propres carrières, aucun d'eux n'étant né avec une cuillère dans la bouche comme la clique omniprésente d'Aaron.

— À quoi penses-tu ?

Je détournai la tête, avalant d'un trait le reste de mon verre.

Il se pencha davantage et je sentis son souffle chaud dans mon oreille.

— Jory, je sais que tu es de retour dans les clubs, couchant avec le premier type qui le demande… alors je te le demande… viens chez moi. Choisis-moi pour ce soir… s'il te plaît.

Mais c'était terminé, et revenir en arrière était juste complètement stupide. Le seul fait d'être avec lui, de voir les rictus de mépris sur le visage de ses amis, de l'entendre me critiquer m'agaçait.

Il tourna mon visage vers lui.

— Je n'essaie pas de te faire sentir mal.

— Peut-être, cependant c'est le cas, dis-je en dégageant mon menton de sa main et en m'écartant de la table. Mais c'est normal pour ces connards et toi, alors je ne suis pas en colère. J'en ai juste terminé.

— Mais, je me moque que tu sois ainsi, poursuivit-il, parce qu'il ne m'écoutait pas vraiment. Je veux juste que tu...

— Je sais ce que tu veux, dis-je en me levant et en enfilant ma veste en cuir.

— Que fais-tu ? demanda-t-il soudain.

Cela semblait pourtant évident.

— Je m'en vais.

— Pourquoi ? demanda-t-il, me saisissant par le poignet.

— J'avais oublié à quel point tes amis et toi me donniez le sentiment d'être un moins que rien, lui dis-je en libérant mon bras de sa poigne d'un coup sec. À plus. Merci pour le dîner.

— Jory...

— Au revoir, criai-je à l'assemblée, souriant avant de me retourner et de quitter le salon, esquivant les serveurs qui entraient pour servir davantage de nourriture et d'alcool. J'atteignis le bas de l'escalier, puis me faufilai parmi la foule jusqu'à la porte. Dans la rue, je me sentis instantanément mieux, moins claustrophobe, comme si je pouvais enfin respirer.

— Jory !

Je me retournai pour trouver Aaron.

— Où vas-tu ?

— Chez moi.

— Pourquoi ? Qu'est-ce que j'ai dit qui n'était pas la vérité ?

— Rien, dis-je en me retournant pour partir.

— Jory ! dit-il d'un ton sec, saisissant mon bras et me retenant. Je déteste ces foutues sorties spectaculaires. Pour une fois dans ta vie, reste et bats-toi. Tu t'enfuis toujours.

Je haussai les épaules.

— Alors, trouve quelqu'un qui va rester. Cela ne semble pas si difficile. Des tas d'hommes t'accostent sans cesse, tu n'as qu'à en choisir un. Ce type, Parker, il trouve que tu es super sexy.

— Jory...

— Lâche-moi, Aaron, dis-je avec lassitude. Je ne suis pas quelqu'un pour toi et tu n'es définitivement pas celui qu'il me faut. Disons simplement qu'on en reste là.

— Bon Dieu ! rugit-il, plein de frustration. Pourquoi dois-tu me combattre tout le temps ? Pourquoi ne peux-tu tout simplement m'écouter, puisque tout ce que je veux c'est le meilleur pour toi ? Tu pourrais être si heureux ! Je pourrais te montrer tant de choses et d'endroits et...

Je retirai sa main de mon bras et fis un pas en arrière.

— Je n'ai pas besoin de ça.

— De quoi as-tu besoin ? Est-ce qu'au moins tu le sais toi-même ?

Je ne le savais pas, mais je savais avec certitude que ce n'était pas Aaron Sutter. Je devais faire confiance pour aimer, et je ne faisais pas confiance à Aaron. Il voulait me changer, et j'avais peur, si je restais avec lui, de me perdre en cours de route.

— Jory ? Dis-moi de quel genre d'homme tu as besoin et je serai cet homme-là.

Je secouai la tête. Le seul homme que j'avais jamais aimé au point que toutes mes défenses s'abaissent était Sam Kage. Et c'était parce qu'il était assez fort pour ne jamais se briser sous la pression d'être avec moi. J'étais une épave et il avait été mon roc. J'avais besoin de ça, j'avais besoin de pouvoir m'abandonner et d'être tout simplement moi. Mais cela aurait l'air désespéré et trop co-dépendant si je le prononçais, alors je restai silencieux.

— Jory, s'il te plaît. J'ai pensé à toi tous les jours pendant mon absence.

Lorsqu'il fit un pas en avant, je reculai d'un autre. Je n'allais plus le laisser me toucher... il n'y avait pas de raison. Je doutais même que nous puissions rester amis.

— Jory... chéri.

Et Sam était une perspective encore pire, parce même si je le désirais de toutes mes forces, il n'était pas bon pour moi. C'était drôle – l'homme que je ne voulais pas resterait pour toujours, et celui que je désirais finirait par me quitter à nouveau, si je lui en laissais la chance. J'avais besoin d'un verre.

— C'est ta réponse à tout.

Je n'avais pas réalisé que je l'avais dit à voix haute.

— Ce dont tu as besoin, c'est de revenir à la maison et d'y passer le week-end. Nous devons parler.

Je fus soudain submergé de tristesse. C'était vraiment un adieu, et je mettais fin pour toujours à une autre relation qui avait échoué. Mon historique était complètement pourri.

— Jory.

Il murmura mon nom, essayant de se rapprocher de moi, levant le bras vers mon épaule.

Je fis un pas en arrière, me retournai et courus. Il cria mon nom plus d'une fois.

Je n'étais pas prêt à rentrer à la maison. J'avais réellement besoin de simplement m'asseoir quelque part, de prendre un verre, et de me vider la tête. Un endroit tranquille où personne ne me dérangerait. Et je savais exactement où aller.

IL S'AVÉRA qu'un sérieux karma devait me coller au train, Dieu seul savait pourquoi. Ou peut-être était-ce le karma de quelqu'un d'autre et que j'étais juste pris dans un feu croisé ? Il y eut une descente antidrogue dans mon piano-bar

393

préféré, parce que le propriétaire du club faisait apparemment entrer et sortir une grosse quantité de cocaïne de cet endroit depuis un certain temps. Et les inspecteurs des mœurs avaient choisi ce soir, un mercredi soir, pour leur coup de filet. J'étais donc assis par terre, dans une longue rangée, avec toutes les personnes présentes dans le bar au moment où la police s'était déversée par la porte d'entrée. Il y avait une barricade de voitures noir et blanc qui nous bloquait, depuis l'autre côté de la rue, où une foule s'était formée. C'était la cerise sur le gâteau de ma journée. Lorsque quelqu'un donna gentiment un coup dans mon pied, je laissai ma tête rouler en arrière pour pouvoir lever les yeux. J'avais eu tort : j'avais aussi droit à la figurine décorative.

— Salut.

Sam Kage me souriait d'un air narquois.

— Qu'est-ce qui t'amène dans ce lieu de perdition J ?

Je gémis et son petit sourire satisfait se transforma en un sourire démoniaque et épanoui. Il jouissait de cette situation à n'en plus finir.

— Depuis quand fais-tu dans la drogue ?

— Ce n'est pas le cas et tu le sais, lançai-je en lui jetant un coup d'œil. Ne joue pas les connards.

— Tu ferais mieux de surveiller ta façon de me parler, dit-il en s'accroupissant devant moi. Tu pourrais avoir de gros problèmes en étant ici.

Je le regardai dans les yeux.

— Qu'est-ce que tu fais ici de toute façon ? Tu ne travailles plus pour les mœurs, tu es inspecteur aux homicides maintenant.

Il ne me répondit pas.

— Sam ?

— Lève-toi.

Dès que je fus debout, il m'attrapa brutalement, ses doigts s'enfonçant dans mon épaule, avant de m'écarter des autres et de m'entraîner plus loin dans la rue, à l'angle de sa voiture. Je me libérai de son étreinte et me retournai pour lui faire face, mais avant que je puisse dire un mot, il me poussa contre la porte latérale et m'immobilisa là d'une seule main plaquée sur ma poitrine.

— Bon Dieu, Sam, lui aboyai-je. Qu'est-ce que tu…

— Ferme là, me coupa-t-il en faisant un pas en avant.

Nous nous retrouvâmes à quelques centimètres à peine l'un de l'autre. La chaleur qui rayonnait de lui était incroyable. Je retins mon souffle, je ne pus m'en empêcher.

Je l'entendis émettre un bruit de gorge.

— Certaines choses ne changent jamais, hein, J ?

Je n'allais pas lui donner la satisfaction de lui répondre.

— Regarde-moi.

Je relevai la tête pour croiser son regard et découvris qu'il s'était penché vers moi au même instant. Lorsqu'il parla, je sentis son souffle chaud sur mon visage.

— Que fais-tu ici ?

— Je voulais juste m'asseoir tranquillement et me détendre un peu avant de rentrer à la maison.

Il hocha la tête, l'inclinant plus bas, respirant mon parfum.

— Tu trembles, tu sais.

Je le savais. Il n'y avait rien que je pouvais faire à ce sujet.

— Peut-être que je devrais faire une recherche de substances illégales sur toi.

Je déglutis avec difficulté, essayant d'obtenir de mon corps qu'il se calme.

— Ou peut-être que je vais juste te jeter à l'arrière de ma voiture et te baiser jusqu'à ce que tu t'évanouisses.

À la seule pensée qu'il me contraigne, je me mis à trembler de désir. Lorsque je repris mon souffle, son genou était coincé entre mes jambes, puis sa cuisse lorsqu'il se pencha vers moi.

— Écoute, je veux que tu me retrouves au coin du River Road Bar.

Sa voix était profonde et sexy, envoyant des ondes de chaleur à travers moi.

— Tu vas là-bas et tu m'attends, et dès que j'en ai fini ici, je te rejoins.

Mais mon cerveau se réveilla de sa torpeur et ma tête s'éclaircit.

— M'as-tu entendu ?

Je n'avais aucunement l'intention de le retrouver où que ce soit. L'illustration du pouvoir qu'il avait sur moi était terrifiante. Aucun autre homme ne pouvait me faire haleter et me tordre de désir en quelques secondes. Personne d'autre n'avait une telle domination sur moi. Je voulais fuir aussi vite que je le pouvais.

Il saisit une poignée de mes cheveux et me tira la tête en arrière d'un coup sec, indifférent quant à savoir s'il me faisait mal ou non.

— Ne pense même pas à me jouer un sale tour.

— Non.

Il embrassa la base de mon cou.

— Ton cœur bat si vite, bébé.

Je frissonnai violemment.

— Putain, oublie ça, monte dans la voiture.

— Tu es en service, lui rappelai-je.

— Non, je ne le suis pas, me dit-il. Je rentrai seulement chez moi lorsque j'ai entendu l'appel. J'ai découvert que c'était près de l'endroit où tu étais, et que je pouvais aller vérifier si tu allais bien après.

— Comment savais-tu où…

— Je peux tracer ton téléphone, je te l'ai dit.

Inspecteur de police. J'oubliais parfois.

— Laisse-moi partir, lui ordonnai-je. Tu me fais mal.

— Ce n'est pas vrai, dit-il, sa main se déplaçant de mes cheveux à ma gorge. Je ne pourrais jamais te faire de mal.

— Lâche-moi, dis-je en perdant mon sang-froid.

Je me tortillai dans ses bras, essayant de prendre appui sur la voiture pour me libérer.

Il fit un pas en arrière et je m'éloignai rapidement de lui.

— Va au bar, J. Je te rejoins dans quinze minutes.

Je me retournai pour y aller, mais avant que je sois hors de sa portée, il me saisit par l'épaule et me fit tournoyer pour lui faire face.

— Bon sang, quoi encore ?

Son expression était sombre, ses sourcils froncés, sa mâchoire contractée.

— Sois là-bas.

Je le dévisageai une longue minute avant de me mettre à marcher à reculons.

— Tu ne vas pas me retrouver là-bas, n'est-ce pas ?

Je secouai la tête.

— Pourquoi ? cria-t-il dans la rue.

L'espace entre nous était assez significatif pour que s'il se mettait à courir, il ne me rattrape pas.

— À cause de ce que tu viens juste de faire.

— Ce sont des absurdités et tu le sais.

Je haussai les épaules.

— Tu en as aimé chaque seconde.

Et si nous étions honnêtes, il avait raison, mais nous n'étions pas honnêtes. Il resta là à me regarder et je me retournai pour m'en aller.

Mon corps était échauffé et excité maintenant que Sam avait enflammé ma libido, alors je pris un autre taxi et me dirigeai vers l'un de mes repaires habituels pour trouver quelqu'un. J'avais besoin d'un étranger sans attache pour étancher mon désir.

Au club, ils jouaient les standards de Billie Holiday, et la chanteuse avait une voix profonde et sensuelle. Je commandai un verre de cognac et m'assis au bout du bar pour l'écouter. Quand j'eus terminé mon verre, un autre se matérialisa pour prendre sa place. Tournant la tête, je découvris un très bel homme en train de me sourire.

— Enfin, tu te montres.

— Excusez-moi ? dis-je en souriant.

— Tu ne te souviens pas de moi ?

Non, en effet.

— Tu m'as ramassé ici, il y a un mois environ.

Je ne savais pas du tout qui était ce type.

— Bien sûr.

Il sourit lentement.

— Tu ne t'en souviens pas, mais ça ne fait rien… je me souviens de toi.

Je pris une autre gorgée de mon verre.

— Mais tu n'es pas venu depuis un moment et tu ne m'as pas donné ton numéro.

Je hochai la tête. Je ne donnais absolument jamais mon numéro.

— Je n'ai pas arrêté de penser que si je traînais dans le coin, je finirais par tomber sur toi à nouveau.

— Et maintenant, c'est fait.

— Maintenant, c'est fait, répéta-t-il.

— Est-ce une bonne chose ?

Il hocha la tête, se penchant en avant.

— C'est une très bonne chose.

— Tu vis dans le coin ?

Il hocha la tête.

— Oui, vraiment tout près.

— Merci pour le verre.

— Tu le finis, et je t'en offre un autre chez moi.

Et j'étais prêt à accepter son offre. Mon corps palpitait pratiquement de désir refoulé et il ferait aussi bien l'affaire qu'un autre. Au moins, nous aimions le même genre de musique. C'était quelque chose. Alors je lui souris et j'aurais poursuivi notre flirt, mais la main qui glissa sur ma cuisse gauche me fit tourner la tête dans la direction opposée. Sam Kage était là, accoudé au comptoir, à me dévisager et à attendre.

J'étais stupéfait.

— Que fais-tu…

— Excusez-moi, commença le type en se rapprochant de moi. Je parlais à…

— Dégage, dit Sam d'un ton bref avant de reporter ses yeux sur les miens.

Son sourire était éclatant.

— Il est avec moi.

Et parce que c'était Sam Kage qui parlait, le gars disparut. Je tournai la tête pour dire quelque chose de sympa à mon admirateur, mais il était parti. L'inspecteur était tout simplement trop imposant et trop effrayant.

— Regarde-moi.

Je soufflai avec force et ramenai péniblement mes yeux sur Sam.

— Est-ce que je peux m'asseoir ?

Je haussai les épaules.

— C'est pas mal ici, dit-il doucement en s'installant sur le tabouret à côté de moi et en poussant mon verre hors de ma portée. Tu aimes ce genre de musique, hein ?

— Je ne viens pas ici pour la musique.

Ce qui était vrai. C'était un marché de viande fraîche et c'était pour ça que j'étais là.

— Je venais me trouver quelqu'un.

— Je vois.

— Que fais-tu ici ? demandai-je rapidement d'un ton plus sec que je le voulais.

— Tu es là.

— Mais nous savons tous les deux que ce n'est pas…

397

— Laisse-moi te ramener.

— Absolument pas.

Il se pencha vers moi, envahissant mon espace personnel, son genou contre le mien.

— Pourquoi pas ?

— Et d'ailleurs, comment as-tu su que je…

— Sais-tu que je suis inspecteur de police ? Tu sais que je retrouve des gens tout le temps ?

— Merde.

Il rigola.

— Tu ne peux pas me semer, J. Rentre avec moi.

— Sam, tu ne devrais pas perdre ton temps.

— Je ne considère pas que le temps passé avec toi soit perdu.

— Mais Sam, tu…

— Quoi, chéri ? dit-il en me regardant, ses yeux rivés à ma bouche.

— C'est voué à l'échec, Sam.

— Je n'accepte pas ça, dit-il, tendant lentement sa main vers moi, me donnant le temps de m'éloigner si je le voulais.

— Tu ne te soucies pas de moi, Sam… pas vraiment.

— Ah non ?

Il toucha légèrement mon menton, le faisant basculer doucement vers le haut pour pouvoir passer le dos de ses doigts sur ma gorge.

— Parce que… je pense que si. Parce que, contrairement à tous ces gars, je veux te garder.

Je redressai la tête et il me laissa faire.

— Tu veux juste me baiser.

— Oh, je veux faire ça aussi, dit-il en rigolant chaleureusement. Mais ce n'est qu'une partie.

— Comment est-ce possible ? Sam, tu ne me connais même pas et…

— Tu n'as aucune idée de quoi que ce soit, dit-il, fouillant mes yeux. Je rêve de toi.

Je baissai les yeux sur le bar.

— Ça me tue que tu ne cèdes tout simplement pas.

Je fermai les yeux et posai mon front dans ma main.

— Et tu laisseras un inconnu te ramener chez lui et te baiser, mais moi… moi, tu ne veux pas me laisser t'approcher. Comment cela pourrait-il avoir le moindre sens ?

— Un inconnu ne me blessera pas.

— Moi non plus.

Je ris sans joie, affichant un grand sourire en relevant la tête pour le regarder droit dans les yeux.

— Va te faire foutre, Sam.

Il haussa les épaules.

— Vas-y, défoule-toi sur moi… Je m'en fous complètement.

Je vidai le verre que le gars m'avait offert en une seule gorgée et glissai du tabouret. J'étais à mi-chemin de la porte d'entrée lorsque mon bras fut saisi, brutalement. Je me figeai tandis qu'il me contournait pour se dresser devant moi.

— Laisse-moi te reconduire chez toi.

Je le dépassai et inspirai profondément dès que je fus dehors.

Cela te touche-t-il de savoir que tu m'as manqué ? demanda Sam en apparaissant à mes côtés.

— Non.

— Menteur.

— Sam, je ne peux pas faire ça, et je ne le ferai pas, dis-je, enfouissant mes mains dans mes poches.

Il faisait froid, il était tard et je pouvais voir mon souffle s'échapper de ma bouche quand je parlais.

— Il faudrait que je sois fou.

J'accélérai le pas, espérant qu'il laisserait tomber.

Il me saisit à nouveau, me tirant vers lui si vite que je faillis tomber.

— Tu as toujours été fou.

— Lâche-moi !

Je me tordis pour essayer pour me libérer, mais il me tenait bien. Plus je tirais, plus il resserrait son emprise. Il allait laisser des bleus sur ma peau.

— Non.

Je cessai de lutter et levai les yeux sur lui.

— Va-t'en.

— Pourquoi ?

— Pourquoi ? répétai-je. Eh bien, pour commencer, c'était quoi cette connerie que tu m'as servie dans la rue tout à l'heure ? Tu crois que ça m'excite d'être traité comme un morceau de viande que tu…

— Ouais, me coupa-t-il, les yeux emplis de chaleur. Je pense que tu prends ton pied à l'idée que je te fasse faire ce que je veux. Tu crèves d'envie de te soumettre à moi.

Je secouai la tête, essayai de dégager mon bras, mais il ne me lâchait pas.

— Nous savons tous les deux que tu me veux.

Sa voix était calme, mais le muscle de sa mâchoire se contractait.

— Et je te veux J, avec moi… pas seulement dans mon lit.

Je levai les yeux pour croiser les siens.

— Si tu me voulais à ce point, si j'étais aussi important… pourquoi ne m'as-tu jamais appelé ni écrit ni envoyé un putain d'e-mail ? Tu es parti trois ans, Sam, trois putains d'années ! Tu ne peux pas décemment t'attendre à ce que nous reprenions simplement les choses là où nous les avions laissées, après tout ce temps, juste parce que tu es prêt. Ce sont des conneries !

— J'étais parti, j'étais hors du pays pendant deux ans, J. Je n'ai parlé à personne. Je…

— Très bien. Tu es revenu depuis un an alors, puisque tu l'as dit toi-même. Donc… Pourquoi ne te vois-je que maintenant ? Nous nous sommes rencontrés par hasard dans une quincaillerie et tu es quoi, submergé par l'émotion, et maintenant il faut que tu me revoies ? C'est des conneries.

Il attrapa mon autre bras et me secoua brutalement.

— Je ne savais pas quoi faire. Je ne sais jamais quoi faire avec toi. Quand je suis revenu, je suis allé te voir et tu étais avec ce type, Aaron.

J'étais stupéfait.

— Tu m'as vu avec Aaron ?

— Oui, dit-il en me relâchant, en me laissant m'éloigner de lui de quelques pas. Tu avais l'air heureux et tu méritais de l'être, alors… Mais, je devais vérifier, et puis j'ai vu qu'il n'était plus là et que tu… tu te donnais au premier venu. Pourquoi fais-tu ça ? Pourquoi couches-tu avec n'importe quel gars qui le demande, J ?

Je détournai les yeux parce que je ne pouvais pas lui répondre.

— As-tu la moindre idée de ce que ça me fait de te voir partir avec un type différent chaque soir ?

— Tu vois ? dis-je, haussant les épaules, regardant toujours au loin dans la rue. Je suis un pauvre type, Sam… Pourquoi prendre la peine de t'embêter avec moi ?

— Regarde-moi.

Mais je ne le fis pas.

— Regarde-moi, gronda-t-il en saisissant mon bras et en me tirant vers lui.

J'essayai de m'arracher à lui, mais il avait une poigne de fer. Impossible que j'aille où que ce soit.

— Tu n'es pas un pauvre type, c'est juste qu'aucun de ces hommes n'était le bon pour toi.

Je n'avais aucune réplique idiote à renvoyer parce que ce qu'il pensait était exactement ce que je ressentais. Le silence semblait être la meilleure option, alors c'est ce que je choisis.

— Je pense que tu veux m'appartenir, et s'il s'avère que ce n'est pas moi, tu ne veux personne d'autre.

Je me retournai pour le regarder.

— C'est n'importe quoi, ce ne sont que des mensonges.

Il secoua la tête, tendit le bras et posa une main sur ma joue.

— Non, j'ai raison.

— Sam…

Il raccourcit la faible distance entre nous.

— Pourquoi trembles-tu ?

— Parce qu'il fait froid là dehors.

— Mais ce n'est pas pour ça, dit-il, faisant courir ses doigts sur ma mâchoire en souriant.

— Sam…

— Tu as tant besoin de moi.

400

Comment le savait-il ? J'avais la sensation que ma peau se hérissait, qu'elle me démangeait, mes muscles étaient tendus, je pouvais à peine respirer. Tout en moi était prêt, l'attendait. Je brûlais pour lui alors même que mon réflexe de fuite m'étouffait. Je voulais courir en même temps que je voulais rester.

— Et je ne veux pas seulement dire au lit.

Il me connaissait si bien… même après si longtemps, il me connaissait toujours.

— Je vois le désarroi dans tes yeux, J.

Je voulais m'abandonner, mais j'étais submergé par la peur. Il pouvait déchiqueter mon cœur si facilement.

— Je suis désolé de ne pas être revenu pour toi à la minute où je suis rentré.

— Tu n'as pas à…

— Mais, je suis là maintenant.

— Sam, tu…

— Jory ! me cria-t-il. Je suis là.

Je secouai la tête.

— Je veux que tu reviennes.

Tout devint flou alors que mes yeux se remplissaient de larmes.

— Tu peux trouver un autre homme.

— Je ne veux pas d'un autre homme. Je te veux toi.

— Tu n'es pas bon pour moi.

— Si, je le suis et j'ai hâte de te le montrer.

— Sam, soupirai-je, penses-tu vraiment qu'après tout ça…

— Personne d'autre ne t'aura à partir de cette seconde, je ne peux… je ne le permettrais pas.

J'ouvris la bouche pour lui dire que c'était trop tard, mais je fus soulevé de terre et installé dans son monstrueux SUV avant même de réaliser que je bougeais. La porte fut verrouillée derrière moi et je restais assis là, à attendre, le temps qu'il monte. Lorsqu'il se glissa derrière le volant, il se tourna immédiatement vers moi et me sourit. Il avait l'air très content de lui.

— Arrête.

J'essayai de ne pas sourire, si proche de simplement céder.

— Laisse-moi sortir.

— Tu es saoul, tu ne peux même pas marcher.

— Je ne suis pas du tout saoul.

— Je veux te ramener à la maison.

Je gémis et il rigola.

— Allez, bébé.

— Je ne suis pas ton bébé.

— Si, tu l'es, dit-il avec un sourire indolent. Tu sais que tu l'es.

— Sam…

— Tu n'as jamais cessé de m'appartenir.

— C'est de la folie.

— Non. C'est la vérité.

— Et alors quoi ?

J'étais déjà épuisé.

— Alors, laisse-moi te ramener à la maison.

— Bien !

Je levai les mains en signe de défaite.

— Ramène-moi à la maison.

— D'accord.

Il sourit, démarrant la voiture.

— Attends, chez *moi*, clarifiai-je.

— Je ne sais pas où tu vis.

— Est-ce que tu te fiches de moi ? marmonnai-je. Tu es incroyable.

Il commença à rire franchement.

— Tu mens. Je sais que tu sais où j'habite. Tu es inspecteur après tout.

— Ce n'est pas sur ma route.

Il haussa les épaules, son rire le trahissant. Il mentait comme un arracheur de dents.

— Tu peux venir chez moi à la place.

— Non.

Son sourire passa de suffisant à démoniaque en un battement de cœur.

— Comme si tu pouvais m'en faire voir maintenant.

Je gémis à nouveau, mais je ne pouvais m'empêcher de sourire. C'était dingue que je puisse encore ressentir ça... j'étais toujours fou de Sam Kage après tout ce temps. Il m'avait ruiné pour tous les autres hommes. C'était ridicule.

— Jory... bébé, soupira-t-il profondément, portant la main sur ma nuque et me tirant vers l'avant. Cesse de lutter contre moi. Abandonne.

— Sam...

— Je vois comment tu me regardes... tu me veux.

— Bien sûr que je te veux, Sam, mais ça ne veut pas dire que je le devrais.

— Bébé...

— Cette scène est tellement familière. Moi, dans ta voiture et toi promettant que les choses seront différentes cette fois, moi te croyant... Nous avons déjà fait ça auparavant et ça n'a jamais fonctionné. Nous devons mettre un terme à tout ça.

— Tu te bats si fort, parce que tu as si peur d'être à nouveau blessé.

— Non, c'est juste...

— Bébé.

Sa voix était si chaleureuse, si apaisante et douce.

— Arrête... rends les armes... je t'aime.

— Non, tu essaies juste de...

Je sentis son souffle chaud sur mon visage une seconde avant qu'il m'embrasse. La vague de chaleur me submergea, et lorsque sa langue poussa entre mes lèvres, je m'ouvris pour lui. Sa bouche se scella sur la mienne et je sentis sa main glisser sur ma gorge pour me maintenir. Les gémissements de plaisir qui vinrent de lui firent

402

s'agiter mon estomac alors qu'il s'enfonçait plus profondément, mêlant sa langue à la mienne, me goûtant, prenant son temps, me dévorant. Cela dura si longtemps, la chaleur, le désir, montant peu à peu... et je sentais ses mains sur moi, l'une emmêlée dans mes cheveux, l'autre glissant sous ma chemise, frottant maintenant de petits cercles dans mon dos. Il m'embrasserait pendant des heures si je le laissais faire. Lorsque j'essayai de m'écarter, il accompagna mon mouvement jusqu'à ce que je pose mes mains sur son torse et le repousse avec force.

— Quoi ? demanda-t-il d'une voix rocailleuse, ses paupières alourdies et ses yeux si noirs.

Impossible de ne pas remarquer combien il était excité – l'image même de la luxure.

— Ramène-moi chez moi.

— Après ce baiser... après la manière dont tu y as répondu... non. Pas question.

— Sam, allez... Je ne veux pas faire...

— Viens juste à la maison avec moi. Je veux te parler.

— Je sais exactement ce que tu veux faire, lui assurai-je.

— Allez, viens. Je promets de garder mes mains pour moi.

— Tu te la racontes tellement là.

— Juste là maintenant ?

Il me fit un clin d'œil, et je m'adossai au siège.

— Alors ? me taquina-t-il.

— Tu feras ce que tu voudras de toute façon.

— C'est vrai.

Quand je fermai les yeux, je sentis sa main sur ma cuisse.

— Tu as dit que tu garderais tes mains pour toi.

— J'ai menti.

Et je le savais, bien sûr.

SON APPARTEMENT n'avait pas du tout changé. Je le parcourus, me familiarisant à nouveau avec l'emplacement de chaque chose. Les tasses à thé que j'avais achetées étaient toujours dans le placard. C'était drôle.

— Bizarre, n'est-ce pas ?

Je jetai un regard circulaire à la pièce, puis mes yeux revinrent sur lui.

— Oui, dis-je, regardant toutes les mêmes photos encadrées sur les étagères à côté de la télévision.

— Enlève ta veste.

Je la jetai sur le canapé et continuai mon inspection.

— Veux-tu boire quelque chose, de l'eau ?

— Non, mais j'apprécie ta préoccupation pour ma sobriété.

Il rit avant de traverser la pièce pour me rejoindre, prenant mon visage en coupe dans ses mains.

— Que faisons-nous ici, Sam ? demandai-je doucement. C'est trop tard.

— Il n'est jamais trop tard.

Il me sourit, ses doigts glissant sur ma mâchoire, puis sur mes lèvres.

— Est-ce que je peux t'embrasser avant de te mettre dans mon lit ?

— Quoi ?

Je m'écartai de lui, mais il suivit mon mouvement, ses poings serrés sur ma chemise.

— Je te veux, dit-il, et sa voix était rauque, emplie de désir.

— Eh bien, tu ne peux pas m'avoir, lui dis-je.

Et même à mes propres oreilles, ma voix me sembla pitoyable. Il n'y avait aucune force dans mes mots. Ma promesse était creuse.

— Oh non ? demanda-t-il, ses mains puissantes se faisant douces tandis qu'elles glissaient sur ma gorge.

— Non, répétai-je, ne faisant aucune tentative pour m'éloigner ne serait-ce que d'un centimètre de lui. C'est trop tard.

— Vraiment ? demanda-t-il encore d'une voix si basse que je sentis ma poitrine se soulever juste en le regardant.

— Oui, protestai-je faiblement, ne pouvant imaginer à quel point je devais avoir l'air dérisoire.

— Tu mens.

Il sourit malicieusement.

— Tu es déjà dur pour moi.

Je soulevai mon menton pour protester et sa bouche vint recouvrir la mienne. Je tremblai dans ses bras parce que le baiser m'envoya immédiatement une décharge à l'entrejambe. Sam me faisait bouillir le sang, et cela me rappela que l'homme savait vraiment comment m'embrasser. Personne avant lui ou depuis n'avait été capable de me donner un baiser qui me donne l'impression de sentir mon sang déferler dans tout mon corps comme de la lave en fusion. C'était accablant, tout ce désir et cette passion dirigés vers moi : il était si grand et puissant, sa force me submergeant alors qu'il m'écrasait dans ses bras et m'embrassait à perdre haleine. Je ne restai pas passif : j'emmêlai mes mains dans ses cheveux alors que les sensations parcourraient mon corps à vive allure. Je ravageai sa bouche. Quand j'eus l'impression que ma tête allait exploser, je rompis le baiser pour respirer.

— Seigneur, tu as si bon goût, haleta-t-il, son front contre le mien.

Je posai mes mains sur son torse et essayai de le repousser. Il ne bougea pas.

— Bébé, souffla-t-il contre ma bouche, sa main glissant sous mon menton, son pouce sur ma lèvre inférieure. Embrasse-moi encore.

Et c'était inutile de refuser parce que je le voulais tellement. Je brûlais pour lui, alors je relevai le menton et sa bouche s'écrasa sur la mienne, suçant, mordant, embrassant, réclamant mes lèvres. Il enfouit sa langue dans ma bouche et je heurtai la porte d'entrée avant même de réaliser qu'il m'avait fait reculer jusqu'à elle.

— Mieux, grogna-t-il. Maintenant, je te tiens.

404

Je frissonnai au seul son de sa voix alors qu'il déposait une pluie de baisers de ma gorge à ma clavicule.

— Je ne peux plus attendre, sa voix était si basse, si pleine de désir.

— Sam, réussis-je à sortir. Peut-être qu'on devrait ralen...

Il saisit ma chemise et l'arracha pour l'ouvrir. J'entendis les boutons rebondirent sur le sol. Sa bouche fut partout sur moi, mon torse, mes mamelons, mon ventre, mordant, léchant et laissant une traînée humide qui me fit frissonner lorsque l'air m'effleura.

— Mon Dieu, bébé, ta peau... gémit-il, ses mains sur ma ceinture, bataillant frénétiquement avec elle avant de passer au bouton de mon jean et à la fermeture éclair.

— Sam... Je...

Mon jean fut descendu, mon caleçon suivit. Son effet sur moi était sans équivoque, je gémis bruyamment lorsqu'il s'agenouilla devant moi, ses mains sur mes hanches, et me prit dans sa bouche brûlante, m'avalant jusqu'à la base. J'étais figé contre la porte, mes mains posées à plat derrière moi, les doigts écartés, alors que le désir déferlait en moi. Je ne durerais pas, je ne pouvais pas durer, j'étais trop excité par tous les événements qui avaient eu lieu précédemment, ceci n'étant qu'une continuation des préliminaires qu'il avait commencés dans la rue.

— Sam...

Son nom sortit comme un sanglot quand je baissai les yeux vers lui.

Il releva les siens, se penchant légèrement en arrière pour sourire, et il était diabolique et sombre.

— Je vais te faire hurler mon nom. Te faire mien encore et encore. Tu ne me quitteras plus jamais.

Comme s'il avait besoin de faire quoi que ce soit pour obtenir ça. Je n'avais jamais voulu personne comme je le voulais, lui. Instantanément, j'étais revenu au point où son toucher m'était aussi nécessaire que l'air que je respirais.

Il se releva après de longues minutes, me retourna, et me poussa la tête la première contre la porte. Il écarta mes jambes d'un coup de pied et j'entendis le froissement d'un emballage derrière moi.

— Le préservatif est lubrifié, souffla-t-il dans mon oreille, envoyant un frisson me parcourir.

Il mordilla et lécha l'espace derrière mon oreille puis continua sur mon cou.

— Je dois te prendre, je dois te montrer que tu m'appartiens toujours.

— Sam...

Je pouvais à peine penser, encore moins former une phrase.

Il se pressa contre moi et suça mon épaule, avec violence. Sa peau était si chaude. Lorsqu'il me pénétra et me remplit, je crus que j'allais mourir.

Je l'entendis retenir son souffle, sentis sa main qui serrait ma hanche comme un étau, et l'autre autour de moi.

— Bébé, grogna-t-il contre mon épaule avant de la mordre. C'est si bon.

C'était bien au-delà de bon. J'étais au paradis. Sa bouche était humide sur ma peau ; la main qui me caressait envoyant des vagues de plaisir déferler dans mon corps.

— Si bon, dit-il d'une voix râpeuse. Mon Dieu, tu es tellement serré et brûlant.

— Ne t'arrête pas, le suppliai-je et je sentis ses dents sur ma nuque.

Il me pilonna encore et encore, aussi fort qu'il le pût et je raffermis la position de mes mains sur la porte.

— À moi, gronda-t-il d'une voix si sexy, si crue. Mon bébé.

Je tremblais sous lui. Le seul fait de l'imaginer entièrement vêtu, debout derrière moi, et moi pratiquement nu, le dominant et le soumis, lui seul avait toujours été capable de faire de moi ce qu'il voulait. Il pouvait être brutal avec moi, mais il ne me ferait jamais de mal. Il était fait pour moi.

— J'adore les petits bruits que tu fais lorsque tu es heureux.

Il me lécha l'épaule, le cou, me goûtant, me mordant, m'empalant profondément tout ce temps et ses mains infatigables alors qu'il les déplaçait sur ma peau.

— Sam... soufflai-je.

— Que ressens-tu, bébé ? Dis-moi ce que je te fais ressentir.

Sa voix était si basse et sensuelle qu'elle s'empara littéralement de moi.

— Tu m'as manqué, répondis-je en haletant, essayant tant bien que mal de réfléchir.

— Parce que tu m'aimes.

Sa main était posée sur mon ventre et me pressait contre lui.

— Non, réussis-je à sortir.

— Si, insista-t-il, me serrant plus fort, ses doigts s'enfonçant dans mon abdomen au point de sentir mes muscles travailler.

— Je t'aimerai toujours, dis-je pour le calmer.

— Non, tu m'aimes. Pas comme 'c'est fini', mais comme 'pour toujours'.

— Non.

— Dis-le.

— Non.

— Dis que tu m'aimes.

— Non.

— Si. Dis mon nom et dis-le-moi.

— Non.

— Si.

— Non. Je ne reprendrais pas de nouveau cette route avec toi.

— C'est déjà fait.

— Oh non, pas du tout.

Je ris parce que c'était ridicule d'avoir une conversation alors qu'il me tenait coincé contre sa porte d'entrée. Il n'y avait que lui et moi pour être à ce point entêtés.

— C'est juste pour ce soir.

— Conneries, grogna-t-il, glissant sa main sur mon cul. Tu es à moi.

Je me débattis sans grand enthousiasme parce que j'étais prêt à recommencer à crier ici et maintenant. Mon cœur battait si fort que je pouvais à peine entendre Sam.

— Dis mon nom et dis que tu m'aimes, maintenant.

Mais j'étais perdu dans les réactions de mon corps au sien, tous mes muscles se contractant en même temps, luttant... ma tête roula en arrière sur son épaule, mes paumes appuyées contre la porte alors que je me mettais à crier.

— Bon Dieu, rugit-il lorsque mes jambes me lâchèrent.

Une chaleur torride me submergea, mais Sam me tenait fermement serré contre lui alors que son corps donnait un coup de reins involontaire en avant puis frissonnait, si profondément en moi que nous étions fusionnés.

— Seigneur... je pourrais mourir d'une expérience pareille, murmura-t-il contre mon épaule.

Moi aussi. Le mélange de plaisir et de douleur était atroce et enivrant à la fois. Je ne me sentais jamais mieux que lorsque j'étais avec lui.

— Jory... bébé...

Je devais me concentrer pour rester à la verticale.

Il me relâcha tandis que ma respiration s'apaisait. Puis lentement, doucement, il me retourna afin que je sois face à lui. J'étais incapable de me résoudre à le regarder parce que, malgré toutes mes protestations, j'avais cédé si rapidement. Je n'avais aucune volonté du tout.

— Jory... dit-il avant de relever mon menton et de m'embrasser, longuement et avec force.

De petits gémissements s'échappèrent du fond de ma gorge, je ne pouvais m'en empêcher. Il approfondit le baiser jusqu'à ce que j'eus l'impression que mon cœur allait éclater.

— Dis que tu m'aimes, J, dis-moi la vérité.

Son souffle était chaud sur mon visage avant qu'il m'enveloppe dans ses bras, m'étreignant serré contre son cœur battant la chamade.

— Sam...

— Dis-le, ordonna-t-il, faisant courir ses doigts le long de mon dos.

Je levai les yeux vers lui, cognant son menton avec le haut de ma tête.

— Tu sais que je t'aime. Ne sois pas stupide.

— Et c'est la raison pour laquelle Aaron a eu droit à un non, persista-t-il, sa main remontant sur ma nuque, ses doigts enfouis dans mes cheveux.

— C'est vrai, acquiesçai-je d'une voix altérée.

Je donnais l'impression d'être drogué.

— J'ai besoin de...

— T'allonger ? me taquina-t-il, desserrant son emprise pour baisser la tête et me dévisager.

— Je...

Il rigola.

— Retirons d'abord tes chaussures.

Je le regardai s'agenouiller devant moi pour retirer mes bottes et mes chaussettes, faire passer mon jean et mon sous-vêtement sur mes chevilles, puis se relever et me saisir pour me jeter en travers de son épaule. Il me porta jusqu'à sa chambre. J'atterris sur les draps froids qu'il venait de tirer et il resta là, à me regarder tandis que je me dépêchais de remonter les couvertures sur moi.

Je l'observai se départir de ses vêtements pour lentement révéler les muscles saillants et le grand corps dur que je connaissais. L'homme était massif.

Il me sourit malicieusement.

— Tu es bien ainsi couché dans mon lit.

— C'est juste pour ce soir.

— Tu peux dire ce que tu veux.

Il me sourit à nouveau avant de soulever les couvertures et de se glisser à côté de moi.

La chaleur dans ses yeux me coupa le souffle.

— Je te garde. Si tu étais plus intelligent, tu comprendrais que le sujet est déjà clos.

Je fronçai les sourcils et il se pencha pour m'embrasser sur le nez.

— Tu es tellement adorable.

J'essayai de le repousser, mais il était trop fort, sa bouche descendant sur la mienne et sa langue glissant dans ma bouche.

— Jory… bébé, soupira-t-il en reculant pour me regarder dans les yeux. Je t'aime tellement.

J'enroulai mes bras autour de son cou et le ramenai vers moi. Et son poids sur moi me donna l'impression de rentrer à la maison.

— Je sais que tu as peur que je disparaisse ou que quelque chose survient parce que notre passé n'est pas des meilleurs, et je sais que tu n'as aucune raison au monde de me faire confiance, mais tu dois juste… le faire, c'est tout. Je ne peux pas vivre sans toi. Je pense à toi tout le temps.

Je regardai ses yeux magnifiques.

Il secoua la tête, un mouvement infime, fronçant les sourcils comme s'il rejetait quelque chose.

— Laisse tomber. Tu m'aimes, qui penses-tu tromper ?

— Sam, je…

— Tu n'aimeras personne d'autre que moi, tu le sais.

— Vraiment ?

— Bordel non !

Il était si éloquent. Je ne pus m'empêcher de sourire.

— Je n'aurai qu'à t'attacher au lit.

— Cela sera tout à fait bien vu de tes supérieurs, dis-je en roulant sur le ventre et en fermant les yeux, mon corps devenant lourd.

Ses mains glissèrent le long de mon dos et avant que je puisse glisser dans le sommeil, ses lèvres suivirent le même chemin, puis ses dents. Un gémissement m'échappa.

— Toute cette peau dorée m'a manqué.

J'étais si détendu, complètement rassasié et totalement prêt à dormir.

— Tu vas rester ici avec moi pour toujours ?

Je soupirai profondément.

— Bien, dit-il, sa main glissant sur mon cul avant que sa bouche se referme sur ma fesse droite.

— Stop.

— Pourquoi ?

— Parce que tu vas me tuer.

Il me mordit, fort, et je ressentis vivement la piqûre avant qu'il passe sa langue sur la morsure, la suçant et la léchant à la fois. Il laisserait une marque énorme.

— Ça fait du bien ?

Bien sûr que ça me faisait du bien.

— Non.

— Menteur, dit-il et, je pus entendre le sourire dans sa voix avant qu'il me retourne sur le dos.

— Sam, haletai-je alors que ses mains glissaient le long de mes jambes, des chevilles aux cuisses.

Il me maintint au lit, me permettant seulement de me contorsionner, mais pas de m'échapper.

— Bébé, tu ne me quitteras jamais.

Je ne pouvais que le regarder avec les yeux plissés alors qu'il se penchait vers sa table de nuit pour attraper un autre préservatif dans le tiroir supérieur. Il utilisa ses dents pour déchirer l'emballage.

— Peut-être que je ne suis pas prêt pour un deuxième tour.

Il rit, un son profond et rauque.

— Tu es toujours prêt pour moi.

Ce qui était vrai.

— Pose tes jambes sur mes bras.

Dans son lit, nous bougeâmes lentement, prenant notre temps, et ce fut aussi doux et tendre que la première fois avait été brutale et ardente. Je glissai de l'état de conscience à celui du sommeil tellement facilement que je ne me rendis pas compte de la transition avant que mon téléphone me réveille au milieu de la nuit.

J'eus l'impression de rêver, et revins à la réalité en l'entendant sonner depuis le salon de l'appartement de Sam. Avec lui, collé à mon dos, me tenant serré dans son sommeil, j'eus du mal à me lever. Après quelques minutes, je réussis à m'extirper de ses bras et des couvertures. Je tâtonnai dans les pièces à la fois familières et étrangères et trouvai mon téléphone là où je l'avais laissé. Mon jean n'avait pas bougé : il était encore en tas froissé devant la porte d'entrée. Il me fit l'effet d'un néon pointant ma reddition.

— Merde, grommelai-je avant de répondre, passant mes mains dans mes cheveux, essayant de me réveiller.

409

— Allô ?

— Jory, c'est Chris.

— Je sais, dis-je en bâillant. Qu'est-ce qui ne va pas ?

— C'est Dylan.

— Quoi, Dylan ?

— Elle est dans la salle de bains et elle n'en sortira pas. Nous devons aller à l'hôpital... je crois qu'elle est peut-être en travail, mais elle ne veut pas... Son père et sa mère sont ici, mes parents sont ici, sa sœur... Je... Elle ne sortira pas, et Jory, j'ai besoin de toi maintenant. Tout de suite !

— D'accord.

Je me frottai les yeux. D'accord. J'arrive. J'arrive. Tiens bon.

J'étais en train d'enfiler mes bottes, remontant la glissière de la première lorsque la lumière jaillit. Sam traîna les pieds jusqu'au canapé et se pencha au-dessus. Il était nu, clairement pas réveillé et ses cheveux étaient ébouriffés. Il était adorable, tout engourdi de sommeil et les yeux troubles.

— Que fais-tu ?

— Je dois y aller.

— Non, gémit-il. Tu as promis que tu resterais ici avec moi pour toujours.

Je ris, remontant la glissière de la deuxième botte.

— Je n'ai jamais dit une telle chose.

Il émit un son à mi-chemin entre un soupir et un gémissement.

— Sam, dis-je doucement en me levant pour mettre ma chemise avant de réaliser que c'était inutile puisque je ne pouvais plus la boutonner. Merde ! J'ai besoin d'un pull ou d'un tee-shirt, peu importe.

— J'ai besoin de mon arme, grommela-t-il.

Il ouvrit les yeux en grand pour essayer de se réveiller.

— Une balle te ralentira un peu.

— Sam, dis-je en le dépassant pour revenir dans sa chambre. Dylan est en plein travail, elle a besoin de moi.

J'étais seul dans la chambre depuis plusieurs minutes quand je l'entendis tâtonner derrière moi. Lorsque je me retournai pour le regarder, il portait ses sous-vêtements et un jean.

— Qu'est-ce que tu fais ?

— Quoi ? grogna-t-il avec une mine renfrognée.

— Tu ne vas nulle part. Retourne te coucher.

— Rappelle-moi qui a appelé.

— Mon amie Dylan, ma partenaire... elle est en plein travail et on dirait qu'elle est en train de craquer, expliquai-je en continuant de fouiller dans les tiroirs de son armoire. Je dois aller là-bas et aider son pauvre mari avant qu'il craque lui aussi et qu'ils soient tous les deux marqués à vie.

— Est-ce Dylan qui a appelé ou son mari ?

— Son mari.

— D'accord.

Je trouvai un tee-shirt gris à manches longues. Je le tins devant moi.

— À qui appartient-il ?

— À Jen ou à Rachel.

Il bâilla, riant doucement. Elles ont passé pas mal de temps ici pendant mon absence.

Je levai un sourcil interrogateur.

— Pas pour ça, me dit-il sèchement. Jen n'amène plus d'hommes ici.

— À ta connaissance.

— Va te faire foutre, J, dit-il avec une colère simulée avant de réprimer un grognement de rire. As-tu vu l'avant de ce tee-shirt, bébé ?

Le mot 'Diva' était écrit en grandes lettres roses pailletées. Mais j'allais devoir faire avec : rien d'autre dans le placard de Sam Kage ne ferait l'affaire. Il mesurait un mètre quatre-vingt-treize et moi, un mètre soixante-quinze. C'était une montagne de muscles durs et bombés et j'étais petit et mince. Aucun de ses vêtements ne m'irait. C'était ça ou rien, parce que ma chemise n'avait plus de boutons.

— Peut-être que la prochaine fois tu ne déchireras pas mes vêtements, me plaignis-je.

— Désolé, dit-il en haussant les épaules, mais il ne l'était manifestement pas.

J'arrachai l'étiquette, retournai le tee-shirt sur l'envers et l'enfilai. Il me moulait, mais j'étais couvert.

— Bon, dis-je en passant plusieurs fois mes doigts dans mes cheveux. Je dois y aller. Je t'appellerai.

— Mon cul, oui ! s'écria-t-il. Attends deux secondes, je viens avec toi.

— Non, Sam, tu ne peux pas faire ça. Dylan te déteste… que tu viennes n'aidera pas.

— Ça aidera.

— Non pas vraiment.

— Écoute, dit-il en me rejoignant et en posant une main lourde sur ma nuque. Tu es à moi. Je vais où tu vas, et, quel que soit l'endroit où tu vas à trois heures du matin, merde, j'y vais aussi.

Il n'avait aucune idée de ce qu'il était en train de dire, mais c'était très mignon, alors j'enroulai mes bras autour de lui, l'étreignit, et je lui dis de boutonner son jean et de trouver une chemise. Je lui administrai une forte claque sur le cul lorsqu'il se retourna.

Je l'entendis marmonner jusqu'à ce qu'il soit au bout du couloir.

LES PRÉSENTATIONS furent rapides lorsque nous arrivâmes à l'appartement de Dylan et Chris, et j'appelai Sam mon petit ami parce que c'était plus facile qu'une explication. Son sourire devant le titre fut immense.

— C'est juste pour ce soir, lui dis-je.

411

— C'est ce que tu crois, répliqua-t-il avec un sourire éclatant.

Nous essayâmes tour à tour d'extraire Dylan de la salle de bains. Je tapotai sur la porte et essayai de parler à ma meilleure amie et partenaire pour qu'elle sorte. Elle ne voulait pas bouger. Son mari fut si gentil que je pensais que la mère de Dylan allait se mettre à pleurer, sa propre mère lui adressant un regard comme s'il était le second avènement. La porte ne s'entrouvrit même pas. Son père essaya, puis le père de Chris essaya, puis sa sœur tenta une approche drôle et sarcastique. Nous rîmes tous, même Sam sourit, mais rien ne vint de la part de Dylan, sauf ses cris lorsque les contractions la déchiraient.

— Est-ce que je peux essayer ? me demanda Sam de l'endroit où il était appuyé à côté du vaisselier.

Les bras et les chevilles croisés, il avait l'air très calme.

— Bien sûr l'invita Chris avec un geste de la main. Approchez ! Venez tous !

Sam s'écarta du mur et traversa la pièce jusqu'à la porte de la salle de bains. Il frappa doucement et nous le regardâmes tous, captivés.

— Hé, Dylan... c'est moi, Sam. Vous savez, l'inspecteur Kage. Celui que vous ne pouvez pas saquer.

J'avais vraiment besoin de lui faire travailler son langage.

— N'y a-t-il pas quelque chose que vous voulez me dire ?

Et la réaction fut instantanée. La porte s'ouvrit à la volée et elle jaillit de la salle de bains en rugissant.

— Comment osez-vous même lui parler à nouveau, sale fils de pute égoïste ! Je vous hais pour l'avoir blessé, je vous hais encore plus de l'avoir quitté et je vous hais plus que tout d'être revenu ! Vous... ne le... méritez pas ! Foutez le camp de sa vie, espèce de connard manipulateur et toxique !

La pièce tomba sous le silence. Sam, lui, s'approcha et prit son menton dans sa main pour le soulever et la regarder droit dans les yeux.

— Oh oh, la dame est un tigre.

Elle inspira profondément, les yeux fixés sur lui.

— Vous sentez-vous mieux ?

Elle frissonna une fois, et il y eut de l'eau sur le sol, sous elle.

Sam ne broncha même pas.

— J'ai perdu les eaux, dit-elle de la plus petite voix que je lui avais jamais entendue.

— Oui, acquiesça-t-il, avec le sourire en coin que j'aimais. Alors, il est temps d'aller à l'hôpital.

— Je ne peux pas marcher, dit-elle, regardant son mari, puis son père et enfin moi.

— C'est bon, dit-il, et il la prit dans ses bras.

Comme si elle ne pesait rien du tout.

Aucun autre homme dans la pièce n'aurait pu la soulever, même avec de l'aide. Il fut à la porte quelques secondes plus tard, la berçant contre sa poitrine, les bras de Dylan enroulés autour de son cou, son visage posé contre son épaule. Même enceinte de neuf mois, elle avait l'air petite et fragile comparé à l'homme grand et costaud qu'il était. L'image qu'ils formaient serait gravée à jamais dans ma mémoire.

— J, prends un sac-poubelle afin que Dy puisse s'asseoir dans la voiture et le bagage qu'elle a préparé pour aller à l'hôpital. Allez, Chris, on y va.

Chris semblait cloué sur place, il fixait juste Sam.

— Allons-y, mon pote, le pressa Sam.

— Mais, j'allais la conduire dans…

— Je suis flic. J'ai un super gyrophare bleu et une sirène dans ma voiture. Qui pourrait vous y emmener plus vite ?

— D'accord, vous gagnez, acquiesça-t-il en faisant rapidement le tour de la maison, pressant tout le monde dehors alors que nous suivions tous Sam qui descendait les escaliers.

Trois volées de marches plus tard avec une lourde femme enceinte dans les bras et il n'était même pas essoufflé lorsqu'il la déposa doucement sur le siège passager après que j'eus étalé le sac-poubelle. Le SUV était immense, mais les parents durent quand même prendre une autre voiture. Nous étions trois sur la banquette arrière et la voiture était pleine.

— Pourquoi ai-je besoin du sac-poubelle ? demanda Dylan lorsque Sam démarra et s'éloigna du trottoir, la lumière bleue éclairant l'habitacle comme un stroboscope. J'ai déjà perdu les eaux.

Il rit, tendit le bras vers le siège passager, et toucha sa joue, la tapotant.

— Oh, ma douce, vous êtes si mignonne.

Elle ne put s'empêcher de sourire, c'était impossible de ne pas le faire.

— C'est le liquide amniotique, mon chou, il continuera de couler jusqu'à ce que le bébé soit sorti.

— Oh, dit-elle en regardant Chris par-dessus son épaule. Est-ce que tu savais ça ?

— Non.

Elle interrogea sa sœur Roxanne, puis moi. Aucun d'entre nous ne le savait. Lorsqu'elle se retourna vers Sam, elle lui expliqua qu'elle pensait qu'il n'y aurait qu'une seule grosse perte comme dans les films.

— Non, lui assura-t-il.

— Comment se fait-il que vous en sachiez autant ?

Parler lui tenait l'esprit occupé et Sam en connaissait un rayon sur les tactiques de diversions.

J'étais surpris par tout ce qu'il savait sur les bébés. Il en avait lui-même délivré quatre quand il était officier de patrouille : un dans une banque lors d'un cambriolage, deux dans des taxis et le dernier à l'arrière de sa voiture de service. Toutes ses sœurs avaient des enfants et lui avaient raconté leurs histoires d'accouchements, ainsi qu'au reste de sa famille, avec force détails épouvantables. Il fit rire Dylan lorsqu'il parla de la vidéo de l'accouchement de sa sœur Jen et comment il l'avait rendu au vidéo-club du coin par accident. Quand elle avait une contraction, il la faisait compter et la félicitait pour son travail quand la douleur passait.

Alors que nous descendions tous du SUV devant l'hôpital, je sentis une main dans mon dos. C'était Roxanne et elle me souriait.

— Gardez cet homme, Jory, soupira-t-elle profondément. Magnifique et bâti comme ça... Mon Dieu ! Les bras qu'il a et la manière dont il a porté Dy... Seigneur. A-t-il un frère hétéro ?

Je me mis à rire, parce que, en gros, avant moi, Sam *était* ce frère. Chris m'attrapa le bras et me tira à ses côtés alors que nous marchions derrière eux dans le parking.

— J'aurais aimé pouvoir la porter comme ça.

— Il est juste grand et fort, c'est pour ça qu'il peut le faire.

— J'aimerais l'être aussi.

Il semblait si triste et je le compris d'autant mieux lorsque nous nous arrêtâmes au bureau des infirmières et qu'elles levèrent toutes leur regard vers Sam avec des yeux de biche, tout soupir. C'était si romantique, l'homme portant son épouse dans l'hôpital, capable de rester là éternellement avec son fardeau dans les bras et si doux lorsqu'il la déposa dans le fauteuil roulant. Elles furent déçues d'apprendre que Chris était le père et non Sam.

Dylan les fit attendre avant de l'emmener, car elle attrapa la main de Sam et le tira vers elle pour qu'ils se trouvent au même niveau. Ses yeux brillèrent quand il la regarda.

Elle soupira profondément.

— Je vous hais.

Il hocha la tête et inclina sa tête vers moi.

— Je sais. Il me déteste aussi.

— N'allez pas croire que nous nous sommes liés, parce que ce n'est pas le cas.

— D'accord, dit-il en se penchant davantage pour l'embrasser sur le front avant de se redresser pour la dominer de toute sa taille.

Je réalisai alors qu'elle tenait toujours sa main.

Nous nous assîmes tous pour attendre et Sam posa son bras sur le dossier de ma chaise et sa main dans mes cheveux. Lorsqu'il embrassa ma tempe avant de se lever et s'éloigner, je vis tous les regards braqués sur moi.

— Quoi ?

— Jory, dit la mère de Dylan en me souriant. Vous et Sam formez un très joli couple.

— Merci.

— C'est vrai, renchérit Roxane. Et je ne veux pas que tu interprètes mal ce que je vais dire, mais c'est un homme tout ce qu'il y a de plus masculin et tu es bien plus beau que la plupart des femmes que je connais. Ça colle. Il est logique de penser que si un homme comme ça est gay, un homme comme toi soit son partenaire.

Je n'étais pas bien sûr de la façon de prendre tout ça.

— Comme je l'ai dit, reprit la mère de Dylan doucement, vous formez un couple étonnant. Il vous adore si clairement.

Cette partie-là, j'adorais l'entendre.

Sam revint avec du chocolat chaud pour tout le monde, et lorsqu'il se rassit à côté de moi, il s'affala très bas, enlaça ses doigts aux miens et ferma les yeux.

— Sam, ils vont sortir d'une minute à l'autre, lui assurai-je.

— C'est son premier bébé, pas vrai ?

— Oui.

Il rigola.

— Réveille-moi quand elle aura accouché.

— Attends, quoi ?

Il ricana, leva ma main, embrassa ma paume, puis se réinstalla et poussa un profond soupir. Je pensais que ce serait comme dans les films. Pas de chance.

Cela fut néanmoins plus rapide que ça aurait pu l'être, et dix heures plus tard, Mica était né. Il était froissé et avait beaucoup de cheveux et je pus voir son ascendance japonaise très clairement. Dylan fit remarquer que tous les bébés naissaient en ayant l'air d'être japonais. Lorsque je regardai Sam avec le bébé dans les bras, il hocha la tête.

— D'accord, j'ai compris, soupira Dylan en regardant Sam tenir son fils alors que je m'asseyais à côté d'elle sur le lit d'hôpital. Il est absolument magnifique et à tomber et tous les autres mots que tu voudrais utiliser, mais sérieusement, tu dois faire attention à toi et ne pas t'impliquer trop vite. Vas-y doucement.

— Je ne peux pas, confessai-je sérieusement. Je suis déjà amoureux de Mica.

Elle leva les yeux au ciel.

— S'il te plaît, ne m'oblige pas à te donner un coup sur la tête. Je n'en ai pas l'énergie.

— D'accord.

Je lui souris. Elle était radieuse. Je ne l'avais jamais vue aussi belle.

— Nous savons tous les deux que je parle de Sam Kage.

Je grognai.

— Jory, chéri… s'il te plaît, vas-y doucement avec lui cette fois.

Trop tard, pensais-je, mais je ne dis rien.

Elle poussa un profond soupir, sa tête sur mon épaule, sa main dans la mienne.

— Merci d'être venu à ma rescousse. J'avais un peu perdu les pédales.

— C'était Sam.

— Ne te méprends pas, dit-elle en m'embrassant sur la joue. C'est à cause de toi qu'il est comme ça.

Comme si elle pouvait savoir quel effet j'avais sur Sam Kage. Je le regardai donner le bébé à la mère de Dylan et ses yeux croisèrent les miens.

— Tu sais, ce n'est vraiment pas une mince affaire qu'il soit ici avec nous, me dit Dylan. Ça donne l'impression qu'il est là pour rester de façon permanente cette fois, n'est-ce pas ?

Et je ne lui dis pas que j'avais pensé exactement la même chose.

— Qu'est-ce que tu portes ?

Elle avait finalement remarqué mon tee-shirt Diva à l'envers.

— N'y pense même pas.

C'était agréable de la voir rire.

MA NUIT mouvementée se termina avec Sam et moi préparant le petit-déjeuner ensemble à quatre heures de l'après-midi, puisque nous étions debout depuis trois heures du matin. Sam avait prévenu son travail un peu plus tôt dans la journée et j'avais réussi à joindre Sadie pour lui dire que je serais de retour au bureau le lendemain matin. Elle était encore à l'hôpital à rendre visite à Dylan. Elle avait vérifié les e-mails et les messages téléphoniques et avait reporté tous mes rendez-vous à la semaine suivante. Le bureau était fermé pour cause de naissance. Je la prévins qu'Aubrey Flanagan arriverait le lundi et elle répondit sincèrement qu'elle s'en foutait complètement. Elle voulait juste tenir Mica.

Sam prépara des omelettes et nous nous assîmes et parlâmes. Ensuite, je fis la vaisselle. Il s'endormit sur le canapé aux alentours de dix-huit heures et je rentrai chez moi pour me doucher et me changer. Je m'assurai de laisser une note.

VI

LE COUP frappé à ma porte d'entrée me fit quitter ma chambre vêtu uniquement de mon jean. Je fus surpris de trouver Brandon Rossi sur le seuil de ma porte.

— Salut, dis-je en enfilant un tee-shirt. Quoi de neuf ?

— J'ai appelé votre bureau plus tôt et votre assistante m'a dit que vous aviez tous pris votre journée.

Je supposai que Sadie avait transféré le numéro de téléphone du bureau sur son portable pour je ne sais quelle raison.

— Exact. Nous sommes fermés à cause du bébé.

Il m'adressa l'ombre d'un sourire.

— Je n'ai aucune idée de ce que cela signifie.

Je lui offris un sourire éclatant.

— Ma partenaire, Dy, a eu son bébé la nuit dernière.

— Oh, eh bien… transmettez-lui toutes mes félicitations.

— Je le ferai.

— Votre assistante m'a donné votre adresse, j'espère que cela ne vous dérange pas.

— Non, mentis-je.

J'allais devoir parler à Sadie à ce sujet.

Il se racla la gorge, souriant timidement.

— Écoutez, Jory, je voulais juste venir ici en personne pour vous dire combien j'étais désolé à propos de l'autre soir. Adam et moi avons juste complètement perdu le sens de ce que nous faisions.

— Bien sûr.

Je lui souris.

— Ne vous inquiétez pas pour ça.

— Mais vous voyez, je voulais vraiment passer du temps avec vous, et Adam, il… il est fou de cette fille et…

— Adam est de l'histoire ancienne.

Je souris lentement, voyant une tête familière apparaître à mesure qu'il montait l'escalier. J'adorais ses cheveux… les mèches brun doré, leur épaisseur et toutes leurs nuances de cuivre, de blé, et de bronze.

— Que voulez-vous dire par là ?

— Je veux dire qu'Aubrey Flanagan sort maintenant avec Rick Jenner. Adam doit laisser tomber.

— Est-ce que vous plaisantez ?

— Non.

Je souris par-dessus son épaule à Sam. La façon dont il me regardait avec ses yeux sombres me ramena à la nuit précédente. Je sentis la chaleur envahir mon visage.

— Est-ce que vous allez bien ? demanda Brandon. Vous êtes tout rouge.

— Bien, dis-je.

— Quoi ?

— Quoi ? dis-je, l'écoutant maintenant.

— Jo…

— Excusez-moi, bâilla Sam, contournant Brandon pour me dépasser et entrer dans mon appartement.

Il me donna une forte claque sur le cul en passant et je ne pus retenir un hoquet de surprise ni le sourire qui suivit.

— Qui est-ce ?

— C'est Sam.

Je me frottai l'arête du nez.

— Alors, à bientôt. Merci d'être venu vous excuser, c'était vraiment gentil de votre part.

— Jory.

Il tendit la main alors que j'essayai de battre en retraite dans l'appartement. Je voudrais vous emmener…

— Allons, Brandon, dis-je doucement, repoussant sa main de mon épaule. Vous pouvez voir que j'ai de la compagnie, alors…

— Alors, je vous appellerai plus tard.

Il sourit et se retourna pour partir.

— Ne faites pas ça, dis-je derrière lui.

Il se retourna pour me regarder.

— Quoi ?

— Ne m'appelez pas. Nous ne deviendrons pas amis et nous ne sortirons pas ensemble, alors ce n'est pas la peine.

Il me dévisagea un instant.

— Eh bien. Je ne savais pas que je n'avais qu'un essai pour vous impressionner.

— Bran…

— En fait, Jory, vous devriez imprimer ça sur des cartes et les distribuer aux gens lorsque vous les rencontrez.

— Peu importe, dis-je en refermant la porte.

Mais il frappa la porte avant qu'elle soit fermée et ce fut vraiment un coup de malchance qu'elle vienne heurter mon visage et fendre ma lèvre.

— Merde ! gémis-je en pressant le dos de ma main sur ma bouche.

— Jory, dit-il, tendant sa main vers mon visage. Je voulais juste vous dire que…

— Qu'est-ce qui se passe, nom de Dieu ? rugit Sam depuis la cuisine.

C'était complètement accidentel, mais Brandon ne vivrait pas assez longtemps pour s'expliquer. Je le regardai avec les yeux écarquillés.

418

— Courrez.

— Jory, je…

— Courrez.

Je paniquai quand j'entendis Sam bouger dans l'appartement derrière moi.

— Bébé, es-tu… C'est quoi ce bordel !

Sa voix baissa dangereusement, devenant d'un froid glacial tandis qu'il se ruait vers moi.

Brandon heurta le bord de la porte, rebondit dessus et se mit à courir. J'entendis le bruit de ses pas marteler le plancher du couloir, puis ce fut le silence.

— Sam, l'appelai-je avant qu'il puisse franchir la porte. J'ai besoin de toi.

Il fut de retour devant moi en quelques secondes, ses mains sur mon visage, fronçant les sourcils.

J'attrapai le revers de son pardessus et le regardai droit dans les yeux.

— Je vais défoncer cet enfoiré jusqu'à ce qu'il n'en reste rien.

Je rigolai.

— C'était un accident.

— Et qu'est-ce qu'il foutait ici de toute façon ? Et comment diable sait-il où tu habites bordel de merde ? grogna-t-il, sa main sur ma gorge, si doux alors qu'il m'examinait. Nous devons mettre de la glace là-dessus.

— Arrête de jurer, lui dis-je. Et j'aimerais souligner que tu sais aussi où je vis.

— Et alors ? Tu m'appartiens. Bien sûr que je sais où tu habites.

Je hochai la tête en lui souriant.

— Merde !

Il me lança un regard noir, puis m'attrapa et me traîna dans la cuisine. Les soins de Sam furent presque plus douloureux que le coup qui m'avait fendu la lèvre.

Quand il eut fini, je me levai et l'observai.

— Quoi ?

— J'allais revenir à ton appartement.

— Oui, ta note l'a indiqué, grommela-t-il.

Je lui souris avant de le laisser pour aller dans ma chambre et enfiler un pull. Alors que j'accrochai la boucle de ma ceinture, il se pencha dans la pièce, s'appuyant au chambranle.

— Tu aurais dû me réveiller, je t'aurais conduit ici.

— C'est bon.

— Je me suis réveillé et tu étais parti… Je n'ai pas aimé ça.

— Alors c'est pour ça que tu es venu ? Tu n'as pas pu attendre que je revienne ? le taquinai-je. Ou peut-être que tu pensais que je ne reviendrais pas ?

— Non, je voulais juste te parler et je ne pouvais pas attendre.

— Attendre pour quoi ?

Il marcha lentement dans ma chambre.

— J'aime ton appartement.

— Merci, dis-je en lui souriant. C'est plus grand que l'ancien.

419

Il hocha la tête.

— Alors, que se passe-t-il maintenant, J ?

— Que veux-tu dire ?

— Je veux dire… vais-je dormir ici avec toi ? As-tu l'intention de passer la nuit chez moi ? Allons-nous préparer le dîner pour ensuite vaquer à nos propres affaires ? Je ne sais pas ce qui se passe parce que tu ne parles pas. Je t'ai dit comment je voulais que les choses soient, mais tu n'as rien répondu.

J'étudiai ses yeux d'un bleu ombragé.

— J ?

Je pris une profonde inspiration.

— J'avais l'intention d'emporter un sac et de dormir chez toi ce soir, si je ne dérangeais pas trop ta routine matinale.

La lueur qui passa dans ses yeux fut très satisfaisante.

— Non, tu ne perturberais rien du tout. Ce serait super.

— D'accord. Alors, assieds-toi et parle-moi pendant que j'emballe mes affaires.

Il me regarda attentivement alors que je remplissais mon sac de sport qu'il porta ensuite pour moi pendant que je le suivais jusqu'à sa voiture. Une fois à l'intérieur, il ne démarra pas tout de suite et je me tournai vers lui pour le regarder.

— Quoi ?

— La nuit dernière, tu as dit que c'était juste pour la nuit… le pensais-tu vraiment ?

Je l'observai, étudiant son visage.

— Manifestement non.

— Ne plaisante pas, d'accord ? Je sais que tout va très vite pour toi et j'essaie de ne pas te pousser, mais ça me tue parce qu'il y a des choses que je veux que tu dises et… je ne sais pas quoi faire. Devrais-je te laisser seul pendant un temps J ? Que devrais-je faire ? Dis-moi ce que tu veux que je fasse.

— Ça va vite, Sam, et tu le sais. Je veux dire, je t'ai vu dimanche, et nous sommes maintenant jeudi soir et…

Son téléphone sonna, me coupant la parole. Il l'ignora, son attention concentrée sur moi. Je ne pouvais pas.

— Tu ferais mieux de décrocher.

Il répondit pendant que je regardais par la fenêtre, essayant de savoir ce que j'allais faire. J'étais partagé. Une moitié de moi voulait jeter toute prudence aux quatre vents et le supplier d'emménager avec moi, et l'autre voulait s'enfuir aussi vite que possible. J'étais terrifié à l'idée de le perdre et terrifié à l'idée de souffrir à nouveau. Lorsqu'il se racla la gorge, je ramenai mon regard sur lui. Le sourire en coin me fit sourire.

— Quoi ?

— Eh bien, ceci devrait être l'argument décisif, soupira-t-il.

— Quoi ? Dis-moi.

— C'était ma mère qui m'appelait pour me rappeler que je suis déjà en retard pour le dîner.

— Dîner ? Ne faites-vous pas ça habituellement le dimanche ?

— Exact, mais la petite amie de Mike est hôtesse de l'air...

— Personnel navigant, le corrigeai-je.

— Peu importe, Monsieur Politiquement Correct, grommela-t-il. Je te disais simplement que sa copine vole presque chaque dimanche, alors le seul moment pour la voir est en milieu de semaine. Ma mère veut que tout le monde fasse sa connaissance alors... nous avons instauré le dîner du jeudi soir chez les Kage.

— Oh.

— Pas la peine d'être aussi enthousiaste.

— Non, ça ne voulait rien dire.

Je me déplaçai pour sortir du SUV.

— Je vais te laisser y aller et peut-être qu'après, si tu veux, tu pourrais venir me pren...

— Hé, dit-il doucement, prenant mon bras, m'attirant suffisamment près de lui pour poser sa main sur mon visage. Je n'y vais pas sans toi.

— Oh non, Sam, tu...

— Écoute, je sais que tu as peur d'aller là-bas, à cause de ce que cela sous-entendrait, pas vrai ? C'est trop rapide et tu commences à paniquer.

— Non, mentis-je même s'il avait mis le doigt dessus. Je pense simplement...

Il inclina mon menton et me regarda dans les yeux.

— C'est rapide parce que c'est juste, et, ne te méprends pas, j'ai besoin que tu viennes avec moi.

Je le dévisageai et il se pencha pour m'embrasser. C'était si doux et si tendre que j'essayai de l'approfondir, de l'attirer vers moi, mais il résista.

— Tu peux me faire un peu mal, Sam, soufflai-je contre sa bouche.

Ma lèvre fendue ne me faisait même pas mal.

— Je l'ai déjà fait, dit-il doucement. Plus jamais.

Et je savais qu'il parlait du moment où il m'avait quitté.

— C'est bon, lui assurai-je.

— Ça ne l'est pas, dit-il, ses yeux absorbant mon visage. Mais j'ai le reste de ma vie pour me faire pardonner.

— Sam...

Il se racla la gorge.

— Allez bébé, mets ta ceinture de sécurité... nous devons nous dépêcher.

— Pourquoi ?

— Parce que ma mère a fait son mondialement célèbre ragoût pour la nouvelle copine de Mike et que nous ne voulons pas manquer le carnage, dit-il en ricanant presque.

— Ce n'est pas drôle, assurai-je, la mine renfrognée. Ta famille est grande, bruyante et effrayante. Pauvre fille.

421

— C'est drôle, soutint-il en m'adressant un sourire diabolique. Et ne te voile pas la face, tu aimes ma famille.

— Je t'aime, dis-je en allumant le chauffage.

— Quoi ?

Je réalisai trop tard ce que je venais de dire. Je l'avais déjà dit avant, mais pas sans qu'il me l'ait demandé avec insistance. Les mots étaient simplement sortis de ma bouche et je voyais bien qu'il en était très heureux.

— J... quoi ?

— Quoi ? répétai-je en le regardant.

J'espérais faire comme si de rien n'était.

— Dis-le encore.

— Dire quoi ? demandai-je innocemment.

Peut-être qu'il laisserait tomber.

Il sourit diaboliquement.

— Tu sais, ce que tu as dit.

Aucune chance qu'il laisse tomber.

— Allez, me pressa-t-il. Dis-le encore.

Je le regardai et il se pencha par-dessus le frein à main pour me donner un baiser rapide.

— Je t'aime, souffla-t-il dans mon cou.

Je hochai la tête.

— Je t'aime aussi.

Et le sourire sur son visage quand il se redressa, si large, si arrogant, si soulagé, si suffisant, était immanquable. J'avais créé un monstre avec trois petits mots.

MÊME SI nous étions le jeudi soir et non le dimanche, il y avait assez de gens chez les Kage pour que nous fûmes obligés de garer la voiture à un pâté et demi de maisons. Avec son bras drapé autour de mes épaules, Sam me fit traverser le jardin de devant et contourner la maison jusqu'aux marches qui menaient à la porte arrière de la grande maison de briques rouges d'un étage à la charpente en A. Je le suivis dans la cuisine et dès que je fus à l'intérieur, je sentis l'odeur de la nourriture.

— Mon Dieu, qu'est-ce que c'est ? dis-je en inspirant.

Je salivai presque d'envie.

— C'est de la Mousalia.

Il me sourit.

— Je t'ai dit que c'était célèbre.

— Ça sent divinement bon.

Il me fit un clin d'œil avant de crier.

— Maman ! Je suis là !

— Que m'as-tu amené ? demanda-t-elle depuis l'autre pièce, et je pus l'entendre rire à sa propre plaisanterie.

J'entendis tant d'autres voix qui riaient avec elle que tout à coup j'eus peur. Et si elle était en colère contre moi ? Et si tout le monde me détestait maintenant ? Et s'ils pensaient tous que tout ce temps passé loin de moi l'avait fait redevenir hétéro ? Peut-être que l'amant gay de son fils n'était pas l'invité qu'ils s'attendaient à voir à leur table, pour un dîner spécial de milieu de semaine.

— Sammy, viens ici, cria Thomas Kage. La partie a déjà commencé sur ESPN.

— Qu'est-ce qui ne va pas ? me demanda rapidement Sam.

— Toi d'abord.

— Tout va bien de mon côté.

Il sourit lentement, diaboliquement.

— Tu es celui qui est paniqué.

— Et si c'est le cas ? demandai-je, ma voix montant un peu dans les aigus.

Il passa un bras autour de mon cou, m'attirant contre lui. Il m'embrassa sur la tempe.

— Allez, bébé, tout le monde t'aime déjà. Tu es le préféré.

Je levai la tête en souriant et il se pencha pour m'embrasser.

— Allez, viens bébé.

Je le suivis dans le salon.

— Regarde ce que je t'ai amené, Maman.

Assise à ne rien faire, Regina Kage était une femme magnifique. Quand elle souriait, vous retrouviez la magie de l'ancienne star de cinéma. Quand elle souriait, vous vous rendiez compte qu'elle était lumineuse. Elle souriait maintenant. Ses yeux firent des allers-retours entre nous eux et finirent par se poser sur moi.

— Jory, dit-elle. Oh mon Dieu, enfin !

Elle se précipita vers moi, le souffle court. Elle ouvrit ses bras en grand et je m'y avançai, l'étreignant avec force.

— Enfin.

Elle chanta le mot avec tant de conviction et de soulagement que je me sentis stupide d'avoir douté de son accueil. Cette femme m'aimait, c'était évident.

— Oh, mon gentil garçon, roucoula-t-elle dans mes cheveux, me caressant le dos en cercles. Mon adorable garçon.

Puis elle murmura quelque chose contre mon épaule que je ne pus entendre avant de s'écarter pour me regarder.

— Venez voir, tout le monde, cria-t-elle aux femmes assises au salon. Mon garçon est à la maison !

Et je jetai un coup d'œil à Sam alors qu'il haussait les épaules et que les gens surgissaient autour de moi.

Jen entra et se jeta dans mes bras, m'embrassant et m'étreignant avec force avant de faire un pas en arrière pour me présenter à son nouveau petit ami, Doug Yates. Il était sympathique, avait trois enfants de son côté, et était contremaître. Je l'aimais tout de suite, et le fait qu'il se moque complètement que je sois gay fut un bon point en sa faveur. Il se préoccupait plus de Sam que de moi. Il était

423

seulement aussi intimidé par l'inspecteur Kage que tous ceux qui le rencontraient, conscient de sa taille, de ses muscles et de son tempérament vif. De moi, il se fichait complètement.

Rachel me malmena presque et son mari Dean fut très content de me revoir. Je vis également quelques cousins, et les hommes m'accueillirent avec des mains tendues, le signe de tête typique du mec cool, ou un cri. Les femmes envahirent très vite mon espace personnel. Je les embrassai et serrai toutes contre moi et elles m'indiquèrent toutes l'attraction principale du jour – Beverly Stiles, la nouvelle petite amie de Michael. Elle rencontrait la famille élargie pour la première fois. J'étais de tout cœur avec elle. Elle ressemblait à une biche prise dans les phares d'une voiture.

— J, dit Michael en souriant comme un fou alors qu'il entrait en coup de vent dans la pièce. Hé, mon pote, tu m'as manqué.

Quand il fut assez près, il me surprit en me serrant contre lui dans une étreinte virile. Tu as manqué à Sammy aussi, dit-il doucement d'une voix à peine audible. Plus qu'un peu. Peut-être que maintenant mon frère va arrêter de jouer les connards.

— Michael !

Régina l'avait entendu et elle était clairement mortifiée.

— Allez, Maman, tu sais que c'est la pure vérité ! grommela-t-il avant de me relâcher. Il a été un vrai connard tout le temps que Jory n'était pas là.

— Oui, je sais, mais surveille tes paroles, Michael, au nom du ciel !

— Mais Maman, nous savons tous les deux qu'il devrait faire un sacré effort de lèche ou…

Il s'arrêta et me regarda.

— Et n'y voit aucune offense ici J, puisque c'est sans doute ton truc – enfin, tu vois – je n'en sais rien… mais le fait est, que, quoiqu'il faille, Sammy devrait juste le faire, parce que je ne peux rien dire ou faire avec lui quand tu n'es pas dans les parages. C'est un vrai connard.

Il était catégorique sur ce point.

— Michael !

— Amen, intervint Levi Kage, venant se placer derrière moi. Comment ça va, Jory ?

Il me tendit la main lorsque je me retournais.

— J'espère que vous avez l'intention de rester dans les parages cette fois-ci.

Je pris la main offerte et fut attiré dans la même étreinte que j'avais reçue de Michael. J'eus droit à la forte poignée de main, au coup épaule contre épaule, suivi par la grosse claque dans le dos. Ce fut un peu douloureux, alors je sus que c'était sincère. J'eus droit à plus de poignées de mains tandis que bon nombre des cousins de Sam entraient dans la pièce.

Quelques minutes plus tard, je me penchais par-dessus le dossier du canapé et tendais la main à Joseph, le frère de Levi. C'était drôle de penser que j'avais rencontré toutes ces personnes des années auparavant, mais que cela me paraissait être hier. Il s'avança afin que je puisse l'atteindre et nous nous serrâmes la main.

— C'est super de te revoir.

— Toi aussi.

Il hocha la tête, me regardant avec attention.

— Fais-moi une faveur et fais comme chez-toi, d'accord ?

— Ouais, c'est ce que je vais faire.

— Non, je veux dire, reste dans le coin un moment. Pas seulement pour ce soir.

Je hochai la tête, c'était très gentil.

— Sérieusement, dit-il, soudain très calme et immobile. Sammy à l'air à nouveau lui-même, tu sais ?

Je haussai les épaules.

— Il semble le même pour moi.

Michael me serra le bras en passant près de moi.

— C'est justement ce qu'il voulait dire.

Je souris en les suivant des yeux alors qu'ils quittaient la pièce.

— Jory, cria Thomas Kage, le père de Sam, près de la télévision. Viens là !

Je le rejoignis rapidement parce que vous faisiez exactement ce que Thomas Kage ordonnait.

Il me jeta un coup d'œil, mais à peine une seconde. Une partie se jouait ici.

— Jory.

— Monsieur.

— Tu restes dans les parages cette fois, Jory, d'accord ?

Ce n'était pas de ma faute.

— Monsieur, je…

— Ah ! me coupa-t-il brusquement, d'une voix forte, ne laissant aucune place à la protestation. Fais seulement ce que je dis.

— Mais ce n'était pas ma…

— Ah ! fit-il à nouveau et je réalisai à quel point ce bruit était agaçant. Promets-le-moi. C'est tout ce que je veux entendre. Je ne suis pas intéressé par les excuses.

Je soupirai profondément.

— Oui, m'sieur.

— Bien, dit-il rapidement, puis, il fit un geste vers la nouvelle petite amie de Michael, que je n'avais pas encore remarquée et qui était assise à côté de lui. As-tu rencontré Beverly ?

— Non, monsieur.

— Beverly, voici le partenaire de mon fils, Jory.

Elle se leva du canapé et me tendit la main.

— Plutôt un ami, le corrigeai-je en lui souriant.

— Partenaire ! me cria le père de Sam.

Je lui jetai un coup d'œil. Maintenant, je savais de qui Sam tenait son tempérament.

425

— Tu as quelque chose à me dire ? me défia-t-il, délaissant finalement l'écran de la télévision pour me dévisager. Vas-y, parle.

— Non, monsieur, murmurai-je, éloignant Beverly de lui, me retournant pour la regarder.

— Bien, grogna-t-il comme si tout était réglé.

— Je suis si heureuse de vous rencontrer, dit-elle sincèrement en s'accrochant à ma main.

Je vis la peur dans ses yeux écarquillés et lui souris tendrement. Pauvre petite, ils étaient en train de lui donner la peur de sa vie. Je savais que, pour des personnes qui n'étaient pas familières avec les grandes familles, le volume dans la maison, les cris, et la façon dont les gens allaient et venaient, pouvaient être intimidants.

— Même chose pour moi, lui dis-je. Alors depuis combien de temps sortez-vous avec Michael ?

— Environ cinq mois, dit-elle rapidement en se retournant et en lui adressant un sourire alors qu'il traversait le salon. Et je dois dire que c'est la première fois que je vois son frère sans son air mauvais.

— Mauvais ?

— Oui.

— Vraiment ?

— Oh oui, m'assura-t-elle fermement.

— Comment ça ?

Elle y réfléchit un instant.

— Je pense que sa mine renfrognée est ma préférée. Et aussi le fait qu'il ne me parle jamais ou combien son ton est bourru lorsqu'il le fait.

— Vraiment ?

Je n'arrivais pas à le croire.

— Eh bien, vous devez être indulgente. Il est inspecteur de police et…

— Oh, je sais tout ce qu'il y a à savoir sur son travail, dit-elle en rejetant mon argument.

— Alors vous comprenez pourquoi parfois il peut être…

— Ce doit être très stressant d'être inspecteur, acquiesça-t-elle, je ne vais pas débattre de cela avec vous. Mais cela n'explique pas vraiment son humeur depuis que je l'ai rencontré.

— Oh. Qu'est-ce qui l'explique ?

— Eh bien, je pensais que c'était peut-être parce qu'il était seul.

Je haussai les épaules.

— Cela semblerait raisonnable.

— Donc, j'ai demandé à Mikey, et il a été d'accord avec moi pour que nous lui présentions quelques-unes de mes amies.

Mikey ?

— C'est très gentil de votre part.

Je hochai la tête, pensant à la façon de me retrouver seul avec Michael pour pouvoir l'étrangler. Maquer Sam ? À quoi pensait-il ?

— C'était l'idée, dit-elle honteusement. Mais à la seconde où vous avez franchi cette porte, il s'est penché vers moi et m'a dit de ne plus m'inquiéter à ce sujet.

— Ah bon ?

— Oui. Je pense que je sais ce que Mikey veut maintenant.

— Et qu'est-ce donc ?

Ne plus être appelé Mikey ?

— Oh, s'il vous plaît ! gloussa-t-elle. Il était inquiet au sujet de son frère et pensait que peut-être j'aurais pu l'aider à y faire quelque chose. Mais maintenant que vous êtes là... il veut que Sam et vous soyez ensemble.

— Vous croyez ?

Elle rit parce qu'elle savait que je la taquinais.

— Jory, oh, mon Dieu, Mikey pourrait-il vous aimer davantage ? L'un d'eux le pourrait-il ? Oh seigneur, on se croirait à Noël comme maintenant.

— C'est parce que...

— Je ne savais pas que Sam était gay, dit-elle à voix basse. Personne ne m'a jamais rien dit.

— Eh bien, il...

— Oh bon sang, dit-elle doucement avant que je la voie jeter un coup d'œil méfiant autour de nous.

Je passai un bras autour de ses épaules.

— Il y a beaucoup de gens ici.

Et je réalisai que, pour elle, nous ne faisions que parler. Elle se moquait totalement que je sois gay, ou que Sam le soit. C'était un simple détail pour elle, un 'hein ?' momentané, à peine quelque chose qu'elle n'avait pas su ou considéré. Dans son univers, où Michael était le centre, la situation entre Sam et moi n'avait pas d'importance. J'adorais le fait que personne ne semblait s'en soucier.

— Beverly.

Elle se retourna pour me dévisager.

— Tout va bien se passer. Ce doit être un bon signe que la famille élargie a été convoquée ici pour vous rencontrer.

— Je le suppose.

Elle n'en était pas sûre, et cela s'entendait clairement dans sa voix.

— Et moi j'en suis sûr, lui répondis-je.

— Oh mon Dieu !

Elle tressaillit.

Je lui souris tendrement.

— Tout va bien. Vous devez toujours vous dire 'plus il y en a, mieux c'est'.

— Mmh mmh.

— Alors, est-ce que vous allez vous fiancer ?

427

— Oh, si seulement, répondit-elle honnêtement, et je doutais qu'elle ait même réalisé ce qu'elle venait de me dire. Non, c'est juste qu'il voulait que je rencontre toute sa famille, et sa mère le voulait aussi, ce qui est très gentil, je suppose, mais... eh bien, je suis déjà venue ici plusieurs fois, j'ai rencontré ses parents bien sûr, et Sam et ses sœurs, mais pas... tout le monde.

— Cela va aller, lui dis-je en lui tapotant le bras.

Elle gémit.

— Pourquoi ne viendriez-vous pas à la cuisine nous aider, Regina et moi ?

— Êtes-vous sûr que c'est la bonne chose à faire ? Je veux dire, je veux qu'elle m'apprécie, mais je ne veux pas la pousser.

— Croyez-moi, c'est le moyen d'y arriver. Je vous aiderai à nettoyer la cuisine quand le repas sera servi. C'est un pas dans la bonne direction, un grand moment.

Elle saisit mon bras.

— Merci, merci, merci. Vous ne savez pas à quel point je suis folle de cet homme. Je veux m'assurer que sa famille m'aime.

— C'est facile, dis-je en lui souriant avec chaleur, parlant d'expérience. Restez simplement vous-même.

— Étiez-vous vous-même ?

J'y pensai une minute.

— Oui, je l'étais.

— Saviez-vous que vous vouliez être avec Sam depuis le moment où vous avez posé les yeux sur lui ?

— Je ne sais pas si...

— Moi aussi.

Elle sauta directement à la conclusion, même après m'avoir coupé la parole.

— Je veux me marier avec Mikey, avoua-t-elle. Je suis complètement dépassée par mes sentiments pour lui, Jory.

Je passai un bras autour de ses épaules et le pressai gentiment.

— Eh bien, je pense qu'il serait chanceux de vous avoir, dis-je pour la soutenir, réalisant que je le pensais.

C'était vraiment une très gentille fille. J'espérais que Michael était assez sain d'esprit pour réaliser ce qu'il avait.

Beverly Stiles était juste un peu plus petite que moi, c'est-à-dire au-dessous du mètre soixante-quinze, avec des cheveux bruns mi-longs et de grands yeux bleus. Son maquillage consistait en un grand trait d'eye-liner noir au-dessus de la paupière, ce qui faisait ressembler ses yeux à ceux d'un chat. Son rouge à lèvres était pâle, bordé d'un trait plus sombre et elle avait un bronzage incroyable pour le milieu de l'hiver. J'étais en train de me dire qu'il fallait au moins deux séances par semaine dans un salon de bronzage pour obtenir ce résultat.

— Et combien de temps allez-vous rester ?

— Quoi ?

Mon esprit était parti à la dérive.

— Je vous ai demandé combien de temps vous aviez prévu de rester.

C'était une très bonne question.

— J'espère que ce sera très longtemps, reprit-elle parce que j'ai besoin de vous.

— Moi aussi, dit Sam rapidement d'une voix profonde alors qu'il s'arrêtait à côté de moi.

— Hé.

Je levai la tête et lui souris.

— Dis bonjour à Beverly.

— Salut, vous.

Il lui sourit, sa main glissant autour de ma nuque.

— J'espère que vous n'êtes pas rebutée par le niveau sonore aujourd'hui.

Elle était ébahie, ça se voyait. Comme beaucoup de gens, elle avait pensé avoir vu Sam et savoir de quoi il avait l'air.

— Non, dit-elle en déglutissant et je la vis pâlir en le regardant.

— C'est bon de vous revoir, dit-il sincèrement, déplaçant sa main pour me masser l'arrière du crâne, ses doigts enfoncés dans mes cheveux. Mon frère a vraiment l'air heureux.

Elle hocha la tête, et je l'observai fondre sous la chaleur de ses yeux, sa voix douce et son esquisse de sourire. Elle devait se demander, comme tout le monde, comment diable il n'avait pas retenu plus de son attention avant. Avait-il toujours ressemblé à ça ? Était-elle si aveuglée par Michael qu'elle avait raté son frère magnifique ?

— Je ne vous ai jamais vu de meilleure humeur, dit-elle sincèrement.

Elle reçut un sourire automatique en réponse au lieu du regard froid et désapprobateur dont je savais qu'elle avait l'habitude.

— Merci. Voulez-vous boire quelque chose ? Je vais aller vous le chercher.

— Non, dis-je en l'arrêtant d'une main levée. Laisse Beverly y aller. Ta mère aimera ça.

— Quoi ? demanda anxieusement Beverly en se retournant vers moi.

— J'ai observé Regina... elle aime que ses garçons soient servis, pas qu'ils fassent le service, lui dis-je. Vraiment, allez dans la cuisine et dites-lui que vous êtes venu chercher une boisson pour Michael et une pour Sam également.

— Oh, d'accord.

Elle hocha la tête et me dépassa prestement.

— Merci, Jory.

Je la regardai s'en aller alors que Sam se plaçait derrière moi et enroulait ses bras lâchement autour de mon cou. Il se pencha et m'embrassa l'oreille alors que son père hurlait au fils prodigue de venir au salon regarder le football avec lui. Comme si c'était mon truc !

Je soupirai lourdement.

— Qu'est-ce qu'il a à me chercher comme ça ce soir ? Il n'a jamais été comme ça auparavant ?

— Demande-moi ce qu'il me sortait chaque fois que je venais ici, me chuchota-t-il à l'oreille, me donnant la chair de poule.

— Quoi ? demandai-je alors que la chaleur se propageait sur ma peau.

— Il disait : alors, merdeux, quand vas-tu chercher ton garçon ?

— Tu plaisantes ?

J'étais stupéfait. Il m'appelait le garçon de Sam ?

— Pas du tout. Il a accepté mon nouveau style de vie très vite.

— Est-ce que trois ans c'est rapide ?

— Disons plutôt deux, dit-il, pressant un baiser dans le creux de mon cou. Tu sens si bon.

— Arrête.

— Veux-tu voir mon ancienne chambre ?

— Non.

— Je pense que si.

— Non.

Je souris, mais je ne ris pas. Cette victoire m'appartenait.

— Et pourquoi pas mon vieux lit ? Il ne grince pas beaucoup.

— Sam…

— Mon père est fou de toi. Tout le monde l'est.

Je laissai échapper un profond soupir.

— Tu es le seul que tout le monde apprécie, en fait.

Cela sonnait étrangement, je tournai donc la tête pour le regarder.

— Hein ?

Il pensait vraiment ce qu'il venait juste de dire.

— C'est très intéressant. Tous les autres ont un problème avec au moins un membre de la famille.

Je lui souris quand il plongea ses yeux dans les miens.

— Sauf toi.

Je haussai un sourcil.

— Amusant.

Mais on m'aimait bien, j'étais sympathique. Dane le disait toujours.

Je n'avais jamais mis les pieds dans la chambre de Sam avant et je ne savais pas pourquoi. Peut-être parce que je n'y avais jamais été invité et y aller sans l'être ressemblait plus à une intrusion qu'autre chose. Mais il me l'avait proposé, alors j'étais là seul, regardant ses étagères, les photos accrochées sur le tableau en liège, les trophées et son blouson de fraternité suspendu à un crochet derrière la porte.

— Au cas où tu l'aurais raté, dit-il derrière moi, je voulais venir ici avec toi.

Je ne l'avais même pas entendu ouvrir la porte.

— Je sais, je voulais juste voir de quoi tu avais l'air quand tu étais jeune. Où planquais-tu tes pornos ?

Il rit et s'approcha de moi par-derrière. Je le sentis là comme un mur de chaleur, et lorsqu'il m'embrassa sur la nuque, j'inclinai la tête pour qu'il ait un meilleur accès. Instantanément, ses bras m'enveloppèrent, me tenant serré contre sa poitrine.

— Nous aurions dû rester à la maison.

— Pourquoi ?

— Parce que je ne peux penser qu'à la nuit dernière.

— Et ?

— Je veux retourner au lit.

Je sentis mon cœur palpiter et je frissonnai violemment. Je ne pus m'en empêcher ; mon corps ne faisait que réagir au son de sa voix, à la tonalité basse et rocailleuse qui invitait au sexe.

— Ton corps a toujours été magnifique, mais maintenant...

Il posa une main dans mes cheveux.

— Merde, bébé !

Je ne pouvais plus le supporter.

— Sam... dis-je avec effort.

Il me retourna dans ses bras, se pencha et m'embrassa dans un mouvement fluide. Sa bouche était scellée sur la mienne, sa langue glissant sur mes lèvres alors que je les ouvrais pour lui. Une de ses mains se trouvait au creux de mes reins, l'autre plus bas sur mes fesses, me malaxant, me caressant à travers mon jean. J'avais mes mains dans ses cheveux, le tenant près de moi, l'embrassant à mon tour avec tout le désir que je possédais. J'avais faim de lui et il me désirait tout autant.

— Ouh là ! C'est chaud.

Nous rompîmes le baiser, nous écartant précipitamment l'un de l'autre pour nous tourner vers la voix qui provenait de la porte.

— Oh, ne vous arrêtez pas pour moi, dit Rachel, souriant d'abord à son frère, puis à moi.

L'étincelle contenue dans ses yeux était absolument diabolique.

— Reprenez tous les deux, je vous en prie.

— Oooh, dit Jen derrière elle. Vous êtes absolument adorables ensemble.

— Hum, grogna Sam. Tu parles d'un cassage d'ambiance...

Le sourcil haussé de Rachel, les mains jointes sur son cœur de Jen et la mine renfrognée de Sam... c'était trop. J'éclatai de rire. J'adorai la famille de Sam.

Un autre gémissement de sa part et je pouvais à peine respirer.

— Il est si mignon, dit Rachel en me souriant.

— Oh ouais, soupira Sam. Il est sacrément tordant.

Un peu plus tard, quand tout le monde eut mangé et que j'eus aidé à nettoyer pendant près de deux heures avec Beverly à mes côtés marquant des points pendant tout ce temps, j'allai retrouver Sam. Il regardait toujours plus de football avec son père, confortablement installé sur un fauteuil inclinable, et je m'assis sur le bras du fauteuil. Je sentis sa main sur mon dos et lorsque je baissai les yeux sur lui, il tapota sa poitrine. Je me laissai glisser sur lui, ma tête sous son menton, un bras sous lui, l'autre posé en travers de son torse. J'étais confortablement installé et il dégageait une chaleur agréable. Je m'endormis avec ses caresses sur mon dos.

Je me réveillai parce que le père de Sam cria.

— Chut, tu vas le réveiller, murmura sèchement Sam.

— Et si je le fais, alors quoi ? Peut-être me donnera-t-il de meilleures réponses que toi.

— Maman, appela-t-il.

— Thomas, entendis-je Regina, cherchant à l'apaiser. Laisse ton fils tranquille. Il a fait les choses bien aujourd'hui. Il a ramené son garçon à la maison et je suis sûre qu'il n'est pas assez stupide pour le laisser repartir.

— Maman, gémit-il et je sentis le soupir de lassitude qui lui échappa.

— Que veux-tu que je te dise, mon chéri ? lui demanda-t-elle patiemment. Que quoi que te demande de faire ce garçon, tu dois le faire, pour qu'il ne te quitte plus jamais ? La raison pour laquelle tu l'as laissé partir en premier lieu me dépasse complètement. Tu ne savais donc pas que tu l'aimais ?

— Bien sûr que si.

— Mais pas à quel point. Tu n'avais aucune idée de ce que tu ressentirais en le perdant.

Pas de réponse, il prit simplement une profonde inspiration.

— Je le savais, reprit-elle. Il est la meilleure chose qui te soit jamais arrivée.

— Maman... commença-t-il en gémissant. Je ne l'ai pas quitté. J'avais un travail à faire et je devais le protéger et...

— Tu le nies ?

— Nier quoi ?

— Qu'il est la meilleure chose qui te soit arrivée.

— Non, mais j'essaye de te dire pourquoi je...

— Il n'y a pas de mais, mon chéri. Avant lui, tu étais sauvage, sans personne pour prendre soin de toi. Toutes ces femmes et pas une qui a su te garder chez elle.

— Maman, se plaignit-il. Il n'y en a pas eu tant que ça...

— J'ai prié toutes les nuits pour que tu te trouves une épouse, l'interrompit-elle. Et maintenant, je sais que le Seigneur a entendu mes prières. Il savait seulement mieux que moi ce qui était bon pour toi. Je le comprends maintenant, parce que lorsque je vois la manière dont Jory te regarde, mon cœur éclate de joie.

— D'accord, Maman.

— Il est un ange tombé du ciel.

— Oui, il l'est, acquiesça-t-il et je sentis ses doigts remuer dans mes cheveux.

— Tu es si heureux lorsqu'il est avec toi. Tout le monde me l'a dit ce soir : Regina, ton fils est radieux.

— Je suis sûr qu'ils l'ont dit, Maman.

— J'ai entendu le sarcasme, Samuel.

— Bon Dieu !

432

— Sam !

— Désolé… désolé, je suis juste…

— Reste assis là tranquille et tais-toi.

— Comment se fait-il que personne ne soit de mon côté ? grommela-t-il, remuant légèrement pour pouvoir m'embrasser sur le front.

— De quel côté parles-tu ? demanda Michael.

— Du fait que j'ai dû partir et…

— Mais tu es l'homme, argumenta Thomas avec sa mentalité médiévale. Dès que tu es revenu, tu aurais dû aller le trouver, lui dire comment seraient les choses. C'est ton rôle, Sam.

— Ça ne marche pas comme ça.

— Pourquoi ?

— Parce que je ne le possède pas, Pop.

— Non ?

— Tu sais que non. Jory ne fait que ce qu'il veut faire.

— Et alors maintenant, il veut être avec toi ?

— Oui. Je le pense. Je l'espère.

— Tu ne le sais pas ?

— Je lui ai dit comment je voyais les choses, mais… il a son mot à dire.

— Il ne dit rien, tu décides, et il est là maintenant, alors quoi que tu fasses, tu le gardes.

— Aah, mais ce n'est pas de ma faute si j'ai dû partir. Je…

— Mais c'est de ta faute si cela a pris autant de temps pour qu'il revienne. Tu devrais remercier Dieu que Jory n'ait trouvé personne d'autre. Où serais-tu alors ?

— On se moque de savoir à qui la faute ? intervint Michael. Tout ce qui importe c'est que les choses sont rentrées dans l'ordre.

— Nom de Dieu, je n'étais pas *aussi* mal que ça !

— Ne jure pas en prononçant le nom du Seigneur ! Le gronda Regina.

— Maman, ce n'était pas…

— Oh! que si tu l'étais, l'interrompit Michael. Ce que je veux dire, c'est que tu sais que ça doit être du lourd quand même Beverly qui te connaît à peine peut voir la différence.

— Ah oui ? Que pouvez-vous voir ? entendis-je Sam lui demander, la mettant au défi.

— Non, Sam, je voulais seulement dire que…

— Oh non petite fille, vous êtes concernée vous aussi, lui expliqua Thomas. Dites ce que vous pensez.

— D'accord.

J'entendis sa voix trembler.

— J'ai juste mentionné à Mikey que vous aviez l'air vraiment bien aujourd'hui. C'est comme ce que j'ai dit plus tôt, je ne vous ai jamais vu de meilleure humeur.

— Je vois.

— Êtes-vous en colère contre moi ? demanda-t-elle d'une toute petite voix.

Je m'appuyai contre lui, le serrant avec force, avant de glisser une jambe entre les siennes. Je voulais écouter, mais j'étais trop fatigué. J'embrassai sa gorge, puis me blottis à nouveau contre lui, ma tête sur son cœur, laissant échapper un soupir de contentement.

— Non, l'entendis-je dire avant de me rendormir. J'ai récupéré mon garçon, il m'est impossible d'être furieux contre qui que ce soit actuellement.

— Alors, que vas-tu faire maintenant, Sammy, entendis-je Jen demander.

Elle avait dû entrer dans la pièce.

— Tout ce qu'il veut que je fasse.

— Oooh, quelle belle réponse.

Elle se mit à rire et tout le monde se joignit à elle.

Je me réveillai bien plus tard et regardai autour de moi. Thomas en avait après la télévision et Regina me souriait. Je me tournai et vis Michael, dont l'attention était rivée sur l'écran, et Beverly, assise calmement à côté de lui.

— Oh, je suis désolé, dis-je en bâillant, souriant à Regina. J'ai raté le départ de tout le monde.

— Ce n'est pas grave, dit-elle chaleureusement. Tu auras d'autres occasions de les revoir.

L'expression de mon visage dut la faire s'interrompre.

— Jory ?

— Regina, commençai-je, je ne sais pas si...

— Quoi ?

— Je ne sais pas si Sam et moi allons...

— Quoi ? s'écria Thomas d'un ton sec, se tournant pour me regarder

J'avais également toute l'attention de Michael.

— J'ai un travail que j'adore et une vie, et je pense que Sam...

— Depuis quand je me soucie de ce que tu penses ? demanda sèchement Thomas. Je m'en moque. C'est la faute de Sam si tu es parti la première fois, mais si tu pars maintenant, ce sera uniquement la tienne, Jory.

— Thomas !

— Regina, est-ce que tu entends ce qu'il est en train de dire ? Il est en train de quitter ton fils.

— Non, ce n'est pas ce que je suis en train de dire. J'ai juste...

Je secouai la tête, sortant de l'étreinte de Sam, me mettant maladroitement debout. J'étais tout emmêlé avec lui et je basculai presque la tête la première sur la table basse avant de retrouver mon équilibre. Je me déplaçai pour venir me tenir devant Thomas.

— Je ne suis pas en train de dire que je le quitte, ça va seulement trop vite et...

— Attends, dit Thomas en levant une main devant moi. Aimes-tu mon fils ?

C'était mille fois pire que je l'avais imaginé. Je jetai un coup d'œil à Regina et elle donnait l'impression d'avoir était giflée.

434

— Je ne sais pas si je…

— Tu ne l'aimes pas ? demanda Michael avec insistance.

— Non, je l'aime, je…

— C'est l'un ou l'autre, dit solennellement Thomas. Lequel est-ce, Jory ?

— Jory ? me poussa Regina.

— J'ai juste… tout ça est à peine vieux d'une minute, vous voyez ? Il vient juste de refaire irruption ma vie et… j'ai besoin d'une seconde pour respirer. Je ne peux rien promettre, là tout de suite.

Ils avaient tous les yeux rivés sur moi et je me sentais très mal. Ils étaient là, prêts à m'accueillir à bras ouverts, et je tergiversais.

— Bordel, qu'est-ce qui se passe ici ? entendis-je Sam grogner derrière moi.

— Écoute, déclara rapidement Thomas, se levant devant moi et me prenant dans ses bras dans un mouvement fluide.

J'étais écrasé contre lui tandis qu'il chuchotait dans mes cheveux.

— Il a besoin de toi et tu as besoin de lui. Ne laisse pas quelque chose d'aussi insignifiant que le temps changer ton cœur. Quand c'est juste, tu le sais, et je pense que c'est le cas.

Je tremblai entre ses bras et il me frotta l'arrière du crâne comme je l'avais vu faire avec ses petits-enfants.

— Sérieusement, qu'est-ce qui se passe ici ? Pourquoi pleures-tu, Maman ?

— Je suis si heureuse. Jory est à la maison.

— Mike ?

— Quoi ? demanda-t-il à Sam d'un ton mordant.

— Est-ce que tu pleures ?

— Dans tes rêves, crétin.

— Mikey, ne jure pas dans la maison de tes parents.

— Désolé, Bev, s'excusa-t-il. Je voulais dire 'connard'.

— Mikey ! cria Beverly.

— Michael ! cria Regina.

— Désolé Maman. Désolé, Bev, s'excusa-t-il auprès d'elles deux.

— Oh, s'exclama Regina en claquant des mains. Je suis si heureuse.

— Bon Dieu.

— Samuel Thomas Kage !

Il gémit.

— Ne jure pas en prononçant le nom du Seigneur ! beugla Thomas à son fils, me laissant enfin aller. Tu restes avec nous, Jory. Cette famille a besoin de toi, dit-il sincèrement, les yeux emplis d'émotion.

— C'est vraiment très gentil de dire ça.

— Je sais, dit-il avec arrogance. Maintenant, ce dimanche, nous aurons du cerf pour le dîner. Mon frère Joe revient de son séjour de chasse.

Manger Bambi. Je sentis mon estomac se retourner.

— Super.

Il me tapota la joue.

— Jory, mon chéri, viens m'aider dans la cuisine.

Regina souriait en se levant du canapé.

— Qui veut du gâteau ?

Je me retournai et baissai les yeux sur Sam. Je ne pouvais m'arrêter de sourire. Quels étranges vingt-quatre heures je venais de passer.

— Bébé, je suis désolé, dit-il avec inquiétude en se levant. Nous pouvons y aller lentement et...

— Pourquoi ?

— Pourquoi ?

— Dans quel but ?

Il étudiait mon visage.

— Mais, tu es si agité et sur les nerfs à propos de me voir revenir dans...

— Et je suis toujours inquiet, Sam, mais que vais-je faire ? Juste vivre dans la crainte que quelque chose tourne mal ? Je veux dire, allez... il y aura toujours quelque chose qui ira mal, nous devrons juste faire avec cette fois. En fait, je ne sais pas si tu le sens, mais... et peut-être est-ce aussi simple parce que nous sommes plus vieux, je n'en sais rien, c'est...

Je repris mon souffle pour me calmer.

— J'ai un travail que je veux garder, tu sais, et j'ai Dylan et Chris et des amis qui font partie de ma vie aussi, et bien sûr, Dane et maintenant sa femme Aja et... tu n'étais simplement pas là et maintenant te voilà, alors... et j'ai la bénédiction de ta famille...

Je haussai les épaules.

— Je me dis que, eh bien, je suis prêt à y aller.

Il me fit son sourire en coin.

— Donc, qu'es-tu en train de me dire ? Que tu vas emménager avec moi ?

— Non.

Je secouai la tête.

— Cette partie, nous devons vraiment y aller lentement.

— Alors quoi ?

— Nous pouvons sortir ensemble.

Il fronça les sourcils.

— Je ne veux pas sortir avec toi, je veux vivre avec toi.

— Eh bien, tu obtiens de sortir avec moi.

Je lui souris.

— Tu dois bien commencer quelque part.

— Je veux que tu emménages avec moi.

— Laisse-moi t'expliquer quelque chose, commençai-je, tu peux continuer à dire ça, mais cela ne changera rien.

Le coin de sa lèvre s'incurva, à peine.

— Oh non ?

— Voyons où ça nous mène, Sam.

Il hocha la tête.

— Ça va être si génial que tu vas me supplier d'emménager.

— Nous verrons.

— Mais tu ne verras personne d'autre, clarifia-t-il, juste pour être sûr. Je suis le seul avec qui tu couches à partir de maintenant, d'accord ?

— D'accord.

— Très bien, dit-il. J'accepte, c'est un début.

Je le regardai. Il avait accepté ; comme s'il avait le choix... Cet homme était hilarant. Bien sûr qu'il l'avait accepté ; c'était tout ce qu'il obtiendrait pour l'instant.

Il posa ses mains sur mon visage.

— Tu le penses, n'est-ce pas ? Ce sera seulement moi.

Est-ce que je le pensais ? Je sondai mon cœur juste pour m'assurer que rien ne semblait bizarre. J'essayai délibérément de penser à nos pires moments, mais tout ce qui me venait à l'esprit, c'était nous prenant le petit-déjeuner au milieu de l'après-midi. Rien que nous deux ensemble dans son appartement, assis, en train de manger, parlant des événements de la nuit. Cela me semblait juste et normal. Il n'y avait que de bonnes choses, rien de mauvais.

— Oui, je le pensais, lui répondis-je. Et que Dieu te vienne en aide lorsque Dane reviendra de sa lune de miel.

— Je me fous complètement de Dane Harcourt.

Il m'attrapa sans ménagement et enroula ses bras autour de moi alors qu'il me soulevait du sol.

— Je ne tiens qu'à toi, J. Je vais te rendre si heureux cette fois. Je le jure devant Dieu.

Je souris, enroulant mes bras autour de lui, le tenant serré.

— Quoi ? Tu m'aimes ?

— Oui, je t'aime, dit-il et je sentis le frisson qui parcourut son grand corps. Tu sais que je t'aime.

— Oui ?

— Putain, ouais.

Il faut vraiment que je m'occupe de son langage.

— Ouais, eh bien. Je t'aime aussi.

Je soupirai dans ses bras.

— C'est épuisant, mais c'est le cas.

— Je sais, bébé. Je sais.

VII

J'AVAIS ÉTÉ frénétique tout le vendredi, essayant de rattraper mon retard au travail, ainsi que celui de Dylan, si bien que lorsque Sam appela pour me dire qu'il venait me chercher pour déjeuner, je dus décliner son invitation. J'étais submergé, et c'était un changement agréable qu'il comprenne. Il avait lui-même des choses à rattraper. Je lui dis que je le verrais pour le dîner. Je fus surpris quand il se présenta à midi avec de la nourriture chinoise. C'était vraiment sympa, et l'intermède sexy sur le canapé le fut encore plus. Quand je le poussai vers la porte deux heures plus tard, il eut l'air triste jusqu'à ce que je lui donne le jeu de clé supplémentaire que je possédais de mon appartement. Son sourire illumina ses yeux.

— Quoi ? demandai-je en lui souriant.

— Ce sont les clés de ton appartement, non ? demanda-t-il en les faisant rouler dans sa main.

— Oui. Tu devais avoir un jeu.

Les muscles de sa mâchoire se contractèrent.

— Merci.

— Est-ce que ça va ?

Il hocha la tête.

— Bien, dis-je, me penchant pour toucher son visage. Moi aussi.

Il me serra étroitement dans ses bras et m'embrassa avec force. Qui aurait cru qu'un simple jeu de clés pouvait rendre cet homme si heureux ?

CETTE NUIT-LÀ, Sam s'était arrangé pour que je rencontre sa partenaire et son petit ami pour la première fois. Je voulais faire une très bonne impression, mais j'étais si nerveux que je fis ce que je faisais toujours lorsque j'étais inquiet ou que je m'ennuyais – je bus. Au moment où Sam arriva au restaurant avec ses invités et vint me chercher au bar, j'avais déjà une heure d'avance sur eux, et il me fut impossible d'être autre chose que drôle et absolument charmant. J'étais un peu pompette et j'avais l'alcool joyeux, raison pour laquelle les gens étaient toujours tiraillés entre, s'inquiéter de me voir complètement ivre et le plaisir qu'ils prenaient lorsque je l'étais. Quand je buvais, j'étais le centre de la fête et je réalisai que c'était ce que je voulais être lorsque je rencontrerai la partenaire de Sam. Je voulais qu'elle m'aime.

Chloe Stazzi était chaleureuse et gentille et son petit ami, Jason Cozza tenait davantage du type fort et silencieux. Que je réussisse à le faire rire surprit à la fois Sam et Chloe. Après ça, impossible que je fasse quelque chose qui serait vu de travers. Nous allâmes à un karaoké après le dîner et je montai sur scène avec Jason. Chloe tomba de sa chaise en nous regardant chanter *Love Will Keep Us Together* puis danser sur la scène. Sam était très content de moi, mais quand il paya la tournée suivante, je remarquai que j'avais un thé glacé Long Island, sans le Long Island.

— Que se passe-t-il ? lui demandai-je, essayant de concentrer mon regard.

— Tu en as fini, m'assura-t-il. Tu bois trop, bébé, et si je dois arrêter de jurer, tu dois devenir sobre.

— Moi ? Je bois de trop ?

— Ouais.

Il sourit malicieusement.

— Tu bois trop et même si tu es mignon comme pas permis, nous allons y mettre un frein.

Et, alors que j'attendais le sermon et le froncement de sourcils, je réalisai que cela ne viendrait pas. Il ne me jugeait pas ; il ne faisait que constater les faits.

— Tu n'es pas en colère contre moi ?

— Pourquoi serais-je en colère ? demanda-t-il, prenant ma main et me tirant vers lui, entre ses jambes. Tu es prêt à me laisser te ramener à la maison, champion ?

Je le regardai dans les yeux.

— Ton visage est tout rouge et tes pupilles sont dilatées.

J'étais stupéfait. Il n'y eut aucun cri, pas de grognements, et pas de menace… juste Sam qui me parlait.

— Quoi ?

— Rien.

Je secouai la tête.

— Je suis prêt à y aller.

— Bien, parce que le simple fait de te regarder me tue, souffla-t-il en se levant, sa main allant se poser sur ma nuque, la massant tandis que je laissai ma tête tomber en avant.

Je m'appuyai contre lui et j'entendis son rire profond.

— J'aime le ronronnement.

— Je pense que j'ai peut-être encore faim, dis-je, tout à coup prêt à simplement m'asseoir et parler avec lui.

— Moi aussi, convint-il, son bras s'enroulant autour de mon cou. Viens avec moi. Allons retrouver Chloe et Jace et voyons s'ils veulent manger un morceau à cette heure.

À la voiture, Jason me dit qu'il m'aimait et je lui retournai rapidement le sentiment. Chloe ricana bruyamment et se mit à rire avant de me donner un gros baiser et de dire à Sam que j'étais vraiment un coup d'une vie. Quelque chose à propos du fait que j'étais un emmerdeur aussi important que son homme. Je l'aimais beaucoup. J'étais heureux que Sam m'ait présenté sa partenaire et c'était une chouette façon de passer un vendredi soir. Je voulais que tous ceux qui faisaient partie de sa vie m'adorent. Je fus surpris lorsqu'ils ne nous attendirent pas, et s'éloignèrent en voiture.

— Attends, dis-je en les montrant du doigt. Est-ce que tu leur as demandé s'ils voulaient manger ?

— Non, mon cher, tu l'as fait.

— Vraiment ?

J'eus droit à un rire narquois.

— Ouais.

Je levai les yeux sur lui.

— Qu'ont-ils dit ?

Il secoua la tête.

— Ils t'ont dit non à peu près cinq fois. Tu n'écoutes jamais lorsque tu es torché.

— Ne jure pas, dis-je en bâillant. Dis 'ivre' à la place.

— Très bien. Tu n'écoutes jamais lorsque tu es ivre.

Je souris en grand.

— Chloe m'aime bien.

— Ouais, en effet.

— Son petit ami est sympa.

— Son petit ami l'a à peine regardée. Il t'a accordé plus d'attention.

— Tu crois ?

— Ouais, je le pense.

— Sam, il est juste…

— Tu bouges bien, soit dit en passant, dit-il de sa voix rauque, et je sentis le frisson me traverser le corps. Tu as froid ?

— Non, je vais bien.

— Je ne m'attacherais pas trop à Jason si j'étais toi.

— Que veux-tu dire ?

— Je pense qu'il est fini.

— Comment ça ? Tu penses qu'il trompe Chloe ?

— Peut-être pas tromper, mais, tu peux constater rien qu'en le regardant qu'elle ne l'intéresse pas vraiment. Je ne dis pas qu'il doit la jeter sur la piste de danse du bar et la baiser, mais je ne pense pas qu'il l'ait touchée une seule fois de toute la nuit.

Alors que nous marchions jusqu'à la voiture, je repensais à tout ce qu'il avait dit. Pouvais-je faire défiler la soirée dans ma tête et voir le désintérêt de Jason ? Je lançai l'argument que certaines personnes n'étaient simplement pas démonstratives.

Il grogna.

— D'accord, rigolai-je, mais par exemple… manifestement, parce que nous étions dans un club hétéro, tu…

— Même si nous étions allés dans un club gay, J, lieu dans lequel je ne pourrais jamais mettre un pied de ma vie… je ne suis pas du genre à m'afficher en public.

— C'est ce que je suis en train de dire, dis-je en bâillant rapidement. Peut-être que Jason non plus.

— Ouais, mais je ne te quitte jamais du regard lorsque que nous sortons.

Je ravalai un rire d'ironie.

— Nous avons tous été déjà à ce stade.

Il secoua la tête.

— Non, même avant… Je ne te quitte jamais des yeux.

— Pourquoi ça ?

— Eh bien, d'une, dit-il alors que nous arrivions à la voiture, j'aime te regarder et de deux, si quelqu'un d'autre que moi essaie de t'approcher sans ma permission, alors nous avons un problème.

— Peu importe, ris-je.

— Nous savons tous les deux que c'est vrai.

Je le laissai m'ouvrir la portière, et alors que je grimpais, il fit le tour. Je me penchai sur son siège pour déverrouiller la porte côté conducteur puis mis ma ceinture de sécurité.

— C'est gentil, tu sais ?

Je me retournai pour le regarder.

— Quoi ?

— Que tu déverrouilles toujours la portière.

Je lui souris.

— C'est de la courtoisie de base.

— Pour certaines personnes, ça l'est.

Je hochai la tête. Je devais faire un effort pour mieux accepter les compliments.

— D'accord, dit-il en éloignant la voiture du trottoir. À propos de Jason, je sais que c'est différent quand c'est nouveau et que tu es excité vingt-quatre heures par jour et sept jours sur sept, mais je ne peux imaginer qu'un jour viendra où je serai assis avec toi sans ressentir le besoin de te toucher. Je pense que lorsque tu es amoureux, même après des années ensemble, tu aimes toujours ce contact physique avec l'autre personne.

J'acquiesçai d'un signe de tête parce qu'il venait juste de me dire à nouveau qu'il m'aimait.

— Alors tu vois, il n'avait pas besoin de l'enlacer en public, mais on aurait pu penser qu'il aurait au moins pu rester près d'elle ou s'assurer qu'aucun autre mec n'aurait tenté sa chance avec elle.

— Peut-être qu'il s'imagine que puisqu'elle est flic, elle peut prendre soin d'elle-même.

— C'est quand même un mec, il devrait au moins être jaloux.

Je secouai la tête.

— D'accord, donc tu n'es pas d'accord, mais je connais les gens. Il n'est pas épris d'elle.

— Peut-être pas, dit-il en poussant un long soupir. C'est probablement difficile pour lui tu sais ?

— Comment cela difficile ?

— Difficile d'être seul si souvent.

— De quoi parles-tu ?

— Toutes ces heures de travail, J. Être le conjoint ou le partenaire d'un flic est un sacré boulot. C'est à peine si vous vous voyez et tu t'inquiètes tout le temps de savoir si ce sera le jour où il ne reviendra pas à la maison. Je veux dire, la plupart des gens n'ont pas le potentiel de mourir chaque jour lorsqu'ils vont travailler, sauf s'ils sont dans l'armée ou un métier du même genre.

Je me tournai pour le regarder.

— Tout cela est très réconfortant.

Il rit et posa sa main sur ma jambe.

— Allez, J, tu savais que c'était comme ça. Je serai là autant que possible, mais être à la maison chaque soir ne sera pas toujours possible pour moi. Tu vas passer beaucoup de temps seul, et pendant ce temps, je ne veux pas que tu sois dehors en train de boire.

— Quoi ?

Tu parles d'une transition bizarre…

— Tu m'as entendu.

— Je ne bois pas tous les soirs, Sam.

— Ouais, mais quand tu bois, tu bois trop.

Je me moquai de lui.

— Je suis un buveur mondain.

— Plus maintenant. Nous allons faire l'impasse sur les mondanités un certain temps.

Je grognai.

— Comme si tu avais ton mot à dire sur ce que je fais.

— Oh, j'ai mon mot à dire, dit-il avec suffisance, tendant la main pour la glisser sous mon menton et m'attirer près de lui. Rappelle-toi qui tu laisses revenir dans ta vie, J.

Je retirai mon menton de sa main et le fusillai du regard.

— Tu es si foutrement adorable.

— Arrête de jurer, marmonnai-je alors qu'il se moquait de moi.

ALORS QUE je m'asseyais en face de lui au restaurant, affalé sur la banquette, je fus frappé par la facilité avec laquelle nous étions tous les deux retombés dans nos vieilles habitudes. À nouveau ensemble depuis à peine deux jours, agissant comme si nous n'avions jamais été séparés. J'étais un peu dépassé, mais j'essayai de ne pas m'y attarder ni paniquer.

— À quoi penses-tu ?

J'avais besoin de quelque chose qui me donnerait une seconde pour respirer.

— Oh je sais, dis-je plus pour moi-même que pour Sam. Dis-moi avec combien de femmes tu as couché pendant ton absence.

— Pourquoi voudrais-tu savoir ça ?

— Parce que je te le demande.

— Bien, dit-il en haussant les épaules. Aucune.

— Des hommes ?

— Ouais.

— Combien ?

— Je ne sais pas... quelques-uns.

C'était irrationnel, mais j'étais très heureux.

— Pourquoi souris-tu ? Ça n'a aucun sens.

— Je ne voulais simplement pas être le seul mec avec lequel tu avais couché, Sam.

— Et pourquoi ça ?

— Parce que si ça avait été le cas, tu te serais toujours posé des questions. La curiosité t'aurait poussé à vouloir savoir ce que c'était que d'aller avec d'autres hommes. De cette manière, tu sais.

— Ouais, je sais.

— Et qu'est-ce que tu sais ?

— Que ce n'est pas la même chose que de coucher avec toi.

Je le dévisageai, le regard perplexe.

— Ça ne l'est pas ?

— C'était juste du sexe, J. Je baisais ces types et je partais. C'était tous des coups d'un soir.

— En as-tu laissé un être au-dessus, Sam ?

— Quoi ? Oh, bordel, non !

— Ne...

— Jure pas, je sais. Peu importe.

— Je me demandais juste.

— Ce n'est pas moi, J, ce n'est pas comme ça que je suis fait. Cela n'arrivera jamais.

— D'accord.

— Pourquoi ? As-tu l'envie de me bai... faire ça avec moi ?

— Bonne reprise, le taquinai-je.

— Réponds à la question.

— Non, Sam, lui dis-je sincèrement. Je n'ai pas l'envie de te prendre. Ce n'est pas comme ça que *je* suis fait.

— L'as-tu déjà fait ?

— Quoi ? Prendre quelqu'un ?

— Ouais.

— Plein de fois.

— Et tu n'as pas aimé ?

— Non, je n'ai pas aimé.

— D'accord.

— D'accord, répétai-je en poussant un soupir. Alors, ces cinq autres gars… As-tu…

— Je les ai baisés et je les ai oubliés, J. Fin de l'histoire.

— Vraiment. Aussi simple que ça ?

— Aussi simple que ça.

— As-tu utilisé une protection ?

— Non, J, je les ai baisés sans utiliser de préservatif, répliqua-t-il avec irritation, me lançant un regard noir comme si j'étais idiot.

— Désolé, c'était juste une question.

— Une question stupide, répondit-il, toujours renfrogné.

— D'accord, maintenant, je sais.

— Comme si j'allais faire ça avec un étranger.

Je souris en baissant la tête parce qu'il était si indigné.

— Je n'ai jamais passé la nuit avec aucun d'entre eux.

Je n'aurais rien pu dire même si j'avais essayé.

— Et toi ?

Je pris une inspiration

— Quoi ?

— Ne sois pas idiot, réponds à cette foutue question.

Je pris une profonde inspiration cette fois.

— Quand tu es parti, j'étais un peu paumé. J'ai couché avec un tas de gars.

Il hocha la tête.

— Et ensuite, quoi ?

— Ensuite, pendant un moment, il y a eu Aaron.

— Mmh mmh. Qui d'autre ?

— Personne qui vaut la peine d'être mentionné.

Ses yeux étaient sombres. Il n'aimait clairement pas le nombre de mes conquêtes.

— Où as-tu rencontré Aaron Sutter ?

— Pourquoi t'en soucier ?

— Réponds juste à la question.

— Lorsque j'ai travaillé chez Barrington. Dylan et moi avons fait quelques travaux pour sa société.

— Que fait-il ?

— Il construit et gère des hôtels partout dans le monde.

— Riche.

— Très.

— Hum. Et alors ?

— Tu connais l'histoire. Il voulait que j'emménage, que je voyage avec lui, juste que je le suive partout où il allait.

— Il voulait t'entretenir.

— Non, dis-je en secouant la tête. Il voulait que je sois son partenaire.

— Mais ?

— Mais c'était trop tôt. Je n'étais pas prêt.

— C'était un an plus tard, J, quand, aurais-tu été prêt ?

— Sa question en termes exacts.

Je souris paresseusement, repoussant mon assiette avec ma part de tarte aux pommes à moitié mangée.

— Et ?

— Et je ne sais pas. Je l'aimais bien, j'aimais être avec lui – nous nous sommes beaucoup amusés... Je ne sais pas.

— Tu sais.

En effet, et Sam me connaissait trop bien pour me laisser m'en tirer comme ça.

— Il voulait que je sois ce qu'il voulait que je sois, et je ne me sens pas capable de changer simplement pour lui plaire.

— Personne ne peut changer quelqu'un d'autre, ce n'est pas possible.

Nous étions en accord parfait sur ce point.

— Était-il bon au lit ?

Je gémis.

— En quoi cela te concerne-t-il ?

— L'était-il ?

— Oui, répondis-je trop vite.

Son sourire fut instantané et diabolique, et il me regardait avec des yeux aux paupières lourdes.

— Tu mens. Il n'était pas du tout fait pour toi.

— Tu n'as aucune idée de ce que tu...

— Mon cul, ouais ! s'exclama-t-il, ricanant presque.

Il se pencha en avant, pointant son doigt sur moi.

— Je parie que c'était un de ces types, doux et attentionné, hein, J ? Le genre qui demande ce qu'il peut faire en premier ? Dis-moi que j'ai tort.

— Aaron était...

— Nul au lit, rigola-t-il, se levant seulement pour s'installer à côté de moi sur la banquette.

— Retourne à ta place, grommelai-je en poussant sur son torse, essayant de le faire bouger.

Sa cuisse était pressée contre la mienne et il s'appuyait contre moi, son souffle chaud dans mon cou, ses lèvres à quelques centimètres de ma peau.

— Il était du genre attentionné, hein, J ?

— Oui, rétorquai-je, essayant de m'éloigner. Et beaucoup de mecs prennent leur pied avec ça.

— Je suis sûr que c'est vrai, dit-il, réduisant sa voix à un murmure tandis qu'il glissait la main sur mon entrejambe.

Il me saisit à travers mon pantalon et j'en perdis le souffle.

— Mais pas toi, bébé. Tu aimes quand je te domine et fais tout ce que je veux.

— J'aime quand tu es doux, le corrigeai-je, alors même que je poussais dans sa main et inclinais la tête pour qu'il puisse atteindre mon cou.

— Tu aimes quand c'est doux après, mais avant, tu aimes être malmené et maintenu en place sur le lit. Être jeté contre les murs, coincé là, baisé brutalement – tu te languis de ça et je le sais parce que je suis celui qui prend son pied à te le faire. Un homme qui n'est pas assez fort pour physiquement te forcer à faire ce qu'il veut n'a aucune chance de rester dans ton lit très longtemps.

— Non, je…

— Tu as besoin d'un homme qui peut te dominer J, purement et simplement.

— Tu crois bien me connaître.

Il embrassa mon cou, remontant juste derrière mon oreille. Lorsque je frissonnais, il se moqua de moi.

— Je te connais et Aaron Sutter peut aller se faire foutre. Je suis le seul qui peut te donner ce dont tu as besoin. Dis-moi que j'ai tort.

Je restai silencieux.

— Tu vois, dit-il, me mordant le cou avant de m'embrasser à ce même endroit. Il n'y a que moi pour toi.

Je voulais grimper sur ses genoux, mais nous étions au milieu d'un restaurant.

— Ramène-moi à la maison.

— D'accord, dit-il, d'une voix basse et rauque. Dis-moi d'abord, est-ce que je peux te garder ?

— Je t'ai déjà dit oui.

Je lui souris alors qu'il sortait de son portefeuille quatre billets de vingt dollars. Je le regardai se lever et m'attendre près de la table. Il était vraiment beau et je le lui avais dit lorsqu'il m'avait retrouvé au bar du restaurant quelques heures plus tôt. Dans son jean noir et ses bottes, son pull en cachemire marron foncé et sa veste en cuir, il était époustouflant. On voyait combien il était impressionnant : grand, avec de larges épaules, des hanches minces et de longues jambes. Le pull était moulant, définissant parfaitement les muscles de ses bras et de son torse.

— Hé.

Mes yeux se déplacèrent, passant de ses biceps saillants à son visage.

— Quoi ?

— Concentre-toi, veux-tu ?

— Désolé.

— J'ai besoin que tu dises certaines choses.

— Comme quoi ?

— J'ai besoin que tu dises que même si c'est rapide, c'est bon. Dis-moi que tu vas rester avec moi, demanda-t-il, son regard rivé au mien. Dis-moi que tu porteras une bague si je t'en achète une.

Je léchai mes lèvres et remarquai comment son attention fut attirée là, sur ma bouche. Il ne faisait aucun doute que cet homme était dingue de moi.

— Sam, tu…

— S'il te plaît, J.

Il se racla la gorge, sa voix devenant plus grave.

— Cela me rend malade de penser que tu as des doutes à propos de nous.

Je soupirai profondément, me levant à côté de lui.

— Je n'ai pas le moindre doute.

— En es-tu sûr ?

— J'en suis certain. Je m'attends à ce que tu sois près de moi jusqu'à ce que tu n'y sois plus.

— Je ne vais nulle part, dit-il, drapant un bras autour de mon épaule, m'attirant près de lui.

— D'accord.

Je lui fis un grand sourire, tapotant ses abdominaux durs comme du bois et relevant la tête pour le regarder.

— Alors, viens habiter chez moi.

Je gémis, essayant de me dégager.

Son bras devint soudain une ancre, me retenant à côté de lui. Je ne pouvais plus bouger.

— Tu dis que nous sommes dans le même bateau, j'ai des clés pour toi à la maison… alors, emménage.

— Sam…

— Emménage.

Il était insistant.

— Je veux que tu vives avec moi.

Je secouai la tête.

— Si quelqu'un doit déménager quelque part, c'est toi qui emménages chez moi. Ton appartement est maudit, inspecteur.

Une vague de chaleur incendia ses yeux.

— Vendu. Je serai heureux d'emménager chez toi.

— Attends, ce n'est pas ce que j'ai dit…

— Quand puis-je emménager ?

J'eus le sentiment que cela allait devenir un sujet de conversation quotidien jusqu'à ce que je cède.

— J ?

Je croisai son regard.

— Je pourrais emménager ce week-end.

— Non, dis-je en riant. C'est trop tôt.

— Pourquoi pas lundi ?

Je gémis.

— Je veux t'embrasser.

447

Je lui souris. Il était adorable.

— Mais je ne suis pas à l'aise pour le faire au milieu de ce restaurant.

Je fis claquer ma langue.

— S'il te plaît, comme si j'étais moi aussi dans ce genre d'affichage public. Tu peux m'embrasser dans la voiture, le taquinai-je avec un sourire paresseux. Les vitres sont teintées, après tout.

J'observai le muscle de sa mâchoire se contracter.

— D'accord. Je t'embrasserai dans la voiture.

Et il tint parole, même si je fus bien plus que simplement embrassé. Je fus malmené dans le SUV, conduit dans un endroit isolé, complètement déshabillé et attiré sur ses genoux. Exactement l'endroit où j'avais voulu me retrouver toute la nuit.

UN BRUIT sourd me réveilla. Je tendis la main vers la lampe de chevet, et la chambre s'éclaira.

— Où vas-tu ? croassai-je en trouvant Sam en train d'enfiler ses bottes dans le fauteuil Empire en face du lit, près de la fenêtre.

— Je dois aller travailler. Retourne dormir, bébé.

Je regardai le réveil sur la table de nuit.

— Il est trois heures du matin. Reviens au lit.

Il sourit tout à coup et ses yeux brillèrent dans la lumière faible.

— Je ne demande pas mieux, crois-moi, mais le devoir m'appelle.

— Tu n'as qu'à y aller plus tard, le suppliai-je en bâillant, à peine réveillé et groggy.

— Je ne peux pas, bébé.

— Mais Sam…

— Je t'ai laissé un jeu de clés sur la table de la cuisine.

— D'accord.

— Tu sais, tu pourrais juste emménager, comme ça tu n'aurais pas à trimbaler deux jeux de clés.

— C'est tout à fait logique de ta part.

— C'est tout moi : logique.

Je l'observai et lorsque ses deux bottes furent lacées, il se leva et traversa la pièce jusqu'à moi.

— Tu sais, je réfléchissais, dit-il en s'asseyant à côté de moi et en me frottant le bras. Je t'ai vraiment poussé dans tout ça et je n'ai même pas pris le temps de penser aux implications pour toi.

Je plissai les yeux.

— Et ?

— Je suis désolé, dit-il doucement en se penchant pour m'embrasser la gorge. Mais je ne peux pas faire autrement.

— Cela me rend en fait très heureux.

448

— Bien, parce que, comme je l'ai dit, je dois t'avoir avec moi.

Je levai les yeux vers lui.

— Donc, tu devrais vraiment emménager parce que tu vas devoir te mettre à cuisiner.

Il me fallut une seconde pour comprendre ce qu'il disait.

— Je suis désolé... Quoi ?

Il rit, puis se pencha et m'embrassa si fort que j'en restai étourdi.

— Tu cuisines le mardi, le jeudi et le samedi. Je cuisine le lundi, le mercredi et le vendredi.

— Quoi ?

Son baiser m'avait grillé le cerveau.

— Et le dimanche ma mère cuisine, poursuivit-il comme si je suivais ce qu'il disait.

— Sam... quoi ?

— Ouais. C'est parfait. Nous ne pouvons pas nous permettre de manger dehors tous les soirs alors... je serai à la maison entre dix-huit et dix-neuf heures. Si je devais être en retard, je t'appellerai.

— D'accord.

— Alors, tu devras être là.

— Quoi ?

— Puisque tu dois cuisiner.

J'eus droit à un sourire étincelant.

— Je serai là.

Il resta silencieux une minute.

— Qu'y a-t-il ?

— Je suis juste heureux, dit-il, sa main descendant sur ma poitrine, puis plus bas sous la couette, frottant doucement de petits cercles sur mon ventre.

— Moi aussi.

— Vraiment ?

— Oui.

Le grondement de pur contentement qui lui échappa me fit sourire. Je compris à ce moment précis combien il m'aimait, avait besoin de moi, et me voulait vraiment près de lui.

— Alors, nourris-moi, dit-il en m'embrassant à nouveau, sa langue glissant instantanément au fond de ma bouche, me goûtant, se déplaçant paresseusement parce qu'il savait que je lui appartenais.

Je gémis quand il s'écarta. Je voulais qu'il reste.

Il se redressa, sa main accrochée dans mes cheveux avant qu'il se penche pour m'embrasser sur le front.

— Reste loin des problèmes, J. À ce soir.

Je ne pus que hocher la tête, je n'avais plus de voix.

— Tu sais, emménager ici serait tellement plus commode.

Mon sourire apparut de lui-même. L'homme était déterminé à faire valoir son point de vue.

— Ou je pourrais venir chez toi.

— Fais une pause, veux-tu ?

— Quoi ? Je pense seulement à toi.

— Des clous, oui !

Le lit bougea lorsqu'il se leva, et je le regardai s'en aller. Je restai éveillé un long moment après que la porte se soit refermée.

LIVRE QUATRE

I

MON TÉLÉPHONE me réveilla à huit heures.

— C'est samedi matin, me plaignis-je à la personne au bout du fil.

— Oh, *maintenant* tu réponds à ton téléphone ? Et pour hier soir, connard ? Tu nous as totalement oubliés.

Je tentai de reconnaître la voix, essayai de penser à ce que j'étais supposé avoir fait vendredi soir au lieu de sortir avec mon petit ami, Sam Kage, sa partenaire Chloe, et son petit ami, Jason. Il fallut quelques minutes à mon cerveau pour se réveiller et se souvenir.

— Oh, Ev, gémis-je. Tu voulais que je rencontre un gars.

— C'est exact, me gronda mon ami, Evan Rheems. Allez, Jory... si tu ne voulais pas venir, tu n'avais qu'à me le dire. Tu sais que je ne te présenterais jamais quelqu'un qui ne serait pas cool.

— Oh non ? J'ai deux mots pour toi : Mark Benassi.

Il y eut un long silence avant qu'il reprenne.

— Va te faire foutre, J, ce n'est... un pervers n'annule pas tout mon passé de super entremetteur.

Je rigolai parce qu'il était sur la défensive.

— Tu t'es planté sur ce coup-là et tu le sais.

— Mais ce n'est pas une excuse pour...

— Je vais me faire pardonner, l'apaisai-je. Et si je vous invitais toi et ton adorable petit ami Loudon à dîner ce soir ? Je promets de...

— Non, grommela-t-il. Nous devons aller chercher la mère de Loudon à l'aéroport. Elle arrive de Ames pour une semaine.

— Ames ?

— C'est dans l'Iowa.

— Oh.

Je ne pus réprimer mon rire.

— Eh bien, je suis désolé de t'avoir posé un lapin. Je n'en avais pas l'intention, mais Sam est revenu et je...

— Quoi ?

— Sam.

Il retint son souffle.

— Quoi ?

— Evan, l'avertis-je.

— Tu connais un autre Sam ?

— Nous savons tous les deux que non.

453

— Oh, mon Dieu !

— Stop !

Il commençait à respirer fort.

— Donc, *le* Sam.

— Ouais.

— L'inspecteur de police, Sam.

— Oui.

— Comme dans le-gars-que-je-déteste, Sam ?

— Tu ne le détestes pas.

— Oh détrompe-toi, je suis sûr de vraiment le détester.

— Eh bien arrête, parce qu'il va emménager chez moi, déclarai-je, en décidant à cet instant qu'il pouvait le faire.

Qu'étais-je en train d'attendre, une lumière venant des cieux ? Que Sam Kage soit revenu en force dans ma vie après une absence de trois années ne voulait pas dire que je n'étais pas toujours follement amoureux de lui. Il était, en fait, le seul homme que j'avais jamais aimé. Le faire attendre via une période de rendez-vous avant d'emménager avec moi était une stupide perte de temps. Cet homme voulait être avec moi... qui étais-je pour dire non ?

— Jory !

— Désolé, Ev, dis-je en souriant.

— Il va emménager ?

Je rigolai.

— Jory... dis-moi tout.

— C'est trop tôt pour ça.

Je ris, parce qu'il commençait à hyperventiler.

— Sam Kage est de retour et je vais vivre avec lui puisque je l'aime. Donc, tu n'as plus à t'inquiéter pour moi, et tu n'as plus à m'organiser des rendez-vous arrangés. Appelle-moi lorsque la mère de Loudon sera repartie et nous irons dîner, d'accord ? Okay. Salut, dis-je avant de raccrocher.

Cela lui prit vingt-trois secondes pour me rappeler.

— Quoi ?

— Quoi ? Est-ce que tu plaisantes ? cria-t-il. Est-ce que tu plaisantes ?

— Evan, ne fait pas une...

— Sam Kage ? Est-ce que tu plaisantes ?

— Tu te répètes.

— Sam Kage ? siffla-t-il. *Oh mon dieu...* Sam Kage ?

— Evan, tu sais que je l'aime.

— Il t'a pratiquement tué la dernière fois, et je veux dire littéralement failli te tuer ! C'était sa faute si on t'a tiré dessus et enlevé et...

— Evan, tu...

— *Oh, mon dieu,* tu es sérieux ? Sam Kage !

Il me fallut une demi-heure pour lui éviter l'évanouissement, puis le téléphone lui fut retiré et je me retrouvai à parler à son petit ami Loudon, qui dut me faire répéter toute l'histoire avant de pouvoir offrir une consolation à son partenaire.

Trois ans plus tôt, j'avais été le témoin d'un meurtre et j'avais rencontré Sam Kage, l'inspecteur qui travaillait sur l'affaire. Puisque j'avais refusé d'entrer dans le programme de protection des témoins, Sam était devenu l'homme responsable de ma sécurité. Au milieu de tout cela, nous étions tombés amoureux. Mais être gay et inspecteur aux mœurs était difficile pour Sam, et par voie de conséquence, un véritable grand huit émotionnel pour moi. Nous nous étions séparés et remis ensemble de nombreuses fois, et tout ce temps, je tentai d'échapper aux hommes qui me voulaient mort plutôt que dans le box des témoins. La fin était arrivée lorsque le partenaire de Sam à l'époque, son meilleur ami, Dominic Kairov m'avait enlevé. La Division des Affaires Internes menait une enquête sur lui et il s'était avéré qu'il travaillait pour les hommes qui essayaient de me tuer. C'était un flic véreux et il s'en était pris à moi pour essayer de se couvrir et de s'en sortir. Mais Sam connaissait son partenaire. Il savait comment travaillait son esprit, et avait ainsi été capable de me retrouver avant que je sois tué. Dans le chaos du moment, cependant, au moment où il m'avait retrouvé, j'avais fini par prendre une balle destinée à mon amant, tirée par l'arme de Dominic.

J'avais passé huit jours en soins intensifs, Sam ne quittant jamais mon chevet. Mais une fois passée la phase critique, il était parti traquer les personnes responsables du contrat sur ma tête et de la corruption de son partenaire. Dominic était un bon flic au début de sa carrière et un inspecteur des mœurs motivé. Sam était déterminé à faire payer ces gens pour m'avoir blessé et avoir corrompu son meilleur ami. La tâche l'avait éloigné de moi. Il m'avait promis de revenir, mais sans un mot en trois ans, j'avais abandonné l'espoir de le revoir un jour. Et puis il avait soudainement reparu, prêt à reprendre là où nous en étions restés.

Je l'avais combattu plus longtemps que je l'aurais pensé, presque une semaine, avant de succomber sous les assauts de mon cœur, les besoins de mon corps, mon esprit enfoui sous une avalanche d'émotions. C'était difficile d'essayer d'expliquer à tout le monde comment je pouvais toujours aimer Sam Kage après tout ce que nous avions traversé, mais je tentais quand même de le faire comprendre à Loudon au téléphone. Si j'y arrivais avec lui, il pourrait à son tour y arriver avec Evan. Comme d'habitude, à l'opposé total de la drama-attitude d'Evan, Loudon était logique, plus réfléchi. Il réserverait son jugement jusqu'à ce qu'il rencontre Sam. Dès que sa mère repartirait, ils nous inviteraient à dîner chez eux, puisque l'inquisition devait se dérouler en privé. En attendant, ils suspendraient officiellement les rendez-vous arrangés. Lorsqu'il raccrocha, même après toute cette discussion, je fus capable de me retourner et de me rendormir. C'était un don.

J'ÉTAIS RENTRÉ à la maison pour prendre une douche et me changer, et je m'apprêtais à quitter l'appartement lorsque j'entendis Sam franchir la porte d'entrée. Je lui avais donné un jeu de clés la veille.

455

— Hé, l'appelai-je depuis la chambre, redressant mon nœud de cravate, boutonnant ma veste de costume. Je ne pensais pas te revoir avant ce soir ?

Il était parti à trois heures du matin, appelé sur une scène de crime.

Il apparut sur le seuil ; je le vis dans le miroir, mais il ne prononça pas un mot. Il se tint juste là à me fixer. Une minute passa et je souris et me retournai pour le regarder.

— Que fais-tu ici ?

Il m'étudia de haut en bas, m'absorbant, ses yeux emplis de douleur, sa mâchoire crispée.

— Sam ? Qu'est-ce qui ne va pas ?

Il bougea soudainement, vraiment vite, et dès qu'il fut près de moi, me tira brutalement en avant dans ses bras en me serrant si fort qu'il me coupa le souffle.

— Sam, tu me fais peur.

Il s'accrocha, le visage enfoui dans mes cheveux.

— Chéri, qu'est-ce qui ne va pas ? lui demandai-je d'un ton calme, posant ma tête sur sa poitrine. S'il te plaît, dis-moi.

Il me fit reculer à une longueur de bras, ses mains s'enfonçant dans mes biceps. Il était tendu et inquiet, et il respirait de façon erratique.

— Sam ?

— Écoute-moi, dit-il en inspirant avec difficulté. Tu te souviens de toute cette affaire avec Dominic, et qu'à cette époque ton ancien appartement avait été vandalisé ?

Est-ce que je m'en souvenais ? C'était un peu flou.

— Oui, dis-je au bout de quelques minutes parce que ça me revenait.

— Et que le nouveau locataire a été tué ? Tu te souviens de tout ça ?

Ça, je m'en souvenais.

— Oui, mais, c'était Dominic. Il avait tué ce gars parce qu'il pensait que c'était moi.

Il secoua la tête.

— Non, J. Je connais Dom. C'est impossible qu'il commette une erreur pareille.

Je le dévisageai.

— D'accord, alors peut-être que c'était l'un des hommes de Roman.

Roman était l'homme qui m'avait voulu mort. Il avait été présent la nuit où j'avais assisté au meurtre. Que je puisse témoigner de sa présence sur la scène était la raison pour laquelle je devais être éliminé.

— Je me souviens de t'avoir entendu dire qu'ils pensaient que j'étais mort, mais il y avait une taupe qui s'est avérée être Dominic et…

— Non. Lorsque nous avons mis le téléphone du père de Roman sur écoute, nous avons entendu quelqu'un l'appeler – Dominic – et lui dire que tu étais toujours vivant. Nous pensions qu'ils avaient tué ce gamin croyant qu'il s'agissait de toi, mais en fait ils ne faisaient que reporter la deuxième tentative avortée contre ta vie. Ni Dominic ni le père de Roman ni Roman lui-même n'ont jamais su quoi que ce soit du meurtre d'Oak Park.

— Oh !

Les poils de ma nuque commençaient à se hérisser.

Sam sondait mes yeux.

— Tu es sûr de ça ?

— Ouais, nous en sommes sûrs.

— D'accord.

J'essayai de sourire.

— Alors pourquoi ce soudain intérêt pour quelque chose qui s'est produit il y a trois ans ?

Il me fixait si intensément, me tenant toujours si serré.

— Parce que nous avons trouvé un autre gars, ce matin, découpé comme l'était ce gamin.

— Découpé ?

— Ouais. Exactement comme le premier et les deux autres.

— Les autres ?

Il ignora ma question.

— Nous avons trouvé ton permis de conduire dans son portefeuille.

J'étais soudain frigorifié.

— Quand as-tu perdu ton portefeuille, J ?

Je me creusai la cervelle. Ça faisait une éternité.

— Je ne sais pas, juste après ton départ, au moins trois ans.

— C'est bien ce que je pensais. Il y avait toujours l'adresse d'Oak Park dessus.

— Sam, que se passe-t-il ?

— Je n'en suis pas sûr, souffla-t-il en me relâchant.

Il marcha jusqu'au lit pour s'y asseoir.

— Tout ce que je sais en revanche, c'est que ça n'a rien à voir du tout avec l'affaire Brian Minor.

Trois ans plus tôt, mon amie Anna était mariée à Brian Minor. C'était un connard abusif, et lorsqu'elle avait finalement décidé de le quitter, elle m'avait appelé pour me demander une petite faveur. Elle avait besoin que j'aille chez elle récupérer son chien. Cela m'avait semblé être une tâche anodine et, parce que je voulais qu'elle s'en sorte, j'étais allé chez elle sans hésiter. À mon arrivée, cependant, mon monde avait été totalement chamboulé. Brian Minor venait de tuer quelqu'un sous mes yeux, faisant donc de moi, en l'espace de quelques secondes, le témoin d'un assassinat. J'aurais moi-même été tué, mais il s'était trouvé que c'était justement la nuit où les inspecteurs des mœurs avaient finalement décidé d'arrêter le mari d'Anna pour extorsion, racket et toute une liste d'autres crimes. Ils m'avaient sauvé, et j'avais fini allongé sur le dos au milieu de la rue avec le beagle d'Anna, George, me léchant le visage. C'était la première fois que je posais les yeux sur Sam Kage. Se dressant au-dessus de moi, il me dévisageait de ses magnifiques yeux bleu acier, le visage sévère, me demandant qui diable j'étais et ce que je foutais là ?

— Jory ?

— Désolé, dis-je en le regardant. Alors, vas-tu avoir des problèmes parce que tu es avec moi, puisqu'il semble que je suis peut-être au milieu d'une autre affaire ?

— Non. Ça fait trois ans et j'ai quitté le service. Plus personne n'est là pour s'en soucier.

— Les flics s'en soucient, Sam.

— Ma partenaire Chloe n'en a rien à foutre que je sois gay. C'est pareil pour mon nouveau capitaine. C'est différent maintenant, tu dois me croire.

Je hochai la tête.

— Si tu le dis, mais…

— Bon Dieu, J, qui a quelque chose à foutre de moi ? cria-t-il, passant sa main dans ses cheveux. Tu es celui pour qui je m'inquiète ! Tu es celui que tout le monde… Merde ! As-tu entendu ce que j'ai dit ? Nous avons retrouvé ton permis de conduire sur ce gars, J. Ton putain de permis !

— Je t'ai entendu, dis-je doucement en m'approchant de lui, me positionnant entre ses jambes pour qu'il soit ainsi obligé de se pencher en arrière pour s'asseoir droit, et de relever la tête pour me regarder. Parle-moi des autres.

Il prit une grande inspiration.

— Eh bien, outre Trey Hart…

— Est-ce celui qui a été tué dans mon ancien appartement ?

— Oui.

— Désolé, continue…

— En tout, il y a eu quatre meurtres.

— D'accord. Dis-m'en plus.

Son soupir fut profond.

— Eh bien, pour commencer, ils ont eu lieu sur une période de trois ans.

Je le regardai.

— Et alors ?

— Et rien. Quatre hommes sont morts, mais parce que cela semblait aléatoire et que les écarts entre les meurtres étaient si longs… personne n'a fait le rapprochement.

— Jusqu'à présent.

— Jusqu'à présent.

— Pourquoi maintenant ?

— Le FBI a été impliqué lorsque tu as été enlevé par Dom la première fois. Je suppose qu'ils sont restés sur l'affaire, et lorsque nous avons sorti ce gamin de cette benne à ordures ce matin, cela a attiré l'attention de quelqu'un à Quantico.

— Qu'est-ce que ça veut dire ?

— Les profileurs disent que les meurtres sont l'œuvre d'un tueur en série.

— Comment est-ce possible ?

— Tous ces hommes ont été tués de la même manière et ils se ressemblaient tous.

— Mais tu as dit que c'était aléatoire… Tu as dit qu'il s'était écoulé beaucoup de temps entre eux.

— Raison pour laquelle personne ici n'avait fait le lien, mais les fédéraux… les fédéraux chargent tout dans leurs ordinateurs et il y a des types qui surveillent ces choses, regardent les modèles, les dates et tout le reste, et décodent les statistiques. Alors s'ils nous disent que nous avons un tueur en série sur les bras, nous devons les croire.

— D'accord.

J'essayai d'absorber tout ce qu'il venait de me dire.

— Et qui étaient les types qui ont été tués ?

— Deux d'entre eux étaient des prostitués.

— Et les autres ?

— Les autres étaient juste des types ordinaires.

— D'accord, mais qui étaient-ils ?

— L'homme d'aujourd'hui était enseignant, à Chicago pour un séminaire sur l'art. Il venait de Pittsburgh. Et Trey Hart, le premier gars, était étudiant. Il venait d'emménager ici, d'Atlanta. Tous les deux étaient des types ordinaires, pris au hasard, et si on les ajoute aux deux prostitués, je veux dire, c'est comme, merde… ça ne correspond à aucun modèle… ça n'a absolument aucun sens…

— Si c'est aléatoire, alors en dehors de Trey et de l'enseignant… comment s'appelait-il d'ailleurs ?

— Glenn McKenna.

— D'accord, donc en dehors de Glenn et de Trey, comment pouvez-vous savoir – toi, ton département ou le FBI – qu'ils n'avaient rien en commun ?

— Parce que le point commun c'est toi.

— Comment ça ?

— L'un des prostitués vivait dans le même immeuble que toi, mais pas en même temps.

— Quel immeuble ?

— Celui qui appartient à ton frère, en face du club de jazz.

— D'accord, c'est bizarre, mais c'est juste une coïncidence.

— Peut-être, accorda-t-il, mais l'autre prostitué, il était employé par l'entreprise de restauration qui s'est chargée des fiançailles de Dane.

Mon frère, Dane Harcourt, était un important architecte en ville, l'un des meilleurs du pays ; toutes ses réceptions étaient des événements énormes et tentaculaires.

Je secouai la tête, passant mes doigts dans mes cheveux.

— C'est juste bizarre, Sam, rien d'autre. Je pense que tu cherches des choses qui n'existent pas. Je veux dire, un type qui habitait dans le même immeuble, mais à une époque où je n'étais même pas là, un serveur qui était présent durant une fête organisée par Dane… c'est ridicule.

— Les profileurs du FBI ne le pensent pas. Le seul lien qu'ils ont trouvé entre les meurtres, c'est toi.

— Alors, suis-je un suspect dans ce cas ?

— Non, ils croient que tu es la cible.

— Et comment se fait-il que rien de tout cela n'ait filtré dans les journaux ou aux nouvelles télévisées ?

— Tous les meurtres ont fait la une des infos et des journaux J, mais ils sont tellement étalés – trois ans entre le premier et le dernier – que personne dans la presse n'a fait le lien.

Je hochai la tête.

— Mais ils pourraient.

— Ils pourraient.

— D'accord, mais as-tu vérifié tous les...

— Bébé, je ne m'occupe pas de cette affaire. Elle ne sera jamais la mienne parce que je suis trop proche de toi. Tout mène à toi donc je dois rester à l'écart, spectateur. Tout ce que je peux faire, c'est demander à Hefron et Lange ce qu'ils ont et ce que je peux faire. S'ils ne m'avaient pas appelé ce matin, je n'aurais toujours aucune idée de ce qui se passe.

— Est-ce qu'ils te parleront ?

— Bien sûr. Nous sommes tous inspecteurs et ce sont des amis.

— Seront-ils toujours tes amis une fois qu'ils sauront pour toi et moi ?

— Ils savent déjà pour toi et moi, J, c'est pour ça qu'ils m'ont appelé, et oui... ils sont toujours mes amis. Tu n'es pas le seul à avoir des gens bien dans ta vie.

— Je n'ai jamais dit ça.

Nous restâmes silencieux pendant plusieurs minutes.

— Sam.

— Quoi ?

— Je me souviens t'avoir entendu dire, quand Trey a été tué, que la personne qui avait fait ça avait écrit quelque chose sur le mur me concernant. Qu'est-ce que c'était ?

— Un mot.

— Quel mot ?

— Juste... cela n'a pas d'importance.

Il ne voulait vraiment pas me le dire. J'eus l'impression que mon estomac plongeait.

— Quel mot était écrit ?

Il me dévisagea.

— Était-il écrit avec du sang ? Le sang de Trey ?

— Avec son sang et quelque chose d'autre.

— Quoi ?

— Je ne veux pas parler de ça, cria-t-il presque. Aide-moi seulement à découvrir qui voudrait s'en prendre à toi.

— Je ne sais pas, Sam, tout ça me semble toujours n'être qu'une suite de coïncidences bizarres.

— Jory...

— Je veux dire, tous les autres, en dehors de Trey, évidemment. Je pense toujours que les hommes de Roman étaient...

— Allez, Jory, soupira-t-il avec lassitude. Ton permis de conduire était sur la victime et la ressemblance était bonne. Il aurait pu être ton frère.

Je haussai un sourcil.

— Il était aussi mignon que moi ?

— Ne plaisante pas, putain de merde ! Ce n'est pas drôle ! Regarder ces gars sortir ce gamin de cette benne aujourd'hui... Merde ! Si je ne venais pas de te quitter, j'aurais carrément perdu l'esprit à l'heure qu'il est.

— Désolé, dis-je doucement, faisant courir mes doigts dans ses cheveux, les regardant onduler. Et maintenant ?

— Maintenant, tu travailles de chez toi. Si Aubrey veut te voir, elle...

— Non, dis-je en secouant la tête. Je ne serai pas prisonnier dans mon propre...

— Bon sang, J ! Jusqu'à quel point vas-tu t'entêter ? Est-ce que tu comprends que non seulement, il y a un cinglé dehors qui tue des hommes qui te ressemblent, mais qui que ce soit il te traque depuis ces trois dernières années, et peut-être même depuis plus longtemps ? Est-ce que tu comprends ça, bordel de merde !

— Qu'est-ce que tu...

— Qui que soit celui qui a tué ce professeur aujourd'hui, il a volé ton portefeuille ou l'a fait faire à sa place il y a longtemps. Comprends-tu à quel point c'est tordu de voler quelque chose à la victime visée des années à l'avance, juste pour le déposer sur sa victime actuelle ? C'est complètement malade et vraiment, vraiment effrayant.

— Pourquoi tuer d'autres personnes ? Pourquoi ne pas me tuer simplement ?

— Peut-être qu'il ne peut pas. Peut-être que quelque chose l'en empêche.

— Il ?

— Les chances que ce soit une femme sont très minces. De plus, d'après ce que nous savons des blessures infligées... la force... une femme n'aurait pas pu l'avoir fait.

— Oh.

— Il est donc plus que probable que ce soit un homme et il est certainement d'une bonne taille vu les dommages qui ont été infligés aux victimes.

Je hochai rapidement la tête.

— Alors tu dois aller en détention préventive, et...

— Oh, pas question Sam ! m'écriai-je, quittant brusquement la chambre et remontant le couloir.

— Jory ! cria-t-il et je l'entendis arriver à grands pas derrière moi avant qu'il attrape mon bras pour me forcer à me retourner et lui faire face. Bon sang, tu as besoin de...

— Non, Sam. Je ne vais pas traverser tout ça encore une fois. Ma vie ne sera pas mise sens dessus dessous à cause de quelque chose que je n'ai pas fait. Ce n'est pas juste et je ne le ferai pas.

— Jory... commença-t-il en élevant la voix.

— Et alors ? demandai-je, m'éloignant de lui, contournant le canapé avant de le regarder à nouveau. Tu vas filer parce que tu dois te lancer à la recherche de celui qui me poursuit ? Tu ne seras pas capable de me protéger si tu es trop proche de moi ? débitai-je en levant les deux mains.. Si tu veux partir... alors, fiche le camp. Si c'est une autre proposition 'tout ou rien' pour toi... rien à foutre. Je ne veux pas de ça à nouveau. Une fois était plus que suffisante.

461

Nous restâmes silencieux, nous regardant juste l'un l'autre.

— Tu as raison.

— À propos de quoi ? dis-je lorsque je pus respirer, les bras croisés.

— Quand je suis parti la première fois, c'était une excuse. Je te voulais, mais je voulais aussi que ma vie reste la même. J'ai utilisé le fait de démanteler ce cartel comme une voie de sortie.

— Tu t'es enfui.

— Oui.

Je hochai la tête.

— Si tu veux t'enfuir à nouveau, s'il te plaît, fais-le avant que je retombe profondément amoureux.

— Viens ici.

Je retournai lentement vers lui, comme si je marchais vers une chaise électrique, et lorsqu'il put m'atteindre, il saisit ma cravate et me tira en avant d'un coup sec.

— Comme si tu n'étais pas déjà profondément amoureux, dit-il en souriant malicieusement, ses mains sur mon visage, relevant mon menton pour m'embrasser.

Je fondis contre lui, mes mains posées sur ses avant-bras, l'embrassant en retour, profondément et lentement, voulant faire durer le baiser.

— Je veux que tu restes à la maison avec moi aujourd'hui, d'accord ?

— Non, je dois préparer l'arrivée d'Abe lundi et je dois rencontrer quelques clients cet après-midi pour rattraper mercredi… ou jeudi… peu importe le jour, et il y a juste beaucoup à…

Il déboutonna ma veste de costume et ses mains la firent glisser de mes épaules. Je l'entendis tomber doucement sur le dossier du canapé. Il ne m'écoutait pas, mais j'avais des choses à faire. Ma partenaire de travail, Dylan Greer, avait accouché quelques jours auparavant et je devais préparer le bureau pour Aubrey 'Abe' Flanagan, qui allait m'aider jusqu'à ce que Dylan revienne de son congé maternité. Même si nous étions samedi matin, j'avais des appels à passer, des e-mails à envoyer, et il n'était pas question que je rejette mes responsabilités pour passer la journée au lit avec mon petit ami très sexy.

— Sam…

Ma cravate fut doucement dénouée et glissa elle aussi, rejoignant ma veste de costume avant que ses doigts commencent à s'attaquer aux boutons de ma chemise.

— Sam, je ne peux pas…

— Je pourrais simplement te l'arracher comme je l'ai fait l'autre nuit, mais j'imagine que tu ne veux pas expliquer cette deuxième fois à ton pressing.

Ma tête roula en arrière et il embrassa mon menton et ma mâchoire en même temps qu'il me retirait mes vêtements. Il laissa tomber ma chemise sur le sol avant de glisser ses mains sur mes côtes pour me faire lever les bras. Je m'écartai légèrement pour qu'il puisse m'ôter mon tee-shirt.

— Pas besoin de ça, dit-il, le roulant en boule et le jetant sur le sol.

Je le regardai dans les yeux, m'émerveillant comme toujours de leur couleur, le bleu acier profond maintenant complètement fondu sous l'effet du désir. Impossible de le manquer, et c'était sacrément excitant de savoir que j'étais le seul responsable. Je l'excitai, juste moi, et ce pouvoir était enivrant.

— Je n'irai nulle part, cette fois, J, dit-il de sa voix basse et sexy, une étincelle de chaleur dans le regard, ses mains dans mon dos se déplaçant sur ma peau et m'arrachant des frissons. Je vais te protéger. Je ne laisserai rien arriver à mon bébé. Je ne peux pas. Que ferais-je sans toi ?

Je pouvais sentir mon corps vibrer sous ses caresses alors qu'il déposait des baisers sur mon cou, ma clavicule, mon torse.

— Si beau.

Moi ? Est-ce qu'il plaisantait ? Ce n'était pas moi qui avais l'air d'avoir été sculpté dans une pierre vivante. Nulle part une once de graisse sur l'homme, juste des muscles fermes et une peau chaude et lisse. Entre sa taille – un mètre quatre-vingt-quinze – et sa musculature imposante, il incarnait un fantasme absolu, mais au lieu de l'idolâtrer, c'est lui qui se tenait là à me regarder comme si j'étais son idéal.

— Toute cette peau dorée et tes yeux sombres et profonds... Mon Dieu, J, tu me tues.

Je déglutis avec difficulté alors qu'il se penchait et m'embrassait.

— Je ne peux plus rester loin de toi, dit-il, son souffle chaud contre mes lèvres. Tu sais, j'avais l'habitude de me réveiller et d'avoir envie de toi, et j'allais me coucher en souhaitant que tu sois là. Et puis je me levais et j'allais travailler, et tout recommençait.

Je l'observai.

Sa poitrine était comprimée et ses yeux me montraient à quel point il était vulnérable.

— Je ne te quitterai pas, plus jamais. Je te le promets.

— Et tu prendras soin de moi ? demandai-je, taquin, me penchant pour l'embrasser avec ardeur, suçant et léchant, le rendant haletant, ses yeux assombris de passion. Tu m'aimeras pour toujours ?

— Oui.

Il était à ma merci et j'aimais ça. Qui était le dominant maintenant ?

— Tu es prêt à crier mon nom un peu plus ? demandai-je en posant mes mains sous son pull, et sous le tee-shirt dessous.

Mes doigts glissèrent sur sa peau chaude, sur les muscles durs et définis de son dos, puis se déplacèrent autour des pectoraux sculptés vers les plaines bosselées et ciselées de son abdomen, la profonde crevasse jusqu'à son nombril.

— Dieu, Sam, tu es beau.

Il m'attrapa soudain, mes pieds quittant le sol alors qu'il m'étreignait fermement contre son corps et m'emportait dans le couloir jusqu'à ma chambre avant de me clouer sous lui sur le lit.

— Laisse-moi te montrer qui va crier.

Je frémis et mon souffle devint haletant, les gémissements qu'ils recherchaient. Il me fit rouler sur le ventre, puis il me positionna à genoux avec les mains devant moi. Je l'entendis se déshabiller avec des mouvements frénétiques, et la table de chevet bougea quand il ouvrit brutalement le tiroir.

— Écoute-moi, gronda-t-il à mon oreille, et mon corps se couvrit de chair de poule. Je me suis fait tester il y a deux semaines et je suis sain. Je n'ai jamais couché avec qui que ce soit à part toi sans protection, mais je voulais être sûr. Alors… nous en avons terminé avec ces putains de préservatifs.

Je ne pus que hocher la tête alors qu'il glissait ses doigts lubrifiés au fond de moi.

— Dis-moi oui, ordonna-t-il.

— Oui.

Je sentis sa bouche sur ma nuque et il me pénétra d'un seul coup puissant. Je criai alors que sa main lubrifiée glissait sous moi, s'enroulant autour de mon sexe, et qu'il me mordait l'épaule.

— Mon beau bébé.

J'eus la sensation que la vibration en moi résonnait maintenant à l'extérieur de moi, et je me mis à trembler sous lui.

— Dis mon nom ! exigea-t-il d'une voix que je reconnus à peine : plus gutturale, brute, emplie de chaleur et de luxure.

— Sam, dis-je.

— Je vais prendre soin de toi, promit-il en s'enfonçant en moi. Dis-le !

— Juste toi.

Une main s'emmêla dans mes cheveux avant que ma tête soit brutalement tirée en arrière.

— Dis-moi que tu m'appartiens.

— Je suis tout à toi, Sam. Je t'appartiens.

Il me dévora alors, de sa bouche, de ses mains, me retournant sur mon dos comme si je ne pesais rien, enroulant mes jambes autour de lui, s'enfonçant en moi alors que je criai son nom. Le pouvoir exercé sur moi, la possessivité absolue ainsi que son besoin de me dominer noyèrent tout le reste.

DE LÉGERS et tendres baisers étaient déposés entre mes omoplates alors que ses doigts remontaient du creux de mes reins jusqu'à ma nuque, puis redescendaient. Encore et encore, si doucement, faisant lentement monter mon désir.

— Comment te sens-tu, bébé ?

— Je me sens bien.

— Ouais ?

— Hummm.

— Je suis drôlement atteint.

— Comment ça ?

— Mon besoin de toi, mon désir pour toi.

— Je mentirais si je disais que j'étais désolé.

Il pressa sa bouche brûlante au milieu de mon dos et m'embrassa avec force, suçant la peau et terminant par une morsure. C'était incroyable.

— Tu aimes laisser des marques sur moi, dis-je en souriant dans mon oreiller.

— Oui, j'aime ça et j'adore entendre tes petits bruits quand je le fais.

Il fit traîner sa joue mal rasée sur le bas de mon dos et je jouis presque sur le lit.

— Ça fait du bien ?

Mon corps entier picotait.

— Oui, réussis-je à répondre.

— Tu sais, soupira-t-il, embrassant mon épaule puis mon cou, sa main glissant sur mes fesses et les pressant. Tu es la seule personne que j'ai jamais voulu réellement manger.

— Vas-y, soufflai-je. Mange-moi.

— Seigneur, gémit-il. Je n'ai jamais aimé personne de la façon dont je t'aime, Jory. Ça me fout les jetons, je le jure devant Dieu.

— Reste juste avec moi.

Son souffle devint irrégulier. Il donnait l'impression de souffrir.

— Allonge-toi et serre-moi contre toi.

Immédiatement, il se lova contre moi et je fus enveloppé par une peau chaude et lisse et un corps musclé. Il enfouit son visage dans mon épaule et il pressa son torse et son aine contre mon dos et mon cul.

— Je dois me lever et passer quelques appels, dis-je en souriant alors que mes yeux se fermaient tous seuls.

— Non, repose-toi.

— Je n'ai encore rien fait, dis-je en riant avant de laisser échapper un long bâillement.

— Eh bien, tu vas te reposer parce que tu ne quitteras pas cet appartement. J'ai préparé un sac, alors je ne m'en vais pas non plus. Je vais commander des plats chinois lorsque nous nous réveillerons et je les ferai livrer.

Je rigolai.

— Nous allons juste rester terrés ici, hein ?

— Quand nous nous lèverons, nous parlerons. Tu vas détester ça.

— Je ne pourrais jamais détester le fait de te parler.

Son rire, un grondement profond provoqua une nouvelle de chair de poule sur ma peau.

— Nous verrons.

IL AVAIT raison. Être interrogé par celui dont j'étais amoureux, craignait vraiment.

— Je ne sais pas, grognai-je, couvrant mon visage avec l'oreiller.

— Réfléchis J, m'ordonna-t-il en écartant l'oreiller, se redressant sur un bras et posant son menton sur sa main en me regardant. Qui te déteste ?

465

— Toi, manifestement, gémis-je, roulant loin de lui pour m'étendre sur le ventre. Pour l'amour de Dieu, Sam, ça fait déjà deux heures que tu me passes au gril et nous ne faisons que tourner en rond. Je ne sais pas, d'accord ?

Sa main glissa sur mes fesses et il les pressa fort. Le mouvement me redonna espoir.

— Sam ?

— Quoi ?

— Tu veux me passer chaudement au gril ?

— Arrête ça, dit-il en me tapotant le cul avant que sa main glisse plus haut, au creux de mes reins.

— Peut-être que je devrais mettre ton nom sur moi, hein ? De l'encre juste à l'endroit où se trouve ta main ?

— Quoi ? Un tatouage de salope... merde, non. Si je pose mon nom sur toi, il va sur ton épaule droite, là où je te mords chaque fois que tu es sur les genoux devant moi.

Je le sentis trembler contre moi.

— Faisons-le, dis-je en posant ma tête sur le drap frais.

— Ouais ? Je peux mettre mon nom sur toi ?

— Oui, Sam.

Instantanément, je fus retourné et pressé contre lui, la chaleur de sa peau envoyant un frisson dans mon dos.

— Tu crois que c'est une blague ? Sais-tu à quel point j'en ai envie ?

Je tournai la tête pour croiser son regard et je fus surpris de voir combien il était sombre, sérieux, et affamé.

— Je n'en avais aucune idée.

Ses yeux restaient rivés aux miens.

— Je ne sais pas comment faire savoir aux gens que tu m'appartiens.

— Je leur dis.

Je lui souris, tendant une main pour poser mes doigts sur sa mâchoire.

— Ne t'inquiète pas pour ça.

Il poussa un soupir profond et sonda mes yeux. Nous restâmes comme ça un moment, à nous dévisager l'un l'autre.

— À quoi penses-tu J ?

— Je me demande juste si ça va te manquer.

— Quoi donc ?

— Toutes les petites choses qui vont de pair avec le fait d'être hétéro.

— Comme quoi ?

Je haussai les épaules.

— Comme le grand et beau mariage que mon frère Dane vient d'avoir. Tu ne connaîtras jamais de moment Disney avec moi, tu sais ?

— Explique-moi ça.

— Eh bien, tout ce truc de trouver ta princesse, Sam.

Je roulai sur le dos et fixai le plafond.

— Tu n'auras jamais le 'ils vécurent heureux pour toujours' avec moi.

— Non ?

— Allons, aucun grand moment cinématographique n'arrive entre deux gars. Ce n'est pas comme ça que ça fonctionne.

— Non ?

— Non, lui assurai-je.

— Je pense que tu as tort. Je pense que dans la vraie vie la magie se produit tous les jours, dit-il, roulant au-dessus de moi et me regardant dans les yeux. Mais même si ce n'est pas le cas, qui s'en soucie ? Je n'ai pas besoin d'un 'heureux pour toujours', J, j'ai juste besoin de la partie 'pour toujours' ; peu importe l'adjectif. Des hauts et des bas pour toujours, parfois des moments difficiles pour toujours, ou dingues pour toujours… je m'en fous. Tant que tu restes près de moi, nous ferons simplement du mieux que nous pourrons, jour après jour.

Les larmes me montèrent aux yeux et il devint flou.

— Seigneur, ce que tu as le cœur tendre, dit-il en riant et en essuyant les larmes qui coulaient sur mes tempes. Et bébé… ne laisse jamais personne te dire que tu n'es pas une princesse.

— Oh, va te faire foutre, Kage ! dis-je en le poussant.

Quand il me cloua au lit et m'embrassa à en perdre haleine, je crus que mon cœur allait s'arrêter. Mais… battre pour Sam Kage était sa fonction principale.

II

PLUS TARD cet après-midi-là, alors que je marchais dans les allées de la grande surface en poussant mon caddie, mon téléphone sonna. Manger chinois ne nous avait pas tenté en fin de compte, et nous avions opté pour cuisiner.

— Allô ?

— Jory.

— Salut, répondis-je avec le sourire.

Mon frère semblait aller vraiment bien. Pourquoi m'appelait-il alors qu'il était en pleine lune de miel, je n'en avais aucune idée, mais j'étais toujours heureux de l'entendre.

— Qu'est-ce que…

— J'ai besoin que tu viennes nous chercher Aja et moi à l'aéroport demain matin.

— Oh mon Dieu !

Je m'arrêtai de marcher, me redressant de ma position appuyée sur le chariot.

— Pourquoi ? Qu'est-ce qui ne va pas, Dane ?

— Le père d'Aja a eu une attaque cardiaque hier.

— Oh non ! Oh Dane, je suis désolé.

— Non, c'est bon, il va bien, mais nous pensons tous les deux que nous devrions être là.

— Bien sûr, bien entendu, dis-je dans un souffle. Dis-moi ce que…

— Il ne veut même pas que nous rentrions plus tôt, me coupa-t-il, mais j'ai d'autres choses à l'esprit, donc c'est parfait que nous écourtions notre séjour.

— Oh ouais ? Comme quoi ?

— Oh, je ne sais pas… l'inspecteur Kage, par exemple.

Il y eut un silence qui dura le temps d'un battement de cœur.

— Oh merde !

— Oh merde, effectivement ! Mais à quoi pensais-tu ?

La dernière partie sortit dans un rugissement.

Il était logique que Dane soit furieux après moi. La dernière fois qu'il avait vu Sam Kage, c'était trois ans plus tôt. J'avais pris une balle pour cet homme, et puis Sam m'avait abandonné à l'hôpital pour me permettre de guérir. Pour Dane – qui avait pris soin de moi par la suite, étant là à la place de mon petit ami –, c'était comme si un bâtard froid et sans cœur avait été autorisé à revenir dans ma vie. Pour lui, j'étais fou, ma logique noyée dans un océan de désir.

— Es-tu même capable de penser ?

— Dane, je…

468

— Puis-je avoir le téléphone, entendis-je Aja demander.

— Non, j'ai besoin de…

— Jory, intervint Aja au téléphone. Salut, chéri.

— Je suis tellement désolé pour ton…

— C'était une toute petite attaque minuscule, dit-elle pour m'apaiser. Il va très bien s'en tirer. Je veux juste le voir pour m'en assurer, tu comprends ?

— Bien sûr.

— Mais je dois te le dire, je n'ai jamais vu Dane comme ça, dit-elle doucement. Qui donc est Sam Kage ?

— C'est… Comment l'a-t-il su d'abord ?

— Rick Jenner a une nouvelle petite amie, je suppose, et elle travaille en quelque sorte avec toi ?

— Aubrey Flanagan, oui.

— Eh bien, apparemment, elle t'aurait vu, toi et ce Sam quelque part… Ah, zut.

— Merde, j'avais oublié ça.

— Jory, qu'est-ce qui…

— Dylan a eu son bébé.

— Oh, c'est magnifique ! J'irai lui acheter quelque chose dès que je serais revenue.

— Où es-tu comme maintenant ?

— Nous sommes déjà à New York, nous prenons un vol ce soir.

— Je suis vraiment désolé pour ton père.

— Non, non, c'est bon. Il va bien. Je pense que Dane est plus en colère à propos de toi et… raconte-moi tout à propos de ce Sam.

— C'est juste… tu vois… je suis sûr que Dane pense qu'il va me blesser, parce que j'ai eu des ennuis la dernière fois que Sam était dans les parages, mais je l'aime, et maintenant avec ces meurtres, il devrait savoir qu'avec Sam ici c'est…

J'entendis une soudaine inspiration.

— Oh, mon Dieu, qu'as-tu dit ?

Je l'informai de ce que Sam m'avait dit, sans donner tous les détails sanglants.

— Oh mon Dieu, cria-t-elle, puis, j'entendis le téléphone heurter le sol.

Il y eut un bruissement et je perçus le mot 'assassiné' répété d'une voix étouffée cette fois.

— Est-ce que tu te moques de moi ? hurla-t-il dans le téléphone.

— Attends…

— Jory, nom de Dieu ! Je te laisse seul deux semaines et tu…

— Dane, ce n'est pas comme si…

— Est-ce qu'il est là ? demanda-t-il alors que Sam marchait vers le caddie et y laissait tomber du pain.

— Qui est au téléphone ? demanda Sam en bâillant, ses yeux adoucis alors qu'il me regardait.

469

Je secouai la tête et mentis à mon frère.

— Non.

— Tu mens. Passe-le-moi.

— Qui est-ce ? répéta Sam, fronçant soudain les sourcils.

J'écartai le téléphone de ma bouche.

— Dane.

Il grogna et tendit la main.

— Il veut me parler, c'est ça ?

— Oui, mais…

Il remua ses doigts, réclamant le téléphone.

— Allez, donne.

— Il est furieux, prévins-je Sam.

— Qui est furieux ? lâcha Dane d'un ton cassant.

— Pas toi – je veux dire, ouais, toi – tu es celui qui est furieux.

— Je le suis assurément, dit-il d'un ton glacial. Passe le téléphone à l'inspecteur.

— Jory, dit Sam sévèrement, donne-moi ce putain de téléphone.

Je le lui passai et il inspira avant de dire bonjour. J'aurais adoré espionner, mais il s'éloigna après m'avoir murmuré le mot 'spaghetti'.

Je terminai les courses aussi vite que possible et lorsque j'eus fini et payé, je poussai le chariot dehors et trouvai Sam appuyé contre la porte côté passager de son SUV.

— Tu as fini de parler ? lui criai-je.

— Ouais.

Je grimaçai.

— Et alors ?

— Oh, il est furieux, confirma-t-il avec un grand sourire. Et il est terrifié à propos de ces hommes qui se sont fait tuer. Il a dit que dès qu'il serait rentré, tu emménageais avec lui et… Anna ?

— Aja. Le prénom de sa femme est Aja.

— Oh.

Il haussa les épaules.

— Eh bien, peu importe. Tu n'y vas pas.

— Ah non ? le taquinai-je.

— Bon Dieu, non ! Tu restes avec moi.

— Tu veux dire que tu restes avec moi, le corrigeai-je. Au moins, je vis dans un immeuble sécurisé.

— Tu as compris ce que je voulais dire. Monte dans cette putain de voiture.

— Arrête de jurer.

— Bien, acquiesça-t-il.

— Hé.

Il me regarda par-dessus le capot du SUV.

470

— Merci de lui avoir parlé et de ne pas t'être mis en colère. Je sais comment il peut être.

— Non, J, il a raison sur toute la ligne. Je sais de quoi ça a l'air. Je suis revenu depuis à peine deux secondes et tu as déjà des problèmes. Ça semble difficilement en valoir la peine.

— Ça en vaut la peine pour moi.

Je lui souris.

— Oh, je me fiche de savoir si c'est le cas ou non, déclara-t-il en rejetant mon inquiétude. Je ne vais nulle part.

— As-tu la moindre idée du plaisir que tu me donnes quand tu parles comme ça ?

— Monte dans la voiture, pour l'amour de Dieu, grogna-t-il. J'ai faim.

Nous étions en train de décharger les courses lorsque Sam redressa la tête d'un coup et me regarda.

— Quoi ?

— Qu'est-il arrivé à ce médecin avec lequel tu sortais ?

— Qui ?

— Celui pour qui tu avais arrangé ce rendez-vous sur la jetée cette fois-là.

Je me creusai la tête.

— Oh, Nick Sullivan.

— Ouais, lui. Tu lui parles toujours ?

— C'est incroyable que tu te souviennes de ça.

— Un flic se doit d'avoir une bonne mémoire.

— J'imagine, oui.

— Alors, ce médecin.

— Qu'as-tu demandé ?

Il grogna.

— Lui parles-tu toujours ?

— Non.

— Non ?

— Non.

— Pourquoi pas ?

Je haussai les épaules.

— Je ne sais pas, dis-je en reculant de l'arrière du SUV alors qu'il en claquait le coffre. Nous avons simplement perdu contact.

— Pourquoi ?

— Je pense qu'après la rupture avec Kai…

— C'était le gars avec qui tu l'avais maqué.

— Exact. Ça a duré plus d'un an.

— Eh bien. Impressionnantes compétences d'entremetteur.

— Non. Si elles étaient si impressionnantes, ils seraient toujours ensemble.

— Tu as fait de ton mieux, J. À un certain point, cela ne dépend que des deux personnes impliquées.

471

— Je le suppose.

— Continue. Ils étaient ensemble et ils ont rompu, et alors ?

— Eh bien, après ça Nick voulait me voir, et quand je n'ai pas voulu, ça s'est arrêté là.

Il hocha la tête.

— Qu'est-ce qui t'a fait penser à Nick ?

— Je ne sais pas, J. Le docteur t'a longtemps côtoyé et il sait assurément comment découper quelqu'un en pièce, non ?

— Impossible, lui assurai-je. Nick Sullivan n'est pas un tueur.

— Je ferai quelques vérifications à propos du doc de toute façon.

— Fais donc ça, dis-je avec un grand sourire.

— J'irai chercher Dane et Aja avec toi.

— Oh non, tu ne viens pas.

J'éclatai de rire.

— Je ne veux pas que tu rates le dîner du dimanche avec ta mère.

Tous les dimanches, Sam dînait avec sa grande famille, en banlieue. Je ne voulais pas qu'il rate cet événement à cause de moi.

— En plus, il y a Bambi au menu, tu te souviens ?

— Quoi ?

— Rappelle-toi. Ton oncle ramène un cerf de son séjour de chasse.

— C'est vrai.

— Tu vois, donc…

— Mes parents survivront. Ils nous ont vus il y a deux jours, soupira-t-il. En plus… c'est bien plus important.

— Tu es fou, lui assurai-je. Ça va être un bain de sang.

Il vint vers moi et m'embrassa sur le front.

— Je dois soutenir mon partenaire.

— D'accord, mais Dane pourrait juste te tuer.

— Il peut essayer.

Je secouai la tête en le suivant sur le perron de mon immeuble.

IL FAISAIT la vaisselle puisque j'avais cuisiné et nous parlions de ce qu'il avait fait au cours des deux premières années après son départ. C'était intéressant de l'écouter raconter tout le chemin qu'il avait parcouru jusqu'en Colombie, comment il avait dormi dans des tentes et son acclimatation à une équipe de la DEA. Il avait aimé ça, suivre la piste aussi loin que possible et arrêter tous ces gens au passage.

Tout avait commencé la nuit où j'avais vu Brian Minor assassiner Saul Grant de sang-froid. Parmi les personnes présentes dans la pièce à ce moment-là, en plus de Brian et moi, il y avait Roman Michaelev. Dominic, l'ex-partenaire et ami de Sam, avait travaillé pour le père de Roman, Yuri. Et parce que je pouvais témoigner de la présence de Roman lorsque Saul avait été tué, Yuri avait mis un contrat sur ma tête.

472

Quand Dominic avait été arrêté, il avait dénoncé Yuri qui lui-même avait dénoncé son patron, un homme nommé Dario Ruiz. Sam m'avait laissé pour remonter la piste de la drogue qui reliait Chicago à Moscou jusqu'en Colombie. L'effet domino s'était mis en place quand Dominic avait raconté ce qu'il savait, y compris qu'il avait tué Roman devant moi. Pour l'archétype de l'homme normal, j'avais quand même vu deux hommes se faire tuer. Tous ces gens – Dominic, Yuri et même Anna Minor – étaient toujours dans le programme de protection des témoins et le seraient pour le reste de leurs vies. Ils vivraient le reste de leurs jours en tant qu'autres personnes, des citoyens quelconques, dans différents états.

Je demandai à Sam s'il s'inquiétait qu'un jour Dominic revienne pour se venger de lui.

— Non, bébé.

— Pourquoi pas ?

— Ça ne marche pas comme ça.

Apparemment, ce n'était pas comme dans les films ; on était surveillé de très près dans le programme de protection des témoins, et dans le cas de Dominic, c'était la prison pour le reste de sa vie s'il s'approchait à nouveau des gens qu'il connaissait. Je demandai à Sam ce qu'il ferait s'il se retrouvait accidentellement face à Dominic dans un avion par exemple. Il me répondit qu'il aviserait si cela se produisait un jour.

— Tu sais, je n'ai jamais eu l'occasion de te dire combien j'étais désolé à propos de Dominic.

Je soupirai lourdement.

— Je veux dire, il a quand même été ton meilleur ami pendant presque la moitié de ta vie.

— Oui, il l'a été.

Sam m'adressa un léger sourire et posa sa main sur ma joue.

— Mais il a essayé de me tuer, et toi aussi et il t'a blessé...

Il prit une grande inspiration.

— Et je ne suis pas du genre à pardonner.

Je hochai la tête.

Après plusieurs minutes de silence, Sam me dit qu'il avait une question pour moi.

— Bien sûr. Quoi ?

— Sais-tu pourquoi Dominic a tué ce gars que nous avons retrouvé dans le sac mortuaire ?

— De quoi parles-tu ?

— Nous avons trouvé un gars dans un sac mortuaire quand nous avons pris d'assaut l'entrepôt où tu étais détenu. L'analyse de la balle correspond à celle de l'arme de Dominic, donc je sais qu'il l'a tué, mais je n'ai jamais compris pourquoi, et il n'a jamais voulu me le dire.

— Non ?

— Non. Il m'a dit de te le demander. Alors, je te pose la question.

473

— Dominic t'a dit de me le demander ?

— Ouais.

Je hochai la tête.

— C'était Marco, c'est ça ?

— Oui, c'est ça, Marco Danov. Que lui est-il arrivé ?

Je regardai Sam.

— Quelqu'un lui a cassé le nez avant qu'il soit tué. Est-ce que c'est Dominic qui a fait ça ?

— Non.

— Qui l'a fait ?

— Moi. Je lui ai cassé le nez.

— Toi.

— Oui... il essayait de...

Je regardai Sam jusqu'à ce qu'il comprenne.

— Oh. Mais il ne l'a pas fait ? Il ne t'a pas blessé ?

Aucun de nous ne voulait qu'on lui rappelle ce que le mot « blessé » sous-entendait. Mieux valait l'oublier.

— Non, je... il est tombé et puis je me suis enfui, Dominic était furieux et... j'ai entendu les coups de feu, mais je n'étais pas sûr que Dominic l'ait tué.

Sam hocha la tête, les muscles de sa mâchoire se contractant alors qu'il me regardait.

— Il l'a fait.

— Eh bien, c'était parce qu'il pensait qu'il m'avait perdu, pas à cause d'autre chose. Dominic a même suggéré que je...

Trop tard, je pensais à ce que j'étais en train de dire.

— Suggéré que tu quoi ?

Je secouai la tête.

— Allez, Jory, dis-le. C'était il y a longtemps.

Je laissai échapper un profond soupir.

— D'accord... il essayait juste de me donner l'impression que je ne valais rien du tout, et je le savais à cette époque, mais... il a suggéré que je taille une pipe à ce type pour avoir plus de couvertures. Il n'a fait qu'essayer de me rabaisser, rien d'autre.

Sam hocha la tête et il s'essuya les mains sur le torchon avant de quitter la cuisine.

Raison pour laquelle tu ne parles jamais de ce genre de connerie, me dis-je en pliant le torchon et en le laissant pendre sur le bord de l'évier avant de partir à la recherche de Sam. Je le trouvai allongé sur mon lit, les mains croisées derrière la tête, fixant le plafond.

— Qu'est-ce qui ne va pas ?

— Je ne t'ai protégé de rien de tout cela. Si j'étais intelligent, je t'aurais emmené avec moi voir Maggie et il n'aurait jamais mis la main sur toi.

474

— Oh, ça, j'en doute, lui assurai-je, et il tourna sa tête vers moi. D'une façon ou d'une autre, Dominic m'aurait attrapé. Si cela n'avait pas été ce soir-là, ça aurait été le suivant ou celui d'après. C'était inévitable.

— Donc tu es en train de me dire que… je ne serai pas capable de te protéger de ce psychopathe qui est après toi aujourd'hui ? Tu penses qu'il est inévitable qu'il t'attrape lui aussi ?

— Non, dis-je en m'appuyant contre le cadre de la porte. Ce n'est pas ce que j'ai dit. J'ai dit que Dominic m'attrapant était inévitable. Il était trop proche de toi, Sam, il te connaissait trop bien, savait comment tu réagirais, savait exactement ce que tu ferais… il était impossible qu'il ne parvienne pas à m'atteindre. C'était juste une question de temps.

Sa tête roula encore et il fixa à nouveau le plafond.

— Écoute, je veux de la tarte. Et toi ?

— Non, je ne veux pas d'une putain de tarte.

— Tu dois vingt-cinq cents.

— Quoi ?

Il était irrité, c'était clair dans sa voix tandis que son regard se posait sur moi.

— J'ai mis un pot sur le comptoir et tu devras y mettre vingt-cinq cents à partir de maintenant chaque fois que tu jureras. C'est incontrôlable et cela doit être stoppé.

— Oh, va te faire foutre, J, je ne vais pas…

— Ça fait cinquante cents. Paie ou tu vas dormir sur le canapé. C'est comme tu veux.

— Très bien, je dormirai sur le canapé.

— Peut-être que tu devrais aller dormir chez toi.

— Ne me pousse pas.

— Sinon quoi ?

— Je le ferai peut-être.

— Très bien.

Je haussai les épaules et me retournai pour sortir.

— Je vais me chercher de la tarte. À plus tard.

Lorsque j'arrivai à la porte d'entrée et l'ouvris, j'entendis sa voix tonner.

— Si tu mets un pied hors de cet appartement, je te botte les fesses !

— D'accord ! criai-je à mon tour en revenant vers le canapé à pas lourds pour qu'il puisse entendre le parquet craquer, avant de retourner vers la porte sur la pointe des pieds et la refermer soigneusement derrière moi.

Je ne fis aucun bruit en la verrouillant. J'étais dehors sur le trottoir lorsqu'il cria après moi.

— Nom de Dieu, Jory, tu ferais mieux de ramener ton cul ici av…

Je lui adressai un petit signe de la main en ricanant.

Il se pencha davantage par la fenêtre.

— Je n'ai vraiment pas envie de jouer avec toi.

Sa voix était froide, même de si loin, et aurait vraiment dû me terrifier.

— Parle à mon cul, mon pote, lui dis-je en m'assénant une tape sur les fesses juste au cas où il n'aurait pas compris.

La fenêtre fut refermée avec fracas et je me mis à courir.

En jean et en baskets, je bougeais plutôt vite. Je me demandai, cependant, s'il prendrait son SUV surdimensionné ou s'il se lancerait juste à ma poursuite. Je voulais juste de la tarte. Mais si je courais trop vite, je craignais qu'il me manque. Je rejoignis donc le bout de la rue au petit trot, puis ralentis pour traverser avant de reprendre mon allure jusqu'à ce que je voie la vitrine du restaurant vers lequel je me dirigeais. J'entendis le crissement des pneus derrière moi et obtins la réponse à ma question. Il avait pris son monstre.

Le moteur était bruyant et lorsqu'il arriva à ma hauteur, il le fit vrombir à un niveau assourdissant. Je me retournai et le regardai baisser la fenêtre côté passager.

— Monte dans la voiture !

Je secouai la tête, pointant le bas de la rue.

— Je vais manger un morceau de tarte.

— Tu ferais mieux de…

— Si tu arrêtes la voiture, je me remets à courir, l'avertis-je avec un sourire étincelant. Et j'arriverai à destination avant que tu puisses sortir de ta voiture, alors, pourquoi ne pas être un bon garçon et me retrouver au restaurant ?

— Si tu poses un pied dans ce restaurant, je te traînerai dehors par la peau du cul, je te jetterai dans la voiture et…

— Et quoi ? Tu vas me battre ?

Je minai un frisson exagéré.

— Oooh, bébé, tu sais ce que j'aime !

Il grogna de frustration.

— Je ne suis pas ta chose, Sam.

Je lui souris.

— Nous sommes partenaires, et si tu te sens mal, tu ne te fermes pas et ne vas pas bouder dans ta cave ou je ne sais quoi. Tu me parles. C'est comme ça que marche un partenariat. Je partage, tu partages, nous partageons. C'est tout. Parce que si tu te mets à vouloir être seul… je te laisserai seul, finis-je en haussant un sourcil.

Il arrêta la voiture et j'arrêtai de marcher.

— Je ne veux pas que tu me laisses seul.

Je haussai les épaules.

— Bien.

Il me fit signe de monter dans le SUV.

— Je veux de la tarte.

— Diva… je t'emmène manger de la tarte.

Mon sourire fut énorme. Je remontai la fermeture de mon sweat à capuche et marchai rapidement jusqu'à la voiture. Il m'ouvrit la porte et dès que je fus sur le siège, il posa sa main sur ma nuque.

— Quoi ?

Il m'attira plus près de lui et riva son regard au mien.

— Ne quitte pas la maison sans moi. On pourrait te faire du mal... d'accord ?

J'enjambai le frein à main pour m'asseoir à califourchon sur ses genoux, chevauchant ses hanches, frottant mon aine contre son ventre.

— Tu veux me faire du mal, Sam ? Parce que je pourrais sérieusement aimer ça.

Ses mains se posèrent sur mon visage et je réalisai à quel point c'était cool que nous soyons derrière toutes ces vitres teintées pour pouvoir batifoler en plein milieu de la rue.

— Qu'est-ce qui te prend ? demanda-t-il en regardant ma bouche.

— Je veux de la tarte, et ensuite je veux que tu me ramènes à la maison, au lit.

Il gronda et gémit à moitié avant de m'embrasser.

Mon gémissement de gorge fit trembler son corps sous le mien et ses mains m'agrippèrent le cul et pressèrent. Il ne faisait aucun doute qu'il me désirait. Après les baisers torrides échangés, je lui demandai d'oublier la tarte et de me ramener à la maison. Il courut jusqu'au restaurant pour acheter deux parts de tarte au citron vert à emporter.

Alors même qu'il me portait jusqu'à mon appartement, mes jambes enroulées autour de sa taille, sa main caressant mes fesses, je remarquai les deux pièces dans le pot sur le comptoir. Je posai ma main sur sa joue et lui souris.

— Quoi ? demanda-t-il en posant le sac avec la tarte sur le comptoir. Je ne veux pas dormir sur le canapé.

Je secouai la tête alors que les larmes me montaient aux yeux.

— Oh, pour l'amour de Dieu, grommela-t-il, se penchant pour m'embrasser. Comme si je voulais un jour dormir sans toi.

Je drapai mes bras autour de son cou et l'étreignis avec force, ma bouche dévorant la sienne. Impossible de manquer la note de satisfaction dans son rire profond.

III

La seule partie amusante était de regarder Aja. Ses yeux passaient de Dane à Sam, et inversement, les observant tous les deux, ne voulant rien manquer. C'était comme regarder un match de tennis ou de volley-ball, sauf que la seule chose qui volait entre eux était des mots. Quand Dane criait, elle grimaçait ; quand Sam rugissait à son tour, elle tressaillait. Je respirais à peine chaque fois que quelqu'un me posait une question rhétorique. Manifestement, ils n'attendaient pas de réponse, ils voulaient juste être entendus. Lorsqu'Aja s'assit à côté de moi sur le canapé, je posai ma tête sur son épaule. Quand elle rit, la pièce fit silence.

— Désolée, murmura-t-elle, la main levée, serrant les dents. Continuez.

Ce qu'ils firent : Dane criant, pointant Sam, et Sam ses doigts noués au-dessus de sa tête, Dane attaquant, Sam se défendant, fulminants tous les deux. Je n'avais jamais vu Dane aussi en colère.

— Ouah, dit Aja doucement, parlant dans mes cheveux. Cet homme t'aime vraiment, Jory. Je ne l'ai jamais vu comme ça. J'espère qu'il ne se mettra jamais en colère à ce point contre moi.

Je grognai.

— Mais je dois dire… que c'est tout à fait sexy. Regarde ses beaux yeux gris si foncé, ronronna-t-elle. Je suis impatiente de lui montrer combien je l'aime dès qu'ils auront fini.

— Beurk, gémis-je tout en m'affalant davantage à côté d'elle.

Mais c'était drôle de regarder deux hommes adultes s'engueuler. Et, bien que Dane soit plus grand que Sam de quelques centimètres, Sam était plus musclé que lui. Mon frère avec ses cheveux noirs et ses yeux gris était grand et possédait le corps d'un nageur. Sam, avec ses cheveux cuivrés et ses yeux bleu ardoise, avait la carrure large et musclée d'un défenseur de première ligne. Il avait, en fait, joué au football tout au long de sa période universitaire.

Aja gloussa, attirant de nouveau mon attention sur elle avant de se pencher sur le canapé et de m'embrasser sur la tempe.

— Je dois dire que je pensais qu'Aaron Sutter était un homme superbe et que j'adorais vous voir ensemble ? J'ai été attristée quand vous avez rompu.

Mon ex-petit ami, Aaron Sutter. Cela avait duré un an et demi.

— Ouais, soupirai-je. Eh bien, parfois, les choses ne…

— Laisse-moi finir, me coupa-t-elle en pointant Sam du doigt. Cet homme cependant est encore plus beau. C'est le genre d'homme que j'aurais recherché pour moi-même. Si grand, musclé, beau et… regarde-moi ses bras… la vache !

— Tais-toi.

Je souris malgré moi.

— Je parie qu'il est costaud de partout.

— Arrête.

— Et son cul est...

— Stop.

— Je dis juste que... je comprends, et la manière dont il te regarde et te touche... Aaron en pinçait pour toi, mais cet homme-là t'a complètement dans la peau. Je ne laisserais pas passer ça moi non plus, pour personne. Pas même pour Dane.

— J'apprécie le vote de confiance, avant que je meure.

Elle gloussa à nouveau, faisant attention de ne pas être trop bruyante.

— Le truc c'est que Sam t'aime, mais Dane aussi. Et avant que je rencontre Sam, je te voulais le plus loin de lui possible moi aussi. Je pensais qu'il faisait tout pour envahir ta vie à nouveau, mais d'après ce que j'entends, cela n'a rien à voir du tout avec le fait que tu aies été témoin d'un meurtre à l'époque.

— Non, en effet.

— Donc Sam essaie juste de te protéger, et puisque Dane le veut aussi, quand ils seront fatigués de se battre pour savoir ce qui est le mieux pour toi, ils devraient arriver à une sorte d'accord mutuel et de compréhension.

Je n'étais pas convaincu. Alors que j'étais assis là, je remarquai son alliance.

— Mon Dieu, cette chose est énorme. Ça fait quoi ? Un carat, quelque chose comme ça ?

Elle grogna.

— Toi, mon chéri, tu n'y connais rien en matière de diamants. C'est quatre carats de pure merveille.

— De pure merveille ? la taquinai-je.

J'eus droit à un sourire étincelant.

— C'est mon seul défaut.

— C'est suffisant.

— Oui, c'est vrai, confirma-t-elle avec un petit bruit d'appréciation

— C'est si... aïe, gémis-je.

Je m'étais décalé et mon épaule avait heurté le dos du canapé. Je faisais tellement attention à empêcher toute pression dessus.

— Qu'as-tu fait ?

— Rien. C'est une surprise pour Sam. J'ai pensé qu'il aurait besoin d'un remontant après ça.

— Qu'est-ce que c'est ?

— J'ai fait marquer son nom sur mon épaule droite.

— Tu t'es fait tatouer ?

— Oui.

— Vraiment ?

— Oui, aujourd'hui au déjeuner. Il devait aller travailler un petit moment, alors... j'y suis allé et je l'ai fait faire.

479

— C'est très hollywoodien de ta part, me taquina-t-elle. Je peux le voir ?

— Attends, je veux savoir comment va ton père.

— Oh, merci de le demander, bébé, mais il va bien. Le médecin a dit qu'il s'en sortira parfaitement bien.

— J'en suis heureux.

— Moi aussi. Il n'a même pas eu à rester à l'hôpital.

— Tant mieux.

— Donc, encore une fois, je peux voir ton tatouage ?

— Veux-tu aller à la salle de bains avec moi ?

Elle haussa les sourcils malicieusement et nous nous levâmes.

— Fais-moi une faveur, m'aboya Dane. Va nous chercher quelque chose à manger.

Je le regardai et ses yeux étaient froids et sombres, Sam avait plus ou moins la même expression et les sourcils froncés alors qu'il m'observait.

— Bien sûr.

— Viens, Jory, dit gentiment Aja en allant vers Dane pour lui prendre la main le temps d'une minute, ses yeux se posant soudain sur Sam.

— Soyez sages tous les deux pendant que nous serons sortis.

— Oui, madame, dit-il rapidement de sa voix basse et rauque.

Ses yeux s'adoucirent lorsqu'il me regarda et j'eus droit à son petit sourire en coin.

Elle donna une tape sur les fesses de Dane puis attrapa ma main et m'entraîna à sa suite.

Nous prîmes un taxi pour nous rendre au croisement de Hubbard et Clark parce qu'il y avait un restaurant thaï que je voulais essayer. Une fois dans la rue, elle me raconta sa lune de miel, à quel point cela avait été romantique et combien Dane avait joué avec son alliance.

— Il va s'y habituer.

Je lui souris alors que nous marchions tous deux bras dessus, bras dessous.

— Je sais, c'est juste amusant de le regarder faire. J'aime que les autres femmes remarquent son alliance aussi. Ooh ! dit-elle tout à coup. J'ai quelque chose à te dire.

— Quoi ?

— J'ai vu Clarissa Connelly dans l'avion pour New York.

— Vraiment ? dis-je avec un grand sourire, me rappelant la femme qui était avec Dane le soir où il avait rencontré Aja.

Elle avait dit à tout le monde qu'elle serait celle qui amènerait Dane jusqu'à l'autel.

— Et alors ?

— Je me suis assurée qu'elle voit l'alliance.

— Méchante, ricanai-je. Tu es juste perversement méchante.

— Quoi ? Ce n'est pas de ma faute si elle n'a pas su garder son homme.

— Et pourras-tu le garder ?

— Oh non, tu ne viens pas de me poser cette question.

Elle rit en me pinçant les côtes.

— Je... Aja !

Je la tirai vers moi alors qu'une camionnette s'arrêtait en faisant crisser ses pneus sur le trottoir en face de nous et que la porte latérale s'ouvrait à la volée. Nous vîmes tous les deux l'arme en même temps.

— Montez dans la camionnette ! nous hurla l'homme.

Et c'était stupide, mais mon mouvement fut instinctif. Je saisis la main d'Aja et courus. J'entendis le coup de feu alors que nous arrivions derrière la camionnette, juste à côté de la roue arrière droite.

— Jory ! hurla-t-elle et les portes arrière s'ouvrirent. Je la tirai sur le côté et un gars sauta, mais nous rata.

— Cours, cours, cours !

Nous reprîmes notre course à travers les files de voitures. Nous entendîmes des klaxons tonitruants, des crissements de pneus, et le bruit du métal froissé. Nous ne nous arrêtâmes pas pour regarder, nous continuâmes à courir. Il y eut d'autres coups de feu, mais nous courûmes. Je l'entraînai dans une ruelle, puis une autre rue, nous traversâmes un parking pour finir cachés, serrés l'un contre l'autre derrière une benne à ordures.

— Appelle Dane, lui ordonnai-je pendant que je continuais à guetter.

— Oh mon Dieu ! Jory, ils cherchent vraiment à nous attraper.

J'aurais ri à n'importe quel autre moment.

— Appelle-le... dépêche-toi.

— Bébé, nous avons vraiment des problèmes là.

Elle était à l'évidence un peu choquée.

— Dépêche-toi, répétai-je.

Et j'entendis la panique s'infiltrer dans ma voix.

Je vis passer la camionnette à vive allure dans la rue et je m'arrêtai de respirer. Seul, j'aurais pu les distancer, mais pas avec Aja.

— Dane, couina pratiquement Aja. Non, non, non, écoute, écoute... quelqu'un vient juste d'essayer de m'attraper avec Jory. Écoute ! Nous sommes dans la rue, nous sommes en fuite et je ne sais pas quoi...

— Tais-toi, criai-je lorsque je vis brusquement la camionnette s'arrêter et faire marche arrière dans la rue avant de s'élancer dans l'allée, vers nous. Cours !

J'attrapai Aja et me mis à courir. Je pris un risque et nous plongeâmes dans l'allée du côté opposé. Nous heurtâmes des sacs-poubelle et roulâmes sous un escalier en bois qui contournait l'arrière d'un immeuble. Je me remis maladroitement debout et une balle toucha la structure de l'escalier derrière moi. M'accroupissant, je tirai sur la main d'Aja et la poussai au coin de l'immeuble.

— Dane, dit à Sam que nous sommes... merde ! Je ne peux pas voir... Oh, seigneur, il y a une camionnette blanche et...

481

— Merde, criai-je parce que je vis la camionnette, avant de la tirer de l'autre côté, m'accroupissant à nouveau, prenant la direction de la station de métro. Aja, arrête de parler et cours !

Je sentis immédiatement le changement : je ne la tirais plus, elle était juste à côté de moi, ses pieds battants le pavé au même rythme que les miens. Elle avait lâché ma main et se maintenait à mon allure alors que nous courrions tous les deux aussi vite que nous le pouvions. Nous dépassâmes beaucoup de gens et traversâmes derrière un immeuble lorsque la camionnette apparut soudainement devant nous et je dus stopper net ou m'écraser contre elle. Aja s'accrocha à moi quand la porte s'ouvrit et qu'une arme se trouva à quelques centimètres de mon visage.

Je levai une main.

— Juste moi, pas elle.

— Tous les deux maintenant, ou je vous descends ! me répondit la voix dans un aboiement.

Aja me tint fermement lorsque je fis un pas vers la porte ouverte. *Ne jamais, jamais monter dans une voiture.* Mieux valait essayer n'importe quoi, me battre comme un fou, sans peur, que succomber au pouvoir d'un autre et monter dans une voiture de force. Je vis l'arme et je me lançai vers elle, enroulai mes mains autour du poignet qui la tenait et me battis pour ma vie.

— Aja, cours ! Cours ! lui criai-je et elle m'écouta parce que je l'entendis tâtonner derrière moi puis sentis l'élan qu'elle prit en s'éloignant, et lorsque je me retournai pour la regarder, je la vis en train de courir sur la route.

Elle volait presque, ses bras pompant, ses jambes floues, puis mon visage fut recouvert d'un chiffon. J'entendis le glissement de la porte, sentis la secousse alors que je perdais l'équilibre, puis plus rien.

— JORY, OUVRE les yeux. S'il te plaît, s'il te plaît, s'il te plaît…

Mes yeux cherchèrent à s'ouvrir et il faisait noir à l'exception d'une légère lueur de l'autre côté de la pièce. Lorsque j'essayai de me relever, je réalisai que mes mains étaient attachées dans mon dos. Ce n'était que trop familier.

— Merde !

J'essayai de concentrer ma vision et fus stupéfait de voir Caleb Reid allongé par terre à côté de moi, les yeux grands ouverts, me regardant.

— Caleb ?

— Jory, dit-il manifestement soulagé. Dieu merci, tu vas bien.

— Caleb.

Je tentai désespérément de comprendre ce qui se passait.

— C'est quoi ces conneries ?

— Jory, est-ce que ça va ?

— Ouais, je vais bien, lui assurai-je en faisant un effort pour m'asseoir. Qu'est-ce qui se passe ? Dis-moi.

— Je ne sais pas… je ne sais pas.

Il pleurnichait presque, sa voix montant dans les aigus.

— J'étais en ville pour affaires, mais je n'ai même pas essayé d'appeler Dane parce que je savais qu'il était encore en lune de miel et…

Il s'arrêta brusquement alors que la porte s'ouvrait et laissait entrevoir un homme. La lumière venant de derrière lui, il nous fut impossible de voir son visage.

— Que voulez-vous ? cria Caleb.

Je vis l'arme levée.

— Visage sur le sol, sales cons !

Je fis comme demandé, bougeant aussi vite que je le pus.

— Qu'est-ce… lâchez-moi ! lâchez-moi ! cria Caleb et on aurait dit qu'il était traîné hors de la pièce.

Je l'écoutai hurler jusqu'à ce que je ne puisse plus l'entendre.

— S'il vous plaît, ne lui faites pas de mal, implorai-je.

Je sentis un pied au milieu de mon dos. Il y eut du mouvement au-dessus de moi.

— Tu devrais t'inquiéter pour toi, m'avertit l'homme en enfonçant son talon dans mon dos.

Cela me fit un mal de chien, mais je ne fis pas de bruit.

— Ne fais rien de stupide.

Je hochai la tête.

— Je suis déjà en rogne que tu m'aies fait perdre sa femme. Tu ferais mieux d'espérer qu'il paiera pour toi, petit frère, ou tu vas te retrouver bien baisé.

C'était une question d'argent. D'une certaine manière, je fus soulagé.

— Reste bien assis là et ne fais pas tout foirer.

Je hochai de nouveau la tête.

— Bien, dit-il, et il s'en alla.

La porte se referma en claquant et j'entendis la chaîne et le verrou de l'autre côté. La chambre était complètement noire. Je posai ma joue sur le sol froid et attendis que ma respiration s'apaise. J'étais terrifié pour Caleb, même si je me laissai rouler sur le côté et réalisai que j'étais vraiment soulagé. Quelque chose ne collait pas, et alors qu'une vague de nausées me prenait, je me demandai brièvement si je n'étais pas plus blessé que je le pensais. Je dus m'assoupir ensuite, parce que des cris me réveillèrent en sursaut.

— Sale con, rugit un homme, et quelque chose heurta l'autre côté de la porte réellement fort. Tu ne m'as jamais dit que tu déconnais avec Sam Kage !

Il y eut un bruit sourd de l'autre côté, puis un bang, lui-même suivi d'un gémissement étouffé.

— On ne provoque pas un flic, mec, et surtout pas ce putain d'inspecteur ! À quel point es-tu stupide ?

Aucun bruit, juste le silence jusqu'à ce qu'une sorte de léger tambourinement commence.

— Jetons juste le blondinet quelque part et partons avant…

483

Il y eut un craquement sec alors, puis du verre brisé.

— Non ! Débarrassons-nous de ce putain de...

Il y eut un bruit de pétard, puis un bruit sourd, et soudain plus rien, à part un silence assourdissant. Ce silence pendant lequel vous croyez presque entendre des choses alors qu'en réalité ce ne sont que les battements de votre propre cœur. Complètement seul dans le noir, j'étais terrifié à l'idée de ne jamais revoir personne. Il n'y avait rien d'autre à faire qu'attendre, je restai donc allongé là et j'attendis la suite des événements. C'était effrayant d'avoir les yeux grands ouverts et de ne pas y voir plus clair que s'ils avaient été fermés. J'essayai de ne pas trop y penser.

JE DUS m'assoupir une nouvelle fois parce que l'ouverture de la porte me réveilla.

— Jory ?

— Caleb, dis-je. Viens ici. Est-ce qu'ils t'ont fait du mal ?

— Non.

Sa voix se brisa et je pus entendre combien sa respiration était rauque. Quand ses mains touchèrent mon visage, je réalisai qu'il n'était plus attaché.

— Oh, mon Dieu, tu es libre... pourquoi es-tu libre ?

— Il m'a détaché avant de me laisser parler à Dane.

— Tu as parlé à Dane ?

— Juste une seconde.

— Et ?

— C'est une rançon. Il veut dix millions, Jory. Cinq millions de dollars par personne ou Dane ne nous reverra plus jamais. Il a dit que Dane n'aurait rien à enterrer.

— Et ?

— Et, quoi ? C'est tout. On m'a dit que tant que je me comportais bien, ils ne te tueraient pas. Si je faisais quelque chose de stupide... tu en subirais les conséquences, pas moi.

Je sentis ses mains prendre mon visage en coupe.

— Je n'ai pas l'intention de causer le moindre problème, ainsi tout ira parfaitement bien pour toi.

— Caleb...

— Non, Jory, dit-il catégoriquement. Nous allons faire tout ce qu'on nous demandera. Tout ce qu'ils veulent, c'est l'argent. Nous allons bien nous tenir et ils auront leur argent, et nous pourrons rentrer chez nous.

— D'accord.

— D'accord, répéta-t-il. D'accord.

— Qu'a dit Dane ?

— Dane a dit qu'ils pouvaient avoir l'argent.

— Pourquoi as-tu l'air bizarre ?

— Ce n'est rien.

— Caleb, s'il te plaît, dis-le-moi.

— Non, c'est juste que… je… je me suis dit que Dane paierait pour toi, mais… je ne pensais pas qu'il serait d'accord pour payer pour moi. Je ne suis rien pour lui, Jory. Rien du tout.

— Tu es son frère, idiot.

— Oui, mais pas comme toi.

Et je compris ce qu'il voulait dire. Trois ans plus tôt, Caleb Reid était apparu pour raconter une étrange histoire à Dane. Les parents de Caleb, Susan et Daniel Reid étaient en fait les parents biologiques de Dane. Et bien que Dane sache qu'il avait été adopté, il n'était pas prêt à recevoir les Reid à bras ouverts. En ce qui me concernait, j'avais commencé à travailler pour Dane Harcourt, mais au bout de cinq ans, il avait décidé qu'il ne voulait pas seulement diriger ma vie professionnelle, mais également ma vie personnelle. J'étais passé du statut d'assistant à celui de frère après un détour par le bureau de son avocat. Et, alors que Caleb, Jeremy et Gwen étaient tous maintenant ses frères et sœur eux aussi, j'étais le seul que Dane avait choisi. J'étais celui qui s'était tenu à ses côtés à l'église lorsqu'il s'était marié et j'étais le seul qui partageait son nom, en dehors de sa femme. Je savais que Dane ferait n'importe quoi pour me ramener, mais vu le genre d'homme qu'était mon frère, je n'avais jamais douté qu'il ferait le même effort pour Caleb. Il était le seul qui semblait surpris.

— Dane pense à toi comme son frère aussi, Caleb, lui assurai-je.

— Je sais, mais je n'avais jamais compris qu'il le pensait avant aujourd'hui.

— Pourquoi ça ? Pourquoi ne l'aurait-il pas fait ?

— Je suppose que j'ai juste…

— Quelqu'un a-t-il été blessé ? le coupai-je.

— Quand ?

— Avant. Je pense que l'un des types s'est fait tirer dessus.

— Comment le sais-tu ?

— Je l'ai entendu.

— Je ne sais pas, J. Je n'ai rien vu.

— Merde.

Il y eut un silence avant que Caleb inspire vivement.

— Qu'est-ce qui ne va pas ?

— As-tu entendu ça ?

— Entendu quoi ?

Je fus instantanément terrifié.

— Jory, il y a quelqu'un ici, gémit Caleb.

— Quoi ? criai-je pratiquement.

Et puis l'arrière de mon crâne explosa et je n'entendis plus rien.

LE VIOLENT sursaut me réveilla parce que j'eus mal à la tête et qu'il me fit m'écorcher contre le sol vraiment dur. Je réalisai que le balancement provenait

485

du mouvement, et vu la faible lumière, je compris que j'étais dans le coffre d'une voiture. Mes mains étaient toujours liées, mais les attaches s'étaient relâchées et j'étais souple. Je fis glisser mes bras sur mes hanches et mon cul sur mes mains. J'étais plié comme un bretzel, mais j'avais maintenant mes mains devant moi et je pouvais les utiliser. Je m'activai immédiatement sur le feu arrière, comme ils vous disent de le faire dans tous les livres d'autodéfense. Enlever le feu et faire signe aux personnes sur la route. S'il y avait de petites choses à jeter par le trou, vous étiez censé le faire aussi. Je travaillai aussi vite que je le pouvais. Il y avait une odeur cuivrée de sang, et j'espérais que ce n'était pas celui de Caleb ou le mien. Non qu'il soit avec moi, ce qui me terrifiait en soi puisque je n'avais aucune idée de l'endroit où il était. Mais je repoussai tout cela de mon esprit et me concentrai pour déboîter le feu arrière. C'était une vieille voiture et tout était rouillé, alors c'était beaucoup plus difficile que ça l'aurait dû en temps normal. Lorsque nous nous arrêtâmes soudainement, j'eus tout juste le temps de lever mes mains pour éviter que mon front heurte le coffre. L'allure changea alors, passant de chaotique et calme à lisse avec un bourdonnement. Nous venions de quitter un chemin de terre, ou du même genre, pour rejoindre une route pavée.

J'essayai vraiment de toutes mes forces d'extraire ce fichu feu arrière, mais c'était inutile. Le temps que je me retourne pour essayer de m'attaquer à l'autre, nous nous étions arrêtés. J'entendis des voix, puis il y eut soudain un coup frappé au-dessus de moi.

— Fais un seul bruit et Caleb Reid est mort.

Je me figeai. Il devait être sur la banquette arrière ou quelque part tout près.

— Tu m'as entendu ?

— Oui, dis-je d'une voix rauque et faible avant de me racler la gorge pour parler plus fort. Oui.

— Bien.

Je restai allongé là, attentif, essayant de sentir si la voiture se déplaçait ou non, voulant appeler Caleb, mais ayant peur d'être entendu à la fois. Le mélange de tension, d'adrénaline et de peur me donna envie de faire pipi. C'était douloureux et je roulai sur le dos pour me retrouver à fixer le toit du coffre

J'entendis l'éclat de rire avant même que la voiture démarre ; le moteur rugit et je rebondis violemment avant de réussir à lever les mains pour protéger mon visage. J'étais projeté d'un côté à l'autre, et il y eut des cris et de la musique tonitruante. Je me roulai en boule et tentai de protéger mon corps autant que possible.

Le trajet dura si longtemps, avec le bourdonnement régulier des pneus et seulement une bosse de temps en temps, que je m'endormis. Je luttais vraiment très fort contre ça, et continuais de me réveiller en sursaut seulement pour réaliser que j'avais bavé. Lorsque la voiture s'arrêta brusquement, les freins crissèrent et je fus projeté si fort dans le fond du coffre que j'en eus le souffle coupé. Le coffre fut ouvert, je clignai des yeux devant la lumière et leurs visages perplexes tandis qu'ils m'observaient. Ils me dévisagèrent et je fis de même, détaillant leurs traits.

— Oh merde ! dit l'un des gars. Cet enfoiré était un putain de kidnappeur !

— Merde ! cria un autre et j'entendis leurs pieds marteler le trottoir alors qu'ils s'enfuyaient.

Je n'étais pas certain de savoir quoi faire. Après plusieurs minutes passées à regarder le ciel s'illuminer lentement, je me redressai du coffre et regardai autour de moi. Le parking du magasin d'alcool était désert, à l'exception d'un sans-abri dans un coin avec son caddie et trois gars qui se tenaient debout en train de parler à côté du bâtiment. J'étais quelque part en centre-ville – je pouvais entendre les bruits du métro à proximité – et parce que mon entourage ne m'était pas complètement étranger, je commençai à me calmer. Je croisai les jambes, me réinstallai dans le coffre, et essayai de réfléchir à la meilleure chose à faire.

Je n'avais pas de téléphone, pas de portefeuille, pas d'argent ; l'hôpital le plus proche était à des kilomètres, et trouver un officier de police dans cette partie désertée de la ville aux premières lueurs du matin relèverait du miracle. Lorsqu'il se mit à neiger, je sortis du coffre en tremblant. Je ne pensais pas qu'il me faille abandonner la voiture – tous les épisodes des *Experts* que j'avais vus me disaient de ne pas le faire –, mais je ne voulais pas non plus jouer les cibles faciles si les ravisseurs se mettaient à ma recherche. Même si les chances que cela se produise étaient peu probables. C'était la situation la plus ridicule qui soit. Mes ravisseurs s'étaient fait piquer leur voiture. Hilarant.

Je pris plusieurs inspirations profondes et traversai le parking jusqu'au coin de la rue. La façade devant moi était condamnée et il y avait de vieilles affiches collées dessus annonçant des groupes qui jouaient en ville. Lorsque je regardai plus loin dans la rue, je vis un carrossier automobile fermé, un serrurier et un magasin qui vendait des aspirateurs. De l'autre côté de la rue, il y avait un hôtel qui vantait des chambres à dix dollars la nuit, quinze si vous vouliez prendre une douche. Je ne voyais pas une seule lumière aux fenêtres. Il n'y avait rien d'ouvert nulle part, aucun signe de vie, la place était désertée. Des déchets s'étalaient dans la rue et dans les gouttières. Il faisait froid, sombre, l'atmosphère dégageait une impression sinistre. Je marchai vers le bas de la rue pour voir où j'étais et me repérer. Découvrir que j'étais proche de La Salle fut un bon point. Je pouvais rentrer chez moi, cela me prendrait juste une éternité de parcourir les kilomètres qui me séparaient de mon appartement. Mieux valait vérifier la voiture d'abord, voir si à tout hasard les clés ne seraient pas toujours à l'intérieur.

Lorsque je revins sur mes pas et vis qu'elles pendaient sur le contact, je commençai à rire. C'était tout simplement absurde. Entre les ravisseurs et les voleurs de voiture, c'était un tirage à pile ou face pour déterminer qui étaient les plus gros abrutis. J'avais espoir, parce que Caleb était un homme intelligent, que lui aussi ait pu s'échapper. Je montai dans la voiture, fermai la portière, et conduisis hors du parking.

La solution était parfaite puisqu'en conduisant la voiture des ravisseurs, j'emportais toutes les preuves avec moi. Je la garai devant le poste de police du centre-ville. C'était un zoo bruyant et surpeuplé, mais je fis la queue et attendis mon tour. Lorsque finalement je parvins au bureau du sergent, je lui demandai d'appeler l'inspecteur Sam Kage pour moi. Je fus informé que l'inspecteur était sorti, cependant sa partenaire l'inspecteur Stazzi était disponible pour me recevoir. Je demandai à monter la voir, mais il me dit de prendre un siège à la place. J'allai donc vers la salle d'attente et me laissai tomber sur la première chaise que je trouvai. J'entendis mon nom quelques minutes plus tard et levai la tête à temps pour voir Chloe se précipiter vers moi. Elle criait aux gens de sortir de son chemin et les deux hommes à côté d'elle – de grands gars, costauds comme Sam – écartèrent la foule pour elle. Lorsqu'elle s'agenouilla devant moi, ses mains se posant sur mon visage, je lui souris.

— Salut.

— Seigneur Jésus, Jory, souffla-t-elle, ses yeux se posant partout sur moi. D'où viens-tu ?

Alors je lui racontai pour la voiture des ravisseurs que j'avais garée devant et le reste à propos de Caleb et moi et combien j'étais inquiet pour lui.

Elle hocha la tête et sourit, puis utilisa une voix très douce lorsqu'elle me parla. Elle fit aussi amener plusieurs couvertures. Elle était très préoccupée par la température de mon corps, de la dilatation de mes pupilles, du fait que je parlais plus vite qu'un moulin à paroles. Lorsqu'elle me suggéra d'aller à l'hôpital avec elle, j'acceptai, car je voulais lui faire plaisir. Je lui dis que je ne le faisais que pour elle.

— Merci, chéri.

Elle me sourit, regardant les deux autres hommes avec elle, me dirigeant vers la porte, son téléphone à la main.

— Est-ce que tu appelles Sam ?

— Oui, chéri.

Je hochai la tête.

— Pourras-tu appeler Dane et lui demander de venir me voir à l'hôpital ?

— Oui.

— Est-ce qu'Aja va bien ? Je l'ai vu courir, mais je…

— Aja va très bien. Tu es celui pour qui nous nous inquiétions.

— J'étais inquiet pour elle et pour Caleb. J'ai essayé de…

— Jory, tout le monde te recherche. Nous étions inquiets pour toi. Nous ne savions pas si tu étais blessé ou…

— Je suis un peu secoué, mais… pourras-tu dire à Sam que je suis désolé ?

Elle hocha la tête, me conduisant vers la porte.

— Bien sûr. Maintenant, reste avec moi, d'accord ? Ouvre tes yeux pour moi.

J'avais les yeux fermés ?

— Jory… chéri…

Mais mes jambes se dérobèrent sous moi et même l'entendre appeler mon nom ne m'aida pas. Je ne pouvais plus rien voir du tout.

JE ME réveillai en arrivant à l'hôpital, et bien que Chloe insiste pour me mettre sur un brancard, je refusai. Le fauteuil roulant était lui aussi hors de question. Je me traînai à ses côtés, vacillant sur mes pieds, et lorsque je levai les yeux et le vis devant l'entrée des urgences, je souris.

Je vis sa poitrine se comprimer, entendis sa vive inspiration alors qu'il se tenait là, figé, me détaillant, m'absorbant du regard. Les muscles de sa mâchoire étaient tendus, tout comme ceux de son cou. Ses yeux étaient ravagés et je me sentis terriblement coupable, debout devant lui en sachant que j'en étais la cause.

— Je ne voulais pas me faire enlever, dis-je, lorsque je fus assez près afin que Sam m'entende.

Il combla rapidement les quelques mètres qui nous séparaient et je réussis à lever les bras à temps pour le recevoir alors qu'il m'écrasait contre lui, son visage enfoui au creux de mon épaule. Il prit de grandes inspirations tout en me tenant fermement serré.

— Jory, dit-il en frissonnant violemment.

— Sam, soupirai-je.

J'écoutai les battements puissants de son cœur dans sa poitrine, tirant la chaleur de son corps et l'absorbant avec le mien. Il était si solide et si fort, je voulais juste m'appuyer sur lui et être étreint.

— Dis quelque chose de gentil.

— Je t'aime.

Il m'embrassa le cou, l'épaule, glissa ses mains sous mon pull pour caresser la peau nue de mon dos.

Le ton de sa voix, la tendresse de son toucher envoyèrent de la chaleur à travers mon corps. Cet homme ne m'aimait pas seulement ; j'étais son foyer. Il ne pouvait pas se passer moi.

— Pourquoi ne m'as-tu pas appelé, Bon Dieu ? grogna-t-il, reculant pour me regarder.

Je réalisai à quel point j'avais besoin qu'il soit près de moi. Lorsque je tendis les bras vers lui, il secoua sa tête.

— Je n'avais pas de téléphone, dis-je en guise d'explication. Je suis allé là où je pensais que tu serais. C'était intelligent, non ?

Il prit mon visage entre ses mains et me regarda dans les yeux.

— N'est-ce pas ?

— T'aimer va me tuer, putain !

Je souris devant ses beaux yeux et il me reprit dans ses bras pour m'embrasser longuement et avec force. J'étais tellement perdu dans le baiser que, lorsqu'il finit, je gémis bruyamment.

— Mon Dieu, Jory, j'ai eu si peur. Personne ne savait où tu étais et… bébé, tu ne peux pas simplement…

Je le tirai vers moi pour l'embrasser encore, ma bouche le dévorant, ma langue se mêlant à la sienne.

— Stop.

Il m'écarta tout en me tenant serré à la fois, s'assurant que je ne tombe pas.

— Tu m'as fichu une trouille bleue.

Je posai mes mains de chaque côté de son cou.

— Je suis désolé.

— Nous devons vérifier ton état et…

— Je vais bien, dis-je en lui souriant, appuyant mon front contre ses lèvres. J'ai juste besoin de dormir.

— Bébé…

— Est-ce que Caleb va bien ? J'ai eu si peur pour lui quand…

— Bébé, me coupa-t-il, prenant mon visage entre ses mains.

Ses paumes étaient si chaudes ; je réalisai combien j'étais gelé alors qu'un frisson me faisait violemment trembler.

— Tu dois me laisser prendre soin de toi.

— Il est complètement à côté de la plaque, dit Chloe derrière moi. Tu devrais l'emmener à l'intérieur.

Sam ne répondit pas, son attention concentrée sur moi.

— Seigneur, J, tes pupilles sont complètement dilatées.

— Ah oui ?

— Est-ce que quelqu'un t'a frap… ?

— J'ai reçu un coup à l'arrière du crâne, lui dis-je avant de lui sourire.

J'avais l'impression de flotter et j'étais presque sûr que Sam en était la raison. Parce que je l'aimais.

— Mais ça ne me fait plus vraiment mal, j'ai juste…

Sa main alla dans mes cheveux alors qu'il m'incitait à poser le front contre sa poitrine.

— Oh merde, J. Il y a une énorme bosse ici.

— Je vais bien, dis-je en inclinant la tête en arrière pour embrasser son menton. Je suis si heureux de te voir. Tu m'as manqué.

— J, dit-il d'un ton brusque, me secouant juste un peu. Bébé ouvre tes yeux.

Je réalisai, lorsque j'obéis, que je le regardais soudain depuis l'autre bout d'un long tunnel.

— Sam, je t'aime.

— Jory ! Bébé ! cria-t-il et cela me donna l'impression d'une descente, comme si j'étais sur un grand huit, cette chute dans votre estomac juste avant que l'attraction vous lâche. Et puis, il n'y eut plus rien du tout.

Je gémis en ouvrant les yeux.

— Merde !

— J ?

Ma tête roula sur la gauche et je vis Sam, Dane et Aja.

— Salut, bébé.

Sam me souriait, et sa voix était douce, gentille. Il posa sa main sur ma joue. Elle était si chaude que je cherchai davantage son contact.

— Comment te sens-tu ?

Je grognai.

490

— Je me sens vraiment très mal. Qu'est-ce qui ne va pas avec moi ?

— Tu as eu un léger cas d'hypothermie, une commotion cérébrale et tu es complètement déshydraté. Tu as déjà reçu trois poches par intraveineuse.

— Ah bon ?

— Oui, bébé. Tu étais vraiment à côté de la plaque en arrivant.

Je hochai la tête et regardai Dane.

— Désolé. Je suis vraiment désolé de t'avoir inquiété.

Il contourna le lit et se pencha pour me prendre dans ses bras. Je respirai son parfum, il m'étreignit, son visage dans mes cheveux.

— Dane, s'il te plaît…

— Tu as sauvé Aja et tu es de retour sain et sauf. Je ne pouvais pas te demander plus.

— Tu n'es pas fâché contre moi ?

— Fâché contre toi ?

Il soupira profondément, me frottant le dos.

— Non, Jory, je te suis juste reconnaissant. C'est tout.

— Tu es sûr ?

— Jory, tu es incroyable. La seule raison pour laquelle je te crie dessus et m'inquiète pour toi c'est parce que tu es mon frère. Si tu… si quoi que ce soit… je…

Je me détendis dans ses bras et mes yeux se refermèrent tout seuls. Le contact des lèvres qui effleurèrent ma joue fut aussi léger qu'une plume et doux, comme les pétales d'une rose. Je souris lentement.

— Aja, soupirai-je, ouvrant les yeux avec un gros effort, son visage adorable étant ma récompense. Bonjour.

— Jory.

Elle sourit, même si ses yeux se remplirent rapidement de larmes et que sa lèvre inférieure trembla.

— Oh, bébé, j'ai eu si peur.

— Ne pleure pas.

Mais elle ne pouvait plus parler parce que ses larmes avaient noyé sa voix.

— Dane, laisse-moi tenir ta femme, soupirai-je.

Il passa son bras autour d'elle, l'attirant près de lui afin que nous soyons tous deux dans le cercle de ses bras, et il nous tint serrés contre lui.

— Je ne peux pas perdre l'un de vous, dit-il d'une voix à peine audible.

— Vous ne les perdrez pas, lui assura Sam, sa main frottant de petits cercles au bas de mon dos. Mais je pense que vous devriez relâcher J avant qu'il s'évanouisse.

Et je n'entendis pas ce que Dane lui répondit parce que la chambre s'inclina brutalement vers la gauche et que je fus précipité dans un trou noir.

LA MAIN caressait lentement mes cheveux en arrière, les repoussant de mon visage, encore et encore, doucement, tendrement. Je me sentais vraiment bien.

— Es-tu réveillé ?

J'émis un bruit.

— Alors, ouvre les yeux.

Je les ouvris à peine et je vis Sam assis là, en train de me regarder.

— Comment te sens-tu ?

— Tout mon corps me fait mal.

Il hocha la tête.

— J'imagine, oui.

La barbe de trois jours, la douceur de ses yeux, la façon dont ses cheveux étaient hérissés, son timide sourire en coin qui éloignait la froideur de ses yeux bleus et profonds, leur insufflant de la chaleur... tout cela fit vibrer mon cœur.

— Tu es si beau.

Il me regarda sans sourciller.

— Ils veulent que tu passes la nuit à l'hôpital en observation à cause de la commotion cérébrale.

— Je veux rentrer à la maison.

— Je savais que c'était ce que tu voudrais, c'est ce que je leur ai dit. Dane s'occupe de tout en ce moment.

— Bien, soupirai-je profondément, parce que je veux juste dormir avec toi.

— Bébé...

Je sentis la piqûre des larmes au coin de mes yeux.

— Tu m'as manqué.

— Tu m'as manqué aussi, mon amour.

— C'est encore mieux que bébé, dis-je en lui souriant, laissant échapper un profond soupir de contentement. Je suis impatient de rentrer à la maison.

— D'accord, bébé, dit-il et il posa sa tête sur ma poitrine, directement sur mon cœur.

Mes doigts errèrent dans ses cheveux tandis que je regardais dehors. Je vis la neige qui se rassemblait sur le rebord de la fenêtre. Les jours gris et nuageux étaient mes préférés, j'étais réconforté par l'obscurité.

SAM ME donna le choix. Ou bien il me portait jusqu'à la chambre de Caleb ou je pouvais y aller en fauteuil roulant. Je choisis la chaise et lorsque j'arrivai dans sa chambre et le vis, je fus tellement soulagé que je commençai à trembler. Caleb avait été effleuré par une balle qui l'avait touché à la jambe, mais à part ça, il était en pleine forme. En fait, il avait l'air beaucoup mieux que ma propre apparence meurtrie.

— J'étais si inquiet pour toi, lui dis-je, tenant sa main, essayant de ne pas pleurer.

— Je sais.

Il soupira, me serrant contre lui.

492

— Tu te soucies tant de moi.

Et c'était vrai. Nous étions des amis et une famille, en quelque sorte. Je restai avec lui aussi longtemps que Sam me le permit. Je trouvais triste que Caleb n'ait personne pour lui tenir compagnie. Sam m'assura que ce ne serait pas moi.

Une fois que nous arrivâmes à la maison et que Sam eut garé sa voiture dans la rue, devant mon appartement, j'ouvris grand la portière pour sortir.

— Ne bouge pas, J.

J'attendis donc qu'il fasse le tour et lorsqu'il arriva, je sautai hors de la voiture. Avant que je puisse m'éloigner, cependant, il me souleva dans ses bras.

— Oh bon sang, non.

Je me tortillai pour l'obliger à me lâcher.

— Je ne suis pas une fille, Sam. Tu ne peux pas me porter comme...

— Je te porte jusqu'à l'appartement, me dit-il. Si je te mets en travers de mon épaule, tu vas être malade. Alors aujourd'hui, c'est comme ça.

— Mais Sam, je...

— Non, J. Arrête de parler.

Je soupirai, réalisant qu'il ferait comme bon lui semblait puisque de toute façon je ne pouvais rien y faire.

Il frotta son menton dans mes cheveux alors qu'il gravissait les marches menant au hall d'entrée du bâtiment. Je laissai tomber ma tête sur son épaule et le sentis resserrer sa prise.

— Caleb ira bien, n'est-ce pas ?

— C'est la cinquième fois que tu me le demandes.

— Je sais, dis-je. J'étais juste inquiet pour lui.

— C'est toi qui as été blessé, J, il devrait s'inquiéter pour toi.

— On lui a tiré dessus.

J'étais incrédule.

— Je n'ai même pas...

— Il a été effleuré par une balle, c'est tout. Toi, en revanche...

Il prit une grande inspiration pour se calmer.

— Tu as été étouffé, frappé, malmené et...

— Je vais bien, le coupai-je avant qu'il s'emballe. Tu peux voir que je vais bien.

— Eh bien, Caleb aussi, répliqua-t-il d'un ton sec. Il est en bien meilleur état que toi.

J'allais de nouveau mentionner le fait que Caleb s'était fait tirer dessus, mais Sam ne semblait pas du tout réceptif à ce rappel.

— Caleb a été beaucoup plus chanceux que toi, dit Sam, en franchissant la porte de sécurité de l'immeuble dont il avait la clé.

Je lui avais dit que je pouvais monter les escaliers tout seul, je n'avais pas besoin d'être porté, mais il ne ralentit même pas.

— Laisse-moi prendre soin de toi... s'il te plaît.

— Pourquoi ne me poses-tu pas tout simplement ?

— Je n'en ai pas envie. J'aime te porter, dit-il tandis qu'il montait l'escalier sans effort, malgré le poids supplémentaire.

Je le serrai contre moi et sentis l'inspiration qu'il prit lorsque nous atteignîmes ma porte. Mon appartement était tel que je l'avais quitté quelques jours plus tôt. C'était si bon d'être de retour à la maison.

— Il fait froid ici, déclara-t-il en verrouillant la porte derrière lui.

— Le radiateur n'a pas encore réchauffé les lieux, dis-je en bâillant. Mais, bientôt il fera chaud.

— Ouais, et tu seras gelé d'ici là.

Je ne pouvais m'arrêter de bâiller. Mes yeux piquaient, j'étais tellement fatigué.

— J'ai besoin d'une bonne douche.

Il me porta jusqu'à la salle de bains, et après lui avoir promis de ne pas tomber dans les pommes et de ne pas me cogner la tête sur le carrelage ou le robinet, il alla allumer un feu pendant que je me déshabillai et me lavai de mes jours de captivité.

Alors que je me séchai les cheveux avec une serviette, il revint avec des sous-vêtements, des chaussettes, et un tee-shirt à manches longues. Il me regarda les enfiler.

— Quoi ?

— Rien.

Il secoua sa tête.

— Je suis juste heureux de te voir.

— Où vas-tu avec mes vêtements ? demandai-je alors qu'il mettait mon jean, mon pull, et mes chaussures dans un sac en plastique.

— Ce sont des preuves, me dit-il. Je vais appeler quelqu'un pour qu'on vienne les chercher.

— D'accord, dis-je faiblement. Je vais m'allonger.

— Tu devrais essayer de manger quelque chose.

Mais le simple fait de penser à manger me donnait des nausées.

— Peut-être plus tard, dis-je en m'éloignant de lui.

Mon lit était accueillant et je me laissai tomber dessus. J'étais presque endormi le temps qu'il revienne, mais je sentis le matelas se creuser alors qu'il se couchait.

— Viens là.

Je me redressai et il m'attira dans ses bras. Je me retrouvai allongé entre ses jambes avec ma tête sur son torse. Le battement régulier de son cœur était très réconfortant, tout comme sa chaleur.

— Est-ce que je t'ai manqué ?

— Tu m'as plus que manqué, dit-il, ses mains dans mes cheveux, sur mon dos, me caressant.

— Oui ?

— Je ne dors pas de la même façon quand tu n'es pas avec moi. Je m'en suis rendu compte quand je t'ai quitté. Toi seul me fais oublier tout le reste et me permets d'être juste… moi.

— Tu sais pour un grand type grand et fort comme toi du genre silencieux, tu dis un tas de choses vraiment sympas.

— Ouais, eh bien, j'essaie.

— Non, tu n'essaies pas.

Je souris, mon corps s'alourdissant.

— Et c'est ça le meilleur.

— J, tu...

— Attends, dis-je en roulant sur le ventre loin de lui, attrapant mon tee-shirt entre mes omoplates pour le faire passer par-dessus ma tête. Regarde.

— J, je suis en train de... Oh merde !

Je l'entendis hoqueter de surprise.

Je souris dans l'oreiller lorsque je sentis ses mains chaudes glisser sur mon dos.

— Jory... bébé, tu t'es fait tatouer mon nom.

— Oui, dis-je doucement.

C'était la première fois que Sam voyait mon tatouage. Je n'avais pas eu la chance de le lui montrer avant que les événements s'enchaînent.

— Je ne...

Il s'interrompit, et cela me rendit très heureux.

Le tatouage était simple, juste des lettres larges et noires, mais il était spécial parce que j'avais pris un bout de papier avec sa signature pour me rendre au salon. Ils avaient utilisé un projecteur pour l'agrandir, puis l'avaient dessiné sur ma peau. Le résultat donnait l'impression que Sam lui-même avait signé son nom directement sur mon omoplate droite. Impossible de se méprendre quant à la personne à qui j'appartenais désormais.

— Comment as-tu fait ça ?

Je grognai alors que ses mains glissaient dans mon dos, descendant jusqu'au creux de mes reins, et plus bas encore, sur mon cul, le massant, pétrissant ma peau, emportant la tension à chaque passage.

— Jory ?

— Tu aimes ?

— Ouais, dit-il simplement, d'une voix rauque, embrassant doucement le tatouage, puis traçant le même chemin que ses mains le long de mon dos, jusqu'à mes fesses. J'ai eu tellement peur, J. Je n'ai jamais eu si peur, même avant.

Je posai ma tête sur mes mains et essayai de rouler sur le dos sans succès. Il me voulait dans la position où j'étais.

— Tu as des ecchymoses sur le dos et les côtes.

— Un des types m'a un peu brutalisé.

— Il y avait du sang sur tes vêtements, dit-il plus fermement.

— N'y pense plus.

— Non.

— Je suis à la maison maintenant.

— Je sais, j'ai juste... nous n'avons aucune piste pour arrêter ce type.

495

— Nous ?

— Ouais. Moi, ma partenaire, le département, les fédéraux… nous tous.

— Tu vas le trouver, Sam.

Il se racla la gorge.

— Tu sais, Dane a demandé à te parler lorsqu'il a eu Caleb au téléphone, mais ce type a dit non.

— Tu avais peur que je sois mort, hein ?

— Non, parce que Caleb a dit que tu allais bien, mais… je voulais te parler.

— Bien sûr.

Je frissonnai quand ses mains commencèrent à remonter sur mon dos.

— Ça fait du bien ?

— Tu sais que ça fait du bien.

— Ça m'a manqué de caresser ton petit cul serré chaque matin.

Je me concentrai sur ma respiration.

— Tout de toi m'a manqué.

— Je suis désolé de t'avoir fait peur.

— Chéri, tu n'as aucune raison d'être désolé.

— Je me sens juste… étrange. Je pense que je suis peut-être un peu déphasé en ce moment.

— Bébé, tu es carrément à l'ouest, tu n'as même pas idée. Malgré tout ce qui s'est passé, tu es si calme, en train de discuter avec moi, radotant sur le comique d'avoir été trimballé dans une voiture volée à tes ravisseurs après que ceux-ci t'ont enlevé… Jory, chéri, tu devrais être terrifié.

— Mais c'était tellement stupide, Sam. Allez, tout ça est à se tordre de rire.

— Tu es en état de choc, bébé.

— C'est vrai ? demandai-je en roulant sur le côté.

Il se positionna immédiatement en cuillère derrière moi, me tenant si étroitement que j'étais enveloppé de chaleur.

— Sam, soupirai-je alors que je fermais les yeux, soudain très fatigué.

— Tu sais qu'après ça tu vas faire exactement ce que je te dis, n'est-ce pas ?

— D'accord.

Je sentis sa main glisser sur ma gorge alors qu'il me penchait la tête en arrière.

— Merci d'avoir mis mon nom sur toi, J. C'est la chose la plus sexy que j'ai vue de ma vie.

Je sentais combien il était excité à la façon dont il se pressa contre moi, dont sa main glissa sous l'élastique de mon bas de survêtement, puis sous mon slip. J'eus le souffle coupé lorsque sa main chaude se referma autour de mon sexe.

— Sam… essayai-je de lui dire en reprenant mon souffle.

— Chhhhut… m'apaisa-t-il en se déplaçant autour de moi.

Il me renversa sur le dos, et glissa le long de mon corps, entraînant mes vêtements avec lui, jusqu'à mes genoux.

— Sam… l'appelai-je à nouveau alors que mon dos se cambrait au-dessus du lit.

496

Au moment où il m'avala dans la chaleur humide de sa bouche, je sentis ses mains fortes sur mes hanches qui m'ancraient sous lui, et je plongeai dans le regard rivé sur moi. Et je sus que, pour lui, la façon dont je lui répondais lui confirmait que j'allais bien. Pour Sam, il n'y avait pas de substitut à l'action. En ce qui le concernait, les mots avaient peu de valeur. Il pouvait me demander si j'allais bien et je pouvais mentir. Mais pas mon corps. Quand je frissonnai et m'agrippai à ses cheveux, il fut heureux. Je vis la lueur qui traversa son regard alors que son nom m'était arraché. Après ça, alors que j'étais allongé, seulement capable de le regarder, épuisé au-delà de toute autre chose, il prit une grande inspiration de soulagement.

— Crois-moi, Sam… je t'aime.

Il hocha la tête, me regardant de cette façon si possessive qui lui était propre

— Je sais.

— J'ai besoin de m'occuper de toi, dis-je en souriant, remuant pour me redresser. Sa main sur mon ventre m'immobilisa.

— Reste là, ferme les yeux.

Et je pensais que peut-être il ajouterait quelque chose, mais il se contenta de me regarder. J'essayai de patienter, mais c'était une bataille perdue d'avance. Je m'endormis quelques secondes plus tard.

IL FAISAIT clair lorsque je me réveillai, et il était assis dans le lit à côté de moi en train de lire. Je soulevai la tête et, sans même me regarder, il tapota son torse. Je me rapprochai et il m'attira contre lui, calant ma tête sous son menton. Un soupir de contentement m'échappa et je sentis le léger grondement de son rire avant qu'il frotte son menton dans mes cheveux. Il me dit qu'il m'aimait et je fermai à nouveau les yeux.

— Quelle heure est-il ?

— Plus ou moins neuf heures.

— Du soir ?

— Non, mon amour, du matin.

— Mon Dieu, j'ai dormi longtemps.

Je bâillai paresseusement, me sentant trop bien pour bouger, mais sachant que je devrais.

— Ouais. Mais tu en avais besoin.

— Je devrais me lever et te préparer quelque chose à manger.

— Reste là et laisse-moi te tenir.

Je passai mes bras autour de son cou et me blottis contre lui. Il m'enlaça étroitement et embrassa mes paupières. J'étais si paisible, mon corps me semblait si lourd. J'avais l'impression d'être drogué par sa proximité, par son attention.

— Je t'aime, dis-je en bâillant.

— Je sais, bébé. Rendors-toi, tu es en sécurité. Je suis là.

Il n'avait aucune idée du réconfort qu'il me donnait en disant ça.

IV

LA MAISON était pleine. Dane et Aja étaient là, ainsi que la famille de Sam ; Dylan était venue voir comment j'allais, laissant son mari, Chris, à la maison avec leur nouveau-né ; Aubrey Flanagan passa avec son nouveau petit ami, Rick Jenner ; et la partenaire de Sam, Chloe, était là aussi, ainsi que mes amis Evan et Loudon. Et même si la raison de ce rassemblement était effrayante, j'étais heureux de voir Aja assise avec la mère de Sam et ses sœurs. C'était amusant de regarder Evan parler à Dane, à Michael – le frère de Sam – et à Rick. C'était sympa d'espionner sans en voir l'air la discussion du père de Sam avec Loudon et Aubrey, et écouter Sam et Dylan discuter avec Chloe était un véritable régal. Cela aurait dû être un dîner de fête, vu comme tout le monde s'entendait bien. Lorsque la sonnette de la porte d'entrée retentit et que Sam fit entrer des étrangers, je réalisai qu'il s'agissait des inspecteurs qui travaillaient sur mon affaire. Ils étaient six en tout, quatre agents du FBI et deux de la police de Chicago. Je fus surpris que Sam ne m'entraîne pas dans une autre pièce avec eux, il demanda simplement à tout le monde de se calmer le temps de me présenter.

Les amis de Sam du département de la police de Chicago s'appelaient James Hefron et Neal Lange. Hefron était grand et chauve, avec de larges épaules et le torse ample. Ses yeux étaient brun foncé comme les miens et ses sourcils donnaient l'impression d'être froncés en permanence. À l'opposé, son partenaire Neal Lange avait des yeux vert clair et une carrure plus allongée. Il avait le sourire facile, de profondes fossettes, et ses mains bougeaient continuellement. Il semblait en ébullition, mais de façon enthousiaste et non agitée. Hefron prit une chaise tandis que Lange s'asseyait sur la table basse directement en face de moi. Les agents du FBI restèrent debout et me dévisagèrent, l'un d'eux me donnant le journal du matin sur lequel mon enlèvement s'étalait au bas de la première page. C'était troublant de voir mon nom imprimé dans le journal.

— Oh merde ! gémis-je.

L'agent rigola et se présenta. Je ne saisis pas son nom – je n'écoutais pas vraiment –, mais je serrai leurs quatre mains et les remerciai d'essayer de m'aider. Je regardais toujours l'article imprimé dans le journal. Au moment de l'impression, j'étais toujours porté disparu. J'espérais qu'aucun de mes amis ne l'avait vu. Au moins, il n'y avait pas de photo de moi. Je ne ressemblais vraiment à rien en noir et blanc, mon teint ne ressortant pas du tout.

Quelqu'un toussa doucement et lorsque je levai les yeux, je vis que Neal Lange m'observait.

— Jory, dit-il lentement en me regardant dans les yeux. J'aimerais vous parler un peu maintenant, d'accord ?

— Bien sûr.

— D'accord.

Il m'adressa un sourire forcé.

— Au cours des derniers jours, nous avons parlé à votre frère et à Sam, et après avoir passé en revue l'ancien dossier du meurtre d'Oak Park et les autres, nous avons pu reconstituer quelque chose que nous n'avions pas vraiment remarqué avant.

J'étais confus.

— Vous avez l'air confus.

Il me sourit.

— N'êtes-vous pas ici pour l'enlèvement ?

— Indirectement, si. Nous sommes là à propos des meurtres.

— Pourquoi ? Je ne pense pas qu'ils aient quelque chose à voir avec moi.

— Au contraire dans le sens où vous êtes la victime visée, mais vous avez raison puisque la violence n'est pas dirigée contre vous.

— Qu'est-ce que ça peut bien vouloir dire ?

— Eh bien, en fait, toute cette histoire, les meurtres, l'enlèvement... nous pensons que tout cela a moins à voir avec vous et plus avec votre frère, Monsieur Harcourt.

— Dane ?

— Oui.

— Comment ? Pourquoi ?

— Peu importe qui est cet homme, il veut ce que possède votre frère. Il veut blesser Monsieur Harcourt et il peut le faire en frappant les gens que votre frère aime. Au départ, le coupable vous ciblait spécifiquement parce que vous étiez la personne la plus importante de sa vie.

— Mais plus maintenant.

— Non. Maintenant, il y a également Madame Harcourt.

Je frissonnai.

— Et Caleb.

Son air se renfrogna, mais il le confirma.

— Pourquoi cet air sombre ?

— À l'heure actuelle, nous ne sommes pas vraiment sûrs de savoir comment Caleb Reid s'intègre dans tout ceci. Vous cadrez, Madame Harcourt cadre, même si les amis de Monsieur Harcourt avaient été des cibles, ce qui n'est pas le cas... ils auraient cadré eux aussi, mais nous sommes incertains quant à Monsieur Reid. Cela soulève des questions, par exemple : à quel point cette personne connaît-elle vraiment Dane Harcourt ?

Je le dévisageai.

— Que voulez-vous dire ?

499

— Eh bien, Monsieur Reid est le frère de Monsieur Harcourt, mais ils ne sont pas proches.

— C'est vrai.

— Et qui le sait, Jory ?

— Moi…

— Qui sait que Monsieur Reid est apparenté à Monsieur Harcourt, mais qui n'est pas dans le secret de l'étendue de leur relation ?

— Une tonne de gens.

— Pas vraiment. Seule une personne proche de Monsieur Harcourt le saurait.

— Je le suppose.

Il hocha la tête.

— Donc techniquement, nous devrions rechercher quelqu'un qui connaît Monsieur Harcourt seulement superficiellement. Il connaît les personnes que votre frère fréquente, leurs noms, mais, rien de plus.

Je frissonnai.

— Donc, vous pensez que les ravisseurs connaissent quelqu'un qui côtoie Dane, ou que ces gens font partie de ses connaissances.

— Exactement, acquiesça-t-il en se frottant le front. Mais cela représente beaucoup de monde. Le cercle des intimes de Monsieur Harcourt a été facile à dénombrer et nous les avons éliminés de la liste des suspects. Le cercle élargi prendra beaucoup plus de temps à innocenter.

— Je vois, dis-je. Donc vous pensez que Caleb a été enlevé parce que…

— Nous pensons que Monsieur Reid a été enlevé par erreur, me coupa-t-il. Ou parce que c'était facile… nous ne sommes pas sûrs de ce qui s'est passé. Nous faisons avec ce dont Monsieur Reid se souvient. Nous essayons de reconstituer les morceaux d'informations à notre disposition.

— Je ne sais rien de votre théorie.

Je le regardai dans les yeux.

— Sur quoi basez-vous tout ceci ? Ça semble vraiment tiré par les cheveux, comme un…

— La première victime qui a été tuée, celle de votre appartement… c'était juste au moment où Monsieur Harcourt a fait de vous son frère.

J'attendis, essayant de respirer calmement. Instantanément, je fus terrifié.

— La seconde victime a été tuée lorsque Monsieur Harcourt a organisé la grosse fête pour son quarantième anniversaire. Elle était impressionnante, le maire y était et…

— Comment avez-vous su pour la fête d'anniversaire ? Ce n'était pas comme si ça avait été…

— Jory, m'interrompit-il. Nous sommes inspecteurs, c'est ce que nous faisons. Nous recherchons des modèles.

— Mais…

500

— Écoutez-moi... la troisième victime a été tuée juste après ses fiançailles, et la quatrième a été découverte à peine quelques jours après son mariage.

— Cela me semble vraiment aléatoire. Je veux dire, si un type voulait blesser Dane, pourquoi ne pas simplement me tuer ? Pourquoi tuer des hommes qui me ressemblent ? Et par-dessus tout, pourquoi essayer de nous enlever Aja et moi ? Pourquoi pas elle seulement ?

— Nous pensons que le plus gros de sa psychose est focalisé sur vous, mais avec l'opportunité qui s'est présentée de vous enlever tous les deux, vous et Madame Harcourt... Nous pensons que l'occasion était trop belle pour la laisser passer.

— Mais...

— C'est la raison pour laquelle Monsieur Reid a été enlevé également... l'opportunité.

— Mais ne serait-il pas raisonnable de penser qu'il voulait enlever qu'Aja ?

— C'est raisonnable, mais nous doutons que tout cela ait été planifié, ce qui explique pourquoi il a été si facile à Madame Harcourt de s'échapper. Il n'était à l'évidence pas prêt à vous enlever tous les deux. Pas vraiment.

— Vous pensez que c'est juste de la chance qui a permis à Aja de s'enfuir ?

— Une mauvaise planification, vos exploits héroïques, et un peu de chance, oui.

— Eh bien, ce type est manifestement un crétin, ricanai-je. Je veux dire, me laisser dans une voiture qui a été...

— Ne vous méprenez pas, me coupa Lange d'un ton brusque. Cet homme a tué quatre personnes. Il a été assez malin pour le faire sans laisser d'indices quant à son identité, la similitude des meurtres étant suffisante pour les relier entre eux. Il n'a laissé aucune trace d'ADN sur l'une ou l'autre de ses scènes de crime, c'est un parfait inconnu.

Je remarquai, lorsqu'il s'arrêta de parler, combien la pièce était silencieuse. C'était comme si tout le monde retenait collectivement son souffle.

— Et la seule raison pour laquelle je laisse tous ces gens savoir ce qui se passe, c'est que mon partenaire et moi-même avons éliminé chacun d'entre eux de la liste des suspects. Ils sont également là pour nous aider à avoir un œil sur vous puisque vous avez refusé le programme de protection.

— Je ne veux pas vivre dans la peur, quoi qu'il arrive.

— Jory, nous ne voulons pas que vous ayez peur, nous voulons juste que vous soyez conscient de... commença Lange.

— Nous ne disons pas que vous devriez être... intervint Hefron.

— Puis-je juste dire que comparé à la première fois... c'était une promenade de santé ?

— Jory... m'avertit Sam.

— Quoi ? répondis-je d'un ton sec en me levant. Ça l'était. Vous avez oublié que j'ai été enlevé par un flic.

La pièce était tellement silencieuse qu'on aurait pu entendre une mouche voler.

— Puis-je te parler, s'il te plaît ? demanda Sam avant de se lever et de me tirer après lui, sa main serrant mon biceps comme un étau alors qu'il me dirigeait vers la chambre.

Il me poussa loin devant lui avant de refermer la porte derrière nous.

— Quoi ? demandai-je, exaspéré.

— Tu penses que c'est une plaisanterie ?

— Non, mais je pense que qui que soit ce type, il n'a rien de comparable avec Dominic Kairov alors, je l'emmerde.

Il enfonça ses mains dans ses poches.

— Tu veux que j'aie peur, Sam ?

— Un petit peu, ouais.

— Eh bien d'accord, j'ai un peu peur, mais pas plus que ça. Aussi longtemps que je reste prudent, tout ira bien.

Nous restâmes silencieux plusieurs minutes.

— Alors pouvons-nous parler d'autre chose ?

J'étais stupéfait.

— Tu ne vas pas me crier dessus ?

— Non.

— Oh !

— Veux-tu que je te crie dessus ?

— Non, dis-je rapidement.

— Bon, parce que lorsque j'étais parti, j'ai beaucoup pensé à toi et à ce que serait ma vie si je ne t'avais jamais rencontré et… quoi ? Pourquoi me regardes-tu comme ça ?

— Parce que tu ne vas vraiment pas crier après moi.

— Peux-tu mettre ça de côté, s'il te plaît ? J'ai quelque chose à te dire.

Je levai mes mains.

— Désolé, continue.

— D'accord.

J'attendis.

Il me regarda.

— Sam ?

— Quand tout ça sera fini, je veux que nous prenions un avion pour le Canada avec tout le monde et que nous nous mariions.

Je n'étais pas sûr de l'avoir bien entendu.

— Excuse-moi, quoi ?

— Je veux t'épouser. Je n'ai pas envie d'aller dans le Massachusetts ni nulle part ailleurs, donc… le Canada.

Je ne pouvais le quitter des yeux.

— Nous pouvons aller à Québec après et passer du temps là-bas, il paraît que c'est magnifique.

— Comme une lune de miel.

— Exactement comme une lune de miel.

Je n'étais pas sûr de savoir s'il était sérieux.

— Pourquoi me regardes-tu comme ça ?

— Est-ce que je te regarde bizarrement ?

— Ouais.

— Es-tu sérieux ?

— Oui, je suis sérieux. Pourquoi ne serais-je pas sérieux ?

— Je ne sais pas, je… je ne sais pas.

— Écoute, tu dois m'épouser.

— Mais Sam, je n'ai pas besoin que tu me prouves quoi que ce soit. Nous n'avons pas besoin de…

— Qui a parlé de prouver quelque chose ? Je veux me marier. Je l'ai toujours voulu. Parce que tu n'es pas une femme ne veut pas dire que ce que je veux a changé. Je veux porter une alliance. Je veux que tu portes mon alliance. Je veux me tenir devant ma famille et la tienne, et tous nos amis, et m'engager avec toi, parce que je n'ai aucune intention de te quitter, et je veux que tout le monde le sache. Et je veux que les étrangers voient un anneau à ton doigt et sachent que tu es pris. C'est important pour moi.

— Je vois ça.

— Je suis allé chercher un contrat de partenariat conjugal, mais nous devons le signer tous les deux et le faire certifier par un notaire, alors… Seigneur ! Quoi ? demanda-t-il, exaspéré. Peux-tu arrêter de me regarder comme ça ?

— Comment est-ce que je te regarde ?

— Comme si j'étais fou ou pire.

— Je suis juste ébahi, c'est tout.

— Pourquoi ?

— Je ne me serais jamais attendu à ça.

— Tu me regardes comme s'il venait de me pousser une deuxième tête.

— Sam, ce contrat de partenariat conjugal, c'est comme une déclaration sous serment et…

— Ouais ?

— Sam, si tu fais ça, alors tout le monde saura que…

— Je sais !

Il éleva la voix, saisissant mes bras, me secouant doucement.

— C'est ce que je veux.

— Sam, et si être ouvertement gay est difficile pour toi… pour ta carrière ?

— J, je ne m'attends pas à ce qu'il en soit autrement.

— Daccord, mais…

— Je m'en fous. Je veux que tout le monde sache que tu m'appartiens. C'est la chose la plus importante.

Le coup frappé à la porte attira notre attention. Aja passa sa tête par l'entrebâillement.

— Les gars, vous devez sortir d'ici, on vous attend.

— On arrive tout de suite, lui assura Sam.

Elle nous sourit avant de refermer la porte.

Je tournai les talons pour sortir, mais Sam m'attrapa par l'épaule et vint se placer devant moi.

— Quoi ?

— Alors, veux-tu m'épouser ?

C'était une question si simplement posée ; une que je n'avais jamais pensé entendre. Étant gay, je pensais que le mariage n'était pas une option pour moi. Tous mes amis pensaient que c'était quelque chose de stupide qui ne fonctionnait jamais, que seuls les hétéros faisaient. C'était un événement pour les hétérosexuels, pas pour les homosexuels. Je n'avais jamais eu d'opinion sur le sujet, car cela ne m'affectait pas d'une manière ou d'une autre. Mais dans ma vie était arrivé un homme très traditionnel qui avait toujours pensé au mariage comme à une étape importante dans sa vie. Même avec nos nombreuses conversations sur le fait que sa vie ne se déroulerait pas comme il l'avait imaginé, il s'était quand même accroché à l'idée qu'il serait un mari un jour.

— Jory ?

Je levai les yeux pour croiser les siens.

— Tu veux que je mette un genou à terre ?

Je secouai la tête.

— À l'hôpital, les médecins ont expliqué à Dane ce qu'ils te faisaient. Si tu avais été blessé plus gravement, ils lui auraient demandé de prendre des décisions te concernant. J'ai détesté ça. Être juste là, comme si j'étais invisible… je veux être la personne qui décide. Je veux être le seul qu'ils laissent entrer si jamais tu étais blessé. Je veux être ton mari.

Ma vision devint floue et je sentis les larmes sur mes joues.

— Alors que dis-tu ?

Je supposais que c'était une évidence. Bien sûr que je l'épouserais. Je ferais avec lui tout ce qu'il voudrait.

— J ?

J'étais complètement dépassé ; prononcer un mot était impossible.

— Oooh, bébé, dit-il, ses mains se posant sur mon visage avant qu'il se penche et m'embrasse.

Mes bras s'enroulèrent autour de son cou et je lui rendis son baiser avec tout ce que je ressentais et que je ne pouvais dire.

Il m'étreignit de toutes ses forces, rompant le baiser pour sourire contre ma bouche.

— Alors, quelle est ta réponse ?

— Oui, Sam.

— Oui, Sam, quoi ?

Je pris une profonde inspiration et le regardai dans les yeux.

— Oui, Sam Kage, je veux t'épouser.

Son air renfrogné fut instantané.

— Seigneur, c'était la minute la plus longue de toute ma vie.

Je ris de lui alors qu'il m'attrapait et m'embrassait à me couper le souffle.

— Je t'aime, Jory.

— Je sais.

Et je lui souris.

Quand je fus à nouveau embrassé, j'oubliai tout à l'exception de l'homme dans mes bras. Rien d'autre ne comptait, sauf le fait que j'étais aimé. Je compris soudain la profondeur de ce que Dane avait ressenti le jour de son mariage. Avoir tout ce que vous vouliez à la fois vous rendait très humble.

J'ÉTAIS ASSIS sur le canapé en train de regarder Sam et Aja jouer à un jeu vidéo pendant que Dane était au téléphone près de la fenêtre. Tous les autres étaient partis.

— Je pense que tout le monde s'est bien entendu, pas toi ? demandai-je à Sam.

— Ouais.

— Est-ce que cela t'a plu de rencontrer la famille de Sam ? demandai-je à Aja.

Rien.

— Aja ?

— Oh, est-ce que c'est à moi que tu parles ?

— Oui, c'est à toi que je parle.

— Désolée, dit-elle rapidement sans jamais quitter l'écran du regard.

— Alors ?

— Alors, quoi ?

— Est-ce que cela t'a plu de rencontrer la famille de Sam ?

— Tout à fait. Je suis impatiente d'aller chez eux dimanche. Cela va être amusant.

— Sam, c'était gentil de la part de ta mère d'inviter Dane et Aja.

— Ouais.

Je levai mes yeux au ciel. Parler aux murs aurait été plus interactif. Je me levai et traversai la pièce pour rejoindre Dane, qui souleva un doigt lorsque j'ouvris la bouche pour lui parler. Je devais lui laisser une minute. J'allai donc à la cuisine pour préparer un peu de thé.

Maintenant que plus personne ne me parlait, je commençai à penser à ce qui s'était passé. J'avais disparu quatre jours, Caleb six, et parce que nous nous en étions sortis tous les deux, aucune rançon n'avait été payée. Apparemment, la nuit où la voiture avait été volée, le ravisseur nous conduisait sur le lieu du rendez-vous où nous aurions été échangés contre de l'argent. L'homme avait dirigé Caleb avec lui à la pointe de son arme jusqu'à une cabine téléphonique, et lorsqu'ils étaient revenus, la voiture avait disparu. Le type s'était enfui après ça, laissant Caleb seul arpenter les rues d'Oak Lawn à la recherche d'aide. J'avais dit à Hefron et à Lange que j'étais sûr qu'il y avait eu un deuxième homme à un moment donné, mais qu'après les avoir entendus se disputer à propos de Sam, j'étais à peu près certain que l'un d'eux avait été tué. Qui que soit celui qui était mort, il avait voulu me laisser partir plutôt que d'avoir des démêlés avec l'inspecteur Kage. Hefron et Lange ne l'en blâmaient pas. La réputation de Sam était sans conteste brutale. C'était un excellent inspecteur avec un comportement menaçant. Tout le monde avait été d'accord sur ce point.

Je mis la bouilloire à chauffer et allai dans ma chambre, même si j'entendis frapper à la porte d'entrée. Quelqu'un d'autre se chargerait d'aller ouvrir. Je m'assis sur mon lit et c'est là que Dane me trouva quelques minutes plus tard.

— Hé.

Lorsque je levai les yeux, il me jeta quelque chose.

Je l'attrapai, réalisai que c'était un iPhone, et le regardai à nouveau.

— J'ai racheté le même que celui que tu avais et j'ai pris sur moi d'annuler tes deux cartes de crédit et d'en commander des nouvelles. La seule chose qui te reste à faire, c'est un nouveau permis de conduire.

— Merci.

— De rien, dit-il en hochant la tête, entrant dans ma chambre pour s'asseoir à côté de moi. Sam nous a dit que tu avais accepté de l'épouser... c'est bien. Je suis impatient d'être son beau-frère.

— Je suis content.

— Tu n'as pas l'air si heureux.

— Non, je suis heureux à ce sujet. C'est juste que... je voudrais que toute cette histoire soit déjà finie.

— Je suis tellement désolé, J. Si je n'étais pas là, tu...

— S'il te plaît, gémis-je, en m'allongeant. Tu n'as aucun contrôle sur toutes les personnes effrayantes de ce monde... crois-moi, je le sais. Qu'un psychopathe ait décidé de s'en prendre à toi pour une raison quelconque... c'est son problème, Dane, pas le tien. Tu serais fou de penser que tu as un contrôle sur autre chose que toi-même.

— C'est un très bon conseil.

— Ce n'est pas un conseil, c'est juste... logique, dis-je en jouant avec mon nouveau téléphone. Merci pour ça.

— De rien, dit-il en posant sa main sur ma nuque.

— As-tu aimé Aubrey Flanagan ?

— Oui, et plus important que le fait que je l'apprécie – Rick l'apprécie.

— Je sais. C'est bien.

— En effet, dit-il, ses doigts massant mon cou et la base de mon crâne.

Je fermai les yeux et soupirai.

— Oh, c'est intéressant, dit-il tranquillement. Sam a retrouvé ce docteur que tu voyais. Tu te souviens ?

— Nick Sullivan.

— Oui.

— Et ? Qu'est-il devenu ?

— Il est marié maintenant.

— Ah ? Avec qui ?

— Sam a dit que c'était une très belle femme. Elle s'appelle Jenna.

Je souris lentement.

— Il est marié à une femme ? Voilà qui est intéressant.

— Je te l'ai dit.

— Je me demande ce qui l'a décidé à faire ça.

— Tu sais, Sam est sorti du placard sur le tard. Peut-être que l'inverse est vrai pour Nick Sullivan.

— Peut-être, dis-je pensivement.

— Il habite à Lake Forest avec sa femme et ses deux enfants. Sam dit qu'il a demandé de tes nouvelles.

— Ce n'est pas une surprise. Nous avons été proches à une époque.

— C'est bizarre, n'est-ce pas ?

— Quoi donc ?

— Être proche, puis ne plus l'être.

Je tournai la tête pour le regarder.

— Je ne me lie pas émotionnellement avec beaucoup de gens. J'ai couché avec nombre d'hommmes, mais je ne peux en compter que deux avant Sam dont je me suis un jour soucié, et Nick Sullivan n'était pas l'un d'entre eux.

— Oh non ?

— Non.

— Je me souviens d'un Kevin qui est venu au bureau une ou deux fois.

— Ouais, dis-je en souriant. Kevin Wu, je l'aimais beaucoup.

— Et Aaron Sutter, bien sûr.

— Bien sûr.

— Donc, rien pour Nick Sullivan.

— L'amitié n'est pas rien.

— Ce n'est pas de l'amour.

— Non. As-tu aimé toutes ces femmes avec lesquelles tu as couché ?

— Pas une seule.

Il me jeta un coup d'œil.

— Sauf celle que tu as épousée, dis-je en souriant.

— C'est exact.

— Crois-tu qu'il n'existe qu'une seule âme sœur pour chaque personne ?

— Oui, je le crois, dit-il gentiment, m'appuyant contre lui, un bras autour de mes épaules. Et toi aussi. Tu es un incurable romantique.

C'était vrai.

— Tu devrais aller à l'hôpital voir Caleb.

— Je suis là où je dois être. Je suis avec mon frère et ma femme.

507

— Caleb est aussi ton frère.

Mais il ne m'écoutait plus. Il se leva pour arrêter la bouilloire quand elle siffla et je restai sur le lit, regardant le ciel par la fenêtre. Il neigeait régulièrement et les flocons blancs s'accumulaient sur mes vitres. Des jours comme celui-ci, j'étais toujours reconnaissant de ne pas être un sans-abri. J'étais reconnaissant d'être au chaud, en sécurité, et à l'intérieur.

— J.

Je levai les yeux sur Sam qui entrait dans la chambre.

— Bébé, les Reid veulent venir te voir ici, si tu es d'accord.

— Pourquoi n'irais-je pas demain à l'hôpital? Afin de rentre visite à Caleb et je les verrai là-bas en même temps ?

— Es-tu fatigué ?

Je hochai la tête et reportai mon regard sur la fenêtre. Lorsque Dane m'amena une tasse de thé, je le remerciai et la posai sur ma table de nuit avant de m'étendre de nouveau sur mon lit. Je ne me souvins pas m'être endormi.

IL FAISAIT nuit lorsque je me réveillai, et quand j'appelai Sam, je n'obtins aucune réponse. Il y avait de la lumière dans la cuisine et c'est là que je trouvai une note de sa part : il était sorti chercher à dîner. Il serait bientôt de retour. Puisqu'il notait toujours l'heure sur ses messages, je constatai – après avoir vérifié l'horloge du micro-ondes – qu'il s'était absenté depuis une dizaine de minutes. Ce qui expliquait le feu qui flamboyait dans le salon. J'entendis une étrange sonnerie et réalisai qu'elle provenait de mon nouveau téléphone. Il fallait que j'y transfère tous les téléchargements de mon ordinateur dès que possible. Une sonnerie générique ne me ressemblait tout simplement pas.

— Allô ?

— Jory ?

— Qui est-ce ?

— Tu as tant de chance, Jory. Combien de vies as-tu ?

— Je suis désolé, qui est-ce ?

— Jory, si tu n'étais pas là, j'aurais ce que je veux.

Je sentis les poils de ma nuque se hérisser et un frisson glacé me traverser le corps.

— Jo... ry, chanta la voix. Je t'embrasserai quand tu seras froid.

Je raccrochai et jetai le téléphone sur le canapé en le regardant fixement. Lorsque Sam entra dans l'appartement quelques minutes plus tard, portant un gros sac brun, j'étais assis à côté de la cheminée, les genoux remontés contre ma poitrine, les bras enroulés autour de mes jambes.

— Hé, dit-il en me souriant. Tu es debout. Est-ce que tu as faim ? Parce que je suis sorti acheter tes... J ? Ça va ?

Je secouai la tête et pointait mon téléphone.

— Il a appelé.

— Qui a appelé ?

— L'homme... l'homme a appelé.

— Le ravisseur a appelé ? demanda-t-il calmement en se dirigeant vers le canapé et en prenant le téléphone.

Je hochai la tête.

— Qu'a-t-il dit ? demanda-t-il en composant un numéro sur mon téléphone.

Je le dévisageai un instant, attendant qu'il panique.

— J ?

— Euh, il m'a demandé combien de vies j'avais et il m'a dit que si je n'étais pas là, il aurait ce qu'il voulait. Il a dit qu'il m'embrasserait quand je serais froid.

Il hocha la tête.

— C'est tout ?

— Oui.

Je frissonnai malgré la chaleur du feu dans mon dos.

— D'accord, dit-il d'un ton très clinique en se mettant à parler dans mon téléphone. J'ai besoin d'une recherche sur ce numéro tout de suite... voyez qui l'a appelé au cours des cinq dernières minutes. Ensuite que Hefron et Lange me rappellent sur mon téléphone. Ouais... d'accord.

Je fermai mes yeux et ramenai mon visage sur mes genoux. L'idée que cet homme puisse simplement m'appeler, qu'il connaisse mon numéro... c'était juste si effrayant. J'entendis Sam aboyer des ordres et retourner la cuisine à la recherche de quelque chose avant qu'il se remette à hurler. Pour une raison quelconque, sa colère et le volume de sa voix étaient réconfortants et lorsque je l'entendis jurer, je ne lui fis pas la leçon comme d'habitude. J'étais assis et silencieux, écoutant le crépitement du feu quand la pièce tomba finalement dans le silence.

— Hé.

Je relevai la tête pour le regarder.

Il indiqua la porte d'entrée.

— Elle est verrouillée, je suis là, j'ai une arme, et tu sais qu'en plus de ça je suis un homme très fort.

Je ne voyais pas du tout où il voulait en venir.

— Donc tu sais que lorsque je suis là, tu es en sécurité, pas vrai ?

— Je sais.

— Bien, dit-il en se laissant tomber à genoux devant moi. Alors, viens ici et embrasse-moi.

Je me redressai et tendis les mains vers lui alors qu'il m'aidait à me mettre à genoux devant lui. Ses mains se posèrent partout sur moi, faisant passer mon tee-shirt par-dessus ma tête avant qu'il m'allonge doucement sur le tapis devant le feu. Mon pantalon fut le suivant à disparaître, puis mes sous-vêtements. J'étais allongé là, nu, l'observant tandis que ses yeux parcouraient mon corps.

— Reste là, dit-il avant de se lever et de me laisser, vulnérable et gelé.

Et je me demandai si c'était un test pour voir si j'allais bouger. Devais-je croire ce qu'il avait dit ? Devais-je croire qu'il n'y avait aucune raison de ressentir ne serait-ce qu'un semblant de peur aussi longtemps qu'il fût là ?

Je l'entendis et me tournai pour le regarder et il était de retour, enveloppé dans une des couvertures du lit.

Mon sourire fut énorme.

— Qu'est-ce que tu fais ?

— Je suis là pour toi, dit-il doucement en s'accroupissant au-dessus de moi, ouvrant la couverture pour révéler le tube de lubrifiant et le fait qu'il était complètement nu.

— Je vois, dis-je en souriant paresseusement. Y a-t-il quelque chose que tu veux ?

— Oui, bébé... il y a quelque chose que je veux.

— Et qu'est-ce donc ?

Il se pencha et m'enveloppa dans ses bras et le contact avec sa peau chaude et lisse me coupa le souffle. J'enroulai mes jambes autour de sa taille et me déplaçai sous lui jusqu'à ce que je sois là où je voulais être.

— J'ai pensé qu'il y avait peut-être quelque chose que tu voulais aussi, J, dit-il doucement, ses lèvres se posant sur ma gorge.

Je cambrai le dos, me soulevant pour lui et le suppliant de faire disparaître tout le reste. Et comme il était magique, c'est ce qu'il fit.

V

J'ÉTAIS DEHORS en train de ramasser le courrier – après une demi-heure passée au téléphone avec Caleb Reid – lorsque j'entendis le rugissement du SUV de Sam derrière moi. Même si je ne portais rien d'autre qu'un jean et un débardeur, je l'attendis. Je trouvai agréable qu'il me fasse un grand sourire dès qu'il me vit. Je l'observai garer son véhicule monstrueux, ce qui m'impressionnait toujours de le voir faire, et le vis descendre de la voiture.

— Qu'est-ce que tu fais dehors ? m'interpella-t-il en traversant la pelouse.

— Je profite de la vue, dis-je, entendant l'alarme s'enclencher avant qu'il mette ses clés dans sa poche.

Il me lança un regard comme si j'étais fou, montrant de la main le ciel gris, les arbres dénudés et les trottoirs pleins de neige fondue.

— Quelle vue, bébé ?

Je le pointai du doigt. Le seul fait de le regarder me rendait heureux. L'arrogance de sa démarche, sa manière fluide de bouger, l'assurance facile à remarquer, et la chaleur qui irradiait juste de sa personne. J'aurais dû être embarrassé de me tenir là à soupirer comme une écolière en mal d'amour, mais je n'avais aucune fierté quand cet homme était concerné.

Son sourire malicieux fit presque s'arrêter mon cœur.

— Bonjour, bébé, dit-il en m'atteignant, ses mains se posant instantanément sur mes biceps, les frottant doucement. Allons à l'intérieur. Avant que tu gèles.

Je le détaillai de haut en bas. Il était vraiment beau.

— Un jean pour travailler aujourd'hui ?

— Je suis sous couverture.

— Oh.

Je hochai la tête, incapable de détacher mes yeux de lui.

— Bébé, tu ne portes même pas de chaussures, dit-il en fronçant les sourcils et en me faisant me retourner pour gentiment me pousser vers la porte d'entrée de l'immeuble.

— Je survivrai, Sam, dis-je en rigolant, le laissant me pousser par la porte, prendre ma main, et me tirer vers l'escalier. Je promets de ne pas geler devant tes yeux jusqu'à ce que mort s'ensuive.

Il se pencha pour m'embrasser dans le cou, la chaleur de son souffle me faisant frissonner.

— Tu vois… tu as froid, tu ne devrais pas être dehors avec juste un…

— C'est toi qui me fais frissonner, pas le froid.

511

Il hocha la tête et nous montâmes l'escalier. Alors que nous marchions dans le couloir, mes voisins, Lisa et Steven, sortirent de leur appartement. Bizarre qu'ils soient là au milieu de la journée. Peut-être était-ce un petit plaisir d'après-midi.

— Jory, m'appela Lisa avec un grand sourire aux lèvres.

— Salut, dis-je en lui rendant son sourire, ne faisant pas mine de m'arrêter.

— Salut.

Steven stoppa Sam en tendant sa main lorsqu'il fut assez proche.

— Je suis Steven Warren, et voici Lisa Tate… nous vivons de l'autre côté du couloir.

— Enchanté de vous rencontrer, dit Sam, prenant sa main et la serrant. Je suis Sam Kage.

— Je vous vois beaucoup par ici, Sam, dit Lisa en lui souriant. Êtes-vous l'homme dans la vie de Jory maintenant ?

— Oui madame, dit-il d'une voix rauque et je la vis hoqueter de surprise.

L'homme était très masculin et très sexy ; elle aurait dû être aveugle pour ne pas le remarquer.

— Je suis l'ancien… nouveau gars.

Elle gloussa.

— On dirait qu'il y a toute une histoire là-dessous.

— Ouais, en effet.

Le sourire malicieux fit son apparition, et elle s'illumina comme un sapin de Noël.

— Eh bien, je suis contente. Jory est un homme formidable… il mérite d'être heureux.

— Merci, dis-je doucement alors que Sam me poussait vers l'avant.

— Ravi de vous avoir rencontré, dit-il d'un air absent, m'embrassant dans le cou. Dépêche-toi.

Je ne me retournai pas.

Une fois dans l'appartement, je verrouillai la porte derrière nous et le regardai traverser le salon jusqu'à la cuisine.

— Tu n'as pas quitté la maison habillé comme ça ce matin. Je m'en serais souvenu.

— Tu ne m'as pas vu ce matin… Tu étais mort pour le monde. J'avais espéré que tu dormirais plus longtemps.

— Tu devrais te changer avant de retourner travailler.

— Pourquoi ? demanda-t-il en retirant son caban pour révéler une chemise ouverte à manches courtes sur un tee-shirt qui aurait pu m'appartenir, vu combien il était moulant. On ne voyait que ses biceps saillants et ses abdominaux sculptés, la matière le collant comme une seconde peau. L'étui de son arme avec le Glock à l'intérieur ne faisait que renforcer la présence de l'homme. Il était dangereux et sexy, et je sentis mon sang se précipiter jusqu'à mon entrejambe. J'avais du mal à respirer.

— Seigneur !

Il sortait le déjeuner du sac en papier brun qu'il avait apporté et ne me prêtait aucune attention. J'eus un mal fou à ne pas traverser la pièce et lui sauter dessus.

— Où donc travaillais-tu sous couverture... dans une boîte d'escortes ?

— De quoi parles-tu ?

Il me jeta un coup d'œil tout en déposant ses achats sur le comptoir. J'ai pris italien... tu ne manges pas très bien, alors j'ai pensé à des fettucines puisque c'est ton plat préféré et... quoi ?

— Quoi ?

— Je ne sais pas... Tu me regardes bizarrement.

— Vraiment ?

— Ouais. Est-ce que tu vas bien ? As-tu besoin de t'allonger ?

— Je...

— À moins que tu veuilles que je t'allonge ? me taquina-t-il en souriant malicieusement, un sourcil haussé.

— Sam...

— Quoi bébé ?

— Peux-tu venir ici, s'il te plaît ?

Il bougea rapidement, traversant la cuisine jusqu'à moi, et j'aimais ça... qu'il soit pressé d'être près de moi.

— Quel est le problème, J ?

Je ne répondis pas, mais me relevai sur la pointe de pieds et l'embrassai, capturant sa lèvre inférieure doucement entre mes dents.

Le grondement doux qui lui échappa me fit sourire. Il était une créature très sensuelle, mon inspecteur, et je ne m'en rassasiai pas.

— Je pense que tu as besoin de moi, dis-je en lui souriant, ma main se posant sur la boucle de sa ceinture.

— Stop. Tu vas le regretter.

— Jamais. Je serai probablement ravagé avant le déjeuner je l'espère, mais je n'aurai jamais de regret.

— J... tu es en train de tenter le diable, dit-il, ses mains se déplaçant sur mes hanches, ses doigts glissant lentement sous la ceinture de mon jean, puis se retrouvant sur le bouton de ma braguette.

— Mon Dieu, je l'espère.

— Tu devrais être plus prudent.

Il inclina mon menton avec son nez, se penchant pour embrasser ma gorge tout en défaisant les boutons de mon jean.

— Sam.

Je frissonnai.

— Tu n'aurais pas dû me taquiner... je t'ai averti, gronda-t-il à mon oreille avant de laisser échapper un gémissement lorsqu'il prit mon cul entre ses mains. Pas de sous-vêtement... tu tentes définitivement le diable.

— Je ne voulais pas que tu ailles travailler aujourd'hui.

513

— Et je ne voulais pas y aller, me dit-il. Regarde-moi.

Lorsque je levai la tête pour regarder son visage, il se pencha et m'embrassa. Il n'était pas doux, au contraire son baiser était profond et possessif. J'eus à peine le temps de prononcer son nom avant d'être traîné vers la table de la cuisine, retourné, et incliné dessus. Mon jean fut tiré jusqu'à mes chevilles et le débardeur brutalement enlevé.

— Ne t'avise pas de bouger.

C'était une menace.

Je ne voulais pas bouger, alors je restai là, figé, tandis qu'il fouillait dans un tiroir derrière moi.

— Savais-tu que je gardais un tube de lubrifiant dans la cuisine ? demanda-t-il avec entrain alors que j'entendais le *pop* du bouchon.

Je ne pus m'empêcher de sourire au milieu de notre scène de sexe torride. Cet homme était juste trop mignon.

— Quoi ?

— C'est juste que tu es toujours préparé, Sam.

— J'ai été formé pour agir de cette façon, me dit-il avec un sérieux moqueur.

— Je t'aime.

— Je t'aime aussi, dit-il avant de mordre ma nuque.

Le gémissement qui m'échappa se propagea directement à son corps et l'excita comme je savais qu'il le ferait, et ses mains devinrent dures et exigeantes sur mon corps. Sam aimait tous les bruits que je faisais, il adorait ma soumission et combien je me languissais de lui. J'aimais qu'il soit rude avec moi, me malmenant, sa façon de me mordre, de me lécher et de m'embrasser, ma peau sous ses mains le rendant sauvage du besoin de me marquer comme sien.

— Regarde-toi, souffla-t-il contre mon oreille. La tête rejetée en arrière, tremblant, déjà prêt pour moi... tu es si beau, J, et tu es à moi.

— S'il te plaît, Sam... S'il te plaît.

Je n'eus pas le temps de réfléchir avant qu'il bouge, sa main lubrifiée se saisit de mon sexe, sa bouche se posant sur mon épaule, sur son nom, me mordillant, sa poitrine pressée contre mon dos. Je criai lorsqu'il poussa en avant, s'enfonçant en moi de toute sa longueur.

— Jory, gémit-il, et cela venait du plus profond de lui. Bébé.

— Sam, murmurai-je, me cambrant contre lui, m'empalant moi-même plus profondément, saisissant la main qui s'agrippait à ma hanche et l'utilisant pour tirer son bras autour de mon cou.

Je voulais qu'il se tienne à moi, qu'il me serre contre lui.

Il me pilonna, me poussant sur la table, me pliant en deux et me soulevant du sol alors qu'il s'enfonçait profondément. J'appelai son nom et il me dit de crier plus fort, embrassant mon cou, son corps se moulant au mien.

Son nom rebondit sur les murs de notre appartement.

Après nos ébats, il m'étreignit et m'embrassa jusqu'à ce que ma tête manque d'exploser. J'étais sûr, lui dis-je, que le fait de ne plus recevoir d'air provoquait des dommages cérébraux. C'était le cadet de ses soucis. Il me tira sur le canapé, toujours nu, sur ses genoux. Je me sentais tellement bien. Je ne voulais plus jamais qu'il parte.

— Je ne savais pas qu'un jean moulant t'exciterait autant, J. Je vais noter ça pour l'avenir.

— Sam, j'ai juste...

— Mon Dieu, que j'aime t'avoir sur mes genoux !

Et je me tus pour le regarder.

— Tu sais quelle est la chose la plus sexy que j'aime chez toi ? me demanda-t-il en me massant les fesses, me tirant vers l'avant sur son aine pour que je puisse sentir la texture rugueuse de son jean.

— Mon cul ? le taquinai-je alors qu'il embrassait mon nez, mes joues et mon front

— Non, dit-il en s'écartant pour regarder mon visage. Tes yeux. Ils ne sont jamais complètement ouverts, toujours à demi fermés... comme si tu venais juste de te faire baiser, comme si quelques minutes plus tôt tu étais au lit.

Je lui souris.

— C'est charmant, merci.

— Tu es sarcastique, mais je suis sérieux.

Je grimaçai.

— C'est sexy en diable, tes paupières tombantes.

— Si tu le dis.

— Et ta bouche... tu as les plus belles lèvres...

Je posai mes mains à plat sur son torse, sentant les muscles sculptés rouler sous mes paumes.

— Et ta peau et ton cul.

— Tu vois, dis-je avec un rire moqueur, je savais bien que tu finirais par revenir à mon cul.

— Mais sérieusement, dit-il, ses mains sur mon visage me tirant en avant, m'inclinant la tête au dernier moment pour embrasser ma gorge. Tes yeux me tuent. Ils me brûlent à chaque fois.

Je tremblai sous ses mains. Cet homme était tellement sexy et il n'en avait aucune idée.

— Dis-moi quelque chose que je ne sais pas.

— J'ai reçu un appel d'Aaron Sutter aujourd'hui.

— Vraiment ?

— Oui m'sieur, vraiment.

Je lui souris.

— Et ?

— Et rien. Il voulait juste s'assurer que j'allais bien et il voulait s'excuser pour la dispute que nous avons eue la dernière fois que nous nous sommes vus.

— Quoi d'autre ?

— Rien d'autre, il m'a juste présenté ses excuses. C'était gentil de sa part.

Il hocha la tête.

— Je ne veux pas le voir dans les parages, Jory.

— Tu ne le verras pas.

— Il ne voulait pas te revoir ?

— Je lui ai dit que je retournais travailler la semaine prochaine et qu'il pouvait me passer un coup de fil à ce moment-là.

— Et il t'a juste laissé le rejeter ?

— Je ne l'ai pas rejeté. Je lui ai juste dit que nous pouvions parler la semaine prochaine.

Il sourit avant de me serrer contre lui, me pressant contre sa poitrine, ses mains sur mon dos. J'enroulai mes bras autour de son cou et l'étreignis. Sa peau chaude était divine.

— C'est gentil qu'il s'inquiète pour toi, J, mais je le répète, je ne veux pas de cet homme dans ton entourage, dit-il tandis que ses doigts remontaient le long de mon cou jusque dans mes cheveux.

— Je sais, ne t'inquiète pas.

— Tu m'appartiens. Je dis *quand* et *s*'il peut te voir.

Je me blottis encore plus contre lui.

— Je devrais détester ça, mais ce n'est pas le cas.

— Détester quoi ?

— Que tu me dises quoi faire.

— Comme si j'avais quelque chose à foutre de ce que, tu aimes ou non.

Il était adorable.

— Ne jure pas.

Le dos de ses doigts glissa sous mon menton et quand il le releva, sa bouche se posa sur la mienne. Il m'embrassa avec paresse, mêlant sa langue à la mienne, et j'étais satisfait de ne pas bouger et de le laisser faire.

— Hé, tiens ça.

Je ne pus réprimer mon rire lorsqu'il me donna le lubrifiant.

— Tu es sérieusement effrayant.

— Tu parles trop… soulève-toi, dit-il alors qu'il baissait son jean et son caleçon jusqu'à ses genoux d'une main et reprenait le lubrifiant de l'autre.

— Tu ne dois pas retourner travailler ?

— Après.

Lorsqu'il m'abaissa sur lui, je regardai sa tête rouler sur ses épaules, la façon dont sa poitrine se comprima, et le léger tremblement qui traversa son corps. Je ressentis un sentiment de puissance en sachant que c'était moi qui provoquais tout cela. Sa réaction envers moi était honnête. Il ne pouvait pas la simuler.

516

— Tu m'aimes, dis-je en souriant, regardant ses yeux clos, l'observant humidifier ses lèvres, écoutant sa respiration haletante. Tu aimes me faire ça.

Sa main descendit sur mon ventre jusqu'à mon sexe ; les doigts qui me caressaient me procurant une sensation incroyable.

— Mon beau bébé, dit-il doucement. J'adore être à l'intérieur de toi.

J'aimais ça aussi.

— Tu ne me quitteras jamais.

Et il y avait quelque chose de solide et de réconfortant dans sa déclaration, parce que j'avais tendance à tester les limites de ce que je pouvais faire et il était en train de me dire que, quels que soient les drames ou les épreuves qui seraient jetés en travers de son chemin, il les endurerait. Il était fort, je ne l'épuiserais pas. Je n'arriverais pas à le faire cesser de m'aimer comme tous les autres l'avaient fait avant lui.

— Embrasse-moi.

Et lorsque je le fis, lorsque je plantai ma bouche sur la sienne, l'embrassant avec force et passion, j'entendis son soupir de contentement remonter du plus profond de ses entrailles.

— Mon Dieu comme je t'aime ! gémit-il.

Je lui répondis que le sentiment était partagé.

UNE DEMI-HEURE plus tard, après l'avoir fait se laver et changer au profit d'une chemise à manches longues par-dessus son tee-shirt, je l'accompagnai jusqu'à l'entrée de l'immeuble. Je reçus un baiser brutal et minutieux qui me coupa le souffle et agitai la main comme un fou quand il arriva à sa voiture. J'entendis le bip de l'alarme, et puis le SUV explosa.

Tout se passa très vite. Le SUV était là une seconde, et avait disparu la suivante – les flammes se transformant en une boule de feu qui explosa au-dessus de la voiture d'à côté, pour mourir dans la neige un peu plus loin. J'entendis des chiens aboyés et les alarmes de chaque voiture garées dans la rue se déclencher alors que je me mettais à courir pieds nus sur la pelouse jusqu'au trottoir, puis la rue. Mon cœur battait à mes oreilles, j'étais conscient de ma respiration haletante et de la douleur dans ma poitrine – comme si un couteau venait de me transpercer le cœur. Il y avait une odeur de caoutchouc brûlé, le SUV lui-même était maintenant carbonisé, un morceau de métal tordu. Sam était couché sur le dos dans la rue et je tombai à genoux à côté de lui. Je posai ma tête sur sa poitrine, mais je ne pus rien entendre. Je le touchai partout à la fois, à la recherche du moindre signe de vie. C'était irréel et je ne cessais de regarder autour de moi quelque chose à quoi m'accrocher qui m'indiquerait avec certitude que je rêvais. J'avais des contusions sur la peau qu'il m'avait faites seulement une demi-heure plus tôt, mes lèvres étaient encore un peu tendre de ses baisers et maintenant il y avait à peine un pouls alors qu'il gisait là, inconscient et saignant dans la rue. Je fouillai dans les poches de son caban et quand je trouvai son téléphone portable, il était brisé, l'écran noir. Alors je me mis à crier, hurlant que quelqu'un appelle la police. J'aurais dû retourner à l'intérieur en courant, j'aurais dû le laisser pour aller chercher de l'aide, mais je ne pouvais pas. Je ne pouvais pas le laisser seul. Je ne pouvais que rester là.

VI

SAM AVAIT changé des choses et ne me l'avait pas dit. Alors, quand ils vinrent m'informer qu'il avait une hémorragie interne et qu'ils allaient devoir l'opérer, en fait les médecins voulaient ma permission. Ils avaient fait des trucs – IRM, CTI, un tas de lettres que je ne comprenais pas vraiment, mais qui signifiaient quelque chose – et ils n'étaient toujours pas vraiment certains de l'étendue des dégâts, jusqu'à ce qu'ils l'ouvrent. Ils voulaient ma permission pour le découper. Je voulais que quelqu'un d'autre décide quoi faire, mais il n'y avait que moi. Je dus remplir des formulaires et signer sur la ligne où figurait le mot 'consentement' au-dessous. J'avais parlé à ses parents, à son capitaine, et à sa partenaire, et c'était trop pour moi jusqu'à ce que Dane se montre. Il avait une façon de traiter avec la folie, et il s'assit donc avec moi et calma les choses pendant un petit moment.

Plus tard, Regina Kage s'assit à côté de moi, Aja de l'autre tandis que Dane faisait les cent pas avec le père de Sam et Michael. Bientôt, la salle d'attente fut pleine, et pourtant nous n'avions toujours aucune nouvelle. Nous devions patienter et cela me rendait complètement fou. Dane retourna à mon appartement avec une escorte de police et me rapporta des chaussettes, des chaussures et mon gros pull marin. Il réussit à revenir avant que je sois totalement frigorifié, car je portais toujours le débardeur et le jean dans lesquels Sam m'avait vu pour la dernière fois. Les chaussettes et les bottes étaient ce dont j'avais le plus besoin : difficile de marcher pieds nus dans un hôpital, la température était comparable à celle d'une morgue.

Je restai assis là pendant neuf heures à fixer les carreaux du plafond, trois personnes vinrent chercher un café au distributeur, me rappelant que Sam et moi étions venus ici même moins d'un mois auparavant, lorsque Mica était né. Je laissai Regina me dire que tout irait bien, je laissai Aja passer son bras autour de mes épaules et me serrer contre elle. Le capitaine de Sam vint et me serra la main ; Chloe posa ses mains sur mon visage et me promit que Sam était bien trop résistant pour mourir. Dane me regarda sans rien dire parce qu'il ne savait rien encore de son état, le réaliste qu'il était ne pouvant me donner de faux espoirs. D'une certaine manière, il était le plus réconfortant de tous, parce que le temps d'être triste ou de s'inquiéter n'était pas encore venu. Nous n'avions aucune idée de ce qui se passait, le moment de paniquer viendrait plus tard, s'il venait. Il ne servait à rien d'anticiper les événements.

Des nuées de policiers allaient et venaient. Il y eut des journalistes qui parlèrent de l'incident à son capitaine devant l'hôpital, et les gars du FBI s'attardaient aux abords de tout ce cirque. Un des journalistes réussit à monter jusqu'à nous avec un

519

caméraman et essaya de parler à la famille de Sam et à moi, mais il fut traîné dehors par un policier en uniforme avant d'avoir pu s'approcher trop près. Apparemment, cela ne dérangeait pas le capitaine de répondre aux questions concernant les états de service de Sam, son temps passé dans la police, ou ses blessures, mais sa relation avec moi n'avait pas besoin d'être portée à la connaissance du public. Et même si Aja soutenait que cela n'aurait pas dû avoir d'importance, je remerciai le capitaine de toute façon. Dane me dit plus tard qu'un autre agent du FBI arrivait, mais je n'écoutais pas lorsqu'il me dit son nom et le moment où il se montrerait. Je ne pouvais qu'attendre de recevoir des nouvelles de Sam. Mon esprit ne pouvait se concentrer sur rien d'autre. Je regardai par la fenêtre et essayai d'imaginer ma vie sans Sam Kage. N'y arrivant pas, je le pris comme un bon signe.

Presque tout le monde était endormi lorsque le chirurgien se montra enfin tôt le matin suivant. Je bondis hors de ma chaise tellement vite que je dérangeai Regina et Aja qui dormaient de part et d'autre de moi. J'allai au-devant de lui, retenant mon souffle alors que les autres se rassemblaient autour de nous. Et j'attendis que ma vie reprenne ou se termine ici. Le Dr Kohara ne regarda personne d'autre que moi.

— Il a perdu beaucoup de sang, Monsieur Harcourt, soupira-t-il, l'air totalement épuisé. Mais nous sommes confiants sur son complet rétablissement. Il a un cœur vraiment fort, il est en bonne santé physique, et c'est un battant.

Je hochai la tête, trop bouleversé pour parler.

— Nous avons dû lui enlever la rate et je sais que cela peut sembler effrayant, mais ça ne l'est pas. Je suis désolé de vous avoir laissé si longtemps sans nouvelles, mais même si son état était critique au début, il s'en tire bien mieux que nous pouvions l'espérer.

Je hochai la tête.

Il sourit légèrement.

— Il va bien récupérer. Il n'a subi aucun dommage traumatique au cerveau ou à la colonne vertébrale. C'est un homme très chanceux, cela aurait pu être bien pire.

Je n'arrêtais pas de hocher la tête.

— Vous pouvez aller le voir, avec peut-être une personne de plus, mais c'est tout.

J'attrapai sa main et la serrai fortement.

— Merci, vraiment… Je vous remercie.

Il hocha la tête, ses yeux dans les miens, puis il sourit soudain.

— Quel est votre prénom ?

— Jory.

Il soupira et posa sa main sur mon épaule.

— Je pensais bien que c'était ça… il l'a prononcé très souvent.

Je sentis un sourire s'épanouir sur mon visage.

Son sourire s'intensifia.

— Quelque chose à propos d'un pot à jurons ?

— J'y travaille avec lui.

— Eh bien, c'est une bonne chose. Chacun de nous devrait avoir quelqu'un pour l'aider à être meilleur.

Je sentais que les larmes n'attendaient qu'une occasion pour me noyer, ainsi que le médecin, et tout le monde à des kilomètres.

— Venez... qui vous accompagne ?

Je tendis la main vers Regina et elle l'attrapa et la serra. Nous suivîmes le Dr Kohara ensemble.

La chambre ressemblait à une animalerie pleine de gazouillis d'oiseaux, mais ce n'étaient que les machines qui vrombissaient et bipaient, de petites alarmes qui se déclenchaient, des choses qui sonnaient, tout cela pour surveiller les différentes parties de l'anatomie de l'homme allongé là. Je fus content qu'il n'ait pas l'air petit dans le lit. Il était lui-même, juste immobile, et le fait qu'il respire seul, sans l'aide d'une machine accrochée à son visage, me rendit très heureux. Sa joue droite était éraflée et il y avait des éclaboussures de sang séché partout. Il avait un pansement sur son sourcil droit, beaucoup d'intraveineuses qui sortaient de lui, et cette sorte de pince étrange au majeur qui suivait son rythme cardiaque. Je posai une couverture sur ses pieds parce que je ne voulais pas qu'ils se refroidissent.

— Il a de bonnes couleurs, soupira Regina, le sourire éclatant. Oh, Jory, il semble aller si bien.

Elle prit la main qui n'était pas accrochée au moniteur tandis que je me penchais sur son front pour l'embrasser doucement. Lorsque je me relevai, j'exprimai la pensée qui hurlait en boucle dans ma tête depuis les douze dernières heures.

— Tout est de ma faute.

— Pardon ?

Je regardai la mère de mon compagnon.

— L'homme... il s'en est pris à Sam pour m'atteindre. J'ai mis Sam en danger. Tout est de ma faute.

— Non, non, non, dit-elle en secouant sa tête. Ce n'est pas plus ta faute que celle de Dane. Cet homme veut faire du mal à Dane alors il s'en prend à toi, et pour t'atteindre maintenant, il s'en est pris à Sam. C'est...

— D'accord, la calmai-je. Vous avez raison.

Elle me laissa la calmer et j'en fus heureux parce que cela aurait été plus difficile si elle n'avait plus confiance en moi. Je n'avais pas besoin qu'elle s'inquiète pour moi. Je devais être capable de partir sans que personne s'en rende compte. Je savais ce que j'avais à faire même si je n'avais pas vraiment envie de le faire.

Je retournai dans la salle d'attente et envoyai le père de Sam à son chevet pendant que je remerciais tout le monde d'être venu. Je leur racontai à tous comment il m'avait paru et qu'il respirait par lui-même. Je passai la demi-heure suivante à les étreindre pour leur dire au revoir et à dire à chacun d'eux tout ce que cela signifiait pour moi qu'ils soient tous là. Ce fut plus difficile de parler avec Dane parce qu'il voulait que je rentre à la maison avec Aja et lui. Même s'il y avait une voiture de police postée en permanence dans la rue en face de mon immeuble, il avait l'impression que ce n'était pas encore suffisant. Regina sortit de la chambre et voulut que je rentre avec elle. Je lui promis d'être là le lendemain, mais je voulais rester à l'hôpital. Tout le monde comprit. En revenant dans la chambre de Sam, je pris sa main et lui dit combien je l'aimais.

— Tu sais, je comprends maintenant... Quand tu m'as quitté cette fois-là à l'hôpital, je veux dire... je sais que tu devais partir parce que tu voulais me protéger. Mais, il y avait plus que la nouveauté d'apprendre que tu étais gay et que c'était difficile pour toi et... que tu devais démêler cette partie-là. Maintenant, je comprends aussi le fait de partir pour me protéger, parce que je vais m'en aller aussi.

Je lui souris.

— Je dois trouver ce type, Sam ; je ne peux pas laisser quelqu'un te blesser à nouveau. Mon cœur ne s'en remettrait plus cette fois.

Je me penchai et l'embrassai sur les lèvres, et lorsque je reculai, j'observai son visage un long moment, le gravant dans ma mémoire. Il faudrait que cela suffise et dure un petit moment.

Je rentrai à la maison et empaquetai un petit sac de voyage à neuf heures du matin. J'allumai toutes les lumières de l'appartement, en laissai une dans le salon, mais éteignis alors celle de ma chambre une heure plus tard. Je sortis par la fenêtre pour rejoindre l'escalier de secours, que j'empruntai pour descendre dans la ruelle derrière mon immeuble. Les flics ne me virent même pas partir.

VII

MON PLAN était simple et logique parce que, comme je voyais les choses, j'avais une seule ligne d'action possible. Je devais revenir sur mes pas et commencer de l'endroit où la voiture avait été abandonnée. Parce que si je pouvais trouver l'endroit où les voleurs avaient pris la voiture, peut-être qu'à partir de là je pourrais remonter jusqu'à l'endroit où j'avais été retenu captif. Cela semblait raisonnable. Alors je retournai sur le parking désert à proximité du magasin d'alcool et le surveillai.

La chambre que j'occupai était généralement louée à l'heure plutôt qu'à la journée. C'est ce que m'avait dit le gérant en comptant les dix billets de vingt dollars que je lui avais donnés. En temps normal, il ne donnait pas de clé pour la salle de bains, mais puisque je lui avais donné du liquide, j'avais accès à la douche. Je ne devais pas la prêter. Il n'avait pas à s'inquiéter ; je ne comptais pas avoir de la compagnie. Je pris ma place devant le rebord de la fenêtre de ma chambre et regardai le parking désert de l'autre côté de la rue. J'étais convaincu d'une chose : les deux hommes qui avaient volé la voiture des ravisseurs vivaient quelque part dans le quartier. Les gens étaient des créatures d'habitude, alors ma théorie était la suivante : si je surveillais le magasin d'alcool, je trouverais les hommes que je recherchais.

La chaleur dans la chambre était minime alors je gardai mon manteau, mes moufles, et mon bonnet pendant que je surveillais la rue avec mes jumelles. Je répondis au téléphone lorsqu'il sonna, sans même regarder qui m'appelait.

— Allô ?

— Jory, où es-tu ?

— Je suis en planque, répondis-je à mon frère. Comme va Sam ?

— Il s'est réveillé ce matin et il te veut.

— Bien tenté, dis-je lentement, surveillant le bas de la rue. J'ai parlé à une infirmière ce matin. Elle m'a dit qu'il dormait profondément et qu'ils allaient le sortir des soins intensifs aujourd'hui.

— Où es-tu ?

— J'ai déjà répondu.

— Qu'est-ce que ça veut dire ? Tu es en planque où ?

— Écoute, j'ai une théorie…

— Mon Dieu, est-ce que je veux même la connaître ?

— Non, écoute. Si je peux repartir de l'endroit où j'ai atterri et trouver les types qui ont volé la voiture des ravisseurs, alors j'aurais un point de départ.

— Et tu ne crois pas que les flics ont pensé à ça ?

523

— Comme ils ne m'ont jamais demandé à quoi ils ressemblaient, je pencherais pour un : non, ils n'y ont pas pensé.

Il y eut un silence.

— Tu sais, j'oublie de te dire à quel point tu es intelligent parfois, et tu l'es. Tout ton raisonnement n'est pas mal, cependant... laisser la police reprendre le flambeau reste la meilleure option.

— Alors tu penses que c'est une bonne idée ? De revenir en arrière ?

— Oui. Quand tu perds quelque chose, tu reviens sur tes pas. Tu veux savoir où tu étais détenu, donc tu reviens au dernier endroit connu. C'est logique.

— Tu vois ?

— Mais ça ne veut pas dire que tu dois le faire seul. Dis-moi où tu es et je viendrai te tenir compagnie.

— Non, merci, je m'en occupe.

— Merde, non ! L'homme qui t'en veut pourrait être en train de te surveiller en ce moment. Tu pourrais être tué ou pire ou... bon Dieu, dis-moi juste où tu te trouves avant que j'appelle la police.

— Appelle-les... Ils ne peuvent pas trouver la personne qui a essayé de tuer un des leurs, tu penses qu'ils peuvent me retrouver ?

— Jory...

— Je ne rentrerai pas à la maison avant d'avoir démêlé tout ça, Dane, alors... fais-moi juste une faveur et veille sur Sam, d'accord ? J'ai pris soin d'Aja, maintenant c'est ton tour de veiller sur lui.

— Jory...

— Je t'aime, dis-je avant de raccrocher.

Lorsqu'il me rappela, je ne répondis pas.

Cela me rappela la vie en auberge de jeunesse, puis celle avec les quatre autres types avec lesquels j'avais vécu lorsque j'avais débarqué en ville pour la première fois. J'avais toujours eu froid, les deux endroits puaient, et les chambres étaient sales. Être assis dans la même position à surveiller le magasin d'alcool, alternant l'utilisation de mes jumelles ou simplement de mes yeux, je réalisai combien les surveillances étaient ennuyeuses dans la vie réelle. Elles avaient toujours l'air sympa dans les films. Mais beaucoup de choses avaient l'air bien plus sympa dans les films.

Je devais sortir pour aller chercher de quoi manger, mais comme rien ne semblait particulièrement appétissant, je me retrouvai moi-même au magasin d'alcool à acheter de l'eau, du Red Bull, et beaucoup de barres énergétiques et de bretzels. J'avais une fois vécu un été entier à me nourrir de ramen et de bretzels. Tous deux présentaient la même apparence que des croquettes pour chiens – ça gonflait avec de l'eau chaude dans votre l'estomac. Après trois jours, cependant, je me souvins de la raison pour laquelle je ne mangeais plus ni l'un ni l'autre.

Mon téléphone sonnait constamment, et quand je le passai en mode silencieux, je l'oubliai. Je vérifiais mes appels, cependant, juste pour me tenir au courant. Dane avait appelé trente fois, Aja dix-neuf, Aaron avait appelé – ce qui était étrange puisque Sam lui avait demandé de ne pas le faire – douze fois, Aubrey quinze fois, autant pour Dylan, et Chris, sept fois de son travail. Evan appela de trop nombreuses fois pour que je les compte, et je reçus un assortiment d'appels de la part de la famille de Sam. Je prenais tous les appels venant de l'hôpital, alors que différentes infirmières m'informaient de l'état de Sam et de ses progrès. Le Dr Kohara m'avait dit qu'ils s'attendaient à son réveil imminent. Quant aux numéros que je ne connaissais pas, je ne pris pas la peine de décrocher.

Le samedi soir, j'appelai Aubrey pour lui dire que je ne serais pas au bureau le lundi, mais que tous mes dossiers étaient prêts dans ma boîte de messagerie au travail. J'avais bossé sur mes projets depuis chez moi la semaine précédente sans que Sam le sache. Je les avais tous envoyés par courriel de mon ordinateur portable personnel sur celui du bureau avant mon départ. Elle était ravie d'être couverte, appréciait que j'aie fait ma part de travail, puis finit par me supplier de rentrer à la maison.

— Jory, bébé… Tu nous fiches la trouille. Tous les policiers de la ville sont à ta recherche et Sam… Sam se réveillera bientôt et quand il s'apercevra que tu n'es pas là, il va…

— Sam a besoin que je retrouve ce gars, Abe, et j'ai enfin réalisé que c'était à moi de le faire. Personne ne s'en soucie autant que moi alors… Mais je sais que tu n'as pas signé pour être la propriétaire unique d'Harvest Design, alors si tu veux simplement fermer le bureau jusqu'à ce que je…

— Non, chéri, j'ai démissionné de chez Barrington… je veux travailler avec toi et Dy à plein temps, si tu penses que…

— J'adorerais ça. Qu'est-ce que Dy a dit ?

— Jory, ne penses-tu pas, considérant les circonstances, que nous devrions peut-être parler de tout ça dans…

— Elle était excitée, non ?

— Seigneur, tes mots… c'est quoi, l'école primaire ?

— Oui, la taquinai-je.

— Jory, elle trouve que c'est une très bonne idée, donc je pense que…

— Merci, Abe, tu as pris une bonne décision. Je le jure.

— Jory Harcourt, je viens juste de te trouver ! Je t'aime et je t'adore et si quelque chose t'arrivait, je…

— Tout ira bien, partenaire. Maintenant, veille sur Dy et prends soin du bureau. Je reviens bientôt.

— Jor…

Mais je la coupai en raccrochant. Je ne répondis pas lorsqu'elle rappela.

Vers dix heures ce soir-là, je fus finalement récompensé de ma vigilance. Je vis l'un des voleurs de voiture entrer dans le magasin d'alcool pendant que son ami

525

attendait dehors en fumant une cigarette. Je laissai mon téléphone dans la chambre et descendis les cinq volées de marches à toute vitesse avant de sortir dans la rue par la porte arrière. Comme c'était un soir de week-end, le magasin grouillait de gens ; il y avait également des dealers à chaque coin de rue, des gigolos regroupés sous des embrasures de porte, et un peu plus bas des prostituées plus ou moins vêtues sur des talons de hauteur variable. Dur d'arpenter les trottoirs mouillés sur dix centimètres. Et même si j'aimais traîner dehors la nuit, c'était différent dans cette partie de la ville, tout seul. Je réalisai qu'entre mon homme, mes amis, et ma famille, je n'étais plus jamais seul. Je m'étais habitué à faire partie d'un cercle de gens. C'était bizarre de penser que ce soir, c'était juste moi.

— Hé, saluai-je le gars debout à l'extérieur, appuyé contre la vitrine du magasin d'alcool.

Il me regarda avec méfiance.

— Salut.

Je fourrai mes mains dans les poches de mon manteau.

— Tu te souviens de moi ?

Il plissa les yeux.

— Non, mec.

— Je…

— Oh, dit-il en hochant la tête. T'étais chez Jerry ?

— Non.

Je secouai la tête.

— Je suis le type qui était dans le coffre de la voiture que toi et ton copain avez volée.

Il haussa ses sourcils qui disparurent presque dans la racine de ses cheveux.

— Oh merde ! Billy et moi, on se demandait ce qui t'était arrivé.

Il me détailla des pieds à la tête.

— Dans quel pétrin tu t'es fourré mec ?

— Dans une sacrée merde. Mais j'ai besoin de savoir où j'étais avant qu'on me mette dans le coffre de cette voiture. Il y a une centaine de dollars pour ton pote et toi, à partager, si vous pouvez me montrer l'endroit.

Il hocha la tête.

— Bien sûr, mec. Mais Billy et moi devons faire un crochet dans un club d'abord. Tu viens avec nous et dès qu'on a fini notre truc, on y va, d'accord ?

— Parfait, acceptai-je.

— Allez viens, dit-il en attrapant le revers de mon manteau pour me conduire à l'intérieur du magasin d'alcool. Comment tu t'appelles ?

— Jory.

— Je suis Steph.

Je le suivis pour rejoindre son ami Bill, qui sortait de la salle arrière du magasin quand nous le trouvâmes. Il sembla tout aussi surpris de me rencontrer.

— Quel club est-ce ? demandai-je à Steph.

— Le Dirty Blonde, me répondit-il. Tu connais ?

Je ne le connaissais pas, mais je n'avais jamais passé non plus beaucoup de temps dans la partie de la ville où je me trouvais actuellement.

— Nous allons rencontrer notre patron là-bas. Il s'appelle Rego... c'est son club.

Je hochai la tête, montrant la main de Bill.

— Et ces trucs, c'est quoi... du poppers ?

Il haussa les épaules.

— Bien sûr. Nous avons d'autres trucs aussi. Dites-moi ce que tu veux et je te brancherai.

— Non, merci.

Je lui souris.

— Allons-y.

J'avais en moi le désir de connaître des choses sur les gens. Tous les gens – tous ceux que je rencontrais. Je devais les décortiquer pour découvrir ce qui les faisait avancer dans la vie. Ainsi, lentement, doucement, pendant que nous marchions, je posais des questions. Steph, le diminutif de Stephan, était originaire du Wisconsin. Il avait emménagé en ville trois ans plus tôt pour aller à l'université après avoir terminé ses études secondaires. Il n'avait, à ce jour, toujours pas commencé. Il n'aimait pas vraiment l'idée d'étudier. Ce qu'il aimait, cependant, c'était faire la fête avec ses amis. Parce que garder un emploi avec une dépendance au Crystal meth s'était révélé problématique, il avait fini par vivre avec son ami Bill.

William 'Bill' Donovan et Stephan 'Steph' Baer s'étaient rencontrés dans un club et ils étaient inséparables depuis. Ils étaient tous les deux jeunes et sexy, c'était donc parfaitement logique. Steph était bâti comme un nageur avec des muscles longs et fins, des cheveux courts, bruns et bouclés, et des yeux bleu foncé. Bill était un peu plus grand, une carrure plus massive avec de larges épaules, et plus musclé. Ses cheveux tiraient davantage sur le brun doré, et ses yeux étaient marron et vert, plus clairs que noisette, mais pas loin. Ils allaient bien ensemble alors, lorsque ses autres locataires avaient finalement expulsé Steph de son appartement, Bill l'avait pris chez lui. Le problème était que Bill ne payait pas son loyer avec de l'argent ; il le payait en travaillant pour Rego James.

Monsieur James possédait plusieurs clubs en ville et il avait aussi, apparemment, un lucratif service d'escortes. Rego n'avait aucun problème avec le fait que Steph dorme sur le canapé de Bill – qui était en fait le sien puisqu'il payait le loyer de l'appartement – aussi longtemps que Steph faisait les mêmes tours que Bill. Ils faisaient en gros ce qu'ils voulaient quand ils voulaient, mais si Rego avait besoin qu'ils aillent quelque part ou rencontre quelqu'un, ils avaient plutôt intérêt à ne pas le faire attendre. Continuer d'acheter de la drogue leur demandait beaucoup d'argent et c'était la raison pour laquelle ils avaient volé la voiture. Ce que Rego leur avait donné à la suite de la dernière fête était consommé et il ne leur restait pas d'argent pour de la nourriture ou quoi que ce soit d'autre. Les cent dollars que je leur offrais tombaient à pic.

527

— Alors Bill, comment as-tu rencontré ce Rego ?

Il m'adressa un regard plus méfiant que Steph, et pendant une seconde je ne fus pas certain qu'il me réponde. Et puis soudain il sourit.

— Appelle-moi Billy.

— Bien sûr.

Bill vivait dans cette ville depuis qu'il avait seize ans, après qu'il avait quitté sa maison lors de sa première année d'école secondaire. Fraîchement débarqué du bus de Knoxville, Tennessee, Rego l'avait trouvé endormi sur le seuil de l'un de ses clubs et lui avait offert de l'emmener prendre un petit-déjeuner.

— Il m'a emmené chez lui et voilà… je ne savais même pas que j'étais gay jusque là.

Je plissai les yeux en le regardant, retenant les vraies questions que je voulais lui poser.

— Quel âge as-tu ?

— J'ai dix-neuf ans et Steph dix-huit… depuis deux semaines.

— Vous n'avez jamais eu envie de rentrer chez vous ?

— Non, mec, dit-il en secouant la tête. C'est ennuyeux comme les pierres à la maison.

Les yeux de Steph volèrent jusqu'aux miens.

— Tout le monde s'en fout là-bas.

— N'allez-vous pas gagner d'argent ce soir ?

Je me raclai la gorge, entrant dans le club derrière Steph.

— Non, dit-il en secouant la tête. En fait, nous en devons à Rego, nous lui avons déjà tous les deux demandé une avance.

Je hochai la tête, réalisant dans quel genre de club je venais d'entrer. Le bar et la piste de danse à l'avant, des alcôves à l'arrière, et plus loin derrière des chambres plus grandes le long des couloirs sombres. On était à un pas de la maison de plaisir. Lorsque j'étais arrivé en ville, j'avais été un habitué de ce genre de marché-de-chair-fraîche, mais parce que je travaillais tous les jours pour Dane Harcourt, je ne m'étais pas complètement perdu sur cette scène. Pour la millionième fois, je réalisai à quel point j'étais chanceux d'avoir terminé l'école secondaire et l'université et d'avoir eu un bon travail tout ce temps. J'aurais facilement pu devenir Stephan ou William si les choses s'étaient passées autrement.

Je les suivis silencieusement dans le club sombre jusqu'à une table où un homme était assis – avec plusieurs autres sur des canapés – près des chambres du fond.

— Enfin, dit l'homme en se levant. Donne-moi ton manteau, il attend.

Bill retira son manteau, révélant un jean noir et un tee-shirt en élasthanne noir qui se moulait comme une seconde peau à son torse et son abdomen. Non qu'il soit très défini, mais il avait quand même un beau corps. Il se tourna pour me regarder rapidement.

— Attends-moi là, Jory.

Je hochai la tête.

— Va danser ou boire un verre, dit-il avant de se précipiter vers la porte et de disparaître.

— Steph !

Nous nous retournâmes tous les deux pour regarder l'homme qui avait crié son nom.

— Ramène ton cul à l'arrière toi aussi.

Steph serra mon bras avant lui aussi de se dépêcher de disparaître. Lorsque je me retournai pour aller au bar, l'homme s'avança devant moi.

— Qui êtes-vous ?

Je levai les yeux sur le visage d'un homme vraiment très beau. Immédiatement, je fus attiré par les sourcils épais, les grands yeux verts, et ses lèvres pleines et foncées. Le costume qu'il portait lui allait comme un gant et sa chemise était ouverte au niveau du col.

— J'ai posé une question.

— Qui êtes-vous ? demandai-je au lieu de répondre.

— Je suis Rego… maintenant à vous.

— Oh, vous êtes lui.

— Ouais, je suis lui.

— Je suis Jory.

Il hocha la tête, me regarda de haut en bas.

— Vous êtes un ami de Steph et Bill ?

— Non.

— Rego.

L'homme regarda celui qui l'avait interpellé, un type assis sur le canapé à côté de lui.

— Il est nouveau ?

Il secoua sa tête et ramena ses yeux sur moi.

— Vous ne cherchez pas un boulot, n'est-ce pas ?

— Non. Je suis graphiste.

Il hocha la tête.

— Asseyez-vous avec moi.

— Bien sûr.

J'enlevai mon manteau et mon bonnet et m'assis à côté de lui, à quelques mètres de tous les autres.

— Alors, que faites-vous exactement ?

— Du design graphique.

— Rego.

Il regarda par-dessus son épaule.

— Je croyais que tu avais dit que tu n'avais pas de blond.

— Je n'en ai pas.

L'autre homme me désigna du doigt.

— Tu ne peux pas trouver plus blond que ça.

529

Il rigola alors que le niveau sonore de la musique s'intensifiait.

— Il n'est pas à moi.

Je sentis une main sur mon épaule et je levai les yeux sur un homme plus âgé debout à côté de moi.

— Salut.

— Salut ? J'aime ça.

Il me sourit avant de regarder Rego.

— Il est parfait.

— Non, dit Rego en secouant la tête. Il est là seulement pour me rendre visite.

Le gars hocha la tête, et s'éloigna lentement.

— Hé.

Je reportai mon attention sur lui.

— Je veux vous parler.

— Bien sûr, répondis-je.

Il se leva et m'attrapa par le devant de ma chemise à manches courtes pour me conduire sur la piste de danse.

Je commençai à danser et au lieu de bouger avec moi, il m'observa.

— Allez.

Je souris doucement.

— Je peux dire que vous savez danser rien qu'en vous regardant.

— Vraiment ?

— Ouais.

Il hocha la tête puis me saisit rapidement. Il était plus grand que moi, plus fort, et lorsque je me débattis, il passa son bras autour de mon cou et me tordis le bras dans le dos. Il me souleva du sol pour me traîner vers une porte latérale que je n'avais même pas vue lorsque j'étais entré. Il me poussa brutalement et j'eus à peine le temps de lever les mains devant moi pour éviter de me taper la tête la première dans la porte, puis sur le mur de l'autre côté. Ma poitrine cependant le percuta durement quand il se plaqua contre mon dos.

— Je sens la pute en toi, Jory, je pense que tu aimes être baisé régulièrement.

J'essayai de bouger, mais il me tenait bien, mon bras me donnant l'impression d'être prêt à se déboîter, alors que son autre avant-bras appuyait sur ma nuque.

— Tu es la plus belle chose que j'ai vue depuis longtemps. Tu es si propre, putain !

— Je promets que je ne suis pas une pute.

— Mais tu pourrais l'être.

— Non, soupirai-je. Je n'ai pas le cœur à ça.

— Ton cœur n'a rien à…

— Laissez-moi partir, lui demandai-je.

— Je ne veux pas te faire mal, alors ne lutte pas contre moi, d'accord ?

Je hochai la tête et il lâcha mon bras, mais ne recula pas, tenant toujours ma joue contre le mur.

— Des cheveux blonds et des yeux marron-vert, Jory. C'est vraiment un beau mélange.

— Pouvez-vous me lâcher ?

— Je ne crois pas, dit-il, s'activant à défaire ma ceinture et les boutons de mon jean. Tu as déjà fait ça à cru, Jory ? Je crois que tu aimeras ça.

— Ça n'arrivera jamais, lui promis-je.

— Non ?

— Non.

— D'accord, bébé, ne t'inquiète pas, j'ai un préservatif juste ici.

Et j'aurais dû paniquer, vraiment dû… mais ce ne fut pas le cas. Le viol n'était pas du tout quelque chose que j'avais considéré. J'avais pensé que je pourrais être battu, peut-être même qu'on me tirerait dessus, mais violé, jamais. Cela ne figurait pas dans mes plans.

— Vous ne voulez pas faire ça.

— Pourquoi pas ?

Je laissai ma tête retomber sur son épaule et respirai calmement.

— Parce que je suis meilleur lorsque je suis séduit et conduis au lit.

— Tu…

— Les hommes que vous avez – touchez ma peau, touchez mes cheveux, vous avez dit que j'étais beau et propre – pourquoi voudriez-vous me faire ressembler à tous les autres ?

Je sentis son souffle sur mon cou, puis ses lèvres.

— Je ne suis pas ici pour vous causer des problèmes.

— Oh, je sais… tu es là pour que je…

— Embrassez-moi d'abord.

— Je n'embrasse personne.

— Pourquoi pas ? Tu es magnifique. Je parie que tu pourrais me faire jouir avec un seul baiser.

Son gémissement était douloureux alors qu'il pressait son aine contre mon cul et que ses mains se posaient sur mes hanches.

— Seigneur, ta bouche… tourne-toi.

Je fis ce qu'il demandait.

Regarde-moi.

Je levai la tête pour croiser son regard et je souris.

— Tu as des yeux magnifiques. Je n'ai jamais vu cette teinte de vert avant.

Il baissa les yeux sur moi puis, lentement, me prit dans ses bras. Il m'étreignit avec force, ses mains caressant mon dos de bas en haut, son visage enfoui dans mes cheveux. Je le laissai poser ses mains sous le tee-shirt que je portais sous ma chemise, glisser sur ma peau nue, puis plus bas sur mes fesses. Il se pencha pour m'embrasser, mais je reculai.

— Tu m'as dit de t'embrasser.

— J'avais juste besoin que vous bougiez, dis-je gentiment.

531

— Tu ne vas pas me laisser te prendre.

— Non.

— Parce que tu appartiens déjà à quelqu'un.

Je hochai la tête.

— Mais tu accepterais s'il n'y avait personne d'autre, n'est-ce pas ?

— Oui, en effet.

Il était stupéfait ; on ne pouvait s'y méprendre.

— Tu le ferais, n'est-ce pas, ce ne sont pas des mensonges. De toi-même, je n'aurais pas à te forcer.

— Non.

Il avait du mal à digérer mon honnêteté.

— Viens avec moi.

Je lui souris alors qu'il me relâchait lentement, réajustait son costume, et me ramenait vers la piste de danse. À mi-chemin, il m'arrêta d'une main posée au bas de ma chemise.

Je le regardai par-dessus mon épaule.

— Tu as de sacrées couilles. D'autres ont pissé dans leur pantalon quand je leur ai fait ça.

Je lui lançai un regard sévère.

— Pourquoi voudriez-vous faire ça à quelqu'un ?

— Les gens ne savent pas de quoi ils sont capables avant d'être testés. Des mecs qui disent qu'ils ne suceront jamais de queues ou ne la prendront jamais dans le cul changent très vite d'avis parfois.

— Donc, vous voyez un mec dans votre club, n'importe lequel, et si vous pensez qu'il peut travailler pour vous, vous l'emmenez quelque part pour voir ce qu'il fera ou ne fera pas ?

— Quelque chose comme ça.

— Donc, c'est ce que vous êtes ? Un proxénète ?

— Je suis un homme d'affaires.

Je hochai la tête.

— Vous ne prenez que des garçons ?

— Ouais.

Je l'observai.

— Vous avez beaucoup de garçons qui travaillent pour vous ?

Il hocha lentement la tête.

— Jory comment ?

— Keyes, dis-je, lui donnant mon ancien nom sans une seconde d'hésitation.

Il me regarda une longue minute.

— Et vous êtes Rego James.

— Oui, c'est moi.

Je fis un signe de tête vers la piste de danse.

— Allons-nous danser ou non ?

— Non.

Il secoua la tête, sa main allant se poser sur ma nuque.

— Viens t'asseoir avec moi.

Je le laissai me guider dans le club jusqu'aux canapés où il me fit asseoir près de lui.

— Que veux-tu boire ?

— Une bouteille d'eau, lui répondis-je en souriant.

— Un choix intelligent, m'assura-t-il, sa main glissant de mon cou jusque dans mes cheveux. Blond naturel, hein ? Même avec ces yeux bruns.

— Ouais.

— Même tes sourcils sont dorés, dit-il, son doigt traçant la ligne de mon sourcil gauche.

— Je suis doré de partout, lui dis-je.

— Je suis prêt à le parier, affirma-t-il en prenant une profonde inspiration. Pourquoi me regardes-tu comme ça ?

— Comme quoi ?

— Je ne sais pas.

Mais c'était logique que je le dévisage. Son profil, son nez long et droit, ses fossettes quand il souriait, la façon dont ses cheveux tombaient sur son front et ses yeux absolument magnifiques... Cet homme était magnifique à l'extérieur, mais à l'intérieur, c'était une bête. C'était extraordinaire.

— Puis-je demander quelque chose ? demandai-je.

— Bien sûr.

— Personne n'a jamais porté d'accusations de viol ?

— Je n'ai jamais été accusé de quoi que ce soit.

— Comment cela se fait-il ?

— Personne n'est jamais allé jusqu'au procès.

— C'est pratique, dis-je en riant.

Et les hommes autour de nous me regardèrent comme si j'étais fou. Je devinai que le rire n'allait pas de pair avec ce groupe.

— Tu es un petit malin, dit-il en me souriant. Et un sacré allumeur.

Mais je savais jusqu'où je pouvais aller, puisque je jouais avec le feu. J'avais besoin qu'il laisse Will et Steph repartir avec moi, et quelles que soient les promesses qui devraient être faites, je les ferais.

— Et tu sens vraiment bon.

J'inclinai ma tête sur le côté pour qu'il puisse atteindre mon cou, et inspirer profondément.

— James, j'ai besoin de danser avec ton garçon, dit quelqu'un.

— Non, dit-il froidement, sa main sur ma cuisse. Il est juste là pour la décoration, pas pour être touché.

Quelques minutes plus tard, Steph et Bill nous rejoignaient.

— Rego, Billy et moi devons emmener Jory voir un ami – est-ce que c'est d'accord si l'on revient dans deux heures ? On vous retrouvera chez vous.

— Ça me paraît bien.

Il se tourna pour me regarder dans les yeux quand il leur répondit.

— Amenez Jory avec vous.

— Bien sûr.

Le dos de ses doigts glissa le long de ma gorge.

— Je veux te voir, alors tu ferais mieux de te montrer.

Je ne dis rien parce que je ne voulais pas mentir.

— Je veux un numéro où te joindre… et une adresse.

— Donne-moi un crayon, dis-je rapidement, sans hésitation.

Je lui donnai mon numéro de téléphone et l'adresse de mon restaurant chinois préféré à Oak Park.

— Je veux te voir dans deux heures, tu as compris ?

Ce que je comprenais c'était que je devais emmener Steph et Bill avec moi. C'était tout ce qui comptait.

Dehors, Bill saisit mon bras avant que je ne puisse atteindre le trottoir pour héler un taxi.

— Quoi ?

— As-tu baisé avec lui pendant que j'étais en train de sucer ce gars ?

Je secouai la tête.

— Je ne l'ai jamais vu attendre.

— Je ne l'ai jamais vu avoir à le faire, renchérit Steph en haussant les épaules. Il nous a baisé tous les deux quand nous l'avons rencontré.

— Je vous donnerai cent dollars à chacun si nous pouvons juste y aller maintenant.

Je poussai un profond soupir.

— S'il vous plaît.

Toute discussion cessa immédiatement et je fus très heureux que nous n'ayons plus à parler de Rego James.

LE TRAJET jusqu'à Oak Lawn prit quarante-cinq minutes et, tandis que je me tenais avec Bill et Steph sur le parking du centre commercial, j'avais l'impression que quelque chose avait été accompli. Ils avaient volé la voiture à un point B ; j'avais juste besoin de trouver le point A. J'avais besoin d'une voiture pour me déplacer dans les environs et je devais retourner chercher mes affaires à l'hôtel. Il était temps que le vrai travail commence.

J'étais surpris de voir Steph et Bill prendre à cœur leur travail de limiers, et sur le chemin du retour, ils me posèrent toutes sortes de questions auxquelles je répondis aussi honnêtement que possible, puisque je n'avais réellement aucune idée de l'identité de la personne qui m'avait enlevé. De retour à l'hôtel, Bill me donna l'adresse de l'appartement de Rego et m'avertit de ne pas lui poser de lapin. Si je tenais à ma vie, je m'y montrerais. Je fis semblant de prendre tout cela très au sérieux et les regardai traverser la rue jusqu'au magasin d'alcool pour acheter leurs drogues.

Me faufilant à nouveau dans ma chambre, je rassemblai toutes mes affaires, rendis les clés et m'en allai sans que le réceptionniste sache quoi que ce soit à mon sujet. Je m'assurai que Bill et Steph ne soient pas en vue lorsque je pris un taxi pour l'aéroport afin de louer une voiture. Je devais retourner au centre commercial dès que possible et commencer à chercher l'homme qui m'avait enlevé.

VIII

J'APPELAI CALEB Reid parce que j'avais une idée.

— Allô ?

— Caleb ? C'est Jory, tu es réveillé ?

— Je suis réveillé maintenant, grommela-t-il. Pour l'amour de Dieu, J, sais-tu quelle heure il est ?

— Non, mais, écoute. Est-ce que tu te souviens de quoi que ce soit sur l'endroit où nous avons été retenus ?

— Quoi ? Pourquoi est-ce que tu...

— J'ai retrouvé les gars qui ont volé la voiture avec moi dedans.

— Quoi ?

— Les gars qui ont volé la voiture ? Tu te souviens ? Je les ai retrouvés.

— Conneries.

— Non, c'est vrai.

— Tu as retrouvé ces types ?

— Ouais.

— Sérieusement ? C'est vrai ?

— Ouais, et ils m'ont conduit à Oak Lawn, mais maintenant je dois essayer de retrouver le – Oh, attends... je viens juste de penser à autre chose. Je te rappelle dans la matinée.

— Jory, est-ce que Sam est toujours à l'hôpital ?

— Ouais.

— Pourquoi n'es-tu pas à l'hôpital avec lui ?

— Parce que je dois résoudre cette affaire.

— N'es-tu pas toujours un peu contusionné toi-même ? Tu as eu une commotion, tu sais.

— C'était il y a une semaine. Je vais bien maintenant.

— Jory, c'était il y a deux jours. Qu'est-ce que tu fais ?

— Sam a été blessé.

— Je sais. Il est à l'hôpital, c'est pourquoi je te demande pourquoi tu n'es pas là-bas.

— Mais comment sais-tu...

— Dane m'a appelé et m'a dit que toute cette histoire n'était pas terminée et que je devais faire attention.

— Tu devrais.

— Alors, Jory, tu...

— Alors, je suis sur le parking du centre commercial où la voiture a été volée et je vais attendre jusqu'à ce qu'ils ouvrent et ensuite je vais leur montrer ta photo et demander aux gens s'ils se souviennent t'avoir vu.

— De quoi est-ce que tu parles ?

— Eh bien, j'étais dans le coffre de la voiture, mais tu étais sur le siège avant avec les ravisseurs, donc peut-être qu'ils se souviendront de toi.

— Jory, je n'ai jamais vu qu'un seul homme et j'ai regardé des photos jusqu'à en avoir mal aux yeux sans réussir à l'identifier.

— Bien sûr, mais c'est...

— Et le portrait-robot qu'ils ont fait d'après mes souvenirs n'a rien donné non plus. Tu ne crois pas que si quelqu'un avait vu le portrait aux nouvelles ou dans le journal il aurait appelé la police et...

— Je pense qu'ils se souviendront de toi et qu'alors ça pourrait rafraîchir la mémoire de quelqu'un.

— Quelle photo as-tu de moi de toute façon ?

— Celles du mariage de Dane. Je les ai dans mon téléphone.

— Tu es malade. Ça ne marchera jamais.

— Ça marchera. Je te rappelle plus tard.

— Jor...

Mais je raccrochai et me mis à l'aise dans la voiture. Peu importait ce qu'il pensait, ça valait le coup de faire du porte-à-porte et de demander si quelqu'un se souvenait d'avoir vu Caleb Reid.

Quand Rego James appela une heure plus tard et me demanda où j'étais, je lui expliquai que j'étais en planque. Après quinze minutes passées à lui expliquer les choses, il poussa un soupir bref et me dit que j'étais le gars le plus étrange qu'il ait jamais rencontré. C'était probablement vrai. Je raccrochai, et lorsqu'il rappela je laissai la messagerie vocale prendre le relais.

Je n'avais pas réalisé que je m'étais assoupi jusqu'à ce que je sursaute à quatre heures vingt du matin. J'étais gelé et j'avais aussi besoin d'aller pisser. Quitter la voiture s'avéra une erreur. Lorsque je traversai la rue pour utiliser les toilettes de la station-service, un gars était en train de frapper une femme dans le fond. Je demandai au préposé d'appeler la police tandis que j'allais intervenir. L'homme la tenait par la gorge, et bien qu'elle saigne déjà du nez et de la lèvre, il s'apprêtait à la cogner à nouveau. J'avais peur, si je retenais son bras, qu'il l'atteigne quand même, alors je m'interposai entre eux et encaissai le coup.

Il portait une bague qui m'ouvrit l'arcade sourcilière du côté droit, et j'eus l'impression d'avoir également la pommette droite éclatée. Je sentis les doigts de la femme s'accrocher à mon manteau alors qu'elle essayait de me tirer en arrière, hors de portée. Mon unique possibilité fut de me battre comme un voyou puisque, comparé à moi, ce type était un géant. Mon genou entra en contact avec son aine et lorsqu'il se plia en deux, j'utilisai la partie la plus dure de mon corps – mon coude – et je lui assénai un coup sur la nuque, comme Sam me l'avait appris. Il tomba face

537

contre l'asphalte tandis que la femme m'attrapait et m'étreignait pour me remercier. Je la tins jusqu'à ce que j'entende les sirènes, je la conduisis au préposé, et détalai dans la rue. Il y avait du sang sur mon manteau alors je le retournai sur l'envers et le déposai sur la banquette arrière. Mon visage me lançait et je devais toujours uriner. Vu les circonstances, tituber à l'arrière du bâtiment vingt minutes plus tard manquait vraiment de dignité, mais était extrêmement nécessaire. Je m'endormis avec le moteur en marche, les feux éteints, et avec le chauffage.

Mon téléphone me réveilla trois heures plus tard. Lorsque je m'assis et regardai mon visage dans le rétroviseur, je réalisai qu'il était incrusté de sang. J'avais l'air beau !

— Allô ? grognai-je, avant de passer de la banquette arrière sur le siège conducteur.

— Jory ?

— Hé, Dane, soupirai-je en m'asseyant, fatigué, souffrant de partout, et affamé.

— Jory, Sam est réveillé et il te demande.

Mon estomac se retourna.

— Ah ? Comment va-t-il ?

— Il a l'air bien. Tout le monde est là, sauf toi. Pourquoi ne viens-tu pas ?

— Parce que j'avance vraiment bien. J'ai trouvé l'endroit où les types avaient volé la voiture et je suis là-bas maintenant. Je vais montrer la photo de Caleb aux gens et voir ce que j'en tire.

— Jory…

— La nuit dernière, j'ai dû parler à ce proxénète pour qu'il accepte que les garçons m'aident, et tu aurais dû me voir. J'avais peur, mais…

— Un proxénète ? De quoi est-ce que tu parles ?

— Ce type, Rego James, il possède un club au centre…

— Rego quoi ?

— James. Il…

— James ? Rego James ?

— Ouais, il…

— Attends, Sam essaie de dire quelque chose… ne quitte pas.

Alors que j'attendais, je coupai le moteur, sortis de la voiture et regardai autour de moi. Il y avait un petit restaurant de l'autre côté de la rue et un peu plus loin, un magasin de fripes. Je ne pouvais pas porter mon manteau avec des taches de sang et je ne pouvais pas utiliser ma carte de crédit. J'avais utilisé celle que je partageais avec Dane pour la location de la voiture, mais je ne voulais pas m'y risquer une seconde fois. Je devais manger et me laver le visage. J'avais également besoin d'un pansement puisque mon arcade sourcilière était ouverte.

— Jory.

— Oui ? Qui est-ce ?

Pas mon frère.

— Jory, c'est l'inspecteur Hefron... Jory, Rego James est un gars très dangereux. S'il vous plaît, n'ayez plus aucun contact avec lui et revenez ici immédiatement.

— Mais je suis déjà allé si loin, inspecteur. Je suis en train de remonter une piste.

— Jory, rentrez et je la suivrai pour vous. Vous ne savez pas ce que vous...

— Je dois y aller, mon œil me fait un mal de chien.

— Pourquoi ? Qu'est-il arrivé à votre œil ?

— Il est tout gonflé, j'arrive à peine à l'ouvrir – merde, ça fait mal !

— Jor...

Et je lui raccrochai au nez aussi. Je ne voulais pas qu'ils tracent l'appel, comme dans les films.

Je rentrai la tête dans mes épaules et me couvris le visage d'une main. C'était drôle comme parfois les plus petites blessures, telles les coupures avec du papier, faisaient le plus mal. La coupure au-dessus de mon sourcil me faisait un mal de chien, mais ce n'était vraiment pas grand-chose. L'éraflure sur mon visage et toutes les grosses ecchymoses rouges étaient plutôt moches, mais ne me faisaient pas aussi mal que la coupure. La serveuse du restaurant fut très gentille et m'apporta du désinfectant, une crème antibiotique, et trois petits pansements papillon et un autre plus grand. Je me débrouillai pour faire tenir tout ça ensemble et après un petit-déjeuner composé de pancakes, de bacon et de trois œufs, de jus d'orange et de beaucoup de café, je lui laissai un pourboire de dix dollars. Elle m'en fut vraiment reconnaissante, et je me sentis mieux. Dans la friperie, alors que je cherchai un nouveau manteau, mon téléphone sonna.

— Jory.

— Salut, Dane.

— Jory, tu es en train de tuer Sam.

— Quoi ?

— Sam est en train de perdre la tête. Il a besoin de te voir pour s'assurer que tu vas bien. Ce truc avec ce gars, James... il est vraiment agité à cause de ça.

— Eh bien, dis-lui de ne pas l'être, je n'ai pas été violé, il ne s'est rien passé.

Il y eut une pause.

— Violé ?

— Ouais, il a menacé de... oublie ça, ne le dis pas à Sam, ça n'aidera pas.

— Jory.

Il eut du mal à prononcer mon nom.

— Quand j'aurai trouvé un nouveau manteau, je commencerai à montrer la photo autour de...

— Pourquoi as-tu besoin d'un nouveau manteau ?

— Il y a du sang partout dessus parce que cet homme m'a frappé, et je ne veux pas avoir l'air d'un sans-abri quand je parlerai aux gens, alors je te rappellerai après, d'accord ?

— Qui t'a frappé ?

Parfois, je parlais comme si tout le monde savait ce qui se passait même quand ils rejoignaient un programme déjà en cours.

— Un gars, ça n'a pas d'importance.

— Es-tu vraiment blessé ?

— Non.

— Jory, puis-je te rappeler que tu as une commotion cérébrale ? Personne ne devrait te frapper ou…

— Je sais. Je n'avais pas l'intention d'être frappé.

Comme si je l'avais fait exprès.

— Jory, je veux que tu reviennes ici tout de suite.

— D'accord, dis-je et je raccrochai.

Je trouvai une parka qui était une taille trop grande pour moi, mais elle était propre et dans un état plutôt correct. Elle coûtait trente dollars, ce qui, me dit la caissière, était bien trop cher. Apparemment, les prix de la plupart des articles en magasin tournaient tous autour des dix dollars. Je l'enfilai, fourrant mon manteau dans le sac en plastique qu'elle me donna, et revins en courant vers la jolie petite Ford Taurus que j'avais louée.

Je commençai par le fleuriste et continuai mon chemin en passant par toutes les boutiques d'un bout à l'autre du centre commercial. J'eus finalement de la chance au bowling. Le gars se souvenait avoir vu Caleb entrer dans le magasin de photocopies non loin. Je le remerciai avec effusion et me dirigeai vers mon prochain arrêt. La boutique de photocopies possédait des boîtes postales que l'on pouvait louer et la dame qui se trouvait là se souvenait de Caleb parce qu'il ressemblait à son premier mari. Je lui demandai si c'était ou non une bonne chose et elle me répondit que non, certainement pas. Mais cela avait au moins marqué son souvenir. Elle était âgée, vers la fin de la soixantaine, et que ce soit mon sourire, le fait que je sois blessé ou qu'elle aimât la couleur de mes yeux, je n'en savais rien, elle s'installa avec moi et essaya de se souvenir de tout ce qu'elle pouvait à propos de l'homme qui se trouvait avec Caleb Reid. Finalement, après de nombreuses recherches dans les innombrables petites boîtes remplies de fiches, elle retrouva la carte de l'homme qui était venu avec Caleb. Son nom était Greg Fain et son adresse était à Oak Lawn, à trois rues de là. Je demandai à conserver la cartelette et lui donnai un billet de cinquante dollars pour sa peine. Elle me donna un stylo et un porte-clés lampe de poche avant que je m'en aille.

Mon téléphone sonna alors que j'étais en chemin vers la maison.

— Jory.

— Je ne crois pas que nous ayons autant parlé en une seule journée, même lorsque je travaillais pour toi, dis-je à mon frère. Qu'est-ce qui te prend ?

— Le fait que tu aies à le demander me dépasse. Où es-tu maintenant ?

— Tu ne devineras jamais.

— Non, probablement pas.

— Je crois que j'ai trouvé l'endroit où Caleb et moi avons été retenus et je me dirige là-bas maintenant.

— Est-ce que tu plaisantes ?

— Non, pourquoi est-ce que je plaisanterais ?

— Jory, s'il te plaît, n'y va pas tout seul. S'il te plaît, je t'en conjure.

— Je dois y aller, que ferais-je sinon ?

— Dis-moi où tu es que je puisse appeler la police. Et si tu dérangeais quelque chose ou pire... et s'il y avait quelqu'un là-bas ? Et si celui qui te surveille, qui essaye de te tuer, est là-bas à t'attendre ? Et si c'était un piège, Jory ? Et si...

— Ça ne l'est pas. La personne qui était là est partie depuis longtemps. La dame du magasin de photocopies a dit qu'elle n'avait pas vu le gars depuis presque deux semaines. Je crois qu'il est mort, Dane. Je pense que j'avais raison et qu'il y avait deux gars et que l'un d'eux est mort et peut-être que je le trouverai là-bas et... oh, je pense... ça y est ! J'ai trouvé la maison. Merde ! Ouais, je devrais faire ça pour vivre. Jory Harcourt trouve toujours ce qu'il cherche.

— Jory !

— Ne crie pas, ma tête me fait mal.

— Tu sais, j'oublie parfois que tu n'as même pas encore trente ans. Tu es stupide parce que tu es sacrément jeune.

— S'il te plaît, la police n'est jamais arrivée aussi loin, dis-je en arrêtant la voiture, la garant de l'autre côté de la rue.

Je regardai la grande maison grise qui se dressait sur le terrain envahi par la végétation.

— Merde... pourquoi doit-elle ressembler à ça ?

— À quoi ?

— À un putain de truc qui fout les jetons, gémis-je, jetant un œil à la boîte aux lettres rouillée fermée avec des clous, à la clôture avec le panneau 'défense d'entrer', aux mauvaises herbes qui arrivaient à hauteur de genoux, et aux fenêtres condamnées par des planches. Merde !

— Jory, nom de Dieu ! dis-moi où tu es et je viendrai te chercher moi-même et...

— Jory ?

— Regina ? dis-je en sortant de la voiture et en la verrouillant automatiquement avec le bip. Que faites-vous...

— Chéri, j'ai pris le téléphone de ton frère. Peux-tu m'écouter juste une minute ? S'il te plaît.

— Bien sûr.

J'entendis une sorte de frottements contre le téléphone, des sons étouffés, et des à coups. On aurait dit qu'elle conduisait sous un tunnel, même si je savais qu'elle n'était pas dans une voiture. Un raclement de gorge et une toux avant que j'entende la voix que je connaissais.

— Bébé, dit-il d'une voix rauque et graveleuse.

541

— Sam, murmurai-je, figé sur le trottoir, la piqûre des larmes se faisant instantanément sentir dans mes yeux.

J'étais si content de l'entendre.

— Bébé... dit-il en toussant légèrement. J'ai besoin de toi... j'ai besoin de voir ton visage.

— Je...

— Tu devrais être ici, juste à côté de moi, pourquoi n'es-tu pas là ?

— Je dois trouver l'homme qui t'a blessé, Sam. Je ne peux pas le laisser te blesser à nouveau...

— C'est ce que je ressens pour toi. Maintenant, tu comprends. Ça te rend dingue, hein ?

— Oui.

Il savait exactement comment me parler et je ne pus m'empêcher de sourire en l'entendant si calme et si factuel. Nous discutions comme si rien de spécial ne se passait, comme si, bien sûr, j'étais précisément en train de faire ce que je faisais.

— Alors comme ça tu es dehors tout seul depuis quoi... six jours ? Sept ? Depuis que j'ai été blessé ?

— Oui.

— Tout seul depuis une semaine, hein ?

— Oui.

— Et tu as trouvé l'endroit, hein ? C'est du bon travail – vraiment bon. Maintenant, appelle Hefron et Lange et ils prendront la relève à partir de là. Tu n'as aucune expérience en ce qui concerne la sécurisation d'une scène de crime ou ce qu'il faut toucher ou ne pas toucher. Si tu veux attraper ce type, tu dois laisser la prochaine étape aux professionnels, d'accord ? C'est logique, n'est-ce pas ?

— Je le suppose.

— Je sais que tu veux aller voir, bébé. Je sais que tu meurs d'envie d'entrer là-dedans, mais ne le fais pas, s'il te plaît, ne le fais pas. Dis-moi où tu es et je vais les appeler. Tu les attends sur place et ils te ramèneront à moi.

— Je vais appeler, Sam, mais je ne vais pas attendre ici. Je vais chercher qui d'autre ce gars connaissait. D'autres gens doivent se souvenir de lui.

— J'ai besoin de te voir, dit-il en toussant doucement. Est-ce que Rego James a posé les mains sur toi ?

— Oui, cependant je l'ai laissé faire. Je l'ai utilisé parce que j'avais besoin que deux de ses garçons me montrent où était la voiture. Il est un peu énervé contre moi à l'heure qu'il est, je pense.

— Que lui as-tu laissé te faire ?

— Je ne l'ai pas embrassé.

— Je ne pensais pas que tu l'aurais fait.

— Il m'a juste touché, Sam, rien d'autre.

— Eh bien alors, tout est pour le mieux.

— Sam...

542

— Je veux que tu reviennes maintenant. Je te veux près de moi maintenant. Je ne peux pas croire que ma famille, ton frère, tous tes amis, et une brigade entière de police ne peuvent mettre la main sur un graphiste de vingt-six ans qui pense être ce putain de Batman.

Il était très amusant.

— Je serai bientôt là.

— Maintenant. Ne mets pas un pied dans cette maison ou... oh, peu importe – on te tient.

— Merde ! jurai-je en éteignant mon téléphone.

Je pouvais raccrocher au nez de tout le monde, mais pas Sam. Je voulais tellement entrer dans cette maison, mais je me résignai à appeler l'inspecteur Hefron à la place. Je lui donnai l'adresse et il me dit qu'il était déjà à mi-chemin grâce au signal de mon téléphone qu'il traçait. Il m'ordonna de ne pas bouger. Je partis dès que j'entendis les sirènes.

UNE HEURE plus tard, je fus arrêté avant de pouvoir entrer dans la chambre de Sam par l'un des deux policiers en uniforme. J'entendis Dane appeler mon nom, et je regardai par-dessus les agents pour le voir.

— Officier, c'est mon frère, et le... partenaire de l'inspecteur Kage.

Ils s'écartèrent et je vis la pièce entière. Dane me fit signe d'entrer, et alors que j'avançais à l'intérieur, je constatai qu'elle était plus grande que la normale et qu'il ne la partageait avec personne d'autre. Les parents de Sam étaient là, ainsi que Chloe, sa partenaire, et l'inspecteur Lange.

— Seigneur, Jory, s'exclama Dane en prenant mon visage entre ses mains.

Je m'éloignai de lui et contournai Regina et Thomas également pour atteindre le lit. Je restai là, immobile, les yeux fixés sur Sam.

Ses cils battirent une seconde avant que ses yeux s'ouvrent pour révéler le bleu fumé que je connaissais si bien. Je sentais mon cœur sur le point d'éclater.

— Hé, dis-je en lui souriant.

— Oh, putain de merde ! gémit-il en me tendant les bras. Viens ici.

Je me penchai, mais m'arrêtai avant de l'étreindre.

— Je ne veux pas te faire...

— Jory.

Sa voix, ses yeux, tous deux étaient emplis de douleur.

— Bébé, s'il te plaît, viens ici.

Je laissai échapper un profond soupir et me laissai aller contre lui. Je lui donnai tout mon poids et il le supporta facilement, caressant mes cheveux et appuyant ma tête sur son épaule. C'était si bon : il était si chaud, si fort, et son corps était si dur... je sentis un frisson me traverser le corps.

— Seigneur, tu m'as fait une peur de tous les diables.

— Moi ? demandai-je en tremblant. Et toi, allongé dans la rue en train de saigner… Je ne veux plus jamais vivre quelque chose comme ça de ma vie.

— Bébé, qu'est-ce que tu t'es fait ?

Il me releva doucement pour regarder mon visage.

— Qui t'a frappé ? demanda-t-il.

Je voyais combien il était frustré – contre moi, contre lui-même pour être coincé dans un lit, et contre tout et tout le monde.

— Un type battait une femme et je me suis juste…

— Jory, nom de Dieu !

Sa voix monta d'un ton parce qu'il n'avait pas la force de crier.

— Putain ! Tu ne t'interposes jamais au milieu de… tu appelles la police ! Tu appelles la putain de police, bébé, c'est ce qu'ils… il aurait pu avoir un flingue ou un couteau ou…

— Mais la femme, Sam. Elle aurait pu être amochée plus salement qu'elle l'était déjà.

— Bébé, tu aurais pu être tué ! Et Rego James… Merde ! Je jure devant Dieu que lorsque je sortirai de ce lit, je vais t'enchaîner ! Personne ne me fait endurer autant des choses comme toi… Personne !

Je lui souris.

— Peut-être parce que je suis celui que tu aimes le plus.

Il prit mon visage dans ses mains et je fermai les yeux, le laissant me caresser les joues, suivre des doigts la courbe de mes sourcils, puis descendre sur ma gorge jusqu'à ma clavicule.

— Dane, appelle un médecin, qu'il vienne l'ausculter. Je veux m'assurer qu'il va bien.

— Je vais bien, lui certifiai-je, voulant désespérément poser ma tête. J'étais si fatigué.

— Maman, viens lui prendre son manteau, s'il te plaît.

Je laissai Regina m'ôter doucement mon vieux manteau tout neuf et retirer la chemise dessous.

— Je sens mauvais, marmonnai-je. Je devrais rentrer à la maison et…

— Allonge-toi juste une minute, Jory, entendis-je Thomas ordonner tandis qu'il me stabilisait et en même temps baissait la barre sur le côté du lit de Sam. Tu le tiens ?

— Ouais, répondit Sam et je sentis sa main dans mes cheveux tandis que l'autre me caressait le dos, me pressant contre lui avant qu'il m'enveloppe dans ses bras. Allonge-toi, bébé, ferme les yeux.

— Mais Sam, je…

— Bébé, m'apaisa-t-il, tu me tues. S'il te plaît, laisse-moi te tenir juste une minute.

Mes yeux se fermèrent et je réalisai que la chaleur rayonnant du corps de Sam était incroyable. La façon dont il caressa mon épaule, frotta son menton dans mes cheveux, serra ma main contre son torse, tout était si doux, si réconfortant que mon corps s'alourdit. Je ne voulais plus jamais bouger.

— Bébé, soupira-t-il profondément et je sentis ses lèvres sur mon front. Reste ici. Repose-toi.

Je ne pouvais argumenter, ne voulais pas argumenter, je voulais juste me reposer entre ses bras, qu'il me tienne pour le reste de ma vie. Je ne me souvins pas m'être endormi.

CE FUT le ton qui me réveilla.

— Tu as sacrément intérêt à prier pour retrouver ce type avant que je sorte de ce lit, dit-il, sa voix pleine d'une sorte de rage silencieuse.

C'était plus effrayant que s'il avait crié.

— Vous avez laissé mon... partenaire livré à lui même dans les rues pendant une putain de semaine parce que vous n'avez pas été foutus de mettre la main dessus, et maintenant tu me dis qu'il a, à lui seul, retrouvé l'endroit où il a été détenu, et que le gars qu'il a selon lui entendu se faire tuer a effectivement été tué et que son putain de corps est toujours là-bas.

Il fulminait, il était tellement en colère.

— C'est ce que tu es en train de me dire. Jory a trouvé la scène de crime par ses propres moyens ?

— Sam, nous ne savions pas que...

— Mais vous auriez dû le savoir ! Bordel, vous auriez dû ! Il vous a dit qu'il y avait deux hommes... il vous a dit où la voiture avait été trouvée... et vous n'avez rien fait de cette foutue information ! Il a dû négocier avec un type versé dans le trafic de drogue et la prostitution pour obtenir ce dont il avait besoin, pendant que Lange et toi étiez bien tranquillement assis derrière votre bureau !

— Sam...

— Tu te fous de moi ? Est-ce que tu sais qui est Rego James ?

— Oui, Sam, je sais parfaitement qui...

— Je suppose que tu aurais préféré que ce soit ta femme à sa place, ou tes enfants, ou...

— Sam, bordel, j'ai compris, d'accord ? Seigneur, j'ai compris !

— Merde, Jimmy, combien de ses garçons avons-nous repêchés au fond du lac Michigan parce qu'il les avait étranglés ? Et puis quand ils avaient perdu leur beauté les a livré pour les besoins d'un putain de snuff movie, ou de scènes de bondage et j'en passe qui ce sont mal finis ? Combien de gosses sont accros à la drogue à cause de lui ? Combien vendent leurs corps pour lui ? Et il avait Jory seul dans son club sans que personne le sache ? Il aurait pu être violé ou...

Sam s'interrompit, prenant une grande inspiration.

545

— Et il a été battu en plus. Le médecin a dit que son arcade aurait dû recevoir trois points de suture pour cette coupure, mais telle qu'elle est maintenant... il n'y a plus rien à faire qu'à laisser ça comme ça. Où étiez-vous, bordel ?

— Sam...

— Va te faire foutre ! J'emmerde Lange et j'emmerde ces putains d'idiots qui étaient censés surveiller Jory au lieu de se branler dans leur voiture en face de l'appartement quand il s'est tiré par la fenêtre ! À quel point est-ce difficile de surveiller un seul homme ? Il n'est pas ce putain de Houdini !

Il y eut un long silence.

— Il l'est en quelque sorte, répondit calmement l'inspecteur Hefron.

— Je suis d'accord, intervint doucement Chloe Stazzi, la partenaire de Sam. Il est bon, Sam. Il connaît les gens et sait comment les manœuvrer. Enfin, je n'ai personnellement aucune idée de la façon dont il s'y est pris pour sortir du club de Rego en une seule pièce. Tout ce que nous savons à propos de Rego... c'est qu'un homme qui ressemble à Jory entre dans l'un de ses clubs, il se retrouve à faire des passes le jour suivant ou pire, on ne le revoit jamais.

— C'est ce que je suis...

— Mais ce que j'essaye de te dire, c'est que tu dois accorder au gamin un peu plus de crédit. Il sait manifestement prendre soin de lui-même. Il n'a juste aucune connaissance de ses limites, mais c'est pareil pour toi.

Je le sentis prendre une profonde inspiration et me serrer plus fortement contre lui.

— Je suis encore coincé ici au moins une semaine. Vous devez le surveiller, les gars, surtout maintenant que nous savons que le partenaire de Greg Fain l'a tué.

— Que Dieu bénisse les dossiers dentaires, parce que c'était tout ce qui restait.

— Il ne restait que de la bouillie de ce type, grogna Chloe. C'était dégoûtant.

— Qui remplit un congélateur d'eau chaude pour y mettre un corps ? demanda Hefron.

— Un gars qui espérait que le corps ne serait jamais retrouvé, répondit Sam en frottant sa joue contre mon front.

— Pourquoi n'a-t-il pas tout simplement enterré le corps ? demanda Chloe.

— Qui sait ? Il pourrait y avoir un tas de raisons, soupira bruyamment Hefron. Cette affaire prend de l'importance et devient de plus en plus bizarre au lieu de commencer à avoir un sens.

— Qu'avez-vous trouvé sur le corps de Greg Fain ? Quelque chose ?

— Le téléphone de Jory était dans la poche de son jean, mais peut-être qu'il l'a juste gardé lorsque son partenaire et lui l'ont enlevé. Je doute qu'il ait été placé là intentionnellement, comme les autres objets que nous avons trouvés.

— Avez-vous trouvé d'autres empreintes digitales dans la maison ?

— Non. Il n'y avait aucune empreinte nulle part, sauf dans le hangar. Il n'y a aucune preuve que Jory ou Caleb sont entrés à un moment donné dans la maison.

— Merde ! Pas de sang ? Rien du tout ?

546

— Le sang de Caleb et de Jory a été retrouvé dans le hangar, mais nulle part ailleurs.

— Et Greg Fain ?

— Son sang se trouve également dans le hangar, mais là encore, nulle part ailleurs.

— Comment est-ce possible ?

— Ce mec est prudent, Sam, très prudent.

— Comment est mort Fain d'après le légiste ?

— Il a pris une balle dans la tête. Un calibre 38 apparemment. Ça a dû mettre un sacré bazar.

— Que quelqu'un a dû très bien nettoyer puisqu'il n'y a plus aucune trace nulle part !

— Exact.

Je remuai pour me déplacer et Sam me massa la nuque.

— Fiche le camp. Je veux parler à Jory.

Mais je ne me levai pas ; J'étais trop épuisé pour bouger. J'inspirai profondément et me rendormis.

Ça fonctionna plutôt bien parce que, lorsque je me réveillai une heure plus tard, Sam était endormi et tout le monde était parti. L'importante opération de Sam le drainant complètement de ses forces, quand je sortis du lit, il ne se réveilla pas. Je dis aux officiers devant la porte que je devais aller m'acheter chercher quelque chose à manger à la cafétéria. Étant donné qu'aucun d'eux ne pouvait quitter son poste, je fus libre de prendre les escaliers sans rencontrer aucun obstacle.

Je retournai à ma voiture de location et quittai le parking, et même si je pensais que j'étais peut-être surveillé, ce n'était pas le cas. Lorsque j'arrivai chez moi, je me garai derrière mon immeuble et entrai par la voie que j'avais empruntée pour sortir. Une heure plus tard, j'étais douché, changé, et j'avais préparé un nouveau sac. De retour dans la voiture, je pris la route d'Oak Lawn et appelai Caleb.

— Allô ?

— Caleb, c'est moi.

— Jory, tu vas me rendre dingue.

— Je sais, je me rends dingue aussi. Mais écoute, j'ai besoin que tu sois au téléphone avec moi quand j'entrerai dans la maison. Feras-tu ça pour moi ?

— De quoi est-ce que tu parles ?

— Aujourd'hui, j'ai trouvé l'endroit où nous étions détenus.

— Seigneur, Jory, où es-tu ?

— Laisse tomber.

— Tu es sérieusement effrayant. Tu as trouvé l'endroit ?

— Je l'ai trouvé et je l'ai dit à la police et ils ont le corps de l'un des hommes qui nous ont enlevés.

— Tu te moques de moi ?

— Non.

— Mon Dieu, je n'avais aucune idée que tu luttais contre le crime de ton côté.

— Tais-toi. J'ai juste suivi une piste.

— Suivi une piste ?

— Quoi ?

— Tu es sérieusement dérangé. Tu devrais être en train de te cacher chez toi dans l'obscurité.

— Peu importe. Écoute…

— Qui était-ce ? Le gars qui nous a enlevés, je veux dire ?

— Un type qui s'appelait Greg Fain.

— Ce nom ne m'est pas familier.

— Je ne pensais pas qu'il le serait, mais ce n'est pas ce que je voulais te demander.

— Que voulais-tu me demander ?

— Je pense que toi et moi devrions savoir mieux que n'importe qui ce qu'il faut chercher dans la maison.

— Ouais, c'est logique.

— Donc je suis en route pour jeter un coup d'œil là-bas, et lorsque j'y serai, je t'appellerai et pendant que je ferai le tour des lieux, tu pourras me dire si tu te souviens de quelque chose.

— Peut-être que je devrais juste venir.

— Tu es prêt à faire ça ?

— Ouais, je suis prêt, mais Jory, peut-être que nous devrions attendre, hein ? Et y aller avec quelqu'un ?

— Pourquoi ? La police a déjà retourné l'endroit – ce serait juste toi et moi, avec nos yeux, nous pourrions trouver quelque chose qu'ils auraient manqué, tu vois ?

— D'accord. Je t'accompagnerai. Moi aussi je veux que toute cette histoire prenne fin.

— Bien. Je t'attendrai là-bas.

— D'accord, J. Je t'appelle demain dès que j'arrive en ville.

— Parfait. N'appelle pas Dane, d'accord ?

— Non. Je ne le ferai pas.

— Je vais quand même y aller maintenant, alors…

— Non. Attends-moi.

— Je ne peux pas – je veux dire, et s'il y a quelque chose là-bas ? Je dois sauver Sam.

— Alors maintenant, c'est à propos de Sam et plus de Dane.

— Je ne pense pas que ce type s'en prendra un jour à Dane. Je pense que tout est histoire de le faire souffrir, pas de le tuer. Il veut me tuer, et toi et Aja, et maintenant Sam… combien de temps allons-nous laisser ça continuer, C ?

— C ?

— C'est toi, crétin.

Il rigola.

— Tu es le seul qui m'aime autant.

— Tais-toi, tout le monde est fou de toi, mais écoute… je te rappelle dans une heure quand j'entrerai dans la maison, d'accord ?

— Tu es complètement dérangé, tu sais ça ?

— Je sais, oui.

— Je pense vraiment que tu devrais m'attendre pour t'aventurer là-dedans avant d'y retourner.

— Je ne peux pas.

— Très bien. Appelle-moi dans une heure.

Après avoir raccroché, je poursuivis ma route vers Oak Lawn. Le numéro de Dane s'afficha sur mon écran quelques minutes plus tard, puis le numéro de l'hôpital. Je répondis à cet appel.

— Allô ?

— Jory, où es-tu ? répondit mon frère d'un ton sec.

— Très intelligent d'utiliser le téléphone de l'hôpital. Je croyais que c'était Sam.

— J'espérais que tu le croirais.

— Est-ce que Sam est réveillé ?

— Non, il n'est pas réveillé. Tout ce drame ce matin l'a épuisé. Où es-tu ?

— Je remonte une autre piste.

— Jory ! aboya-t-il. Ramène ton cul ici maintenant.

— Si tu étais à ma place et qu'Aja était à l'hôpital, tu serais en train de remuer ciel et terre pour la protéger, alors, épargne-moi tes crétineries.

— Jory, ce n'est pas la même chose. Tu…

— T'en tire particulièrement bien ? Je sais… merci.

— Jory, viens…

— Je ne suis pas un chien et je ne reviendrai pas ce soir. Prends soin de Sam pour moi. Appelle-moi s'il se réveille.

— Jory !

Mais je raccrochai pour lui éviter une rupture d'anévrisme et poursuivis ma route vers la maison. Je devais y entrer pour jeter un coup d'œil.

Vous vous demandez toujours pourquoi les gens allaient fureter dans des lieux effrayants la nuit. Dans chaque film d'horreur que j'avais pu voir, c'était aussi la question que je me posais. Cependant, le fait était que parfois vous deviez aller dans des endroits effrayants la nuit parce que d'autres gens vous verraient durant la journée. Le couvert de l'obscurité était le meilleur moment pour entrer par effraction. Alors quand je me garai dans la rue et courus vers la maison dans le noir, armé d'une lampe de poche et de mon portable, je me dis que même si j'avais la peur irrationnelle que Michael Myers soit dans la maison à m'attendre, en toute logique, je ne courais aucun risque – il faisait juste sombre. C'était la pensée

549

rationnelle à laquelle je me cramponnai alors même que mon cœur menaçait de sortir de ma poitrine.

Je me faufilai dans le sous-sol par une fenêtre et tombai de plus ou moins trois mètres sur le sol. J'étais persuadé que quelque chose de terrifiant attendait dans l'ombre pour m'attraper, même si les rats étaient probablement les seules choses effrayantes de l'endroit. Je m'attendais à des pots contenant des parties de corps, mais ne trouvais qu'une machine à laver et un sèche-linge, un évier et un comptoir sur lequel des vêtements pliés étaient empilés. Même si je savais que ce n'était pas la pièce dans laquelle Caleb et moi avions été retenus, je l'inspectai quand même, cherchant la moindre chose qui ne collerait pas. Je regardai dans le filtre du sèche-linge, mais le trouvai propre ; je fouillai la petite poubelle et fus très déçu quand je la trouvai complètement vide. Lorsque je fus satisfait d'avoir vu tout ce qu'il était possible de voir, j'ouvris la porte, utilisant la manche de mon pull pour tourner la clenche, et me retrouvai dans la cuisine de la maison.

C'était ennuyeux. Ce qui avait commencé comme un cauchemar devint rapidement fastidieux. La maison était propre. Comme si une entreprise de nettoyage était passée pour tout récurer. Passer de chambre en chambre ne donna rien du tout. L'intérieur n'avait rien en commun avec l'extérieur non plus. Il devint vite évident que tout ce dont Greg Fain avait eu besoin était un bon paysagiste. À l'intérieur, la maison ne ressemblait en rien à la maison Bates. Elle semblait plutôt tout droit sortie d'un catalogue Ikea. Tout était neuf et brillant ; tout ce qui en jetait plein la vue était là, depuis les meubles en acier brossé ou en bois, jusqu'à la télévision à écran plasma. Le premier étage était tout aussi propre, et à côté de la salle de bains, il y avait un hammam. Alors que je me tenais dans la chambre principale, je ne pus m'empêcher de me demander ce qui avait bien pu pousser un homme comme Greg Fain à se retrouver mêlé à un enlèvement. Mais peut-être que toutes ses affaires lui avaient coûté beaucoup d'argent. Tout le monde avait besoin d'argent, alors peut-être qu'extorquer dix millions de dollars à Dane avait été sa motivation première.

La seule chose bizarre que je trouvai dans la chambre était un cadre dans la poubelle à côté de l'armoire. Le verre était brisé et il n'y avait plus de photo dedans. Je ne savais pas ce que cela voulait dire, mais j'en pris quand même une note mentale. Revenant au rez-de-chaussée, je cherchai tous les papiers qui me permettraient de mieux connaître Greg Fain. Mais là encore, il n'y avait rien. Ce qui était vraiment bizarre, c'était l'ampleur du rien. Tous les tiroirs étaient vides, et sur les côtés aussi. Dans *Les Experts*, ils trouvaient toujours un indice, soit au fond d'un tiroir, sur le côté, ou scotché au-dessous de quelque chose, mais je n'eus pas cette chance dans le bureau de Monsieur Fain. Rien dans le conduit de ventilation, aucune goutte de sang révélatrice. C'était tout simplement décevant, et j'étais déçu. Il n'y avait aucun indice à trouver.

Pourtant, lorsque je retournai dehors, je me sentis mieux. La nuit était claire, et le fait de ne plus être à l'intérieur m'apaisa. J'avais simplement vu beaucoup trop

550

de films d'horreur dans ma vie pour être à l'aise dans la maison sombre. Je laissai le frisson me traverser et pris une grande inspiration pour me calmer lorsque je fus seul, debout au milieu du jardin. C'est alors que je vis l'abri. Incompréhensiblement, je l'avais raté lorsque j'avais fait le tour de la maison la première fois, mais il était là, néanmoins, blanc sous les rayons de la lune. Je vis la zone d'herbe écrasée où je supposais que le congélateur s'était trouvé et où ils avaient trouvé le corps de Greg Fain. Je vis également tous les petits drapeaux sur le sol, là où la police l'avait marqué. Lorsque je réalisai que je devais faire coulisser la porte pour ouvrir l'abri, je sus avec certitude que c'était le bon endroit.

L'intérieur était tel que dans mon souvenir – un sol en béton, des parois métalliques, et l'absence de fenêtres. Ce n'était pas nécessairement un endroit effrayant, c'était juste bizarre d'être là sans être attaché. Je vérifiai chaque centimètre carré de la pièce et ne trouvai rien, pas même un emballage de chewing-gum ou un peu de saleté. Il était impeccable.

Je fis le tour de l'abri en utilisant ma lampe de poche, regardai l'herbe qui l'entourait, et ne trouvai pas la moindre chose qui aurait pu être un tant soit peu utile ou intéressante. J'empruntai l'allée de l'autre côté de la barrière en essayant de deviner dans quelle direction le ravisseur avait conduit la voiture. Mais c'était inutile. Sur le chemin du retour, mon téléphone sonna.

— Allô ?

— J.

— Hé, tu es réveillé, dis-je en souriant. Comment te sens-tu ?

— Bébé, où es-tu ?

— À la maison, soupirai-je.

— D'accord.

— Il n'y a rien ici.

— J'aurais pu te le dire. Ils ont tout sorti de là-dedans, J.

Je regardai la maison alors que je passais par-dessus la clôture dans le jardin et ce fut à ce moment-là seulement que je remarquai la fenêtre.

— Oh, merde, Sam ! Il y a un grenier.

— Quoi ?

— Je n'ai pas vu d'échelle, ou quoi que ce soit y ressemblant. Rien n'était ouvert au premier étage. Est-ce qu'ils ont trouvé un grenier ?

— Je ne sais pas.

— Ils ont dû le trouver, non ?

— Probablement. Ne retourne pas dans la maison. Prends la voiture et viens me voir.

— Je dois aller vérifier, Sam.

— Mon amour… n'y va pas. Je vais appeler Hefron tout de suite pendant que tu reviens ici.

L'idée de retourner dans la maison me donnait des nausées. La peur était irrationnelle, mais se répandit néanmoins dans tout mon corps. À l'extérieur, je

551

pouvais voir si quelque chose venait vers moi. Je pouvais manœuvrer ou courir. Dans les confins de la maison, je ne pouvais pas.

— Merde, dis-je. Pourquoi ai-je aussi peur d'un rien ?

— Jory, plaida-t-il. Bébé, ce n'est pas rien. Tu as été courageux jusqu'à présent, mais vraiment, c'est stupide. Laisse-moi vérifier auprès de Hefron pour savoir s'ils ont trouvé un grenier. Va dans la voiture et je te rappelle tout de suite.

— D'accord, dis-je pour l'apaiser avant de raccrocher et de m'obliger à avancer, vers la porte arrière de la maison.

Je pouvais sentir ma poitrine se comprimer ; j'avais de la difficulté à remplir mes poumons d'air. J'étais si près d'hyper ventiler.

Dans la cuisine, appuyé contre le réfrigérateur à écouter le cycle du moteur se répéter, je me calmai. Des bruits normaux, des choses logiques. Je voulais toujours une arme. Je n'en avais jamais voulu avant. Et même si j'étais plus calme que je l'avais été de toute la nuit, lorsque mon téléphone sonna, il me ficha une trouille d'enfer.

— Merde ! dis-je en décrochant.

— Bébé, ils n'ont pas trouvé de grenier. Je leur ai dit que tu en avais trouvé un et tout le monde est en route. Tu vas avoir toute une cavalerie d'agents d'ici une dizaine de minutes. Alors, reviens vite me voir, d'accord ?

Mais je connaissais sa voix par cœur. Il mentait.

— Bien sûr, dis-je, jouant le jeu, avant de raccrocher à nouveau. Il sonna une fois de plus quelques secondes plus tard.

— Où es-tu ?

— Caleb, dis-je avec un gros soupir.

— Ouais. Qui d'autre ?

— Sam me donnant du fil à retordre.

— Comme il le doit : tu es un idiot fini.

— Te souviens-tu être allé dans un grenier ?

— Un grenier ? Je ne pense pas.

— Quand tu as été emmené pour parler à Dane au téléphone, où es-tu allé ?

— Je ne sais pas vraiment puisque j'avais les yeux bandés, mais si je devais deviner, je dirais que c'était une cuisine. Parce que ça sentait comme dans une cuisine, tu vois ?

Ce qui était logique. La distance du hangar jusqu'à la cuisine était courte et il y avait un téléphone là-bas. Non qu'ils aient utilisé ce téléphone. Ils avaient utilisé un de ces téléphones jetables que l'on achetait et que l'on pouvait charger en payant. Et ils avaient utilisé du liquide. La police avait suivi cette piste et s'était retrouvée dans une impasse. Personne ne se souvenait avoir vu qui que ce soit ; il n'y avait pas de paperasse ni de caméras de surveillance dans le magasin.

— Alors, tu te souviens d'être sorti puis à nouveau rentré quand ils t'ont déplacé.

— Ouais.

— J'aurais aimé que tu sois là pour voir le hangar et la cuisine.

— Je serai là demain matin. Tu peux venir me chercher.

— Je le ferai. Quelle compagnie aérienne ?

— Je ne sais pas, je regarderai dans une minute. Est-ce que je peux juste signaler que j'ai plus souvent pris l'avion au cours de cette dernière année que durant toute ma vie ?

Et alors qu'il continuait de parler de tout et de rien, je me calmai. Même si j'étais dans une maison sombre et inquiétante, j'étais détendu parce que nous parlions de choses normales. Mais quand j'arrivai au bout d'un couloir, je vis quelque chose bouger. Il me fut impossible de réprimer mon cri.

— Oh mon Dieu, quoi ? cria Caleb.

Il y avait des portes doubles vitrées pour accéder au salon. J'avais vu mon propre reflet.

— Merde ! dis-je, désolé.

— Tu te moques de moi ? me réprimanda-t-il.

— Fais chier.

— Peut-être que tu devrais laisser tomber et...

— Non, j'ai juste paniqué.

— Oh, sans rire.

— Je devrais peut-être te rappeler quand...

— Non. Ne t'avise pas de raccrocher. Va juste... au grenier.

— D'accord, acquiesçai-je en espérant qu'il n'y aurait plus de cri effarouché sur ma route jusqu'au grenier.

Je traversai tout le premier – qui était techniquement le deuxième si l'on comptait le sous-sol – examinant le plafond, cherchant l'échelle qui menait au grenier. Je finis par la trouver en vérifiant les jointures des dalles du plafond. L'une d'elles n'était pas scellée comme les autres. Je sautai et la frappai jusqu'à ce qu'elle glisse suffisamment pour que j'arrive à l'attraper du bout des doigts. Dès qu'elle bougea un peu, un long cordon tomba et je pus tirer dessus pour faire descendre l'escalier du plafond. J'avais tout décrit à Caleb au fur et à mesure et j'étais maintenant prêt à monter.

— Un grenier... ne se croirait-on pas dans *Trente jours de nuits* ?

— Oh, va te faire foutre, lançai-je d'un ton sec.

— Quoi ? Tu sais bien qu'il n'y a pas de vampires là-haut.

— Merde !

— Oh bon sang, gamin, calme-toi donc ! dit-il en rigolant. Ton imagination est en train de te faire perdre le contrôle. Au pire, il y a un maniaque fou avec une arme ou un couteau là-haut, à t'attendre parce qu'il n'a en fait jamais quitté les lieux.

— Tu devrais donner des conférences sur la gestion de la peur.

Il se moqua de moi tandis que je commençai à monter.

— Tu ne peux pas savoir combien je déteste ça !

— Ce qui amène la question – pourquoi le fais-tu alors ?

J'essayai de regarder partout à la fois, mais ma lampe de poche était trop petite.

— Que vois-tu ?

— Je vois que dalle.

— Jory, tu t'en fous. Même si la police t'attrape, on s'en fiche ? Allume, tu verras bien.

Je ne pouvais qu'être d'accord. Je n'avais tout simplement pas le courage de tâtonner dans le noir, je trouvai donc l'interrupteur sur le mur et instantanément la lumière illumina le grenier. Immédiatement, je remontai l'échelle, m'assurant ainsi que le cordon était de mon côté, et essayai de reprendre mon souffle. Lorsque je me retournai et vis l'homme, je hurlai et levai mes deux mains. Il me fallut plusieurs secondes pour réaliser que je regardais un mannequin de réanimation cardio-pulmonaire.

— Putain ! criai-je en donnant des coups de pieds dans le mur le plus proche de moi, aussi fort que je pus.

Après une minute, je finis par m'asseoir et me concentrer sur ma respiration. Lorsque j'y parvins, je me rendis compte que j'avais laissé tomber mon téléphone. Je le trouvai au milieu de la pièce, à côté d'une chaise métallique. Je le ramassai et parlai à Caleb, lui disant que j'allais bien.

— Tu veux rire ? Au nom du ciel, Jory ! Tu viens juste de me prendre dix ans de ma vie !

C'était drôle, mais je gardai les yeux sur le mannequin pour m'assurer qu'il n'allait pas soudain tourner sa tête pour me regarder. J'étais peut-être un peu paranoïaque, juste un rien perturbé.

— Plus de hurlements !

— Désolé.

— Mon Dieu ! Sors juste de là ! Je ne peux pas en supporter plus.

Il ne pouvait pas en supporter plus ?

— Sors de là et va camper à l'aéroport en m'attendant.

— Laisse-moi d'abord jeter un coup d'œil.

— Si tu peux le faire sans nous foutre la trouille à tous les deux.

J'ignorai la remarque sarcastique et me concentrai sur la pièce. C'était peut-être l'endroit le plus propre que j'avais vu de ma vie. Outre le mannequin flippant accroché à ce qui semblait être un support pour intraveineuses, et la chaise, il n'y avait rien. Je fis le tour des lieux, m'assurant de ne rien rater, mais il n'y avait pas de mur creux ou de pièce cachée. C'était juste un grenier vide. La seule chose effrayante ici, c'était moi, dans tous mes états et complètement surexcité. J'envoyai une photo à Caleb et il fut déçu. Son grognement me renseigna parfaitement.

— Quoi ?

— Un peu décevant, non ?

Et ça l'était.

Après quelques minutes, je redescendis et laissai l'escalier du grenier tel quel avant de quitter rapidement la maison. J'avais vraiment besoin d'un partenaire de crime. J'étais impatient d'avoir Caleb avec moi le lendemain. Suivre des pistes dans des maisons sombres était bien plus flippant qu'il y paraissait.

Je vérifiai la voiture avant de monter dedans, puis verrouillai toutes les portes et m'en allais très vite avant que quelque chose arrive. Je vis la file de voitures de police me dépasser, et ce fut un soulagement de savoir qu'ils se rendaient effectivement là-bas.

— Que vas-tu faire maintenant ? me demanda Caleb en bâillant bruyamment.

— Je ne sais pas. Si je rentre chez moi, j'ai peur que les inspecteurs qui travaillent sur l'affaire ne me laissent pas venir te chercher seul demain matin. Je ne veux pas aller chez Dane non plus, ni…

— Pourquoi ne louerais-tu pas une chambre quelque part, et demain, nous en prendrons une autre ensemble.

— Ça m'a l'air bien.

— D'accord. Je te vois demain matin. Je t'appelle quand j'arrive.

— Je pensai que j'allais te chercher à l'aéro…

— C'est le cas, mais attends mon appel. De cette façon, tu sauras que je suis arrivé et tu n'auras pas besoin d'attendre. Essaie de dormir aussi longtemps que tu peux… tu sembles vraiment bizarre.

— Je suis juste fatigué.

— Tu vois, alors… dors.

— D'accord, appelle-moi demain matin.

— Je le ferai – ' nuit.

— Désolé de t'avoir tenu éveillé tout ce temps.

— C'est bon. À plus.

Je me sentais mieux parce que, quelque part, parler avec lui était normal. Nous avions traversé beaucoup de choses ensemble dernièrement, et d'une certaine façon, il était plus proche de moi que n'importe qui d'autre. Nous étions comme des compagnons d'armes, et la pensée de le revoir était réconfortante. Alors que je conduisais vers l'aéroport à la recherche d'un hôtel, ma panique diminua et je commençai à me calmer. Quand Dane appela, j'avais pris une chambre et j'étais allongé, tout habillé, sur le lit. J'avais verrouillé toutes les portes et me sentais plutôt en sécurité au dixième étage.

— Salut.

— Où es-tu ?

— Pourquoi es-tu debout ? demandai-je en bâillant, mes yeux se fermant tout seul. Il est si tard.

— Je veux savoir où tu es.

— Je vais bien.

— Ce n'est pas ce que j'ai demandé. Où es-tu ? répéta-t-il en détachant ses mots.

— Je suis en sécurité. Où es-tu ?

— Je suis à l'hôpital avec Sam. Je veille sur lui, comme tu me l'as demandé.

— Tu devrais rentrer chez toi et dormir un peu. Je ne voulais pas dire que tu devais…

— Il dort. Tu l'as épuisé avec tes facéties dans cette maison. Il a vaillamment tenté de rester éveillé, mais son corps guérit et il ne peut tout simplement pas dépenser autant d'énergie sans être assommé. Tu devrais penser à ce que tu lui fais subir.

La culpabilité n'allait pas fonctionner.

— D'accord.

— D'accord ? C'est tout ce que tu as à dire ?

— Dane.

— Quoi ?

— Je dois dormir, je peux à peine aligner trois mots.

— Dis-moi juste où tu es.

— Je t'appellerai demain, d'accord ? Caleb vient…

— Quoi ? Caleb est en ville ?

— Demain. Il arrive demain, mais ne lui dis pas que je te l'ai dit. Il ne voulait pas que je te le dise, soupirai-je.

— Et pourquoi diable ?

— Il ne veut pas avoir d'ennuis.

— Des ennuis avec qui ?

— Toi. Il pense que tu te seras en colère contre lui parce qu'il est d'accord avec moi.

— Et je le suis. Il est censé être l'adulte dans tout ça.

Je me moquai de lui.

— Lorsque je te mettrai la main dessus…

— Je t'aime, laissai-je échapper. Je dois dormir maintenant, d'accord ?

— Jory, sais-tu que mon nom figure sur toutes tes cartes de crédit ?

Je n'avais aucune idée de ce que cela avait à voir avec le reste, mais j'étais trop fatigué pour m'en préoccuper. Je dus grogner avant de raccrocher et de me retourner. Je n'éteignis même pas la lumière.

IX

MON TÉLÉPHONE me réveilla à midi et Caleb était en ligne. Il voulait savoir où j'étais. Après le lui avoir dit, il décida de venir me rejoindre. J'appréciai beaucoup puisque j'étais à peine réveillé. Je me levai une heure plus tard et allai prendre une douche. Mon corps me faisait mal partout et j'avais un mal de tête infernal. J'avais besoin de nourriture et d'un seau de Tylenol avec des litres d'eau. Lorsque je répondis à la porte trente minutes plus tard, Caleb sembla surpris de me voir.

— Quoi ? lui demandai-je, debout devant lui, patientant.

Il marcha vers moi et m'étreignit avec force pendant un instant avant de me dépasser pour entrer dans la chambre.

— Tu es dans un sale état.

— Ouais, eh bien… c'est aussi ce que je pense.

— Allez, on va rendre la chambre avant que quelqu'un découvre où tu te caches et ensuite nous irons manger.

J'étais plus qu'en faveur de ce plan.

Nous prîmes un énorme petit-déjeuner de pancakes, saucisses, œufs et pommes de terre avant de nous rendre dans un motel où nous payâmes une chambre en liquide. Alors que je nous ramenais en voiture à la maison d'Oak Lawn, je lui expliquai que je pensais que nous devrions essayer de savoir si Greg Fain avait des proches qui vivaient en ville.

— Pourquoi ?

— Peut-être qu'ils sauraient avec qui il passait du temps.

— Et comment allons-nous découvrir ça ?

— Je pense que nous pourrions commencer avec ses voisins, dis-je, dépassant un paysage désormais familier sur notre route vers Oak Lawn. Ils pourraient savoir qui sont ses parents ou simplement qui approchait de cette maison.

— C'est logique, dit-il en bâillant et en étirant ses bras.

— Tu sais, j'apprécie vraiment que tu aies fait tout ce chemin juste pour m'aider.

— Pas de quoi. Je veux régler toute cette affaire. Je déteste devoir regarder par-dessus mon épaule tout le temps.

— Moi aussi.

Après quelques kilomètres en silence, il me demanda comment allait Sam.

— Mieux. Il a encore besoin de beaucoup dormir parce que je suis sûr que dans le cas contraire je serais en train d'écouter un de ses appels menaçants comme maintenant.

— Il est juste inquiet pour toi.

— C'est gentil, mais je ne suis plus un gamin, non ? En fait, je suis un adulte.

— Tu as quoi maintenant ?

— Je ne compr… tu veux dire, quel âge j'ai ?

— Ouais.

— J'ai vingt-six ans.

Il fit un petit bruit de gorge.

— Et quel âge a Sam ?

— Il a trente-huit ans – trois ans de moins que Dane.

— Tu t'inquiètes de la différence d'âge entre Sam et toi ?

— Non. Je pense que je suis en fait plus vieux que lui – je suis plus mature.

— Ouais, entrer par effraction dans une maison sombre au milieu de la nuit est très mature.

— Va te faire voir.

Il se moqua de moi et je me concentrai sur la route.

Je ne pouvais qu'imaginer à quoi nous devions ressembler, moi avec mon pull à capuche et ma parka, Caleb dans son imperméable avec son écharpe. Nous portions tous les deux des lunettes de soleil pour nous protéger de la lumière de l'après-midi. Pourtant, nous ne devions pas avoir l'air menaçant parce qu'alors que nous faisions notre porte-à-porte, les gens acceptaient quand même de nous parler. Caleb me dit que c'était parce que j'étais mignon, ce à quoi je répliquai qu'avec son air de garçon comme tout le monde, son charmant sourire et son accent du Texas qui pointait, il n'avait rien à m'envier. Je n'avais jamais vraiment regardé Caleb avec attention avant, mais les cheveux châtain et les yeux bleu foncé étaient très attirants, et sa fossette au menton et les ridules de sourire au coin de ses yeux rendaient son visage intéressant. Quelle qu'en soit la raison, les gens nous parlaient, et nous découvrîmes que la mère de Greg s'appelait Joyce et qu'elle avait, selon Madame Ogden, déménagé à Schaumburg. Madame Ogden vivait dans le coin depuis plus de trente ans et était presque certaine que c'était ce qu'on lui avait dit. Les biscuits à la cannelle qu'elle nous offrit étaient délicieux, tout juste sortis du four. Elle poursuivit en nous disant qu'il n'y avait jamais eu de Monsieur Fain, seulement Joyce et son fils. Une fois que son fils Greg avait été assez vieux pour vivre seul, Joyce avait quitté la maison et Greg avait vécu seul depuis.

Nous nous rendîmes dans un cyber café et fîmes une recherche sur Joyce Fain, J. Fain et tous les Fain de Chicago et de Schaumburg. Il y en avait plus que je l'aurais souhaité, mais pendant que je conduisais, Caleb passait les appels, et je me rendis compte à nouveau combien c'était chouette d'avoir un partenaire de crime. Le fait d'avoir ne serait-ce qu'une personne travaillant sur la même chose que moi était d'une grande aide.

— Oh, oh, oh, dit Caleb avec enthousiasme en tendant son téléphone après l'avoir mis sur haut-parleur pour moi. Écoute, écoute…

Le répondeur que j'entendis était parfaitement audible et j'écoutai. La voix de la femme tremblotait un peu tandis qu'elle annonçait que le correspondant était bien sur la ligne de Joyce et des Sœurs de Saint Andrew. Nous fûmes invités à laisser une requête de prière ou un message et Sœur Joyce nous retournerait notre appel.

— Ce doit être elle, m'assura Caleb. Tu ne crois pas ?

Je ne me souvenais pas avoir vu des croix ou des objets religieux dans la maison, mais il faisait sombre alors que je les avais peut-être ratés. Ou peut-être que lorsque sa mère était partie, Greg lui avait envoyé tout son bric-à-brac. Peut-être que Maman était pieuse, mais pas le fils.

— Nous pourrions aussi bien vérifier, mais appelle quand même les autres.

Il acquiesça et resta au téléphone pendant que je conduisais.

— Pourquoi penses-tu que Greg n'a pas déménagé avec sa mère ? Pourquoi avoir conservé la maison et la faire s'en aller ? Est-ce qu'habituellement les gens ne s'occupent pas de leurs parents, puisqu'eux-mêmes ont pris soin de leur progéniture ?

— Je pense que c'est comme ça que ça fonctionne en général, oui.

— Alors, quoi ?

— Jory, je connais les Fain autant que toi, dit-il en rigolant. Les rouages internes de la vie de famille de l'un des hommes qui nous a enlevé sont un mystère pour moi.

— Bien sûr, je pensais juste à haute voix.

— Pourquoi ne pas demander à sa mère lorsque tu la verras ?

— Je ne veux pas espionner.

Pour une raison quelconque, il trouva cela très amusant.

Le trajet était long jusqu'à Schaumburg, mais Caleb resta occupé au téléphone pendant que je répondais au mien. Dane voulait savoir quelle était ma mission kamikaze du jour.

— J'ai eu cette idée, commençai-je.

— Tu sais, bien sûr, que je vais te retrouver. Et lorsque je l'aurai fait, tu ne ressortiras plus jamais de mon appartement sans ma permission. J'ai engagé un garde du corps pour Aja jusqu'à ce que cette histoire soit terminée et je vais faire la même chose pour toi.

— D'accord, soupirai-je, réalisant que mon mal de tête ne voulait tout simplement pas me lâcher.

Il m'élançait jusque dans la nuque et le haut de mon crâne. Je sentais la tension profondément installée dans mes épaules.

— Est-ce que Caleb est avec toi ?

— Caleb ? Non.

— Passe-lui le téléphone.

Je lui tendis mon téléphone et au bout d'une minute, il prit une inspiration et plissa les yeux en saluant son frère. Il gémit profondément dix minutes plus tard quand il raccrocha.

— Seigneur, cet homme est furieux.

— Oui, eh bien…

— Il est furieux après toi, après moi – il est tout simplement complètement fou de rage. Tu sais qu'il t'a pisté, il est déjà remonté jusqu'à cet hôtel où tu as dormi la nuit dernière ?

— C'est parce que j'étais fatigué et que j'ai utilisé l'AMEX au lieu de ma Visa. Il règle les factures de l'AMEX.

— Bien joué, dit-il avec ironie.

— Salut, fatigué, va te faire foutre.

Il rit et m'indiqua la sortie à prendre pour quitter l'autoroute.

LA MAISON se trouvait au bout d'une rue étroite avec d'énormes nids-de-poule et des arbres qui la bordaient les deux côtés. Les trottoirs étaient fissurés par des racines envahissantes, et les habitations tombaient en ruines. Debout devant le grillage métallique avec Caleb, je fus pris d'un frisson.

— Quoi ?

— Je ne sais pas, j'ai une impression bizarre.

— Pourquoi ?

Je haussai les épaules.

— Viens, dit-il en me frappant l'épaule avant de soulever le loquet pour entrer dans la propriété.

Je le suivis sur le chemin envahi par les mauvaises herbes qui poussaient dans les interstices du ciment, jusqu'à la porte d'entrée. Il sonna, puis frappa. Le porche était minuscule, la balustrade en fer forgé faisant le tour de ce qui était davantage un perron.

— Je vais faire le tour par l'arrière, dit-il en redescendant les quatre marches.

— Je viens avec toi.

Le jardin était à l'abandon, envahi de chiendent, avec de l'herbe qui atteignait mes genoux. Il y avait un jardin clôturé, actuellement en sommeil pour l'hiver, et un chêne stérile. Il ne semblait pas que Greg ait fait le trajet jusqu'à Schaumburg pour aider sa mère à entretenir sa maison. Je pensai à Sam et à ses frères en train de nettoyer les gouttières du toit de leurs parents, tondant la pelouse, donnant un coup de peinture, ramassant les feuilles – c'était si différent. Je me demandais ce que Joyce Fain avait fait pour ne pas recevoir le même traitement que Regina Kage.

— Mon Dieu, cet endroit pourrait-il être encore plus sombre ? demanda Caleb en secouant la tête.

Je le suivis en haut des quatre marches qui menaient à la porte de derrière, et lorsqu'il tourna la poignée, la porte s'ouvrit.

— Oh merde ! gémis-je, empêchant Caleb d'entrer.

— Quoi ?

560

— Nous ne pouvons pas entrer comme ça. Elle pourrait être en train de prendre une douche. Elle pourrait totalement paniquer si nous débarquions dans son salon, sortis de nulle part.

— Il n'y a personne dans la maison, J, m'assura-t-il. Je viens juste d'appeler, tu te rappelles ?

— Oui, et ça va de pair avec mon hypothèse de la douche.

— Bien, soupira-t-il. Je vais appeler encore une fois et si elle ne répond pas, nous entrerons, d'accord ?

Je hochai la tête.

Il fit défiler les derniers numéros et appela. Je restai à côté de lui alors qu'il mettait le téléphone sur haut-parleur et laissait sonner. Nous entendîmes le bip de la boîte vocale qui se mettait en marche et Caleb raccrocha.

— Maintenant ?

À la seconde où j'acquiesçai, il ouvrit la porte-écran puis une autre qui menait dans ce qui ressemblait à une véranda. Il y avait des vitres sur quatre côtés, mais je ne l'avais pas remarqué depuis l'extérieur parce que les rideaux étaient tirés. La raison en devint immédiatement compréhensible quand nous découvrîmes une femme allongée face contre terre au milieu de la pièce. Elle baignait dans une mare de sang. Je sentis mon estomac se retourner.

— Oh merde ! gémit Caleb en faisant un pas en arrière.

Je m'accroupis et m'adossai à la porte.

— Seigneur !

— Regarde ça.

Je levai la tête et il tenait un couteau de cuisine ensanglanté.

— Je pense que c'est l'arme du crime.

— Dis-moi que tu ne viens pas juste de la ramasser, dis-je en gémissant.

— Oh !

Ses yeux s'écarquillèrent et il me dévisagea.

— Merde !

Contrairement à moi qui possédais toutes les saisons des *Experts* – les originaux, pas ceux de New York ou Miami – en DVD, l'homme n'avait jamais vu aucun épisode de sa vie. Sciences médico-légales pour les nuls : Ne jamais toucher quoi que ce soit sans porter des gants en caoutchouc.

Lorsqu'il lâcha le couteau, il rebondit et atterrit près de la morte. Je réussis à sortir à temps pour ne pas vomir sur le tapis.

J'ÉTAIS ASSIS devant une table en face de Hefron et de Lange, la tête entre les mains alors que j'expliquais pour la cinquième fois ce qui était arrivé dans la maison de Joyce Fain. On avait relevé mes empreintes digitales, pris mes chaussures de randonnées et mes vêtements, et je portais maintenant une combinaison parachute orange qui n'était certainement pas en coton et ne faisait rien pour mettre mon teint en valeur. Même si je savais qu'ils ne pensaient pas que j'avais tué quelqu'un, j'étais quand même nerveux et j'avais mal à l'estomac. J'avais vomi l'intégralité de mon petit-déjeuner et j'avais été sujet à des haut-le-cœur. Même si j'avais vu deux hommes se faire tuer au cours de ces trois dernières années, voir une femme morte était, quelque part, différent. Le fait qu'elle était la mère de quelqu'un était difficile pour moi, alors j'essayai de penser à tout et n'importe quoi, sauf à elle… la combinaison orange, par exemple. Je me dis que cela n'aurait pas dû importer – femme ou homme, mes sentiments auraient dû être les mêmes –, mais cela comptait et je ne pouvais rien y faire. J'avais froid, je tremblais, et la lumière me faisait mal aux yeux.

— Racontez-moi tout encore une fois, Jory, m'incita Neal Lange.

— Quand pourrais-je voir Caleb ?

— Nous l'amènerons ici avant de vous ramener tous les deux à l'hôtel pour récupérer vos affaires.

— Quoi ?

— Nous vous emmenons tous les deux à la résidence de Monsieur Harcourt. Il a accepté de vous héberger tous les deux pendant la durée de l'enquête.

— Je veux rentrer chez moi, lui dis-je.

— Si vous préférez.

— Je préfère.

— Et Monsieur Reid ?

Je haussai les épaules.

— Je ne sais pas.

— Jory.

Je levai les yeux pour croiser son regard.

— C'est terminé de parcourir la ville dans tous les sens pour suivre des pistes. C'est trop dangereux et nous serons obligés de vous charger pour falsifications de preuves et ingérence dans une enquête criminelle en cours si vous deviez persister.

— Je ne voulais pas…

— Nous allons vous charger pour obstruction. Comprenez-vous ?

Je hochai la tête.

— Je ne le ferai plus… Je ne sais pas comment fait Sam chaque jour. Je ne sais pas comment vous pouvez regarder des gens morts sans vous évanouir sur place juste après.

Il hocha la tête.

— C'est le boulot, Jory.

— Ouais… vous pouvez le garder, soupirai-je profondément.

Je sentis comme un vent froid me traverser de part en part.

— Vous tremblez.

— C'est parce que je suis gelé.

Je vis le soupçon d'un sourire avant qu'il hoche la tête.

562

— Racontez-moi encore une fois, Jory, à partir du moment où vous êtes sorti de la voiture.

Et je le fis.

Ils m'expliquèrent que Joyce Fain était morte depuis au moins six heures quand nous l'avions trouvée. Vu la façon dont elle était tombée et l'absence de blessures défensives, elle avait été attaquée par-derrière et on lui avait tranché la gorge. On pouvait savoir toutes sortes de choses d'après les éclaboussures et la mare de sang sous sa tête. Cela n'avait pas dû être difficile de maîtriser la femme de soixante-huit ans qui en plus n'était pas en bonne santé. Rien n'avait été volé dans la maison, son sac contenait encore cent cinquante dollars, et on avait retrouvé tous ses bijoux. Il n'y avait aucune raison à sa mort si ce n'est que celui qui avait fait ça était allé là-bas spécifiquement pour le faire.

— Jory, vous n'avez pas l'air dans votre assiette.

— C'est parce que je porte du orange.

Il rigola.

— Vous avez besoin de manger, de boire, et de beaucoup de sommeil.

Je hochai la tête, croisant mes bras et posant ma tête dessus.

— Est-ce que je peux aller voir Sam ?

— Bien sûr.

Je fermai les yeux.

— Merci.

— Que pensiez-vous obtenir en allant voir Madame Fain ?

— Nous pensions… enfin, je – je pensais que si je pouvais lui parler alors elle pourrait peut-être nous dire avec qui Greg passait du temps.

Lange hocha la tête.

— C'était une bonne idée.

— Merci, dis-je en poussant un profond soupir et en frissonnant violemment.

— Je veux aller voir Sam.

— D'accord… d'accord. Jory, regardez-moi. Jory…

J'essayai vraiment très fort de me concentrer sur lui juste avant que des taches dansent devant mes yeux et que la pièce devienne noire.

JE SENTAIS qu'il faisait clair et je plissai les yeux avant de les ouvrir. Mon gémissement fut bruyant.

— Charmant, grogna Dane.

Je regardai autour de moi.

— Je suis de retour à l'hôpital ?

— Oui.

— Comment ça ?

— Parce que tu es déshydraté, tu as une légère commotion, et ton taux de glycémie est plus que bas.

— Je n'ai pas de commotion. Je ne me suis pas cogné la...

— C'est la même que la première fois, idiot. Tu ne t'es pas accordé une seconde pour guérir, ensuite un homme quelconque t'a donné un coup quand tu t'es interposé entre cette femme et lui, et tu...

— J'ai encore une commotion ?

— C'est hilarant que tu sois surpris.

— Dane, je...

— Ils t'ont donné du glucose pour faire remonter ton taux de sucre et plus de sérum que je le croyais possible – deux poches complètes en intraveineuses – et... tu sais, tu bois toujours plus de trois litres d'eau par jour, alors ton corps a l'habitude d'en prendre autant. Quand tu t'arrêtes... c'était complètement stupide.

— Ouais, je sais. Je n'ai juste pas eu le temps.

— Qu'est-ce qui t'a pris d'aller chez cette femme ?

— C'était logique, tu ne crois pas ? Tu comprends, si j'avais pu lui parler, je lui aurais demandé avec qui son fils passait du temps. Peut-être que aurions-nous pu mettre un visage sur le pote de Greg Fain.

Il secoua la tête.

— Eh bien, apparemment Caleb et toi avez fait un excellent travail de destruction de preuves en ruinant complètement la scène de crime.

— D'accord, mais personne n'aurait jamais rien su à propos de ce crime sans Caleb et moi.

— Ne te leurre pas, Jory, quelqu'un d'autre aurait trouvé le corps de cette femme et quand ça aurait été le cas, les enquêteurs auraient fait le lien entre son meurtre et celui de son fils. Vu comment se présentent les choses, les empreintes de Caleb sont sur l'arme du crime, les tiennes partout sur la porte, et vos deux empreintes de pas se trouvent sur le tapis. S'ils découvrent quelque chose après vous avoir éliminé de l'équation, ce sera un miracle.

Je respirai et le dévisageai.

— Que cherchiez-vous ?

— Nous espérions lui parler de...

— Non, je veux dire quand tu as fouillé dans ses affaires ?

— De quoi parles-tu ?

— Pourquoi as-tu fouillé dans ses affaires ? Quel était le but ?

— Nous n'avons rien fait de tel.

— Eh bien, apparemment, vous l'avez fait. Ils ont trouvé vos empreintes partout.

Je me moquai de lui.

— Partout, mon cul. J'ai touché la porte ; c'est tout ce que j'ai touché.

— Peut-être que c'est ce que tu penses avoir touché, mais...

— C'est tout ce que j'ai touché, Dane.

— Eh bien, Lange m'a dit qu'ils ont trouvé tes empreintes partout. Ses livres, des cartons au sous-sol, le coffre au bout de son lit... ils ont dit que vous aviez retourné l'endroit.

— Ce sont des mensonges , lui dis-je. Nous sommes entrés par la porte arrière et c'est le plus loin que nous sommes allés. Je ne sais pas où il est allé chercher tout ça, mais s'il a trouvé mes empreintes ou celles de Caleb sur n'importe quoi d'autre, il ment.

— Pourquoi ferait-il ça ?

— Je ne pense pas qu'il fasse quoi que ce soit, je dis juste... que je crois qu'il se trompe. Si quelqu'un recherchait quelque chose, ce doit être le gars après qui nous sommes, pas Caleb, pas moi.

Il hocha la tête.

— D'accord, je vais lui redemander.

— Très bien.

Il écarta des mèches de mon visage.

— Quand tu te seras un peu reposé, nous pourrons aller voir Sam.

— Ça me va, dis-je en fermant les yeux.

— Après ça, tu viendras à la maison avec moi.

— Je ne veux pas aller chez...

— Crois-tu que ce que tu veux m'importe encore ?

— Oooh... allez, Dane, je...

— L'inspecteur Hefron veut que tu retournes là-bas avec lui demain et que tu lui montres exactement où tu te trouvais dans la maison. Il veut également que tu regardes tout avec la femme de ménage de Madame Fain. Il veut voir si elle remarque quelque chose de différent par rapport à toi.

— Très bien. Comme tu veux. Je veux voir Caleb et m'assurer qu'il va bien.

— Il va bien, Jory. Repose-toi.

— Mais...

— Repose-toi, insista-t-il, et parce qu'il avait son air mécontent, je ne le titillai pas davantage.

Je fermai les yeux en pensant faire semblant de me reposer pour qu'il arrête de me casser les pieds. Mais ça se retourna contre moi, et je m'endormis.

QUELQU'UN ME secouait et le mouvement était insistant. Quand j'ouvris les yeux, j'étais passablement irrité. C'était un hôpital ; on était supposé vous laisser dormir. Je fus surprise de trouver Aja qui me regardait d'un air tout aussi irrité.

— C'est quoi ton problème ? lui demandai-je rapidement.

— Oh, je ne sais pas, me répondit-elle sèchement. Entre Sam et toi, où devrais-je commencer ?

— Oh !

— Oui... Oh ! Pour l'amour du ciel, Jory, mon cœur ne peut pas supporter tout ça. M'inquiéter pour toi, m'inquiéter pour Sam... Est-ce que l'un de vous pourrait...

Elle me jeta un regard noir.

—... arrêter.

— Je vais le faire, je vais arrêter.

Alors que je me redressais, je réalisai que je n'étais plus branché à aucune machine. Très excitant.

— Hé, regarde ! Je ne suis plus enchaîné.

— J'en suis ravie, dit-elle avec ironie. Vas-tu reprendre tes expéditions, Kojak, ou en avons-nous fini avec ça ?

— Nous en avons fini, dis-je en bâillant.

Elle se jeta sur moi puis m'étreignit, enfouissant son visage dans mon cou. Elle frissonna une fois, puis me serra aussi fort qu'elle put.

Je lui rendis son étreinte, frottant de petits cercles dans son dos.

— Je vais bien.

Reculant, elle plongea ses yeux dans les miens.

— En es-tu sûr ?

— Oui, j'en suis sûr. Sais-tu quand ils vont me libérer ?

— Le médecin est passé il y a une trentaine de minutes. Il a dit qu'il allait s'occuper de la paperasse afin que tu puisses sortir quand tu serais réveillé.

— Fantastique ! dis-je en souriant. Alors, laisse-moi le temps de me changer et...

— Attends.

Elle leva une main.

— Tu sais que Dane ne te laissera aller nulle part ailleurs que chez nous, n'est-ce pas ?

— Non, je vais lui parler. Il changera d'avis, tu verras.

— Je ne sais pas, Jory. Il est assez contrarié.

— Je sais que je vous en ai fait voir de toutes les couleurs à tous les deux, mais...

— Jory, la moitié du temps je ne sais pas si je dois t'étrangler ou te prendre dans mes bras. J'ai besoin de savoir que tu es en sécurité et je ne peux vraiment pas remettre la logique de Dane en question. S'il peut te voir, il sait que tu vas bien.

— Je le suppose.

— Il m'a dit qu'il allait engager un garde du corps pour toi aussi.

— Comment est le tien ? Est-ce qu'il est sexy ?

— Non, pas vraiment.

Elle écarquilla les yeux.

— Ce n'est pas comme dans les films ?

— Absolument pas.

Je ne pus m'empêcher de sourire, elle était trop mignonne.

Elle me lança un regard sévère et se leva du lit où elle était assise à côté de moi.

— Lève-toi et change-toi. Je t'ai acheté des vêtements.

Une fois douché et changé, j'accompagnai ma belle-sœur jusqu'à la chambre de Sam. Je me plaignis du gel qu'elle avait acheté sur tout le chemin.

— Mon Dieu, puis-je au moins avoir un merci ? me reprocha-t-elle.

— Je t'ai dit merci au moins une centaine de fois.

— Alors, arrête de râler à propos de tes cheveux. Ils sont très bien.

— Bien, répétai-je, passant encore une fois mes doigts dans mes cheveux.

Ce n'était pas le gel que j'utilisai habituellement. Il était bizarre, mais l'éclat qui passa dans ses yeux m'indiqua qu'il valait mieux laisser tomber.

— Tu es vraiment très narcissique. Est-ce que quelqu'un te l'a déjà dit ? me dit-elle d'un ton cassant.

— Je ne le suis pas, grommelai-je en frottant ma joue du bout des doigts. J'ai besoin de me raser.

Elle ravala un grognement de rire, qui fut très peu digne de sa part.

— Un peu de barbe te va bien. Cela te fait ressembler à un homme au lieu d'un adolescent de seize ans.

— Oh, va te faire voir, gémis-je. Je ne ressemble plus à un gamin.

— Que tu dis.

Je la laissai entrer dans la chambre de Sam la première, dépasser les deux policiers en uniforme, et lorsque je le vis, je fus surpris de le trouver hors du lit, assis près de la table dans le coin, dans ce que l'hôpital se faisait de l'idée d'un fauteuil inclinable. Il portait un pantalon de survêtement, des chaussettes blanches, et un tee-shirt. Il n'avait jamais eu l'air aussi bien.

— Enfin le voilà, dit-il en me faisant signe de le rejoindre.

Je m'élançai, mais Dane attrapa mon bras pour arrêter mon élan.

— Non, dit Sam et mes yeux passèrent du visage de mon frère à celui de Sam. Laisse-le venir.

Dane laissa retomber sa main.

Je lui adressai un léger sourire avant de foncer vers Sam. Je m'arrêtai devant lui.

— Tu es superbe, dis-je avec un sourire rayonnant.

Il tapota ses cuisses.

— Viens là, tu sais que j'aime t'avoir sur mes genoux.

C'était amusant. Tout le monde cria en même temps quand je posai ma main sur le bras du fauteuil pour balancer une jambe par-dessus lui avec élan. Ils pensaient que j'étais stupide. Mais je me rattrapai, prenant appui sur les deux bras du fauteuil avant de descendre lentement à califourchon sur ses hanches. Il y eut un soupir de soulagement collectif. Sam rigola et posa une main sur son ventre.

— Ne me fais pas rire pour l'instant, d'accord ?

Je hochai la tête tout en déplaçant mon postérieur contre son entrejambe, bougeant jusqu'à ce que je le sente durcir. Instantanément, ses mains se posèrent sur mes hanches, m'agrippant avec une poigne de fer.

— Laisse tomber, parce que je ne peux rien faire à ce sujet pour l'instant.

— Je pourrais prendre soin de toi, lui dis-je en souriant lascivement, me mordant la lèvre inférieure.

Il me regarda dans les yeux et prit mon visage dans la coupe de ses mains.

— Je te veux ici avec moi toutes les nuits à partir de maintenant, c'est compris ? Ça suffit, Jory, plus jamais.

— D'accord, dis-je avant de l'embrasser.

Il resserra sa prise sur moi pour m'empêcher de bouger.

— Tu as pris plusieurs années de ma vie, tu sais.

— Non, ce n'est pas vrai. Ne dis pas ça.

Il poussa un bref soupir.

— J'ai besoin de toi à mes côtés pendant longtemps, tu comprends ? Je ne veux pas qu'il t'arrive quoi que ce soit… je ne pourrai tout simplement pas le supporter.

— D'accord, d'accord.

Je lui offris un sourire éclatant. Est-ce que je peux t'embrasser maintenant ?

— Oui, dit-il doucement en me lâchant afin que nos lèvres puissent se toucher.

Je fermai les yeux et sa langue glissa entre mes lèvres tandis que je les entrouvrais pour lui. Je soupirai contre sa bouche et j'oubliai tout et tout le monde, sauf Sam Kage. Embrasser Sam Kage. Il vint poser sa main derrière ma tête, me tenant en place alors que sa bouche pillait brutalement la mienne, exprimant toute sa possessivité. Je gémis en réaction et mes mains glissèrent sur son torse, touchant ses muscles fermes.

— D'accord, stop.

La voix de Dane fut aussi tranchante que de la glace. Il avait l'air vraiment ennuyé.

Je reculai et le regardai par-dessus mon épaule alors qu'il traversait la chambre pour venir se tenir à nos côtés.

— Je n'ai aucun intérêt à regarder mon frère rouler un patin à son petit ami. Je veux savoir à quoi tu pensais en allant fouiller dans les affaires de cette femme !

Je me levai, mais Sam me saisit la main.

— Assieds-toi ici, dit-il en tapotant le bras du fauteuil.

Je me perchai là où il me l'avait demandé et sentis sa main glisser sous mon pull pour caresser ma peau.

— Je n'ai touché à rien, Dane. Je te l'ai déjà dit.

— Ce n'est pas vrai, Jory, intervint l'inspecteur Lange en venant se poster à côté de mon frère. J'ai vérifié pour m'assurer que j'avais raison et les empreintes de Caleb sont par…

— Je n'ai touché à rien, criai-je pratiquement, la seule chose m'empêchant de perdre la tête étant la main de Sam au bas de mon dos.

Ce simple contact me calmait.

— Nous sommes entrés, nous l'avons trouvé gisant dans son sang.

Je déglutis avec difficulté, me rappelant la scène.

568

— Caleb a accidentellement touché le couteau et alors j'ai couru dehors pour vomir.

— Jory, vous devez vous tr... commença l'inspecteur Lange.

— Je sais ce que je dis, le coupai-je en jetant un regard à mon frère.

Et je réalisai tout à coup que les parents de Sam, l'inspecteur Hefron, et plusieurs autres personnes que je ne connaissais pas – avec un badge suspendu à une chaîne autour de leur cou – se trouvaient là avec eux.

— Je sais ce que j'ai fait et je sais ce que je n'ai pas fait, et je suis sûr que je...

— Tais-toi, cria soudain Sam, et je me levai et me retournai pour le regarder.

Je n'arrivais pas à croire qu'il prenait leur parti et ne m'écoutait pas, mais quand je vis son visage, je devins muet. Il était absolument livide.

— Sam, dis-je rapidement en me baissant, mes mains allant se poser sur son visage et ses bras. Est-ce que tu vas bien ? Dois-je appeler un médecin ou...

— Sam... dit Regina dans un souffle en se précipitant à mes côtés, portant les mains sur la poitrine de son fils. Chéri, que pouvons-nous faire ?

— Appelez le médecin ! aboya Thomas.

Tout le monde cria, le chaos s'installant en quelques secondes avant que Sam se lève, chassant les mains de tout le monde, sauf les miennes. Moi, il m'attira et me tint serré contre lui, comme s'il me protégeait.

— Taisez-vous ! rugit-il et la pièce tomba instantanément dans le silence.

Je fus soudain retourné pour lui faire face, ses mains s'enfonçant douloureusement dans mes biceps. Même blessé, il était très fort.

— Tu n'as touché que la porte et le mur, c'est ça ?

Je hochai la tête.

Il regarda par-dessus mon épaule, mais ne me lâcha pas.

— Bordel de merde ! jura-t-il

Sa voix était rauque et il chancela légèrement.

— Neal, dit-il avant de me libérer tandis que l'inspecteur Lange s'avançait devant lui. Nous sommes des putains d'idiots.

Je regardai l'inspecteur Lange observer Sam, et alors il ouvrit lentement la bouche avant de se tourner vers Hefron.

— C'est Caleb Reid, dit James Hefron d'un ton plat, et il poussa un profond soupir. Nom de Dieu, c'est Caleb Reid.

— Attendez, dit rapidement Dane. Qu'êtes-vous en train...

— Va dans sa chambre, ordonna Sam à Lange qui se retourna et s'élança, un talkie-walkie à la main, alors que tout le monde quittait la chambre à l'exception de la famille de Sam, de Dane, et d'Aja.

— Sam, dit Dane en s'approchant de lui. Que se passe-t-il ?

Sam repoussa les cheveux de son visage et me regarda.

— Merde alors, Jory.

— Quoi ? Que se passe-t-il ? Qu'est-ce que cela a à voir avec...

— C'est Caleb, bébé, dit Sam, sa main se posant automatiquement sur ma nuque pour m'attirer contre lui. Ça doit être lui. Tout a commencé à l'époque où Caleb est apparu dans la vie de Dane. La première victime a été tuée juste après qu'il ait rencontré Dane et qu'il ait eu connaissance de ton existence. Tout concorde, et je suis sûr qu'il a délibérément touché ce couteau hier pour nous embrouiller. Il a tué Joyce Fain et a laissé l'arme du crime en évidence sachant, lorsqu'il te ramènerait sur place avec lui, que tu le verrais le toucher et te porterais garant de sa stupidité. Nous ne trouverons aucune autre empreinte sur ce couteau parce qu'il n'y en a pas d'autres à trouver.

Cela n'avait aucun sens.

— Mais Caleb était au Texas avant-hier, et ils ont dit que Madame Fain avait été tuée…

— Tu as dit à Lange que Caleb s'est montré directement à ton hôtel. Comment sais-tu quand il est effectivement arrivé en ville ? Bébé, il aurait pu être là depuis des heures avant de venir te trouver.

Ma tête me fit mal à nouveau.

— Mais Sam, il a été enlevé avec moi.

— Chéri, tu n'en sais rien. Tu n'as jamais vu aucun visage. Si Caleb travaillait avec Greg Fain, ça veut dire qu'il était assis là à regarder Greg te frapper et te maintenir au sol. Il a tué Greg Fain quand celui-ci a voulu te laisser partir, et l'a mis dans ce congélateur dans le jardin parce qu'il n'avait probablement aucune idée de quoi faire d'autres.

— Mais Caleb est mon ami.

— Non, il ne l'est pas.

Il secoua la tête.

— Et il a fini par commettre une erreur.

— Comment ça ? demanda Dane, d'une voix glaciale.

Sam se tourna vers lui.

— Parce que la voisine qui a vu Jory rendre le contenu de son estomac près du porche de derrière a appelé la police, pensant qu'il y avait une effraction. Je pense que Caleb aurait essayé de convaincre Jory de faire le tour de la maison pour rechercher des indices, mais il n'en a pas eu le temps.

— Et les empreintes de Jory auraient été exactement au même endroit que les siennes, où elles étaient déjà ?

— Ouais, acquiesça Sam.

— Tu es en train de me dire que Caleb a tué Madame Fain plus tôt dans la journée, qu'il a tout retourné dans sa maison, et qu'il a conduit Jory là-bas pour se couvrir.

— Exactement. En fait, je pense que Greg Fain et Caleb Reid se connaissaient et qu'il y avait des photos ou autres qui les reliaient et que Caleb pensait trouver dans la maison, mais sans succès. Il a mené Jory là-bas pour couvrir ses traces.

— Mais si c'est Caleb, pourquoi ne m'a-t-il pas simplement tué ? Il a eu des centaines d'occasions.

— Je ne sais pas, dit Sam d'une voix tremblante. Mais, nous le découvrirons.

— C'est absurde, dit Dane, laconique. Caleb Reid ne peut pas plus tuer un homme que... il n'est pas assez fort, Sam, et je ne veux pas dire physiquement... il est juste... faible.

— Je dois te contredire, coassa Sam et je m'aperçus qu'il tremblait. C'est Caleb, et c'est tout à fait logique. Pourquoi avons-nous seulement été capables de trouver des preuves que Greg Fain, Jory et Caleb avaient mis les pieds dans le hangar ? Pourquoi n'y avait-il que l'ADN de Greg et de Caleb dans la maison ? Comment se fait-il qu'il n'y ait des preuves que de la présence de Caleb et Jory dans la voiture, en dehors de ces deux rigolos qui l'ont volée ? Pourquoi diable Caleb a-t-il touché ce couteau ? Tout le monde a plus de jugeote que ça. Tout le monde.

Cela me semblait un peu léger.

— Ce ne sont que des preuves circonstancielles.

— Vraiment ? dit Sam avec indulgence. C'est ce que tu penses ?

Je fronçai les sourcils.

— Sam, il n'y a aucune preuve tangible qui relie Caleb à mon enlèvement ou à n'importe quel autre meurtre.

— Je parie qu'il y en a. Je parie qu'il a manqué quelque chose dans cette maison, et je suis sûr que Greg Fain me connaissait d'une façon ou d'une autre. Il n'aurait pas été si paniqué quand il a entendu que tu étais avec moi dans le cas contraire. Nous devons fouiller la maison de Joyce Fain, sa voiture, son lieu de travail, partout, et ensuite nous devons en apprendre le plus possible sur Greg Fain. Je...

— Il est parti, dit Neal Lange en entrant dans la chambre. J'ai fait passer le mot qu'il était recherché pour interrogatoire afin qu'il ne sorte pas de la ville, mais Dieu seul sait où il se trouve en ce moment.

— Merde ! jura Sam en donnant un coup de pied dans la chaise la plus proche. Il a dû se douter que son histoire et celle de Jory ne correspondraient pas. C'est la seule fois qu'elles ne coïncident pas.

L'inspecteur hocha la tête.

— Ouais. En fait, maintenant que j'y repense, tout ça a un certain sens. La blessure par balle aurait facilement pu être auto-infligée, et il connaissait chacun de nos gestes parce qu'il faisait partie de notre cercle. C'est incroyable que je n'ai pas – je veux dire... toutes les empreintes digitales que nous n'avons pas, toutes les preuves ADN qui ne désignent que lui... Seigneur, Sam, je suis désolé, j'ai complètement raté ça.

— Nous sommes tous passés à côté, gronda-t-il. Le fait est que maintenant que nous le savons, nous devons protéger tout le monde. Mets-toi en rapport avec la police de Dallas pour qu'ils perquisitionnent la maison de ses parents, et la sienne, et qu'ils voient tout ce qu'ils peuvent trouver. Étudiez ses relevés de téléphone, ses reçus d'essence et ses billets d'avion… Épluchez tout ça et faites-moi part des résultats.

Lange hocha la tête et s'en alla sans ajouter un mot, l'inspecteur Hefron sur ses talons.

— Sam, tu te trompes pour Caleb, lui dis-je.

Il soupira profondément avant de me regarder droit dans les yeux.

— Non, bébé, je ne me trompe jamais.

Et puis tout à coup, il plissa les yeux, comme s'il était confus.

— Qu'est-ce que tu as fait à tes cheveux ?

— Ce n'est pas mon gel habituel, me plaignis-je.

— Tu n'aides pas là, l'interpella Aja.

— Désolé, la taquina-t-il, enroulant un bras autour de ses épaules et l'attirant à lui.

Je jetai un coup d'œil à Dane et vis qu'il était à des millions de kilomètres de là, réfléchissant, passant en revue tout ce que Sam avait dit, et le décortiquant dans sa tête.

— Jory, bébé, viens là.

Je rejoignis Sam et le laissai passer son bras autour de mon cou et me tirer contre lui.

— Tu restes là où je peux te voir, tu comprends ? Maintenant qu'il sait que nous savons, il n'a plus rien à perdre en se lançant après toi. Il n'a plus rien à cacher.

Je frissonnai fortement, et je sentis le menton de Sam se poser sur le dessus de ma tête. Je me sentis mieux pour la seule raison qu'il était là solide à nouveau. Je me demandais ce qui allait se passer ensuite.

X

Nous étions assis, en train de manger le pain de viande maison de Regina lorsque les inspecteurs Hefron et Lange entrèrent dans la pièce, suivis d'un autre homme. Je vis Sam se redresser dans son lit et lancer ses jambes sur le côté. Il se serait levé, mais l'homme dépassa les deux inspecteurs et leva une main pour l'en empêcher. Lorsqu'il fut assez près, il tendit la main à Sam.

— Waouh, dit Sam en riant, serrant vigoureusement la main de l'homme et posant son autre main sur son épaule. Big Gun !

L'autre homme hocha la tête, le coin de sa lèvre se relevant légèrement alors qu'il lui jetait un regard.

— Ça suffit maintenant, Sam. Nous recherchons un tueur en série, après tout.

Il hocha la tête avant que l'homme le laisse aller et se retourne vers le reste d'entre nous. Ses yeux bleu pâle nous examinèrent un à un avant de s'arrêter sur moi.

— Jory Harcourt.

— Ouais.

Il plissa les yeux.

— Pourquoi portez-vous un manteau à l'intérieur ?

— Parce que j'ai froid, répondis-je pour expliquer la raison de mon manteau.

J'avais l'impression d'être tout le temps gelé. Depuis que Caleb et moi avions trouvé le corps de Joyce Fain, je n'arrivais pas à me réchauffer. Aja disait que c'était psychologique et non physiologique, mais j'avais dédaigné ses explications. Eh oui, en général Sam était à la maison pour me tenir entre ses bras, dormir avec moi et marquer mon esprit et mon corps de façon à ce que tout le reste disparaisse… mais, pour l'instant, j'étais sûr d'avoir vraiment froid. Ni elle ni Dane ne le croyaient, cependant.

— Il fait toujours froid dans les hôpitaux, m'assura l'homme.

— Qui êtes-vous ? demandai-je avec irritation.

Il vint vers moi et me tendit la main tandis que je me levais.

— Agent Spécial Zane Calhoun du Bureau de Dallas… c'est un plaisir de vous rencontrer.

— Agent Spécial ?

Il me montra son badge caché derrière sa cravate. Les lettres étaient grandes et visibles.

— FBI. Nous aidons la police de Chicago sur l'enquête, comme vous le savez, et j'ai été appelé de Dallas puisque c'est là que se trouve le domicile de Monsieur Reid. Nous devons le mettre en garde à vue dès que possible avant qu'il s'attaque à quelqu'un d'autre ou vous mette en danger vous, votre frère, ou l'inspecteur Kage.

— Mais comment pouvez-vous être sûr que…

— Que quoi ? Que Monsieur Reid est un meurtrier ?

— Oui, répondit Dane.

Il se tourna pour faire face à mon frère.

— Dane Harcourt ?

— Oui.

Il contourna la table et serra la main de Dane avant de prendre le temps de se présenter d'abord à Aja, puis aux parents de Sam. Lorsque ses yeux se posèrent à nouveau sur Dane, je le vis sourire.

— Je peux vous dire, Monsieur Harcourt, que nous avons saisi des centaines de photos de vous chez Monsieur Reid. Sa mère nous a confirmé qu'il savait qui vous étiez à peu près six mois avant qu'il approche Monsieur Harcourt à…

— Ça va devenir très confus, dis-je en le coupant, bien qu'il ne me parlât pas. Appelez-moi Jory.

Ses yeux croisèrent les miens et je vis combien il m'étudiait.

— Très bien. Jory alors.

— Donc, vous dites que Caleb me surveillait depuis des mois avant de se faire connaître auprès de Jory ou moi-même, synthétisa Dane pour clarifier la précédente déclaration de l'Agent Calhoun.

— Oui, m'sieur, c'est ce que j'ai dit. À son domicile à Fort Worth, nous avons trouvé une cache dans le sol dans laquelle nous avons découvert un couteau. Je suis tout à fait convaincu qu'il correspondra à celui qui a été utilisé sur toutes les victimes. Nous avons également trouvé une arme à feu dans la voiture de Madame Fain qui, encore une fois, a toutes les chances de correspondre aux balles extraites de la tête de Greg Fain et de la jambe de Caleb Reid.

J'observais son profil pendant qu'il parlait, puis il se tourna vers moi.

— Il y avait une boîte contenant des souvenirs de ses années universitaires dans un casier de stockage que Monsieur Fain louait à Hyde Park et je suppose que Monsieur Reid ne le savait pas. J'imagine qu'il l'utilisait à titre de garantie. Il n'a à l'évidence pas pu faire part de ses menaces à Monsieur Reid, puisqu'il l'a tué avant d'en avoir eu la chance.

— Pourquoi a-t-il…

— Tué Monsieur Fain ?

— Ouais.

— Je pense que Monsieur Fain est devenu très inquiet lorsqu'il a découvert l'implication de l'inspecteur Kage. Greg Fain avait été arrêté pour recel de marijuana à des mineurs cinq ans plus tôt, et sur son dossier, les inspecteurs Kage et Kairov étaient cités en tant qu'officiers chargés de son arrestation.

— Vraiment ? Quand je travaillais aux mœurs ?

L'Agent Calhoun hocha la tête.

— Je ne me souviens pas de lui, dit Sam calmement et l'Agent Calhoun se retourna pour le regarder.

— Tu ne peux pas tous te les rappeler, Sam, et je pense que c'est une mauvaise chose en soi, mais pas autant que cela en a l'air. Lorsque j'ai étudié le rapport, Greg Fain avait vingt-deux ans au moment des faits et les gars à qui il vendait sa marchandise étaient ses amis, âgés de dix-huit à vingt ans. J'imagine que Dom et toi lui avez fichu la trouille à ce moment-là, et lorsqu'il a découvert que tu étais impliqué, l'inspecteur qui l'avait arrêté l'unique fois où il avait enfreint la loi... il a perdu la tête. Il était impossible que Monsieur Reid le calme, alors il a fait la seule chose à faire et l'a tué.

— Cela ne vous semble pas un peu trop facile ? demandai-je.

— Facile ? demanda l'Agent Calhoun en m'observant. Cela semble facile seulement parce que c'est très clair. L'inspecteur Kage a eu un pressentiment et c'était le bon. La boîte dans le casier de Greg Fain contenait des photos de lui et de Monsieur Reid de l'époque où ils étaient à l'université du Texas ensemble. Seul Monsieur Reid a obtenu son diplôme, mais ils ont dû rester en contact toutes ses années. Peut-être, lorsque Monsieur Reid est venu ici pour rencontrer Monsieur Harcourt, a-t-il cherché à revoir son vieil ami et l'a convaincu de l'aider à vous enlever afin d'obtenir une rançon de la part de son frère.

— Je me souviens que Caleb a eu l'air très surpris que Dane accepte de payer une rançon pour lui, en plus de moi.

— Mais voyez-vous, cela n'avait aucun sens que Monsieur Reid soit enlevé, et quand l'inspecteur Kage m'a appelé et m'a demandé de rester sur l'affaire, même après que vous et Monsieur Reid vous êtes échappés... nous avons tous les deux senti qu'il devait s'agir d'un coup monté de l'intérieur.

Je hochai la tête.

— Qui aviez-vous en tête ?

Il poussa un bref soupir.

— Je croyais que c'était vous, Jory.

— Moi ? Mais, j'ai été enlevé et...

— Mais vous vous êtes échappé, et la façon dont vous avez fait ça, toute cette histoire à propos de voleurs de voiture et d'être abandonné sur un parking... cela me semblait étrange.

— Mais...

Il leva une main pour me faire taire.

— Mais alors, l'inspecteur Kage a été blessé, et ce que vous avez fait après ça... j'ai su à ce moment-là que vous étiez innocent avant même que vous commenciez à passer la ville au peigne fin pour obtenir des réponses. Trouver les deux garçons qui avaient volé la voiture, trouver la maison où vous étiez détenu, même trouver Joyce Fain... c'était du beau travail et vous ne l'avez fait que pour protéger l'inspecteur Kage.

Je le regardai dans les yeux.

— Pourquoi Caleb voudrait-il faire du mal à Dane ?

575

— Le profil que nous avons fait de Caleb Reid nous donne l'aperçu d'un esprit sociopathe classique. Il veut ce que Monsieur Harcourt possède et il n'a aucun remords ou émotion dans sa quête pour satisfaire ses propres besoins.

— Que veut-il ?

— Eh bien… premièrement, il veut que sa famille soit réunie, et une fois que vous, Jory, serez éliminé du tableau, les seuls frères et sœur que Dane Harcourt a sont les Reid. Deuxièmement, il veut de l'argent – purement et simplement. Il a eu un aperçu de la richesse de son frère, a vu la femme qu'il a épousée, le style de vie qu'il mène, et il veut tout ça pour lui. L'argent en tant que facteur de motivation est puissant et tout le monde sait ça. Avec votre mort et le deuil de Monsieur Harcourt, Monsieur Reid peut se faire bien voir et ramener son frère au bercail.

— Cela n'arrivera jamais, dit Dane.

— Bien sûr que non, assura l'Agent Calhoun. Mais ce n'est pas mon fantasme, c'est le sien.

Je secouai la tête.

— J'ai quand même…

— Caleb Reid a tué la première victime juste après vous avoir rencontré Jory. Il a écrit votre nom sur le mur de votre ancien appartement avec du sang et des matières fécales, et sous votre nom, il a écrit le mot 'imitation'.

Je frissonnai et regardai Sam. Il ne m'avait jamais tout raconté.

— Viens ici, dit-il en me faisant signe de le rejoindre.

Je m'approchai et il coinça ma tête sous son menton, frottant mes bras de ses mains.

— Je pense que 'imitation' voulait dire 'une imitation de frère' et c'était la pièce qui nous manquait durant tout ce temps.

Je hochai lentement la tête.

— La seconde victime a été tuée après la fête des quarante ans de Monsieur Harcourt, qui, j'ai cru comprendre, était somptueuse. Je suis sûr que le simple fait d'être présent a presque tué Monsieur Reid. La troisième a été tuée après les fiançailles de Monsieur Harcourt avec Mademoiselle Greene. Il a observé son frère organiser une autre fête et a vu la belle femme qu'il avait l'intention d'épouser. Et puis, il y a eu le mariage en lui-même… qui a dû être une torture pour lui. Vous étiez là, debout aux côtés de votre frère alors que lui et sa famille n'étaient que de simples invités. Tous étaient des exemples d'une rage incroyable qui n'a pu s'évacuer que par le biais de meurtres, finit-il.

Je réalisai alors combien son récit était clinique.

— Vous savez, Caleb n'est pas une étude de cas, Agent Calhoun, c'est un être humain.

— À peine, clarifia-t-il. Jory, je ne vois aucune raison pour que vous soyez toujours en vie au-delà du fait qu'il doit sincèrement vous aimer. Il n'y a pas d'autre explication.

Je m'éloignai de Sam, mais restai à sa portée.

— Et maintenant ?

— Maintenant, nous devons trouver Caleb Reid et le placer en garde à vue afin qu'il soit mis en traitement psychiatrique le plus rapidement possible. Jusqu'à ce qu'il soit appréhendé, l'inspecteur Kage et vous, Monsieur et Madame Harcourt, et tous les autres, courrez un risque sérieux. N'oublions pas que Caleb Reid a placé une bombe dans la voiture de l'inspecteur Kage qui a presque failli le tuer.

Et je n'avais pas vraiment compris la portée de tout le reste, rejetant tout ce qui m'avait été fait parce que j'allais bien, mais Sam... Caleb avait essayé de tuer Sam. Je me tournai pour le regarder et je sentis mes yeux devenir brûlants.

— Oh merde, grommela Sam, jetant un regard noir à l'Agent Calhoun. Pourrais-tu lui lâcher un peu la grappe, Zane ? Arrête de jouer les durs à cuire quand tu parles à Jory.

— Oh, allez Sam, rétorqua-t-il alors que Sam me ramenait dans le cercle de ses bras. Dites-moi que vous n'êtes pas tous en train de penser à lui comme s'il était toujours l'aimable et bon vieux Caleb. Aucun de vous ne fait le lien entre le monstre en lui et l'inoffensif *garçon d'à côté* qu'il montre au monde. Aucun de vous ne comprend. Caleb Reid est...

— Agent Calhoun.

Nous nous tournâmes tous vers la porte, où un homme se tenait maintenant.

— La police de Chicago a acculé Caleb Reid dans un parking en centre-ville.

— Lequel ? demanda Dane.

Et lorsque l'agent mentionna l'adresse de Dane, je fus surpris. Pourquoi aller là-bas ?

— Il a maîtrisé un agent de sécurité, continua l'homme, mais il l'a juste assommé. Il n'a tué personne, mais il est armé. On dirait qu'il menace de retourner l'arme contre lui. Le négociateur est là-bas et à l'heure où nous parlons, ses parents sont dans un avion pour venir ici.

— Pauvre Susan, murmura Aja, s'appuyant sur Dane alors qu'il passait un bras autour de ses épaules. Toute cette histoire doit la tuer. Elle doit penser que tout est de sa faute.

— Que va-t-il se passer maintenant ? demanda Dane à l'Agent Calhoun. Combien de temps allez-vous essayer de lui parler ?

— Aussi longtemps qu'il le faudra.

Il y eut un vacarme dans le couloir et une femme entra dans la pièce en courant.

— Calhoun ! Reid a un otage !

Elle avait l'air calme, même si elle parlait très vite.

— Qui ?

— Une femme, elle était là pour voir les Harcourt... Carmen Greene.

— Oh mon Dieu ! haleta Aja, sur le point de s'évanouir.

Tout le monde bougea en même temps pour la rattraper, ce qui me donna mon occasion. C'était comme si elle avait été planifiée.

Je m'élançai hors de la chambre.

— Jory ! rugit Sam.

—Attrapez-le ! cria l'Agent Calhoun derrière moi, mais j'étais presque sûr que tout le monde était dans la chambre.

Je ne pouvais pas, ne laisserais pas la sœur d'Aja, Carmen, payer pour les erreurs de Dane, ou les miennes. Et j'étais certain à quatre-vingt-quinze pour cent que si je pouvais lui parler, j'arriverais à lui faire lâcher son arme et qu'ainsi il pourrait vivre. Non que je sois le Messie, je sentis juste que j'étais celui qui connaissait Caleb Reid le mieux. Mais après tout, peut-être que je ne le connaissais pas du tout.

J'enfonçai la porte des escaliers, la traversai, et montai les marches quatre à quatre. Elle se rouvrit avec fracas quelques secondes plus tard et, quel que soit le nombre d'hommes qui la franchirent, ils descendirent. Je les suivis à bonne distance et me faufilai par la porte du deuxième étage. Je marchai jusqu'à l'extrémité opposée et pris le minuscule ascenseur qui m'amena au service des urgences, avec dix autres personnes coincées à l'intérieur. Je sortis en zone démilitarisée – bruyante, chaotique et surpeuplée. L'endroit était bondé et je me déplaçai dans ce vacarme sans être vu. Je devenais vraiment bon à fuir et passer inaperçu. Je n'avais même plus besoin de penser.

Dans la rue, je relevai mon col et pris un taxi dès que j'arrivai sur le trottoir. J'avais déjà manqué cinq appels de Sam, trois de Dane, et trois d'un numéro que je ne connaissais pas. Je l'éteignis et donnai au chauffeur l'adresse de Dane.

Je paniquai un peu lorsque je vis la barricade, mais j'avais mis au point une sorte de plan dans le taxi. Tout dépendait de ma crédibilité. Le fait que j'ai les clés allait m'être d'une grande aide. Parce que, même si les policiers ne laissaient personne s'approcher du parking, ils laissaient les gens entrer dans le bâtiment lui-même. Alors, quand j'arrivai à l'ascenseur qui menait à l'appartement de Dane, je pris l'ascenseur privé à l'autre bout du couloir qui descendait jusqu'au garage où il garait sa voiture. Lorsque les portes s'ouvrirent en chuintant, je vis des hommes harnachés dans leur armure et masque de Darth Vador.

— Que faites-vous ici ?

J'espérai que l'Agent Calhoun n'avait pas déjà parlé à chacun des hommes de l'équipe du SWAT.

— On m'a dit de me mettre en rapport avec le négociateur. Je suis supposé essayer de parler à Caleb Reid jusqu'à ce que sa mère arrive ici.

Cela dut paraître censé. Quelle personne serait assez folle pour se rendre sur le lieu d'une prise d'otage ?

Saisi brutalement, je fus éjecté de l'ascenseur et dirigé parmi une armada d'hommes en noir jusqu'à une barricade composée de voitures. Il y avait des lumières qui pointaient toutes vers le fond du parking, où je pus voir une voiture avec les quatre pneus à plat et la fenêtre côté conducteur brisée. L'avant de la voiture était encastré dans un poteau de soutènement.

— Lieutenant.

Il y avait un autre homme habillé comme la doublure de Darth Vador, deux hommes en costumes noirs et deux autres en jean – l'un avec un col roulé, l'autre en chemise et cravate.

— Qui êtes-vous ? m'aboya celui avec le col roulé.

— L'Agent Calhoun m'a demandé de venir parler à Caleb Reid.

— Idioties, dit-il d'un ton plat. L'Agent Calhoun nous a appelés, Monsieur Harcourt.

Il regarda par-dessus mon épaule et s'adressa à l'un des hommes du SWAT.

— Ramenez-le dans la rue et mettez-le dans une voiture jusqu'à ce que tout soit fini.

Mais j'étais allé plus loin que je l'aurais imaginé. Quand je tournai les talons pour m'en aller, je fis un mouvement de pivot que j'avais perfectionné quand j'avais huit ans et que je jouais à chat. Aller à droite, demi-tour à gauche et foncer. Et cela fonctionna comme toujours et j'atteignis le côté de la voiture avant d'être brutalement saisi par-derrière, mon manteau fermement empoigné par quelqu'un. Non que cela importe, puisque je l'avais desserré dans l'ascenseur qui m'avait conduit ici. Il glissa facilement de mes épaules tandis que je continuais en avant dans mon élan, trois mètres derrière la voiture à l'arrêt, dans la lumière des projecteurs.

— Monsieur Harcourt, ramenez votre cul ici !

— Dane ! entendis-je Caleb crier.

— Non, criai-je à mon tour, mains en l'air, alors que j'avançai vers l'épave de la voiture. C'est moi.

— Jory ?

La voix passa instantanément de folle à calme. Il avait repris le ton que je lui connaissais habituellement.

Je hochai la tête, mais je me rendis vite compte qu'il ne pouvait pas me voir.

— Oui ! Tu veux bien laisser Carmen s'en aller et je viendrai m'asseoir avec toi ?

— D'accord, répondit-il immédiatement, comme si je lui avais demandé s'il voulait manger un hamburger.

Juste une décision sans importance, pas comme si c'était une question de vie ou de mort qui se jouait comme maintenant. Je baissai mes mains et courus vers la voiture alors que la tête de Carmen surgissait.

Je lui fis signe de venir vers moi tout en courant.

— Allez ! Cours !

Les femmes de la famille Greene étaient phénoménales. Elle fit exactement ce que je lui dis sans tout le chichi hollywoodien. Elle courut.

— Cours jusqu'aux voitures de l'autre côté, lui criai-je alors qu'elle commençait à ralentir en arrivant à ma hauteur. Ne t'arrête pas ! Cours !

Elle me dépassa à vive allure et je sprintai vers Caleb qui était accroupi derrière la voiture, le canon de son arme pointé sur moi. Je m'arrêtai quand je l'atteignis, le surplombant, les yeux baissés sur lui.

— Assieds-toi, m'ordonna-t-il en saisissant mon poignet et en me tirant à côté de lui.

Je m'assis près de lui, épaule contre épaule, le dos appuyé contre la portière de la voiture, le froid du sol en béton s'infiltrant instantanément à travers mon jean, le canon de son arme enfoncé dans mes côtes.

— J'ai froid, marmonnai-je, tremblant, me rapprochant de lui.

— Seigneur !

Je me tournai pour regarder son profil.

— Quoi ?

Il secoua la tête.

— Tu sais et tu n'as toujours pas peur. Mon Dieu, Jory !

Et je me rappelai tout à coup l'expression de son visage lorsque j'avais été enlevé devant lui. Terrifiée et impuissante. Il m'avait aimé à partir de ce moment-là. Il avait pris soin de moi à partir de ce moment-là. Il ne me ferait jamais de mal, ce n'était pas dans sa nature.

— Caleb.

— Quoi ?

Mais il y avait quelqu'un d'autre qui ne m'aimait pas. Quelqu'un qu'il savait me voulait mort. Et mon cerveau comprit enfin.

— Au téléphone, cette fois-là… quand tu m'as appelé quand je suis rentré… sais-tu ce que tu as dit ?

— De quoi…

Il s'interrompit.

— Je ne sais pas de quoi tu veux parler.

Je hochai la tête. Je savais que ça n'avait pas été Caleb qui m'avait appelé sur mon nouveau téléphone après mon enlèvement. Ce n'était pas Caleb qui voulait m'embrasser lorsque mon corps serait froid.

— Je ne crois pas.

Ses yeux s'écarquillèrent soudain.

— Attends, non, tu te trompes.

Mais j'avais raison, et parce que j'avais à peu près une seconde d'avance sur lui, j'attrapai le canon de l'arme et le repoussai, loin de moi, de sorte que lorsque le coup partit, la balle toucha le mur à quelques mètres de nous. J'étais plus agile et je portais moins de vêtements, ce qui me permit de me retourner et de tomber sur lui avant qu'il puisse se redresser. Il tomba à la renverse et je frappai son visage contre la portière de la voiture, puis l'arrière de son crâne heurta le béton. Ses yeux se révulsèrent et il s'immobilisa. J'entendis les cris et le martèlement de pieds et je sentis ensuite des mains partout sur moi alors que j'étais soulevé et emmené. L'arme de Caleb fut envoyée vers le mur d'un coup de pied, hors de sa portée, aurait-il été assez conscient pour tenter de s'en emparer. Je fus relevé durement et me retrouvai tout à coup face à l'Agent Calhoun.

— Je vais vous jeter en prison pour un très long moment, Monsieur Harcourt.

— Bien... peu importe, écoutez-moi, dis-je d'une voix râpeuse parce que j'étais à bout de souffle. J'ai reçu un appel quand je suis rentré chez moi après l'enlèvement, mais ce n'était pas de Caleb.

Il me jeta un regard noir.

— Je n'ai aucune idée de ce dont vous êtes...

— La personne qui m'a appelé m'a dit qu'elle m'embrasserait quand je serais froid.

— Encore une fois, je n'ai aucune idée de ce dont vous êtes...

— Caleb ne dirait jamais ça... il la couvre.

— Couvrir qui ? De quoi parlez-vous ?

— Il savait, je ne sais pas quand il a... probablement très récemment, mais depuis qu'il l'a découvert, il n'a cessé de s'interposer entre nous... pour me protéger, terminai-je rapidement.

— Ce que vous dites n'a aucun sens.

— Je suis certain qu'il la couvrait ou faisait comme si ça n'arrivait pas, espérait peut-être que... mais Caleb n'est pas comme ça – il n'est tout simplement pas comme ça. Il est incapable de tuer, j'en suis sûr, mais elle, si.

— Je ne vous suis pas du tout.

— C'est sa mère... c'est Susan Reid. C'est elle qu'il protège... c'est la seule pour qui il irait en prison. Je vous le jure – c'est elle la coupable.

— Est-ce que vous savez ce que vous êtes en train de dire...

— C'est logique. Susan pense que je suis celui qui l'empêche de se rapprocher de Dane, mais Caleb sait que je ne suis pas le problème. C'est lui... c'est Dane. Il ne lui pardonnera jamais de l'avoir abandonné.

— Je ne suis pas...

— Ne voyez-vous pas ? Tout est là. C'est le moyen, et son idée, sa croyance en tout ce qui allait arriver. Je crois qu'elle pensait que parce qu'elle l'avait abandonné, plus tard, en cours de route, il lui pardonnerait et oublierait. Qu'elle pourrait le ramener dans son giron et que tout rentrerait dans l'ordre. Peut-être s'est-elle cramponnée à cette illusion toute sa vie, et puis, mise face à sa froideur et en même temps à son affection si chaleureuse pour Aja et moi... je ne sais pas. Je pense qu'à un moment donné, elle a juste perdu la tête.

— Mais cela n'explique pas...

— Ça ne peut être qu'elle et Greg. Je veux dire, j'ai entendu des gens qui luttaient ce jour-là dans le hangar. Greg et elle ont dû en arriver là et alors elle lui a tiré dessus.

— Pourquoi enlèverait-elle son propre fils ?

— Elle ne l'a pas enlevé. Il était là pour me parler, pour garder un œil sur moi. Il est complice pour l'enlèvement, mais pas pour les meurtres.

Il était en train de me forer un trou dans le crâne vu comme ses yeux me transperçaient.

— Je ne dis pas que je vous crois, et vous allez assurément en prison pour obstruction, mais je vais faire une enqu…

— Ne devait-elle pas venir pour parler à Caleb en compagnie du négociateur ?

— Oui, mais…

— Peut-on savoir où elle est maintenant, parce que je ne veux pas qu'elle s'approche de Dane ?

Il fit un geste pour indiquer aux hommes du SWAT de le suivre, ce qu'ils firent, me portant, leurs mains sous mes bras tandis que mes pieds quittaient le sol. Je fus poussé de force dans une voiture de patrouille, et contraint à m'asseoir. Ils ne me mirent pas les menottes, ce qui était sympa, car je pus prendre mon téléphone et appeler Dane.

— Je vais te tuer moi-même ! rugit-il au lieu de dire bonjour.

— Attends, écoute… Caleb n'était qu'un complice, Dane. C'est Susan qui a tué tous ces hommes et Greg Fain. C'est elle, l'assassin, pas Caleb.

— De quoi parles-tu ?

— Je te raconterai tout quand je sortirai d'ici, mais promets-moi – jure sur ma vie que tu n'iras nulle part avec elle ou que tu ne resteras pas seul avec elle.

— Jory, je…

— S'il te plaît… s'il te plaît. Je sais que tu penses que je suis dingue, mais je ne le suis vraiment pas. S'il te plaît, Dane. S'il te plaît, ne va nulle part avec elle.

— Seigneur, tu es dans tous tes états.

Et je réalisai à quel point je devais sembler frénétique.

— S'il te plaît, le priai-je à nouveau.

— Bien, tout ce que tu voudras, reviens juste ici maintenant.

— Je ne sais pas, je pense que l'Agent Calhoun veut me mettre en prison.

— Quoi ?

— C'est ce qu'il a dit, répondis-je. Il est vraiment en colère.

— Nous sommes tous furieux, Jory, tu es idiot !

Ce qui était probablement vrai. Je ne pouvais pas vraiment le contredire.

— Où est l'Agent Calhoun ?

— Il hurle sur des gens.

— Où es-tu à l'instant ?

— À l'arrière d'une voiture de police.

— Jory, je vais…

Il y eut des bruits étouffés, puis vint la voix coléreuse et familière.

— Tu ne vas plus jamais quitter la maison quand cette histoire sera finie, m'as-tu bien compris ? Tu y resteras enfermé jusqu'à la fin de tes jours ! J'espère que tu es sacrément content !

Je souris. Au milieu de tout ce tumulte, Sam était vert de rage après moi parce que je m'étais mis en danger.

— Salut, Sam.

— Jory, nom de Dieu ! tonna-t-il, sa voix incendiant mon téléphone. Je veux que tu reviennes ici... tout... de... suite... tu m'entends ?

— J'aimerais que tu ailles mieux.

— Quoi ?

— J'ai besoin... que tu ailles mieux.

Il y eut une longue pause.

— Si tu étais *resté* ici une minute de plus, tu saurais que je sors après-demain. Deux semaines d'hôpital, c'est largement suffisant. Je peux rentrer à la maison.

— Vraiment ?

Il grogna, mais c'était son grognement suffisant et content de lui, celui qui envoyait une décharge de désir à travers mon corps.

— Oui, vraiment. Tu as l'air heureux.

Je ne pouvais même plus parler.

— Bien, maintenant, peut-être que tu reviendras ici, t'assiéras, et ne bougeras plus jusqu'à ce que je te le dise.

— Oui.

— Raccroche et je vais appeler l'Agent Calhoun.

— Oui.

— D'accord, je te vois bientôt et...

— Mais...

— Je te promets de ne pas laisser Dane ou Aja s'en aller d'ici jusqu'à ce que tu reviennes.

Je poussai un gros soupir.

— D'accord.

— Je vais t'étrangler, tu comprends ça, n'est-ce pas ?

— Je comprends.

— Tu sais, j'ai cette théorie ; parce que ton cerveau est tellement petit, tu ne peux pas retenir plus d'une information à la fois. C'est pour ça que tu fais tant de trucs aussi stupides tout le temps, parce que dès qu'une nouvelle idée germe, tu oublies tout le reste.

Je ne pus m'empêcher de rire parce qu'il avait l'air très sérieux.

— Je vais te mettre une raclée quand je mettrai la main sur toi.

— Je sais, soupirai-je. Je suis impatient.

Il grogna avant de raccrocher et je poussai un profond soupir et fermai les yeux. Tout allait bien se passer.

XI

Rien ne se déroule jamais de la façon dont vous l'aviez prévue. La parfaite illustration : je pensais que Sam pourrait obtenir de l'Agent Calhoun qu'il me laisse partir. Pas de chance. Il était bien remonté, et pour autant que je le sache, il avait même refusé de prendre l'appel de mon petit ami. Je me retrouvai donc dans un endroit que j'avais espéré éviter pour le reste de ma vie.

Alors que j'étais assis dans la grande, mais bondée, cellule de détention de la prison du comté, je n'avais rien d'autre à faire que penser, et c'était toujours dangereux en ce qui me concernait. Caleb allait aller en prison pour très longtemps si je ne trouvais pas un moyen de le sauver. Sa mère était une sociopathe ou une psychopathe, je n'étais pas sûr du terme qui s'appliquait, et puisque personne à part moi ne croyait vraiment en son innocence, il m'incombait de tirer Caleb hors du trou dans lequel il était en déterrant la vérité à propos d'elle. Quand je sortirai, je devais découvrir la vérité sur Susan Reid. Il fallait donc que j'aille à Dallas et que je jette un coup d'œil à sa vie. Quand je serais libre. Si je sortais un jour…

— Hé, beau gosse, appela quelqu'un. Qu'est-ce que t'as fait ?

— Rien, répondit une voix avant que je puisse dire quoi que ce soit.

Je ne m'étais jamais considéré comme narcissique, mais j'avais cru que le type me parlait. Puisque j'étais en prison, cependant, j'étais plutôt content de ne pas attirer l'attention. Fidèle à sa parole, l'Agent Calhoun m'avait mis derrière les barreaux. Je ne savais pas du tout combien de temps mettrait sa colère à se dissiper.

— Viens là.

Je tournai la tête et regardai l'homme qui parlait – grand, costaud avec le ventre d'un buveur de bière, il devait avoisiner le mètre quatre-vingt-quinze quand il était debout. Pour l'instant, il était assis entre deux autres gars et faisait signe au garçon en face de lui. Le gamin n'avait pas bougé. Il secoua la tête pour dire non.

— J'ai dit, viens là.

— Non, dit-il rapidement et je pus voir combien il était terrifié.

Il jeta un rapide coup d'œil autour de lui, ses yeux cherchant un soutien jusqu'à ce qu'il croise mon regard. Je le vis alors prendre une grande inspiration. Instantanément, il se leva et se mit à marcher, remontant la ligne de dix hommes assis le long du mur jusqu'à se trouver devant moi. Je levai les yeux vers son visage en souriant.

— Excusez-moi, dis-je au gars sur ma gauche. Pourriez-vous vous pousser juste un peu ?

L'étranger grogna, mais se décala, ce qui laissa une place libre pour mon nouvel ami.

— Salut, dit-il dans un souffle, me dévorant des yeux. Je suis Carrington Adams, qui es-tu ?

— Jory Harcourt.

Je lui tendis la main.

— Enchanté de te rencontrer.

Il essaya de sourire tandis qu'il me serrait la main.

— Pourquoi es-tu ici, Jory ?

— Obstruction à la justice. Et toi ?

Il fronça les sourcils.

— Ça n'a pas l'air si terrible, si ?

— Oui et non. Tu ne m'as pas dit ce que tu as fait ?

— Incitation.

Je fus surpris et haussai les sourcils. Il poussa un soupir tremblant.

— Ce n'est pas moi, Jory. J'avais juste besoin de manger et... je suis allé à cette fête où ce type m'avait dit d'aller et j'étais juste censé passer du temps là-bas, boire un verre et parler et... et je me suis enivré si vite que j'ai dû m'évanouir et...

Ses yeux se froncèrent comme s'il avait mal quelque part.

— Je veux juste rentrer chez moi.

— Et d'où viens-tu ?

— Caroline du Nord.

Je hochai la tête.

— Est-ce que tu vas bien ?

Il me dévisagea.

— Hé, beau gosse !

Nous nous tournâmes tous les deux vers le fond de la cellule où se trouvait le type qui l'avait appelé. Il y avait cinq hommes rassemblés autour de lui, prêts à former une barricade ou un mur. Quoi qu'il en soit, il serait dangereux pour ne pas dire complètement stupide, d'y aller.

— Ramène ton cul ici, gamin, menaça-t-il Carrington. Maintenant.

Il y eut des huées et des sifflements avant que fusent les commentaires obscènes et crus. Apparemment, son plan était d'avoir Carrington à genoux pour le reste de la nuit.

Le garçon mit sa tête en arrière, la laissant se cogner contre le mur derrière lui.

— C'est bon, lui dis-je, tu n'iras pas.

Il fit rouler sa tête sur le mur pour me regarder.

— Tu vas m'aider ?

— Oui, dis-je en lui souriant, me tournant pour regarder le type dans le fond. Hé, connard !

Il me fusilla du regard.

— Tu connais Rego James ?

Ses yeux s'écarquillèrent et ses acolytes se turent, ne menaçant plus Carrington, leurs regards braqués sur moi.

— Parce qu'il n'aimera pas que tu touches à son garçon.

J'entendis de nombreux murmures, des débats que je ne pus vraiment comprendre.

Finalement, la question fut posée.

— Il racole pour James ?

— Exact, dis-je d'un ton neutre. Alors tu ferais mieux de remettre ta queue dans ton pantalon, sauf si tu veux l'avoir en travers de la gorge.

Personne ne prononça un autre mot.

— Jory dit Carrington en se penchant vers moi, ses lèvres contre mon oreille. Qui est ce Rego machin-chose ?

— Ne t'inquiète pas pour ça. Est-ce que tu as un plan pour rentrer chez toi ?

— On s'en fiche de ça ; est-ce que tu racoles pour ce gars, James ?

— Non.

Je secouai la tête.

— Dis-moi ton plan, dépêche-toi.

— D'accord, ma mère m'a envoyé un billet d'avion. Je dois juste aller à l'aéroport.

— Tu n'as pas besoin de récupérer tes affaires avant ?

— Ce sont juste des vêtements qui s'en préoccupe ? Je veux seulement ficher le camp d'ici.

— Bien sûr, ne t'inquiète pas. Nous allons sortir.

— Comment ?

— Tu verras.

Je pris une profonde inspiration avant de me tourner vers la porte de la cellule où un policier en uniforme était soudainement apparu.

— Tout est dans le nom que tu lâches et de celui qui écoute.

— De quoi est-ce que tu parles ?

Personne à part moi ne regarde donc la télévision ?

— Jory ?

L'officier se tenait silencieusement à l'extérieur de la cellule verrouillée et m'observait. J'inclinai la tête vers lui en guise de salutation.

— Viens là, dit-il en courbant le doigt.

Je m'avançai rapidement jusqu'aux barreaux qui séparaient les prisonniers des policiers. Quand je fus assez près, il m'attrapa et me tira jusqu'à lui. Nos visages n'étaient qu'à quelques centimètres l'un de l'autre, et il scrutait mes yeux.

— Ce gamin travaille pour Rego James ? me demanda-t-il d'une voix basse que je fus le seul à entendre.

— Tous les deux, dis-je rapidement, remettant une couche. J'étais supposé veiller sur lui, tu vois, mais nous avons été arrêtés. Appellerez-vous Rego ?

Il hocha la tête, me jetant un coup d'œil de la tête au pied.

— Quel est ton nom ?

— Jory.

— D'accord, dit-il en me repoussant brutalement en arrière.

Je retournai m'asseoir à côté de Carrington.

— Jory, c'était quoi tout ça ?

— Rien. Suis juste le mouvement, d'accord ? Ne me perds pas de vue, ne serait-ce qu'une seconde, d'accord ?

Il inspira et hocha la tête.

— Sérieusement, si un jour tu viens à Waynesville en Caroline du Nord – c'est de là que je viens et où j'habite – mes parents te laisseront emménager, je te le promets.

— Nous ne sommes pas encore sortis, lui rappelai-je.

Et je sentis sa main sur mon genou.

— J'ai foi en toi.

Il était l'un des nôtres.

Cela ne prit pas longtemps. L'officier revint et nous appela quinze minutes plus tard. Nous ne sortîmes pas par le chemin que nous avions emprunté pour entrer. On me rendit ma montre, mon téléphone, et mon portefeuille avant que Carrington et moi soyons conduits hors de la cellule de détention, à travers un dédale de couloirs. Nous avions tous deux la tête baissée afin que personne ne puisse nous identifier et nous marchâmes silencieusement derrière l'officier, dépassant des bureaux vides avant de descendre des escaliers. Carrington resta collé à moi lorsque nous passâmes devant d'autres bureaux où les gens nous ignorèrent, jusqu'à ce qu'il ouvre une dernière porte. Nous nous retrouvâmes dehors dans une ruelle vide en compagnie de l'agent, instantanément baignés par la lueur jaune des phares d'une voiture qui avançait vers nous. Lorsqu'elle s'arrêta à côté de nous, nous vîmes tous les deux qu'il s'agissait d'une limousine noire. La fenêtre côté conducteur se baissa et une main tenant une enveloppe apparut. L'officier la prit, se retourna et s'en alla, disparaissant dans le bâtiment d'où nous étions sortis. Lorsque la fenêtre remonta avec un bruit électronique, la porte s'ouvrit en même temps. Un homme imposant sortit et ouvrit la porte arrière pour nous. Il attendit que nous montions, gardant le silence dans la ruelle sombre et froide.

Je montai dans la voiture et Carrington me suivit. La porte se referma derrière nous alors que mon regard se posait sur Rego James, assis sur la banquette en cuir noir. Il était adossé en face d'un homme plus âgé assis à côté d'un homme plus jeune. Deux jeunes garçons, tous deux avec de longs cheveux noirs et des yeux bleus, flanquaient Rego de part et d'autre. Carrington et moi nous installâmes près de la porte tandis que le chauffeur s'engageait dans la circulation.

— Tu as utilisé mon nom, dit-il lentement de sa voix basse et grave. Si je ne me montre pas, je perds la face, alors je suis là.

Je hochai la tête.

— Merci d'être venu.

Il plissa les yeux vers Carrington.

— Tu n'es pas à moi. Qui es-tu ?

— Il n'est personne, dis-je rapidement. J'ai juste besoin de le déposer à l'aéroport.

Rego hocha la tête, et demanda à son chauffeur d'aller à l'aéroport.

— As-tu oublié la fête ? demanda l'homme assis en face de Rego.

— Non, dit-il en m'examinant. Viens ici, je veux te regarder.

Je me mis à genoux et traversai l'espace jusqu'à lui.

— On dirait que tu as été battu.

— C'est arrivé il y a plusieurs jours.

Il hocha la tête et saisit le devant de mon pull, me faisant avancer entre ses jambes jusqu'à ce que je sois pratiquement contre sa poitrine.

— J'apprécie vraiment ce que vous avez fait. Cet agent du FBI était une véritable plaie.

Il plissa les yeux.

— Quoi ?

Je lui expliquai donc pourquoi j'étais en prison pour obstruction et comment l'Agent Spécial Calhoun m'avait jeté là.

— Dieu seul sait combien de temps il allait rester en colère après moi. Il risque de péter un plomb quand il viendra me chercher et découvrira que je suis parti.

— Agent Spécial ?

Je hochai la tête.

— FBI, Jory ?

Je hochai à nouveau la tête.

Il me frappa avant même que je comprenne son intention. Le réfrigérateur arrêta mon élan en arrière. Au moins, je ne m'étais pas cogné la tête.

Nous fûmes déposés devant l'aéroport de O'Hare, Carrington sortant indemne, moi étant éjecté de la voiture, en sang, vingt minutes plus tard. Il s'assit à côté de moi sur le trottoir et utilisa la manche de sa chemise pour me pincer le nez, car il saignait.

— Tu es incroyable.

Je fermai les yeux une minute pour m'empêcher de pleurer. Je ne me sentais pas incroyable.

— Ta lèvre est fendue Jory et je pense que tu vas avoir un œil au beurre noir. Il t'a frappé vraiment fort.

C'était tout à fait l'effet que ça m'avait fait. J'étais surpris de n'avoir pas été mis KO. J'avais vu des étoiles.

— Et maintenant ?

— Maintenant, dis-je en prenant une profonde inspiration et en lui tendant mon téléphone. Tu appelles ta mère.

Il le prit et me regarda.

— Qu'est-ce que je lui dis ?

— Dis-lui que tu rentres à la maison.

Je regardai l'autre côté du parking depuis ma position assise sur le trottoir et je fus surpris lorsqu'il m'enlaça soudain.

— Tu es le meilleur ami que j'ai jamais eu et je ne te connais que depuis une heure.

— Promets-moi que tu ne reviendras jamais ici, lui dis-je lorsqu'il me libéra.

— Je te le promets, murmura-t-il, et il se mit à trembler lorsque les larmes vinrent.

Ensemble, nous nous levâmes et entrâmes dans le terminal.

J'allai acheter un billet pour Dallas, et Carrington prit le sien pour Raleigh, et quand nous eûmes terminé, nous nous retrouvâmes devant le magasin de golf. J'achetai un pull à capuche parce que je me gelai, et il prit un polo et un pull à capuche lui aussi. Nous allâmes nous laver le visage et nous nettoyer autant que possible pour ne pas effrayer les gens, puis nous allâmes dîner et il me posa un million de questions à la fois. Lorsque je le regardai monter dans l'avion deux heures plus tard, le vis se retourner et m'adresser un signe de la main, je ressentis un sentiment d'accomplissement qui me submergea. Il était en sécurité grâce à moi. Et une coche de plus à ajouter dans la colonne de mes bonnes actions de la journée.

Alors que j'étais assis dans la salle d'embarquement en attente de mon vol, mon téléphone sonna.

— Allô ?

— Je vais te tuer, Jory.

— Vous allez devoir faire la queue pour ça, dis-je à Rego avant de raccrocher.

Il me rappela quelques secondes plus tard.

— Le FBI, Jory ?

— Niez juste que vous m'avez vu. Ils n'ont aucune preuve que c'était vous, et cet officier a été prudent. Il nous a dit de baisser nos têtes lorsque nous passions sous les caméras de sécurité.

J'entendis un profond soupir.

— Je suis désolé de t'avoir frappé. Je vais faire demi-tour et me garer devant le terminal, sors et retrouve-moi là.

— Vous avez beaucoup d'invités dans votre voiture, je ne veux pas vous interrompre.

— J'ai déposé tout le monde, il n'y aura que nous deux.

— Malheureusement, j'ai un avion à prendre.

— Quoi ?

— Je m'en vais, soupirai-je. Quand je reviendrai, je vous appellerai. J'ai vraiment apprécié que vous me fassiez sortir de prison. Lorsque Sam viendra vous voir, vous…

— Sam ? Qui est Sam ?

Je soupirai profondément.

— L'inspecteur Sam Kage. Il travaille sur l'affaire dans laquelle je suis impliqué. Lorsqu'il vous appellera, dites…

589

— Merde, Sam Kage ? souffla-t-il. Est-ce que tu te moques de moi ?

— Non.

— Dans quoi es-tu impliqué, Jory ?

— Une sorte d'affaire de protection de té...

— Oublie mon numéro, m'ordonna-t-il, et il raccrocha.

Apparemment, j'étais tombé sur la seule chose qui faisait peur à Rego James... le FBI, et un peu de Sam Kage jeté dans la mêlée pour faire bonne mesure. Cela aurait été amusant si je ne me sentais pas aussi misérable. Le simple fait de voir les appels de Sam défiler les uns après les autres sur mon téléphone était douloureux. Je voulais répondre et lui parler, mais je savais aussi que si je le faisais, j'étais cuit. Mon appel ne pouvait pas être tracé parce que je ne pouvais pas me permettre d'être retrouvé. J'avais besoin de laver le nom de Caleb et je devais aller à Dallas pour le faire. La clé pour sauver Caleb était de tout découvrir au sujet de sa mère. Je ne m'arrêterai pas tant que cela ne serait pas accompli.

Une heure plus tard, alors que j'étais assis dans l'avion à écouter les agents de bord souhaiter aux passagers la bienvenue à bord du vol 233 sans escale à destination de Dallas-Fort Worth, je m'enfonçai dans mon fauteuil et essayai de planifier mon prochain mouvement. Mon idée était bonne. Puisque Susan Reid était à Chicago, j'irais à Fort Worth pour voir ce qu'il y avait à trouver chez elle. Ils avaient perquisitionné l'appartement de Caleb, mais pas la maison de Susan. J'allais sauver mon ami. Ce n'était pas parce qu'il aimait sa mère qu'il devait payer pour ses crimes.

L'AÉROPORT DE Dallas était immense, mais venant de Chicago, je n'avais aucun problème avec ça. Dans le taxi, je discutai avec le chauffeur et lui demandai où je pouvais aller pour m'acheter quelques vêtements. Il me conduisit à la Galleria, où j'achetai deux jeans et des chaussettes, des tee-shirts, tout ce qui était essentiel, ainsi qu'une veste en jean doublée de polaire. Je ne voulais pas me faire remarquer. J'attrapai un bonnet, une paire de gants, et fourrai toutes mes vieilles affaires dans un sac de sport. Lorsque je sortis pour attendre un autre taxi, je réalisai qu'il faisait déjà nuit. J'étais trop plein d'énergie pour dormir dans l'avion, et maintenant, alors que j'étais vraiment fatigué, je n'avais aucun endroit pour dormir. La bonne nouvelle était que des mille dollars que j'avais retiré entre mon American Express et ma carte Visa, il m'en restait encore presque cinq cent cinquante.

Mon second chauffeur de taxi me fut d'une aide encore plus précieuse que le premier et savait exactement où se trouvait le cyber café le plus proche. J'envoyai un message à Dane pour lui dire que j'allais bien. Son compte étant connecté à son téléphone portable, je savais qu'il recevrait rapidement le message et pourrait le relayer à Sam. Je ne courais aucun danger puisque les deux personnes responsables de tous les meurtres se trouvaient à des milliers de kilomètres de moi. Je ne m'inquiétai pas pour Sam ou Dane, cependant, parce qu'ils avaient plein de gens, ainsi que l'un l'autre, pour s'occuper d'eux et veiller sur eux. J'avais juste besoin d'un motel pour pouvoir dormir.

Le chauffeur me conduisit dans un *bed & breakfast* vraiment charmant qui avait des rideaux aux fenêtres, des baignoires dans toutes les chambres, et des lits en laiton. J'étais dans la chambre Magnolia, et en plus des cadres sur les murs, le savon, le shampoing et les lotions étaient assortis au thème. C'était très pittoresque, tout comme le vieux téléphone de style princesse et le lavabo en forme de fleur dans la salle de bains. Je me mis au lit après une bonne douche chaude, ne prenant même pas le temps de me glisser sous les couvertures. J'étais trop fatigué pour même rêver.

XII

MES PROJETS matinaux étaient doubles. D'abord, je devais appeler Sam, et ensuite, je devais aller chez Susan Reid pour jeter un coup d'œil à sa maison. Voir si je pouvais trouver quelque chose pour l'incriminer. Être certain de quelque chose du fond de votre cœur et pouvoir le prouver était deux choses très différentes. Alors que je marchais dans la rue, après avoir pris mon petit-déjeuner, j'appelai Sam.

— Jory.

— Salut, dis-je avec le sourire. Comment vas-tu ?

Long silence.

— Sam ?

— Jory... Pour l'amour du ciel, Jory ! Où diable es-tu ?

— Je vais bien.

— Ce n'est pas ce que je t'ai demandé, bordel ! *Où* diable es-tu ?

Jusque là, j'avais pensé avoir entendu chaque intonation de la voix de Sam Kage. Mais la fureur froide avait manqué à mon répertoire sans que je le sache. Je ne l'avais absolument jamais entendu aussi furieux.

— Je suis désolé, dis-je rapidement. Je le suis vraiment.

— Tu ne sais vraiment pas à quel point tu vas être désolé.

— Qu'est-ce que ça veut dire ?

— Ça veut dire que quand je vais mettre la main sur toi...

— Tu ne vas pas me quitter, n'est-ce pas ? Tu n'es pas en colère au point de déménager ou quelque chose comme ça ?

— Je n'ai même pas encore emménagé !

Il était incrédule.

Je ris parce que c'était absurdement drôle.

— Jory !

— Quoi ? demandai-je en rigolant, m'essuyant les yeux.

Il était trop drôle.

— Dis-moi où...

— J'étais juste inquiet... j'espérais que tu ne serais pas en colère au point de me quitter.

— Est-ce que tu te fous de moi ? Bordel de merde, Jory ! Il ne restera rien à quitter ! Je vais te battre jusqu'à...

Je soupirai profondément.

— La raclée me va, tant que tu restes avec moi.

Il y eut un bruit, et puis une voix encore plus glaciale.

— Où... précisément... te trouves-tu ?

— Salut, dis-je. Est-ce que Carmen va bien ?

— Oui, Jory, Carmen va bien, répondit Dane, détachant chaque mot, utilisant le ton cassant que je détestais plus que tout. Où es-tu ?

— Je vais bien maintenant, même si l'ecchymose à l'endroit où il m'a frappé...

— Frappé ? Qui t'a frappé ?

J'entendis des bruits étouffés, et puis :

— Qui t'a frappé ?

— Rego James, répondis-je à l'amour de ma vie. Mais je vais bien. C'est juste moche à voir.

Et ça l'était. Quand j'avais vu mon reflet dans le miroir à la lumière du matin, j'avais l'air pire que je le pensais. J'avais un œil au beurre noir et ma lèvre était fendue.

— Quand étais-tu avec Rego James ?

— Dans la voiture.

— Dans quelle voiture ?

— Sa limousine.

— La limousine de Rego, clarifia-t-il.

— Oui.

— Quand ?

— La nuit dernière.

Je l'entendis grogner.

— Et il t'a frappé ?

— Oui, je l'avais en quelque sorte mérité. Je l'ai un peu fait paniquer.

— Jory ! explosa-t-il, excédé à l'extrême.

— Désolé, soupirai-je. Je le suis vraiment... je sais que je te rends fou.

Il se racla la gorge.

— D'accord... Dis-moi maintenant où tu es.

— À Dallas.

Il toussa.

— Sam ?

— Est-ce que tu te fous de moi ?

— Quoi ?

— Tu as quitté l'état ?

— Oui, je dois sauver Caleb.

— Mon Dieu, gémit-il.

— Sam, il est innocent, je sais qu'il l'est.

— Et alors, tu vas faire quoi ? Trouver quelque chose que personne d'autre ne pourra, et l'innocenter ?

— Exact, dis-je avec assurance.

— Jory, il y a...

— Jory !

Dane avait repris le téléphone. C'était amusant.

— Est-ce qu'Aja va bien ? demandai-je à mon frère.

— Quoi ?

— Est-ce qu'Aja...

— Aja va bien. Elle est avec ses parents, des officiers de police, et elle a son propre garde du corps, qui pourrait tuer la plupart des gens avec son petit doigt, alors, ne t'en fais pas pour elle. Là tout de suite, nous avons besoin de toi, et très rapidement, tu vas bientôt recevoir la visite de la police de Dallas, et ils vont t'emmener à l'abri et te protéger pour nous jusqu'à notre arrivée.

— Ouais ?

— Oui, me corrigea-t-il. Alors, je te suggère de t'asseoir bien tranquillement et de les attendre.

Il racontait tellement de conneries.

— Écoute. Je veux vraiment aller voir la maison de Susan et Daniel. J'ai une théorie.

— Oh, je suis sûr que tu en as une.

— Écoute, Dane, je...

Le bruit me coupa, quelque chose bougeant près du téléphone.

— Jory, tu dois m'écouter.

Sam, à nouveau.

— Je veux juste que tu...

— Je ne peux pas m'arrêter maintenant, Sam.

— Tu vas juste continuer à faire ce qui te chante parce que tu crois que c'est juste, n'est-ce pas ?

— Oui, lui dis-je honnêtement. Je dois sauver Caleb.

— Jory...

— Il est innocent, Sam. J'en suis sûr.

— Tu sais que dalle. Tu espères juste qu'il...

Je grognai, lui coupant la parole.

— L'Agent Calhoun veut te parler.

— Est-ce qu'il va me remettre en prison ?

— Non, Jory, dans quel but ? Tu t'arrangerais juste pour en sortir.

Je ris et il me grogna dessus.

— Jory, dit Sam, sa voix profonde résonnant sur la ligne. Dis-moi où tu es.

— Je te rappellerai plus tard. Je voulais juste que tu saches que j'allais bien.

— Raccrocher serait une erreur.

Je raccrochai et montai à l'arrière du taxi qui venait de s'arrêter pour moi.

Le trajet fut long et ennuyeux et lorsque j'arrivai finalement à la maison, j'étais nerveux et proche de devenir claustrophobe. Je me sentais un peu comme après un long voyage en avion ; si je ne me dégourdissais pas les jambes, j'allais juste perdre la tête et me mettre à crier.

Debout près de la boîte aux lettres qui bordait la route, je vis combien le jardin devant la maison était luxuriant et entretenu. Il y avait des panneaux solaires sur

594

le toit, trois goldens retrievers jouant dans l'herbe, et deux SUV hybrides garés dans l'allée. La façade de la maison était un mur de fenêtres et je vis quelqu'un se déplacer à l'intérieur. Les aboiements retentissants des chiens firent sortir Gwen, la sœur de Caleb, par la porte latérale.

— Jory, m'appela-t-elle en me saluant d'un signe de la main.

Je lui rendis son geste alors que les chiens continuaient à m'aboyer dessus.

— Taisez-vous ! leur cria-t-elle, ce qui – avec surprise – fonctionna du premier coup.

Je la regardai avec attention, incertain de ce que je devais faire.

— Viens, me dit-elle en m'engageant à approcher. Dépêche-toi, il fait un froid de canard dehors.

Ce n'était pas du tout l'accueil auquel je m'attendais.

— Salut, lui dis-je en agitant la main.

— Que fais-tu ici ? demanda-t-elle en descendant les quelques marches.

— J'étais en ville pour affaires et je me suis dit que j'allais passer vous voir.

Elle laissa la porte-écran se refermer en claquant et se précipita pour m'étreindre.

— Je suis si contente de te voir.

— Moi aussi, soupirai-je en la serrant contre moi.

— Oh mon Dieu, s'exclama-t-elle en faisant un bond en arrière et en étudiant mon visage. Tu ne croiras jamais ça, mais mes parents sont à Chicago en ce moment.

Je plissai les yeux. Est-ce qu'elle se moquait de moi ?

— Je sais… c'est drôle, non ?

Elle écarquilla les yeux avant de se retourner et se diriger vers la maison.

Et son frère ?

— Gwen ?

Elle se tourna pour me regarder alors que je laissai la porte-écran se refermer, puis celle de la cuisine après ça.

— Ouais ?

— Chérie, et Caleb ?

— Oh, il va bien. Pourquoi ?

J'étudiai son visage.

— Quoi ? Vas-tu aussi aller le voir pendant que tu es là ?

Je n'étais pas certain de savoir si elle jouait avec moi ou non.

— Jory ?

— Que font tes parents à Chicago ?

— Maman m'a dit qu'elle allait voir Dane à propos de quelque chose.

Elle grimaça.

— Quoi ?

Elle secoua la tête.

— Gwen ?

Elle poussa un petit soupir.

— Les affaires ne vont pas bien, J. Si Papa veut continuer à aider les gens à passer à l'énergie verte, il va devoir obtenir un prêt de Dane, chercher d'autres investisseurs, ou trouver un partenaire. Il n'aime pas l'idée des investisseurs ou d'un partenaire, alors je pense qu'il va demander un prêt à Dane.

Je hochai la tête.

— C'est pour ça qu'ils sont là-bas ? À Chicago, pour demander de l'argent à Dane ?

Maman m'a dit qu'ils y allaient pour voir Dane et je ne suis pas stupide. Je vois bien ce qui se passe, tu sais ?

Je ne pensais pas qu'elle était stupide, mais elle était complètement à côté de la plaque sur ce coup-là.

— Dans ce cas, puis-je te demander une faveur ?

— Bien sûr, dit-elle en bâillant. Veux-tu un moka ? Je m'en fais un moi-même. Casey m'a acheté une machine à cappuccino pour mon anniversaire le mois dernier.

— Casey ?

— Mon petit ami, Casey, dit-elle en riant. Je parle de lui tout le temps.

— Le parangon de vertu, Casey, dis-je en souriant. Je me souviens.

Elle me donna une petite tape sur le bras.

— Jory, ce n'est pas parce que tu es du genre à coucher tout le temps tout de suite que tout le monde l'est.

Gwen Reid et Casey Mills se fréquentaient depuis cinq ans et ils n'avaient, à ce jour, jamais eu de rapports sexuels. Toute cette histoire d'abstinence avant le mariage me laissait bouche bée, mais je respectais leur choix.

— Alors ?

Je secouai la tête.

— Non, merci pour le moka, mais penses-tu que tu pourrais m'aider à trouver tous les papiers que ta mère possède sur l'adoption de Dane ?

Elle plissa les yeux.

— Chéri, tout ça est dans le coffre, j'en suis sûre, mais… pourquoi veux-tu les voir ?

— Je veux vraiment retrouver l'agence qui s'est occupée de l'adoption, parce que je pense que les Harcourt ont peut-être eu un autre enfant et je veux le vérifier.

Ses yeux s'écarquillèrent comme des soucoupes.

— Tu penses que les Harcourt ont adopté Dane et quelqu'un d'autre ?

C'était juste un énorme mensonge.

— Oui. Je pense que Dane a peut-être un autre frère quelque part, mais je ne peux pas commencer à creuser sans connaître l'agence qui s'est occupée de tout.

— D'accord, dit-elle en hochant la tête. Allons voir ce que nous pouvons trouver.

Elle m'emmena dans l'antre de son père puis me dirigea jusqu'au coffre-fort dans le plancher, derrière son bureau. Gwen connaissait la combinaison et une fois qu'il fut ouvert, nous trouvâmes l'acte de propriété de la maison, des factures pour diverses fournitures et marchandises, des extraits de naissance, des négatifs de photos, cinq mille dollars en espèces, des passeports et un jeu de clés supplémentaires.

— Désolée, J, soupira-t-elle. Je pensais que tout aurait été là.

— Pouvons-nous vérifier dans sa chambre ?

— Bien sûr, dit-elle en bâillant et en refermant le coffre. Viens.

Nous montâmes l'escalier jusqu'au premier étage et Gwen m'expliqua que la chambre de droite était celle de son père. Je la regardai.

— Oui, je sais. Mais mes parents ont toujours eu des chambres séparées. Mon père ronfle comme un loir et ma mère fait de drôles de raclements de gorge durant la nuit. C'est gras et dégoûtant.

Je lui souris et nous dépassâmes cette chambre pour nous rendre dans la suivante.

La chambre de Susan était reliée à celle de son mari par une porte, exactement comme dans un hôtel, sauf qu'il n'y avait pas de verrou de chaque côté. Ce qui était assez logique ? Pourquoi y aurait-il eu un verrou ?

— Mignonne, non ?

Grande était l'adjectif que j'aurais choisi. La chambre de Susan Reid était entièrement parquetée et un immense lit à baldaquin, en acajou semblait-il, trônait dans la pièce. C'était très sombre et un peu effrayant. Le mur entier du côté de la tête de lit était composé de tiroirs.

— Veux-tu que je t'aide à chercher les papiers ?

— Ce serait super.

Gwen passa soigneusement en revue les tiroirs avec moi, mais me laissa seul au bout d'une demi-heure pour aller se chercher une autre tasse de café. Elle promit de rapporter une bouteille d'eau. Dès qu'elle passa la porte, j'allai immédiatement vérifier entre le matelas et le cadre de lit. Il n'y avait rien à cet endroit, mais cela me donna une autre idée, et je vérifiai sous chaque tiroir de la chambre.

Il n'y avait rien nulle part, et lorsque Gwen revint, elle me suggéra de simplement appeler sa mère pour lui demander le nom de l'agence. Elle se sentait stupide de ne pas y avoir pensé plus tôt, mais elle s'était laissé embarquer à jouer les détectives à la recherche d'indices avec moi.

Je lui expliquai que le dire à Susan serait une mauvaise idée parce qu'alors elle risquait de le révéler à Dane, et cela créerait le chaos. Je ne voulais pas l'alerter inutilement au cas où j'aurais tort.

— Oh, dit-elle en me souriant. Intelligent.

— Où pourrions-nous encore regarder ?

— Dans son bureau ?

— Parfait ! Où est-il ?

— Au centre-ville. Pourquoi ne viendrais-tu pas avec moi ? J'ai cours dans une heure et après ça nous pourrions aller déjeuner avec Casey et quelques-uns de mes amis. Qu'est-ce que tu en dis ?

— Ça m'a l'air bien.

— D'accord, laisse-moi prendre mon sac.

Nous quittâmes la zone rurale de Mesquite et elle me ramena au centre-ville. Apparemment, Susan avait pris un emploi pour gagner un peu d'argent supplémentaire, pour aider l'entreprise à se remettre sur les rails. Elle travaillait dans un cabinet médical en tant que transcripteur et faisait de la gestion de clientèle. Les autres infirmières furent heureuses de voir Gwen et me furent présentées. Lorsque Gwen partit, avec ordre de la retrouver en dehors du campus dans un très bon restaurant qui servait une excellente cuisine mexicaine, j'acceptai rapidement. On me laissa seul dans le bureau de Susan avec la consigne de ne toucher à rien. Son amie Nancy m'adressa un regard sérieux par-dessus ses lunettes, mais je lui souris et elle perdit son air sévère avant d'esquisser un sourire à son tour.

Seul dans le bureau, je le saccageai soigneusement, regardant sous chaque tiroir, vérifiant minutieusement chaque dossier sur son bureau. J'étais sûr que le classeur métallique derrière moi ne contenait que des fiches des médecins relatives aux patients, mais je devais vérifier quand même. Lorsque je revins à la porte, Nancy me confirma que j'avais raison – les grands tiroirs métalliques étaient pleins de renseignements concernant des patients et que je ne trouverais rien là-dedans.

— Que recherchez-vous de toute façon ? demanda-t-elle avec irritation. Je ne suis pas sûre de vouloir vous laisser seul dans son bureau sans sa permission. Plus j'y pense, plus je trouve tout cela bizarre.

— Je cherche seulement des papiers qui se rapportent à mon frère. Elle m'a dit de venir les chercher lorsque je serais en ville parce qu'elle m'aide à retrouver la trace de l'agence d'adoption.

— Oh, dit-elle en hochant la tête, allant vers un bureau pour en ouvrir le tiroir. Dans ce cas, vous avez probablement besoin de la clé du coffre. Elle m'a prévenue que quelqu'un devait passer pour la prendre, mais elle devait certainement parler de vous.

— Quoi ?

— Rien. Elle est si préoccupée ces derniers temps… je suis inquiète pour elle.

— Cela a probablement rapport avec les affaires de Daniel.

Elle me regarda par-dessus son épaule avant de se retourner.

— Oh, vous savez à propos de ça ?

— Oui, m'dame.

Elle posa une main sur mon bras.

— C'est triste, n'est-ce pas ? Qu'ils aient à prendre une deuxième hypothèque sur la maison juste pour s'en sortir.

— Son fils va l'aider.

— Chéri, Caleb est sans emploi depuis des mois et Jeremy…

— D'accord… mais Caleb…

— Finira probablement par retourner vivre chez ses parents. J'ai dit à Susan que s'il ne trouvait pas d'emploi pour lui payer un loyer, elle ne devait pas le laisser faire.

Caleb n'avait pas de travail avant d'être enlevé. Il ne m'avait pas dit ça.

— Vous alliez dire quelque chose à propos de Jeremy avant que je vous interrompe.

— Eh bien, oui – Jeremy est l'aîné, si je ne me trompe ? Il devrait être celui qui endosse cette responsabilité.

— Et ce n'est pas le cas ?

Elle grimaça.

— Ce n'est pas comme s'il n'essayait pas, c'est juste… Il a raté une promotion qu'il visait, et il a rompu avec Taylor… ce n'est tout simplement pas le bon moment.

— Taylor ?

— Sa petite amie.

— Oh.

— Alors aucun de ses deux fils n'est en mesure de…

— Je voulais parler de Dane lorsque j'ai dit que son fils allait l'aider. Il le peut et il le fera.

Son visage s'éclaira.

— Il le fera ?

— Oh, oui, M'dame.

Elle me donna un jeu de cinq clés et me serra l'épaule.

— Vous lui parlerez, n'est-ce pas ?

— Bien sûr.

— C'est très bien. Susan m'a dit que votre frère avait énormément d'affection pour vous. Je suis sûre que si vous le lui demandez, cela les aidera beaucoup.

Je hochai la tête.

— Et maintenant en particulier, dit-elle en fronçant les sourcils et en secouant la tête. Ils ont besoin d'aide.

Je plissai les yeux.

— Voulez-vous dire avec l'entreprise ?

Elle étudia mon visage.

— Non, mais si l'entreprise allait mieux, alors peut-être qu'eux aussi.

Le mariage de Daniel et de Susan battait de l'aile ? Tous les petits secrets que je découvrais, ma foi.

— Maintenant, mon cher, je ne sais pas du tout à quoi servent ces clés, me dit-elle. Mais elles ne concernent pas les archives de nos patients.

Elle en désigna une plate.

— Je pense que c'est celle du coffre. Elle est cliente de la First United Credit Union, à un pâté de maisons d'ici. Mais vous devriez l'appeler et lui demander, et si elle appelle ici, je lui dirai que je vous ai donné les clés.

Je pouvais difficilement lui demander de ne pas le faire. À quel point cela aurait-il semblé suspect ? Donc, je hochai la tête, la remerciai et m'en allai. J'espérais juste que Susan ne se sentirait pas obligée d'appeler son travail pour une raison quelconque. Tant qu'elle et Nancy ne se parlaient pas, tout allait bien pour moi.

L'agence Credit Union était petite et bondée lorsque j'arrivai. J'eus de la chance parce que la femme qui m'aida me prit juste la clé, entra dans la chambre forte et revint précipitamment avec la boîte. Elle me désigna les cabines privées derrière elle et me fit asseoir avant de déposer la boîte devant moi. Elle partit quelques secondes plus tard en me demandant de l'appeler lorsque j'aurai terminé.

Quand je soulevai le couvercle, je découvris beaucoup de documents identiques à ceux qui se trouvaient dans le coffre de Daniel. Des copies des extraits de naissance et quelques bons au porteur, leur certificat de mariage et cinq cents dollars en espèces. Il y avait aussi un jeu de deux clés accrochées à un porte-clés Tiffany. C'était celui qu'Aja avait offert dans ses paquets cadeaux lors de son mariage. L'une des clés avait une extrémité carrée sur laquelle était gravée la mention 'reproduction interdite'. Elle ressemblait exactement à celle que j'avais pour ouvrir la porte sécurisée de mon immeuble. L'autre était une clé de la maison. Je me demandai pourquoi elles étaient là au lieu d'être chez elle avec toutes les autres que j'avais déjà vues là-bas suspendues à des crochets dans la cuisine. Il n'y avait rien d'autre dans la boîte. J'empochai le porte-clés, refermai la boîte, et appelai la préposée.

De retour dans la rue, devant le Credit Union, je n'étais pas sûr de savoir quoi faire jusqu'à ce que je me souvienne de Gwen. Peut-être qu'elle savait à quoi servait la clé. Alors que je revenais vers le bureau, puis le dépassais en direction du campus – apparemment, Gwen faisait parfois le trajet à pied jusqu'au bureau de sa mère durant la semaine, et elles allaient déjeuner –, j'attrapai mon téléphone et appelai Dane.

— Jory, me dit-il d'un ton cassant, où – oui, c'est lui.

Il avait l'air vraiment exaspéré.

— Hé, je dois…

— Jory, où es-tu ? cria-t-il pratiquement avant de se retenir juste à temps.

— Je suis en chemin vers…

— Je vais t'étrangler ! rugit Sam au téléphone. Où es-tu bordel ? Dis-le-moi tout de suite !

— Je suis allé chez les Reid et Gwen était là, alors elle m'a laissé jeter un coup d'œil et puis nous sommes allés en ville pour vérifier le bureau de Susan.

— Tu es à son bureau ?

— J'y étais.

— Où… es… tu maintenant, bordel de merde ? finit-il en criant.

— Ne jure pas, lui rappelai-je.

Son grognement fut bruyant et empli de frustration.

— Jory.

La voix apaisante de Dane était comme du velours.

— Où que tu sois à cette seconde… arrête.

— Mais je dois trouver à quoi sert cette clé.

— Quelle clé ?

— La clé que j'ai trouvée dans le coffre de la banque.

— Tu as trouvé une clé dans le coffre de qui ? Susan ?

— Ouais.

— Et tu… oh, Jory, je… Quoi ? Bien sûr.

— Jory.

Sam fut à nouveau en ligne, sa voix basse et rocailleuse à mon oreille.

— Hé.

— Je dois t'avertir de quelque chose.

— Qu'est-ce donc ?

— La police de Dallas est à ta recherche. S'ils t'attrapent, ils vont t'emmener faire une évaluation psychiatrique, et c'est…

— Pourquoi ? Pourquoi penseraient-ils que je suis fou ?

— Ils ne pensent pas que tu es fou, ils pensent que tu représentes un danger pour toi-même et pour les autres.

— Tu leur as dit ça ?

Je ne pouvais même plus respirer.

— Écoute…

Je raccrochai et m'arrêtai là où j'étais, m'adossant au mur, me laissant glisser jusqu'à me retrouver accroupi.

Il avait dit à la police que j'étais fou. Toute ma vie, les gens n'avaient cessé de me le dire. Et je pouvais endurer la raillerie aussi bien que n'importe qui, mais ce n'était pas drôle, parce qu'il avait dit aux gens que lorsqu'ils m'attraperaient, je devrais être restreint, et j'avais quelques problèmes à cette seule idée. Être attaché dans un lit, à un lit… était une chose. Assis enchaîné ou assis dans une chambre capitonnée avec une camisole n'était pas mon idée du plaisir. Je pensais que c'était particulièrement effrayant parce que je m'étais toujours demandé si peut-être cela ne risquait pas de m'arriver à un certain point. Après le décès de ma grand-mère, on aurait dit qu'un nombre infini de gens disait que j'étais bizarre, étrange, fou. Que j'étais délirant, perturbé, maniaque et incompétent.

Tout le monde s'attendait toujours au pire avec moi, mais pas Sam. Je pensais que Sam s'attendait au mieux. Mais maintenant, je savais que ce n'était pas vrai. Il pensait lui aussi que j'étais fou. Et cela me faisait plus mal que je l'aurais cru jusqu'à ce que le visage de Caleb me traverse l'esprit

Caleb.

Caleb avait besoin de moi.

Je me relevai et me dirigeai vers le campus pour trouver Gwen. Je traversai la cour et la vis qui m'attendait à l'endroit où elle avait dit qu'elle serait. J'avais peut-être dix minutes de retard.

— Hé, dit-elle en me souriant et en me faisant signe. Je croyais que tu m'avais laissée tomber.

— Non, répondis-je en lui rendant son sourire. J'ai juste été occupé au bureau.

Elle se leva et passa son bras sous le mien.

— As-tu trouvé ce que tu cherchais ?

— Non.

— Oh, je suis désolée, dit-elle, posant sa tête sur mon épaule. Peut-être que nous devrions appeler Jeremy pour voir s'il sait quelque chose.

Son frère, Jeremy, l'aîné jusqu'à ce que Dane fasse son apparition trois ans plus tôt.

— Non, je ne pense pas. Mais j'ai trouvé une clé – je pense qu'elle ouvre une porte sécurisée.

— Hum.

Elle haussa les épaules.

— Je ne sais pas. Peut-être que nous devrions juste l'appeler et lui demander.

— Mangeons d'abord, je meure de faim.

— Bien sûr, dit-elle en me tapotant le bras.

Elle n'avait pas seulement invité son petit ami Casey, mais également trois autres de ses amis. Ils avaient tous l'air sympa, ils pensaient tous que j'avais l'air de pouvoir encore aller à l'université, et ils avaient aussi tous des suggestions à faire sur ce que je devrais manger au déjeuner. Je décidai de suivre l'idée de Gwen, car c'était un plat épicé.

— Alors, Jory, dit Casey lorsque les autres commencèrent à parler. C'est un prénom cool. Je ne l'ai pas entendu souvent.

Je haussai les épaules.

— Probablement pour une bonne raison.

Il rigola.

— Auto dénigrement… sympa.

— J'essaie.

— Quand rentrez-vous à Chicago ?

— Demain probablement, lui dis-je.

— Hum. Qu'allez-vous faire après le déjeuner ?

— Rechercher un immeuble.

— Excusez moi ?

Je sortis la clé de ma poche et la lui montrai.

— Je dois trouver ce qu'elle ouvre.

Il plissa les yeux en la regardant, et me la prit des mains.

— Je peux vous dire d'où elle vient. C'est la clé d'un immeuble d'appartements sur Drake.

Il la retourna et me montra une petite gravure au dos. Vous voyez les trois lettres ADG gravées ici ?

— Oui ?

— Appartements Drake Garden. J'ai des amis qui habitent là-bas.

Mes yeux volèrent jusqu'aux siens.

— Mon gars, tu es littéralement mon sauveur. Tu viens de m'épargner une journée de recherches, au moins.

Il me sourit.

— Oh ? Je vous ai aidé ?

— Complètement.

— Vous avez dit mon gars.

— C'est parce que je suis la personne la moins cool que tu croiseras de ta vie.

— Ça, j'en doute.

— Attends, lui assurai-je. Et tu verras.

— Et voilà Ty, annonça quelqu'un.

Et à la façon dont Casey se retourna, l'inspiration qu'il prit, comment il se redressa, je compris pourquoi Gwen n'avait pas eu de relations sexuelles depuis cinq ans.

Avec son mètre quatre-vingt-huit, Tyler Kincaid s'approcha de la table et posa sa main sur l'épaule de Casey. Son sourire était éclatant, puis il regarda tout le monde.

— Que se passe-t-il ici, les mecs ?

Tout le monde parla en même temps. Il était évident que cet homme magnifique aux cheveux blonds et aux yeux bleus était le centre du groupe. Il était celui que tout le monde aimait, voulait fréquenter, ou tout simplement voulait être. Il n'y avait pas de place autour de la table pour lui, cependant.

— Ici, dit Casey en riant. Assieds-toi sur mes genoux.

Tyler haussa un sourcil et tout le monde éclata de rire, sauf moi. Ils auraient dû s'épargner beaucoup de temps, et de peine, et sortir directement du placard. Dire à tous leurs amis que 'colocataires' était un délicat euphémisme pour amants, et qu'ils couchaient probablement ensemble depuis leur première année d'université.

— Tu peux prendre ma place, dis-je en me levant. Je dois y aller de toute façon. Pas le temps de manger.

— Non, Jory, dit Gwen en se levant. Reste. Nous pouvons aller chercher une autre chaise…

— Non, ma douce, c'est bon, lui dis-je en me penchant par-dessus la table pour l'embrasser sur la joue. Je t'appellerai avant de partir, d'accord ? Peut-être que nous pourrons dîner ensemble.

— D'accord, soupira-t-elle en me regardant. Je ne t'ai pas demandé pourquoi tu étais si amoché.

— Longue histoire, grognai-je en me levant alors que Tyler se laissait tomber sur ma chaise. Je te le dirai plus tard.

— Je compte là-dessus.

Je lui tapotai la joue, mais avant que je puisse tourner les talons et m'en aller, Tyler se leva brusquement et se plaça devant moi.

— Je viens juste d'arriver et vous partez. Pourquoi ça ?

Je lui souris.

— Puis-je vous déposer quelque part ?

— Non, c'est bon, dis-je en lui souriant. Je dois aller voir un appartement.

— Vous recherchez un appartement ?

— Pas vraiment.

Il n'était pas sûr de savoir à quoi s'en tenir avec moi, et c'était visible sur son visage.

Je posai une main sur son épaule et la tapotai.

— Merci pour l'offre, mais…

Avant que je puisse retirer ma main, il la couvrit de la sienne. La pressant contre son bras. Les muscles étaient durs et tendus, et je me demandai vaguement si j'étais supposé le remarquer.

— Laissez-moi vous conduire là où vous devez aller.

— Ty, l'appela Casey, peut-être que Jory…

— Ce serait génial, dis-je rapidement, parce que ce serait plus rapide et que j'avais le sentiment qu'il me restait très peu de temps.

— Bien, dit-il en posant sa main sur ma nuque pour me mettre en route.

— Ty.

— Je te vois plus tard, Case, dit-il par-dessus son épaule. Gwennie et toi, soyez sages.

Il y eut des rires derrière nous.

Alors que nous traversions le parking réservé aux étudiants, je demandai à Tyler depuis combien de temps il couchait avec Casey.

Il se figea sur place et me dévisagea.

— Aah, allez… épargne-moi ton jeu.

— Comment l'avez-vous su ? demanda-t-il dans un souffle.

— Difficile de le rater, dis-je en lui souriant.

Il hocha lentement la tête.

— Six ans, cependant ce n'est pas une relation exclusive. Je veux dire, comment pourrait-elle l'être ? Il a une petite amie.

Nous atteignîmes sa Honda Civic et je me dirigeai vers le côté passager.

— Alors pourquoi ne le dites-vous pas à tout le monde pour enfin pouvoir être ensemble ?

Il monta dans la voiture et m'ouvrit la porte.

— Ce n'est pas aussi simple que ça en a l'air.

Et j'étais sûr de ça, mais je n'avais aucune envie d'entendre une histoire que j'avais déjà entendue mille fois. J'étais certain qu'on attendait d'eux qu'ils se marient et qu'ils aient des enfants, et que leurs parents ne leur paient probablement plus l'université si leurs fils sortaient du placard et leur disaient qu'ils étaient homosexuels.

— Jory ?

— Alors qu'est-ce que Casey pense que nous faisons en ce moment ?

— Qu'on baise, j'en suis sûr.

Je hochai la tête. C'était plutôt sain.

— Alors, combien de temps restez-vous en ville ?

— Je n'en ai aucune idée. J'imagine que cela dépendra de ce que je trouverai dans l'appartement où vous m'emmenez.

— À qui appartiennent ces clés ?

— Quelqu'un que je connais.

— Et si vous trouvez un cadavre en décomposition ou quelque chose comme ça ?

En fait, ce n'était pas loin de ce que j'étais en train de penser moi-même.

— Je n'en ai aucune idée.

— C'est assez excitant, hum ?

C'était quelque chose, en effet. Seulement, je n'aurais pas su dire quoi. Je lui indiquai la rue parce que je vis le panneau.

— Est-ce que c'est ça ?

— Ouais, c'est ça.

Le panneau indiquant les Appartements de Drake Garden vantait l'air conditionné, une blanchisserie ouverte 24/24 heures, et une piscine chauffée. Quand Tyler fut garé et que nous nous retrouvâmes devant la résidence, j'utilisai la grande clé carrée pour ouvrir la porte de sécurité qui nous permit d'accéder à la cour. L'immeuble était bâti en forme de U, et tous les balcons avaient une vue sur l'endroit où nous nous trouvions.

— Alors, où ?

Je haussai les épaules. Je n'en avais certainement aucune idée.

— Nous pourrions aller de porte en porte pour essayer la clé, suggéra-t-il en me souriant.

Même après avoir passé en revue tous les scénarios cool des séries télévisées que j'avais regardées au fil des années, je savais qu'il n'y avait aucun moyen simple et rapide de trouver quelle serrure correspondait à la clé. Je n'avais pas d'autre choix que de rechercher de l'aide après du gardien.

— Tu devrais y aller, dis-je à Tyler. Cela pourrait prendre des heures.

— Oh, pas question, me répondit-il. Je suis intrigué. Je tiens à savoir ce que vous allez faire ensuite.

— Alors tu veux m'aider ?

— Tout ce dont vous avez besoin.

— D'accord, viens, dis-je en revenant sur nos pas afin de trouver le bureau du gardien.

Cinq minutes plus tard, je le laissai près de la barrière menant à la piscine, allai jeter un coup d'œil par la fenêtre de la loge, vis des femmes à l'intérieur, et compris ce que j'avais à faire. Je revins chercher Tyler en courant et l'envoyai seul dans le bureau, clé en main, armé de ce que je pressentais être une bonne histoire. Je lui avais dit de flirter et il m'avait demandé si j'étais défoncé. En fait, je me sentais

605

beaucoup plus positif que je l'avais été ces derniers temps. Il revint en un rien de temps avec une expression stupéfaite sur le visage et un post-it jaune en forme d'étoile.

— Qu'est-ce qui ne va pas ? lui demandai-je. Tu as l'air bizarre.

— Je n'arrive tout simplement pas à croire que ça a fonctionné.

J'étouffai un rire.

— Bien sûr que ça a marché. Tu es mignon et tu as l'air inoffensif.

— Rappelez-moi de ne jamais perdre les clés de mon appartement.

Je lui pris le petit bout de papier.

— C'est bien ça ? Appartement 310 ?

— Ouais.

— Merci, mec.

Je lui tapotai l'épaule, tournant la tête vers la cour. Tu as été génial. Comment savait-elle à quel appartement correspondait cette clé ?

— Apparemment, les trois lettres gravées de l'autre côté correspondent à un numéro d'appartement.

— Je n'ai pas vu de lettres gravées de l'autre côté, dis-je en m'arrêtant pour inspecter la clé.

Il me montra l'endroit où j'aurais dû regarder, et je vis les lettres minuscules qui semblaient avoir été gravées. J'aurais peut-être fini par les remarquer, mais cela ne m'aurait pas aidé même si je les avais découvertes par moi-même.

— Il vous aurait été impossible de trouver l'appartement auquel se rapportaient ces lettres.

— Non, j'ai eu de la chance que tu aies été là pour m'aider, dis-je en me remettant en route.

Il me suivit de près, et je pus entendre l'étonnement dans sa voix.

— Votre histoire était bonne. Je l'ai racontée exactement comme vous me l'avez dit. Je lui ai dit que mon pote m'avait donné sa clé pour que je puisse dormir chez lui, mais qu'il avait oublié de me dire quel était le numéro de son appartement. Je lui ai dit que j'étais vraiment épuisé parce que je venais de traverser le pays dans un bus Greyhound…

— Le bus Greyhound ajoute toujours une touche sympa, lui assurai-je, commençant à monter l'escalier situé sur le flanc de l'immeuble. Je ne l'oublie jamais.

— Jory, elle a gobé mon histoire, dit-il en s'arrêtant, levant les yeux sur moi de l'endroit où il se tenait sur le palier du rez-de-chaussée. Pourquoi ça ? C'était effrayant.

Je rigolai, montant davantage de marches.

— Si tout le monde faisait toujours exactement ce qu'il doit, pense à quel point, la vie serait ennuyeuse.

— Ouais, bien sûr, mais je pourrais être le tueur à la hache pour ce qu'elle en sait.

— Tu sembles tout droit sorti du Disney Channel, lui répondis-je. Tu es l'image même de l'américain typique, propre sur lui et mignon.

Il m'arrêta en posant sa main sur mon épaule avant que je puisse m'engager dans le couloir du deuxième étage.

— Quoi ?

— Est-ce que vous seriez par hasard intéressé par un américain typique et mignon ?

— J'ai déjà un mec, dis-je rapidement, m'éloignant de lui pour vérifier les numéros sur les portes.

— Il n'aurait pas besoin de le savoir, Jory.

— Il est inspecteur de police, répondis-je distraitement, me rapprochant, regardant les numéros augmenter.

— Et alors ?

— Il sait tout, dis-je en trouvant la bonne porte, m'arrêtant devant elle, et prenant une profonde inspiration parce que j'étais sur le point de faire ma grande découverte.

— Et s'il l'apprend ? Que va-t-il faire, vous tuer ?

— Oui, dis-je, glissant la clé dans la serrure, sentant avec quelle facilité elle tourna. Et ensuite, il te tuera.

— Arrête un peu, Jory. Il ne me fera aucun mal.

Mais je ne pouvais pas me concentrer assez pour débattre avec lui. J'étais bien trop curieux de voir ce qui se cachait dans l'appartement de Susan Reid.

J'avais pensé que je trouverais quelque chose de petit. Que cela allait être une bataille difficile pour moi d'innocenter Caleb. Ce que j'obtins fut plus que je l'aurais jamais espéré ou imaginé. Parce que dans la chambre principale, où il aurait dû y avoir un lit, une commode, une table de chevet, ou une chaise, il n'y avait que des murs recouverts de photos et de coupures de presse de Dane Harcourt. Il y avait de longues bandes de papiers, peut-être soixante centimètres par un mètre cinquante, punaisées sur les murs, et sur elles, il y avait des photographies de rubans, de cartes, de talons de billets, et de divers autres objets – une serviette à cocktail, une boîte d'allumettes – tous réunis en une mosaïque horrible et magnifique à la fois. Cela avait dû demander des semaines, voire des mois, rien que pour prendre toutes les photos, et la patience de voir une tâche comme celle-là achevée était difficile à imaginer. Dire que cela avait été fait avec minutie était un euphémisme, et le petit sifflement d'admiration de Tyler résuma tout ce que je ne pouvais pas dire à ce moment-là.

Nous nous approchâmes pour mieux voir, aucun de nous ne touchant les impressions, laissant juste nos yeux se déplacer sur la surface.

— Quelqu'un a une petite obsession, hum ?

Absolument, pensai-je.

— Il y a quelque chose de bizarre à ce propos, cependant.

— Plus bizarre que tout ça accroché ici ? demanda-t-il en rigolant.

607

— Oui, dis-je en me penchant davantage, voulant apaiser ma curiosité. Plus bizarre que ça.

Sa main se referma sur mon épaule.

— N'y touchez pas, Jory.

Je n'arrivais pas à déterminer ce qui n'allait pas, mais peut-être que Sam le pourrait. Je rallumai mon téléphone et l'appelai.

Il ne me salua pas, il fit juste une requête.

— Dis-moi où tu es… s'il te plaît.

— Je ne peux pas faire ça. Je ne veux pas d'évaluation psy ou de camisole de force.

— Oh, pour l'amour de Dieu, Jory, tu sais que je ne ferais jamais…

— J'attends de toi, quoiqu'il arrive… de toujours avoir foi en moi.

— Jor…

— Tous les autres peuvent être surpris que je ne sois pas mort ou lever les yeux au ciel en disant 'Jory, cet idiot', mais toi… tu es celui qui est censé savoir que je suis intelligent et bon, et pas seulement un autre qui s'attend à entendre le dernier truc stupide que Jory a fait.

— Tu as raison, dit-il d'une voix rauque. Je suis désolé.

J'inspirai vivement.

— Je pense que tu es incroyable. Tu es intelligent et sexy et je deviens complètement dingue parce que je ne peux pas poser mes mains sur toi.

Il savait toujours qu'elle était la bonne chose à dire.

— D'accord.

— D'accord ? répéta-t-il.

— Oui.

Il grogna.

— Dis-moi où tu es.

— Je suis aux Appartements de Drake Garden.

— Et ?

— Appartement 310.

Profonde expiration.

— Bien. Laisse-moi appeler le poste. Ne touche à rien.

— Non, je ne le ferai pas. Tyler non plus.

— Qui diable est Tyler ?

— Un des amis de Gwen.

Rapide expiration énervée.

— Dane et moi arrivons avec une armée de gens, mais que Dieu me pardonne, si je ne te trouve pas assis par terre quand j'arrive, quand je finirai par t'attraper – tu seras plus que simplement désolé.

Ses menaces ne me firent aucun effet.

— Il y a quelque chose de bizarre, mais je n'arrive pas à mettre le doigt dessus.

— Définis 'bizarre'.

— Je ne sais pas.

— Donc, tu es déjà dans l'appartement ?

— Oui.

— Comment as-tu su lequel c'était ?

— Je suis doué.

— Seigneur, tu l'es vraiment.

Je souris.

— Tu me manques.

Un autre grognement frustré.

— Attends un peu, d'accord ? Arrête de courir... j'ai besoin de te voir.

— Juste me voir ? le taquinai-je.

— Ton frère est assis à côté de moi dans la voiture.

Je ris de son malaise manifeste.

— Désolé.

Il gémit.

— Je serai là. Dépêche-toi.

— Bébé ne touche à rien. Si tu touches à quelque chose ou détruis les preuves – alors Caleb est foutu.

— Je sais. Je vais juste faire le tour des lieux.

— Bébé...

— Dépêche-toi, dis-je en raccrochant.

— Jory ?

Je regardai Tyler.

— Je ne devrais peut-être pas être là, hum ?

Je hochai la tête.

— Probablement pas.

— Appelez-moi plus tard si vous avez besoin d'un endroit pour dormir, dit-il en prenant ma main et en la retournant la paume vers le haut afin d'écrire son numéro au crayon sur ma peau.

— Merci, dis-je en tapotant son épaule.

— Pour info, dit-il en marchant à reculons vers la porte. Je vous trouve carrément sexy et on ne s'ennuie pas avec vous. Si vous avez envie de me voir plus tard, appelez-moi.

J'avais un homme. Pourquoi aurais-je voulu d'un jeunot ?

— Vous m'avez entendu ?

Je lui fis un signe de la main et entamai ma visite de l'appartement.

À quoi m'attendais-je exactement ? Tellement d'images me traversaient l'esprit. Des scènes des *Experts* ou du *Silence des Agneaux,* même de *Seven.* À quoi m'attendais-je – une tête coupée ? Peut-être rien d'aussi dramatique, mais l'appartement était impeccable et je trouvais cela étrange.

Dans la plus petite chambre, il y avait le même genre de choses qui se trouvaient dans la deuxième chambre inutilisée de Sam. Des appareils de fitness,

609

un ordinateur, et un lit poussé contre un mur. Mais si c'était l'endroit où dormaient les invités et où étaient stockés les poids des équipements de musculation, où était donc le mobilier qui aurait dû se trouver dans la chambre principale ? J'allai ensuite dans la cuisine, mais ne trouvai rien qui sortait de l'ordinaire ; même chose pour le salon. Quelqu'un comme moi vivait ici, et pourtant le mur de la chambre et le manque de meubles parlaient d'autre chose. Ils ne s'additionnaient pas.

La salle de bains était propre, mais d'après les produits dans l'armoire à pharmacie, sur le comptoir, et sous l'évier, un homme vivait ici. Je ne vis aucune touche féminine, mais il y avait quelques vêtements de femme pendus dans le placard de la chambre principale. Il n'y avait rien sous le lit de la seconde chambre, à peine un peu de nourriture dans le réfrigérateur, et très peu dans les placards. C'était une garçonnière, purement et simplement. Mais qui vivait là ?

J'utilisai la manche de mon pull pour ouvrir la porte coulissante en verre qui donnait sur le balcon. Il n'y avait rien là à part des plantes mortes et des meubles en osier.

— Ne bougez pas !

Ce n'était pas Sam.

— Les mains sur la tête !

J'obtempérai, et quelques secondes plus tard, je me retrouvais face contre terre avec les mains menottées dans le dos, subissant une fouille. Lorsque je fis rouler ma tête sur le côté, je vis les brillantes chaussures en cuir noir.

— Monsieur Harcourt.

Je laissai échapper un profond soupir.

— Agent Calhoun.

— Emmenez-le à la prison du comté, maintenant. Mettez-le sous les verrous.

Je n'eus pas l'occasion de dire quoi que ce soit. Je fus moitié traîné, moitié porté dans les escaliers et conduit dehors par le chemin opposé qui m'avait amené ici. Les deux officiers qui m'avaient pris en charge se plaignirent du fait qu'ils ne travaillaient pas pour le FBI, mais pour la police de Dallas. Je ne fus pas placé à l'arrière d'une voiture noir et blanc, mais à l'arrière d'un SUV. Je fus enfermé à l'intérieur et ils me dirent de me tenir tranquille. J'attendis sans bouger jusqu'à ce qu'ils s'éloignent.

J'avais l'air impuissant. Je ne suis pas un grand gars, et quand les gens me rencontrent, ils pensent à 'doux' d'abord, jusqu'à ce que j'ouvre la bouche. Ainsi, les deux policiers n'avaient aucune idée de la personne à qui ils avaient à faire. Ils ne surveillèrent donc pas le SUV, sinon il m'aurait vu passer de la banquette arrière à la place du conducteur, puis sortir par la portière du même côté. Les fenêtres étaient teintées ; je verrouillai la portière derrière moi et marchai calmement jusqu'au coin de l'immeuble où je tournai dans la rue. Un pâté de maisons plus loin, je me mis à courir. Au moins, puisqu'ils m'avaient pris mon téléphone, je n'aurais pas d'ennuis pour ne pas avoir appelé Sam.

XIII

LA PLUPART des gens pensent que je suis stupide. Parce que j'ai moins de trente ans, je suis blond, et du genre tête dans les nuages. Alors, même s'il est vrai que j'ai la capacité d'attention d'un poisson rouge, je peux malgré tout utiliser mon cerveau pour un raisonnement complexe. Je n'allai pas dans une quincaillerie ou un magasin du même style pour me débarrasser des menottes. Je pris un taxi – menotté – et demandai à être conduit dans une boutique spécialisée dans les jouets sexuels pour adultes. Lorsque j'arrivai, je racontai à la caissière que mon petit ami avait perdu la clé des menottes que nous avions achetées la veille. Elle rit, son responsable rit, le type chargé de s'occuper des cabines de visionnage rit, mais le magasinier alla chercher le coupe-boulons pour s'occuper de la chaîne et me séparer les mains avant qu'un autre commis aux stocks, revenant de sa pause, crochète chacune des serrures. Ils furent tous impressionnés de l'aspect réaliste du jouet quand ils s'en débarrassèrent dans la corbeille derrière le comptoir. Je donnai un billet de cinquante au responsable et lui demandai d'offrir à tout le monde le déjeuner. Il m'invita à aller danser avec lui après le travail, et je déclinai aimablement avant de m'esquiver du magasin.

Je pris un taxi pour la Galleria et trouvai un téléphone public. Je composai mon numéro de téléphone.

— Jory, nom de Dieu ! Où es-tu ? demanda Sam quand il répondit à la deuxième sonnerie.

— C'est toi qui as mon téléphone ?

— Manifestement, gronda-t-il. Que s'est-il passé, merde ? Tu étais supposé m'attendre !

— Demande à l'Agent Calhoun.

— Non, je sais – il a foiré. Il a dit... merde... es-tu menotté ?

— Plus maintenant.

— Seigneur ! soupira-t-il. Bébé, tu...

— Je dois m'en aller d'ici, Sam. Si je reste, je vais finir par être blessé.

— Jor...

— Je te revois à la maison, d'accord ?

— Non, pas d'accord ! J'ai besoin de...

— Je ne vais pas prendre l'avion.

Je pensais à voix haute.

— Ils pourraient m'attendre à l'aéroport, donc je vais conduire ou prendre un bus ou...

— Non, dit-il, catégorique. Viens me retrouver à l'hôtel et je...

611

— Je ne veux pas que tu aies d'ennuis pour avoir recueilli un fugitif.

— Mon amour, tu n'es pas un fugitif. La seule chose que veut l'Agent Calhoun, c'est te mettre en détention pour pouvoir t'interroger.

— La façon dont il parle… il me fiche la trouille.

— Je sais, mais il…

Aaron Sutter surgit soudain dans mon esprit.

— Merde… je viens de penser à quelque chose.

— Bébé, s'il te plaît. Retrouve-moi à l'hôtel. Dane et moi sommes au Hilton de l'aéroport. Je suis dans la chambre 912. S'il te plaît, va là-bas.

— Je pense que j'ai une meilleure idée.

Aaron avait un jet privé ; il pouvait me l'envoyer, et il le ferait, j'en étais sûr, si je le lui demandais assez gentiment.

— Non, n'appelle personne d'autre. Ne te tourne vers personne d'autre que moi pour l'instant, ce serait une erreur.

Il était indéniable que l'homme me connaissait bien.

— Mais Sam, je…

— Bébé, dit-il, et sa voix était aussi douce que du miel. S'il te plaît.

Je m'autorisai à prendre une grande inspiration et, se faisant, le son de sa voix s'infiltra en moi.

— Ne pars pas sans moi. J'ai besoin de toi.

Je laissai échapper un profond soupir.

— Je vais aller chercher mes affaires et je te retrouve à l'hôtel.

— J'irai chercher tes affaires… va juste à l'hôtel. Je vais les appeler et leur dire de te donner une clé.

— Es-tu sûr que tu n'auras pas…

— Jory, va juste dans ma chambre et attends-moi. S'il te plaît, je t'en supplie.

Je ne valais plus rien lorsqu'il s'agissait de dire non à Sam Kage.

— Dis-moi dans quel hôtel tu es descendu afin que je puisse aller récupérer tes affaires.

Je le lui dis et raccrochai après qu'il m'ait arraché une autre promesse de le retrouver à son hôtel. L'homme était déterminé à me voir, et comme toujours, j'avais des papillons dans l'estomac en pensant à lui. Je me demandai vaguement si cela changerait un jour.

JE SENTAIS mauvais, je me sentais crasseux, alors je pris une douche après avoir attendu Sam dans sa chambre pendant une heure. Lorsque j'ouvris la porte de la salle de bains, un peu plus tard, entrant dans la chambre, je le trouvai debout devant la fenêtre. Il portait encore son manteau, comme s'il venait juste d'arriver.

— Salut.

Je lui souris et ne pus retenir le petit soupir qui m'échappa. Il ne répondit pas, il traversa juste la pièce et me prit dans ses bras, m'écrasant contre son grand corps dur.

Je me sentis trembler, mais j'étais impuissant à m'arrêter. C'était si bon d'être enfin en sécurité. Il était chaud et solide et ses lèvres dans mon cou me semblaient le paradis.

— Regarde-moi.

Lorsque je levai la tête, sa bouche se posa sur la mienne. C'était un baiser dévorant, rien de doux là-dedans, sa langue me goûtant me réclamant. Il me souleva de terre et me porta jusqu'au lit, où il tomba avec moi toujours enveloppé dans ses bras. Je m'attendais à être ravagé, mais, au lieu de cela, il chevaucha mes hanches et se redressa. Il enleva son manteau et son écharpe et les jeta par terre en ne me quittant pas des yeux.

— Mon Dieu, tu as l'air si bien, soupirai-je en m'imprégnant de lui... en meilleure forme, guéri, en un seul morceau. Comment te sens-tu ?

— Moi ? demanda-t-il en fronçant les sourcils. Et toi, J, tu es en piètre état.

J'essayai de me relever, pour m'éloigner, mais il me maintint facilement.

— Arrête de faire le con, tu sais que tu es magnifique. Je veux juste dire qu'on dirait que tu as traversé l'enfer et... Seigneur ! Je ne vais plus te laisser un seul instant hors de ma vue.

Ses yeux étaient si sombres, si beaux.

— D'accord.

Il grogna avant de soulever mon menton pour regarder mon cou.

— Bébé, tu es couvert de bleus. Comment as-tu...

— Mais tu m'aimes encore, n'est-ce pas ? Tu veux toujours de moi ?

— Qu'est-ce que tu racontes ?

Il me fallut une minute pour répondre.

— Je ne suis pas beau là tout de suite.

Il s'allongea près de moi, sa main touchant ma joue.

— Jory, j'adore ton apparence, vraiment... tu es magnifique, et le seul fait de te voir m'excite. Mais chéri, sincèrement... je ne m'accrocherais jamais comme ça si c'était tout ce qu'il y avait.

Je hochai la tête, ma mâchoire se contractant très fort.

— Je t'aime, Jory. J'aime ton bon cœur et ta gentillesse, et ta façon de faire ressortir le meilleur chez chaque personne que tu rencontres. J'ai besoin de toi, parce que sans toi, je suis vide et je ne vaux rien.

— Non, ce n'est pas vrai, dis-je en cherchant le contact de sa main.

Il me repoussa sur le lit et embrassa mon cou.

— Je peux sentir le battement de ton cœur, ici, sous ta peau.

Je sentis une boule se former dans ma gorge. L'avoir si près de moi déclencha une vague de chaleur qui se répandit dans tout mon corps.

— Tu m'as encore fichu une sacrée trouille.

— Je suis désolé, dis-je en le regardant dans les yeux. Je savais juste que Susan Reid était celle qui...

613

— Je sais, je sais, mais écoute… dit-il doucement, d'une voix profonde. Ne va nulle part sans moi à partir de maintenant. J'adorerais être ton acolyte.

Je lui souris.

— Je pense que nous savons tous les deux qui est le héros de la pièce, Sam.

— Non, je ne crois pas, dit-il en se penchant et en m'embrassant, lentement, mais profondément, prenant son temps, sa langue explorant ma bouche.

Ce n'était pas avec la fougue et l'urgence habituelles, mais je le sentis brûler en moi de la même façon.

Je gémis quand il recula.

— Tu as besoin de moi.

— Oui, acquiesçai-je sans réserve, me tortillant sous lui.

Il sourit tout à coup.

— Qu'est-ce que tu fais ?

— J'essaie de me débarrasser de la serviette.

— Je peux voir ça, dit-il, souriant doucement. Mais bébé, tu n'es pas en forme pour que je…

— Oh, si, je le suis, lui assurai-je, saisissant sa main, la faisant glisser sur mon entrejambe, juste au-dessus du tissu en éponge qui séparait nos peaux. As-tu l'impression que je ne suis pas prêt ?

— Bébé, dit-il gentiment, tu…

Mais je le repoussai, lui faisant suffisamment perdre l'équilibre pour pouvoir rouler sur le ventre et respirer.

— Et maintenant quoi ? demanda-t-il tandis que ses mains passaient sur la courbe de mes fesses.

— Sam… s'il te plaît… montre-moi que tu vas beaucoup mieux. Je ne veux plus être le plus fort de nous deux.

Il n'y eut aucun mouvement.

— Sam ?

— Tu as fait tout ça pour essayer de me protéger parce que j'étais blessé.

— Oui.

— Donc, si je vais mieux, tu arrêteras de jouer les détectives ?

Jouer ?

— Non, attends !

Ma voix chuta très bas.

— J'ai plutôt bien travaillé à…

— Tais-toi, grogna-t-il avant d'arracher la serviette, me laissant complètement nu sous lui. Devine ce que j'ai ramené pour toi ?

— Je suis sûr de n'en avoir aucune…

— Ne bouge pas.

Son poids s'éloigna à peine quelques secondes avant de revenir. Le bruit d'un bouchon qu'on ouvrait me fit savoir ce qu'il avait récupéré dans son sac de sport qui traînait par terre.

— Tu n'étais pas inquiet pour moi, dis-je pour le taquiner. Tu voulais juste me baiser.

Il saisit une poignée de mes cheveux et me tira brutalement la tête en arrière.

— Non, J, *tu* veux que je te baise. J'étais malade d'inquiétude à l'idée que tu étais peut-être mort ou violé ou Dieu sait quoi d'autre encore…

Je frissonnai, je ne pus m'en empêcher. Mon cerveau comprenait que nous avions une discussion sérieuse, mais mon corps enregistrait juste la domination et la force qu'il exerçait sur moi.

Il relâcha mes cheveux et j'enfonçai mon visage dans l'oreiller. Je sentis ses doigts huileux faire pression à l'intérieur de mon corps et je ne pus retenir un gémissement sourd.

— Je vais beaucoup mieux maintenant, J, alors tu vas faire exactement ce que je te dis à partir de maintenant. Est-ce que tu comprends ?

Je hochai la tête, incapable de parler, sentant ses mains glisser sur mon cul, écarter mes fesses.

— Tu as besoin de te rappeler à qui tu appartiens.

— Je sais à qui j'appartiens, gémis-je, essayant de reculer à sa rencontre.

Il embrassa ma nuque, sa bouche se déplaça sur mon épaule avant de la mordre et de s'empaler profondément en moi. Je levai la tête et il répéta son mouvement.

— Sam…

Le son était râpeux, et je sentis sa main glisser sous moi.

— Bon Dieu… tu m'as manqué… je viens juste de te retrouver…

Je perçus un essoufflement dans sa voix, qui flancha sur la fin.

Aucune parole de réconfort ne pouvait être prononcée maintenant, parce qu'il n'y avait que la luxure, l'odeur familière de sa peau, et ma réponse brûlante à son corps.

— Je déteste avoir besoin de toi.

Et je voulais lui expliquer que ce qu'il voyait comme une faiblesse était en réalité un cadeau. La plupart des gens n'avaient jamais besoin de personne.

— Jory…

Tout ce qui sortit de moi était mon souffle haletant, mes gémissements de plaisir et son nom prononcé maintes et maintes fois. C'était tout ce dont j'étais capable, mes sens noyés dans une chaleur torride, son toucher, et le son primal de sa voix. J'étais si heureux, mon corps était si tendu, ayant été si longtemps privé de lui. Il ne me restait rien de mon endurance habituelle pour tenir mon orgasme à distance.

Il prit un rythme effréné qui m'arracha des gémissements gutturaux. Rempli et caressé à la fois, je sentais la pulsation profondément en moi, s'élevant, atteignant des sommets, ma peau brûlant sous la sienne alors que je le suppliais pour avoir ce que je voulais et ce dont j'avais besoin.

Sa confession, celle où il me disait qu'il voulait se fondre en moi, toucher mon cœur, fit se précipiter mon sang dans mes veines, mes muscles se crispant tous en même temps alors qu'une vague déferlait en moi. Je ressentis les décharges de plaisir traverser Sam, son corps tremblant avec elles jusqu'à ce qu'il retienne sa respiration et qu'il crie mon nom. Durant ce bref moment empli d'une euphorie dévastatrice et éclatante... tout sembla parfait.

Il se redressa rapidement au-dessus de moi, faisant attention à ne pas m'écraser, puis j'entendis le bruit de sa fermeture éclair et le tintement de sa boucle de ceinture.

— Tu en as fini avec moi, c'est ça ? dis-je, souriant dans mon oreiller.

— Je n'en ai jamais fini avec toi, dit-il d'une voix rauque. Retourne-toi.

Et lorsque j'obtempérai, il m'enveloppa dans ses bras et me serra contre son cœur. J'embrassai sa gorge, sentis son pouls qui battait sauvagement, et remontai mes lèvres sur sa mâchoire couverte de chaume. Il glissa une jambe couverte de denim entre les miennes, nues, et passa une main caressante le long de ma hanche avant de tirer la couette au-dessus de moi. J'étais nu, il était entièrement habillé, et je sus sans avoir à le demander qu'il était heureux. Sa domination ne faisait aucun doute.

— Tu aimes ça, dit-il en riant, la voix rauque, alors qu'il me caressait le dos, laissant sa main glisser sur mes fesses, jusqu'à la jambe drapée sur sa cuisse.

Sa main sous mon genou, il me tira plus près de lui, voulant autant de contact possible, voulant me presser contre lui, que mon aine se retrouve contre la fermeture éclair de son jean.

— Tu adores quand je te domine.

J'allais pleurer si j'ouvrais la bouche. Je ressentais trop de soulagement, trop de bonheur, et tout cela menaçait de sortir si je l'autorisai. Je contenais un flot d'émotions accumulées depuis le jour où il avait été couché sur son lit d'hôpital. Je serais fort pour Sam, et garderais tout pour moi.

— Laisse-toi aller, J. Je sais que tu es en colère parce que je n'ai pas été assez fort pour ne pas être blessé. Tout ton monde a été secoué et cela t'a fait peur, parce que tu détestes l'idée d'être vulnérable, d'avoir quelque chose qui t'est retiré.

Sa voix était caressante, si douce, tout comme ses lèvres sur mes paupières, mes joues, mon front.

— Voilà que tu me laisses revenir dans ta vie et j'ai presque failli t'infliger ma mort... ton cœur, que tu as eu tant de mal à protéger, j'ai presque anéanti toutes les chances que j'avais.

Je déglutis avec difficulté, souhaitant qu'il s'arrête de parler.

— Ne sois plus en colère contre moi. Je suis désolé d'avoir été blessé. Je te promets que cela n'arrivera plus jamais. Ne me quitte pas. Ne me quitte jamais.

J'essayai de respirer, mais c'était si difficile.

Ses doigts suivirent la courbe de ma mâchoire, puis il releva mon menton en se penchant en même temps. Il réclama ma bouche, m'embrassant profondément. Je lui rendis son baiser avec ardeur, lui donnant tout ce que j'avais et il roula sur moi, m'immobilisant sous lui.

— Merde, Jory... je ne pense pas t'avoir un jour désiré autant.

Sa voix était basse, presque un grondement.

— Non ? le taquinai-je, mordant sa lèvre.

Il se releva rapidement, roulant hors du lit, bataillant avec sa ceinture et tirant sur ses vêtements, ôtant le tout aussi vite qu'il le put. Je riais en le regardant parce qu'il était si impatient, et puis je vis sa cicatrice et mon souffle se coinça dans ma gorge.

— Oh, non. Non.

Il sourit, remonta sur le lit, sous la couette, et m'enveloppa dans ses bras, m'écrasant contre son torse.

— Tu n'utiliseras pas ma récente intervention chirurgicale comme une raison pour ne pas faire l'amour.

Je tremblais. J'avais failli le perdre.

— Je ne suis plus assez beau pour toi, hum ? me taquina-t-il, posant sa bouche sur ma clavicule, me léchant et me mordant lentement de l'épaule à la mâchoire. Je suis déformé.

— Sam, soufflai-je à peine. Tu aurais pu...

— Tu sais, au lieu de penser à ce qui aurait pu se passer, pourquoi ne pas canaliser toute cette peur en passion pour me faire perdre la tête, dit-il en rigolant.

Je le dévisageai.

— Quoi ? dit-il en souriant malicieusement, les yeux pétillants.

Il était incroyable. Son esprit n'était en fait axé que sur une seule chose.

— Je ne sais pas pourquoi tu me regardes comme ça, dit-il en continuant à me sourire. Je ne suis pas différent de n'importe quel autre homme sur la planète.

Je grognai, et il rit tandis que je me redressais en le poussant pour qu'il s'écarte de moi. Il me laissa le mettre sur le dos.

Il avait les paupières alourdies alors qu'il me regardait

— Viens là.

J'obtempérai, soulevant une jambe pour le chevaucher avant de lentement m'abaisser sur lui, le prenant aussi loin que je le pouvais, l'enterrant au fond de moi.

Il retint son souffle. La façon dont il me répondit était très sexy, ses mains se crispant sur mes hanches, son corps raidit sous le mien.

— Oh... Seigneur, murmura-t-il d'une voix cassée.

— Dis-moi que je t'aie manqué, le pressai-je avant de me pencher pour l'embrasser.

— Tu sais que tu... oh... Jory...

On aurait dit qu'il souffrait tandis que je me mouvais avec lenteur le long de son sexe dur et glissant.

— Ton corps est si brûlant.

Je souris, il gémit. C'était une torture exquise et je me délectais du sort de ma victime consentante. Lorsqu'il rugit mon nom, empoigna mes cheveux pour m'attirer dans un baiser, je chevauchai la vague avec lui, ses sens momentanément submergés de plaisir qui ne laissaient aucune place à la pensée rationnelle. Il s'enfonça en moi, me poussant vers le haut tout en me maintenant contre lui, ses doigts s'enfonçant dans mes cuisses pour s'assurer que je ne bouge pas.

— Jory !

Je souris quand son corps se détendit sous le mien, son gémissement me faisant rire.

— Tu es trop mignon, soupirai-je.

— Merde ! murmura-t-il. J'avais des choses à te dire.

— Dis-les, répondis-je en me soulevant, le faisant grimacer et sourire en même temps.

Il tapota son torse.

— Allonge-toi.

Je me blottis au creux de son épaule et il m'enveloppa dans ses bras, repositionnant la couverture autour de moi. Je ne me sentais jamais aussi choyé que lorsque j'étais dans les bras de Sam.

— Alors, dis-moi ce que…

— Je t'aime.

— Pourquoi ?

— Parce que tu es à moi, dit-il, son pouce glissant sur mes lèvres avant qu'il incline mon menton et se penche pour m'embrasser.

Ce fut un baiser lent, profond, et sensuel qui trouva sa résonnance dans tout mon corps.

— À moi.

J'étais sans force entre ses bras, contre sa peau chaude, sa main caressant mes cheveux me berçant rapidement dans un état de détente absolue. J'étais complètement lessivé et totalement à sa merci.

— Tu sais que, sans toi, je n'ai plus de chez moi, dit-il soudain, ses lèvres sur mon front, ses bras se resserrant autour de moi, plaquant mon corps contre le sien.

Je m'intimai de ne pas pleurer. Parfois, les choses qu'il disait étaient tout simplement trop. Son honnêteté, la chaleur et la force de ses mots, étaient accablants.

— Je t'aime vraiment.

Et cela ne faisait aucun doute.

— Est-ce que tu m'as entendu ?

— Oui.

— Bien.

Il rit, embrassant mes sourcils, l'arête de mon nez, tout ce qui passait sous ses lèvres alors que je continuais à lever le menton toujours plus haut.

— Maintenant, tu vas devoir te concentrer, parce que j'ai une tonne de choses à te dire, et Dane va probablement débarquer ici dans moins de cinq minutes. J'ai à peine réussi à le convaincre de me laisser te voir seul, et l'Agent Calhoun est…

Je me déplaçai contre lui et il poussa le petit soupir de contentement que j'adorais avant de continuer à parler. Il était inutile de lui expliquer que mon cerveau s'était mis aux abonnés absents plusieurs phrases avant. Je m'assoupis et

618

ne m'inquiétai pas de le lui faire savoir. J'étais en sécurité dans ses bras et c'était tout ce qui comptait.

À LA façon dont l'Agent Calhoun ne cessait de me regarder, j'avais davantage l'impression d'être Jason Bourne que Jory Harcourt. Il avait presque l'air d'avoir peur de moi. Dans un sens, c'était fondé. Je m'étais évadé de prison, j'avais plutôt bien déjoué sa vigilance, et glissé entre ses doigts plus tôt dans la journée. Quand je lui avais expliqué de quelle façon je m'étais débarrassé des menottes, il avait été particulièrement étonné. Sam fut vraiment impressionné qu'une excuse comme le bondage eût pu inciter des gens à me venir en aide.

— Il n'y a que toi, dit-il, et ses doigts remontèrent de ma nuque jusque dans mes cheveux.

Il ne pouvait s'empêcher de me toucher.

— Les gens feraient n'importe quoi pour toi.

Ce qui n'était pas vrai, mais vu la façon dont il me regardait, je n'avais pas envie de le contredire.

— Donc, votre intuition était bonne, Jory, dit lentement l'Agent Calhoun. On dirait que votre ami Caleb Reid est en fait innocent et que c'est sa mère la criminelle.

Je me penchai en avant et l'étudiai, lui accordant toute mon attention.

— Sur le couteau que nous avons récupéré au domicile de Monsieur Reid, il y avait les empreintes de sa mère, et seulement les siennes.

J'essayai de ne pas sourire.

— Il a fini par avouer qu'il avait découvert seulement quelques mois plus tôt ce que sa mère et Monsieur Fain faisaient, et qu'il allait en faire part à la police quand Monsieur Fain avait menacé de vous tuer. Pour vous protéger, il a prétendu avoir été enlevé, et lorsque c'est allé trop loin, il a fui et s'est fait tirer dessus. Il voulait vous dire la vérité, mais il ne savait pas comment le faire.

Il poussa un profond soupir.

— C'est un idiot, mais un idiot innocent.

— N'est-il pas toujours considéré comme un complice ? demanda Dane à l'Agent Calhoun.

— Oh, il va être inculpé pour obstruction, et complicité, et...

— Mais il y a des circonstances atténuantes qui seront prises en considération, m'assura Sam en me frottant le dos. Ne t'inquiète pas, bébé, nous ne laisserons pas Caleb aller en prison.

Je hochai la tête et regardai l'Agent Calhoun.

— À qui appartient l'appartement d'aujourd'hui ?

— Campbell Haddock.

— Qui est-ce ?

— Apparemment, il avait une liaison avec Susan Reid.

619

— Et où est-il ?

— Il est mort, déclara l'Agent Calhoun alors que ses yeux se posaient sur moi.

— Comment ? demanda Dane, devançant ma question.

— Il y avait un congélateur dehors dans le patio, l'avez-vous vu ? me demanda-t-il. Je secouai la tête.

— Eh bien, il était sous une nappe en vinyle et il y avait tout un tas de fleurs en pot disposées au-dessus... je suis heureux que vous ne l'ayez pas vu.

Je hochai la tête.

— Il était dedans, hum ?

— Oui.

— Comment a-t-il été tué ?

— On lui a tiré dessus.

— Et vous croyez quoi ? Que Susan Reid l'a tué ?

— La balle provient de son arme. C'est la même balle que nous avons retirée de la jambe de son fils... le révolver en lui-même est introuvable. C'est circonstanciel, mais couplé avec tout le reste... cela pourrait signifier beaucoup.

— Pourquoi aurait-elle tué son amant ?

— Je n'en ai aucune idée. Peut-être l'a-t-il surprise à faire quelque chose, peut-être a-t-il trouvé son arme... nous ne le saurons pas à moins qu'elle ne nous le dise.

— Si elle vous le dit.

— Exact.

— Donc elle a tué ces hommes.

— Elle et Greg Fain.

— Pourquoi l'aurait-il aidé ?

— Ça, nous ne le savons pas, mais nous allons trouver la connexion.

— D'accord.

— Jory.

Je regardai Dane.

— Tu devrais être très fier de toi. Tu as sauvé Caleb à toi tout seul – toi seul as cru en lui. Il pourra te remercier jusqu'à la fin de sa vie.

Et j'étais heureux pour Caleb, si heureux, mais il y avait quelque chose qui ne cadrait pas, là-bas, dans cet appartement.

— Qu'avez-vous pensé de toutes les photos sur le mur ? demandai-je à l'Agent Calhoun.

— C'est un truc de dingue, je suis sûr qu'ils vont étudier Susan Reid pendant des années.

Et j'étais certain qu'ils le feraient, mais quand même, quelque chose n'allait pas.

— Seigneur, j'ai hâte de rentrer à la maison, soupira Dane, et je réalisai en le regardant combien Sam et lui avaient l'air fatigué d'avoir traversé l'enfer à cause de moi.

— Je suis désolé, dis-je honnêtement, d'une voix hésitante.

— Comment quelqu'un pourrait-il être en colère après toi quand tes intentions sont bonnes ? demanda-t-il doucement en me souriant.

— Tu fais comme moi, lui répondit Sam d'un ton sec.

Il pointa un doigt accusateur vers moi et il enchaîna.

— Tu me refais ces conneries de cascades et tu apprendras ce qu'est vraiment la douleur.

Je lui souris et Dane rit.

— En ce qui me concerne, j'espère que vous allez déconner, m'assura l'Agent Calhoun.

Le courant ne passait vraiment pas entre nous.

XIV

Un JOUR peut faire toute la différence dans le monde. Deux semaines peuvent faire encore plus. Il était incroyable que quatorze jours plus tard, je sois sain et sauf, guéri, et réinstallé complètement et confortablement dans ma vie. J'étais au travail avec Aubrey, Sam faisait ses trucs de flic, et Susan Reid – pas Caleb – était enfermée dans un hôpital psychiatrique de sécurité maximale en observation. Tout était tout à fait normal, de mon point de vue.

Dane avait renvoyé le garde du corps d'Aja, ils avaient déménagé de leur appartement dans leur superbe maison de deux étages à Highland Park, et il avait prêté à son père l'argent dont il avait besoin pour remettre son entreprise sur pied. C'était tout ce qu'il pouvait faire dans le but de réconforter Daniel Reid. Celui-ci n'avait eu aucune idée que sa femme – la mère de Dane – était capable des atrocités qu'elle avait commises dans son désir de vengeance. Quelque part en cours de route, son amour pour son fils s'était transformé en haine. Elle ne parlait plus à personne, alors ses véritables motivations – le pourquoi et le comment de ses crimes, pourquoi elle ne m'avait pas simplement tué au lieu des autres – étaient verrouillées dans un coffre soigneusement caché en elle. Il était impossible de dire quand ou si elle expliquerait un jour ses actions meurtrières.

Caleb était en liberté conditionnelle. Il devait consulter un psychiatre, assister à des séances de groupe, et effectuer des quantités impies d'heures de service communautaire, mais il était libre de vivre sa vie. Il allait travailler avec son père et Jeremy, ayant tous les trois décidé de changer le nom de la société, Reid Global, en Reid et fils. Ils recommenceraient depuis le début, et avec Dane comme filet de sécurité et beaucoup de nouveaux clients potentiels, il semblait qu'ils étaient bien lancés sur la voie de la réussite. Toutes les blessures guérissaient avec le temps.

J'avais vu Caleb avant qu'il rentre chez lui et il m'avait serré si fort et si longtemps que je m'étais mis à rire. Lui aussi, et lorsque que nous nous étions séparés, il s'était penché et m'avait embrassé. J'avais été stupéfait, et il avait juste souri honteusement. Il ne voulait pas que je me fasse des idées sur lui, il ne savait tout simplement pas de quelle autre façon m'exprimer la profondeur de ses sentiments. J'avais été le seul à croire en lui, à lui faire confiance, et à voir la vérité au fond de son cœur. Il m'aimait et c'était tout ce qu'il restait à dire. Il avait commencé à pleuvoir lorsque j'avais quitté l'aéroport, et je l'avais pris comme une bénédiction.

J'aurais pu vivre à Seattle tellement j'aimais la pluie, mais j'étais en minorité. Le constant ciel gris, les vêtements humides, et les flaques d'eau donnaient le cafard à la plupart des gens. Le fait qu'il ait plu sans discontinuer pendant une semaine

622

et demie commençait à se ressentir sur l'humeur de tous ceux que je connaissais. La moitié du problème, à mon avis, c'était les pieds froids. Vos chaussures prenaient l'eau, et puis vos chaussettes ou vos bas, et en arrivant au travail, vous aviez les pieds gelés. Ce dont tout le monde avait besoin, c'était des galoches. J'en possédais une paire jaune vif, exactement comme quand j'avais cinq ans, et mes pieds n'étaient jamais mouillés. Dane était certain que seuls les gays pouvaient se permettre d'arborer un tel look, mais je n'étais pas d'accord. Sam en avait une paire couleur vert olive que je lui avais achetée et personne ne lui avait jamais cherché d'ennuis. Pour Dane, cela venait plus de la taille et des muscles de mon petit-ami qu'autre chose.

Quelle qu'en soit la raison, j'avais amené Sam à prendre l'habitude de garder deux paires de chaussures supplémentaires au travail. Il m'avait dit que tous les hommes mariés avaient des galoches et des chaussettes sèches. J'étais très content de lui. Mais ma bonne humeur s'était mise à changer face à nos confrontations constantes. Tout avait commencé avec Aaron Sutter.

Sam voulait accepter l'offre d'Aaron à dîner avec lui, car il estimait que si Aaron nous voyait ensemble, interagissant, il comprendrait que nous formions un duo exclusif qui fonctionnait. Je ne voulais pas aller dîner sur ce seul argument. Je voulais y aller afin que nous soyons amis. Sam avait rétorqué que ce serait l'histoire d'une seule et unique fois. Nous mangerions, lui ferions nos adieux, et ce serait tout, pour toujours. Je trouvais tout cela immature et puéril. Il trouvait cela purificateur. Je ne voulais pas prendre part à quelque chose d'aussi nul vis-à-vis d'Aaron Sutter. Sam disait qu'Aaron et moi avions besoin de mettre un terme définitif à notre histoire ; je lui répondais de passer à autre chose. Alors Aaron continuait d'appeler Sam et je continuais de dire non à Sam. Nous étions dans une impasse.

Nous nous disputions également à propos de mes divers amis gay. Sam aimait Evan et Loudon, mais cela n'allait pas plus loin. Et je savais pourquoi il se sentait à l'aise avec eux. À moins que quelqu'un vous le dise, savoir que Loudon était gay revenait juste à le deviner à propos de Sam. Et parce que Loudon agissait comme un hétéro, il pouvait gérer le côté diva d'Evan. Alors Sam n'avait rien contre le fait de sortir avec eux, d'être vu avec eux – le problème se posait avec mon cercle plus étendu de relations. Mes amis qui utilisaient exagérément le baume à lèvres faisaient des déclarations par le biais de leurs vêtements ou de leur absence de vêtements, ou qui avaient d'adorables expressions pour tout – y compris des noms de petits animaux de compagnie pour Sam et moi. *Les filles* comme ils nous appelaient, ou *Jory et sa fille*, ou la *Diva et son homme…* tout cela tapait sur les nerfs de l'inspecteur Kage. Le fait que mon téléphone sonne parfois au milieu de la nuit le rendait complètement dingue. Qu'on ait besoin que je m'assoie avec quelqu'un, que je sauve quelqu'un, ou que je sois là pour offrir une épaule compatissante pour pleurer, tout cela dépassait la portée de compréhension de Sam, ou il agissait comme si c'était le cas. Je lui expliquais que, parce qu'il était plus âgé que moi, nos amis étaient à différents niveaux dans leurs vies. La plupart des siens étaient installés avec des enfants ; la plupart des miens faisaient encore la fête comme des rocks-stars jusqu'aux petites heures du jour. Lorsque j'amenais le sujet de notre différence d'âge, il me demandait si je pensais que c'était un problème. Je lui répondais honnêtement que je n'y avais jamais pensé avant. Il n'avait pas de répliques et je n'avais rien d'autre à dire. C'était un sujet auquel nous devions réfléchir, et nous le faisions chacun à une extrémité de l'appartement.

Il avait été plus facile, avec toutes les ruptures et les réconciliations que nous avions vécues par le passé, de ne pas imaginer l'image d'une vie commune, et le bonheur et l'horreur que cela pouvait être. Confrontés à la réalité d'essayer de mêler deux vies très opposées, très différentes, avec les gens qui peuplaient les deux mondes... c'était plus difficile que ce que chacun de nous avait imaginé. Le fait que nous ayons emménagé ensemble dès l'instant où nous étions revenus de Dallas était une décision prise sur un coup de tête que je commençais à regretter. Nous avions agi à la hâte, et cela se voyait.

Les amis de Sam faisaient du mieux qu'ils pouvaient avec moi. C'était bizarre. Ils disaient accidentellement des choses comme : *c'est si gay* quand c'était quelque chose d'incorrect ou de déplaisant, et puis ils me regardaient immédiatement après et grimaçaient, tressaillaient, ou murmuraient des jurons à voix basse. Ils ne regardaient jamais Sam, seulement moi. Comme si j'étais le seul homosexuel dans la pièce. Un soir, j'avais surpris deux des épouses de ses amis dire que c'était juste une phase. Sam avait été hétéro dès le départ et il finirait par trouver une gentille fille avec qui il s'installerait une fois qu'il aurait expulsé cette 'chose gay' de son système. Comme si j'étais une grippe au lieu de la personne qu'il aimait. Lorsque je lui avais rapporté ce que j'avais entendu, voulant qu'il y réagisse, il m'avait dit de ne pas m'inquiéter à propos de ça et qu'ils finiraient par tous l'accepter. Je n'allais pas m'arrêter de vivre pour ça.

Étant tous deux des personnes têtues par nature, je ne voulais pas abandonner ma sortie du samedi soir avec mes amis pour aller danser et il n'était pas prêt à renoncer au dîner-bière-billard avec les siens. Nous étions donc partis chacun de notre côté, et je m'étais senti vide tout au long de la nuit même si je m'étais forcé à profiter de ce que je faisais. Quand j'avais craqué et l'avais appelé pour lui dire combien je l'aimais et qu'il me manquait, il avait agi comme s'il s'en moquait complètement. Il passait un bon moment, ne s'intéressant pas du tout à moi, et je m'étais retrouvé là, à me tracasser tout le reste de la nuit. Je lui avais raccroché au nez, avais éteint mon téléphone, et n'étais pas rentré à la maison avant trois heures du matin, en titubant. Je n'avais pas été plus loin que le canapé avant de m'évanouir.

Le dimanche matin, il était déjà parti quand je m'étais réveillé à midi, portant toujours mes chaussures et ma veste de la veille. J'étais blessé qu'il ne m'ait pas réveillé, blessé qu'il ne m'ait pas mis au lit, et blessé qu'il m'ait abandonné aussi facilement. Lorsque je l'avais appelé, j'étais tombé directement sur son répondeur. Je m'étais assuré d'être parti avant qu'il rentre à la maison. J'avais dîné avec sa famille et c'était lui qui avait fini par se faire remonter les bretelles pour ne pas avoir appelé pour prévenir qu'il ne pouvait pas venir parce qu'il travaillait. J'étais passé au bureau après ça, et puis chez Evan et Loudon pour manger un dessert tardif. Evan m'avait fait la leçon parce que, selon lui, je me comportais comme un bébé, et il m'avait dit de simplement trouver le courage pour faire le premier pas vers la réconciliation.

— Quel courage ? lui demandai-je. C'est facile d'être celui qui abandonne.

— Non, m'assura-t-il. C'est la partie la plus difficile.

Aja fut d'accord avec Evan lorsque je lui en parlais au téléphone.

— Ne scie pas la branche sur laquelle tu es assis, dit-elle

— Et qu'est-ce que ça veut dire ?

— Tu sais ce que ça veut dire.

— Eh bien, oui, je sais ce que ça veut dire, mais quoi ? Je dois céder ou je suis trop têtu pour mon propre bien ?

— Quelque chose comme ça.

— Mais pourquoi dois-je céder à chaque fois ?

— Ce n'est pas le cas, pas, à chaque fois. Mais peut-être que cette fois, ou cette première fois, tu dois, ou tu le devrais.

Je grognai.

— Ne fais pas le bébé.

Ce qui était exactement ce qu'Evan m'avait dit.

Mais je ne pouvais pas faire marche arrière, céder, ou laisser couler. C'était puéril et stupide, mais je jouais au chat et à la souris avec lui, et aucune fin ne se profilait à l'horizon. Je poussai l'absurdité à un niveau plus bas encore en réorganisant mon emploi du temps. Je savais qu'il devait se lever tôt pour aller travailler et je restais au bureau bien après l'heure à laquelle il pouvait rester éveillé et encore s'attendre à être opérationnel le lendemain. Je rentrais à la maison pour dormir quand je savais qu'il serait parti, puis je me levais tard et prenais une douche. Je travaillais pour moi, alors mes horaires étaient flexibles ; je réaménageai juste un peu les choses pour m'accommoder à la mise à l'écart de mon amant. Cela dura trois jours, jusqu'à la semaine suivante.

Il travaillait tard et je ne lui avais pas retourné son dernier appel quand mon ami Tracy m'appela. Il avait besoin qu'un ami l'accompagne à son atelier d'estime de soi parce qu'ils avaient un groupe de discussion ce soir-là et les gens étaient censés partager avec quelqu'un dans la salle qui les connaissait. L'idée était qu'une personne de votre vie, un ami, pouvait pointer les bêtises que vous disiez. Seul un ami pouvait vraiment dire si vous disiez la vérité ou non.

J'essayai de toutes mes forces de trouver une excuse pour ne pas aller à cette réunion une fois que je sus dans quoi je m'embarquais, mais à ce moment-là, il était trop tard. J'étais bel et bien fait comme un rat avec lui.

'Groupe' est exactement de terme qui convenait. Vous vous asseyez en cercle et parliez de ce qui se passait dans votre vie. Dans le cas de Tracy, il devait dire ce qu'il avait fait la semaine précédente qui l'avait fait se sentir épanoui. Il semblait nerveux et cela se voyait à la manière qu'il avait de se tortiller sur sa chaise, de faire cette chose où il se mordillait l'intérieur de la joue, et de plisser son œil gauche. Je lui jetai un regard en coin, et il interrompit son monologue qui nous expliquait comment il n'avait pas fini chez lui avec le premier mec qui l'avait dragué en boîte samedi soir.

— Quoi ? demanda-t-il.

Je secouai la tête.

— Non, dit-il en respirant profondément. On est en train d'apprendre que quand je me sens contrarié, je dois confronter immédiatement la personne et éclaircir la situation, au lieu de toujours supposer que tout est de ma faute.

— Qu'est-ce que je te dis toujours ? lui demandai-je.

Il fronça les sourcils.

— Allez, dis-moi.

Il leva les yeux au ciel.

— Tu me dis toujours que je ne connais pas ma propre valeur et que je ne devrais pas rentrer chez moi avec le premier venu – je suis spécial, ils devraient être spéciaux aussi.

— Précisément.

Je soupirai, me tournant vers l'avant, étirant mes jambes devant moi et les croisant au niveau des chevilles.

— Tracy, dit le meneur de la discussion. Que ressentez-vous à propos de ce que – je suis désolé, je n'arrive pas à lire votre nom – est-ce que c'est Jordan ?

— C'est Jory, lui répondis-je.

Il sourit et regarda Tracy à nouveau.

— Que ressentez-vous à propos de ce que Jory vient juste de dire ?

— Je ne sais pas. Je sais qu'il le pense, mais je ne me sens pas spécial. Lui peut le dire parce que – eh bien, regardez-le, il est parfait.

Je lui lançai un regard qui, je l'espérais, transmettait toute l'étendue de mon agacement.

— Allez, Jory, tu sais que tu l'es.

Il était épuisant.

— Toi aussi. As-tu jamais… T, tu es le plus doux, le plus gentil garçon avec le plus gros cœur et…

— Jory, personne ne se préoccupe de mes organes internes, les gens ne se soucient que de l'aspect extérieur… et je ne suis pas toi.

Je haussai les épaules.

— Et alors ?

— Jory, je fais du sport autant de fois que toi par semaine et je n'aurai jamais ton corps.

C'était tellement ennuyeux.

— Tu as besoin de rencontrer quelqu'un de bien, pas quelqu'un dans un bar.

Il leva ses deux mains et se tourna vers le meneur du groupe.

— Vous voyez, on en revient toujours à ça.

626

— Et qu'est-ce donc, Tracy ? demanda le meneur.

— Il veut que je rencontre quelqu'un de bien, et en attendant il baise avec toute la ville de Chicago.

— Est-ce vrai, Jory ?

Je le regardai. Marc, le chef de groupe, semblait être un gars sympa, de nature facile, avec une voix douce. Mais je n'étais pas ici pour être psychanalysé. J'étais ici pour soutenir Tracy.

— Non.

— Peut-être avons-nous nos propres problèmes d'estime de soi à travailler, Jory.

Je regardai Tracy.

Il me renvoya mon regard avant que, tout à coup, son visage se fende d'un sourire énorme.

— Tu es un connard, lui dis-je avec conviction.

Il se mit à rire si fort qu'il tomba sur mes genoux. Tout le monde nous regardait.

Après la session, alors que tout le monde s'était levé et discutait les uns avec les autres, j'étais appuyé contre le mur près de la porte à attendre Tracy lorsque Marc et un autre gars s'approchèrent de moi.

— Jory.

J'attendis de voir ce qu'il allait me dire.

— Nous adorerions vous inviter à rejoindre notre groupe.

Je hochai la tête.

— Je vous remercie.

— Alors nous nous rencontrons tous les…

— Oh non, je ne vais pas venir.

Je leur souris, m'écartant du mur alors que Tracy se dirigeait vers moi.

— C'était juste sympa de votre part de m'inviter. Excusez-moi.

Je les contournai et Tracy me sourit avant de passer un bras autour de mon cou, me tirant contre lui.

— Merci d'être venu J, tu as vraiment été beau joueur.

Je grimaçai.

— Je ne voulais pas t'embarrasser.

— Ce n'est pas le cas, dis-je en bâillant.

Je l'étreignis brièvement avant de le repousser.

— Mais pour ton information, c'est juste Sam et moi maintenant, d'accord ?

— Vraiment ?

— Oui. Je t'inviterai à dîner afin que tu puisses enfin le rencontrer.

— Ce serait super.

Je souris puis lui donnai une tape sur l'épaule avant de me retourner pour partir. J'étais dans la rue, me dirigeant vers la station de métro quand j'entendis mon nom. Lorsque je regardai autour de moi, je vis Aaron Sutter debout à côté de sa voiture, sous un parapluie. Je courus vers lui et lorsque je fus assez proche, il tendit la main, saisit le revers de mon manteau, et me tira brusquement en avant.

— Salut, dis-je en souriant, faisant courir mes mains dans mes cheveux mouillés. Qu'est-ce que tu fais ici ?

Il me dévisagea avec attention, ses yeux m'absorbant.

— Aaron ?

Il laissa tomber son parapluie, posa ses mains sur mon visage, et m'embrassa. C'était tellement spontané, comme il ne l'était jamais, que cela me prit au dépourvu. En règle générale, il demandait si quelque chose était d'accord ou non, annonçait ses intentions, et recevait la permission ou non. Qu'il m'embrasse si soudainement, en pleine rue, à l'improviste, sa langue glissant sur mes lèvres, cherchant à entrer… c'était un choc.

— Aaron.

Je prononçai son nom alors que je prenais ses poignets et retirais ses mains de moi. Je fis un pas en arrière avant qu'il puisse se remettre.

— Que se passe-t-il ?

— Jory, soupira-t-il, les yeux mouillés. Je suis désolé pour tout. Je suis désolé depuis la toute première fois où je t'ai emmené au lit en étant attentif au lieu de celui que je voulais vraiment être. Je suis désolé de ne pas t'avoir dit tout ce que j'ai toujours pensé, et je suis désolé pour t'avoir toujours donné l'impression que tu étais moins parfait que tu l'es en réalité.

Il sourit rapidement, se mordit les lèvres avant de passer une main dans ses cheveux.

— Tu vois, je veux que tu reviennes, et je ferai tout ce que tu veux pour que cela se produise.

Je ne pouvais rien faire d'autre que le dévisager.

— J'aurais dû te dire que tout ce que je faisais quand j'étais loin, c'était penser à toi. Je veux dire, cela me manque de te parler, de rire avec toi, de me disputer avec toi, de me coucher avec toi, et tout le reste. Tu rends ma vie amusante, tu me fais rire de moi-même, et tu insuffles dans ma maison une chaleur qui a juste disparu maintenant. Pour dire, tu manques même à mon maître d'hôtel. Il m'a dit que je n'étais pas un tel connard quand tu étais là.

Je ris en entendant ça. J'avais vraiment beaucoup aimé son maître d'hôtel ; il était très sarcastique avec un sens de l'humour très particulier.

Il captura à nouveau mon visage entre ses mains.

— Jory, je me moque de tout le reste, je me fiche que tu sois ivre mort chaque soir où nous sortons, tant que je peux te ramener à la maison avec moi.

Je reculai d'un autre pas.

— Qu'est-ce que tu fais ici ?

Il me regarda étrangement.

— Je viens de soulager mon âme à tes pieds et tu veux savoir ce que je fais ici ?

— Oui.

Je perçus un soupçon de froideur dans sa voix.

— J'ai appelé Dylan, elle m'a dit que tu étais ici pour apporter ton soutien à Tracy.

628

Je hochai la tête.

— Pourrais-tu, s'il te plaît, répondre à ce que je viens de te dire ?

Je reculai encore d'un pas.

— J'apprécie ce que tu as dit et je suis flatté, mais toi et moi en avons terminé pour tout ce qui a trait à autre chose que l'amitié.

— Jory.

— Allez, Aaron.

Je plissai les yeux.

— Tu sais ça.

— Jory...

— Si tu nous regardes bien... tu sais que je ne suis pas celui qui est fait pour toi.

Une lueur de peur passa dans ses yeux.

— Viens à la maison et parlons.

Encore un pas de plus en arrière et je fus hors de sa portée.

— Je ne peux pas faire ça, tu sais que je ne peux pas. Il n'y a aucun moyen.

Son expression se durcit.

— Pourquoi ? À cause de cet inspecteur ? Comment peut-il obtenir une seconde chance et pas moi ? Je ne t'ai pas abandonné pendant des années pour me montrer un jour comme ça, sorti de nulle part. Je ne t'ai jamais fait prendre une balle pour moi ! Je ne t'ai jamais blessé comme il l'a fait !

— Parce que tu ne peux pas, répondis-je, parce que c'était mieux qu'il le sache pour pouvoir tirer un trait sur moi.

— Quoi ?

— Tu ne pourras jamais me blesser de la même façon que lui.

Et nous restâmes tous deux silencieux, laissant mes mots s'infiltrer, et il vit soudain la taille du gouffre entre nous. Je devais faire en sorte qu'il le voit pour qu'il comprenne qu'il n'y avait aucun moyen de le franchir pour revenir en arrière.

Il prit une grande inspiration par le nez, se redressa de toute sa hauteur, et me regarda avec des yeux vides.

— Je ne pourrai jamais te blesser comme lui parce que tu ne m'as jamais aimé assez pour que cela se produise.

Je hochai la tête lentement.

— Dieu, Jory, tu l'aimes vraiment.

— Il est le seul homme que j'ai jamais aimé.

Et avec ça, il partit.

Il n'offrit pas de me ramener, ce qui fut un soulagement, et il ne regarda pas en arrière. Il remonta juste dans sa voiture et me laissa seul, debout sur le trottoir, sous la pluie. Notre histoire n'aurait pas pu se terminer d'une autre façon.

JE ME souvins à mi-chemin de chez moi que j'avais toujours mon manteau en cachemire dans le bureau de Dane. J'avais bien trop froid, trempé jusqu'aux os comme je l'étais, pour prendre le métro et ne pas finir par attraper une pneumonie. Je fis donc un détour par le centre-ville pour me rendre chez Harcourt, Brown et Cogan. J'avais encore ma carte-clé pour l'ascenseur en service après les heures de bureau et une autre pour la porte d'entrée. Lorsque je descendis au vingt-quatrième étage, j'allais directement jusqu'à la porte vitrée et m'agenouillai pour déverrouiller le bas. Je fus surpris lorsqu'elle s'ouvrit toute seule. Quelqu'un allait mourir. Dane tuerait quiconque avait oublié de fermer la porte à clé. Je pariais sur sa dernière nouvelle secrétaire, Kristin. Elle avait semblé pleine d'entrain lorsque je lui avais parlé au téléphone et Dane l'avait qualifiée d'énergique. Ce n'était pas un de ses meilleurs compliments.

Passant devant la réception où officiait habituellement Piper, je vis de la lumière dans l'un des bureaux du fond. Ce n'était pas dans le bureau de Dane, alors je réalisai que quelqu'un faisait des heures supplémentaires. Peut-être était-ce Miles Brown. J'enlevai lentement mes chaussures à lacets, ne voulant pas laisser des traces d'eau sur mon passage, sur le sol en marbre. Je me glisserais derrière l'architecte et lui filerais la trouille de sa vie. Il criait comme une fille, et je le savais des nombreuses autres fois où je lui avais pris plusieurs années de sa vie en bondissant derrière lui. C'était très amusant. Mais une fois dans le couloir, je me rendis compte que c'était Sherman Cogan qui se trouvait dans son propre bureau. Lorsque je passai la tête par la porte, il se tourna de l'endroit où il était près du mur et me regarda. Son sourire fut instantané.

— Hello, étranger, dit-il chaleureusement. Tu viens reprendre ton ancien emploi ?

— Non, dis-je en secouant la tête et en me glissant dans son bureau. Je suis juste venu chercher mon manteau.

— Je vois… on dirait que tu en as bien besoin. Qu'as-tu fait ? Tu es resté dehors pendant une heure ?

Je haussai les épaules, marchant jusqu'à lui pour regarder les plans imprimés sur fond bleu accrochés sur le mur.

— Il pleut des cordes dehors.

— Comme si je ne le savais pas.

Il rigola, ramenant son regard sur les plans.

— C'est pour ça que j'ai suggéré à Melissa de me retrouver ici pour dîner. Nous allons manger au Chop House.

Je hochai la tête.

Il se retourna et me regarda.

— Veux-tu te joindre à nous ? Melissa me disait justement il y a quelques semaines qu'elle ne voyait plus jamais son Jory.

J'aimais beaucoup Melissa Cogan, elle était amusante et intelligente et pouvait me parler de chili dogs, de sport, de restaurants quatre étoiles, et de ballet, le tout dans la même conversation.

— Pas ce soir, je ressemble à un chat mouillé. Mais bientôt. Je l'appellerai.

— Fais donc ça, me pressa-t-il, tapotant mon épaule spongieuse avant de se tourner à nouveau vers les plans.

— Qu'est-ce que c'est ?

— Le projet sur lequel Miles travaille. Je n'avais pas envie de faire des allers-retours de mon bureau jusqu'au sien, alors j'ai demandé qu'on me fasse un tirage agrandi et qu'on me punaise les plans ici.

— À partir de quoi ? Un fichier numérique ?

— Non, se moqua-t-il avec dérision. Écoute un peu ça : les gars chez Delmar Construction n'avaient qu'une seule copie papier, tu peux croire ça ? Comment peux-tu n'avoir qu'un jeu de plans pour travailler ?

Il leva les yeux au ciel.

— Alors, j'ai demandé à Jill de prendre des photos de l'exemplaire de Miles et de me les installer ici.

Je fus refroidi d'un coup.

— Hilarant, non ?

Je m'élançai dans le couloir jusqu'au bureau de Miles Brown, ouvris la porte, et allumai le plafonnier. Là, sur son mur, il y avait la réplique exacte de ce qui se trouvait dans le bureau de Sherman, sauf que celui que je regardais était composé de morceaux, tandis que l'autre était fait de longues bandes de feuilles. Et j'étais un crétin, parce que je l'avais eu sous le nez tout le temps.

— Jory ? m'appela Sherman. Mon pote ? Est-ce que ça va ?

La réponse était non. J'avais fait la plus grosse erreur de ma vie.

LE TRAJET jusqu'à Glendale Heights me laissa le temps de réfléchir, de recoller les morceaux, et de simplement respirer. Alors que j'étais presque arrivé, mon téléphone sonna et je vis que c'était Sam.

— Salut, répondis-je directement, distraitement.

— Salut ? C'est tout ce que tu as à me dire ?

— Sam, je ne veux vraiment pas…

— Alors où est-ce que tu vis maintenant ? me coupa-t-il brusquement.

— Sam…

— Quoi ? C'est une question légitime. Je ne t'ai pas vu depuis dimanche matin. Nous sommes jeudi soir.

— Non, je sais, mais pourrions-nous en parler plus tard parce que…

— Si tu veux le savoir, si tu t'en soucies même, je suis au Hooligans avec Pat et Chaz.

— D'accord, dis-je, essayant de le faire raccrocher.

— Où es-tu ?

— Je suis en route pour Glendale Heights.

— Pour faire quoi ?

— Pour voir Susan Reid.

Il se moqua de moi.

— Qu'y a-t-il de si drôle ?

— Que tu penses pouvoir avoir l'autorisation, à huit heures du soir, de voir quelqu'un sous évaluation psychiatrique criminelle. Tu es sacrément tordant.

— Oh !

Je perdis de mon entrain. Comme d'habitude, je n'avais pas pensé aussi loin.

— Je suis curieux cependant. Pourquoi aurais-tu besoin de la voir de toute façon ?

— C'est une longue histoire, mais je crois que peut-être...

— Écoute, je sais que nous nous sommes disputés, mais ceci n'est pas une manière de réparer les choses. M'ignorer ne va rien arranger ni faire disparaître le problème, C'est juste le prolongement de la grosse dispute qui se prépare.

— Est-ce qu'on va avoir une grosse dispute ?

— Oh putain, ouais.

— Et quoi ensuite ?

— Quoi, quoi ?

— Que se passera-t-il après l'engueulade ?

— Je ne sais pas... Si Dieu le veut, nous nous réconcilierons sur l'oreiller pendant des heures avant de continuer notre vie.

— Oh.

— Oh ?

— Non, je pensais juste que... je ne sais pas ce que je pensais.

— Tu pensais quoi ? Que c'était la fin ?

— Je ne sais pas.

— Oh, bordel de merde Jory, pourrais-tu arrêter de jouer les Drama Queen ? Nous allons nous disputer, nous allons être en désaccord, ça ne veut rien dire de plus. Tu devras faire avec mes amis. J'ai dit à Pat et Chaz, raison pour laquelle je suis ici, clarifia-t-il, qu'ils n'avaient pas à coucher avec toi...

— Sam.

— Parce que c'est mon boulot après tout, dit-il d'une voix grave et sexy.

— Sam.

Il rit.

— Mais qu'ils feraient mieux d'être sympa avec toi, sinon nous en avions terminé. Alors ils ont pigé, ils t'apprécient, c'est juste qu'ils ne sont pas très sûrs de savoir comment se lier, donc nous irons pêcher le week-end prochain pour voir comment vont les choses.

Je n'étais pas sûr d'avoir bien entendu.

— Jory ?

— Excuse-moi ?

— T'excuser pour quoi ?

— Qu'est-ce que tu as dit ?

— Quand ?

— À propos du week-end prochain.

632

— Oh, nous allons pêcher.

— Pêcher ?

— Oui.

— Comme avec une cane et tout ça, toute la journée assis dehors ?

— Ouais.

— Oh Seigneur, grognai-je.

Il s'esclaffa et le son passa directement à travers moi. Il me manquait comme un fou.

— Bébé, je sais que tes amis m'apprécient, j'ai juste besoin de me familiariser avec eux moi aussi. Je vais travailler là-dessus, tu vas travailler là-dessus, et nous continuerons d'avancer.

— Seigneur, Sam, tu es tellement adulte !

— Quelqu'un doit l'être.

Je laissai passer.

— Je pensais que peut-être tu voulais sortir.

— Je ne veux pas sortir.

— D'accord.

— Je veux entrer.

J'avais déjà compris où cette discussion allait mener.

— Mmh-mmh.

— Comme… en toi.

— J'avais compris.

— Quand ?

— Quand, quoi ?

— Quand est-ce que j'ai droit à ma réconciliation sur l'oreiller ?

— Est-ce que c'était la dispute ? Je croyais que tu avais dit qu'elle allait être grosse.

— J'emmerde la dispute. Je veux que tu reviennes dans mon lit ce soir. Tu as compris ?

— J'ai compris, soupirai-je. Quand j'aurais parlé à Susan Reid. Je vais juste aller là-bas, m'asseoir, et attendre. Peut-être qu'ils me laisseront entrer. Après tout, je suis mignon et inoffensif. Ça pourrait marcher.

— Je t'ai coupé la parole plus tôt. Dis-moi pourquoi tu vas là-bas.

— Tu vas me tuer.

— Oh Seigneur, quoi ? demanda-t-il, sa voix baissant d'un ton.

— Je crois que j'ai fait une erreur.

— Comment ça ?

— Je crois que peut-être Susan Reid est innocente.

Il y eut un silence.

— Sam ?

— Oh, non, pas question, Jory ! rugit-il. Ce sont des conneries ! Peux-tu s'il te plaît couper court aux drames avant que ça se retourne contre toi ? Pourquoi ce besoin de créer…

633

— Non, le coupai-je. Écoute. Le truc dans l'appartement n'était pas assemblé pièce par pièce, il était monté en couches.

— Je n'ai aucune idée de ce dont tu…

— C'est ce qui m'a dérangé tout ce temps. C'était trop propre, mais je n'arrivais pas à comprendre ce qui n'allait pas. Si tu voulais créer un sanctuaire pour quelqu'un, pourquoi le créer, puis le prendre en photo pour ensuite l'imprimer sous forme de longues feuilles qui recouvrent tout un pan de mur ? Tu ne ferais pas ça – il serait juste monté là où tu aurais commencé à le créer.

Il était silencieux.

— Ne vois-tu pas, Sam ? C'est pour ça qu'il n'y avait pas de meubles dans cette chambre, c'est pour ça que ce n'était pas logique – c'était une mise en scène. Je parie que le mobilier de la chambre de Campbell Haddock s'est retrouvé chez Goodwill ou dans un magasin du même genre. Tout était si propre là-bas, je suis sûr que c'est l'œuvre d'un professionnel. Ça a été mis en scène, tout a été mis en scène pour piéger Susan. Je ne sais pas du tout pourquoi elle se laisse faire, mais c'est exactement ce qu'elle fait en ne parlant pas. Alors je suis en chemin pour aller la voir maintenant.

— Attends, m'arrêta Sam, et sa voix avait changé.

Elle était passée en mode flic.

— Fais demi-tour et reviens à la maison. Je suis sérieux quand je te dis que les heures de visites sont dépassées et qu'ils ne te laisseront pas la voir sans un motif et certainement pas sans la présence de son avocat. Ce doit être organisé, alors laisse-moi faire ça. J'appellerai tout le monde et nous irons la voir dans la matinée.

— Mais…

— Écoute-moi juste pour cette fois, d'accord ?

Et je ne voulais pas le faire seul, parce que – grand Dieu – qu'allais-je bien pouvoir dire ?

— D'accord… j'attendrai.

— Pour une fois, il écoute ! grogna-t-il.

— Je te retrouverai à la maison, dis-je, puis je pensai à autre chose. Ou si tu préfères, je peux venir vous rejoindre tes amis et toi au…

— On se retrouve à la maison.

— Merci de m'avoir écouté et de m'aimer, même si je suis difficile à vivre.

Le grondement familier me fut entièrement destiné.

— Je t'aime.

— Je t'aime aussi bébé… tu me tues.

C'était tout ce que j'avais besoin d'entendre.

APRÈS AVOIR pris une longue douche chaude, j'appelai Dane avant de commencer à me préparer à dîner. Il n'était pas sûr que je sache de quoi je parlais, mais pour me faire plaisir, il me promit d'appeler son avocat pour voir s'il pouvait parler à sa mère. Je lui dis que j'étais désolé de m'être trompé, encore, mais comme il n'était pas absolument convaincu que ce soit le cas encore, il me dit qu'il suspendrait l'acceptation de mes excuses. Au moins, me rassura-t-il, j'avais eu de bonnes intentions.

J'étais dans la cuisine en train de me faire de la soupe, ayant déjà préparé une salade, lorsqu'on frappa à la porte. Mes mains étaient pleines et c'était ouvert alors je criai pour inviter la personne à entrer. Je fus surpris lorsque Steven Warren, mon voisin d'à côté, dépassa la tête.

— Oh, salut, dis-je en souriant. Que fais-tu ici ?

— Eh bien, je ne savais pas si tu le savais, mais Lisa et moi avons déménagé à Downers Grove.

— Non, je ne le savais pas.

Ma vie avait été bien trop chamboulée ces derniers temps pour que je sois au courant de ce qui se passait autour de moi.

— Ouais, alors comme je n'ai pas vraiment eu l'occasion de te dire au revoir – tu avais apparemment beaucoup à gérer – je suis passé par ici ce soir et quand j'ai vu de lumière, je me suis dit que j'allais faire un arrêt.

— Super, dis-je joyeusement en lui faisant signe d'entrer. Viens, viens.

Il referma la porte derrière lui et resta là. Il avait l'air un peu nerveux.

— S'il te plaît, lorsque vous serez installé, appelez-moi. J'aimerais beaucoup voir votre nouvel appartement – apporter un cadeau et voir Lisa.

Il hocha la tête.

— Bien sûr.

— Tu as faim ?

— Oh non.

Il sourit rapidement et leva une main.

— Je ne peux pas rester… Lisa a dû préparer à dîner, j'en suis sûr. Je voulais juste te dire au revoir.

— Merci.

Je lui souris, essuyant mes mains sur le torchon, avant de traverser la pièce pour le rejoindre.

— Vous allez me manquer tous les deux.

— Toi aussi.

Il me sourit, et c'était un sourire étrange, aigre-doux.

Je passai mes bras autour de sa taille et posai ma tête sur son épaule. Il poussa un soupir profond, satisfait, et lorsque je bougeai pour m'écarter, ses mains m'agrippèrent plus fortement, et il enfouit son visage dans mon cou.

— Qu'est-ce qui ne va pas ?

— C'est juste que… il y a toujours eu quelque chose que je voulais te dire et que je n'en ai jamais eu la chance.

— Comme quoi ?

Il secoua la tête.

635

— C'est trop tard.

Je souris alors que ses mains glissaient dans mon dos puis sous mon tee-shirt. J'entendis la porte s'ouvrir au même moment.

— Putain, qui êtes-vous ?

Je relevai la tête et souris à Sam. Il ressemblait à un dieu nordique en colère debout devant la porte, plus large que jamais, son visage étant l'image même de la fureur.

— C'est Steven, tu te souviens ? Le voisin d'à côté ? Il est juste venu dire au revoir : lui et sa petite amie déménagent à Downers Grove.

Il hocha la tête, se retourna, et tint la porte grande ouverte.

— Vous feriez mieux d'y aller alors. C'est un sacré trajet.

Steven hocha la tête, recula, et me dit qu'il appellerait dès que Lisa et lui seraient installés. Je le lui fis promettre.

— Qui diable était-ce ? rugit Sam après avoir claqué la porte derrière Steven. J'étais confus.

— C'était Steven, je viens juste de te le dire.

— Et que diable faisait-il…

— Non, non, non, le coupai-je en montrant ses pieds. À quoi penses-tu ? Enlève tes chaussures… je ne veux pas de flaques d'eau partout sur mon plancher propre.

Il grogna et tira ses bottes sans ménagement.

— Où sont tes galoches ?

— Jory, pourquoi ce connard était-il dans ma maison ?

— Il est venu pour dire au revoir.

Je lui lançai un regard noir avant de retourner à la cuisine.

— Est-ce que tu m'as écouté au moins ? Je me pose des questions à ton sujet, parfois… est-ce que tu as faim ? J'ai préparé…

Mais il fut soudain derrière moi, ayant traversé la pièce à la vitesse de l'éclair, me faisant pivoter pour lui faire face. Je poussai un petit cri surpris.

— Ses mains étaient partout sur toi !

— Il m'étreignait juste pour me dire au revoir.

— Et il avait besoin de toucher ta peau pour faire ça ?

— Je ne sais pas, tout le monde fait ça.

— Je sais ! Merde, je déteste ça !

Je le raillai.

— Il ne voulait pas coucher avec moi, idiot.

— J'ai vu son visage J, il en crève d'envie.

— Crois-moi, il ne voulait pas de moi. Si ça avait été le cas, il me l'aurait dit, exactement comme Aaron.

— Quoi ?

Je parlais beaucoup trop.

— J ?

— Je… merde !

— Dis-moi ce qui s'est passé.

— Sam, c'est…

— Dis-moi maintenant, s'il te plaît.

Le 's'il te plaît' n'était jamais un bon signe.

— J, dit-il encore.

Je lui expliquai donc mon entrevue sous la pluie avec mon ex. Je ne laissai rien de côté, pas même le baiser.

— Mmh mmh.

Il hocha la tête, les yeux durs.

— Cela ne veut rien dire, Sam.

— Seulement parce que tu t'en moques. S'il n'en tenait qu'à lui, tu serais à lui.

— Oui, mais…

— Tu dois arrêter d'être si accommodant avec tout le monde. Tu dois apprendre à dire non.

— Je dis non souvent.

— Conneries.

— Sam, je…

— Tu es bien trop gentil.

— Sam.

— Comme avec ce connard ce soir.

— Sam.

— Ce type…

— Steven, lui rappelai-je.

Il grogna.

— Ce type, Steven avait envie de toi, et tu es trop aveugle pour…

— Ne te mets pas dans tous tes états.

— Jory, tu dois faire plus attention. Tu…

— Oui, chéri, dis-je en bâillant, lui souriant.

— Nom de Dieu, est-ce que tu m'écoutes ?

Je bondis sur lui, enroulant mes bras autour de son cou.

— Pas vraiment. Bienvenue à la maison.

Il m'attrapa, me tenant serré, respirant ma peau.

— Personne d'autre ne peut t'avoir, tu es à moi.

— Tout le monde le sait, Sam.

— Mon cul, ouais ! Tu es trop gentil… tout le monde pense avoir une chance avec toi.

Je tapotai son épaule et lorsqu'il croisa mon regard, je fis un geste vers le pot sur le comptoir.

— Merde ! gémit-il, plongeant dans sa poche pour y dénicher une pièce. Fais-moi une faveur, enroule tes jambes autour de moi pendant que je cherche de la monnaie.

Je ris alors qu'il se penchait et m'embrassait, passant une main sur mon cul. J'entendis la pièce rejoindre les nombreuses autres déjà dans le pot.

637

— Heureux ?

— Extatique.

Il grogna quand il sortit de la cuisine avec moi pour remonter le couloir vers la chambre.

— Et ouais à ta question précédente, dit-il d'une voix basse et rauque. J'ai faim… mais pas de nourriture.

— J'avais deviné, dis-je, mon corps se liquéfiant tandis qu'il me pressait fermement contre lui.

— Embrasse-moi.

Il n'avait pas besoin de me le demander deux fois.

Il dîna avec moi plus tard, lui en pantalon, et moi dans mon bas de pyjama et mon tee-shirt, et nous parlâmes en mangeant. Après dîner, je l'envoyai sur le canapé pour regarder la télévision pendant que je nettoyai. Il préféra mettre la stéréo à la place et Astrud Gilberto remplit l'appartement. C'était apaisant, et lorsque je le rejoignis, j'apportai une tasse de thé chaud pour lui et une pour moi. La couverture au bout du canapé semblait chaude et accueillante, alors je m'enveloppai dedans avant de m'asseoir. Je me remis à lui parler, mais lorsque je lui demandai comment s'était déroulée sa journée, je n'obtins pas de réponse. Levant les yeux, je vis qu'il observait la pièce.

— Qu'est-ce que tu fais ?

— Je m'imprègne du lieu.

Je jetai un coup d'œil autour de moi.

— C'est notre appartement, Sam.

Ses yeux revinrent se poser sur moi.

— Ouais, mais il a l'air différent quand tu es là.

Je me moquai de lui.

— Tu n'as pas besoin de me passer de la pommade, tu as déjà eu ce que tu voulais.

Il fronça les sourcils et je ravalai un rire de dérision.

— Qu'essaies-tu de dire ? lui demandai-je.

Il garda le silence une minute, réfléchissant, puis ses yeux croisèrent les miens une fois de plus.

— Je connais des flics vraiment incroyables qui rentrent chez eux après avoir vu du sang et souffert toute la journée. Ils retournent dans des foyers où ils sont aimés et où l'on a besoin d'eux après avoir parlé à des gens qui connaissent le pire moment de leur vie à la suite d'un drame. Tu ne sais même pas à quel point je pense à toi quand j'ai les yeux grands ouverts la nuit.

Je pris sa main et enlaçai ses doigts chauds aux miens.

— Le simple fait de rentrer à la maison, d'aller dans notre chambre et de te voir endormi, bien au chaud et en sécurité dans notre lit… je peux… je peux à peine respirer. Ma maison est un sanctuaire maintenant, et je ne renoncerai pas à ça parce que tu es en colère contre moi à cause de quelque chose que mes amis ont dit ou parce que je déteste la façon dont… Stacy ?

— Tracy, le corrigeai-je en souriant et en posant mon mug à côté du sien sur la table basse.

— Je ne vais pas abandonner ma maison parce que je déteste la façon dont Tracy m'appelle 'amant'.

— Je lui ai dit que je n'aimais pas ça non plus. Le seul qui peut t'appeler 'amant', c'est moi.

Il plissa les yeux.

— Ouais, mais ne m'appelle pas comme ça, c'est nul.

Je hochai la tête, regardant nos doigts enlacés.

— Regarde-moi.

Je levai les yeux.

— Je n'aime rien ni personne autant que toi. Tu es toute ma vie.

J'ouvris la couverture et grimpai sur ses genoux. Il me tint serré, son visage dans mon cou alors que ses mains glissaient sous mon tee-shirt pour toucher ma peau.

— Tu es gelé, me dit-il.

— Je t'aime, lui répondis-je.

— Je sais.

Il sourit, déposant une traînée de baisers de ma gorge à ma mâchoire, puis sur mon menton avant de s'arrêter sur mes lèvres. Je les entrouvris et sa langue glissa à l'intérieur. Il m'embrassa profondément en prenant son temps.

— Si Aaron Sutter t'embrasse encore une fois, il va le regretter, dit-il en rompant le baiser, me laissant pantelant.

— Il ne le fera plus… nous en avons terminé.

— Pourquoi ?

— Je lui ai dit que tu étais le seul homme que j'avais jamais aimé.

— Ça devrait suffire, dit-il avec un sourire diabolique avant de m'embrasser à nouveau.

Il était si content de lui, mais ça me convenait. Le fait qu'il sache que je l'aimais était une très bonne chose.

Lorsque je me tortillai sur ses genoux, des petits bruits m'échappant, frottant mon entrejambe contre son ventre plat, il posa ses mains sur mes cuisses pour m'empêcher de bouger.

— Stop. Je veux te parler de Susan Reid.

Mais j'avais besoin d'être connecté avec lui, et je le voulais d'une seule et unique façon.

— Sam, soufflai-je, mes mains débouclant sa ceinture, tâtonnant avec le bouton et la fermeture éclair. S'il te plaît…

— Non, écoute… nous devons…

— Non.

Je secouai la tête, ouvrant son jean, écartant les pans, mes mains glissant dans son caleçon. Toi, qui me veux, qui m'aime… ça m'excite à un point que tu n'imagines même pas.

639

— Jory... bébé... je...

J'enroulai mes doigts froids autour de son sexe durcissant.

— Mon Dieu.

Sa voix était rauque et profonde.

— Je n'arrive même plus penser, gémit-il.

Ce qui était l'effet recherché.

Je me penchai vers le bout de la table, ouvris le tiroir, et récupérai la bouteille qui s'y trouvait. Il faudrait que je me souvienne de récupérer toutes les bouteilles de lubrifiant qui traînaient dans la maison avant que nous ayons des invités. Je ne voulais pas que quelqu'un cherche un crayon pour suivre les résultats sportifs et revienne avec un tube de lubrifiant à la place. Comment pourrais-je expliquer ça au père de Sam ?

— Pourquoi glousses-tu ?

— Je ne glousse pas, lui assurai-je. Les écolières gloussent, les hommes rient.

Il leva les yeux au ciel puis me regarda, mais pas avant de repousser son jean jusqu'à ses genoux.

— Dis quelque chose de gentil, dis-je d'une voix rauque et basse que je ne reconnus même pas.

— Viens là.

Je me laissai tomber sur lui, à cheval sur ses cuisses, mes jambes repliées de part et d'autre de ses hanches. Ses mains étaient si agréables sur ma peau soudainement brûlante.

— Je veux manger avec toi tous les soirs sauf si toi ou moi avons une urgence ou un imprévu, d'accord ?

— D'accord, acquiesçai-je alors que je me mettais doucement à descendre sur lui.

— J'aime rentrer à la maison.

— Moi aussi.

— Ce n'est pas la maison si tu n'es pas là.

Mes yeux se rivèrent aux siens. Je regardai ses pupilles se dilater alors qu'il me remplissait, et que mon corps s'amollissait tandis qu'il caressait mon sexe.

— Bébé, c'est si bon.

— Tu m'as manqué.

— Oui, pas seulement à cause de... ça.

Sa capacité à parler s'amenuisait au fur et à mesure que je le prenais de plus en plus profondément en moi.

— Tu... je...

Je souris parce que je l'avais réduit à un marmonnement guttural. J'accélérai mon rythme, alternant des mouvements lents à d'autres, plus rapides, et sa respiration se bloqua brusquement.

— Mon doux bébé.

Cette litanie se répéta, passant du murmure au cri. Et j'eus la connexion dont j'avais si désespérément besoin.

XV

JE DEVAIS faire pipi. Je m'assis dans le lit, et pendant une seconde, je n'eus aucune idée de l'endroit où j'étais.

— Rendors-toi.

Je regardai Sam qui était allongé sur le côté, près de moi. Quelques secondes plus tôt, j'étais dans le cocon chaud de ses bras, et maintenant j'étais assis, frigorifié, pesant le besoin de soulager ma vessie, les pieds sur le carrelage gelé de la salle de bains encore plus froide, et combien Sam râlerait lorsque j'essaierai de me réchauffer contre sa peau quand je reviendrai me coucher.

— Ou va pisser.

Je grognai et sortis du lit. En fait, cette fois je l'écrirais : j'avais besoin d'acheter des pantoufles de vieillard. Les chaussettes ne suffisaient pas. J'avais besoin d'une couche supplémentaire d'isolation entre mes pieds et le sol en plein milieu de l'hiver.

Je gémis sur tout le trajet menant à la salle de bains et au retour, et je me rendis compte que je n'avais aucun souvenir d'être allé me coucher. J'avais été si épuisé après avoir fait l'amour avec lui la deuxième fois qu'il avait probablement dû me porter. Non que cela l'ait jamais dérangé.

— Où es-tu ? demanda Sam en bâillant bruyamment, ce qui me ramena au présent.

— Je suis là, dis-je en souriant, revenant près du lit, prêt à plonger quand j'entendis une latte du plancher grincer dans le salon. C'était quoi ça ?

Sam passa de groggy à pleinement éveillé en quelques secondes. Lorsqu'il prit son arme sous son oreiller, je levai mes mains en signe d'incrédulité.

Il me jeta un regard noir en murmurant :

— N'en fais pas une scène.

J'ouvris la bouche pour lui faire entendre le fond de ma pensée, mais il posa un doigt sur ses lèvres afin que je me taise et se posta près de la porte.

— N'y va pas, lui murmurai-je. Reste ici.

Il secoua la tête.

— C'est bon, bébé.

Mais j'étais terrifié. Je n'étais pas vraiment en veine ces temps-ci. N'importe qui pouvait se trouver là-bas, et je détestai l'instant où il s'aventura seul dans les pièces sombres. Je lui donnai trois secondes d'avance et le suivis. La porte d'entrée était grande ouverte et cela me flanqua une trouille bleue. Comment avions-nous pu ne pas l'entendre s'ouvrir ?

— C'est bon, me cria-t-il en allumant les lumières de la salle de séjour et de la cuisine.

641

Je montrai du doigt la porte.

— Ouais, je sais. Mais… reste calme. Assieds-toi sur le canapé et laisse-moi jeter un coup d'œil dans la maison.

Je fis ce qu'il me dit, ayant l'impression de me trouver dans un film d'horreur où quelque chose allait me sauter dessus d'un moment à l'autre.

— Je ne vois rien d'anormal, me lança-t-il depuis la seconde chambre avant de vérifier la porte qui menait au petit carré de béton qui était répertorié en tant que 'patio' lorsque j'avais emménagé.

Tout ce qu'on pouvait voir de là était les autres 'patios' de mes voisins.

Je l'attendis, frigorifié sur le canapé, alors que mon regard passait de fenêtre en fenêtre dans le salon. Lorsqu'un rayon de lumière fit pâlir le ciel, je crus voir quelque chose bouger. Mon cri l'alerta et Sam revint du couloir avec précipitation.

— Quoi ?

Je montrai la fenêtre qui donnait directement sur l'escalier de secours. Toutes les autres étaient beaucoup trop hautes pour que quelqu'un puisse les atteindre. Sauf si vous étiez un vampire.

Il traversa rapidement la pièce, mais s'arrêta en arrivant devant.

— J, c'est mouillé par ici.

Je sentis le frisson de peur s'enrouler autour de ma colonne vertébrale.

— C'est ouvert ?

Il se retourna et me regarda.

— Ouais.

— Merde ! dis-je en me levant pour le rejoindre.

— Reste là, m'ordonna-t-il, en remontant la fenêtre à guillotine.

— Ne t'avise pas de passer ta tête dehors, lui criai-je.

Je l'observai se décider et je vis les muscles de sa mâchoire se contracter, ses épaules se crisper avant qu'il se détende soudain et ferme violemment la fenêtre.

— Merci.

— Oooh, bébé, dit-il en marchant vers moi, passant un bras autour de mon cou et me m'attirant à lui pour embrasser mon front. Ça va aller. Je vais signaler l'incident… tu verras. Tout ira bien.

Je hochai la tête, tremblant contre lui.

NOTRE APPARTEMENT grouillait de policiers. La plupart d'entre eux portaient ces vestes avec 'POLICE' en gros caractères jaunes, mais certains étaient en costume et cravate avec des chaussures noires brillantes, pendant que d'autres étaient en uniformes et casquettes avec des pardessus pour les empêcher d'être trempés par la pluie. Les types de la police scientifique étaient là eux aussi à chercher des empreintes et à prendre des photos, à l'extérieur sur l'escalier de secours, à l'intérieur près de la fenêtre, et en bas dans la rue. Quelqu'un était entré dans l'appartement, de cela ils en étaient certains ; ils ne savaient tout simplement pas qui et il n'y avait aucune empreinte.

Sam passa son temps au téléphone ou à parler à Hefron et Lange. Je fus surpris de voir Patrick et Chaz au lieu de Chloe, et encore plus surpris lorsque Patrick vint s'asseoir avec moi, sans parler, juste assis à côté de moi, épaule contre épaule, empêchant quiconque de s'approcher de moi.

— Dégagez, disait-il continuellement.

Cela dura des heures, et je piquai du nez lorsque Sam vint s'asseoir près de moi. Il passa son bras autour de mes épaules et me pencha contre son torse.

— Tu tiens le coup, bébé ?

Je hochai la tête.

— Jory, dit lentement Patrick, attirant mon attention. N'as-tu jamais pensé que les amis de Sammy ne se préoccupaient pas tant que ça que tu sois un homme, mais plus du fait que tu sois aussi jeune ?

Je le regardai.

— Ouais. Tu as raté ça, hein ?

Je tournai la tête pour regarder Sam, et je le vis arborer son air renfrogné.

— Il n'est pas si jeune que ça, grogna-t-il à son ami.

— Oh, va te faire foutre, Kage.

Il secoua sa tête.

— Tu es le seul mec dans notre groupe qui s'est choisi un joli petit lot.

— Il a vingt-six ans, Pat.

Mais l'inspecteur Patrick Cantrell se levait déjà du canapé. Il tendit la main et ébouriffa mes cheveux avant de traverser tranquillement la pièce pour parler à Chaz.

Je me tournai et regardai Sam.

— Quoi ?

— Ils pensent tous que je vais finir par te laisser pleurer dans ton café parce que tu es vieux.

— Je ne suis pas... va te faire foutre, J, je ne suis pas vieux ! Je n'ai même pas quarante ans.

— Non, tu ne l'es pas.

— Je n'aurais pas quarante ans avant trois ans !

— Deux ans, le corrigeai-je. Tu as déjà fêté ton anniversaire cette année. Tu as trente-huit ans.

Il me regarda.

— Quoi ?

— Tu te souviens de la date de mon anniversaire ?

— Bien sûr... c'était en août.

— Je ne savais pas que tu...

— Tu es douze ans plus âgé que moi.

Il fronça les sourcils et j'eus droit à un grognement.

— Je ne suis pas vieux.

Je ne pus effacer le sourire sur mon visage, ma vie en aurait elle dépendu.

— Me laisser, murmura-t-il entre ses dents. Ça n'arrivera jamais.

Mais je pouvais dire à la manière dont son corps réagissait, le froncement de sourcils, les muscles crispés de sa mâchoire, et sa façon de s'agripper à son téléphone, que peut-être notre différence d'âge l'effrayait un peu aussi. Je ne pouvais pas permettre ça.

— Qu'est-ce que tu fais ?

Il était parfaitement évident que je cherchais à le réconforter. Ma main était sur ses genoux, dissimulée sous la couverture et mes lèvres étaient pressées sur sa gorge.

— Arrête, dit-il en se remuant inconfortablement, essayant de me repousser. Tu vas me donner une érection et je porte un survêtement.

— Tu n'es pas vieux.

— Merci, mais je le sais déjà.

— Tu es le gars le plus sexy que je connaisse, dis-je, glissant ma main sous l'élastique de son pantalon de survêtement.

— Arrête, avant que tu…

Je mordillai sa mâchoire avant de la lécher, faisant dériver mes lèvres vers son oreille.

— Bébé, gémit-il, enroulant rapidement son bras autour de moi, m'écrasant contre son torse dur et musclé. Arrête… je ne peux pas te prendre sur la table de la cuisine pour l'instant alors… arrête. J'apprécie ce que tu essaies de faire, mais mon ego n'est pas si délicat. Tout ce que j'ai à faire, c'est regarder tes yeux lorsque tu me vois pour savoir l'effet que je te fais.

Je fermai les yeux, abandonnant tout mon poids sur lui.

— Là, c'est ça. Détends-toi. Je te tiens.

Nous restâmes assis sur le canapé avec moi dans ses bras, les yeux fermés, flottant à la limite de la conscience pendant qu'il parlait au téléphone à Dane, à l'Agent Calhoun, à son capitaine et à sa partenaire, et à un tas d'autres personnes. Il était quatre heures du matin lorsqu'il me mit finalement au lit. Il m'embrassa en me souhaitant une bonne nuit, promettant qu'il revenait tout de suite et ajustant la couette autour de moi. Il y avait un officier de police devant la porte de notre appartement, deux autres postés devant l'entrée de l'immeuble, une voiture de patrouille garée dans la rue, et un autre officier qui arpentait les couloirs du bâtiment. Personne ne s'approcherait de moi. Je voulais qu'il reste. Il devait partir. Il allait parler à Susan Reid avec Dane. Je lui fis valoir que moi aussi, je devais être là, mais j'en avais fait assez. J'avais besoin de me reposer ; c'était tout ce que tout le monde attendait de moi. J'étais réellement trop fatigué pour argumenter.

Je réalisai, lorsque j'entendis qu'on verrouillait la porte d'entrée, que j'étais davantage prisonnier qu'autre chose. Il était effrayant de penser que je n'étais pas plus capable de faire ce qui me chantait que Susan Reid. Difficile d'imaginer une époque où les choses seraient différentes. Avant de partir, Sam m'avait demandé de réfléchir à une date à laquelle nous nous envolerions au Canada pour nous marier. Je rêvai de ça.

XVI

JE VOULAIS tellement savoir ce qui se passait, mais lorsque j'appelai Sam dès que je me réveillai, il ne répondit pas. J'eus Dane à la deuxième sonnerie, et il me dit que, oui, Sam était avec lui et qu'aucun d'eux ne pouvait parler. Il me raccrocha au nez avant de pouvoir prononcer un autre mot. C'était tout simplement grossier.

Je vérifiai dehors. Il faisait encore nuit, la pluie tombait toujours, et le temps était encore couvert et gris. La voiture de police était là et je la vis à travers les rigoles de pluie qui descendaient le long de la fenêtre. La porte de l'appartement était gardée par deux policiers en uniforme. Je leur dis que j'allais faire du café et ils furent tous les deux très reconnaissants.

Vagabondant dans l'appartement, je réalisai combien il semblait froid et sombre. Peut-être que Sam avait raison ; peut-être qu'emménager chez lui était une meilleure idée. Logiquement, je savais que quelqu'un pouvait aussi s'introduire dans l'appartement de Sam, mais avant que quelqu'un l'achète, peut-être que le retirer du marché et déménager là-bas était une meilleure idée. Dane n'avait jamais compris en quoi prendre une location et vendre l'appartement que Sam possédait était intelligent. Et ça ne l'était pas, j'avais juste été trop têtu pour être d'accord avec lui. Lorsque Sam reviendrait à la maison, je lui dirais que j'avais reconsidéré les choses et que son appartement pourrait à nouveau être notre foyer. Je ne pouvais simplement pas me départir d'une sensation de malaise, et je doutais qu'elle s'en aille un jour.

J'apportai aux policiers devant ma porte deux tasses de café chaud et fumant et leur dis que j'allais préparer des muffins, puisque je ne pouvais pas sortir pour aller travailler. J'avais reçu des ordres stricts de Sam : mon cul ne devait pas quitter la maison – telle que l'indiquait la note sur ma table de chevet quand je me réveillai. Apparemment, même si j'essayais de quitter l'appartement, je n'irais nulle part – les policiers avaient reçu des ordres. Je me résignai donc à rester à la maison. J'appelai Aubrey, puis Dylan, et finalement Aja juste pour savoir ce qu'elle faisait. Elle mourrait d'envie de savoir ce qui se passait, elle aussi, puisqu'elle aussi était consignée chez elle sous protection policière. Je lui dis que je cuisinais. Elle faisait des conférences téléphoniques. Elle gagnait pour être plus productive.

Je pris une douche après avoir regardé la télévision un moment, et j'allai donner les muffins aux policiers. J'avais peur, cependant, et je traînai une chaise pour la coincer sous la poignée de la porte de la salle de bains afin que personne ne puisse entrer sans que je le sache. C'était exactement la raison pour laquelle j'avais un rideau de douche en vinyle transparent. Norman Bates ne me prendrait jamais par surprise.

645

La porte du placard du couloir était ouverte lorsque je sortis de la salle de bains. Je sentis les poils de ma nuque se hérisser. Je me précipitai vers la porte d'entrée et sortis dans le couloir. Les policiers me regardèrent comme si j'avais deux têtes. Ils firent ce que je leur demandai, cependant, et m'accompagnèrent à l'intérieur, vérifiant tout l'appartement avec moi. Mais comme les fois précédentes, il n'y avait rien. Personne. Je leur demandai s'ils pouvaient s'asseoir à l'intérieur avec moi et ils acceptèrent.

Une heure plus tard, ils durent changer de garde. Ils sortirent, mais pas avant de me montrer du doigt la voiture de patrouille qui venait de s'arrêter dans la rue. Ils promirent d'envoyer leurs remplaçants ici. Je leur en fus très reconnaissant. Lorsque je refermai la porte derrière eux, je fus pris d'un violent frisson. J'avais besoin que Sam revienne à la maison ou j'avais besoin de sortir de l'appartement. Être enfermé n'était jamais une bonne chose pour moi. Courir, bouger, l'un ou l'autre étant préférable que de rester assis à attendre. Et je me gelais, ce qui ne contribuait pas à améliorer mon humeur.

J'allais chercher un pull, et lorsque je revins du couloir, je vis quelque chose bouger du coin de l'œil. Je me retournai, et il y avait un oiseau qui volait au plafond. En plein milieu de l'hiver, il y avait un pigeon maintenant posé au sommet de l'une des poutres de mon plafond. C'était quoi ce délire ? Je regardai du côté des fenêtres ; je vis que celle qui donnait sur l'escalier de secours était entrouverte de quelques centimètres. Je me retournai et me figeai, me retrouvant face à face avec Caleb Reid.

— Seigneur ! croassai-je en marchant à reculons avant qu'il lève une arme sur moi.

On frappa à la porte.

— Dis-leur que tu ne veux pas qu'ils entrent, Jory, me dit-il, la voix douce et contrôlée comme jamais.

— Oui ? criai-je.

— Monsieur Harcourt, voulez-vous que nous entrions ?

— Non, merci, réussis-je à dire.

— Très bien alors, nous restons juste là.

Cela me faisait une belle jambe. Merde !

— J'étais dans le placard, dit-il soudain, tout sourire.

Et je compris. Il avait ouvert la fenêtre pour faire croire à Sam qu'il était sorti par là. Aucun de nous n'avait pensé à vérifier ailleurs dans l'appartement après le balayage initial de Sam. Et la police qui était venue ne s'était préoccupée que de cette même fenêtre, de cette même issue.

— Je t'ai regardé dormir la nuit dernière.

Je sentis la chair de poule recouvrir ma peau. J'essayai de contrôler le tremblement qui me traversa, sans succès.

— Effrayant, non ?

Je hochai la tête.

— Je suis sorti par l'escalier de secours pendant que tu prenais ta douche. Désolé d'avoir laissé entrer l'oiseau.

Je gardai les yeux rivés sur lui, réalisant que ses pupilles étaient complètement dilatées. Il avait l'air d'avoir pris quelque chose. Je ne savais pas quoi.

— Dis-moi ce que tu comptes faire.

— Viens plus près, je veux regarder tes yeux. Je ne les ai jamais regardés.

Ma vie dépendait du fait d'avancer, mais je ne pouvais toujours pas.

— Où est ta mère, Jory ?

— Je n'en ai aucune idée.

— Donc tu es un orphelin.

— Ouais.

Il hocha la tête.

— Mais pas vraiment… tu as Dane.

J'essayai de respirer.

— Et tu es le seul dans ce cas-là.

Le regardant, je vis à quel point il semblait vide. Comme s'il était complètement usé. Je ne l'avais jamais remarqué avant.

— Dis quelque chose.

— Comme quoi ?

Il s'approcha de moi.

— Pourquoi t'a-t-il choisi ?

— Je n'en ai aucune idée.

— Tu ne lui as jamais demandé ?

— Non.

— Il a détruit ma famille, tu sais.

— Comment ça ?

— Mon père… il a cessé d'aimer ma mère.

— Pourquoi ?

— Parce qu'elle a abandonné son fils. Il ne pourra jamais lui pardonner de ne pas avoir eu confiance en lui.

— Ils étaient tous les deux à l'université. Il doit être indulgent avec elle.

Il sourit légèrement, mais c'était un sourire doux-amer.

— Oui, il le devrait.

J'attendis ce qu'il allait faire ensuite.

— Elle voulait si désespérément qu'il revienne.

Chaque femme qui avait un jour rencontré Dane Harcourt voulait quelque chose de lui. Il n'était pas étonnant que sa propre mère ne soit pas différente.

— Et toi, Jory, tu es la raison pour laquelle il ne le fait pas. Pourquoi aurait-il besoin de sa vieille famille alors qu'il t'a, toi ?

La voix calme et contrôlée était plus effrayante que s'il avait crié sur moi. Je sentis la chair de poule se dresser sur ma peau.

— Il me déteste ; mon père, ma mère… nous tous.

647

— Non.

Il hocha lentement la tête.

— Tu as raison, c'est pire que ça. Il ne ressent rien pour moi, pour aucun de nous.

Ce qui était la vérité.

— Je pensais que peut-être mon père aurait une chance avec lui – il ne savait pas, après tout.

Je gardai le silence, ne voulant pas le provoquer.

— Il lui donnera tout ce qu'il veut… c'était si facile pour mon père de lui demander de l'argent. Dane lui donnera tout sauf du temps passé avec lui, ou moi. C'est comme s'il nous payait pour rester loin de lui.

Du temps demandait de l'intérêt, ce que Dane n'avait pas. Caleb avait raison. L'argent était facile à obtenir ; mais s'asseoir et simplement parler, passer du temps ensemble, c'était trop demander. Dane ne passait du temps qu'avec ceux qu'il aimait profondément.

— Et il ne me touche jamais le premier. Si je devais ne plus jamais l'étreindre, il s'en moquerait. Mais toi… Le simple fait de voir ses yeux s'adoucir lorsque tu entres dans une pièce… cela me coupe le souffle.

C'était une chose bizarre à dire. Ce n'était pas quelque chose qu'un homme penserait, c'était quelque chose qu'une femme penserait… ou une mère dont on est séparé.

Je regardai les larmes glisser lentement sur ses joues.

— Et maintenant, il y a Aja aussi. Avant il n'y avait que toi, mais maintenant elle est là aussi.

Il ne me parlait pas vraiment. Je n'étais même pas sûr qu'il puisse me voir.

— Je voulais juste ma vie, Jory… je voulais qu'il revienne.

Merde.

— Caleb ?

Il avait l'air confus.

— Non, Jory, c'est moi.

Mon estomac se retourna. Il ne pensait pas être Caleb. Seigneur, qui donc croyait-il être ?

— Je pensais, lorsque je l'ai trouvé… puisque ses parents étaient morts… je pensais qu'il aurait besoin de nous – de moi. Mais pas du tout. Il n'avait besoin d'aucun d'entre nous… parce qu'il t'avait, toi.

Quand était-il passé de Caleb à celui qu'il était maintenant ? Il avait commencé en étant Caleb, mais maintenant…

— Pourquoi devais-tu être là, cher Jory ?

Cher ?

— C'est drôle… tu es réellement un si bon garçon.

On aurait dit… Susan.

— Merde ! jurai-je.

Il inclina la tête comme s'il était intéressé par ce que j'allais dire, intéressé par la conclusion que je tirerais.

Bordel de merde ! Il pensait qu'il était sa mère.

Nous nous faisions face, lui avec son arme, moi prêt à détaler dans la direction opposée à celle où il pointerait son arme.

— Pourquoi tuer tous ces hommes ? lui demandai-je, essayant d'entamer une conversation.

— Je ne voulais pas.

Il me sourit froidement.

— J'ai juste… Caleb t'aime bien, et il était supposé m'aider.

— Est-ce que Caleb a fait quelque chose ?

— Il t'a appelé après que tu t'es enfui.

— Il n'a tué personne.

— Non… personne.

— Vous êtes forte. Ils pensaient que c'était un homme qui avait tué ces hommes.

— Un homme l'a fait.

Je compris.

— Greg.

— Oui. Greg les a tués, mais lorsqu'il a appris à propos de l'inspecteur – ton homme – il est devenu froussard.

Je hochai la tête.

— Vous avez fait sauter la voiture de Sam.

— J'ai pensé que si je le tuais, tu serais trop accablé de chagrin pour en faire plus.

— Mais il n'est pas mort.

— Non, et puis, tu es venu me chercher, alors Greg se devait d'être là pour que tu le trouves.

— Mais il était quelque part ailleurs d'abord, dis-je, continuant à assembler le puzzle.

— Oui.

— Vous avez tué la mère de Greg.

— Et Caleb le savait.

C'était totalement surréaliste de parler à Caleb et qu'il me réponde comme s'il était sa mère.

— Il vous a couverte en ramassant le couteau.

— Oui, il est stupide, mais pas complètement idiot.

— Pourquoi Greg Fain vous aurait-il aidé à tuer ces gens ?

Il haussa un sourcil.

— S'il vous plaît, dites-moi.

Il plissa les yeux.

— Sa mère était nonne avant d'être violée. Qui selon toi portait le poids de toute sa rage ?

649

Ce qui répondait à ma question de savoir pourquoi la mère et le fils ne vivaient pas ensemble.

— Qui selon toi se sentait sale et n'a jamais été aimé ?

— J'ai compris.

— Peut-être, dit-il en me regardant qu'être orphelin n'est pas une si mauvaise chose.

— Je ne suis plus orphelin.

— Tu ne seras plus rien du tout, dit-il en levant son arme.

— Ne faites pas ça, s'il vous plaît, Susan, suppliai-je, utilisant le nom qu'il reconnaîtrait à cet instant.

— Je dois le faire, je te hais. Je te veux mort et enterré.

Je pensai à Sam. Je pensai à Dane. Mon cœur me faisait mal. Je pouvais sentir combien mes muscles étaient tendus, entendre mon sang se précipiter de façon assourdissante entre mes oreilles, essayer de prendre une respiration et me rendre compte que je ne pouvais pas. Il devait y avoir plus. Plus d'amour, plus de travail, plus de temps, plus de tout. Je plongeai en avant sans réfléchir, je l'entendis hurler de très loin.

Son épaule droite explosa en sang et il cria comme un animal blessé alors qu'il s'effondrait sur le sol devant moi. Je m'agenouillai à côté de lui, enlevant mon tee-shirt, le mettant en boule avant d'appuyer sur la plaie pour la comprimer.

— Monsieur Harcourt, écartez-vous !

Mais comment aurais-je pu ? Caleb me regardait avec des yeux si blessés.

— Oh mon Dieu, Jory.

Sa voix tremblait ; je vis la couleur quitter son visage, vis ses yeux devenir vitreux, les gouttes de sueur sur son front.

— Est-ce que tu vas bien ?

Je hochai la tête avant d'être brusquement attrapé par-derrière et jeté en arrière près du canapé. Je vis les deux officiers qui se trouvaient à l'extérieur se déplacer à l'unisson, l'un écartant l'arme d'un coup de pied, l'autre posant son pied sur la poitrine de Caleb.

— Non ! hurla-t-il lors qu'il était retourné sur le ventre, son bras vaillant tordu derrière lui.

Cela eut l'air plus sévère que ça aurait dû l'être, plus brutal, plus rapide.

Les deux officiers se trouvaient au-dessus de Caleb, le maintenant à terre, l'un pressant son visage sur le plancher, l'autre le menottant bien serré, assis sur ses jambes. Il était impossible qu'il bouge ; il n'avait aucune échappatoire cette fois. J'entendis un bruit de tonnerre dans le couloir avant que la porte d'entrée s'ouvre à la volée. Davantage de policiers entrèrent l'arme au poing, s'annonçant en criant jusqu'à ce qu'ils réalisent que la situation était sous contrôle. J'entendis dire que les lieux étaient sécurisés et j'en fus réconforté.

Je les regardais dans un état second alors qu'ils parlaient dans les radios accrochées à leur épaule, appelant pour raconter à leur correspondant ce qui s'était passé. Je fus remis debout, dirigé vers le canapé, et assis. On m'enroula dans une couverture avant qu'on me demande si le sang sur moi était le mien.

Je secouai la tête.

— Non.

Ils me laissèrent alors, car Caleb hurlait mon nom. Quand je ne l'entendis plus, je fermai les yeux et me penchai en arrière, laissant la peur, le froid, et la nausée m'envahir. Je ne pouvais m'arrêter de trembler. Je pensais avoir eu froid avant... il s'avéra que j'avais tort.

Ils avaient besoin d'un endroit où m'emmener. Je ne voulais parler à personne, alors je choisis d'aller à l'hôtel plutôt que chez quelqu'un. La chambre fut vérifiée deux fois, mais je n'étais plus inquiet. Tous ceux qui voulaient me tuer étaient en garde à vue. Les officiers qui m'avaient amené ici étaient les mêmes que ceux qui avaient gardé ma porte plus tôt. Le plus âgé, l'officier Fadden, avait tiré sur Caleb. Il m'arrêta avant que j'entre et me remercia de m'être soucié de lui et de son partenaire. Je ne les avais pas appelés pour leur demander de l'aide parce que je n'avais pas voulu qu'ils soient blessés. Apparemment, ils le savaient tous les deux, comme tous les autres.

— L'inspecteur Kage sera bientôt là, me promit-il en me serrant l'épaule.

Je hochai la tête, me faisant l'impression d'être un zombie, et entrai dans la chambre d'hôtel. Longtemps après, j'entendis la porte de la salle de bains s'ouvrir même avec le bruit de la douche.

— Bébé.

Je ne répondis pas.

Le rideau de douche bougea lentement et je levai les yeux pour trouver Sam.

— Que fais-tu ici ?

— J'ai du sang partout sur moi... il y en a dans mes cheveux.

— Seigneur, souffla-t-il, tirant complètement le rideau pour pouvoir couper l'eau.

J'étais assis dans la baignoire, les genoux repliés contre ma poitrine, les serrant entre mes bras.

— Bébé, l'eau est gelée.

— Ah oui ?

— Tu l'as laissée refroidir.

Je ne sentais pas vraiment la différence.

Il attrapa des serviettes et me souleva sans effort avant de s'asseoir sur le bord de la baignoire avec moi sur ses genoux. Il ne fut pas délicat en me séchant, choisissant la vitesse au lieu de la douceur.

— Combien de temps es-tu resté assis ici ?

— Je ne sais pas, réussis-je à peine à dire alors que mes dents claquaient

— Merde.

Il soupira et se leva, me portant de la salle de bains à la chambre.

651

— Je veux emménager chez toi. Ne vends pas… allons là-bas.

— Bébé…

— Caleb m'a regardé dormir la nuit dernière quand tu es parti… je ne me sentirai plus jamais en sécurité dans cet appartement.

Il émit un bruit qui venait du fond de sa poitrine avant de parler. Sa voix était dure et bourrue.

— Dès qu'ils libéreront les lieux du crime, j'appellerai les déménageurs, d'accord ?

Je tremblais fortement, alors il rejeta les draps et les couvertures avant de me mettre au lit, me couvrant entièrement, même ma tête.

— J'avais tellement peur, Sam.

Il ne répondit pas, mais j'entendis le tintement de sa boucle de ceinture, le bruit sourd de ses bottes touchant le sol, le bruissement du tissu alors qu'il glissait sur sa peau.

— Tu avais raison… j'aurais dû avoir plus peur tout le temps.

Les couvertures se relevèrent tandis qu'il se glissait dans le lit à côté de moi. Sa poitrine nue se pressa contre mon dos, ses bras s'enroulèrent autour de moi, il enfouit son visage dans mon cou alors qu'il prenait sa place, son aine contre mes fesses. Rien de sexuel dans tout ça, il voulait juste me réchauffer, me tenir, faire en sorte que je me sente protégé. Et cela fonctionna comme un charme, parce qu'avec lui j'étais blindé, et la chaleur rayonnant de mon homme était incroyable.

— Tu es un vrai bloc de glace, J. Je dois te réchauffer.

Je frissonnai violemment, sentant la chaleur de son corps commencer à s'infiltrer en moi.

— Je connais un moyen de me réchauffer.

Il me serra plus fort dans ses bras.

— Ne m'allume pas… Repose-toi seulement.

— D'accord.

Il se racla la gorge.

— Lorsqu'ils m'ont appelé… C'était une erreur de te quitter.

— Non. Tu devais parler à Susan. Dis-moi ce qu'elle a dit.

— Je le ferai, plus tard.

— J'ai cru que j'allais mourir, tu sais ?

Je le sentis trembler.

— Je ne voulais pas mourir, Sam.

— Ils m'ont dit que tu avais essayé de sauver Caleb… que tu avais fini par utiliser ton tee-shirt pour tenter d'arrêter l'hémorragie.

— Est-ce qu'il va aller bien ?

— Oui.

Je fus soulagé.

— Pourquoi s'en est-il pris à moi ?

— Il l'aurait fait un jour ou l'autre. C'était inévitable.

652

Je hochai la tête.

— Tu es incroyable.

J'ignorai le compliment. Il ne me semblait pas que ce soit le moment d'en donner ou d'en recevoir.

— Est-ce que Caleb est à l'hôpital ?

— Oui.

— Il ne va pas mourir, n'est-ce pas, Sam ?

— Non.

Je me tus, savourant sa chaleur, et il coinça ma tête sous son menton, resserrant son étreinte autour de moi.

— Ferme les yeux.

Je le fis, même si j'étais certain de ne plus jamais pouvoir dormir à nouveau.

— Je serai là. Je ne bouge pas.

Ce qui s'avéra être tout ce dont j'avais besoin d'entendre. En sécurité dans ses bras, je m'endormis en quelques secondes.

XVII

PARFOIS, LES gens prenaient des décisions pour vous parce qu'ils pensaient savoir ce qui était le mieux. J'avais un problème avec ce genre de raisonnement. Par exemple, deux semaines plus tard, quand Susan Reid voulut que je l'accompagne à l'hôpital pour voir Caleb, Sam et Dane prirent la décision de ne pas me le dire. Malheureusement pour eux, Gwen m'appela et me fit part du souhait de sa mère. J'allai donc seul la retrouver à l'hôpital psychiatrique d'Evanston.

Nous nous assîmes ensemble, Susan et moi, dans la zone qui se trouvait à l'extérieur des lourdes portes métalliques et parlâmes. Je m'excusai d'avoir pensé qu'elle était folle. Je lui dis que je lui aurais envoyé une carte, mais Hallmark n'en avait pas pour avoir présumé à tort que quelqu'un était un meurtrier psychopathe. Il n'y avait pas non plus de fleurs qui convoyaient ce sentiment. Elle m'adressa l'esquisse d'un sourire et quand je lui offris une douzaine de roses jaunes à longues tiges. Elles signifiaient 'amitié', et elle me remercia.

— Pourquoi avez-vous fait ça ? lui demandai-je gentiment.

Elle prit une grande inspiration pour se stabiliser, les yeux emplis de larmes.

— J'avais déjà perdu un de mes fils et mon mari... je ne pouvais pas perdre quelqu'un d'autre.

— Mais Caleb... il aurait pu tuer à nouveau. Si ça n'avait pas été moi, cela aurait pu finir par être Dane.

Elle secoua sa tête.

— Je ne sais pas, Jory, je ne pensais pas correctement. C'est encore le cas maintenant... je voulais juste... J'ai perdu ma vie lorsque j'ai donné Dane à l'adoption, c'était juste que je ne le savais pas.

Je hochai la tête.

— J'étais obsédée par l'idée de le ramener, de faire de lui un Reid... je n'ai pas pensé à ce que cela ferait à Daniel... ou à Caleb.

— Bien sûr.

— Caleb a toujours été le plus sensible, si en phase avec moi, et lorsque je lui ai dit... je pense qu'il s'est senti trahi, comme si je lui avais menti pendant toutes ces années.

Je regardai son visage, les rides d'inquiétude autour de ses yeux et ses cernes. Elle semblait complètement vidée, le poids du monde l'écrasant purement et simplement.

— Et Daniel... il a demandé le divorce. Après si longtemps, il ne peut même plus supporter de me regarder. Et je sais que c'est de ma faute. Si je n'avais jamais

abandonné Dane, ou si j'avais gardé ça pour moi et l'avait emporté dans la tombe…
rien de tout cela ne serait jamais arrivé.

Comment pouvais-je argumenter ? C'était vrai à un certain point.

— Dane n'a pas voulu de nous, et cela a mis Caleb en colère… j'ignorais qu'il
avait en lui la capacité de tuer des gens. Je ne l'ai jamais su.

— Ils ont dit à Sam qu'il avait deux personnalités complètement distinctes.

— Oui. Lorsqu'il tuait ces pauvres hommes… mais en tant que Caleb, il
n'aurait jamais pu faire ça. Cette partie de lui qui est ton ami, Jory… il t'aime
vraiment.

Je le savais. Le problème était que l'autre personne dans sa tête voulait mon
cerveau répandu sur un mur.

— Ils ne s'attendent pas à ce qu'il aille mieux un jour. Il est comme ça depuis
trop longtemps.

— Alors pourquoi sommes-nous ici ?

— Pour lui parler. Il a demandé après toi.

— Que va-t-il lui arriver ?

— Ils ont dit qu'après sa période d'observation, quand ils auront déterminé
s'il est apte à supporter un procès, il serait transféré dans un établissement dans le
Wisconsin, à long terme.

— De combien de temps parlons-nous ?

— Pour toujours, je suppose

— Je suis désolé.

— C'est pour le mieux. Je ne veux plus qu'il blesse d'autres gens.

— Puis-je vous demander quelque chose ?

— Bien sûr.

— Pourquoi y avait-il vos empreintes digitales sur le couteau retrouvé dans
l'appartement de Caleb ?

— Il me l'avait montré une fois, me l'avait fait tenir… j'ignorais complètement
que j'étais piégée à ce moment-là. Ce n'est pas ça qui vous vient à l'esprit lorsque
vous discutez simplement avec votre enfant.

— Bien sûr.

Je hochai la tête.

— Autre chose ?

— Oui. Est-ce que Greg et lui étaient amis ?

— De très bons amis. J'aimais Greg aussi. Si Caleb venait à réaliser que c'est
lui qui a tué Greg, cela le tuera sans doute.

Je voulais la réconforter, mais je ne savais pas comment.

Des larmes roulèrent sur ses joues.

— Oh Jory, la manière dont tu me regardes… mon Dieu, la capacité à aimer
que tu possèdes, ta bonté… tu es un si bon garçon, Jory. Ta mère a fait un si bon
travail avec toi.

Je ne lui dis pas que c'était entièrement l'œuvre de ma grand-mère. Annie Keyes m'avait aimé farouchement et désespérément, de tout son cœur, jusqu'au jour de sa mort. Ma mère était partie ; la seule personne qui lui restait à aimer, c'était moi. Ma grand-mère me manquait toujours, et j'aurais aimé qu'elle puisse rencontrer Sam et Dane. Elle aurait été folle des deux hommes, en particulier de Sam. Les personnes têtues et bourrues étaient celles qu'elle affectionnait le plus.

— Jory ?

— Désolé.

Je souris à Susan Reid.

— Mon esprit s'égare souvent.

Elle soupira, renfermant ses doigts sur les miens.

— C'est effrayant là-dedans. Je dois te prévenir.

— C'est bon, lui assurai-je, tapotant sa main avant de libérer la mienne.

Elle était réconfortée, et nous nous levâmes en même temps pour nous diriger vers la porte.

Je dus vider mes poches, et nous fûmes introduits dans la zone sécurisée. Lorsque la porte se referma et se verrouilla automatiquement derrière nous, j'eus un moment d'incertitude. Il y avait des surveillants partout, des hommes immenses et musclés qui plissèrent les yeux alors que nous approchions. Les gardes au bureau des infirmières étaient armés de matraques et les infirmières ne se déplaçaient jamais sans une escorte. Après nous être présentés, un infirmier nous amena jusqu'à la chambre de Caleb. Je m'attendais à une grande chambre avec une baie vitrée ; la réalité était toute différente. C'était une pièce minuscule avec des barreaux derrière une vitre scellée. Il n'y avait aucune échappatoire à espérer de ce côté. Une brise sur son visage serait un luxe pour Caleb.

Il était assis sur une chaise lorsque nous entrâmes. Sur le bureau devant lui, il y avait un de ces paquets craies et beaucoup de feuilles. J'imaginais qu'un crayon était hors de question dans un futur immédiat. Il y avait des livres, du genre épais que la plupart des gens disaient vouloir lire avant de mourir. Mais Caleb avait le temps maintenant de lire tous les grands romanciers russes. En fait, tout ce qu'il avait était du temps.

— Jory, dit-il et je m'approchai rapidement de lui.

Mon nom fut prononcé d'une voix pâteuse, et cela me brisa le cœur.

— Hé.

Je lui souris et m'agenouillai à côté de la chaise afin qu'il n'ait pas à lever la tête pour me regarder dans les yeux.

Sa main se posa instantanément sur ma joue, mais c'était comme s'il ne la contrôlait pas complètement. Elle tremblait et il la bougeait de façon mécanique, la posant par à coup sur moi plutôt que de la faire glisser doucement sur ma peau.

— Jory, qu'est-ce que j'ai fait ?

La lueur dans ses yeux… impuissante, perdue, abandonnée. J'avais du mal à respirer. Je me relevai et il attrapa ma main avec les siennes, son visage m'implorant de lui répondre.

— Je n'en suis pas sûr, mon pote, mais ils vont le découvrir.

— Ne t'en va pas, d'accord ? Reste ici et parle-moi.

Parler de quoi ? De ce que je ressentais encore pour lui d'un côté et combien je le craignais d'un autre, et cela en même temps ? De la façon dont Greg avait fait la bombe qui avait fait exploser la voiture de Sam, mais que Caleb l'avait posée puisque Greg était déjà mort ? Tout le monde était étonné que je puisse dissocier le Caleb que j'aimais de l'homme meurtrier qui avait presque tué l'amour de ma vie… mais je le pouvais. Je n'avais en fait jamais vu Caleb essayer de faire du mal à Sam, je l'avais seulement vu essayer de me faire du mal, et ça, je pouvais lui pardonner. Et c'était drôle que je le puisse, mais pas mon frère, Dane s'étant complètement détaché des Reid, ne traitant avec son père que par le biais de son avocat, la paperasserie étant le seul contact que les deux hommes avaient. Dane, tout comme Aja, avait demandé une ordonnance restrictive à l'encontre de Susan Reid. Il se fichait complètement qu'elle l'ait abandonné à la naissance. Le fait qu'elle ait menti pour protéger Caleb et qu'il s'en soit pris à moi, c'était mauvais ; mais qu'il aurait pu finir par s'en prendre à lui, mettant par conséquent sa femme dans la ligne de mire… c'était impardonnable. J'avais consolé Susan avec la promesse qu'un jour, il reviendrait sur sa décision. J'avais le sentiment que lorsqu'il aurait ses propres enfants, quand il sentirait ce lien, il pourrait se tourner vers elle ou son père et chercher à se réconcilier. Mais jusqu'à ce moment-là, ils devraient tous les deux attendre et espérer.

— Jory ?

Je m'étais à nouveau éparpillé ; et c'était troublant. Je regardai Caleb.

— Je dois y aller, mon pote… mais je reviendrai.

Il hocha la tête et il tira sur ma main afin que je me rapproche de lui. Mais je ne pouvais pas le serrer dans mes bras, je n'étais pas fort à ce point. Je tapotai son épaule à la place, et il poussa un profond soupir.

Je reculai et me retrouvai tout à coup serré dans les bras de Susan Reid, qui me surprit un peu avec la férocité et la rapidité de son mouvement. J'étais bel et bien effrayé, impossible de le nier.

— Tu as été plus gentil avec moi que mon propre fils.

Ce n'était toujours pas l'heure des compliments, et je ne voulais pas de celui-là de toute façon. Elle n'était pas autorisée à être critique envers Dane. Je me libérai et reculai hors de sa portée.

— Je vous appellerai.

— S'il te plaît, dit-elle avec un tel désir dans sa voix que cela me fit grincer des dents.

Parce que nous savions tous les deux que je ne le ferais pas. C'était la fin de la route pour Susan Reid et moi.

Je tournai les talons et me dirigeai vers la porte. Ce qui me fit jeter un dernier regard en arrière me dépassa, mais je le fis. Je n'aurais pas dû. Je m'étais dit que je reviendrais voir Caleb, m'asseoir avec lui, lui apporter des livres ou des coloriages – quoi que ce soit que l'on pût amener dans un hôpital et qui était permis. Quand mes yeux croisèrent les siens, je me figeai sur place.

Les yeux de Caleb, qui étaient remplis de larmes quelques secondes plus tôt, étaient à présent deux fentes glacées. Sa tête était légèrement inclinée vers l'avant de sorte qu'il me regardait en quelque sorte de haut, sa mâchoire crispée, son visage empreint de rage. La haine était gravée dans chaque ligne, dans le moindre frémissement de sa lèvre supérieure, comme s'il était prêt à gronder ou à mordre. Je ne doutais pas que si les médicaments lui avaient permis de se lever, il aurait bondi sur moi et m'aurait étranglé à mort juste là, dans cette chambre. Je tendis la main et attrapai le chambranle.

— Jory ?

Je ne pus même pas me tourner pour regarder Susan. J'étais tout à coup terrifié à l'idée de fermer les yeux et de voir pour le reste de ma vie le regard que Caleb avait à cet instant. De le voir se tenir au pied de mon lit chaque nuit, de l'entendre me dire qu'il m'avait regardé dormir. Il deviendrait mon père Fouettard personnel si je le laissais faire.

Je détalai hors de la chambre sans me soucier de paraître faible ou non. J'allai à la réception, récupérai mes affaires, et marchai aux côtés du surveillant alors même que j'avais envie de courir et de leur crier de me laisser sortir. Je gardai mes émotions sous contrôle, extérieurement calme et naturel, intérieurement bouillonnant tandis que la porte était ouverte et que j'étais libéré du côté capitonné des portes – qui maintenait les gens à l'intérieur – pour rejoindre le côté en métal dur de ces mêmes portes – qui gardait les gens à l'extérieur. Je ne m'arrêtai que lorsque je fus dehors sous l'auvent. Je regardai la pluie tomber à verse. Je pris de profondes gorgées d'air, me calmant peu à peu, heureux de savoir que je pouvais partir et ne jamais revenir. J'étais libre.

QUAND J'ÉTAIS jeune, il y avait ces nuits où j'avais peur. Des choses effrayantes tapies dans la nuit dont j'étais sûr qu'elles venaient pour moi. Mon imagination était sans limites, et j'étais même capable de rendre plausible la plus ridicule de mes terreurs. Dans ces occasions, j'étais certain que je ne vivrais pas assez longtemps pour voir l'aube. Dans mes cauchemars s'infiltrerait des bruits apparemment anodins – le moteur du réfrigérateur, un chien qui aboie, la chasse d'eau des toilettes – quelque chose qui me rappellerait qu'il y avait tout un monde en dehors de ma paranoïa. C'était réconfortant et je l'appréciais, et donc, quand Sam m'appela pour me rappeler que j'étais très en retard pour la fête d'anniversaire de la femme de son capitaine en centre-ville, la note d'irritation dans sa voix m'apaisa. Il était contrarié à cause de moi et cela m'ancrait dans la réalité.

Je me sentis encore mieux lorsque j'arrivai dans la salle de réception immense de l'hôtel où se déroulait la soirée. Il y avait beaucoup de gens, et je pouvais facilement me fondre dans la foule. Je détaillai les lieux à la recherche de personnes que je connaissais, et lorsque je repérai Patrick au bar, je sus que Sam ne devait pas être loin. Je me penchai un peu et fus récompensé par la vue de mon homme. Je n'étais pas le seul à le détailler.

Il y avait un groupe de femmes qui les dévorait des yeux, Pat et lui. J'allais faire un signe à Sam pour attirer son attention, mais une main sur mon dos m'en empêcha.

— Salut, Jory.

Ersi Cantwell, la femme de Pat, me sourit lorsque je tournai la tête.

— Salut à toi, dis-je en rendant son sourire, me penchant pour l'embrasser.

Elle déposa un bisou sur ma joue avant de soupirer à fendre l'âme.

— Mon Dieu, chaque fois que nous venons dans ce genre de soirées, c'est la même chose. Vois-tu ces vautours autour de mon homme ?

— Oui, m'dame, je les vois, dis-je en souriant. Elles semblent intéressées par Sam aussi.

Elle fit un geste dédaigneux de la main.

— À d'autres, veux-tu, elles n'ont aucune chance avec Sam… Sam est gay. Patty, lui…

Je fis un geste vers la robe rouge scintillante qui moulait parfaitement ses formes.

— Ma chérie, dans cette robe, pourquoi diable aurais-tu besoin de t'inquiéter ?

Elle était magnifique. Avec une queue de cheval, en survêtement en train de faire la lessive, elle était magnifique. Et maintenant, elle s'inquiétait que quelqu'un lui prenne son homme alors qu'elle était toute parée, et au mieux de sa forme ? Je ne comprenais pas du tout les femmes.

— Tu es si bon pour mon ego.

Elle plissa les yeux en direction des femmes qui se tenaient maintenant de chaque côté de Sam et Pat. Lorsque les deux hommes furent menés sur la piste de danse, je fus surpris. Je n'avais jamais vu Sam danser.

Ersi et moi nous penchâmes sur le comptoir du bar alors que Stephanie Diaz s'approchait de nous. Elle avait l'air confus.

— Quoi ? lui demandai-je.

— Est-ce que ce sont vos hommes là-bas ?

Ersi grogna.

— Pourquoi n'êtes-vous pas… oh ! dit-elle après une minute passée à regarder Sam et Pat sur la piste.

Son visage se plissa comme si elle venait de manger un citron.

— Peu importe.

Ersi ravala un rire de dérision ; je ne pus retenir mon sourire.

— Waouh, siffla Stephanie. En voilà une danse terrible !

— Je pointai Chaz qui était en train de danser avec une femme que je ne connaissais pas. Qui est-ce ?

— La femme de son ex-partenaire.

J'inclinai la tête sur le côté.

— Elle est mignonne. Elle semble bien aimer Chaz.

Elle me pinça fortement.

— Aïïe, dis-je en rigolant, me tournant vers elle alors qu'elle se penchait vers moi, son bras posé autour de mes épaules.

— Elle l'aime plus que bien, cela a toujours été le cas.

Je me retournai pour regarder son visage.

— Qu'est-ce que tu veux faire ?

— Lui casser la figure, mais Chaz serait furieux.

Nous restâmes silencieux plusieurs minutes, tous les trois.

— Tu sais Jory, commença Ersi distraitement. Sam nous a dit que tu t'inquiétais que nous ne t'aimions pas.

Je me retournai et la regardai.

— Ce n'est pas vrai, soupira-t-elle. Nous t'aimons toutes les deux beaucoup. Tu agis comme nous… comme si tu étais marié… et nous pensons que c'est merveilleux. Je voulais juste te le dire. Je sais que plusieurs filles pensent que ce n'est qu'une phase, que Sam soit avec toi et tout, mais, Steph et moi… nous savons que c'est une véritable relation. Nous pouvons sentir la différence.

Je la dévisageai et elle sourit. Lorsque je regardai Stephanie, elle avait la même expression douce dans les yeux. Elles m'appréciaient toutes les deux en fait – pourquoi ne m'en étais-je pas rendu compte ? Mon regard revint sur Ersi.

— C'était juste pour que tu le saches, d'accord, donc tout va bien.

— Merci.

— Pas de quoi, soupira-t-elle, reportant son regard sur son homme. Seigneur, je déteste ces soirées.

Mais elles n'en avaient encore jamais passé avec moi.

— Bouge, lui ordonnai-je en me levant et en retirant mon manteau, ma veste et ma cravate.

Je déboutonnai ma chemise et la retirai, tout comme mon tee-shirt en dessous.

— J'apprécie le petit spectacle, me taquina Ersi en haussant un sourcil, mais chéri, que…

— Donne-moi juste…

Je montrai du doigt le chemisier de satin rouge qu'elle portait pour couvrir le charmant décolleté de sa robe.

—… ça.

— Jory, je vais ressembler à une prostituée sans ce chemisier.

— Tu auras l'air sexy, lui assura Stephanie. Tu as des seins parfaits, ma fille… montre-les.

Elle rougit, retira le chemisier, et me le donna.

660

Il était un peu serré, mais ça allait. Il était censé être échancré, pour montrer la peau.

— D'accord, les filles… allons danser.

Stephanie poussa un petit cri surpris et planta ses talons au sol lorsque j'essayai de la traîner avec Ersi et moi.

— Non.

Elle secoua sa tête.

— Je n'ai pas l'air aussi bien que vous deux. Je suis tellement grosse.

— Le mot est 'voluptueuse', lui assurai-je. Et bébé, ce cul a besoin d'être secoué.

Elle se mordit la lèvre.

— Mon cœur, repris-je en haussant un sourcil, c'est du disco.

Elle se mit à rire, posa son verre, et me prit la main en la serrant. Elles me faisaient confiance toutes les deux et cela me donnait l'impression de pouvoir voler.

Les anciennes chansons disco étaient irrésistibles, et j'avais la conviction que si vous étiez vraiment heureux et appréciez votre partenaire – ou partenaires, comme c'était le cas ici – alors rien d'autre ne comptait. La joie effacerait tout le reste. Donc, même si au début mes filles eurent l'air mal à l'aise sur la piste, lorsque je commençai à chanter en accord avec la musique, imitant les mouvements de Travolta avant de saisir chacune d'elles à tour de rôle et de les faire virevolter autour de moi, elles commencèrent à rire. Je les vis toutes les deux commencer à se prendre au jeu, me regardant tout le temps, leurs yeux pétillants de surprise quand elles virent que je savais vraiment danser. Je me penchai en arrière, me cambrant presque jusqu'au sol avant de remonter lentement. Je fus ramené tout contre elle d'une main sur le devant de mon chemisier.

— Jory… chéri… regarde-toi bouger ! s'extasia Stephanie.

— Là, dis-je, posant ses mains sur mes hanches alors que je les balançai.

Elle soupira joyeusement et emboîta mon mouvement. Quelques secondes plus tard, je reçus une petite tape sur le cul. Regardant par-dessus mon épaule, je vis Ersi qui dansait derrière moi. Je me décalai vers elle et elle resta là où elle était en continuant à danser. Pris en sandwich entre deux femmes, j'en fis des tonnes, les laissant apprécier la souplesse de mon corps. Comme tout le monde connaissait les paroles répétitives des vieilles chansons, nous chantâmes de toute la force de nos poumons.

Je jetai un regard autour de moi et vis les yeux de Pat rivés sur sa femme alors qu'elle se tordait à côté de moi sur la piste de danse. Chaz leva sa main dans ma direction avec un regard vide et la bouche grande ouverte. Sa femme, avec la tête rejetée en arrière, les yeux fermés, ressentant la musique, avait toute son attention. Je montrai du doigt les gens autour de nous pour qu'il ne manque aucun des autres regards admiratifs dirigés sur Stephanie. Je vis la surprise sur son visage, et ne pus contenir mon sourire. Je tournai la tête pour chercher Sam, mais il était introuvable.

661

Je n'étais pas inquiet, plutôt concentré à me trémousser avec mes filles, tous les trois serrés pour garder notre formation, nos mains les unes sur les autres.

La plupart des hommes hétéros n'aimaient pas danser, ou ne dansaient pas bien. Et même si je savais que je généralisai grossièrement, il était certain que les officiers de l'unité de Sam et son capitaine entraient dans cette catégorie. En un rien de temps, les autres épouses et petites amies les abandonnèrent, préférant la vraie danse plutôt que de rester assises ou de glisser bêtement un pied devant l'autre et recommencer. Les femmes, en général, aimaient danser, alors un groupe se forma sur la piste trois chansons plus tard. Nous étions tous déchaînés et drôles, et nous passâmes juste un super moment. Quand le DJ eut joué son répertoire entier de disco vintage, il passa à l'Electric Slide, comme un rappel du bon vieux temps. La partenaire de Sam, Chloe, vint danser juste à côté de moi.

Après ça, Ersi et moi, nous nous déhanchâmes comme en boîte de nuit, faisant paraître la danse de club plutôt pornographique, même avec nos vêtements. Lorsque l'inspecteur vint réclamer sa femme, il pointa un doigt sur moi, me promettant qu'il me surveillait. J'eus droit à une tape derrière la tête en guise d'avertissement, et un immense sourire de la part de sa femme. J'avais mis un coup de projecteur sur son côté sexy en diable, et j'eus droit à un baiser soufflé du bout des doigts en guise de remerciement. Lorsque je levai les yeux à la recherche de Stephanie, je la vis accoudée au bar, le bras protecteur de son mari passé autour de ses épaules. Les deux femmes avaient été revendiquées, et j'étais content de moi.

— C'est Jory, n'est-ce pas ?

Je me retournai et me trouvai face à la femme du capitaine de Sam.

— Oui, m'dame.

Son sourire était timide.

— Est-ce que le Hustle fait partie de votre répertoire ?

Je lui adressai un grand sourire.

— Oh oui, m'dame.

Elle rayonna quand que je lui pris la main et la dirigeai sur la piste. Alors que nous commencions à danser, le DJ, toujours vigilant, mit la chanson. Après ça, j'enchaînai les mouvements que j'avais appris et je fus agréablement surpris quand la femme du capitaine me suivit sans problème. Les années soixante-dix étaient apparemment son époque, et les pas lui revinrent facilement. Elle éclata d'un rire profond quand je la fis se cambrer. Lorsque je la redressai, elle m'étreignit avant de se pencher pour embrasser ma joue.

— Oh, Jory, vous êtes charmant.

Je la fis tourner sur elle-même et revenir vers moi tandis que la chanson suivante démarrait.

Trente minutes plus tard, je m'excusai pour aller aux toilettes, promettant de revenir alors même que j'entendais des sifflets et des huées lorsque le capitaine rejoignit son épouse. Il me serra l'épaule quand je le dépassai et nous partageâmes un rapide sourire avant que je me presse hors de la piste.

Revenant prestement des toilettes quelques minutes plus tard, je fus brutalement tiré dans l'une des pièces obscures. Avant que je puisse former un mot de protestation, avant même que je puisse me dégager, je fus cloué au mur par un mur de muscles tout aussi dur.

— Tu bouges bien, gronda-t-il, sa bouche près de mon oreille.

La chair de poule remonta le long de mon dos.

— Sam, soupirai-je, laissant échapper son nom.

— Embrasse-moi.

— Non… arrête, lui ordonnai-je, terrifié pour lui, essayant de le repousser. Éloigne-toi avant que quelqu'un te voie.

— Et si on me voit ?

— Sam, tu…

— Regarde-moi.

Lorsque je levai la tête, il se pencha et embrassa mon menton, ma mâchoire et enfin, mes lèvres. Le baiser s'approfondit et je sentis son excitation lorsqu'il pressa son corps contre le mien. Je ne pus retenir le son qui m'échappa, et la bouche qui s'activait sur la mienne me ravagea. Il prenait son temps, et même si je ne pouvais plus respirer, je m'en fichais. Il posa ses mains sur mon visage, m'immobilisant, s'assurant que je ne puisse m'échapper. Mes genoux faiblirent.

— Tu as si bon goût, grogna-t-il contre ma gorge quand il finit par s'écarter.

— Qu'est-ce que tu fais ? demandai-je le souffle court. C'est une fête de boulot, tu vas avoir des problèmes.

— Pour faire quoi ? Embrasser mon partenaire ?

— Oui. Les gens vont paniquer.

— À d'autres. Chaque femme là-bas est en train de se dire : s'il bouge comme sur la piste, qu'est-ce que ça doit être au lit.

Je me moquai de lui.

— Tu es malade.

Il grogna.

— Et tous les hommes sont en train de penser : merde… qu'est-ce que j'aimerais bouger comme ça.

Peu importait ce que tout le monde pensait ; ce qui comptait le plus, c'était que j'avais manifestement excité mon homme. La façon dont il se pressait contre moi, la façon dont il poussait mon menton avec son nez, me faisant lever la tête pour qu'il puisse atteindre ma gorge, sa respiration laborieuse, ses mains sous le chemisier, glissant sur ma peau nue… tout cela me faisait savoir que j'étais désiré, convoité, nécessaire.

— Et certains se demandent ce que ce serait de coucher juste une fois avec un homme.

— Oh, vraiment ?

— Ou plus précisément… de coucher avec l'homme de Sam Kage.

663

Je fermai les yeux et me cambrai contre lui, ma peau brûlante, désireuse d'être touchée.

— Tu es magnifique et tout le monde te veut.

Ses mains étaient partout sur moi, et je m'entendis retenir ma respiration.

— Mais tu es à moi... seulement à moi.

Je sentis la chaleur dans ses mots, le grondement possessif qui m'anéantissait.

— C'est la première chose à laquelle j'ai pensé quand je t'ai vu allongé dans la rue quand nous nous sommes rencontrés.

J'ouvris les yeux d'un coup et observai son visage, que je pouvais à peine voir dans l'obscurité.

— Je me souviens que tu étais là, sur le béton avec ce chien stupide, et j'ai pensé... il est à moi. Il m'appartient. C'était la chose la plus étrange... et cela n'avait aucun sens, mais c'est pour ça que je te suivais partout, et c'est pour ça que je ne pourrais jamais te laisser partir... j'ai su alors, à cet instant précis, au milieu de la rue, que tu m'appartenais... et que tu étais censé être avec moi.

— C'est vrai ?

Ma voix était à peine audible. La boule qui obstruait ma gorge m'empêchait de laisser passer le moindre son.

— Oui. Je savais. Je n'ai jamais rien ressenti de tel avant. Je n'ai jamais eu ce genre de réaction avec quelqu'un d'autre... c'est pour ça que je devais te voir et te parler. Quand quelque chose comme ça arrive, tu dois chercher à savoir ce que c'est. Tu dois le découvrir.

— Et qu'as-tu découvert ?

— Que tu étais le bon pour moi.

J'enroulai mes bras autour de lui et le serrai fort contre moi.

Il m'écrasa contre son corps, sa jambe coincée entre mes cuisses, le visage enfoui au creux de mon épaule, ses bras me tenant serré. J'étais complètement enveloppé, et au lieu de trouver cela étouffant parce qu'il était bien plus grand que moi, je trouvais que c'était un véritable bonheur. J'adorais être tenu comme si je représentais tout pour lui.

— Allez viens, dit-il au bout de plusieurs longues minutes. Retournons là-bas pour souhaiter bonne nuit à tout le monde et rentrer à la maison.

Je me moquai de lui en riant.

— Aucun de ces gens ne me laissera rentrer à la maison.

— Ce sont des bêtises. Pat a récupéré sa femme et il est parti, même chose pour Chaz... Je peux donc ramener mon homme à la maison, puis au lit moi aussi. Ce n'est que justice.

Je lui souris.

— Qui était la femme avec laquelle tu dansais ?

— Je n'en ai aucune idée.

— Tu ne sais pas du tout danser, lui assurai-je.

— Ouais, sans rire, c'est pour ça que je ne danse pas.

Je hochai la tête, bougeant pour le contourner.

Il m'attrapa par le bras et me fit me retourner afin que je sois face à lui.

— Où étais-tu avant d'arriver ici ? Pourquoi étais-tu en retard ?

Je grimaçai.

— Oh merde, gémit-il, ses yeux s'étrécissant alors qu'il me dévisageait. Qu'as-tu fait, J ?

— C'est à cause de ce que tu as fait.

— Qu'est-ce que j'ai fait ? grogna-t-il.

Les sourcils froncés, les yeux sombres, la manière dont les muscles de sa mâchoire se crispaient... tellement habituel, tellement prévisible, attendu, son agacement, l'amour qui imprégnait l'ensemble.

— Pourquoi diable souris-tu ?

Je secouai la tête, mes lèvres fermement scellées.

— Quoi ? demanda-t-il, sa main glissant sur ma nuque.

— C'est juste que... j'ai eu une journée bizarre, et de te voir... je me sens mieux.

Il releva la tête, ne sachant pas vraiment comment réagir.

— Oh.

Je soupirai profondément.

— Et si on rentrait à la maison et que tu cuisinais ? Je m'assurerai de te le revaloir.

Il m'approcha de lui et hocha la tête.

De retour dans la salle de réception, plusieurs femmes vinrent me prendre les mains pour me ramener sur la piste de danse, mais la poigne de Sam sur mon épaule était solide et implacable. Je ne quitterais pas ses côtés durant le court laps de temps qui nous restait à passer ici.

— À qui appartient ce chemisier ? demanda-t-il alors que nous rejoignions le tabouret où se trouvaient toujours mes affaires.

— C'est à Ersi.

Il grogna.

— Il te colle à la peau.

— C'est parce que c'est le sien, pas le mien.

— Je déteste ça.

J'enfilai mon manteau par-dessus, le boutonnai jusqu'à ce que je sois couvert.

— Mieux ?

Il se contenta d'un grognement.

— Est-ce qu'on y va ou bien vas-tu rester là à me jeter des regards coléreux ?

En réponse, il me dirigea vers son capitaine qui me complimenta pour ma danse avec sa femme, qui se leva, m'étreignit, et m'embrassa. Je lui souhaitai un joyeux anniversaire, ce que j'avais oublié de faire tout à l'heure. Elle me remercia d'être venu et pour le joli bouquet de fleurs sauvages et de roses qui avait été livré à leur domicile ce matin-là. Il était époustouflant, me dit-elle, le plus extravagant

665

qu'elle n'ait jamais reçu. Et je savais qu'il l'était. J'avais utilisé les services du fleuriste de Dane, après tout.

— Je les adore, Jory, tout simplement.

— Eh bien, Sam et moi en sommes très heureux, lui dis-je en m'assurant que mon partenaire soit inclus dans ses remerciements, puisque son nom était le premier sur la carte.

Elle se tourna vers lui.

— Oh Sam, je suis si heureuse que vous ayez finalement amené Jory avec vous. Il est tout simplement charmant, et je l'adore.

— Tout le monde l'adore, dit Sam d'un ton bourru, ses doigts glissant dans mes cheveux.

Alors que nous sortions, je le regardai.

— Quoi ?

— Finalement ? demandai-je, cherchant une clarification.

Il poussa un soupir long et bruyant.

— Chaque fois qu'il y avait un événement comme une fête pour Noël, la célébration du 4 juillet, son anniversaire l'année dernière, le bal de la police, ou autre chose, elle me demandait toujours pourquoi je n'amenais personne. Je lui répondais chaque fois que je voulais que tu viennes avec moi, mais que tu avais un empêchement.

— Oh.

— Mais je lui répondais toujours 'la prochaine fois', parce que le moment ne convenait jamais et que tu n'étais même pas encore avec moi. Je veux dire, tu l'aurais été, à la fin, mais quand même… je pense qu'elle nourrissait l'idée que j'essayai de gagner du temps.

— Ce que tu faisais.

— Ce que je faisais.

— Je vois.

Je rigolai tandis qu'il me tenait la porte pour que je sorte le premier.

— Alors ce soir, quand elle t'a vu, et qu'elle a pu danser avec toi et te parler, je pense qu'elle était simplement heureuse que tu sois réel et non le fruit de mon imagination.

Je hochai la tête.

— Qu'y a-t-il, J ?

— Je suis juste inquiet… je ne veux pas que ta carrière soit foutue à cause de moi. Je ne veux pas que les gens pensent à toi comme à l'inspecteur gay. Je veux juste qu'ils te reconnaissent comme l'inspecteur compétent que tu es, juste Sam Kage.

— S'ils veulent le faire, ils le feront, J. Je ne peux rien y changer. Mais je peux te ramener à la maison ce soir et tous les autres soirs et c'est tout ce qui importe vraiment.

— D'accord.

— Et Seigneur, tu t'es vraiment lié avec Ersi et Steph ?

— Hum… j'ai fait ça ?

— Oh merde ! Oui.

— J'en suis vraiment heureux.

— Vous aviez l'air incroyables tous ensemble.

Je lui souris alors qu'il me dirigeait vers le parking.

— Mais je dois te le dire… les filles étaient sexy, mais tu l'étais plus encore.

— Je pense que tu es de parti pris. Pat et Chaz diraient toute autre chose.

— Non, J, ne te méprends pas… tu étais vraiment quelque chose. Je t'expliquerai ça une fois à la maison.

Vu le ton rauque de sa voix, je compris que son explication n'aurait rien à voir avec des mots.

Tandis que nous marchions vers la voiture, Sam passa son bras autour de mes épaules, et je pris conscience en marchant à côté de l'homme que j'aimais que, sans lui, je n'avais pas de chez moi.

— J'ai vraiment de la chance, dis-je, parce que je le pensais.

— Moi aussi, répondit-il sans vraiment m'écouter, alors qu'il contournait des voitures garées.

Mais je devais le lui expliquer. Lui expliquer qu'il était courageux de tout risquer par amour, parce que m'aimer avait changé la façon dont il se voyait, avait changé ses relations avec sa famille et ses amis, avait remis tout ce qu'il savait en question. Il m'aimait plus que lui-même, et c'était si rare à trouver. J'étais encore tout retourné de ce qui s'était passé plus tôt et réalisai que j'avais du mal à rester maître de moi. Les larmes me montaient aux yeux, et Sam s'arrêta soudain et me prit dans ses bras. Il me serra fort contre lui, me plaquant contre son corps. Je lui dis, comme je le faisais souvent, que je l'aimais, et il me répondit qu'il le savait, qu'il l'avait toujours su, même lorsque je lui disais que ce n'était pas vrai. Après un moment, nous reprîmes notre route, son bras autour de mes épaules, me dirigeant comme il le faisait toujours.

Dans la voiture, lorsque le téléphone de Sam sonna, je lui demandai de le laisser basculer sur la boîte vocale. J'avais un mauvais pressentiment à propos de la personne qui l'appelait. Et il n'aurait pas répondu, mais lorsqu'il vérifia le numéro, il vit que c'était Dane. Je soupirai en l'observant écouter son interlocuteur, vis ses sourcils se froncer, les muscles de sa mâchoire se contracter et les jointures de ses doigts blanchir sur le volant. J'allais avoir des problèmes. Quand il arrêta la voiture devant l'immeuble, je n'attendis pas ; je sortis précipitamment, m'élançant vers le perron de son, de notre maintenant, appartement.

— Jory ! Nom de Dieu !

Je courus plus vite, franchissant la porte de l'immeuble en volant presque, gravissant rapidement les escaliers. Je l'entendis derrière moi alors que je poussai la clé dans la serrure de la porte de l'appartement. À l'intérieur, je laissai tomber mes affaires sur le canapé, et me précipitai dans le couloir sombre qui menait à la chambre. Je me déshabillai et courus dans la salle de bains. Je verrouillai la porte au moment où j'entendais claquer la porte d'entrée.

— Jory !

— Je dois prendre une douche, lui dis-je en tournant le robinet et en me glissant sous le pommeau, le jet d'eau chaude frappant mon visage.

J'entendis son grognement de frustration à travers la porte, mais il n'entra pas. Apparemment, j'étais en sécurité pour le moment. Mais je devrais sortir à un moment ou à un autre.

Lorsque j'ouvris enfin la porte, il me tomba dessus.

— Hé, dis-je en souriant.

— Le fait que tu sois encore dégoulinant ne me distraira pas, dit-il, prenant mon menton dans sa main, me faisant lever les yeux sur lui. Ton frère m'a dit que tu étais allé voir Caleb, et que sa mère était là aussi… est-ce que c'est vrai ?

— As-tu jamais entendu Dane mentir ?

— Je te donnais juste l'opportunité de me parler. Je ne doute pas une seule seconde de Dane.

Merde, pensai-je.

— Merde ! dis-je.

Ses doigts se resserrèrent sur mon menton, ses yeux rivés aux miens.

— S'il te plaît… plus jamais sans moi.

Je hochai la tête.

— Je vais te préparer quelque chose à manger pendant que tu me raconteras tout ce qui s'est passé depuis l'instant où tu as mis les pieds là-bas. Et n'oublie rien.

Après m'être vêtu, je le rejoignis dans la cuisine. Je pus voir la palette d'émotions glisser sur les traits du visage de Sam au fur et à mesure que je parlais. Lorsque je terminai avec la façon dont Caleb m'avait regardé avant que je parte, il hocha la tête tandis que ses yeux se fixaient aux miens.

— Est-ce que ça t'a fait peur ?

— C'est juste que… je n'ai jamais pensé qu'il pouvait me faire du mal, mais il le peut.

— Il est malade, Jory.

C'était gentil de sa part d'essayer de me réconforter.

— Tu sais, Sam, lorsque tu as contacté les familles des hommes que Caleb a tués… que t'ont-ils dit ?

— Tourner la page est bénéfique, tu sais ?

— Est-ce qu'ils me blâment, ou Dane ?

— Personne ne peut être blâmé pour la folie des autres, J. De quoi pourraient-ils t'en vouloir ? Ta vie ? C'est stupide.

Je le regardai dans les yeux. Qu'étais-je censé dire ?

— Dis-moi, pourquoi penses-tu que Caleb soit allé chez Dane cette nuit-là après avoir quitté l'hôpital ? Pourquoi a-t-il pris Carmen ?

— Je n'en ai aucune idée.

— Allez… donne-moi juste une hypothèse.

— D'accord. Je pense qu'il a paniqué. Je veux dire, il avait déjà décidé de piéger sa mère, mais il a dû penser que nous l'avions compris.

— Tu l'as compris. J'étais l'idiot qui voyait plus là-dedans qu'il y avait à voir. Tu savais qu'il était coupable, j'étais le seul qui croyait qu'il était innocent.

— Tu pensais du bien de lui parce qu'il était ton ami. Laisse tomber.

Je n'avais pas le choix.

— C'est dommage que le dernier choix de Susan ait été le mauvais.

— De quoi parles-tu ?

— Eh bien, si elle avait parlé à Dane de Caleb, n'était pas allée en prison pour lui et t'avait protégé toi et Dane… peut-être aurait-elle eu la chance qu'elle recherchait avec Dane.

— Mais elle pensait qu'elle avait déjà perdu Dane.

Il se pencha en avant, m'observant par delà le comptoir, lui cuisinant et moi assis sur un tabouret en train de le regarder.

— Mais elle t'avait encore, et avec toi… elle aurait fini par se rapprocher de Dane. Tout ce qu'elle avait à faire était de te protéger, et elle aurait tenu ton frère dans la paume de sa main.

— Mais elle ne l'a pas fait.

— Non, elle ne l'a pas fait.

— Es-tu en colère contre moi ?

— Non, dit-il, me tendant une assiette avec une grosse omelette au jambon et au fromage. Je veux juste que tu le comprennes enfin. Je veux que tu réalises que tu n'es pas un super héros, tu n'es pas invincible. Tu as besoin que je te protège, et j'ai besoin de le faire. Tout ce que je veux, c'est me tenir entre toi et le reste du monde… s'il te plaît, laisse-moi faire.

Je hochai la tête.

— Tu acquiesces, mais ensuite tu détales et tu fais tout ce qui te chante.

Mais j'avais appris ma leçon. J'étais fatigué d'avoir peur. J'allais laisser Sam prendre soin de moi.

— Alors que fait-on ?

— Donne-moi une autre chance, d'accord ? lui demandai-je. Je te promets de commencer à faire des choix incroyablement bons à partir de maintenant.

Il plissa les yeux.

— Qui espères-tu berner ? Je veux juste que tu me fasses savoir ce qui se passe pour que je ne sois pas pris au dépourvu et que je puisse être là chaque fois pour te sortir des ennuis.

Je laissai échapper un profond soupir.

— Absolument.

Il secoua sa tête comme si j'étais épuisant.

— Tu veux de la sauce là-dessus ?

— Oui, s'il te plaît.

669

Je nettoyai la cuisine pendant qu'il allait s'effondrer sur le canapé.

— Oh, au fait, me dit-il. J'ai reçu un appel de la brigade des mœurs aujourd'hui, d'un inspecteur Adams.

J'étais en train de finir d'essuyer la gazinière et je me retournai pour le regarder.

— Sais-tu qui c'est ? me demanda-t-il, se penchant sur le dossier du canapé pour me regarder.

Son sourire était sournois et je n'avais aucune idée de ce qui le provoquait.

— Non.

— Réfléchis bien.

— Je n'en ai aucune idée.

Il grogna.

— Et si je te disais que son prénom était Carrington ?

— Oh !

Je lui souris.

— Tu te trompes. Cet inspecteur a probablement un autre nom, et il t'appelait à propos de Carrington Adams. C'est le type qui est sorti de prison avec moi.

— Tu veux dire le gars que *tu* as fait sortir de prison ?

— Oui.

— Mmh mmh. Eh bien, devine quoi, bébé ? Le gars était flic.

— Non, il ne l'est pas.

— Si, il l'est. Il s'avère qu'il était infiltré. C'est un inspecteur de la brigade des mœurs et il enquête sur plusieurs proxénètes en ville et tu l'as fait sortir de prison.

Cela me prit une minute pour enregistrer ce qu'il venait de me dire.

— Oh merde !

Il me sourit de toutes ses dents.

— Donc, il n'a jamais vraiment été en danger.

— Non.

— Oh merde !

— Je pense que tu dois au moins un dollar au pot à jurons.

Je m'accoudai au comptoir.

— Alors, où est-il allé… je l'ai vu monter dans un avion.

— Tu l'as vu passer la porte d'une passerelle, tu ne l'as jamais vu monter dans un avion.

— Il doit penser que je suis un idiot fini.

— Non, il pensait que tu étais également infiltré… peut-être pour les mœurs, probablement pour une autre unité opérationnelle, mais il était sûr que tu étais de la maison.

— Hilarant

— Il m'a dit que Rego James était en route pour la prison.

Je hochai la tête.

— Il a dit aussi que tu avais pris un sacré coup de sa part ce jour-là.

— Je ne me souviens pas.

— Mon cul, oui ! Tu ne voulais tout simplement pas que je me mette en rogne à propos d'une chose pour laquelle je ne peux rien faire.

Précisément.

— Tu sais, l'inspecteur Adams a dit que tu avais été très courageux et que tu étais très sexy.

Je rigolai en sortant de la cuisine, éteignant la lumière au passage avant de venir me tenir devant lui.

— Je suis sûr que c'est exactement ce qu'il a dit.

Il posa ses mains sur mes hanches et me tira vers lui, m'installant sur ses genoux.

— D'accord, peut-être, qu'il n'a pas vraiment parlé de la partie sexy, mais il a vraiment dit que tu avais été courageux et qu'il avait eu l'impression que tu l'aurais protégé de ta vie. Il a été impressionné, Jory. Il n'a pas cessé de le répéter.

Je me mis à califourchon sur ses hanches, me poussant contre lui alors qu'il faisait passer mon tee-shirt par-dessus ma tête et le jetait sur la chaise près de la cheminée.

— Tu as fait un travail incroyable avec tout ce que tu savais, je ne crois pas te l'avoir dit assez... la façon dont tu comprends les choses est vraiment incroyable. Je pense que je pourrais te parler de certains cas quand je n'arriverai pas à les résoudre. Peut-être que tu peux m'aider sur certaines affaires.

— Ne sois pas condescendant, le taquinai-je, aimant la manière dont ses doigts couraient le long de ma colonne vertébrale.

— Je suis sérieux, me dit-il en me regardant dans les yeux. Mais nous en reparlerons plus tard.

— Pourquoi ?

— Parce que, pour l'instant, je ne peux pas penser.

Et cette seule déclaration et la façon dont il me regardait m'enflammèrent immédiatement. Lorsqu'il me souleva, me débarrassa de mon pantalon de survêtement, puis m'épingla sous lui sur le canapé, posant ses lèvres sur mon cou, sa peau contre la mienne, ses mains glissant sur moi, je me demandai comment j'avais pu un jour penser à vivre sans lui. Je me demandai ce que j'aurais fait s'il avait renoncé à me séduire et avait disparu, comme je le lui avais demandé tant de fois.

— Je n'aurais jamais renoncé, me dit-il.

— Quoi ?

— Tu viens juste de demander ce que tu aurais fait si j'avais renoncé à toi.

— Je suppose que je pensais à voix haute.

— Bébé, dit-il avec un sourire doux, je n'aurais jamais renoncé à toi. Tu m'appartiens. Tu es à moi.

Et sa déclaration possessive était quelque chose que j'adorais entendre.

— Laisse-moi te le répéter encore.

Je ne discutai pas.

XVIII

Pour Michael, j'avais été patient. Pour Beverly, j'étais tolérant. Pour le bien de la paix, dans l'esprit de bien s'entendre, je devais rester calme, garder un sourire plaqué sur mon visage et me mordre la langue. Mais maintenant, j'étais libre. Les gants avaient été enlevés parce que le mariage était fini. Les mariés s'étaient retirés seuls dans leur somptueux appartement-terrasse à l'étage pendant que la plupart des invités profitaient toujours du bar qui servirait des boissons gratuites jusqu'à minuit. Et, parce que la fête suivant les noces était censée avoir lieu ici le lendemain, suivie d'un brunch avec les nouveaux mariés avant leur départ pour leur lune de miel, Sam et moi avions une chambre à l'hôtel. J'avais assisté au mariage de ma place à côté de sa mère, et Sam avait été le témoin de son frère. C'était cet honneur/fardeau qui avait lancé toute la pagaille.

Beverly Stiles, la fiancée de Michael Kage, et maintenant sa femme, avait eu neuf demoiselles d'honneur à son mariage. Elles avaient toutes porté de longues robes dos nu aux pans fluides, noirs, et volumineux. Quand on les voyait, on pensait immédiatement aux films des années 40 où les femmes étaient toutes élégantes et glamours. Cela avait davantage ressemblé à un défilé de mode qu'à un mariage, et lorsqu'Amanda Rinehart avait descendu l'allée centrale devant sa meilleure amie – la mariée – on avait entendu les gens retenir leur souffle.

C'était une femme magnifique, grande et gracieuse, qui suintait l'assurance et cela se sentait. Avec ses cheveux noir de jais tirés en chignon à la française, ses yeux saphir et bien maquillés, sa peau crémeuse, personne ne pouvait détacher ses yeux d'elle. Elle ressemblait à un mannequin, mais je savais qu'elle venait juste d'être nommée associée au sein du cabinet d'avocats où elle travaillait à Manhattan. Et elle savait cuisiner aussi. Elle était, disait Beverly, une triple menace. Elle avait la beauté, l'intelligence, et préparait les boulettes de viande de sa grand-mère italienne à partir de rien. Tout homme sain d'esprit voudrait d'elle.

La mariée m'avait avoué avant le premier jour du mariage 'poids lourd' qui durerait quatre jours qu'elle s'inquiétait que Michael tombe amoureux de sa meilleure amie, comme tous les autres hommes qu'elle avait fréquentés avant. J'avais dit à Beverly que Michael Kage n'aimait qu'elle. Qu'elle n'avait pas besoin de s'inquiéter. Il s'avéra que j'avais eu à moitié raison. Michael ne s'était pas plus ridiculisé à propos d'Amanda Rinehart que tous les autres hommes présents. Même Sam l'avait remarquée, et avait été plus gentil que d'habitude. Je n'aimais pas ça.

Lorsque Beverly vint me voir le matin des enterrements de vie de garçon/jeune fille et demanda si je pouvais l'aider à faire réimprimer les programmes du mariage, je lui demandai ce qui n'allait pas. Je les avais conçus et imprimés plus d'un mois auparavant, alors la panique de dernière minute me confondait. Il s'était avéré que rien ne clochait avec ce que j'avais fait ; le changement ne concernait qu'Amanda. Elle insistait pour marcher aux côtés de Sam.

— Je te demande pardon, quoi ? demanda à nouveau Dylan afin de clarifier la situation.

Je lui avais répété déjà deux fois et elle me regardait toujours comme si elle ne me croyait pas. Nous étions au bureau plus tard ce même jour.

— Beverley veut que les programmes soient réimprimés parce qu'Amanda dit que le cavalier désigné est trop petit pour remonter l'allée centrale avec elle, répétai-je pour la troisième fois.

Elle me fit cette grimace où ses sourcils se réunissaient au milieu de son front.

— Laisse-moi clarifier tout ça. La demoiselle d'honneur renonce à son rôle de première demoiselle d'honneur deux jours avant le mariage parce qu'elle ne veut pas être plus grande que son cavalier.

— Oui.

— Et la mariée va laisser cette princesse faire à sa guise ?

— Apparemment.

— Est-ce que tu te moques de moi ?

— Non.

— Que se passe-t-il ? demanda Aubrey Flanagan en entrant dans le bureau que nous partagions tous les trois depuis un an et demi.

Alors Dylan lui raconta, elle me lança un drôle de regard.

— Quoi ?

— Par qui veut-elle être accompagnée ?

Je haussai un sourcil.

— Oh, non, pas possible, s'écria Dylan. La prima donna veut marcher avec Sam ?

Mon haussement d'épaules fut ma réponse.

— La salope s'est entichée de ton homme, plaisanta Dylan. Tu ferais mieux de faire attention, Jory… fut une époque où l'homme était hétéro, après tout.

Je lui lançai un regard noir et Aubrey se mit à tousser. Elles eurent droit à un doigt d'honneur.

Ce soir-là, la dernière nuit de liberté des futurs époux en ville, les hommes et les femmes s'étaient apparemment croisés en chemin. Je n'avais pas pu y aller puisque je remplaçais Dane à un dîner qu'Aja organisait pour la visite d'un conférencier sur la réforme éducative. Mon frère n'était pas en ville, et sa femme m'avait demandé d'être son cavalier. Ainsi occupé, j'avais, semblait-il, manqué la danse verticale impromptue d'Amanda au club de strip-tease, qui avait remporté un tonnerre d'applaudissements de la part de toutes les personnes présentes à l'enterrement de vie de garçon de Michael. La danse érotique dont elle avait gratifié Sam après ça était le sujet de conversation de la table le lendemain soir au dîner de répétition. Tout devint soudain très logique quant au pourquoi de l'attaque que j'avais subie lorsqu'il était rentré à la maison la veille au soir. Elle avait attisé sa libido et j'avais été le bénéficiaire de ses attentions. Savoir qu'elle l'excitait ne fit rien pour améliorer mon humeur.

Le fait que j'ai accepté à l'avance, en accord avec Sam, de ne pas mentionner notre relation face à la famille du Midwest très chrétienne et très conservatrice de Beverly n'aidait en rien. Personne de sa famille ou de ses amis ne savait que j'étais avec Sam. Personne n'avait la moindre idée que les alliances à nos doigts signifiaient que nous nous étions mariés au Canada un an auparavant, ou que, aussi loin que la ville de Chicago était concernée, nous étions des partenaires officiels. Que Michael ait été d'accord avec Beverly pour dire que c'était la meilleure chose à faire face à sa famille m'avait attristé, mais finalement, je comprenais. C'était son jour, pas le mien. Qui étais-je pour lui demander de faire comme je voulais ? Pourquoi mes intentions devraient-elles passer au-dessus des siennes ?

— Donc, Beverly va permettre à cette fille de passer de première demoiselle d'honneur à un rang inférieure pour qu'elle puisse descendre l'allée avec Sammy, mais toi et Sammy ne pouvez pas être un couple à son mariage ?

Je regardai Jen alors qu'elle s'asseyait à côté de moi à table.

— Pff, grogna-t-elle. C'est amusant.

Me tournant pour voir Sam et Amanda danser un slow avec les autres couples sur la piste, je ne trouvais pas ça drôle. C'était, en fait, tout le contraire.

Seul le cortège fut invité à prendre un verre après le dîner de répétition, alors je rentrai à la maison et préparai un sac pour la nuit suivante. Sam rentra en trébuchant à deux heures du matin passées avec des traces de rouge à lèvres sur le col et empestant le parfum d'Amanda. Lorsqu'il essaya de m'attraper, je l'envoyai sous la douche. Je le trouvai, une demi-heure plus tard, endormi et nu – une serviette à peine enroulée autour des hanches – au milieu de notre lit. Je le couvris et allai dormir sur le canapé. Je fus réveillé au milieu de la nuit, mais mon irritation dominait mon désir pour lui. Je fus transporté jusqu'au lit, et ses baisers et ses mains eurent raison de ma colère.

Au matin, je me réveillai seul. Il avait beaucoup de choses à faire avec le reste des invités et n'avait pas voulu me réveiller. Il m'avait préparé du café, cependant, et la note sur la table de nuit, qui m'indiquait où il était allé, se trouvait sous le mug. Je me sentis mieux jusqu'à ce que j'arrive au mariage.

Tout le monde autour de moi, sauf la mère de Sam, commentait le fait qu'il formait un très beau couple avec Amanda. Et je savais que le père de Sam n'avait aucune intention de me blesser avec ses commentaires, il m'aimait après tout. Mais il y avait, je le savais, caché tout au fond de son cœur, l'espoir que peut-être – juste peut-être – un jour Sam viendrait le trouver pour lui dire qu'il n'était plus gay et qu'il était prêt à se trouver une femme et à avoir des enfants.

— Jory.

Je tournai la tête pour regarder Regina. Elle me souriait.

— Mon ange.

Elle sourit, tapota ma main pendant que nous attendions de quitter l'église.

— Personne n'est mieux assorti à Sam que toi. Tous les deux, vous formez le plus beau couple que je connaisse.

Je hochai la tête et serrai sa main.

— Pense à ce que ton alliance signifie pour toi. Aller à un mariage, n'importe quel mariage, devrait toujours te faire penser au tien et réaffirmer votre amour.

Même si personne d'autre ici ne savait que j'étais marié ?

— Ce que tu sais est tout ce qui importe, me dit-elle comme si elle avait lu dans mon esprit.

Je me sentis mieux, même si Amanda passa pratiquement toute la réception sur les genoux de Sam. Elle dansa avec lui, le conduisant sur la piste de danse et le ramenant à leur table avec sa main dans la sienne ; elle lui donna à manger ce qu'elle prit dans son assiette et rit comme une hyène à tout ce qu'il dit. Lorsqu'elle attrapa le bouquet, qui lui fut pratiquement jeté dans les bras, elle supplia Sam d'aller chercher la jarretière. Il refusa tout net, et aucune cajolerie, supplication, ou même plainte ne le firent bouger. Il sourit lorsqu'il dit non, ses yeux pétillèrent, mais il ne bougea pas. Les hommes mariés n'allaient pas chercher les jarretières, et même si Sam n'avait dit à personne présent au mariage de Michael qu'il était, en fait, déjà marié, il n'aurait pas menti si on lui avait posé directement la question. Le mensonge ne faisait pas partie du répertoire de Sam Kage. Lorsque le témoin attrapa la jarretière, Amanda prit une photo avec lui avant de revenir vers Sam et de remonter sur ses genoux. Ils prirent de nombreuses photos suggestives sous les huées et les sifflets de la foule.

— Il est heureux que Sam ne soit pas hypocrite, commenta Dylan lorsque je lui racontai ce qui se passait en bas.

J'étais dans notre chambre en train de me changer, quand elle avait appelé pour savoir si tout allait bien.

— Je veux dire, l'homme est marié après tout.

— L'est-il ?

— Jory Harcourt ! cria-t-elle au téléphone. C'est une chose terrible à dire ! Bien sûr qu'il est marié ! Il est marié avec toi ! J'étais là lorsque vous avez échangé vos vœux des plus bizarres et des plus doux.

Je ris en me souvenant de Sam et moi, debout devant tout le monde et le juge de paix à Toronto. Je lui avais dit que je l'aimerais pour toujours et que je serais à ses côtés comme un véritable pot de colle, peu importe ce qui se passerait. Son sourire et la lueur dans ses yeux m'avaient tout dit, avant même qu'il me promette d'utiliser le pot à jurons comme fonds pour payer l'université de nos enfants, de ne jamais me laisser m'éloigner à nouveau de lui et de m'aimer jusqu'à sa mort. Cela avait été un peu larmoyant, mais Dane avait dit 'd'accord' très fort et tout le monde avait ri avant que Sam m'attrape et m'embrasse à en perdre haleine.

— N'en fais pas tout un drame, d'accord, Jory ? Sam t'aime comme un fou. Tu dois juste redescendre à la fête et lui rappeler que cette femme, cette Amanda peu-importe-son-nom, n'est rien à côté de toi. Je t'ai déjà vu sur ton trente-et-un, mon ami... même mon mari pense que tu es sexy.

675

Je ne pus retenir mon rire. Je pouvais compter sur ma meilleure amie pour me secouer de mon apitoiement. J'étais très chanceux.

— Ah bon ? Chris pense que je suis sexy ?

— Chris, cria-t-elle, viens dire à Jory que tu penses qu'il a un joli petit cul sexy.

Elle avait complètement perdu la raison. Elle était mère, pour l'amour de Dieu !

Tous ceux qui restaient pour la nuit s'étaient rendus au bar lorsque je redescendis. Le cortège buvait toujours, accompagné de quelques membres de la famille, d'amis et de quelques traînards. Ils étaient tous assis vers le fond, encore parés de leurs plus beaux atours : robes de demoiselle d'honneur, smokings, costumes, robes du soir, montrant des signes certains que les festivités arrivaient à leurs termes. Les talons hauts avaient été retirés, les cravates étaient défaites, et les pans de chemise sortaient des pantalons. C'était une question de confort, puisque personne à part moi n'était remonté pour prendre une douche et se changer. Je marchai jusqu'au bar et commandai un petit verre de cognac – il était tard après tout – puis revins vers la table où se trouvait Sam.

— Jory m'accueillit Joe, le cousin ivre de Sam, prenant ma main comme il le faisait toujours.

Les Kage étaient une famille très tactile.

— Je me demandais où tu étais.

Sam tourna la tête alors qu'il parlait à Amanda, et ses yeux croisèrent les miens.

— Hé, dis-je en lui souriant, prenant une gorgée de ma boisson.

Il me regarda de haut en bas avant de se lever et de se déplacer entre les chaises autour de la table pour se dresser devant moi.

— Je pensais sortir pendant que tu es là et que tu discutes avec tout le monde.

Il prit une gorgée de mon verre de cognac tout en me regardant dans les yeux.

— D'accord ?

Il secoua légèrement la tête en me rendant le verre. Je pris une autre gorgée et me léchai les lèvres. C'était vraiment un bon cognac.

— Sam, viens t'asseoir, l'appela Amanda.

Ses yeux étaient rivés sur ma bouche et il dit quelque chose.

Je dus me pencher parce que je pouvais à peine l'entendre.

— Excuse-moi ?

— J'ai dit que je n'avais pas eu l'occasion de te dire à quel point ton costume t'allait bien.

— Oh, merci.

— Chaque fois que je suis venu à ta table, tu étais en train de danser avec un autre de mes cousins.

— Tu as beaucoup de cousins, le taquinai-je.

Son sourire fut lent, paresseux et très sexy.

— Et ils t'aiment tous beaucoup.

— Ces jolies filles catholiques de New York sont effrayantes, Sam.

Il s'esclaffa.

— Oh bébé, je sais.

— Alors tu as aimé mon costume ? lançai-je, mine de rien.

— Oui. Je voulais te voir le retirer.

Je lui souris.

— Peut-être que je vais juste monter jusqu'à la chambre et t'attendre.

— Pas besoin d'attendre, dit-il d'une voix bourrue, prenant le verre de ma main pour le déposer sur la table, avant de me prendre la main. Bonne nuit, tout le monde.

Il me tira hors du bar, à sa suite, puis jusqu'à l'ascenseur dans le hall.

Je ris.

— Quoi ? grogna-t-il.

— Pourquoi es-tu si grognon ?

Il fit un geste vers moi comme si j'étais fou.

— Je ne suis pas grognon, mais regarde comment tu es habillé pour venir au bar ? À quoi pensais-tu ?

Je portais un tee-shirt et un vieux jean délavé. Je ne voyais pas le problème.

— Comment suis-je habillé ?

— Et tu es tout propre et... tes cheveux sont humides.

— Quel est le rapport ?

Les muscles de sa mâchoire se contractèrent alors qu'il me serrait la main.

— Tu peux rester ici si tu veux. Je ne suis pas descendu pour te press...

— Tu es tellement idiot, dit-il, me poussant dans l'ascenseur dès que les portes s'ouvrirent.

Cependant, une main les arrêta avant qu'elles se referment. Amanda était là, avec trois autres femmes.

— Sam, où vas-tu ? demanda-t-elle en riant tandis que les autres souriaient.

— Le mariage est terminé, leur dit-il à toutes. Je suis fatigué et je veux juste aller m'allonger et me détendre.

Soudain, tous les yeux furent sur moi et ma main dans la sienne.

— Bonne nuit, Amanda.

Il lui sourit.

— Mesdames. Nous vous verrons toutes au petit-déjeuner.

Amanda hocha la tête, si visiblement abasourdie qu'à cette seconde, juste avant que les portes se referment, je me sentis désolé pour elle. Elle avait jeté son dévolu sur Sam Kage, seulement pour le voir lui glisser entre les doigts. Ce devait être une nouvelle expérience pour elle, de ne pas obtenir ce qu'elle voulait.

Mes pensées n'eurent pas le temps de s'attarder sur elle, car Sam se tourna vers moi, et m'écrasa contre le mur avant d'embrasser mon menton, ma mâchoire, et enfin, mes lèvres. Le baiser s'approfondit et je sentis combien il était excité lorsque son corps se plaqua contre le mien. Je ne pus réprimer mes gémissements et la bouche qui attaquait la mienne faisait des ravages. Il prenait son temps, et même si je ne pouvais plus respirer, je m'en fichais. Lorsqu'il recula, je suivis son mouvement, essayant de garder ma bouche sur la sienne.

677

— Tu n'es qu'un sale gosse, dit-il contre mon cou, me mordant doucement avant de me faire sortir de l'ascenseur. Pourquoi serais-tu jaloux de qui que ce soit ?

— Qui a dit que j'étais jaloux ? demandai-je par-dessus mon épaule, sortant la clé de notre chambre.

Il se moqua de moi.

— S'il te plaît. Je te connais.

À la porte, je me retournai et levai les yeux sur lui, directement dans le regard bleu sombre de l'homme que j'aimais.

— Tu l'aimes bien.

— Oui, c'est vrai, acquiesça-t-il. Elle est intelligente et amusante et elle a un rire super.

S'il aimait le bruit que faisait une hyène ; c'était un peu trop Discovery Channel à mon goût.

— Et il faut l'avouer... elle est vraiment canon. Elle... Ne me regarde pas comme ça, J, elle l'est, et tu le sais.

Je grognai. Tous mes amis étaient plus beaux.

— Mais... veux-tu bien me regarder s'il te plaît ?

Il ricanait maintenant, se régalant manifestement du fait que je sois jaloux, amusé à n'en plus finir.

Je ramenai mon regard sur le sien alors que ses doigts glissaient sur ma mâchoire, m'inclinant la tête.

— Je t'aime davantage. En fait... je t'aime le plus.

Ses déclarations étaient toujours si simples et si parfaites.

— Ne sois pas stupide, grommela-t-il, m'arrachant la carte en plastique pour ouvrir la porte et me pousser dans notre chambre.

— Arrête de me bousculer, dis-je d'un ton cassant.

Son grognement de rire me fit sourire malgré moi. J'aimais quand il me malmenait et il le savait. Je me retournai pour lui faire face alors qu'il se plaçait devant moi, ses mains se posant sur mon visage.

— Arrête d'essayer de chercher la bagarre avec moi, il n'y a aucune raison de le faire. Tu sais que tu n'auras jamais à t'inquiéter... tu es le seul qui compte pour moi.

Et la manière dont il dit ça – d'une façon si évidente, comme si j'étais agaçant – était bien mieux que n'importe quelle longue déclaration qu'il n'aurait jamais pu me faire. La vérité était que le soleil brillait, que la pluie tombait, et que Sam Kage m'aimait. Douter de lui, ou m'inquiéter des sentiments qu'il me portait était une stupide perte de temps.

— Embrasse-moi, dit-il d'une voix douce et caressante.

Je souris et entendis son hoquet de surprise lorsque mes lèvres touchèrent les siennes.

— Je t'aime.

Et ça, je le savais, bien sûr.

Par MARY CALMES

L'acrobate
L'ange gardien
De nouveau
De simples desserts
La grenouille du prince
Les jours bleus
Kairos
Le mien
On ne sait jamais

LE CLAN DES PANTHÈRES
Cœur sauvage
Cœur confiant
Cœur et honneur
Cœur destiné
Cœur et avenir

DANS LES TEMPS
Mauvais timing
Bon timing pour un Rodéo
Question de timing
Timing parfait

LES GARDIENS DES ABYSSES
Son foyer
Bec et ongles
Le cœur sur la main
Pécheur
Connexion

TOUT VIENT À POINT…
Question de temps, tome 1
Question de temps, tome 2
À toute épreuve
Sans toi
Salve d'honneur
Tout vient à point : Intégrale, tome 1

LA VOÛTE
Le jour où tout changea
Attendre une éternité

Publié par DREAMSPINNER PRESS
www.dreamspinner-fr.com

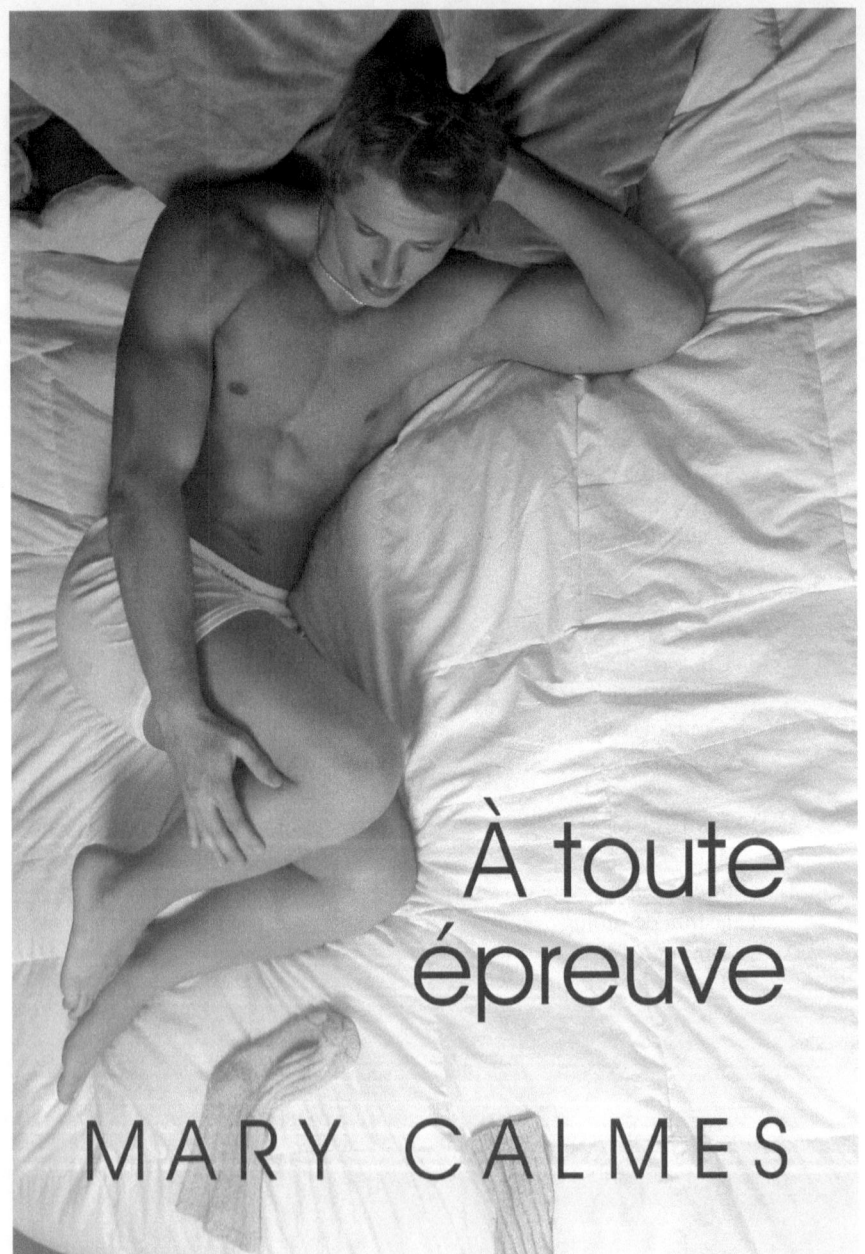

À toute
épreuve

MARY CALMES

Tout vient à point…
Suite de *Question de temps, tomes 1 et 2*

Jory Harcourt n'a pas besoin de chercher des ennuis. Où qu'il aille, ceux-ci semblent le trouver, en particulier quand son partenaire, Sam Kage, travaille sous couverture pour une équipe d'intervention fédérale.

Après avoir été forcé à mettre la clef sous la porte par la récession, Jory est embauché comme entremetteur et organisateur d'événements. Ce n'est plus qu'une question de temps avant que sa grande bouche et son attitude trop franche le jettent entre les pattes d'un riche héritier et d'un magnat de la drogue, qui veulent tous les deux le conquérir. Puis, comme si cette situation n'était pas déjà assez délicate, Jory retrouve la trace de son amant sous couverture, aux ordres du trafiquant.

www.dreamspinner-fr.com

Tout vient à point…
Suite de *À toute épreuve*

Jory Harcourt a enfin la vie dont il rêvait. Être marié à l'US Marshal Sam Kage l'a changé. Ils ont fait la paix avec leur passé tumultueux et Sam a transformé Jory : autrefois prêt à fuir à la moindre difficulté, il est désormais capable de rester pour affronter les tempêtes. Sam et lui ont deux enfants, une maison en banlieue et un minivan génial. L'époque où Jory était l'épicentre du désastre est révolue. La vie de famille est agréable.

Ce qui signifie que c'est exactement le bon moment pour un grand remaniement domestique. Mais l'ex de Sam réapparaît à l'endroit le plus inattendu. Un tueur escalade leur balcon lors d'une réunion de famille. Et peut-être que ces deux événements ont quelque chose à voir avec le témoin qui a disparu un an plus tôt. Leur joie conjugale vient d'en prendre un coup, mais Jory ne laissera personne lui retirer sa famille. Avant de savoir ce que c'est d'avoir un foyer, il aurait pris ses jambes à son cou. Mais plus maintenant. Il sait que Sam et lui doivent affronter les choses ensemble, parce que c'est la seule façon dont ils pourront s'en sortir.

www.dreamspinner-fr.com

SALVE D'HONNEUR

Mary Calmes

Tout vient à point…, numéro hors série

La vie de Duncan Stiel n'a jamais été facile. Son enfance a été un vrai cauchemar, et son boulot d'agent de police infiltré l'oblige à cacher sa véritable identité et le fait atterrir de temps à autre à l'hôpital. Puis, quand il rencontre enfin l'homme idéal, il n'est pas surpris de voir tout s'effondrer autour de lui. Mais Duncan ne s'attend pas à ce que l'obstacle le plus difficile à surmonter avant de pouvoir faire sa vie avec Aaron Sutter soit celui qu'il porte en lui.

Tout le monde pense qu'Aaron a tout pour lui – la beauté, l'argent, la renommée et un succès démesuré. Tout le monde, sauf Aaron. À la fin de ses journées, les flashes des appareils photo s'éteignent, ses amis retournent à leur propre vie, les affaires de sa société sont gérées et Aaron se retrouve toujours seul. Dès l'instant où il rencontre Duncan Stiel, Aaron sait qu'il fera tout pour garder cet inspecteur hors du commun. Mais, quand il se rend compte que l'argent ne lui achètera pas le bonheur ultime, Aaron doit avoir la force d'offrir à Duncan quelque chose de bien plus important : son cœur.

www.dreamspinner-fr.com

www.ingramcontent.com/pod-product-compliance
Lightning Source LLC
Chambersburg PA
CBHW031017030726
47497CB00004B/899

9 781641 083355